पाँचवाँ साहिबज़ादा

पाँचवाँ साहिबज़ादा

(भाई जैता उर्फ़ बाबा जीवन सिंह की जीवनी पर आधारित उपन्यास)

बलदेव सिंह

अनुवाद

डॉ. जसविन्दर कौर बिन्द्रा

वाणी प्रकाशन

वाणी प्रकाशन

4695, 21-ए, दरियागंज, नयी दिल्ली 110 002

शाखा

अशोक राजपथ, पटना 800 004

फ़ोन : +91 11 23273167 फ़ैक्स : +91 11 23275710

www.vaniprakashan.in
vaniprakashan@gmail.com
sales@vaniprakashan.in

PANCHWAN SAHIBZADA
by Baldev Singh
Translated by Dr. Jasvindar Kaur Bindra

ISBN : 978-93-87889-45-3
Novel

प्रथम संस्करण

मूल्य : ₹ 795

सिटी प्रेस, दिल्ली-110 095 में मुद्रित

वाणी प्रकाशन का लोगो मक़बूल फ़िदा हुसेन की कूची से

मेरी बात

भाई जैता जी के बारे में उपन्यास लिखने का विचार कभी भी मेरे मन में नहीं आया था। वैसे भी धार्मिक शख्सियतों या ऐतिहासिक शूरवीरों के प्रति श्रद्धा तथा भेदभाव के कारण, इन पात्रों के साथ छेड़छाड़ करने से विवाद पैदा होता है। जब भी किसी विद्वान या खोजी ने अपनी समझ अनुसार किसी धार्मिक ग्रन्थ या गुरुबाणी के प्रति कोई टिप्पणी की है, तो उसके साथ क्या घटता रहा है, बुद्धिजीवी वर्ग भलीभाँति इस बात को जानता है।

एक दिन डॉ. टी. आर. विनोद के पास बैठे हुए, उपन्यासों के बारे में चर्चा करते हुए, जब एक विदेशी लेखक पर लिखे उपन्यास का ज़िक्र आया तो उन्होंने कहा, ''आम पंजाबी पाठक की भला इसमें क्या रुचि होगी? विदेशी पात्रों या नायकों पर इतनी मेहनत करने का भला क्या तुक है? हमारे पंजाबी समाज में और विरासत में इतने शूरवीर हैं, इन पर कोई लेखक क्यों काम नहीं करता?''

उन्होंने मेरा उपन्यास 'अन्नदाता' पढ़ा हुआ था। मेरी ओर देखकर कहने लगे, ''तुम यह काम क्यों नहीं करते? सिख इतिहास में भाई जैता का बेहद अहम रोल है। किसी भी लेखक ने उस नायक के साथ इन्साफ नहीं किया। या तो अन्धी श्रद्धा है या लेखकों ने जानबूझकर उसे अहमियत नहीं दी। तुम उस पर उपन्यास लिखो। तुम लिख सकते हो?''

मेरे लिए यह चुनौती भरा काम था। मुझे अपने सामर्थ्य तथा सीमा का भी ज्ञान था। धार्मिक चरित्रों के मामले में मुझे इतना ज्ञान नहीं है। मैं अज्ञानी हूँ। मैं तो पूर्ण गुरसिख भी नहीं हूँ।

मैं दुविधा में था। मेरे पास बैठे डॉ. सुरजीत बराड़ ने संतोख सिंह धीर की तरह एक अँगुली ऊपर उठाकर घोषणा कर दी, ''डॉक्टर साहब, बलदेव अवश्य यह काम करेगा। यह कर सकता है, मैं जानता हूँ।''

''मैं प्रयत्न करूँगा, डॉ. साहब।'' धीमें से कहते हुए मैंने इस चुनौती को स्वीकार कर लिया।

अपने स्रोतों, दोस्तों तथा अन्य स्थानों से मिली जानकारी तथा विद्वानों की पुस्तकों, अलग-अलग विचारों तथा दावों ने मुझे बेहद उलझा दिया। मैं निराश हो गया। कैसे लिखूँ? भाई जैता के जन्मस्थान तथा जन्म तिथि के बारे में ही कोई एकमत नहीं है। दिल्ली से 'शीश' लाने वाले ब्यौरे भी एकदम अलग-अलग थे। उसके परिवार के बारे में भी काफी भ्रम था। उसकी वंशावली के बारे में भी विद्वान एकमत नहीं थे।

सिख तवारीख लिखने वालों ने, ऐतिहासिक तथ्यों की ओर अधिक ध्यान नहीं दिया था। प्रत्येक विद्वान ने अपनी भावुकता अनुसार या श्रद्धा अनुसार या लोक-कथाओं के अनुसार लिखा तथा अनेक परिवर्तन किये हैं। यह सहृदयता नहीं है। इस प्रकार इतिहासकार अपनी ज़िम्मेदारी से भागते हैं। पूर्ण जाँच-पड़ताल करके ही, ऐतिहासिक तथ्यों को लोगों के सामने लाना चाहिए।

इस महानायक की बेमिसाल बहादुरी को, अधिकतर विद्वानों ने धूल में ही मिला दिया है। एक विद्वान के द्वारा लिखी 'गुरु गोबिन्द सिंह की जीवनी' में एक स्थान पर भी भाई जैता का ज़िक्र नहीं किया। जबकि गुरु जी की बाल्यावस्था में तथा बाद में गुरु जी के द्वारा लड़ी गयी लड़ाइयों में, भाई जैता ने अहम भूमिका निभायी है।

इतने धुँधलाये, प्राप्त ब्योरों द्वारा मुझ जैसा अल्पबुद्धि वाला लेखक क्या करे? क्या लिखे? सिख धर्म के शिरोमणि विद्वानों के क्रोध का भी डर था। एक बार तो सोच लिया, डॉ. विनोद से माफी माँग लेता हूँ। फिर विचार आया, कुछ कोशिश करके देखूँ तो सही। एक युद्ध में गुरु कहते हैं, "जंग के लिए जाने वाले शूरवीर को पीछे मुड़ कर नहीं देखना चाहिए। ना मैं शूरवीर हूँ, ना मुझे ऐसा कोई भ्रम है। वैसे भी धार्मिक-ऐतिहासिक चरित्रों को छेड़ना, अपने पैरों पर स्वयं कुल्हाड़ी मारने जैसी स्थिति पैदा कर सकता है।"

मगर मैं जैसे-जैसे अध्ययन करता गया, धुन्ध साफ होती गयी। इस महान योद्धा के प्रति बरती गयी लापरवाही, बेइन्साफियों तथा भेदभाव से पर्दे हटते गये।

गुरु गोबिन्द सिंह जी ने सिख धर्म के लिए, खालसा पन्थ के लिए, अपना पूरा परिवार कुर्बान कर दिया था। अपने मिशन के लिए उन्होंने ना अपनी जान की परवाह की और ना ही अपने साहिबज़ादों की।

भाई जैता ने अपने गुरु का शीश और धड़ उठाने के लिए, चाँदनी चौक में अपने पिता सदानन्द को शहीद कर दिया था।

भाई जैता के छोटे पुत्र, माता जी, सिरसा नदी के किनारे या मारे गये या नदी में बह गये।

भाई जैता के बड़े दोनों पुत्र, छोटा भाई संगता, चमकौर की गढ़ी में शहीद हो गये।

अपने जीवन के आखिरी साँस तक, भाई जैता (बाबा जीवन सिंह) गुरु जी के सेवक तथा श्रद्धालु बने रहे।

मैंने इसके बारे में लिखने का पूर्ण निश्चय कर लिया।

इस उपन्यास में आये हवाले, तिथियाँ, घटनाएँ प्राप्त स्रोतों के अनुसार हैं। मगर इन्हें वैज्ञानिक स्तर पर परखने तथा वर्णन करने का छोटा-सा यत्न मेरा अपना है।

इस रचना में, ऐतिहासिक ब्यौरा तथा पात्रों के साथ मैं कितना इन्साफ कर पाया हूँ, यह तो पाठकों की अदालत में जाने के बाद ही पता लगेगा।

इस उपन्यास को मुझसे लिखवा लेने के लिए, मैं पंजाबी के महान विद्वान डॉ. टी. आर. विनोद का सदा ऋणी रहूँगा।

अन्त में, मैं उन बुद्धिजीवियों, खोजकारों तथा धार्मिक शख़्सियतों का भी ऋणी रहूँगा, जिनकी पुस्तकों से मैंने सहायक सामग्री प्राप्त करके, इस रचना का सृर्जन किया।

मोगा

बलदेव सिंह

1

संवत् 1732, सन् 1675, नवम्बर महीने की एक ठिठुरती रात। आधी रात का समय।

दिल्ली चाँदनी चौक की कोतवाली।

कोतवाली के अन्दर, कोठरियों में नज़रबन्द, सिखों के नौवें गुरु तेग बहादुर, भाई मतिदास, भाई सतीदास, भाई दयाला, भाई गुरदित्ता, भाई ऊदा तथा भाई जैता।

चाँदनी चौक की कोतवाली की पूरी दहशत है दिल्ली में। उसका कोतवाल है ख्वाजा अब्दुल्ला।

''तौबा-तौबा खुदा बचाये उसके सामने से गुज़रने पर।'' चोर-डाकू सोचते ही कान पकड़ लेते हैं।

''कुत्ते का तुख्म,'' कहीं से तीखी रौबदार आवाज़ कानों में पड़ी। पहरेदार सिपाही समझ जाते हैं, कोतवाल साहब आ रहे हैं। सभी के हाथ-पैर फूल जाते हैं। हाथ का काम छोड़कर, वे सलाम करने की मुद्रा में झुक जाते हैं।

अधिक डरपोक तो उसकी काया देख कर ही दहल जाते हैं। सवा छः फुट के करीब कद। गेहुआँ रंग, भारी उलझी मूँछें, मोटी आँखें, भरी हुई देह, घुटनों तक आती बाँहें। कुल्लेदार पगड़ी से ऊपर खड़ा शमला देखकर, हर कोई समझता है, अभी मुगल हुकूमत में पूरा दमखम है। घोड़े पर चढ़कर, हाथ में चमकता बेंत पकड़े जब वह गश्त पर निकलता है तो भले आदमी भी मुँह घुमाकर आड़ में हो जाते हैं। क्या मालूम, कब-क्या कह दे—

''कुत्ते के तुख्म, यहाँ अम्माँ देने आया है?''

आम लोगों के लिए यही खूँखार भेड़िया, सिखों के गुरु तेग बहादुर के प्रति बहुत दयावान है। कोतवाली में गुरु जी और गुरु के सेवकों की विशेष सुरक्षा कर रहा है। शहंशाह की ओर से आये शाही फरमानों को वह स्वयं गुरु तक पहुँचाकर आता है। गुरु टोकते भी हैं, ''अब्दुल्ल भाई, तू इस प्रकार आता रहेगा तो हुकूमत तुम पर नाराज़ होगी।''

"शाही नौकरी में यही एक काम तो नेक कर रहा हूँ, गुरु हज़ूर। वरना बादशाह के फरमानों पर अमल करते हुए, कुत्तों के तुख्मों पर कितने अत्याचार किये हैं, कोई गिनती ही नहीं है।"

आज भी अब्दुल्ला कोतवाल अत्यन्त उदास तथा ग़मगीन, गुरु जी की कोठरी की ओर जा रहा है।

किसी के पैरों की मद्धम-सी आवाज़ सुनाई देती है, जैसे कोई शह कर, डर कर, बिल्ली की चाल चल रहा हो।

गुरु तेग़ बहादुर समाधि में अन्तर्धान बैठे हैं। "गुरु जी, जाग रहे हैं?" आवाज़ सुनाई देती है। गुरु जी धीरे-धीरे नेत्र खोलते हैं। ख्वाजा अब्दुल्ला कोतवाल, हाथ जोड़े, सिर झुकाये कोठरी के सीखचों से लगा खड़ा है। गुरु के मन में पल की पल विचार आता है, यह भी मुसलमान है। काज़ी भी मुसलमान है। औरंगज़ेब, इनका बादशाह भी मुसलमान है। चेहरे पर धीमी-सी मुस्कराहट आ जाती है। कहते हैं, "हाँ भाई अब्दुल्ला, अब जागते रहने का ही वक्त आ गया है। अब तो लगता है, सारी कौम को भी जागना होगा।"

कोतवाल अब्दुल्ला आँखें झुका लेता है, जैसे वह स्वयं दोषी हो। समझता है, शहंशाह औरंगजेब के नाम पर और उनके आदेशों से किये जा रहे जुल्मों में थोड़ा-बहुत हिस्सेदार तो वह भी है।

गुरु की ओर दुबारा देखने की उसकी हिम्मत नहीं हो रही है। नज़रें झुकाये चुपचाप बैठा है। दूर कहीं बाहर, पहरेदार की खड़कती लाठी की मद्धम-सी आवाज़ के साथ 'जागते रहो' की हाँक भी सुनाई देती है।

"जाग ही रहे हैं भाई।" कहते हुए गुरु तेग बहादुर कोतवाल की ओर देखकर मुस्करा देते हैं।

ख्वाजा अब्दुल्ला में इतनी हिम्मत नहीं है, गुरु की ओर सीधा देख सके। वह काफी चिन्ता में लग रहा है। पगड़ी का शमला कुछ झुका हुआ है। बादशाह औरंगजेब की ओर से जारी शाही फरमान, काज़ी के द्वारा कोतवाल के पास पहुँचे हैं। गुरु जी को भी वे फरमान सुना दिये गये हैं। वह परेशान है, जब शहंशाह दिल्ली में है ही नहीं तो यह शाही फरमान कैसे जारी हो गया है। मगर वह क्या कर सकता है। दुःखी है, वह तो इस मुगल सल्तनत का एक मोहरा है। संकट में है कोतवाल। गुरु जी से कैसे पूछे?

"कोतवाल भाई, इतना परेशान क्यों है? आधी रात बीत गयी है। जा, दो घड़ी आराम कर ले।" गुरु तेग़ बहादुर अब्दुल्ला को दुविधा से निकालते हैं।

"गुरु जी, आपको इल्म है, उस कुत्ते ने......?"

''हाँ, अब्दुल्ला भाई......'' गुरु टोकते हैं, ''हम जानते हैं। उन्होंने फरमान जारी किया है, हिन्दुओं-सिखों का पीर या कोई करामात दिखाये या इस्लाम धर्म कबूल कर ले या फिर शीश क़लम करवाने के लिए तैयार रहे।''

कोतवाल से कुछ कहा न गया। नज़रें झुकाये सिर ही हिलाता रहा। गुरु देख रहे हैं, शायद रो भी रहा है।

''इतना दुःखी न हो अब्दुल्ला भाई, जो अकाल पुरख को, जो अल्लाह को मंजूर है, वही होगा। इसमें तुम्हारा कोई कसूर नहीं है।'' गुरु समझाते हैं।

कोतवाल जानता है, जारी हुआ शाही फरमान गुरु जी कबूल नहीं करेंगे। उसे काज़ी के शक्की स्वभाव तथा ज़िद्दी स्वभाव के बारे में मालूम है। बादशाह की सरपरस्ती तले ज़ुल्म करते समय, वह जुनूनी हद तक मनमानी करने लगता है और ज़ालिम-खूँखार बन जाता है। समझता है, इस प्रकार शाही दरबार में मान-सम्मान मिलेगा। गुरु के प्रति अब्दुल्ला की अथाह श्रद्धा है। मुसलमान होते हुए भी गुरु के प्रति अनन्य आदर है। नज़रें झुकाये सलाखों से सिर जोड़े बैठा सोच रहा है, गुरु के चेहरे की ओर देखे भी तो कैसे? कैसे पूछे, जो काज़ी कहकर गया है उसके बारे में गुरु क्या सोचते हैं। उनके सामने इस प्रकार लगातार बैठे रहने का हौसला कहाँ से लाये?

''तुम्हारे ऊपर तो कोई विपत्ति नहीं आयेगी?'' गुरु चिन्तातुर होकर पूछते हैं।

''नहीं, गुरु जी, मैं तो पूछने आया हूँ, शाही फरमान के बारे में आपने क्या विचार किया है?'' काँपते स्वर में पूछते हुए, कोतवाल कोठरी के सीखचों को पकड़ लेता है।

''मरना तो एक बार ही होता है, अब्दुल्ला भाई। तेरे हुक्मरान समझते नहीं इतनी-सी बात। ज़रूरी नहीं है, प्रत्येक आदमी उनकी मर्ज़ी अनुसार जिये या फिर उनकी रज़ा अनुसार मरे। वो जो चाहते हैं, मैं करूँगा नहीं। जो मैं चाहता हूँ, उन्हें मंजूर नहीं होगा। टकराव तो होगा ही।'' कहकर गुरु फिर कोतवाल के चेहरे को ग़ौर से देखने लगे।

तभी एक सिपाही को इधर आते देख, कोतवाल दहाड़ता है, ''कुत्ते के तुख्म क्या लेने आया है इस तरफ? उधर जाकर निगरानी कर।''

फिर गुरु जी की ओर मुड़ता है।

''जो क़ाजी कह कर गया है, आपको इल्म है?'' अब्दुल्ला विनम्रता से पूछता है।

''शाही फरमान हम तक पहुँचाना तुम्हारा फर्ज़ है....भाई।''

''गुरु जी, वह कहकर गया है, यदि सिखों के पीर को शाही फरमान कबूल नहीं तो अपने अनुयायियों समेत मरने के लिए तैयार रहें।'' अब्दुल्ला ने मुर्दानी आवाज़ में कहा।

"मैंने कहा था न, मरना तो एक बार होता है। मगर हैरानी है अब्दुल्ला भाई, अब तो शाही फरमान बादशाह की ग़ैर-हाज़िरी में ही जारी होने लगे हैं। हम कोई विरोध नहीं करेंगे। वो हाकिम हैं, वो जो चाहेंगे, अपने आदेश को पूरा करवा लेंगे।" गुरु के चेहरे पर पहले की तरह ही धैर्य है।

"बहुत मुश्किल घड़ी आने वाली है गुरु साहिबान। काज़ी के ज़ुल्म न देखे जाते हैं, न बर्दाश्त किये जाते हैं। सज़ा देते समय तो उस पर भूत-प्रेतों का पहरा आ जाता है। वह आदमी रहता ही नहीं। यही चिन्ता मुझे परेशान कर रही है।" कहते हुए अब्दुल्ला के चेहरे पर दुःख की रेखाएँ उभर आती हैं।

"अब तो बहुत आगे निकल आये हैं अब्दुल्ला। यदि तेरे काज़ी में भूत-प्रेत घुस जाते हैं तो मेरे अन्दर का मनुष्य भी मेरा पीछा नहीं छोड़ता। हुक्मरानों की रज़ा में राज़ी हो जाऊँ, इससे तो समूची सिख कौम का सिर नीचा हो जायेगा। कश्मीरी ब्राह्मणों की बाँह पकड़ी है, जीते-जी तो वह बाँह छोड़ी नहीं जा सकती।" गुरु जी अपना फैसला सुनाते हैं।

गुरु के चेहरे पर दृढ़ता देखकर, कोतवाल दंग रह जाता है। फिर धीमे स्वर में कहता है, "गुरु जी, मैं आप के लिए एक तजवीज़ ले कर आया हूँ।"

कोतवाल को आस-पास देखते हुए देखकर गुरु कहते हैं, "डरो न, संकोच न करो। तुम्हारे मन में जो है अब्दुल्ला भाई, कह दो। हमारे कारण अगर तुम संकट में हो, तभी बिना भय के कह दो। नहीं कहोगे तो हमें दुःख होगा।" गुरु कोतवाल को हौसला देते हैं।

"गुरु जी, मैं तो कहने आया था, गुरु जी.....।" कोतवाल फिर चुप हो जाता है।

"मैंने कहा न अब्दुल्ला भाई....संकोच न करो।"

"गुरु जी, अगर आप मान जायें तो मैं आप को रातों-रात, आपके सेवकों सहित जमुना पार करवा दूँगा और फिर आकर कोतवाली में शोर मचा दूँगा...सिखों के पीर ने करामात दिखा दी है। मुझ पर कोई इल्ज़ाम नहीं आयेगा। हाकिमों को भी कोई शक नहीं होगा। आप जानते हैं, शहंशाह की शहज़ादी* आप के प्रति बेहद श्रद्धा रखती है। वह बार-बार पैगाम भेज रही है, किसी भी तरीके से गुरु को आज़ाद करो।" कहते हुए अब्दुल्ला गुरु की ओर देखने लगा।

गुरु तेग़ बहादुर के चेहरे पर मुस्कान आ जाती है। मुस्कान देखकर अब्दुल्ला की जान में जान आ जाती है, "आपकी रज़ामन्दी चाहिए गुरु जी। मैं सारा प्रबन्ध कर लूँगा।"

---

* शहंशाह औरंगजेब की शहज़ादी—जैबोन्निशां।

अगले ही पल गुरु का चेहरा गम्भीर हो जाता है। कोतवाल हाथ जोड़े घुटनों के बल बैठा, गुरु की प्रतिक्रिया की प्रतीक्षा कर रहा है।

''अब्दुल्ला भाई, हम तुम्हारे शुक्रगुज़ार हैं। तुम हमारे प्रति ऐसी भावना रखते हो। मगर तुम्हारी तजवीज़ हमें रास नहीं आयेगी। मौत से कायरों की भाँति डर कर भाग जाना, हमें शोभा नहीं देता। यहाँ से भागकर अपनी जान बचाते फिरेंगे। लुक-छिप कर भागेंगे। यदि यही कुछ करना होता तो हम पहाड़ों-जंगलों की ओर ही निकल गये होते। यह जन्म लोगों के लिए लगा दिया है, अब्दुल्ला भाई। यह बार-बार का मरना हम से नहीं होगा। सुल्तान की बेटी* से कहना, उसकी भावना की हम कद्र करते हैं। हमारी ओर से उसे शुक्रिया कहना। जाओ तुम, भी सो जाओ दो घड़ी जा कर।'' कह कर गुरु जी हाथ में पकड़ी माला फेरने लगते हैं।

''इनकार न करो गुरु जी। मेरी अर्ज़ कबूल कर लीजिए। रातों-रात यहाँ से निकल जाइए। मुझे इतना उपकार कर लेने दीजिए।'' मिन्न्त करते हुए अब्दुल्ला अपना शीश नीचे ज़मीन पर टिका लेता है।

''नहीं अब्दुल्ला भाई, यह हम से नहीं होगा।''

''आने वाले दिनों में जो घटने वाला है, वह मुझ से इन आँखों के द्वारा देखा नहीं जायेगा गुरु जी।'' अब्दुल्ला गिड़गिड़ा रहा है।

गुरु तेग बहादुर कुछ नहीं बोलते। नेत्र बन्द हैं, जैसे वह अन्तर्धान हो गये हों। कोतवाल अब्दुल्ला के हाथ अभी भी जुड़े हुए हैं। गुरु का शान्त चेहरा देखते हुए यहाँ से हिलने का मन नहीं कर रहा है। उसके मन में भय है। अगर गुरु जी यहाँ से निकलने के लिए रज़ामन्द न हुए तो कुछ ही दिनों के बाद इस रुहानी चेहरे को वह देख नहीं पायेगा। इतना ज़ुल्म करेंगे इन पर उसके हाकिम, अहलकार तथा उसके लोग। हे मेरे अल्लाह! मेरे खुदा! फिर गुरु के शान्त चेहरे की ओर देखने लगा—किस मिट्टी के बने हैं यह, ये सिख लोग? किसी भी प्रकार के ज़ुल्मों से भय नहीं खाते। इनका पाँचवाँ गुरु 'तत्ते तवे' (गर्म लोहे) पर बैठते हुए भी नहीं घबराया। सिर पर खौलती रेत पड़ती रही। रहम की भीख नहीं माँगी फिर भी। 'हे अल्लाह!' अब तू ही रहम कर। अपनों के लिए कोई ज़ुल्म सहे, यह तो बात समझ में आती है। मगर दूसरों के लिए, अपने आप को कुर्बान कर देना—तौबा-तौबा।

''अब्दुल्ला भाई— ।'' गुरु के शब्दों से, अब्दुल्ला चौंक कर सावधान होता है।

---

* जैबोन्निशां ने दरोगा को ख़त लिखा—गुरु तेग बहादुर का अदब करना/कभी गुरु की सेवा से ऊबना नहीं।/रूप अल्लाह का जान कर तरस करना/वैरी की नज़र से देखना नहीं/भाई जैता को जेल में रखना नहीं/यह जब भी जेल से जाना चाहे, कभी रास्ता इसका रोकना नहीं। [महाकाव्य 'वरियाम अकेला' रचित, स. दलबीर सिंह, पन्ना-51]

"हमने तुम्हारी तजवीज़ पर बहुत विचार किया है।"

"शुक्र है। शुक्र है अल्लाह।" कोतवाल ऊपर खुदा की ओर देखते हुए हाथ जोड़ता है। उसका चेहरा खिल गया है।

"अगर तुम हम पर कोई उपकार करना ही चाहते हो तो ध्यान से बात सुनो– ।"

कोतवाल उकड़ूँ बैठ कर अपने कान सीखचों से लगा लेता है।

"तुम यहाँ से भाई जैता, भाई ऊदा तथा भाई गुरदित्ता को निकालने का प्रबन्ध करो। आनन्दपुर कुछ ज़रूरी 'हुक्मनामे' (आदेश) भेजने हैं। इनके अलावा इस काम को कोई और पूरा नहीं कर पायेगा। वहाँ से लौट कर, ये स्वयं अपने आप को ग़िरफ्तार करवा लेंगे।"

"मगर गुरु जी–!"

"ये तुम्हें किसी मुसीबत में नहीं डालेंगे।" अब्दुल्ला को टोकते हुए कहते हैं गुरु जी, "मैं इन्हें समझा दूँगा।"

"ये तो बहुत मामूली-सी बात है गुरु जी–" कोतवाल का चेहरा खिल जाता है, "मैं तो कहता हूँ, अगर आप भी साथ– ।"

"नहीं, नहीं, अब्दुल्ला भाई। अब इस बारे में और कोई विचार नहीं करना।" गुरु जी सख्ती से कोतवाल को रोक देते हैं।

"ठीक है गुरु जी, मैं तुरन्त प्रबन्ध करता हूँ।" कोतवाल उठ खड़ा होता है।

"यहाँ से निकलने से पहले, कुछ देर के लिए, जैता, ऊदा और गुरदित्ता को भेज देना इधर कुछ देर के लिए।"

"ठीक है गुरु जी।"

कोतवाल अब्दुल्ला गुरु जी के पास से उठ कर, तेज़ी से अपने कमरे की ओर जाता है।

मुसलमान सिपाहियों के भेष में, भाई जैता, भाई ऊदा और गुरदित्ता, गुरु जी की कोठरी में बैठे हुए उनकी हिदायतें ध्यान से सुन रहे हैं।

कोतवाल पूरी चौकसी से उनकी निगरानी कर रहा है। बीच-बीच में वह गुरु जी की कोठरी के पास भी आ खड़ा होता है। अपने सेवकों को मुसलमानी पहनावों में देखकर गुरु, कोतवाल की ओर शुक्रियाने की भावना से देखते हैं।

"ज्यादा देर न करना। अभी दिन निकलने ही वाला है।" कोतवाल एकदम चौकन्ना होकर चक्कर लगाने लगता है।

गुरु जी देख रहे हैं, नज़रबन्दी से बाहर आये तीनों व्यक्ति खुश होने की बजाय चिन्ता में हैं।

"रिहा होकर भी खुश नज़र क्यों नहीं आ रहे?" हैरानी से गुरु जी पूछते हैं।

"साहिब जी, हमारी इच्छा है, हम सभी आपके आस-पास ही रहें।" जैता अर्ज़ करता है।

"हमारे आस-पास रहने की बजाय, तुम लोगों का यहाँ से बाहर निकलना बहुत ज़रूरी है।" गुरु समझाते हैं।

"हमें अपने से दूर न कीजिए।" जैता फिर हाथ जोड़ता है।

"समय की नज़ाकत समझनी चाहिए। बाहर रह कर घटनाओं पर निगाह रखो। आनन्दपुर तथा गोबिन्द राय से राबता बनाये रखना। आनन्दपुर अब तुम्हारे हवाले है। गोबिन्द राय अभी बच्चा है। उसकी हिफाज़त तुम लोगों ने करनी है।" गुरु सलाखों में से कहीं दूर देख रहे हैं, जैसे आनन्दपुर की धरती पर पहुँच गये हों।

"गोबिन्द राय को कभी आँच भी नहीं आने देंगे साहिब जी।" जैता जोश में आकर कहता है।

"यहाँ कोठरी में हमारे साथ नज़रबन्द रह कर, कैसे हिफाज़त करोगे–?"

तीनों सेवक चुप हैं। गुरु तेग़ बहादुर कुछ पल उनकी ओर देखते रहते हैं। शायद वह कुछ और कहेंगे। मगर उन्हें चुप देख कर कहते हैं, "इसलिए तुम लोगों को तुरन्त यहाँ से निकलना पड़ेगा। यहाँ कोतवाली में हमने कुछ श्लोक व शब्द लिखे हैं, वह अपने साथ ले जाओ। गुरगद्दी की सामग्री भी है, यह भी ले जाना और भाई कृपाल चन्द को कहना, हमारी इच्छा है गोबिन्द राय कौम का नेतृत्व करे। आगे बहुत ही मुश्किल समय आने वाला है। डोलना नहीं। धीरज व दृढ़ता से जुल्म का सामना करना होगा। जो डोल जाते हैं, वे न अपना भला कर पाते हैं, न कौम का भला कर सकते हैं। डरना नहीं। डराना भी नहीं। न भय देना है, न भय लेना है। आने वाले समय अच्छे नहीं होंगे। पता नहीं क्या घटेगा? जो भी घटेगा, सब्र करना होगा। उसकी रज़ा को मानना है। चिन्ता नहीं करना। अकाल पुरख मददगार होगा। गुरु नानक अंग-संग रहेंगे।"–कह कर गुरु फिर से माला फिराने लगते हैं।

जैता, गुरु तेग़ बहादुर की ओर से दी गयी वस्तुएँ पूरे ध्यान और सत्कार से सँभालता है। गुरु सभी की ओर ताक रहे हैं। तीनों बारी-बारी शीश झुकाकर उठ खड़े होते हैं।

"आज्ञा दीजिए गुरु जी।" जैता भाई ऊदा तथा गुरुदित्ता के साथ हाथ जोड़े खड़ा है।

"जैता भाई, घबराना नहीं। खड़े पैर वापस लौटना है। गोबिन्द राय से मेरे

पत्र का उत्तर लेकर आना है। आनन्दपुरवासियों को हौसला देना।'' गुरु हिदायतें दे रहे हैं। तीनों व्यक्ति एक ही स्थान पर जड़ खड़े हैं। यहाँ से हिलने का मन नहीं कर रहा है। अन्दर भय है, पीछे गुरु जी अकेले हैं। मतिदास, सतीदास और दयाला जी तो गुरु से अलग नज़रबन्द किये गये हैं। कोतवाल की नीयत तो ठीक है। काज़ी, गुरु को किसी विपत्ति में न फँसा दे। तीनों दुविधा में हैं।

एक ओर जाकर भाई ऊदा जैते से पूछता है, ''अपने मन की करें या गुरु की मानें?''

''यदि मन की करते हैं तो गुरु से बेमुख हो जायेंगे।'' जैता चिन्ता से कहता है ''यदि गुरु की मानते हैं तो तुरन्त यहाँ से जाना पड़ेगा।''

''अब जाओ भाई सिंहों, देर न करो। कोतवाल जैसे कहेगा, करना है। विरोध नहीं करना।'' गुरु तेग़ बहादुर हिदायत देते हैं।

तीनों एक बार फिर से शीश झुकाते हैं। पीछे से गुरु जी की आवाज़ सुनाई देती है, ''सँभल कर जाना। जैसे समझाया है, वैसे ही करना। पत्र का जवाब ज़रूर लेकर आना। खड़े पैर लौट कर आना। गुरु नानक मेहर करेगा। अंग-संग रहेगा। विपदा हरेगा। मौका मिले तो कलियाणे की धर्मशाला से होते जाना।''

रात आधी से अधिक बीत चुकी है। पहरेदार की दूर से आती आवाज़ फिर से सुनाई देती है।

''हमें यहाँ से जल्दी निकल जाना चाहिए।'' कह कर कोतवाल उन तीनों को अपने पीछे आने का इशारा करता है।

तीनों व्यक्ति जैता, ऊदा तथा गुरदित्ता कोतवाली के बाहर, थोड़े फासले से कोतवाल पीछे चले जा रहे हैं। ऊपरी तौर पर देखने वाले को इस प्रकार भ्रम पड़ता है मानो कोतवाल तथा सिपाही, रात की गश्त पर निकले हों।

अभी थोड़ी दूर ही गये थे, एक पहरेदार ने कोतवाल को पहचानते ही ऊँची आवाज़ में कहा, ''जागते रहो–।''

जैते ने भी प्रत्युत्तर में कहा, ''जागते रहो–।''

ठण्ड बढ़ गयी है। आसमान में कोई-कोई बादल नज़र आता है। अब्दुल्ला कोतवाल के पीछे चले आ रहे जैता, ऊदा तथा गुरदित्ता, खुसर-पुसर करते आ रहे हैं। वे नहीं चाहते, कोतवाल को मालूम हो–इन्होंने कहाँ जाना है। कौन से रास्ते पर जाना है। आपस में मशवरा करके, जैता तेज़ चलते हुए कोतवाल के साथ जा मिलता है।

''कोतवाल जी, आप यहाँ से वापस जाना चाहो तो चले जाओ। हमारे

कारण आप पर कोई इल्ज़ाम आये, यह हमारे गुरु को अच्छा नहीं लगेगा। आप की कृपा से हम अभी कैद में नहीं हैं। हम सभी अपने रास्ते को जानते हैं। यहाँ से निकल जायेंगे।''

''मैंने गुरु जी* से वादा किया है, तुम सभी को यमुना पार तक छोड़ कर आऊँगा।'' कोतवाल ने उसी श्रद्धा से कहा।

''ऐसा न कीजिए। वापस लौटते दिन निकल आयेगा। कोई पूछ भी सकता है—कोतवाल जी, कहाँ से आ रहे हो? फिर क्या जवाब दोगे?''

''किसी कुत्ते के तुख्म की क्या मज़ाल कि वह कोतवाल अब्दुल्ला से इतना पूछ सके।''

मगर अगले ही पल कोतवाल सोचता है, जैता ठीक ही कहता है। दिन चढ़ते ही कोतवाली में शोर मच जायेगा। क्या मालूम मेरी नौकरी ही चली जाये। क्या मालूम इस कोताही के बदले मेरा सिर कलम कर दिया जाये। ठीक है—समय पर ही लौटना चाहिए।

और कोतवाल अब्दुल्ला तीनों को चौकन्ना कर, तुरन्त यहाँ से निकल जाने की हिदायतें देकर लौट जाता है।

''अब वह वापस नहीं आयेगा।'' बार-बार पीछे की ओर झाँकते हुए जैते को ऊदा तसल्ली देता है।

जब तीनों को विश्वास हो जाता है, कोतवाल अब्दुल्ला की नज़रों से वे काफी दूर निकल आये हैं तो तुरन्त रास्ता बदल कर, मुहल्ला दिलवाली कल्याणे की धर्मशाला की ओर दौड़ पड़ते हैं।

गुरु जी ने कहा था, ''अगर मौका मिले तो भाई कल्याणे की धर्मशाला होते हुए जाना।''

वे नहीं चाहते थे, कोतवाल को उनके धर्मशाला की ओर जाने का पता चले। मगर, दिल्ली की ओर से जाने से पहले, वे कोतवाली की सारी घटनाएँ, भाई आज्ञाराम तथा भाई सदानन्द को जानकारी देना चाहते थे।

---

* चलते समय कहा गुरु ने, नहीं उद्देश्य भुलाने/शुभ काम के लिए तुमने अपने ये शीश लगाने/जिस कार्य के लिए साथ थे मेरे, यहाँ तुमने है मरना/उस कार्य के लिए हमेशा, यत्न जीने का करना/ये लो नारियल तथा पाँच पैसे, गुरियाई भेटा/गोबिन्द राय को देकर कहना, मेरे बेटा,/गुरु नानक गद्दी आज से, हाथ स्वयं सँभालो /अब तू गुरु गोबिन्द राय है, गुरु सिखी तुम पालना/इतना कह के आनन्दपुर वाले, अपना शीश झुकाया/अपने तीनों सिखों को, जेल से बाहर भेजा। स. दान सिंह 'कोमल' रचित महाकाव्य। हवाला : 'धर्म हेतु साका जिन कीया', पन्ना 273।

जैता स्वयं भी चाहता था, आनन्दपुर की रवानगी से पहले पिता जी तथा ताया जी को एक बार मिल भी लेना चाहिए। ऐसे हालातों में जीवन का भरोसा क्या है। दोनों से मिलकर अगला प्रोग्राम भी बनाना पड़ेगा। यदि धर्मशाला से घोड़ों का प्रबन्ध हो जाये तो आनन्दपुर दूर ही कितना है? भागते-हाँफते जैता पूछता है, "कौन-सी गिनती में पड़ गये?"

"गिनती में कैसे आँख झपकते ही यहाँ से जितनी दूर जा सकते हैं, चले जाना चाहिए। क्या पता कोतवाली में अब तक शोर मच गया होगा और तुर्क सिपाही हमारी पदचाल ढूँढ़ने लगे होंगे।" कहते हुए ऊदा और भी तेज़ दौड़ने लगता है।

इस प्रकार कभी तेज़ चलते, कभी भागते, कभी खतरा देख अँधेरे की आड़ में छिपते, वे भाई कल्याणे की धर्मशाला के सामने जा पहुँचते हैं।

भाई सदानन्द तथा भाई आज्ञाराम उन तीनों को देखते ही घबरा जाते हैं।

"किसी विपदा में तो नहीं हो पुत्रो?" भाई आज्ञाराम तेज़ी से पूछता है।

"ताया जी, अभी घबराने की कोई बात नहीं है।" जैता तसल्ली देता है मगर साथ में ऊदा तथा गुरदित्ता को देख कर वह सचमुच ही चिन्ता में है।

"फिर आधी रात के समय क्या करने आये हो यहाँ? कैद से फरार होकर आये हो या कोई और बुरी बात है?" सदानन्द फ़िक्र से पूछता है।

"पिता जी, ऐसी कोई बात नहीं है। बेवजह शंका न कीजिए। साहिब गुरु की इच्छा से ही कैद से निकले हैं।" जैता बताता है।

"गुरु जी की इच्छा से?" आज्ञाराम हैरान होता है।

"जैता सच कह रहा है ताया जी, हम तीनों गुरु जी की इच्छा से ही बाहर आये हैं।" गुरदित्ता उनकी तसल्ली करवाता है।

"इतना सख्त पहरा—?" सदानन्द अभी भी चिन्ता में है। उसे विश्वास नहीं हो रहा, सामने उसका पुत्र जैता, गुरदित्ता तथा ऊदा खड़े हैं।

"पिता जी, दरअसल...।" और फिर कभी जैता, कभी गुरदित्ता, कभी ऊदा उन्हें कैद से निकलने के मकसद के बारे में सारी व्यथा सुनाते हैं।

"इस प्रकार गुरु जी किसी संकट में तो नहीं पड़ जायेंगे?" सदानन्द के चेहरे पर पहले से भी अधिक चिन्ता नज़र आती है।

तीनों में से कोई नहीं बोलता। जैता सोच रहा है—अब इस बारे में हम क्या कह सकते हैं। अब तो आनन्दपुर जाने से पहले, गुरु जी के बाद, पिता जी तथा ताया जी का आशीर्वाद लेने आये हैं।

सदानन्द गहरी सोच में है। दोनों आँखें मुँदी हुई हैं। शुक्रियाने के तौर

पर हाथ जुड़े हुए हैं। ...धन्य है गुरु जी—हम बेचारे से सेवकों के प्रति इतना विश्वास? इतना भरोसा? आप के श्लोक, आप के शब्द, आप की भेजी हुई गुरगद्दी की सामग्री लेकर जैता तथा सेवक आनन्दपुर जायेंगे। हमारी सारी उम्र की जमा-पूँजी आपको समर्पित है, गुरु जी। आपके ये सेवक मर जायेंगे गुरु जी, मगर आपको पीठ नहीं दिखाएँगे।

''पिता जी,'' जैता सदानन्द को सम्बोधित करता है, ''इस तरह से बैठे रहेंगे तो बहुत देर हो जायेगी। हमें सूरज निकलने से पहले जमुना पार करना है।''

तुरन्त सभी सावधान हो जाते हैं।

घोड़ों का प्रबन्ध होने लगा। रास्ते में खाने के लिए लंगर में जो बना था, साथ ले लिया। एक सेवक भुने हुए चने ले आया। हिफाज़त के तौर पर भाई गुरबख्श साथ जाने के लिए तैयार हो गया है। कौन-सा रास्ता अधिक खतरे वाला नहीं है, भाई आज्ञाराम समझा रहा है।

अभी पहर का तड़का है। पूर्व की लाली नज़र नहीं उतरी। घुड़सवार तैयार खड़े हैं।

''कोतवाली में गुरु के आस-पास कौन रहेगा?'' आज्ञाराम आने वाली मुसीबतों के बारे में चिन्तातुर भी है।

''हमें आज्ञा दीजिए ताया जी। ये विचार आप बाद में करते रहिएगा।'' जैता यहाँ से जल्दी रवाना होना चाहता है।

''जैता पुत्र, दिन चढ़ते ही दिल्ली की कोतवाली में प्रलय आ जायेगी। गुरु जी के लिए खतरा बढ़ सकता है। ये तीनों तुम्हारे साथ अम्बाला तक जायेंगे। आगे आनन्दपुर तुम अकेले जा सकते हो। अम्बाला पार करवा कर ये तुरन्त वापस लौट आयेंगे। यहाँ दिल्ली में इनकी सख्त ज़रूरत पड़ सकती है, दिल्ली की हर घड़ी, हर पल पर निगाह रखनी पड़ेगी। क्या मालूम, किस समय, किस प्रकार का शाही फरमान आ जाये। अभी दिन निकला नहीं है। तुम तीनों को कोतवाली में न देखकर किस प्रकार का तूफान उठेगा, कौन जानता है?''

जैता समझता है, पिता जी की आशंकाएँ गलत नहीं थीं। मगर अब समय इन पर विचार करने का नहीं है।

''सदानन्द की बातें अनसुनी करने वाली नहीं हैं जैता पुत्र।'' आज्ञाराम को दिल्ली के हाकिमों की फितरत का पता है।

''ताया जी, साहिब जी की ओर से दी गयी गुरियाई की सामग्री और श्लोक, आनन्दपुर जा कर गोबिन्द राय को भेंट करना भी ज़रूरी है।''

''हम आनन्दपुर जाने से तुम्हें रोक नहीं सकते पुत्र। तुम्हारे जाने के बाद जो तूफान निकलेगा, उस से भय लगता है।''

"ताया जी, गुरु नानक की ओट लेकर आशीर्वाद दीजिए और हमें रुखसत कीजिए।" कह कर, पिता जी तथा ताया जी के पैर छूकर जैता छलाँग लगा कर घोड़े पर बैठ गया।

"जाओ रब राखा। गुरु का आसरा। अकाल पुरख सहायी होंगे।" सदानन्द तथा आज्ञाराम के हाथ ऊपर उठते हैं।

घोड़ों की लगामें हिलीं। अड्डी लगायी और धीमे स्वर में 'फतह' बुलाकर चारों घुड़सवार अँधेरे में हवा हो जाते हैं।

दूर पूर्व की ओर से जब हल्की-सी लाली पसरती नज़र आती है। तब तक तो दिल्ली बहुत पीछे रह चुकी होती है।

उधर दिल्ली में दिन निकलते ही, कोतवाली में और चाँदनी चौक के इलाके में कोहराम मच जाता है!

"सिख गुरु के तीनों सेवक करामात दिखा गये हैं।"

2

दिल्ली में सनसनी फैली हुई है। अफवाहों का बाज़ार गर्म है। पहरेदार इधर-उधर बौखलाये-से घूम रहे हैं। कोतवाल डाँट-फटकार रहा है। नौकरी से बर्खास्त करने की धमकी दे रहा है। डरावा दे रहा है।

"यह ख़बर सुनते ही, सुल्तान सभी के सिर कलम करने का फरमान जारी करेंगे।"

सच में, सभी सिपाही अन्दर से भयभीत हैं। कुछ तो शाही नौकरी छोड़कर भाग जाने की ताक में हैं।

ख़बर तो काज़ी वोहरा के पास पहुँच ही गयी है।

"गुरु काफ़िर के तीनों सेवक करामात दिखा गये हैं। मोटी सलाखों वाली कोठरियों से और इतने सख्त पहरे के होते हुए, भूत-प्रेतों की तरह उड़ गये हैं। उनके पास सुलेमानी सुरमा है। जब वह आँखों में डालते हैं तो वह किसी को नज़र नहीं आते। मगर वह सभी को देख सकते हैं। पहले अपने सेवकों को भगाया है। अब गुरु खुद भाग जायेगा...।"

तरह-तरह के लोग। तरह-तरह के मुँह। तरह-तरह की अफवाहें।

सुनते ही काज़ी के होश उड़ गये हैं। पाँच वक्त का नमाजी। नमाज़ करना भी भूल जाता है।

"इतनी कोताही? यह तो शाही हुकूमत के मुँह पर थूकने जैसी हरकत है। लाहौल-बिला-कुव्वत! बादशाह को पता लग जायेगा, तो क्या कहेंगे? मेरा तो सारा परिवार कोल्हू में निचोड़े जाने का हुक्म जारी करेंगे। अल्लाह का शुक्र है। वह दिल्ली में नहीं हैं।"

गुस्से में उबलता काज़ी कोतवाल अब्दुल्ला को तलब करता है।

"सभी फौत हो गये थे क्या? पहरेदारी करते हो या कब्र में जा कर सो जाते हो...। वह बादशाह के मुँह पर थप्पड़ मार गये हैं काफ़िर। हर एक को 'कुत्ते का तुख्म' समझता है। अब पता चलेगा शहंशाह किसे कुत्ते का तुख्म बनायेगा।" कोतवाल सलाम कर आधा झुका खड़ा है।

"हजूर का इकबाल बुलन्द हो।"

"खाक बुलन्द हो।" काज़ी क्रोध से बोलता है।

"हजूर, मैं तो पहली अज़ान तक कोतवाली में था। सभी कैदियों की गिनती मैंने की थी। समझ नहीं आता हजूर, यह करामात कैसे घटी।" कोतवाल अपने चेहरे को अधिक डरा हुआ दिखाने का यत्न कर रहा था।

"यदि काफ़िरों के सेवक करामात कर सकते हैं तो यह तेग़ बहादुर तो कभी भी फरार हो सकता है। कोतवाली जाकर, इसे तुरन्त लोहे के पिंजरे में कैद कर दो। पिंजरा भी ऐसा हो, जिसमें यह बागी न तो लेट सके और न ही खड़ा हो पाये, समझा?"

"हूँ हजूर।" कोतवाल और भी झुक जाता है।

"अन्य के ऊपर भी पहरा सख्त कर दो। दिन-रात निगरानी करो। कैद से फरार होने का मैं इन्हें मज़ा चखाऊँगा। देखते रहना। ये काफ़िर भी याद रखेंगे। इनकी नस्लें याद करके काँप जायेंगी। याद रख, यदि आज कोई कैदी भाग गया, तो तुझे ऐसी सज़ा दूँगा, जिसे देखकर, सिपाही कोतवाल बनने से तौबा करेंगे।"

"जी हजूर।" कहते हुए कोतवाल, काज़ी के तमतमाये चेहरे की ओर देखने लगता है।

"चला जा अब। हुक्म की तामील हो, मैं खुद देखने आ रहा हूँ। यदि कोताही हुई तो सभी के सामने तुझे उल्टा लटका दूँगा।"

"जी हजूर।" सलाम कर कोतवाल बाहर निकल आता है।

"एक बात और सुन।" बाहर निकलने लगे कोतवाल को काज़ी ऊँची आवाज़ में पुकारता है।

"जी हज़ूर।" डरते हुए कोतवाल पीछे मुड़ता है।

"क़ाफ़िर तेग़ बहादुर को कहना, काज़ी साहब आ रहे हैं, पेशी भुगतने के लिए तैयार रहे।" फिर नफरत से जैसे स्वयं से कह रहा हो, "आज तेरी करामात भी देखता हूँ मैं...।"

एक बार फिर सलाम कर, कोतवाल तेज़ी से बाहर निकल जाता है।

काफी दिन निकल आया है। दिल्ली रहते सिख सेवक डरे भी हुए हैं और जैते तथा साथियों के कैद से फरार होने की बातें बढ़ा-चढ़ा कर भी कर रहे थे।

चाँदनी चौक की कोतवाली के पास पहरा और भी सख्त हो गया है। इधर से गुजरने वाले हरेक व्यक्ति की जाँच-पड़ताल होने लगी है।

काज़ी वोहरा अपने अधीनस्थों के साथ कोतवाली के अन्दर दाखिला होता है।

गुरु तेग़ बहादुर के पिंजरे के पास जाकर खड़ा होता है।

गुरु जी का माला फिराता हाथ रुकता नहीं। वह एक पल काज़ी की ओर देखते हैं। चेहरे पर धीमी-सी मुस्कान तैरती है। वह फिर से जाप करने में मगन हो जाते हैं।

काज़ी तिलमिला उठता है। अपनी तौहीन समझता है। शहंशाह दिल्ली में नहीं हैं तो वही दिल्ली का मालिक है, ऐसा उसे भ्रम है।

"कायरों के साथ कहीं भाग गये हैं तेरे सेवक?" काज़ी नफरत से पूछता है।

अब माला फिराता हाथ रुकला है। पूरे आत्मविश्वास के साथ गुरु, काज़ी के कुरूप हुए चेहरे की ओर देखते हैं। चेहरे पर फिर से मुस्कराहट आ जाती है, जैसे मुगल सल्तनत पर हँस रहे हों।

"अपने पहरेदारों से पता करो काज़ी साहब। अपनी हुकूमत से पूछो।" काज़ी खीज कर ज़मीन पर पैर पटकता है।

"इस जुर्म की ज़रूर सज़ा मिलेगी काफ़िरों को।" काज़ी डराता है।

"जुर्म करने वाले तो आप के जाल से निकल गये। मैं हाज़िर हूँ। तुम्हारे सामने हूँ। पिंजरे में बन्द हूँ, अभी तो। अभी भी तुम्हारी हुकूमत को डर है?"

"मुगल हुकूमत किसी से नहीं डरती।" काज़ी रौब से कहता है।

"यह तो आप कह रहे हैं काज़ी साहब। हम कहते हैं, डरती है हुकूमत।" गुरु फिर मुस्कराते हैं।

"किस से डरती है।" काज़ी खीझ कर पूछता है।

"हम से डरती है। तभी तो हमें पिंजरे में बन्द किया है।"

"तुम काफ़िरों का क्या पता?" काज़ी कहता है।

"हाँ, क्या मालूम, कब पिंजरे से भाग जायें। यही ना...।" गुरु व्यंग्य से पूछते हैं।

"हाँ, यही बात है। तुम काफ़िर पता नहीं क्या जादू-टोने करते हो। जागती आँखों में धूल डाल देते हो। तुम्हारे पहले गुरु की करामातें सुनी हैं। उसने लुढ़कते आते पत्थरों को जादू से रोक दिया था। हमारा मक्का घुमा दिया था। जादूगरनियों को भेड़-बकरी बना दिया था। आँखें मूँदता था तो कोहकाफ के पर्वत लाँघ जाता था। सब जानता हूँ मैं, सब सुना हुआ है। अभी भी देख लो, तुम्हारे सेवक भाग गये हैं। मगर मैं भी काज़ी वोहरा हूँ, तुम्हारा सारा जादू-टोना निकाल कर रख दूँगा।" फिर अपने अधीनस्थों को आदेश देता है : "जाओ, जाकर दूसरी कोठरियों में कैदियों की पड़ताल कर के आओ और आकर मुझे इत्तला करो।"

कोतवाल की ओर घूमता है—

"अब अगर कोई घटना घटी तो सब से पहले तुम्हारी बेगम ही बेवा होगी। समझ में आयी मेरी बात!"

"जी हज़ूर...मैं कुत्ते के...।" कोतवाल पहले की तरह अधीन होकर विनम्रता से झुकता है।

"खामोश, चल मेरे साथ।" और फिर, काज़ी कोतवाल के साथ कोतवाली का कोना-कोना देखने के लिए निकल पड़ता है।

पूरा मुआयना कर क़ाजी लौटता है। जैता, ऊदा, गुरदित्ता किस कोठड़ी में थे। ताले कैसे खुल गये? सलाखें सही-सलामत हैं। ताले सही-सलामत हैं। उसे विश्वास हो जाता है। सिखों के इस गुरु में अवश्य कोई करामात है।

चेहरे पर कमीनगी भरी मुस्कराहट लपेटे काज़ी गुरु तेग बहादुर के पिंजरे के पास आ खड़ा होता है।

गुरु, काज़ी की आँखों में सीधा झाँकते हैं।

काज़ी और भी निकट आकर धीमे से कहता है, "गुरु जी, शाही हुकूमत का काज़ी, जिसके आदेश के बिना परिन्दा भी 'पर' नहीं मार सकता। आप से अर्ज़ करता हूँ। शाही फ़रमान कबूल कर लीजिए।"

"हमने कब इनकार किया है। आपने सलाखों के अन्दर बन्द किया, बन्द हो गये। आप ने कहा, पिंजरे में डाल दो—और देख लीजिए, ऐसा ही किया गया है।"

"गुरु जी, करामात दिखाओ और सारे हिन्द का पीर कहलवाओ।"

"करामात तो दिखा दी।" गुरु जी ने सहजता से कहा।

"किस समय?"

"रात के समय।" गुरु हँसते हैं।

"रात के समय?"

"देख लीजिए, इतने सख्त पहरे के बावजूद हमारे तीन सेवक उड़ गये।"

"ठीक है। अब तुम भी देखोगे और सारी खलकत भी देखेगी। तेरे सेवकों की इस हरकत का खामियाज़ा किन लोगों को भुगतना पड़ेगा।" गुस्से से काज़ी फिर ज़मीन पर पैर पटकता है।

"अकाल पुरख की मर्ज़ी के बिना पत्ता भी नहीं हिलता काज़ी साहब। सब उसी की माया है।" गुरु दोनों हाथ आसमान की ओर उठाते हैं तो पिंजरे की छत से जा टकराते हैं।

"मैं तुम्हारे अकाल पुरख की माया भी देखूँगा और उसके हिलते पत्ते भी देखूँगा। यदि दरख्त को जड़ से न निकला दिया, तो कहना।" गुस्से से दहाड़ता काज़ी, मातहतों को पीछे आने का इशारा कर, कोतवाली से बाहर निकल जाता है।

3

ठण्ड बहुत है, अँधेरी रात को कँपकँपी छूट रही है। कैदियों को दिया गया, पुराना, फटा कम्बल लपेटे, गुरु तेग़ बहादुर शान्तचित्त पिंजरे में बैठे हैं। चेहर पर कोई रोष नहीं है। आने वाले दिनों में क्या-क्या घटने वाला है, यह सोच कर चिन्ता में हैं। यह आफत दिल्ली में रहते सारे गुरुसिख सेवकों पर तो नहीं आयेगी? हाकिम बहुत मक्कार है। इनकी किसी भी बात पर भरोसा नहीं किया जा सकता। वादे कुछ करते हैं अमल कुछ और करते हैं। मालूम नहीं रात कितने पहर बाकी है। पहरेदारों की आवाज़ से भी अन्दाज़ा नहीं लग रहा।

गुरु इस सोच में डूबे हैं, जब अचानक भाई सदानन्द आकर प्रकट होता है।

भाई सदानन्द के इस समय आने से गुरु घबरा जाते हैं। जल्दी से इधर-उधर देखते हैं। फिर फ़िक्र तथा दुःख से कहते हैं, "सदानन्द, तुझे यहाँ नहीं आना चाहिए था।"

"चिन्ता न करो गुरु जी, मैं पहरेदारों तथा कोतवाल की रज़ामन्दी से ही आया हूँ।" कहते हुए सदानन्द प्रणाम करता है।

"आया तो बेशक उनकी रज़ामन्दी से है, मगर अब यहाँ से जाना उनकी रज़ामन्दी से नहीं होगा। तुम्हें मालूम है न, मैंने सभी सिखों को यहाँ आने से बरज दिया है।"

"जब जैते तथा ऊदा ने यहाँ के हालात के बारे में बताया तो रहा नहीं गया, गुरु जी। माफी चाहता हूँ, मेरे आने से आपको कष्ट हुआ।"

"बात यह नहीं है सदानन्द। तुम्हारे ऊपर या अन्य किसी सेवक पर कोई कष्ट आये तो मुझे भी उतना ही दुःख होता है। तू जानता है, यह तुर्क हाकिम बेहद ज़ालिम है। पकड़ कर अधिक ज़ालिमाना ढंग से सज़ा देना और क़त्ल कर देना, इन लोगों के लिए खेल-तमाशा है।"

"जो इनके लिए मारना, क़त्ल करना खेल-तमाशा है तो गुरु जी हम भी इन से सीधे टकरायेंगे।"

"नहीं सदानन्द भाई। इस घड़ी यही बात समझने की ज़रूरत है। मुफ़्त में जान नहीं गँवानी हमें। आप लोगों को जीवित रहने के दाँव-पेच सीखने पड़ेंगे। यह समय की ज़रूरत है सदानन्द भाई।" गुरु समझाते हैं।

"गुरु जी, आपने ही हमें सूझ-बूझ दी है। मरना तो एक बार होता है, फिर कायरों की तरह क्यों मरा जाये।" सदानन्द पिंजरे के बाहर हाथ जोड़ कर बैठा, गुरु के चेहरे की ओर देखता जा रहा है।

गुरु जी चुप हैं। सोच रहे हैं—झूठ नहीं कह रहा सदानन्द। अपने सिख सेवकों पर सदा गर्व रहा है। ये सभी मुश्किल घड़ी से निकल ही जायेंगे। जब आनन्दपुर ख़बर जायेगी, उन पर क्या गुज़रेगी। क्या मैं एक बार फिर देख पाऊँगा आनन्दपुर? आनन्द नगरी। अन्तर्धान होकर अपने भीतर उतर रहे हैं गुरु। बहुत पीछे चले गये हैं। आनन्दपुर की धरती...। सावन का महीना, संवत् 1732 विक्रमी का दिन...।

...दिल्ली जाने के लिए गुरु ने तैयारी कर ली है। साथ चलने के लिए पाँच सिख-सेवक तैयार खड़े हैं। गुरु के (धर्मपत्नी) 'महल' उदास है। आनन्दपुरवासी भी उदास हैं। आनन्दपुर में आनन्द नहीं रहा। गुरु ने 'गुरमत्ता' पास कर सुल्तान की ओर भेज दिया है।

"प्रथम, गुरु को मुसलमान कर दो। सारा जहान गुरु के पीछे इस्लाम धर्म में परिवर्तित हो जायेगा।"

कश्मीरी ब्राह्मण कब के चले गये हैं। माता नानकी तथा माता गुजरी गुरु के आस-पास रहने की कोशिश में है। बहुत विचार करने के बाद माता गुजरी, गुरुजी के पास आकर धीमे स्वर में कहती है, "अपना बच्चा अंजाना है अभी। इतनी भारी ज़िम्मेदारी कैसे उठायेगा?"

"अकाल पुरख का हाथ जिसके सिर पर हो, फिर ज़िम्मेदारी भारी नहीं लगती।" गुरु हँसते हुए माता गुजरी को तसल्ली देते हैं।

"देखिए न, बच्चे के चेहरे की ओर। कितना उदास लग रहा है। मेरे दिल को कुछ होने लगता है।" माता गुजरी की आह निकल गयी।

"चिन्ता न करो, गोबिन्द की माता। अब तुम ही इस बालक की अंगरक्षक हो। गुरु नानक की ओट लेकर हमें विदा करो।"

"चारों ओर दुश्मनों की भीड़ है।" माता गुजरी की आँखों में आँसू हैं।

"मेरे पिता भी तो इस उम्र में गद्दी पर बैठे थे। तब सारा जग वैरी था हमारे परिवार का। अब सारा पंजाब हमारे साथ है। घबराने की ज़रूरत नहीं है। जो होना है, वो होकर रहेगा। गुरु नानक के दरबार का आसरा लेना चाहिए। सारे काम फतेह होते जायेंगे।" कह कर गुरु तेग़ बहादुर पास खड़ी माता नानकी के चरण छूते हैं और कहते हैं—"माता जी, बाल गोबिन्द को अकेले इधर-उधर नहीं जाने दीजिएगा, गुरु नानक अंग-संग है। चिन्ता मत कीजिएगा। मुश्किल रास्ते आसान हो जायेंगे।"

—फिर जहाँ तक नज़र जाती है। आनन्दपुर की ओर देख रहे हैं, जैसे आख़िरी बार देख रहे हों।

गुरु जी को याद है। सारा दृश्य वैसे का वैसा नज़र आ रहा है। बाल गोबिन्द राय को सीने से लगाये खड़े हैं। प्यार कर रहे हैं। बहादुर योद्धा बनने का आशीर्वाद दे रहे हैं। माता नानकी तथा माता गुजरी की आँखें भरी हुई हैं। उस समय के ग़मगीन माहौल का एक-एक पल गुरु को याद आ रहा है। माता नानकी जी, भाई कृपाल चन्द जी, माता गुजरी की गोद में हैरान-अचम्भित-सा बालक गोबिन्द राय। अब उन सभी को, अपनी लगन से बसायी आनन्दपुरी को फिर से देख पाऊँगा, अकाल पुरख ही जानता है। पता नहीं अब भी किस हाल में होंगे। मन बहुत उदास हो जाता है।

कहते हैं, "तुम्हारा रबाब सुनने को बहुत मन करता है सदानन्द भाई।"

"ना गुरु जी, ना। अब तो रबाब बजाते हुए हाथ काँप जाते हैं। शब्द गायन करते समय, आलाप टूटने लगता है। ध्यान करते समय मन टिकता नहीं है। अब रबाब से सुर नहीं निकलेंगे गुरु जी।" सदानन्द हाथ जोड़कर माफी माँगता है।

"हम तुम्हारे मन की भावना जानते-समझते हैं सदानन्द। फिर भी, पता नहीं क्यों उस पुराने समय में जाने का मन हो रहा है। याद है तुम्हें, बकाले में मैं गुफा में तपस्या करता था। तुम बाहर बैठे रबाब बजा रहे होते थे। ऐसे लगता था, जैसे सारी कायनात भी जाप कर रही हो। वो दिन भी कितने अच्छे होते थे। आह!" गुरु

तेग बहादुर अभी भी ऐसे आँखें बन्द करके बैठे हैं, जैसे बीते समय के रू-ब-रू बैठे हों।

"आपने जो फैसला किया है, गुरु जी, क्या यही उचित था?" सदानन्द दुःखी होकर पूछता है।

"क्या कहना चाहते हो सदानन्द भाई" गुरु आँखें खोलते हैं।

"मैं पूछता हूँ, कोई और रास्ता नहीं है, गुरुजी?"

"नहीं भाई सदानन्द। कोई और रास्ता नहीं है। बहुत विचार किया मन के साथ, दिमाग से। बहुत सोच-विचार किया, आने वाले समय के बारे में भी। अन्त में मुझे यही रास्ता मिला। दूसरों की परख करना आसान है। मगर स्वयं को परखना बहुत मुश्किल होता है सदानन्द।"

"मगर आप एक बार हमें परख कर देखते तो गुरु जी।" भाई सदानन्द उलाहने के अन्दाज़ में बोलता है।

"नहीं भाई सदानन्द, इस तरह से मत सोचो। तेरा परिवार सदा गुरु परिवार की सेवा में लगा है। तुम्हारा पुत्र जैता हीरा है। निडर, निश्छल, दिलेर। हमें उसकी आँखों में एक बवंडर नज़र आता है। चीते जैसी फुर्ती है उसमें। अगर वह अपने आप पर आ जाये तो लोगों को अपने पीछे लगा लेगा। मुझे उस पर बेहद विश्वास है। इसलिए मैंने उसे आनन्दपुर भेजा है। वह जिधर जायेगा, फतेह होगी। मुग़ल हाकिम हमारे साथ क्या व्यवहार करेगा, मालूम है। जैते से कहना, गोबिन्द राय का अंगरक्षक बन कर रहे। गुरु भला करेगा।"

"इस प्रकार क्यों सोचते हैं गुरु जी।" सदानन्द की आवाज़ भीग जाती है।

"हमें मालूम है, सदानन्द, हाकिमों की क्या मंशा है। इसलिए तो कह रहा हूँ, एक बार तेरी रबाब सुनने को मन करता है। क्या रबाब नहीं बजायेगा?"

सदानन्द की आँखों से परल-परल आँसू गिरने लगे। गुरु के चरणों की ओर शीश झुकाते हुए कराहने लगता है, "परीक्षा न लीजिए गुरु जी। रबाब मुझ से बजायी नहीं जायेगी।"

"इसी रबाब के कारण गृहस्थ जीवन में आया था सदानन्द। क्या मैं जानता नहीं।"

"जानता हूँ गुरु जी। सब आप की ही कृपा थी। कैसे भूल सकता हूँ।" सदानन्द आँखों से आँसू पोंछता है।

"तेरे विवाह का दिन याद आ रहा है सदानन्द।" गुरु के चेहरे पर महीन मुस्कराहट आती है।

"ना गुरु जी-ना।" सदानन्द फिर से हाथ जोड़ता है, "इस समय मुझ से ऐसे प्रसंग न सुने जायेंगे और न ही सुनाये जायेंगे।"

"इस तरह मन छोटा न कर सदानन्द। होनी तो घटेगी ही। फिर दुःखी होकर क्यों माना जाये। तुम्हारे परिवार के द्वारा की जाने वाली गुरुसेवा को सभी जानते हैं। हमें मालूम है कैसे संगता, गोबिन्द राय की पोशाक पहन कर पटना से आनन्दपुर आया है। ऐसी सेवा को फल ज़रूर लगेगा सदानन्द भाई। पीढ़ी-दर-पीढ़ी तुम लोग गुरुघर की सेवा करते आये हो। तुम्हारा पिता, तुम्हारा दादा—सारे गुरु परिवारों की सेवा में रहे। शबद गायन करते रहे। तुम्हारे घराने को संगीत-घराना कह कर लोग याद रखेंगे।"

"यह सब आपकी कृपा है गुरु जी। आप सदा हमारे सिर पर हाथ रखते आये हैं। हम तो आपके चरणों की ख़ाक हैं।"

"चरणों की ख़ाक न समझो सदानन्द। तुम्हारा परिवार तो हमारे गले के हार के समान है। चलो छोड़ो इन बातों को। बताओ, भाई आज्ञाराम राजी-खुशी तो है न?"

"ठीक है गुरु जी, धर्मशाला में ही है। आपके बारे में बहुत फ़िक्रमन्द है।"

"जैता और साथी आनन्दपुर रवाना हो गये हैं?"

"जी गुरु जी। अभी तक तो वे पानीपत-करनाल को पार कर गये होंगे। साथ में गुरबख्शे को भी भेजा है।"

"बहुत हिम्मत वाला और परिश्रमी है जैता। कितने भी जोखिम में हो, माथे पर बल नहीं डालता। उसके होते हुए, हमें आनन्दपुर की चिन्ता नहीं है।"

"आपकी मेहर है गुरु जी।" सदानन्द फिर हाथ जोड़ता है।

"अच्छा भाई सदानन्द, यहाँ बहुत देर तक रुकने का समय नहीं है। सेवकों से कहना, इधर कोतवाली की ओर आते समय सावधानी से रहें। अपना ध्यान रखना। आनन्दपुर वालों के अंग-संग रहना। सिख सेवकों से कहना, जो भी घटेगा, अकाल पुरख की रज़ा में रहना है। जैता जब आनन्दपुर से आये तो तुरन्त हम से आकर मिलेगा। गुरु सहायी होंगे। तुम सब खुश रहो।"

कोतवाल नज़दीक आ रहा है। सदानन्द समझता है। वह शीश झुका कर उठ कर खड़ा हो जाता है। गुरु तेग बहादुर नेत्र बन्द कर, सिमरन करने लगते हैं।

"हालात साज़गार नहीं हैं गुरु हजूर।" परेशान-सा लगता कोतवाल पिंजरे के पास आ खड़ा होता है।

"क्या शहंशाह दिल्ली आ रहा है?" गुरु पूछते हैं।

"नहीं, किसी कुत्ते के तुख्म ने, मेरी शिकायत दिल्ली से भेजी है। फतवा है, मैं सिखों के पीर की इमदाद (सहायता) करता हूँ।" कोतवाल चिन्तित है।

"अब्दुल्ला भाई, न कोई किसी की इमदाद लेता है, न कोई अपनी इच्छा से किसी की मदद करता है। ये तो कुदरत की लीला है। अकाल पुरख की रज़ा है।

सभी कुछ उसी के हुक्म से हो रहा है। हम सभी तो काठ की पुतलियाँ हैं। वह जैसा नाच नचाता है, जैसे खेल खिलाता है, हमें उसका शुक्रगुज़ार होना चाहिए।''

''सदानन्द आया था?''

''हाँ, हमारे कारण दुःखी है। वह हमारा बहुत ही सज्जन सेवक है।''

''जानता हूँ गुरु हज़ूर।''

''आपको भी इधर अधिक नहीं आना चाहिए।'' गुरु जी सावधान करते हैं।

''मेरे लायक कोई काम?''

''जब भी जैता या कोई अन्य सेवक आनन्दपुर से आयें, तुरन्त मुलाकात करवाना।''

''अपनी ओर से पूरा यत्न करूँगा।''

''सदानन्द का ध्यान रखना, अब्दुल्ला भाई। हमारा यह सेवक बहत ही ज्ञानवान पुरुष है।'' इतना कह कर गुरु तेग बहादुर फिर से नेत्र बन्द कर लेते हैं।

कोतवाल उनकी ओर बेहद हमदर्दी तथा श्रद्धा की भावना से खड़ा कुछ पल देखता रहता है। तभी एक सिपाही आकर बताता है, ''काज़ी वोहरा साहब कोतवाली की ओर आ रहे हैं।''

4

भाई सदानन्द को आज कुछ भी अच्छा नहीं लग रहा। मन बहुत ही बेचैन है। जब से कोतवाली में गुरु जी से मिल कर आया है, खुद को धिक्कार रहा है। गुरु की इच्छा पूरी नहीं कर पाया था। कहते थे, ''इसी रबाब के कारण गृहस्थ जीवन में आया है, नहीं जानता क्या?''

''जानता हूँ गुरु जी। जीवन के वे दिन कैसे भूल सकता हूँ।'' भटकता मन गाँव रायसीना की ओर जा रहा है। जीवन के सुनहरे क्षण जैसे पल में मन में उथल-पुथल करने लगे हैं। मन के इस चित्रपट पर यह सब कुछ क्यों उजागर होने लगा है? हैरान है सदानन्द। मन क्यों बीते समय में भटकने लगा है? जब तन-मन सब गुरु को समर्पित है, फिर भटकन कैसी? कहीं मेरी तपस्या में कोताही तो नहीं हो गयी? कहीं अपने परिवार के प्रति मोह की भावना तो प्रबल नहीं हो रही? क्यों मन नहीं किया रबाब बजाने को? क्यों कहा कि गुरु जी, मुझे परीक्षा में न डालिये? गुरु ने कितने अधिकार से और गर्व से कहा था। सदानन्द कराह उठता है। मन ही मन उस घड़ी को कोसने लगता है, जिस घड़ी वह इनकार कर

बैठा था। सारी उम्र रबाब ही तो बजाता रहा हूँ। बकाला में गर्भगृह के बाहर बैठा रबाब ही तो बजाता रहा था—गुरु अन्दर बैठे सिमरन करते रहते थे।

—इधर धर्मशाला में रबाब कोई कम बजायी है?—उसे याद आ रहे हैं, कलियाणे की धर्मशाला के वे दिन। गुरु जगन्नाथ। पण्डित शिव नारायण की पुत्री लाजवन्ती।

संगीत विद्यालय का आँगन।

—बड़े भाई आज्ञाराम जी, अपने शिष्यों को संगीत सिखा रहे हैं। संगीत सम्राट जगन्नाथ, आज विशेष तौर से आये हुए हैं। सदानन्द के गुरु हैं वह। देखने आये हैं, उनका शिष्य कितना कुशल हो गया है। अपनी ओर से गुरु जगन्नाथ ने, सदानन्द को प्रशिक्षण देने में कोई कसर नहीं छोड़ी है। यही देखने आये हैं। मेरी तपस्या व्यर्थ तो नहीं गयी।

सदानन्द झिझक रहा है। हृदय की धड़कन तेज़ हो रही है। यदि कोताही हो गयी, यदि आलाप सुर में न लगा, यदि लय बिगड़ गयी, अगर रबाब पर फिरते अँगुलियों के पोर काँपने लगे। इससे गुरु का अपमान होगा। वर्षों का रियाज मिट्टी में मिल जायेगा। इसी कारण डर लग रहा है।

सामने बैठे गुरु जगन्नाथ, पूरे विश्वास के साथ, स्वाभिमान के साथ अपने शिष्य की ओर देख रहे हैं। जानते हैं, "मेरी साधना का, मेरे उम्र भर के अनुभव का, मेरी तपस्या का, मेरी रियाज़ का, सदानन्द सम्मान रखेगा।"

आज्ञाराम इशारा करते हैं। सदानन्द गुरु के चरणों में शीश झुकाता है। रबाब पर माथा टेकता है। दोनों कान पकड़कर, किसी होने वाली भूल के लिए पहले से ही माफी माँग लेता है, फिर सुर छेड़ता है।

धर्मशाला के अहाते में, धीरे-धीरे यह कैसा आलम छा रहा है। श्रोता मन्त्रमुग्ध बैठे हैं। आँखें मुँदी हुई हैं। कभी-कभी, 'वाह—वाह। धन्य है, धन्य है।' की आवाज़ें सुनाई देती हैं। श्रोता झूम रहे हैं। धर्मशाला की छत पर पता नहीं कहाँ से मोर उतर आये हैं।

सदानन्द वज्द में आकर गाता जा रहा है।

रूहानी कीर्त्तन की आवाज़, कलियाणे की धर्मशाला की दीवारें लाँघ कर पड़ोस में बसते पण्डित शिव नारायण के घर के मुँडेरों तक जा पहुँचती है। पण्डित जी की लड़की लाजवन्ती अन्दर से निकल कर आँगन में आ खड़ी हुई है। हैरान है—कौन गा रहा है? पक्षी छतों पर उतर आये हैं। सारी देह कान बन गये हैं। वाह—! यह तो सदानन्द की आवाज़ है। इस तरह का रबाब और कोई नहीं बजा सकता।

यह आलाप, यह रबाब, रोज़ सुनती है लाजवन्ती। अपने पिता की तरह

वह भी संगीत प्रेमी है। कब वह दहलीज़ से बाहर निकली? कब भाई कल्याणे की धर्मशाला में दाखिल हो जाती है? श्रोताओं में आकर बैठ गयी? पता ही नहीं लगा। जैसे किसी ने उस पर जादू कर दिया हो, जैसे बिना डोर के कोई खिंचा चला आता है। शबद समाप्त हो गया। रबाब बजाते हाथ रुक गये हैं। मस्ती में आया एक मोर फुदकते हुए अपने पंख समेट लेता है। फिर कोय-कोय की आवाज़ करते हुए उड़ जाता है।

पण्डित जगन्नाथ अभी भी सुर तथा आलाप के प्रभावाधीन हैं। श्रोता मन्त्रमुगध हैं।

सदानन्द हैरान है। मन के अन्दर भंय है। चुपचाप श्रोताओं की ओर देखता है। लाजवन्ती नज़र आती है। हैरान है। यह कब आयी? फिर गुरु जगन्नाथ की ओर देखता है। इतनी खामोशी? मैं अच्छा गायन नहीं कर पाया या यही है संगीत का जादू? यह क्या? गरु जगन्नाथ उठ कर उस की ओर आ रहे हैं। क्या कान पकड़ कर खींचेंगे? कहेंगे—मेरी साधना बेकार गयी।

परन्तु गुरु ने तो उसे बाँहों में भर लिया है। "वाह! सदानन्द वाह! तुमने मेरी साधना की लाज रख ली है रे। अब मैं तुम में जीवित रहूँगा। संगीत कभी नहीं मरता रे सदानन्द।"

सदानन्द, गुरु जगन्नाथ के चरणों की ओर झुकता है, "यह आपका आशीर्वाद है गुरु जी। यह सब आपकी बख्शीश है।" खुशी में बौराया सदानन्द पता नहीं क्या-क्या कहता जा रहा है।

श्रोता एक-एक करके जाने लगे हैं।

लाजवन्ती पत्थर के समान बुत बनी बैठी है।

कल्याणे की धर्मशाला में बैठी लाजवन्ती नज़रें झुकाये है। ध्यान पता नहीं कहाँ अटक गया है। भाई आज्ञाराम उठ कर लाजवन्ती के पास आता है।

"पण्डित शिव नारायण तो ठीक रहते हैं, लाजवन्ती पुत्र?"

चौंकती है एकदम लाजवन्ती। हैरान होकर इधर-उधर देखती है। हैं—श्रोता जा चुके हैं। इस प्रकार बैठे हुए लाजवन्ती सचमुच लजा जाती है। फिर सँभलती है। सिर से उतर गये दुपट्टे को ठीक करते हुए कहती है, पिता जी ठीक हैं, ताया जी।" आज्ञाराम भाई को—जहाँ भी ऐसे सेवक आते हैं, सदानन्द की तरह 'ताया जी' कह कर बुलाती है।

"अभी घर नहीं जाना बेटा?" आज्ञाराम फिर से पूछते हैं।

"और नहीं गायेगा सदानन्द?" थोड़ा शरमा कर पूछती है लाजवन्ती।

"यह तो सदानन्द ही बता सकता है बेटा।"

सदानन्द का पूरा ध्यान उनकी बातों की ओर है। सुनकर मन के अन्दर गुलाब खिल गये हैं। जी चाहा कहे, "अगर तू इस तरह से ही बैठी सुनती रहे तो मैं सारी (ज़िन्दगी) हयाती गायन कर सकता हूँ। मगर, गुरु बैठे हैं। बड़े भाई यहीं हैं। संकोच से बैठा रहता है। एक बार जी भर कर के लाजवन्ती की ओर देखने का हौसला करता है। लाजवन्ती और भी शरमा जाती है। हमदर्दी भरी एक गहरी साँस लेती है और उठकर चली जाती है।

सदानन्द जानता है, लाजवन्ती सिर्फ संगीत सुनने के लिए ही नहीं आती। उसकी आँखें बहुत कुछ कहने लगती हैं। सदानन्द, कभी-कभी बहुत उदास हो जाता है। नादान है लाजवन्ती। भोली है। नहीं जानती, यह रिश्ता किसी को भी स्वीकार नहीं होगा। कहाँ पण्डित शिव नारायण, औरंगजेब बादशाह का दरबारी। कहाँ एक रंघरेटा, एक चांडाल, एक नीच जात, एक शूद्र, सदानन्द। अगर अपने बारे में बता दूँ, संगीत सुनने तो क्या आना है, मेरे साये से भी दूर भागेगी।

कुछ ही दिनों बाद, यह क्या सुनता है सदानन्द? हैरान है, उसे विश्वास नहीं हो रहा। लाजवन्ती ने अपने पिताश्री को कहा है, "अगर विवाह करेगी तो सदानन्द के साथ ही करेगी। नहीं तो सारी हयाती क्वाँरी रहेगी।"

पण्डित शिव नारायण समझता है। दूरदर्शी है। सदानन्द के अन्दर छिपे गुण, अच्छाइयाँ, संगीत के प्रति लगन, गुरुघर की ओर श्रद्धा के बारे में उसे पता है। ऐसा लड़का पण्डितों में ढूँढ़ने पर भी नहीं मिलेगा। जाति-बिरादरी ऊँची हो सकती है। मगर लड़का इतना गुणवान होगा? शायद नहीं। अपनी पुत्री लाजवन्ती को पास बिठाता है। पितरी मोह से उसके सिर पर हाथ रखते हुए पूछता है, "सदानन्द शूद्र है। यह जानते हुए भी उस से विवाह करना चाहोगी?'

"पिता जी, मैंने उस शूद्र के भीतर मनुष्य को देखा है। ब्राह्मणों के लाखों लड़के मिल कर भी उस जैसे नहीं हो पायेंगे।"

शिव नारायण पुत्री की खुशी में रहने वाला ब्राह्मण है। रजामन्दी से, सदानन्द तथा लाजवन्ती की सगाई हो जाती है।

लाजवन्ती को अब भी सदानन्द से लज्जा आने लगी है। धर्मशाला में संगीत

सुनने आने में एक झिझक उसे रोकती रहती है।

"क्या मैं पहले की तरह सुर में गायन करना भूल गया हूँ?" एक दिन मौका देखकर पूछता है सदानन्द।

"किसने कहा है ऐसा?" हैरान होकर लाजवन्ती सदानन्द की ओर देखने लगती है।

"जब मैं शबद गायन करता हूँ, पहले की तरह तेरे दीदार नहीं होते। मन भटक जाता है। आलाप गड़बड़ा जाता है।"

"सगाई हो जाने के बाद लड़की को घर के अन्दर ही रहना चाहिए। हमारी हिन्दू रीति यही कहती है।"

"चाहे लड़का तरसता रहे, तड़पता रहे...?" सदानन्द के चेहरे पर धीमी-धीमी मुस्कराहट है।

"ऐसा न कहो सदानन्द। अब तो विवाह के बाद ही आमने-सामने बैठने का, आपको देखने का, रबाब सुर सुनने का, आलाप सुनने का सौभाग्य मिलेगा।" कह कर लाजवन्ती अपने घर की ओर भाग जाती है।

वो भी कैसे दिन थे। आह भरने पर सदानन्द के भीतर से सेक निकलता है। आज भी उसे, हिरनी की भाँति छलाँगें लगाती भागती हुई लाजवन्ती नज़र आती है। मगर लाजवन्ती की ऐसे खुशी से उड़ने की उम्र कितनी देर तक रही। कितनी गर्म हवाएँ उसे जलाकर निकलीं। सदानन्द को एक-एक पल याद है।

पण्डितों की बिरादरी एकत्रित है। शोरगुल मचा हुआ है। आज, पण्डित शिव नारायण और उसकी पुत्री लाजवन्ती की ओर से जानबूझ कर किये गये घोर पाप की सज़ा सुनाई जायेगी।

"यह कैसे हो सकता है? सूर्य पश्चिम से उदय हो सकता है। नदियाँ, पर्वत उल्टी दिशा में हो सकते हैं। धरती पाताल के नीचे जा सकती है। परन्तु ब्राह्मण पुत्री, एक शूद्र चांडाल के साथ ब्याही नहीं जा सकती।" एक पण्डित खड़ा होकर घोषणा करता है।

"मैं आप सभी ब्राह्मणों की, अपने भाईचारे की कद्र करता हूँ।" पण्डित शिव नारायण हाथ जोड़ कर खड़ा हो जाता है, "मगर मैं पिता भी हूँ। पुत्री की भावनाएँ समझता हूँ। मैंने उस शूद्र में से एक मनुष्य को देखा है। वह गुणी है, समझदार है। हमारे अधिकतर ब्राह्मणों में से अधिक विद्वान है वो।"

"यह हमारी तौहीन है। ब्राह्मणों की सरासर बेइज़्ज़ती है। एक शूद्र विद्वान

कैसे बन सकता है या समझा जा सकता है। हमारा फैसला है—पण्डित शिव नारायण तुरन्त इस सगाई को तोड़ दे या फिर पण्डित बिरादरी से बाहर निकल जाये। रोटी-बेटी की साँझ समाप्त कर दे...।''

ये दोनों फरमान कितने दुःखदायी थे, पण्डित शिव नारायण के लिए। एक को स्वीकार करता है तो पुत्री का जीवन बर्बाद होता है। दूसरे को स्वीकार करता है तो सारा खानदान विपदा में जा पड़ेगा।

आज फिर सदानन्द धर्मशाला में उसी स्थान पर खड़ा है, जहाँ गुरु के सम्मुख उसने गायन किया था। सोच रहा है, ''कैसा था ब्राह्मणों का यह विधान? शूद्र न विद्वान बन सकते हैं या समझे जा सकते हैं। अभी-अभी कोतवाली से आया है। गुरु को बेहद तंग पिंजरे में बैठा देख, मन कितना दुःखी है। ...आज गुरु, इन ब्राह्मणों के जीवन की रक्षा के लिए ही नज़रबन्द हैं। कैसी विडम्बना है।

तब आखिर पण्डित जी को, एकत्रित ब्राह्मणी भाईचारे के सामने झुकना पड़ा था। हारना पड़ा था। मुझे बताया था एक मित्र ने, शिव नारायण ने कितना दुःखी होकर कहा था, ''ठीक है, मैं अपनी हार स्वीकार करता हूँ। मैं अपनी पुत्री को 'कोयल नगर'* भेज देता हूँ। दिल्ली से दूर रहेगी तो क्या मालूम, समय के साथ मन बदल जाये।''

और सगाई तोड़ दी गयी थी।

जब से गुरु जी से मिल कर आया है, सदानन्द उदास है। जैता दिल्ली में नहीं है आनन्दपुर जाते समय रास्ते में कितनी विपदायें घेरेंगी। यही सोचकर मन अधिक बेचैन हो रहा है। भाई आज्ञाराम जानता है, सदानन्द परेशान है। यह चिन्ता आत्म-मन्थन से दूर होगी, आज्ञाराम समझता है। इसीलिए छोटे भाई के साथ और विचार-विमर्श करके उसे और अधिक परेशान नहीं करना चाहता।

सर्दी बढ़ रही है। हवा चलने लगी है। सदानन्द सीढ़ियाँ चढ़ कर धर्मशाला की छत पर आ जाता है। दूर-दूर तक कोई एकाध घर नज़र आता है। शिव नारायण घर की ओर देखता है। अब वहाँ क्या है। फिर यादों में उतर जाता है।

—जब लाजवन्ती कोयल नगर भेज दी गयी थी। मेरे लिए तो सारा संसार ही सूना हो गया था। इतना वैराग्य, इतनी बिरहा। रबाब बजाना भूल गया। खाना-पीना भूल गया। मैं तो पागलों की तरह इधर-उधर घूमने लगा था। बीमार

* अलीगढ़ (यह पण्डित का पुश्तैनी नगर है।)

हो गया। बिस्तर पकड़ लिया। मन में बार-बार यही आ रहा था कि—मैं चांडाल हूँ। मैं शूद्र हूँ। मैं नीच हूँ। मेरी छुअन से ब्राह्मणों का जीवन भ्रष्ट हो जाता है। मगर—क्या नीचों के, ब्राह्मण के से दो हाथ, दो पैर, दो आँखें नहीं हैं। उनकी तरह से मेरे भीतर भी हृदय नहीं धड़क रहा है? पण्डितों के लहू का रंग, मेरे लहू के रंग से अलग है? यदि अलग है तो आज गुरु जी, इनकी खातिर, कैद में क्यों जुल्म सह रहे हैं?

मन गुस्से से तथा रोष से भर जाता है।

—ठण्ड और भी बढ़ रही है। नीचे से छत पर अधिक ठण्ड महसूस हो रही है। लाजवन्ती के दिल्ली से चले जाने के बाद, मेरी हालत देखकर, आज्ञाराम ने कब पिता जी को बुला भेजा, मैंने तो अचानक उन्हें अपने सामने पाया।

अच्छा ही हुआ, पिता जी आ गये, नहीं तो मैं सचमुच पागल हो जाता। पागल होने जैसी अनेक घटनाएँ घटती जा रही हैं। मैं क्या कर सकता था—शायद हर किसी के साथ ऐसा ही होता होगा।

मालूम नहीं किसने आकर बताया था, 'कोयल नगर', जाकर लाजवन्ती ने कहा है, "अगर विवाह करेगी तो सदानन्द के साथ करेगी। नहीं तो सारी उम्र क्वाँरी बैठी रहेगी।"

मन ठिकाने आ गया था कुछ-कुछ। यह हुई न बात। अब देखेंगे एक विवाह योग्य लड़की को क्वांरी रखने का पता ब्राह्मणों को लगेगा या नहीं। मगर तब, यह मेरी कितनी खुदगर्ज़ी थी। मेरे शूद्र होने की सज़ा लाजवन्ती को क्यों मिले? उसे विवाह करवा लेना चाहिए। उसे विवाह करवाने के लिए काफी ब्राह्मण लड़के मिल जायेंगे। यह तो अब सोच रहा हूँ, तभी तो मन बड़ा बेचैन तथा परेशान रहने लगा था। ऐसी तड़प-भटकाव ने ही शरीर पर मारक असर किया था। बीमार रहने लगा था।

इन्हीं दिनों में ही आये थे, पिता जी।

पिता जी को मिलते ही, मुझे बहुत शर्म आयी थी। कितने दुःखी हुए थे पिता जी मुझे देख कर, आज्ञाराम ने उन्हें एक ओर ले जाकर सारी व्यथा सुना दी थी।

अब पिता जी के तेवर बदल गये थे। वह अधिक न बोल पाये।

झिड़का भी नहीं था। मेरे पास आकर सिर पर हाथ फिराकर उन्होंने अपना फैसला सुनाया।

"सदानन्द अब दिल्ली में नहीं रहेगा। मेरे साथ जायेगा।"

मैं भी चाहता था यहाँ दिल्ली में न रहूँ। जितनी जल्दी दिल्ली की गलियों से दूर चला जाऊँ, उतना ही अच्छा है और मैंने तुरन्त तैयारी कर ली थी।

सारे रास्ते पिता जी बहुत कम बोले। यही पूछते रहे, "सदानन्द थक तो नहीं गया? ठीक है न तू? पानी तो नहीं पीना?" एक पड़ाव पर बरसाती नाले पर हाथ-मुँह धोते समय तथा आराम करते हुए मेरे पास बैठ गये, "सदानन्द पुत्र, जवानी का जोश चार दिन की चाँदनी होती है। इसके जोश में, अपनी बिरादरी, अपना भाईचारा, अपनी जात, अपनी औकात, अपना गोत्र, अपनी मर्यादा नहीं भूली चाहिए।"

"समझ गया पिता जी" मैंने इतना ही कहा था।

"पुत्र, मैं तुम्हें बकाले छोड़ दूँगा। तेग बहादुर के पास ले जाऊँगा। वह बहुत तपस्वी है। कितने वर्षों से गर्भगृह में बैठे तपस्या कर रहे हैं। गुरुबाणी से जुड़ेगा तो मन का भटकाव भी दूर होगा। शबद गायन करना तू जानता ही है। वहाँ रह कर अपना भविष्य सँवार लेगा। पीछे जो भी भूलें हुईं, वे भी बख्श दी जायेंगी।"

"पिता जी, जहाँ आप कहेंगे, वहीं रहूँगा। अभी तो किसी बात का विरोध करने का कोई तुक ही नहीं रहा पिता जी।" मैं अपने मन को घेर-घेर कर एक ठिकाने लाने के यत्न में था।

"ऐसा न कहो पुत्र। तेग़ बहादुर के साथ जुड़ेगा तो सारे कष्ट-क्लेश मिट जायेंगे। वह शुद्ध मनुष्य है। न उसे गद्दी की लालच है, न दुनियावी मोह है।"

और पिता जी, मुझे बकाले छोड़ गये थे।

"सदानन्द भाई ठण्ड बढ़ गयी है! नीचे उतर आ। कोतवाली की ओर भी जाना है।" नीचे से आती भाई आज्ञाराम की आवाज़ से सदानन्द चौंक कर सोचों से बाहर निकला और एक लम्बी साँस भर कर, नीचे उतर आता है।

5

भाई सदानन्द धर्मशाला के एक कमरे में लेटा है। मन उचाट है, वैराग्य में है। भाई आज्ञाराम के साथ कोई विचार करने के लिए मन राज़ी नहीं हुआ। खाट पर लेटा, छत की कड़ियों की ओर एकटक देख रहा है। पर मन तो छत के पार दूर बहुत पीछे अभी भी भटक रहा है। सोच रहा हूँ—अच्छा ही हुआ, तभी दिल्ली से चला गया था। तभी दिल्ली तो क्या, मैं तो अपने-आप से भी दूर भाग रहा था। गुरु जी के साथ जा जुड़ा। प्रभु सिमरन में लीन हो गया। दिल्ली की यादें, गुरु की दिन-रात की सेवा में दबा दी। कितना प्यार देते थे, माता नानकी, माता गुजरी। अपने घर का सदस्य ही समझते थे। अभी भी वह ऐसा ही समझते हैं।

मन में दूसरी भावना कभी आयी ही नहीं। जैता को तो अपना ही बच्चा समझते हैं। जैता गुरुघर के महलों में खेल कर ही पला-बढ़ा है। जवान हुआ है। माता गुजरी तो पास बिठा कर उसे खिलाती रही हैं। कभी हमें नहीं चेताया—हम शूद्र हैं। चांडाल हैं? यहाँ तो कभी दुर्भावना आयी ही नहीं।

"यदि गुरु जी की कृपा न होती तो मैं कहाँ से परिवार का सुख देख पाता? कहाँ गृहस्थ जीवन में आ सकता था। लाजवन्ती के साथ विवाह तो मैं सपने में भी नहीं सोच सकता था।"

"आज कमरे की छत तले लेटा हुआ, मैं उन दिनों को हू-ब-हू देख रहा हूँ, सदानन्द।"

तेग़ बहादुर अन्दर गर्भगृह में बैठे तय कर रहे थे। सदानन्द गर्भगृह के बाहर बैठा रबाब बजा रहा है। रात टिकी हुई है। आसमान में तारे, धूप में खिली कपास की तरह चमक रहे हैं। रूहानी सुर कायनात में गूँज रहे थे। पता ही नहीं चला, कब तेग बहादुर जी गर्भगृह से बाहर आकर पास बैठ गये थे। सुर में इतना वैराग्य, इतनी दर्द से भीगी आवाज़—'बहुत जन्म बिछुड़े रे माधो, ये जन्म तुम्हारे लेखै—। सब कुछ ठहरा-ठहरा, रुका-रुका सा प्रतीत हो रहा है। सारे नक्षत्र व ब्रह्मांड सब कुछ स्थिर हो गये थे।

रोकना नहीं चाहते थे तेग़ बहादुर। मगर मन का क्या करूँ, काबू में न रहा। पूछते हैं, "आवाज़ में इतनी पीड़ा क्यों छुपाये बैठा है सदानन्द?"

सदानन्द चौंकता है। ठहरी हुई कायनात फिर हरकत करने लगती है।

तेग़ बहादुर की ओर देखता है। चुप होकर नज़रें झुका लेता है।

"तू तो रो भी रहा है सदानन्द?" तेग़ बहादुर हैरानी से कहते हैं।

"माफी माँगता हूँ। आपकी तपस्या में रुकावट डाली।" कहते हुए सदानन्द आँखें पोंछता है।

"इतना उदास क्यों है? क्या दुःख है? तेग़ बहादुर सचमुच उसकी उदासी से भीग जाते हैं।

"कह नहीं पाऊँगा।" कह कर सदानन्द और भी उदास हो जाता है।

"ठीक है। तुझसे कुछ बताने के लिए हम ज़ोर नहीं डालेंगे। मगर एक बात है सदानन्द। अपने दुःख को दूसरे से बताने से मन हल्का हो जाता है। दुःख घट जाता है।" कह कर तेग़ बहादुर गर्भगृह के अन्दर जाने के लिए उठ खड़े होते हैं। सदानन्द रोक लेता है।

"नाराज़ मत होइए। मैं नहीं चाहता था कि अपनी व्यथा सुनाकर किसी दूसरे को दुःखी करूँ।" सदानन्द नम्रता से कहता है।

तेग़ बहादुर फिर से सदानन्द के पास बैठ जाते हैं।

आसमान में घने बादल छाये हुए हैं। सदानन्द धीरे-धीरे उघड़ने लगता है। कभी-कभी नज़र आता आधा चाँद भी जैसे रुक-रुक कर सदानन्द की बात सुन रहा हो। पता नहीं कितना समय गुज़र गया। जब सदानन्द आह भर कर खामोश हुआ तो तेग़ बहादुर नज़रें झुकाये बैठे हैं। गहरी सोच में डूबे हुए।

"तुम इतना वैराग्य न करो सदानन्द।" तेग़ बहादुर उसके कन्धे पर हाथ रख कर धीरज देते हैं, "तेरी शादी वहीं करने के लिए कोई रास्ता निकालेंगे, जहाँ तेरी सगाई हुई है।"

"मैंने तो शादी का ख्याल ही मन से निकाल दिया है। मैं अब सिर्फ़ आपके चरणों से ही जुड़ कर रहूँगा। पिता जी की भी यही इच्छा है। मेरी भी यही इच्छा है। गुरुघर की सेवा करता रहूँ। आपके आशीर्वाद के साथ वाणी गायन करता रहूँ। अन्य सभी इच्छाएँ मैंने मार दी हैं।"

"ऐसा न कहो सदानन्द। हमें तुम्हारी भटकन का अन्दाज़ा है। इस प्रकार दबा देने से इच्छाएँ नहीं मरतीं।"

"मगर मैंने मार दी हैं, गुरु जी।"

"हमें गुरु न कहो सदानन्द। गुरु का रुतबा बहुत ऊँचा है। गुरु बनना और बात है, गुरु कहलाना और बात है।" तेग़ बहादुर बरज देते हैं।

"मेरे लिए तो आप ही गुरु हैं। यहाँ आकर मन की भटकन शान्त हुई है।"

"मन का भटकाव अभी शान्त नहीं हुआ सदानन्द। तेरी रबाब से, तेरे शबदों से, अभी भी दिल्ली की गलियों की तड़प सुनाई देती है।" तेग बहादुर, सदानन्द की आँखों में झाँकते हैं तो सदानन्द नज़रें झुका लेता है।

"सच कहते हैं गुरु जी, भटकाव शान्त नहीं हुआ।" धीमे से सदानन्द इस बात को स्वीकार कर लेता है।

"हम कह रहे हैं न, गुरु न कहो हमें।" तेग़ बहादुर फिर बरज देते हैं।

"अपने गुरु को गुरु न कहूँ तो क्या कहूँ?" सदानन्द हैरानी से गुरु की ओर देखता है।

"जो भी मन हो सो कहो, भाई, मित्र, बन्धु कुछ भी कहो। बस गुरु न कहो।"

"मैं यत्न करूँगा गुरु जी," सदानन्द के मुँह से फिर 'गुरु' सुन कर तेग़ बहादुर के चेहरे पर मुस्कुराहट आ जाती है। सोचते हैं—कितना भोला चेहरा है। चांडाल है, शूद्र है। इसी कारण इतना धक्का हुआ है। वह जानते हैं, पण्डित

शिव नारायण को। धर्म प्रचार के समय दिल्ली में मिले थे हमें। अब एक बार फिर मिलना होगा। सदानन्द के लिए। लाजवन्ती के लिए। "मन छोटा न करो सदानन्द। अकाल पुरख सहायी होगा। तेरी शादी लाजवन्ती से ही होगी। उठ, उठकर रबाब बजा।" सदानन्द की अँगुलियाँ रबाब की तारों पर थिरकने लगती हैं।

अभी पूरा महीना भी नहीं गुज़रा। एक दिन सन्ध्या समय तेग़ बहादुर ने सदानन्द को अपने पास बुला भेजा।

"...मालूम नहीं क्या कहेंगे, क्या पूछेंगे गुरु जी?" डोलते मन से सदानन्द गुरु जी के चरणों से जा लगा। हृदय की धड़कन हथौड़े-सी तेज़ सुनाई दे रही है। चेहरे पर घबराहट है।

"यह क्या दशा बना रखी है सदानन्द।" तेग़ बहादुर मोह से पूछते हैं।

सदानन्द हमेशा की तरह चुप है। बहुत कम बोलता है। मन उदास होता है तो रबाब बजाने लगता है। यह सब जानते हैं गुरु तेग़ बहादुर।

"सदानन्द, हमने पता कर लिया है। पण्डित शिव नारायण की बेटी ने भी प्रण लिया हुआ है, वह सारी उम्र विवाह नहीं करवायेगी।"

सुनते ही सदानन्द, अचम्भे से गुरु तेग़ बहादुर की ओर देखता है। इन्होंने कैसे जान लिया? कौन गया? किसे भेजा?

"हैरान न हो सदानन्द। पण्डित जी भी काफी दुःखी हैं। अपनी बेटी को वह भी देख नहीं सकते। गुरु नानक मेहर करेंगे। तेरा विवाह वहीं होगा।"

मन के अन्दर दबी भावनाएँ, ज्वालामुखी की भाँति भड़क उठती हैं। अब सदानन्द के जीने का भी कोई अर्थ है। रबाब का भी कोई अर्थ है। सुर तथा आलाप में भी सावन की झड़ी जैसा सरूर है।

सचमुच करामात हो गयी। पण्डित शिव नारायण ने बिरादरी की कोई परवाह नहीं की। तेग़ बहादुर ने, पण्डित जी को कैसे प्रेरित किया। यह तो तेग़ बहादुर तथा अकाल पुरख ही जानते हैं। दूसरों के लिए यह अनोखा विवाह है। वर शूद्र, चांडाल, नीच जाति का तथा वधू सवर्ण जाति की ब्राह्मण कन्या। न बारात की भीड़, न लड़की की बिरादरी के रिश्तेदार-सम्बन्धी आदि। तेग़ बहादुर ने जोड़ी को आशीर्वाद दिया। गुरुघर के लिए तो यह कोई अचम्भे वाली बात नहीं थी। यहाँ ऐसा कोई भेदभाव न तब था न अब है। सोच रहा है सदानन्द। आज उसी

लाजवन्ती का पुत्र जैता, गुरु जी का इतना विश्वासी, गुरुघर के साथ इतना प्रेम! उसी को आनन्दपुर भेजा है गुरु जी ने। गर्व से मन गद्गद हो रहा है। मगर अगले ही पल वह दुःख से घिर जाता है। इतना परोपकार करने वाले गुरु, आज एक तंग पिंजरे में बन्द हैं। वह भी दूसरों के लिए, जिन्होंने हमेशा हमें अपने पैर की जूती भी नहीं समझा। गहरी साँस भरता है सदानन्द।

''आज भोजन नहीं करना सदानन्द...?'' कमरे में दाखिल होते ही भाई आज्ञाराम पूछता है।

''मन नहीं कर रहा। आप सभी छक लीजिए।'' सदानन्द वैसे ही छत की ओर ताकता रहता है।

''आज सुबह भी भोजन नहीं किया तुमने?''

''तब भी मन नहीं किया था। कोई ख़बर आयी आनन्दपुर से? कहाँ तक पहुँचेंगे जैता आदि?''

''अभी कोई ख़बर आयी नहीं।'' बता कर आज्ञाराम बाहर आ जाता है। जानता है, अब बार-बार कहने पर भी सदानन्द भोजन नहीं करेगा।

सदानन्द को बहुत बुरे ख्याल आने लगे। कहीं रास्ते में पकड़े तो नहीं गये? तुर्क सिपाहियों के साथ कहीं झड़प तो नहीं हो गयी? अगर जैता ज़ख्मी हो गया—अगर जैता मारा गया। नहीं-नहीं—कहते हुए सदानन्द सिर झटक कर विचारों से पीछा छुड़ाता है। मुझे वह समय भूल नहीं रहा। गुरु के आशीर्वाद के साथ, गुरु की मेहर के कारण, जैते ने यह संसार देखा है। विवाह के पश्चात् एक-एक पल उसे याद है।

कैसे लाजवन्ती ने अपने नाम की लाज रख कर दिखाई थी। माता नानकी तथा गुजरी की सेवा में इतनी लीन हो गयी,—उन दोनों ने इसका नाम ही 'प्रेमो' रख दिया। महल में हमेशा उसकी ज़रूरत रहती। 'घर के अन्दर वस्तुएँ कहाँ रखी है?' प्रेमो से पूछो।

'दूध को कितना जाग लगानी है।' प्रेमो से पूछो।

'सुबह मधानी कब लगानी है?' प्रेमो से पूछो।

'घर में घी कितना है?' प्रेमो से पूछो।

'लंगर के लिए ईंधन तैयार है।' प्रेमो से पूछो।

कभी माता नानकी प्रेमो को बुला रही है, कभी माता गुजरी बुला रही है। संगत तो उसका असली नाम ही भूल गयी। कोई 'बीबी प्रेमो' कह कर आवाज़ देता तो कोई 'माता प्रेमो।'

विवाह हुए अभी ढाई-तीन बरस कैसे बीत गये, पता ही नहीं चला। आज

उस घड़ी को याद करते सदानन्द के चेहरे पर फीकी-सी मुस्कान आ गयी है। लाजवन्ती ने ही उसे एक रात बताया था—वह माता गुजरी के पैर दबा रही है। धीमे स्वर में शबद भी गा रही है। सदानन्द का गायन किया यह शबद उस पर जादू कर देता है।

सहजता से माता गुजरी पूछती है, "प्रेमो, विवाह हुए इतना समय हो गया। कोई बाल की उम्मीद है कि नहीं?"

क्या बताये प्रेमो? शरमा कर अपना सिर माता गुजरी के चरणों पर रख देती है। सचमुच की लाजवन्ती है। माता गुजरी सोचती है।

गुजरी माता के चरणों पर सिर रखते ही सोचती है, अगर यही बात मैं माता से पूछूँ? आप को भी इतने बरस हो गये हैं विवाह रचाये*। अपने आँगन में भी अभी तक कोई बाल नहीं खेल रहा है। पूछा नहीं। झिझक गयी। प्रेमो को चुप देख कर माता गुजरी ज़ोर डालने लगी तो शरमा कर कहा, "सदानन्द तो गृहस्थ कर्म से दूर ही रहते हैं। गुरु जी की सेवा में लीन हैं।"

"अच्छा! आज उनसे कह कर सदानन्द के कान खिंचवाती हूँ।" कितने अपनेपन से कहा था, माता गुजरी ने। कितना गर्व हुआ था लाजवन्ती को। इतना स्नेह! इतना प्यार!

अगले ही दिन जब गुरु जी ने ताड़ना की, "सदानन्द, गुरुघर की सेवा के साथ-साथ कुछ दुनियावी फर्ज़ भी अदा करने होते हैं।"

"मुझ से कोई गलती हो गयी क्या गुरु जी?" सदानन्द घबरा गया था।

"बीबी प्रेमो, अपना सब कुछ त्याग कर, तेरे आसरे आयी है।"

"यह सब आपकी कृपा से हुआ है।" सदानन्द हाथ जोड़ता है।

"अब तुम्हारा भी तो उसके प्रति कोई फर्ज़ बनता है। तभी तो भक्ति परवान होगी।"

"हुक्म करें, मुझे क्या करना चाहिए?"

"गृहस्थ जीवन में रहते हुए भी, अपने प्रभु के साथ मन जोड़ा जा सकता है। गुरु नानक ने यही शिक्षा दी है।"

"मेरे भक्ति में कोई कमी है क्या गुरु जी?"

"तेरी भक्ति में कोई कमी नहीं है, सदानन्द। तू गृहस्थ जीवन के अपने कर्म से मुँह मोड़ रहा है।"

तब मुझे गुरु जी के सामने कितनी शर्म आयी थी।

---

* गुरु तेग़ बहादुर का विवाह 1641 में हुआ। गुरु गोबिन्द सिंह का जन्म 1666 ई. में हुआ था।

समय पाकर लाजवन्ती ने एक बच्चे को जन्म दिया। गुरु जी ने उसका नाम रखा–जैता।

आज वही जैता गुरु जी का सन्देश लेकर आनन्दपुर गया हुआ है। उनके महल में ही पला-बढ़ा है। गुरुघर के आशीर्वाद के साथ ही उसका ज़न्म हुआ है। हम से ज़्यादा हक गुरु जी का है जैते पर। सभी माताएँ उसे कितना प्यार करती हैं। ज़रा भी इधर-उधर चला जाये तो पूछने लगती हैं, कहाँ है जैता? कहाँ गया? उसने कुछ खाया भी या यूँ ही भूखे पेट खेल रहा है। ढूँढ़ कर लाओ उसे...।

वह मिलता, कभी गुरु जी के गर्भगृह से, कभी लंगर से, कभी घोड़ों के अस्तबल से। डर तो उसे आता ही नहीं था। अब भी कौन-सा वह किसी से डरता है।

एक दिन अचानक बकाले में शोर मच गया। सदानन्द गर्भगृह के बाहर बैठा रबाब बजा रहा है। एक सेवक आकर बताता है। कोई व्यापारी आया है–दूर देश से, गुरु को ढूँढ़ रहा है।

''गुरु को ढूँढ़ रहा है। गुरु क्या खोया हुआ है?'' सदानन्द व्यंग्य से पूछता है।

''तुम्हें नहीं मालूम, बाईस गुरु गद्दी धारण किये बैठे हैं।''

''बाईस गुरु?'' सदानन्द हैरान होता है, ''यह बाईस गुरु कैसे और कहाँ से आये हैं?''

''तेग़ बहादुर से पूछो। क्या मालूम वो जानता हो।'' और सदानन्द रबाब को एक ओर टिका कर गुरुजी के पास गर्भगृह में उतर जाता है।

6

गर्भगृह के बाहर, कुछ दूरी पर माता नानकी एक चारपाई पर बैठी, पश्मीने की लोई पर फूल-पत्तियाँ काढ़ रही है। साथ में कुछ गुनगुना रही है। सोच भी रही है, मेरे पुत्र पर यह लोई कितनी जँचेगी। सदानन्द, अभी-अभी उठ कर अन्दर, तेग़ बहादुर के पास गया है। कितना भला लड़का है। तेग़ बहादुर का बहुत ख्याल रखता है। गुरु नानक भला करे। खुशी-खुशी जिये। परिवार बढ़े-फले। स्वयं ही उसके अन्दर से आशीर्वाद निकल रहा है।

"कोई सौदागर आया है बाहर। तेग़ बहादुर को मिलना चाहता है।" एक सेवक आकर बताता है, माता नानकी से।

"तेग़ा पुत्र तो किसी से मिलना नहीं।" माता नानकी इनकार कर देती है।

"मैंने कहा था माता जी। वह मान नहीं रहा। कहता है, अगर रोकोगे तो ज़बरदस्ती गर्भगृह में चला जाऊँगा।"

"यह कोई ज़बरदस्ती है। मैं देखती हूँ, कौन है सौदागर?"

बाहर शोरगुल सुनकर सदानन्द गर्भगृह से बाहर निकल आता है।

"क्या बात है माता जी?"

"सदानन्द पुत्र, देखो न, बाहर कोई तेगा पुत्र से मिलने की ज़िद कर रहा है।"

मक्खन शाह लुब्बाणा। बड़ा सौदागर। हीरे-जवाहरात का व्यापारी। अपना जहाज...। सिख गुरुओं का अनन्य श्रद्धालु। सदानन्द को बताया, "मेरा जहाज कीमती सौगातों से भरा हुआ, गुरु जी ने डूबने से बचा लिया है। मैं तो बर्बाद हो जाता। समुद्र में ही जहाज के साथ गर्क हो जाना था। गुरु ने हाथ देकर रख लिया। गुरु को ढूँढ़ने आया हूँ। मन्नत पूरी करनी है। मुझे बकाले के लोगों ने बताया है, यहाँ गर्भगृह में एक तेग़ बहादुर भी दिन-रात सिमरन करता है। क्या मालूम, मेरा गुरु वही हो।"

"यहाँ कोई गुरु नहीं है।" सदानन्द कुछ सख्ती से कहता है।

"मुझे मिल तो लेने दो।" मक्खन शाह अर्ज़ करता है।

"गर्भगृह के भीतर जाना मना है।" सदानन्द कहता है।

"बहुत दूर से सफर करके आया हूँ। साथ में अंगरक्षक भी हैं। घोड़े हैं। रसद-पानी भी है। इतना लाव-लश्कर लेकर पहुँचा हूँ। खाली ना लौटाइये।" फिर से मिन्नत करता है मक्खन शाह।

"गुरु बाहर हैं, वहीं उन्हें ढूँढ़ो।" सदानन्द पर कोई असर नहीं होता।

"सभी स्थानों पर हो आया हूँ।" मक्खन शाह नम्रता से कहता है।

"फिर हम कर भी क्या सकते हैं। जब से गुरु हरिकिशन ने कहा है, 'बकाले जाओ' संगत तो हर रोज़ आती ही रहती है। गुरु उधर ही है। सोढ़ियों की ओर जाओ भाई।" सदानन्द समझाता है, "वहीं होगा गुरु।"

"वहाँ जा आया हूँ। सभी सोढ़ियों की ओर से हो कर आ रहा हूँ। धीरमल को भी माथा टेक आया हूँ। मगर मन टिका नहीं है। उनमें से मुझे गुरु नज़र

नहीं आया वे तो दुकानें सजाये बैठे हैं। सभी अपनी-अपनी डफली बजा रहे हैं। गुरुओं की मंडी लगी हुई है। मन रीझता नहीं।''

मक्खन शाह सौदागर की बातें सुनकर, 'आज्ञा लेता हूँ'—कह कर सदानन्द फिर से गर्भगृह के अन्दर जाता है।

तेग बहादुर ने मिलने की आज्ञा दे दी है। सदानन्द हैरान है। माता नानकी सोचती है, तेगा तो किसी और को मत्थे भी नहीं लगाता।

मक्खन शाह लुब्बाणा गर्भगृह के भीतर है। सदानन्द बाहर बैठ कर रबाब बजाने लगता है।

कुछ समय बाद, खुशी में पागल हुआ, हाथ-पैर मारता, मक्खन शाह लुब्बाणा गर्भगृह के अन्दर से निकलता है। छत पर चढ़ कर शोर करने लगता है।

''गुरु लाधो रे—गुरु लाधो रे—गुरु लाधो रे—।''

सदानन्द तुरन्त रबाब बजाना बन्द कर देता है। माता नानकी पश्मीने की लोई एक ओर रखती है। माता गुजरी भी बाहर भागती है। सभी हैरान हैं। मक्खन शाह लुब्बाणा तो सारे बकाले को सुना रहा है—गुरु लाधो रे—गुरु लाधो रे।

लोग एकतित्र होने लगे। समूह बढ़ने लगा है। कई लोग सोच रहे हैं। यह कोई पागल तो नहीं जा चढ़ा सोढ़ियों की छत पर!

जो सुनता है, गर्भगृह की ओर भागने लगता है। मक्खन शाह लुब्बाणा गले में लपेटा गुलुबन्द उतार कर हवा में घुमाता जा रहा है और कह रहा है, ''सच्चा गुरु—लाधो रे—।''

अपने आप को गुरु घोषित करने वाले सोढ़ी सकते में आ गये हैं। धीरमल तो गर्म तवे पर पड़े पानी की तरह तड़पने लगता है, ''कौन कहता है, सच्चा गुरु मिल गया?''

''कोई सौदागर है। गुजरात से आया है।'' धीरमल का एक सेवक बताता है

''वो जहाज वाला? वो तो यहाँ भी आया था। सोने की दो मोहरें माथा टेक कर गया है। यह उसकी कोई चाल होगी।''

'अब कहाँ है वो सौदागर?''

''तेग बहादुर की छत पर खड़ा शोर मचा रहा है, सच्चा गुरु मिल गया है—।''

''कौन-सा सच्चा गुरु?'' धीरमल के अन्दर एक भय सिर उठाता है।

''गुरु तो मैं हूँ।''

''तेग बहादुर को कह रहा होगा।''

''वो तेगा? तपीश्वर? न घर का, न घाट का, न गुरु, न गुरु जैसा। चलो

देखते हैं, कैसे बनता है वो गुरु। सींहे मसंद से कहो, अपनी बन्दूक भर कर ले जाये।''

अरे, इतनी भीड़? धीरमल हैरान होता है। सभी के पीछे खड़ा है वो। लोग कच्चे कोठे वाले गर्भगृह को नमस्कार कर रहे हैं। संगत के सामने तो गुरु आज पाताल में से प्रकट हुआ है।

तेग़ बहादुर को गुरगद्दी देने की तैयारियाँ हो रही हैं। अभी दीवान सजेगा, अभी पूरी गुरु मर्यादा अनुसार तिलक लगाया जायेगा। मगर तेग़ बहादुर इनकार करते जा रहे हैं।

''मैं इन झंझटों में नहीं पडूँगा। गुरु बन कर मुझे कुछ लेना-देना नहीं है। जो गुरु बने बैठे हैं, वही बने रहें।''

''संगत का फैसला है तेग़ बहादुर।'' बाबा गुरदित्ता समझाते हैं।

''जो गुरु बनना चाहता है, उसका तिलक कर दो। मैं यह भार नहीं उठा पाऊँगा।''

''गुरु नानक की गद्दी आगे चलाने के लिए तथा परम्परा बनाये रखने के लिए आपको तिलक लगाया जायेगा।'' गुरदित्ता बाबा भी जल्दी हार मानने वाले नहीं हैं।

''नहीं, मैं गुरु नहीं बनूँगा।'' तेग़ बहादुर ने फिर से इनकार कर दिया। सारी संगत में शोरगुल होने लगा। आखिर गर्भगृह के अन्दर हो क्या रहा है। किसी को कुछ मालूम नहीं चल रहा। आखिर बाबा गुरदित्ते ने पाँच पंचों को फैसला करने को कहा। उन्होंने तेग़ बहादुर को राज़ी कर लिया।

गुरु रूप में संगत के सामने आने के लिए तेग़ बहादुर को गर्भगृह से बाहर लाया गया है। भरे दीवान में बाबा गुरुदित्ता तथा पंचों ने नारियल तथा पाँच पैसे रख कर तेग़ बहादुर को माथा टेका। तिलक लगाया। संगत ने जैकारे लगाये।

तेग़ बहादुर गुरु तेग़ बहादुर स्वीकार कर लिये गये। मगर ये क्या देख रही है संगत? धीरमल बौखलाया हुआ, सीहे मसंद को साथ ले क्रोध में भड़कता आ रहा है, बुरे वचन बोल रहा है, 'यह तेगा, कैसे गद्दी ले सकता है? यह तो गर्भगृह में अँधेरे में रहना जानता है। इसे क्या मालूम गुरगद्दी क्या होती है?'

और भी बहुत कुछ बोलता जा रहा है। शोरगुल के कारण कुछ भी सुनाई

नहीं दे रहा। सींहे मसंद ने तो गोली भी चला दी है। गोली गुरु के कन्धे को छूकर निकल गयी तथा खून बहने लगा है। संगत भड़क उठी है। उन्होंने धीरमल तथा सींहे मसंद को घेर लिया है। धक्का-मुक्की, लात-घूँसे चलने लगे हैं।

गुरु ने संगत को शान्त रहने को कहा है। कहा, धीरमल को कुछ न कहो। वो नहीं जानता, वो क्या कर रहा है।''

''वाह! गुरु। धन्य गुरु।'' सदानन्द के मुँह से उस दिन भी यही निकला था। आज भी निकला है। पता नहीं कितनी रात बीत गयी है। कल्याणे की धर्मशाला के कमरे में लेटे। एक पल के लिए भी आँख नहीं लगी। चिन्ता में है। अभी तक जैते के साथ गये सिखों में से कोई भी वापस नहीं लौटा है।

देख रहा है, कमरे की दीवार से रबाब लटकी हई है। इसे हाथ लगाये कितना समय हो गया है। जब से गुरु दिल्ली आये हैं, उस दिन से तो एक पल भी तारों को छू कर नहीं देखा। गुरु पर मुगल हुकूमत ने कितना कहर ढाया है, मगर उनके अपनों ने कौन-सा उनके साथ कम किया है। दुनियावी ईर्ष्या से तो गुरुघर भी बचे नहीं रहे। यहाँ दिल्ली रहते बहुत कुछ देखा है। सुना है, पढ़ा है। मुगलों के शाही परिवारों में घटती वारदातों से तो इतिहास भरा हुआ है। पिता, पुत्र को मार रहा है। पुत्र, पिता को क़त्ल कर रहा है। कैदखानों में नज़रबन्द कर रहा है। भाई, भाई को धोखे से मरवा रहा है। कोई खुद मार रहा है। कोई ज़हर देकर मरवा रहा है। ये गद्दियाँ चाहे धर्म की हों, चाहे शासन करने वालों की हों, ईर्ष्यालु तथा वैरियों से बची नहीं रहीं। फिर शान्ति कहाँ है? न धर्म में, तप में, न शासन में।

मन बीते समय में भटक रहा है। एक दृश्य सदानन्द की आँखों में सामने बार-बार प्रकट हो रहा है।

—गुरु तेग़ बहादुर ज़ख्मी हुए कन्धे पर हल्दी का लेप कर इधर-उधर चहलकदमी करते सोच में डूबे हैं। कुछ-कुछ बेचैन भी नज़र आ रहे हैं। गुरुगद्दी मिलने के बाद, अमृतसर दरबार साहब के दर्शन करने जाना है। गुरु-परम्परा है। वहाँ जाकर शीश झुकाना है। अफवाहें बकाला तक आ पहुँची हैं। धीरमल तथा उसके चेले गुरु तेग़ बहादुर को गुरुगद्दी में माथा नहीं टेकने देंगे। इसी कारण गुरुजी परेशान हैं। दुविधा में हैं, जायें—न जायें। न जायें तो परम्परा भंग होती है। जायेंगे तो टकराव होगा। संसार में जग-हँसाई होगी। मगर जाना तो पड़ेगा। सारी तैयारी हो गयी है। माता नानकी और माता गुजरी के लिए रथ का प्रबन्ध हो गया है। गुरु के साथ जाने वाले घुड़सवार सेवक तैयार हैं। रास्ते के लिए रसद-पानी ले लिया गया है। गुरु के साथ चलने के लिए संगत में भारी उत्साह है। एक बड़ा काफिला रवाना हो गया है।

वही बात हुई, जिसका डर था। धीरमल तथा उसके चेलों ने दरबार साहब को ताले लगा दिये हैं। आस-पास सभी से कह दिया है, "तेग़ बहादुर को मुँह न लगायें। वो कहाँ का गुरु है। गुरु तो हम हैं। हमारा हक बनता है और हम यह हक लेकर रहेंगे।"

गुरु जी बाहर से माथा टेक कर ही वापस आ गये थे। कोई रंज नहीं। कोई गिला नहीं। कोई पछतावा नहीं। वाह गुरु–! सदानन्द हाथ जोड़ कर अपने माथे से लगाते हैं।

–किसी को मालूम नहीं था गुरु परिवार के रिश्तेदार, भाई, चाचा सभी अपने-आप को गुरु घोषित करके बैठे थे। रामराय औरंगजेब की शरण में दिल्ली आ गया है। हरजी अमृतसर में बैठा हुआ था। धीरमल बाबा बकाला में गुरु बना बैठा है। एक भाई सूरजमल कीरतपुर में है। सभी चाहते हैं, गुरु तेग़ बहादुर गुरुगद्दी से परे रहे तो ठीक है। इनकी विद्वत्ता, इनकी तपस्या से, साधना से, गुरुघर के प्रति लगन से, सभी भय खाते थे। ईर्ष्या का कारण भी यही था।

गुरु तेग़ बहादुर ने तो कहा था, "मैं गुरुगद्दी पर नहीं बैठूँगा। मुझे कोई गुरु न कहे, न कोई गुरु माने।" मगर संगत व पंच तो परमात्मा का ही रूप है। जब संगत ने स्वीकार कर लिया तो गुरु को भी मानना पड़ेगा। मेरे मन में तो उनके लिए श्रद्धा और भी बढ़ गयी। मैं तो तब से उनके प्रत्येक दुःख-सुख में साथ रहता आ रहा हूँ।

रात ढल गयी है। जैते की अभी कोई खबर नहीं आयी खैर, सुख से वापस दिल्ली लौट आये तो अच्छा है गुरु नानक अंग-संग रहना।

रात टिक रही है। चारों ओर चुपचाप है। धर्मशाला के कमरे में एक और दृश्य उभरता है।

बहुत दिन हो गये हैं, अमृतसर से लौटे हुए। गुरु अधिक परेशान रहने लगे हैं। उन्हें देख-देख कर माता नानकी चिन्ता में हैं। एक दिन गुरु के पास बैठ कर कहती हैं, "तेग पुत्र, हमने सोच लिया है।"

"क्या?" गुरु ताज्जुब से पूछते हैं।

"अब हम यहाँ, बकाले में नहीं रहेंगे।"

"कहाँ जायेंगे माता जी?"

"कीरतपुर चलेंगे पुत्र जी।"

"वहाँ खैर-सुख से रहेंगे। क्या भरोसा है माता जी?"

"यहाँ धीरमल कोई न कोई संकट बनाये रखता है।"

"वहाँ कोई और धीरमल बन जायेगा।" गुरु हँसते हैं।

"ऐसा न कहो पुत्र। हम जायेंगे ही।" माता ने फैसला सुनाया।

"ठीक है माता जी। हमारा भी मन यहाँ शान्त नहीं है।" गुरु स्वीकृति देते हैं।

"इसलिए फैसला किया है पुत्र। अगर यहाँ से न गये, तेरा मन दुःखी रहेगा।"

"सदानन्द, तेरा क्या विचार है भाई?" गुरु पूछते हैं।

"जो अपकी इच्छा गुरु जी। जो माता जी चाहती हैं।" मैंने तो यही कहा था।

"तुम कहाँ रहना चाहोगे?"

"जहाँ गुरु, तहाँ अपना सेवक।" मैंने कहा तो गुरुजी हँस दिये।

"फिर जाने की तैयारी करें पुत्र?" माता के चिन्ताग्रस्त चेहरे का तनाव ढीला हो गया।

"सदानन्द, जाने की तैयारी में, माता जी की सहायता करना भाई।" एक तरह से, माता की इच्छा में गुरु जी ने सिर झुका दिया था।

और कुछ ही दिनों में, जगह-जगह पड़ाव करते, गुरु गुरु के महल, (सुपत्नी) गुरु के सेवक, बाबा बकाला से कीरतपुर पहुँच गये थे।

कीरतपुर आकर भी गुरु जी को चैन कहाँ मिला।

दिन निकलने वाला है। सदानन्द की आँखों में नींद नहीं है। सोच रहा है, अगर मेरा, एक बेचारे से सेवक का मन इतना उचाट है, गुरु का क्या हाल होगा, वह कैसे चैन से पिंजरे के अन्दर बन्द बैठे होंगे। जब पिंजरे में बन्द नहीं थे, तब भी गुरु को कहाँ शान्ति से रहने दिया धीरमल वालों ने? आज सदानन्द हैरान है। गुरु तो अन्तर्यामी हैं। क्या उन्हें परखना चाह रहे हैं। धीरमल और सोढ़ी, रिश्तेदार आये दिन कोई नया ही क्लेश खड़ा कर देते थे। गुरु तो बकाले से भी अधिक दुःखी रहने लगे थे। इतनी बेचैनी...? मैं तो गुरु जी को एक पल के लिए भी अकेले नहीं छोड़ सकता था।

एक दिन सन्ध्या के समय मैं गुरु जी के पास ही बैठा था। उन्होंने अत्यन्त उदासी भरे स्वर में कहा, "सदानन्द लगता है, अब कीरतपुर भी छोड़ना पड़ेगा।" गुरु जी का उदास चेहरा मुझ से देखा न गया।

"कोई बुरी ख़बर है क्या गुरु जी?" मैं भी उन्हें देख दुःखी था।

"अपने ही लोग बसने नहीं देते हैं।" गुरु जी ने गहरी साँस ली।

"कहाँ जायेंगे अब?"

"मैंने एक जगह देखी है सदानन्द। बहुत रमणीय स्थान है। चारों ओर पहाड़ियाँ हैं। बहुत सुरक्षित स्थान है।"

"कहाँ है ऐसा स्थान?" मैं हैरान हुआ था।

"नज़दीक ही है। पाँच-सात कोस दूर होगा यहाँ से। माखोवाल नाम है गाँव का।"

"हमें मिल जायेगा...?"

"हाँ, पहाड़ी राजा बेचने के लिए सहमत है।"

"फिर देरी कैसी?"

"देरी कैसी। सोच रहे हैं, माखोवाल गाँव का नाम 'नानकी चक' रख लें, माता जी के नाम पर।" गुरु जी ने कहा।

गुरु जी की इस तजवीज़ पर सभी रजामन्द हो गये थे। गाँव खरीद लिया गया। गुरु के निवास का निर्माण होने लगा। फिर कुछ समय के पश्चात् गुरु जी ने कीरतपुर छोड़ दिया।

तो कीरतपुर छोड़ दिया! रिश्तेदारों-शरीकेदारों को यह न भाया। धीरमल, सूरजमल, हरजी, राम राय, इन सभी को जब भी मौका मिलता—औरंगजेब बादशाह के कान भरते रहते। गुरु जी पर इल्जाम लगाते रहते। सभी जानते हैं, कानों का कच्चा है बादशाह। शाही फरमान जारी करके गुरु जी को कभी भी संकट में डाल सकता है।

गुरु जी तो शान्ति से गुरु नानक की शिक्षाओं को आगे बढ़ाना चाहते हैं। यात्राओं के लिए तैयार रहते हैं। मगर वैरी हर काम में रुकावट डालते हैं।

इसी कारण गुरु जी तथा गुरु के महल (सुपत्नी) भी 'नानकी चक' में आकर उदास ही रहते हैं।

एक दिन शाम का समय था। गुरु जी बेचैन इधर-उधर घूम रहे थे। सिमरन करने से भी मन को चैन नहीं आ रहा था। गुरु जी की मनोदशा देखकर मैं भी उदास हो जाता था। उस दिन ऐसे ही बैठा था गमगीन...। गुरु जी पास आये। बोले—

"सदानन्द, सन्ध्या के समय आज तेरी रबाब सुनाई नहीं दी। तबीयत तो ठीक है न?"

"मन कुछ ठीक नहीं है गुरु जी।"

"क्यों, क्या हुआ?"

"मन टिक नहीं रहा गुरु जी। आपकी ओर देखकर भी मन शान्त नहीं रहता।"

"घबराना नहीं सदानन्द। सब ठीक हो जायेगा। गुरु नानक कृपा करेंगे। जैता कहाँ है? नज़र नहीं आ रहा?"

"अन्दर है। माताओं के पास है।" मैंने बताया था।

"उसे वक्त-बेवक्त बाहर-अन्दर नहीं जाने देना, अभी बच्चा है। कोई वरगला सकता है।" गुरु जी ने कितने अपनेपन से हिदायत दी थी।

"आप का ही बच्चा है जी। आपकी कृपा के कारण ही यह सुख संसार प्राप्त हुआ है।" मैंने हाथ जोड़े थे।

उस समय, आनन्द में, गुरु के चेहरे पर आयी मुस्कुराहट मुझे अभी भी नज़र आ रही है।

दूर कहीं से मुर्गा की कुक्डूँ—कूँ मद्धिम-सी सुनाई देती है। साथ ही नज़दीक मस्जिद से मुल्ला ने भी पहली बांग दी। अरे, दिन भी निकल आया? हैरान हुआ सदानन्द। आज की रात तो आँखों में ही बीत गयी है। थोड़ी-सी पौ फटते ही कोतवाली जाना है। पता करूँ, भाई आज्ञाराम से, जैता या गुरबख्शा या ऊदा में से कोई लौटा या नहीं।

बिस्तर से उठ कर खड़ा होता है। सारा जिस्म थकावट से टूट रहा है। अजीब है, वहाँ 'नानकी चक' में भी एक सुबह शरीर इतना ही टूट रहा था। अभी गुरु जी को प्रणाम भी नहीं किया था। अभी माता नानकी तथा माता गुजरी के चरणों में शीश नहीं झुकाया था कि तभी एक सेवक के द्वारा पता लगा "गुरु जी से मिलने पटना शहर से संगत आयी है।"

मन की उदासी व थकावट एकदम से काफूर हो गयी। कितना चाव था। मैं भी पटना की संगत को देखूँगा, उन से मिलूँगा।

क्या मालूम था, पटना की संगत से मिल कर जीवन की धारा ही बदल जायेगी।

7

दीवान सजा हुआ है। सदानन्द अभी-अभी शबद गायन करके हटे हैं। गुरु तेग़ बहादुर एक ओर समाधि की अवस्था में बैठे हैं। गुरु सेवक तथा श्रद्धालु गुरु के दर्शन करके खुद को सौभाग्यशाली समझ रहे हैं। अपने चरण स्पर्श करने से, गुरु तेग़ बहादुर, सेवकों को बार-बार बरज रहे हैं।

माता गुजरी का भाई कृपाल चन्द पटना की संगत को गुरु तेग़ बहादुर के निकट ले आया है।

"पटना की संगत आपके दर्शन करने आयी है गुरु जी।" संगत में से एक प्रमुख सेवक खड़ा होकर हाथ जोड़कर अर्ज़ करता है।

गुरु जी नेत्र खोलते हैं। भरे दीवान की ओर देखते हुए, हाथ जोड़े खड़े सेवक को बैठने को इशारा करते हैं।

"राजी-खुशी रहो भाई। इतना लम्बा रास्ता पार करके आये हो। लंगर-पानी छक लिया है न भाई?" गुरु जी पूछते हैं।

"आपकी मेहर सदका सब कृपा है गुरु जी। एक अर्ज़ है गुरु जी–।" वही सेवक गुरु जी के पास आता है।

"कहो भाई?"

"पटना की संगत आपके दर्शनों को तरस रही है जी।"

"पटना की संगत तो आज हमारे सामने है। सदानन्द, इनके सुख-आराम का ख्याल रखना। जितने दिन चाहें ठहरें।"

"हम रुकेंगे नहीं गुरु जी। हम तो अर्ज़ कर रहे हैं, पटना से जो संगत हमारे साथ नहीं आ पायी, वह आपके दर्शनों की प्यासी है। पटना की धरती आपकी चरण-वन्दना के लिए व्याकुल है। कुछ समय के लिए पटना चले आइए। आकर हमारे नगर को पवित्र कीजिए।"

गुरु नेत्र बन्द कर सोच में पड़ जाते हैं। दोनों माताएँ भी पास बैठी हैं। एक ओर बीवी प्रेमो जैते को गोद में लिए बैठी है। मगर वह शरारती बछड़े की तरह खुद को छुड़ा कर, दीवान के दालान में छलाँग लगानें लगता है। सदानन्द ने प्यार से घूर कर उसे देखा, मगर शरारती जैता ने इसकी ज़रा भी परवाह नहीं की। अब बीवी प्रेमो जैते को पकड़ कर लायी और गोद में जकड़ कर बैठ गयी।

"अच्छा है, पंजाब की धरती से कुछ दूर चले जायें।" माता नानकी जी बैठी सोच रही हैं।

"पटना जाने के लिए गुरु मान जायें तो सोढ़ियों की ईर्ष्या कम हो जायेगी।" माता गुजरी मन में सोचती हैं।

"पटना जाकर गुरु जी के मन को शान्ति मिल सकती है।" सदानन्द सोचता है।

"माता जी, संगत पटना जाने के लिए कहती है।" दीवान में ही गुरु तेग़ बहादुर, माता नानकी से पूछते हैं।

माता जी के पास आते हैं। धीमे स्वर में कहते हैं।

"पुत्र जी, यहाँ से कुछ समय के लिए दूर चले जायें। ईर्ष्यालु स्वयं ही खामोश हो जायेंगे।"

"हमारे महल (सुपत्नी) क्या कहते हैं?" गरुजी, गुजरी जी की ओर देखते हैं।

"यह भी राज़ी है।" माता नानकी बताती हैं।

"तो फिर संगत को हाँ कर दें?"

"कर दीजिए गुरु जी...।"

पटना से आयी संगत के चेहरे खिल जाते हैं।

बकाला से चलने की तैयारी की तरह इस बार भी यह काम झटपट हो जाता है।

'नानकी चक' अभी निर्मित हो रहा है।

रवाना होने से पहले गुरु जी ने एक सन्ध्या समय सिख सेवकों को बुलाया था। "हम कुछ दिनों के लिए गुरु नानक के चलाये धर्म मार्ग के प्रचार के लिए जा रहे हैं। पटना जायेंगे। फिर पहाड़ों की ओर, ढाका की तरफ। वहाँ भी आप जैसी संगत मिलना चाहती है। यहाँ तुम लोगों को 'नानकी चक' को बसाना है। यहाँ बसते लोगों का ख्याल रखना है। हम फेरा पूरा कर, जल्दी ही लौट आयेंगे। 'नानकी चक' की रौनक को कम न होने देना। हम लौटेंगे तो 'नानकी चक' में घनी आबादी होनी चाहिए। हमें भरोसा है।" गुरु जी को कितनी फ़िक्र थी, अपने बसाये नगर की। सदानन्द सोच रहा था।

तब भी संगत ज़िद करने लगी थी, "हम भी साथ जायेंगे आपके।"

"नानकी चक उजड़ जायेगा फिर। आप लोगों को यहीं रहना पड़ेगा। 'नानकी चक' सिखों का केन्द्र बनेगा।"

घोड़े तैयार किये गये थे। रास्ते के लिए रसद-पानी और अन्य ज़रूरत की वस्तुओं का प्रबन्ध कर लिया गया था।

"जल्दी लौटेंगे।" कह कर संगत को धीरज देते समय गुरु जी पटना की संगत के साथ चल दिये थे।

धर्मयात्रा का यह कैसा काफिला था—मतिदास, सतिदास, भाई दयाला, कृपाल चन्द। माताएँ—लाजवन्ती—। सभी कितने उत्साह से पटना के लिए रवाना हुए थे।

जैता तो तब काफी छोटा था। कितना फुर्तीला था। कभी गाय के शैतान बछड़े की तरह छलाँगें लगाता, कभी रथ पर चढ़ जाता, कभी रास्ता छोड़ कर खेतों में दौड़ने लगता।

तब जैता को क्या मालूम था—गुरु परिवार पंजाब की धरती छोड़ कर क्यों इतनी दूर जा रहा है।

सदानन्द कराहता है।

तब मैं तो चाहता था लाजवन्ती 'नानकी चक' रह कर ही 'जैते' का पालन-पोषण करे। फिर गुरुघर का ख्याल भी तो रखना था। माता गुजरी ने ही लाजवन्ती को साथ चलने के लिए राज़ी कर लिया था। कितना विश्वास है गुरु परिवार को हम पर। जहाँ-जहाँ गुरु गये हम सदा उनके लिए छतरी बने रहे। कहाँ-कहाँ प्रचार नहीं किया गुरु जी ने। कैथल, थानेसर, माणिकपुरा, दिल्ली, मथुरा, आगरा, बनारस—अब तो कई स्थानों के नाम भी याद नहीं रहे। संगत कैसे चरणों में बिछती थी आकर...।

पड़ाव करते—सिख संगत से प्रचार करते—कभी पैदल चलते, कभी घोड़े पर—आखिर गुरु जत्थे समेत धमधान पहुँच गये थे।

दीवाली का त्यौहार था। गुरु जी के दर्शन के लिए संगत की बाढ़ आ गयी थी। इतने लोग—इतना समूह तो कभी पंजाब में भी नहीं देखा था।

एक दिन दीवान भरा हुआ था। पच्चीस-तीस हज़ार सिख होंगे। गुरु तेग बहादुर गुरुबाणी की व्याख्या कर रहे थे, जब तुर्क सिपाहियों की एक टुकड़ी ने गुरु जी को घेर लिया और गिरफ्तार कर लिया।

संगत में हाहाकार मच गयी। किसी को भी समझ में नहीं आ रहा था कि यह क्या हुआ? क्यों हुआ? गुरु जी ने तो कभी हुकूमत विरोधी प्रचार नहीं किया था। क्या मालूम दुश्मनों ने कान भरे होंगे या औरंगजेब गुरु जी की बढ़ती लोकप्रियता से घबरा गया होगा। गुरु जी की शख्सियत से डर गया होगा। अपनी सत्ता को खतरा समझता होगा।

गिरफ़्तार होकर दिल्ली ज़ाने से पहले उन्होंने कहा था, "हम जल्दी लौटेंगे। परिवार का ख्याल रखना। पटना चले जाना। पटना की संगत गुरुघर की सहायता करेगी। घबराना नहीं।"

और आलम खान रुहेला के नेतृत्व में गुरु को एक सैनिक टोली दिल्ली की ओर लेकर चल दी थी। साथ सतीदास, मतिदास, गुरदास से अधिक श्रद्धालु थे।

"आह! तब गुरु जी की महल तथा संगत कितनी उदास थी।

मैं तो गुरु के महल तथा अन्य संगत के साथ पटना आ गया। गुरु जी ने यहीं आने का आदेश दिया था। पता नहीं किस मनहूस घड़ी में हम लोग 'नानकी चक' से निकले थे। गुरु जी का सारा प्रोग्राम ही छिन्न-भिन्न हो गया था। माता नानकी तथा माता गुजरी यहाँ आकर भी घोर उदासी में रहते थे। मैं तो खुद

मेले में खो चुके व्यक्ति की तरह इधर-उधर भटकने लगा। मन नहीं लगता था। जी करता था, वापस नानकी चक चले जायें। औरंगज़ेब का क्या पता, गुरु जी को कितना अर्सा रिहा न करे। गुरु के बिना तो हम सभी यतीम हो गये थे।

मगर एक दिन अचानक गुरु अपने साथ गिरफ्तार हुए सेवकों सहित पटना आ प्रकट हुए। तब एक-दो महीने हो गये थे। पटना में रौनक लौट आयी। दीवान सजने लगे। पटना की संगत गुरु की शरण में आकर बार-बार माफी माँगने लगती, ''हमारे कारण आप संकट में पड़ गये।''

''अकाल पुरख का हुक्म था भाई। आपका दोष कोई नहीं।'' गुरु जी समझाते, मगर संगत माफी माँगने से रुकती नहीं थी।

एक दिन दीवान समाप्त हो चुका था। संगत जा चुकी थी। गुरु अभी चौकी से उठे नहीं थे। मैंने पूछा था, ''गुरु जी, आपने तो बादशाह के विरुद्ध कोई प्रचार नहीं किया, फिर ये लोग आपको क्यों ले गये थे गिरफ्तार करके?''

''बादशाह डरते हैं सदानन्द। सोते-जागते भय रहता है। सत्ता हाथ से चली न जाये। फिर अपने खैरख्वाह भी बहुत हैं।'' गुरु जी के चेहरे पर तब व्यंग्य था। तब दिल्ली में रामराज्य है, उधर पंजाब में पृथ्वीचन्द है, धीरमल है। अपने पीछे संगत की लम्बी कतारों से सभी डर गये होंगे। यदि ये समूह हथियार उठा ले तो! सुल्तान को तो अपने शासन का फ़िक्र रहता है न?''

''कैदखाने में रखा होगा आपको?''

''दिल्ली में नहीं रखा। हमें राजा रामसिंह की हिरासत में रखा था। हम तो जयपुर थे।''

''दिल्ली में क्यों नहीं रखा गुरुजी—'' मैंने हैरानी से पूछा था?

''सदानन्द, अब बादशाह का क्या मालूम। डर गये होंगे। यहाँ दिल्ली में सिख संगत आने लगेगी। दिल्ली का अमन-चैन जाता रहेगा। इस डर के कारण भेज दिया होगा दूर देश राजस्थान। अच्छा ही हुआ सदानन्द। राजा रामसिंह तो बहुत भला पुरुष है। हमारा बहुत सम्मान किया। नाम की ही गिरफ्तारी थी। हम और हमारे सारे सेवक खुले घूमते थे। कोई रोक-टोक नहीं थी। कोई अड़चन नहीं थी। दीवान वहीं लगता रहा। राजा के महल (सुपत्नी) भी संगत में आते थे। एक दिन राजा परिवार के बारे में पूछने लगा तो हमने कहा, परिवार को तो धमाधान में ही छोड़ आये हैं। पटना पहुँचना था। पता नहीं परिवार कहाँ होगा? किस हाल में होगा। राजा ने कहा, जाइए गुरु जी, अपने परिवार की ख़बर लीजिए। बादशाह औरंगजेब के साथ मेरा जो होगा, देखा जायेगा। आप मेरी ओर से बन्धनमुक्त हैं—और इस तरह हम पटना आ पहुँचे। तुम हिफाज़त

से परिवार को यहाँ ले आये थे सदानन्द। तुम्हारी सेवा काम आयेगी। अकाल पुरख तुम्हारे हर कार्य में बरकत देगा।''

गुरु जी तो सदा मुझे आशीष देते रहते थे। आज बहुत कुछ याद आ रहा है। पटना शहर चहक उठा। जहाँ गुरु ने पड़ाव किया हुआ था, चारों ओर रौनक रहने लगी। दूर-दूर से संगत आने लगी थी। एक दिन तो ढाका की संगत ने गुरु जी के चरणों में आ शीश झुकाया।

''हमारे नगर में चरण डालिए गुरु जी। गुरु नानक की संगत बहुत व्याकुल है।''

''हम खुद भी ढाका की ओर आना चाहते हैं। मगर उस का अभी समय नहीं आया भाई।'' गुरु जी ने कहा था।

''इस तरह निराश न कीजिए गुरु जी। हम ढाका की संगत को, गुरु नानक के श्रद्धालुओं को वचन देकर आये हैं। आपको ढाका लिए बगैर हम आपके चरणों से नहीं उठेंगे।''

''इतना प्यार, इतना सत्कार है, गुरु जी का संगत में।'' सदानन्द सोच रहा है। गुरु जी को ढाका जाने के लिए राज़ी होना ही पड़ा।

''ठीक है भाई, जल्दी ही आयेंगे ढाका। हम भी वहाँ की संगत के दर्शन करना चाहते हैं।

क्या मालूम था ढाका जाने का संयोग इतनी जल्दी बन जायेगा।

एक दिन राजा रामसिंह फ़ौज सहित आया और कहने लगा, ''गुरु जी हमारे साथ आसाम चलिए। तैयारी कर लिजिए।''

''राजा जी, यह हुक्म है या...।''

''मेरी तो अर्ज़ है। सुल्तान औरंगजेब का हुक्म है। जब से मैंने आपको रिहा किया है, वह हमसे खफ़ा है। उधर शिवाजी मराठा भी आगरा की हिरासत से भाग निकला है। बादशाह ने अपना सारा गुस्सा हम पर ही निकाला है। हुक्म दिया, आसाम पर चढ़ाई करो और सिखों के गुरु को तुरन्त फिर से हिरासत में ले लो।''

सुनते ही गुरु जी हँस दिये। उन्होंने बारी-बारी से सतीदास, मतिदास और फिर मेरी ओर देखते हुए कहा, ''सदानन्द, मैंने तुम से कहा था न–यह बादशाह लोग अत्यन्त भयभीत रहते हैं।'' फिर राजा की ओर देखते हुए कहा, ''अब गिरफ़्तार करने आये हैं?''

''हम तो आपके सेवक हैं। बादशाह की नज़रों में आप मेरी हिरासत में रहेंगे। मेरी नज़र में, आप मेरे साथ होंगे तो मुझे मानसिक सन्तुष्टि मिलेगी, गुरु हमारे साथ हैं। फतेह हमारी ही होगी...।''

"हम तैयार हैं। कब चलना होगा?"

"आज ही जाना होगा।"

"संगत आ रही है, उन्हें तो बताना ही पड़ेगा राजा जी।"

"संगत बाद में भी आ सकती है। हमारी फ़ौज आपकी हिफाज़त के लिए रहेगी।"

"हिफाज़त के लिए या निगरानी के लिए...।" गुरु जी ने हँसते हुए कहा था।

"फिर वही बात कहूँगा। औरंगज़ेब की ओर से निगरानी, हमारी ओर से हिफाज़त से, आप बन्धन-मुक्त होंगे। संगत मिल सकती है। इधर-उधर जहाँ जाना चाहें, जा सकेंगे।"

"हम ढाका जाना चाहते हैं। वहाँ की संगत बहुत ज़ोर डाल रही है। हमने भी वचन दिया है।"

"आप को ढाका तक पहुँचाने का प्रबन्ध हम करेंगे। एक राजपूत वचन देता है। मैं आपको एक कैदी की तरह नहीं, एक गुरु के रूप में ही देखता हूँ। सत्कार करता हूँ। मेरे पिता, मेरे दादा, गुरु नानक की गद्दी से अत्यन्त प्रभावित रहे। मगर बादशाह का हुक्म तो हुक्म ही है। हम मज़बूर हैं। आप कूच करने की तैयारी कीजिए।"

पटना की संगत से मिलने का अवसर ही न मिला। उन्होंने संगत के नाम 'हुक्मनामा'* लिखकर राजा रामसिंह से कहा, "अब मैं राजा जी, आपके हवाले हूँ। जहाँ चाहें ले चलें।" इतना कह वह हँस दिये। फिर कहा, "मेरे कुछ सेवक साथ जाना चाहेंगे।"

गुरु जी के साथ जाने वाले सेवकों में से एक मैं भी था।

माता नानकी, माता गुजरी, लाजवन्ती, जैता—अन्य कुछ सेवक भी थे। गुरु परिवार की हिफाज़त के लिए कृपाल चन्द, सभी को पटना में ही छोड़ दिया गया था।

बड़ा शाही लाव-लश्कर आसाम की ओर बढ़ा। सच में, राजा रामसिंह गुरु जी की प्रत्येक सुविधा का ध्यान रखता था। कभी-क़भी गुरु जी के सेवक, सैनिकों के साथ जंगी मश्करी करने लगते थे। गुरु की कृपा से आसाम फतेह हो गया। गुरु जी राजा रामसिंह से कह कर सेवकों के साथ ढाका चले गये।

अभी ढाका में ही थे, जब एक दिन पटना से आये गुरु सेवक भाई कल्याण चन्द, भाई मेहर चन्द तथा कुछ अन्य सेवकों ने आकर एक ख़बर सुनाई।

---

* अस्सी परै राजा जी के साथ गये हाँ। कबीला, हमों पटणे में छोड़ा है। कोई अवल हवेली होवै, बड़ी होवै, तिस को कबीले हमारे रखणै। संगत के गुरु रोज़गार को बरकत करैगा। सेवा की बेला है।" (हवाला : 'हुक्मनाम', पंजाबी यूनि. पटियाला, सं. गंडासिंह, 1985)।

"गुरु जी के घर बाल ने जन्म लिया है।"

'धन्यवाद' में गुरु जी के हाथ जुड़ गये, "अकाल पुरख, तेरी लीला कही न जाये। तू धन्य है। तू धन्य है। तेरा कोटि-कोटि शुक्र है।" उन्होंने आये सेवकों को आशीर्वाद दिया और दीवान से कहा, "बालक का नाम गोबिन्द राय होगा।"*

अभी गुरु तथा सिख सेवकों की ओर से गोबिन्द राय के जन्म की खुशियाँ मनायी ही जा रही थीं—अगले दिन एक और खुशी भरी ख़बर आ गयी—"बीवी प्रेमो ने भी एक बालक को जन्म दिया है।"

गुरु जी ने अपने बालक जितनी ही प्रसन्नता व खुशी मनायी और कहा, "सदानन्द से कहो, बालक का नाम 'संगता' रखना है। यह बालक जैता और गोबिन्द राय के संग रहेगा। सदा संगत की सेवा करेगा, संगत में रहेगा।" सुना था, गुरु जी ने दीवान में कहा था, "पटना की धरती सदा के लिए पवित्र हो गयी। यह बालक गोबिन्द राय सिख कौम में नयी रूह लायेगा।" संगत का कहना है, 'गुरु जी अपनी दिव्यदृष्टि से भविष्य को देखने वाले हैं।'

अब तो समय ही बतायेगा। गुरु स्वयं नज़रबन्द हैं। गोबिन्द राय की उम्र अभी बहुत कम है। वह हैरान है, अभी तक पौ नहीं फटी। रात ठहरी हुई लग रही है। क्या मालूम, गुरु जी कण-कण को जानने वाले अन्तर्यामी हैं। ...उन्हें सब कुछ प्रत्यक्ष दिखाई देता है। तब भी गुरु जी की खुशी का विशेष अर्थ था। पूरे पच्चीस वर्षों के बाद गुरु जी के घर में एक बालक ने जन्म लिया था। मैं तो यही सोचता था, ऐसी ख़बर सुनते ही गुरु जी तुरन्त पटना लौटने की तैयारियाँ आरम्भ कर देंगे।

मगर धन्य हैं गुरु जी। धन्य है इनका धीरज। अपने घर पुत्र का जन्म सुनकर भी पटना जाने की कोई जल्दबाजी नहीं दिखाई। गुरु नानक का सन्देश बीच में छोड़ कर उनका मन लौटने के लिए राज़ी नहीं हुआ होगा। हम सभी तीव्रता से गुरु जी का इन्तज़ार कर रहे थे। माता नानकी और माता गुजरी भी बालक के पिता के आने की प्रतीक्षा कर रहे थे। जब प्रतीक्षा दिनों से महीनों में बदलने लगी तो एक दिन माता नानकी ने कहा, "सदानन्द, तू पुत्र, ख़ैर-ख़बर लेकर आ। तेग बहादुर पटना क्यों नहीं आ रहा है। कहीं सचमुच गिरफ़्तार तो नहीं किया हुआ!"

मैं माता जी का आशीर्वाद लेकर ढाका की ओर जाने लगा तो जैता मेरी टाँगों से लिपट गया, "मैं भी साथ जाऊँगा पिता जी।" वो तो आठ-दस बरस का लगता था।

* गोबिन्द राय का जन्म 23 पोह संवत् 1723 विक्रमी को हुआ (22 दिसम्बर, 1666 ई.)।

"ना पुत्र, तू साथ जायेगा तो फिर तेरे छोटे भाई को कौन खिलायेगा? और गोबिन्द राय को? वो तेरे साथ बहुत खेलते हैं।"

"वो तो अभी इतने छोटे से हैं।" जैता ने अपने दोनों हाथों से बताते हुए, भोलेपन से कहा। मुझे कितना स्नेह हो आया था उस पर। मन तो करता था, उसे साथ ले चलूँ। मगर मुश्किल रास्ता। रास्ते की दुश्वारियाँ–। और जाना भी कहाँ ढाका–बंगाल में। तब वहाँ थे गुरु जी। मैंने उसे पुचकारा "बेटा, तू यहाँ अपनी माता के साथ रह। उसका मन नहीं लगेगा तेरे बिना। तेरे बगैर तो वो रोटी भी नहीं खायेगी। बता तेरे लिए मैं वहाँ से क्या लाऊँ?"

"मेरे लिए...मेरे लिए...। "जैता सोचने लगा। सयानों की तरह धीरे-धीरे माथा को टकोरा, फिर धीरे से बोला, "मेरे लिए एक परकान लेकर आना फिर।"

"परकान क्या होती है ओये...?" मैं हैरान हुआ था–"यह क्या बला हुई?"

"अरे पिता जी, आपको यह भी नहीं मालूम? परकान होती है–जिससे ऐसे–ऐसे करके आदमी को काट देते हैं।" जैते ने गत्तका खेलने वालों की तरह बाँहें चलायी। तब मुझे हँसी आ गयी थी।

"परकान नहीं होती बुद्धू, कृपाण होती है।"

"हाँ, वही।" वो खुश हो गया था।

"तू क्या करेगा परकान का?" मैंने उसे छेड़ा।

"दादी नानकी कहती है न, गुरु जी को पसायी (सिपाही) पकड़ कर ले गये हैं। मैं परकान से काट डालूँगा पसाइयों को।"

सच में, मैं सोच में डूब गया था। इतना छोटा बालक कृपाण की बात कर रहा है। मन के भीतर कहीं गर्व भी हुआ। अगर बालक इस उम्र में तुर्क या सिपाहियों को मारने की बातें करता है, तो बड़ा होकर अवश्य निडर और दिलेर बनेगा।

"अच्छा, तेरी परकान ले आऊँगा। तू अपनी दादी और माता जी का ध्यान रखना। छोटे भाइयों को तंग मत करना।"

इस प्रकार उसे समझा कर मैं गुरु जी से मिलने ढाका की ओर चल दिया था।

दीवान सजा हुआ है। ढाका की सिख संगत और अन्य श्रद्धालु गुरु के चरणों में बैठे हैं। थका-हारा मैं भी पहुँच गया था। गुरु जी, धर्म प्रेम, गुरु प्रेम–देश प्रेम की बातें कर रहे थे।

मैं हैरान था। गुरु जी स्वयं परिवार-प्रेम को भूल ही गये थे। ना सन्तान-प्रेम ने ही उन्हें उद्वेलित किया था। व्याख्यान देते, गुरु जी की नज़र एक बार मुझ

पर पड़ी थी—तो तुरन्त संगत से कहा, "भाई पटना से हमारा सदानन्द आया है। अभी दीवान की समाप्ति करते हैं। कल सुबह और सन्ध्या समय ऐसे ही जुड़ेंगे।"

बहुत रात बीत गयी थी गुरु जी से बातें करते हुए। आसाम में कहाँ-कहाँ गये? इस प्रकार यात्राएँ करते हुए, कोई शारीरिक कष्ट तो नहीं हुआ। गुरु जी सब कुछ धीमे स्वर में बता रहे थे। मगर मैं हैरान था, गुरु जी ने स्वयं कुछ भी नहीं पूछा था। न परिवार के बारे में न बालक गोबिन्द राय के बारे में। सदानन्द के मुँह से श्रद्धापूर्वक निकला, "वाह-गुरु—आपकी माया कौन जान सकता है।"

आखिर रात में मैंने ही पूछा, "गुरु जी, क्षमा कीजिए, घर में इतने बरसों बाद रौनक आयी है। बाल गोबिन्द को देखने के लिए मन ने खींचा नहीं?"

"कौन कहता है सदानन्द, हम अपना पुत्र देखने के लिए उतावले नहीं हैं। मन तो खींचता है। उदास भी होता है। मगर क्या तू भूल गया, हम राजा रामसिंह की हिरासत में हैं।"

"वो तो कहते थे, आप कहीं भी आ-जा सकते हैं?" मैंने हैरान होकर कहा था।

"हाँ सदानन्द..." गुरु जी व्यंग्य से हँसे, "आ-जा तो सकते हैं। हम से कुछ ही दूरी पर राजा ने सैनिक टुकड़ी निगरानी के लिए तैनात की हुई है। राजा द्वारा उकेरी गयी लक्ष्मण-रेखा हम पार नहीं कर सकते। जब राजा यहाँ से कूच करेगा, हमें उसके साथ दिल्ली जाना होगा। औरंगज़ेब का यही हुक्म है। नहीं तो तुम खुद सोचो सदानन्द, घर में पच्चीस बसर के बाद बालक आया है, हम तो उसे देखने के लिए नंगे पैर भी चल कर जाते।" गुरु जी ने गहरी साँस लिया।

मैं हैरान रह गया। इतना जज्ब, इतना सब्र? पटना में माताएँ बिना वजह ही खीझ रही थीं, "गुरु जी, बाल गोबिन्द को देखने के लिए क्यों नहीं आ रहे?" मगर गुरु जी की मजबूरी तो गुरु जी ही जानते हैं।

"वापस दिल्ली कब जाना होगा?" मैंने भरी हुई आवाज़ में पूछा था।

"राजाओं की रज़ा है सदानन्द। लड़ाई तो बन्द है, मगर औरंगजेब, अभी भी राजा को यहीं आसाम में रुके रहने का आदेश दे रहा है। अन्दर ही अन्दर, वह राजा रामसिंह से खफ़ा है, इसलिए उसे इधर भेजा है।"

"तो फिर पटना जाने का कोई संयोग नहीं गुरु जी। क्या कहें माताओं से।"

"कह देना, वापस दिल्ली की ओर लौटते हुए पटना में पड़ाव करेंगे। अब तो तभी वहाँ जाना हो पायेगा।"

फिर बहुत देर तक गुरु जी चुपचाप लेटे रहे। मैंने समझा, सो गये हैं। मगर अचानक गुरु जी की आवाज़ सुनाई दी, "सदानन्द?"

"जी गुरु जी।" मैं तुरन्त उठ बैठा था।

"रबाब लाये हो।"

"नहीं गुरु जी।"

"सुनने का बहुत मन कर रहा है।"

मैं जानता था, जब गुरु जी बहुत उदास होते थे तो रबाब बजाने के लिए कहते थे। दुःख के कारण मैं रोने लगा। अफ़सोस हुआ—चलते समय रबाब साथ क्यों नहीं लाया था।

—देखा, हैरान हुआ सदानन्द, आज भी उस घड़ी को याद कर रो दिया था।

"गोबिन्द कैसा दिखता है सदानन्द?" गुरु जी की आवाज़ सुनाई दी।

"आप के जैसा गुरु जी। माता जी, ऐसा ही कहती हैं।"

"सारे अंग ठीक-ठाक हैं न?"

"हाँ गुरु जी, इतनी छोटी उम्र में भी खूब हाथ-पैर मारता है। पटना की संगत दर्शन के लिए आती है।"

"जैते पुत्र का क्या हाल है?"

"वो भी ठीक है गुरु जी। जब मैं इधर आने लगा तो कहने लगा, मेरे लिए किरपान लेकर आना।"

"अभी क्या करेगा कृपाण का?"

"मैंने भी यही पूछा था गुरु जी, कहने लगा, दादी नानकी कहती है, गुरु जी को सिपाही पकड़ कर ले गये हैं। मैं कृपाण से सिपाहियों को काट डालूँगा।"

सुनकर गुरु हँस दिये, "बहुत बहादुर बच्चा है। बहुत दिलेर बनेगा।"

मेरे तो हाथ जुड़ गये थे शुक्रयाने में। गुरु जी की फिर आवाज़ आयी, "छोटा संगता, ठीक है ना।"

"हाँ गुरु जी, गोबिन्द और संगता, दोंनों एक से दिखते हैं। जैता उन दोनों के साथ ही लगा रहता है। कभी एक को गोदी में उठा लेता है, कभी दूसरे को। उसे तो खेलने के लिए जैसे खिलौने मिल गये हैं।" कितने गर्व से बताया था मैंने।

"वापस कब जाना है सदानन्द?" गुरु जी ने पूछा था।

"मैं तो अब आपके चरणों में ही रहूँगा गुरु जी। आप के बगैर पटना में मन उदास रहता है।"

"नहीं सदानन्द। कल ही वापस जाने की तैयारी कर लो। माता जी और

गोबिन्द की माता को समझाना। कहना, आसाम की ओर से वापस लौटते समय पटना में रुकेंगे हम।''

''जैसा आपकी आज्ञा गुरु जी।''

''कृपालचन्द से कहना, गोबिन्द का ध्यान रखे। आने वाली सारी संगत को सीधे उसके दर्शन न करवाये। बैरियों का कुछ भी पता नहीं। तू सदानन्द गोबिन्द का ध्यान रखना। जैते को सदा उसके साथ रखना। वो हमारी दसवीं गुरुगद्दी का वारिस है। अकाल पुरख ने चाहा तो जल्दी ही गोबिन्द से मिलेंगे। गोद में उठायेंगे...।'' फिर पता नहीं गुरु जी मन ही मन क्या कहते रहे। थोड़ी देर बार उनके द्वारा गहरी साँस लेने की आवाज़ ज़रूर आती रही। उस रात शायद गुरु जी बहुत देत तक जागते रहे थे।

मैं तो इतना थका हुआ था—पता न लगा, कब सो गया था।

एक दिन सतीदास और मतिदास दोनों आ गये अचानक। उन्हें देखते ही पहले तो मैं घबरा गया। ये दोनों अकेले क्यों आये हैं। खैर हो। मगर जब उन्होंने बताया, ''गुरु जी, पटना की ओर आ रहे हैं तो सुनकर पटना की रौनक लौट आयी।''

—आखिर वह घड़ी आ पहुँची, जब माता नानकी के चरण छूकर गुरु जी ने गोबिन्द की ओर पितृ-स्नेह से देखा और गोदी में उठा लिया।

खुशी के कारण दोनों माताओं की आँखों से नीर बहता जा रहा था। मैं खुद भी रो दिया था। लाजवन्ती की आँखें भी भरी हुई थीं। मिलन की यह घड़ी भी देखने वाली थी। गुरु जी ने, गोबिन्द राय को अपने सीने से रखा हुआ था। नेत्र बन्द थे। गुरु जी कह रहे थे, ''अकाल पुरुख, तूने इतने बरसों के बाद मेहर की। बालक पर सदा कृपा दृष्टि बनाये रखना। हमारा क्या पता। यह तुम्हारा ही बालक है। तुम ही इसकी रक्षा करना।''

गोबिन्द राय को उतार कर उन्होंने जैते की ओर देखा था, ''वाह! गुरु नानक की कृपा से जैता तू तो गबरू हो गया है...अरे...अरे।'' गुरु जी ने संगत को भी प्यार किया।

माताएँ हँस भी रही थीं और रो भी रही थीं। पटना में फिर दीवान सजने लगे। संगत समूह में भर-भर कर आने लगी।

मगर धन्य जिगरा है गुरु जी—भरा मेला छोड़ कर फिर दिल्ली जाने की तैयारी कर ली। राजा रामसिंह ने इतना ही समय दिया था।

—गुरु जी को फ़िक्र था। एक दिन सन्ध्या समय कहा, ''सदानन्द, कृपालचन्द

को बुलाओ...।'' जब इकट्ठे हुए तो गुरु जी ने कहा, ''हमें तो दिल्ली जाना होगा—पीछे यहाँ कौन तुम लोगों का...? क्या मालूम हमें फिर से हिरासत में लेकर वहाँ कैद कर दे।''

''हम नानकी चक चले जायें?'' कृपालचन्द ने पूछा था।

''नहीं, 'चक नानकी' अभी सुरक्षित नहीं है। दिल्ली से पटना दूर है। लखनौर में हमारी काफी संगत है। मेरे जाने के बाद परिवार समेत लखनौर चले जाओ। दिल्ली से आकर मैं वहीं मिलूँगा। फिर विचार करेंगे—बकाला जाना है या चक नानकी जाना है। सदानन्द भाई, तुम भी कृपालचन्द के साथ ही रहना। अन्य सेवकों को भी साथ ले जाना। हथियार भी साथ रखना। गोबिन्द राय को संगत देखने आये तो संगते के दर्शन करवाना। पूरी छानबीन करने के बाद ही गोबिन्द राय को बाहर लाना। पूरा ख्याल रखना। गोबिन्द राय की हिफाज़त तुम्हारे ज़िम्मे है। हम मतिदास और सतीदास के साथ—जल्दी ही यहाँ से चले जायेंगे।''

एक दिन गुरु जी महलां को उदास और रोते छोड़कर दिल्ली की ओर चल दिये।

अब पटना में हमारा क्या था? गुरु जी के हुक्म से हम सबने ने लखनौर जाने की तैयारी आरम्भ कर दी। पंजाब से सेवक आ रहे थे—चक नानकी उदास है। लोग नगर छोड़ कर दूसरे स्थानों पर जाने लगे हैं। गुरु के बिना नगर उजड़ रहा है। गुरु जी के पास प्रार्थना करने आये हैं कि वापस चलें...।

''हमारी बाँह पकड़ने वाला कोई नहीं। औरंगे के अहलकार अत्याचार कर रहे हैं। फरियाद लेकर कीरतपुर जाते हैं, वे कहते हैं, अपने गुरु के पास जाओ। किधर जायें?''

''जैसे ही गुरु जी दिल्ली से आयेंगे, हम चक नानकी आ जायेंगे,'' कृपालचन्द ने भरोसा दिया था। मगर संगत गुरु जी के दर्शन किये बगैर उदास लौट गयी।

कल्याणे की धर्मशाला में उदास बैठा सदानन्द हू-ब-हू देख रहा है।,

पटना से छोटा-सा काफिला चल दिया है लखनौर की ओर। कृपालचन्द पूरी निगरानी रख रहा है। साथ में हथियारबन्द सेवक हैं। माता नानकी, माता गुजरी और प्रेमो सभी साथ में हैं। गोबिन्द राय को संगते की पोशाक पहनायी गयी और संगते को गोबिन्द राय की तरह से सजा कर रथ में बिठाया है। पटना से अन्य संगत भी साथ चल दी है।

''वाह! अभी चले दो दिन ही हुए हैं, गुरु जी, सतीदास, मतिदास, भाई ऊदा, गुरबख्शां हम से आ मिले। गुरु के महल खिल गये थे। संगत में उल्लास छा गया।

हमने राजा राम सिंह को सन्देश भेज दिया है कि परिवार को छोड़कर फिर दिल्ली उसके पहुँचने से पहले पहुँच जायेंगे।" "गुरु जी ने बताया, यह तो कमाल हो गया संगत वाणी उच्चारण करते, कुछ पैदल, कुछ घोड़ों से तथा माताएँ रथ से कच्चे रास्ते में धूल उड़ाते जा रहे थे। जो नहीं जानते थे। हमें उनकी तरह-तरह की आवाज़ें सुनाई देती थीं।

"बिगड़े हुए साधु ठगी करते फिरते हैं।" कोई कहता।

"पंजाब के सिखड़े सरदार खाली जागीरों पर कब्ज़ा करने चले हैं।"

एक-दो मुगल सिपाही तो डरते हुए काफिले के नज़दीक भी नहीं आते थे। भारी समूह को गुरु जी अपने विचारों से शान्त कर देते थे।

जहाँ पड़ाव करते–तम्बू लगाते ही संगत आ जुड़ती थी। मैं शबद गायन करता। गुरु जी वाणी की व्याख्या करते। नाम सिमरन के लिए उपदेश देते। सच बोलने के लिए कहते। महापुरुष की संगति करने, पंगत में मिल बैठ कर खाने की शिक्षा, सदा कम बोलने और अधिक विचार करने की शिक्षा देते। संगत निहाल हो जाती। जिधर से भी गुज़रते, संगत साथ में जुड़ती जाती। सभी ओर से 'धन्य गुरु–धन्य गुरु' सुनाई देता। हमारे साथ-साथ निश्चित फासले पर राजा रामसिंह की सैनिक टुकड़ी पड़ाव करती थी।

लखनौर पहुँचकर गुरु जी ने हमें यहीं रुकने को कहा। स्वयं वह मतिदास, सतीदास, भाई ऊदा तथा भाई गुरबख्शां के साथ दिल्ली की ओर चल दिये।* साथ में हुक्म किया, "यहीं टिकाना करना। पहले हम दिल्ली से फारिग होकर बकाले या चक नानकी जायेंगे, वहाँ के हालात देखेंगे। फिर आप सभी को आने के लिए कहेंगे।

मगर कुछ ही देर बाद भाई ऊदा ने वापस आकर कहा, "गरु जी ने सदानन्द को भी बुलाया है।" मुझे तो जैसे चाव चढ़ गया था। मैं तो पाँव में जूता भी न डालता। यदि ऊदा यह न कहता कि, इतनी जल्दबाजी न कर सदानन्द। हम जल्दी ही गुरु जी से जा मिलेंगे।

जब हम गुरु जी के टोले के साथ जा मिले तो गुरु जी हँस दिये, बोले, "सदानन्द, हमने सोचा, अगर वहाँ तुम्हारी रबाब न सुनाई दी तो दिल्ली में हमारा क्या काम।"

हमारा जत्था तो राज रामसिंह के दिल्ली पहुँचने से पहले ही पहुँच गया। जहाँ गुरु जी ने पड़ाव किया, वहाँ राजा रामसिंह की माता पुष्पा सिंह आयी

---

* 20 जून 1670 ई. को गुरु तेग बहादुर दिल्ली पहुँचे थे।

हुई थीं गुरु के दर्शन करने के लिए। आँसू बह रहे थे। आवाज़ नहीं निकल रही थी—"गुरु जी, मेरा पुत्र तो अच्छा है न? हमें कोई भी ख़बर नहीं थी। वह दिल्ली आता क्यों नहीं? हम औरतों, माताओं का जीना-मरना पुत्रों की खैर-सुख के साथ ही होता है।"

गुरु जी ने चुप करवाया था। हौसला दिया था, "माता जी, चिन्ता न कीजिए आपका पुत्र 'चढ़दी कलां' में है। जिधर जाता है, फतेह होती है। दिल्ली की ओर कदम है। बस, आजकल में ही पहुँचने वाला है।"

माता की तो जान में जान आ गयी। गुरु जी के बलिहारी जाने लगी। उसने गुरु जी की बलाइयाँ लीं, फिर आसपास देख, गुरु जी के निकट आकर धीरे-से बोली, "शहंशाह ने आप पर कड़ी नज़र रखने का हुक्म दिया है। अच्छा यही है। जल्दी से पंजाब चले जाइए। इन तुर्कों का कोई भरोसा नहीं है।"

अगले दिन नवाब सैफ़ खान भी गुरु जी से मिलने आया। उसने भी कहा, "दिल्ली में बहुत अफवाहें हैं। हालात ठीक नहीं हैं। बादशाह सूहियों की बातों पर अमल करने वाला है। जल्दी दिल्ली से चले जाइए।"

हम सभी ने मिलकर कहा था, "गुरु जी, आप जल्दी से चले जायें। बादशाह यहाँ दिल्ली में नहीं है। अभी तो सारे अहलकार, कर्मचारी, बादशाह बने हुए हैं।"

गुरु जी ने बहुत शान्त मन से समझाया था, "आपको मालूम है, हम शहंशाह के हुक्म से राजा रामसिंह की हिरासत में हैं। राजा जी के दिल्ली पहुँचने से पहले हम कैसे यहाँ से जा सकते हैं। वह आयेंगे। बादशाह से मिलेंगे या कोई ख़बर देंगे। हमारे बारे में, हमारी यात्रा के ब्यौरेवार सुल्तान को बतायेंगे, तभी रिहायी हो सकती है। इस प्रकार जैसा आप सोचते हैं, हम यहाँ से चोरों की तरह नहीं जायेंगे। यह हमें शोभा नहीं देता। चोरी से कोई दोषी या कपटी ही भागता है। हमने तो न कोई जुर्म किया, न कोई ज़ुल्म किया है। न किसी का मन दुखाया है। देखेंगे, सारी बातें सुनने के बाद शहंशाह क्या कहेगा।"

ये बातें सुनकर, हम गुरु जी को दिल्ली छोड़ने के लिए दुबारा कहने का कैसे हौसला कर सकते थे।

दिल्ली में सचमुच ही सभी कुछ अच्छा नहीं था। शहंशाह रियाया को तंग करता आ रहा था। कितनी पाबन्दियाँ लगा दी थीं। हे वाहेगुरु! दिल्ली में नाच-गाना बन्द। रंग-राग बन्द। हिन्दुओं के मन्दिर या तो तोड़ दिये जाते या उनकी जगह मस्जिद बना दी जाती।

फिर एक दिन एक सेवक ने अचानक आकर बताया कि राजा रामसिंह दिल्ली आ गया है।

क्या मालूम, कुछ महीनों में दक्षिण से औरंगजेब से सलाह-मशवरा कर लिया हो राजा राम सिंह ने। एक दिन उन्होंने गुरु जी की प्रत्येक तकलीफ की माफी माँगते हुए कहा था, "गुरु जी—आप चाहें तो पंजाब जा सकते हैं। शहंशाह की गलतफहमी दूर हो गयी है।"

मतिदास, सतिदास, भाई ऊदा, गुरुबख्शा और मैं तो खुशी से उछलने लगे थे। मगर गुरु जी शान्त ही रहे थे, पहले की तरह ही अन्तर्धान हो गये थे, जैसे आने वाले समय के बारे में सोच रहे हों। फिर काफी देर बाद कहा था, "इतना खुश नहीं होना। आगे समय ठीक नहीं आयेगा। भाई ऊदा, भाई नगाहिया, मतिदास, सतिदास तथा सदानन्द यहाँ दिल्ली में रहेंगे। यहीं कल्याणे की धर्मशाला में। दिल्ली की घटनाओं पर नज़र रखेंगे। जब लगे कोई खास ख़बर हो, चक नानकी पहुँचायेंगे। तुरन्त ख़बर देना है। यहाँ आने की ज़रूरत होगी, हम आयेंगे। यहाँ से जाने की ज़रूरत हुई, हम बुला लेंगे।"

"गुरु जी, चक नानकी में रबाब नहीं सुनेंगे?" अपने अन्दर उनके साथ रहने की इच्छा से मैंने पूछा था, तो गुरु जी बोले थे, "सदानन्द भाई, समय ठीक नहीं है। बादशाह की नीयत साफ नहीं। हमें नज़र आ रहा है। अब तुम्हारी रबाब के साथ तलवार की भी ज़रूरत पड़ेगी। तेरा पुत्र जैता तो अब गबरू-जवान हो रहा है। कृपाल चन्द ने बताया था, इस उम्र में ही वह तलवार अच्छी चला लेता है। सामने वाले पर चीते की तरह टूट सकता है। रोक कर रखना पड़ता है। अकाल पुरख की कृपा से साल-दो साल में तलवार का धनी हो जायेगा जैता। बहुत खुशी की बात है। अब जैता की ज़रूरत पड़ेगी हमें।"

कितना गर्व है गुरु जी को हम पर। मुझे तो गुरु हरिराम जी के वचन याद आ रहे हैं, गुरु जी ने कहा था, सदानन्द, जैते को गुरु साहिब के चरणों पर लगाना है और दीवाली भी कीरतपुर की देखनी है। तब बनारस में थे सभी। अस्सू को हम कीरतपुर चल पड़े थे।

जब जैते को गुरु जी के चरणों में रखा तो गुरु साहब ने जैते के सिर पर हाथ रखते हुए कहा था, "महापुरुष, पराक्रमी, शूरवीर बने।" लग रहा है, गुरु साहब का वर व्यर्थ नहीं जायेगा। गुरु जी को कितना भरोसा है आज जैते पर। दिल्ली से आनन्दपुर जैता ही जा सकता है। यदि कोई संकट आयेगा तो जैता ही जायेगा।

फिर चक नानकी से बुलावा आ गया था। गुरु परिवार को लखनौर से चक नानकी बुलवा लिया गया था। गुरु जी ने खास तौर पर कहा था, ''जैते से कहना, परिवार के साथ-साथ रहे, इधर-उधर न जाये। गोबिन्द राय की निगरानी करे।'' कितना सम्मान दिया गुरु परिवार ने हमें। पैरों की धूल को सिर पर बिठा दिया।

गुरु तेग बहादुर बार-बार आँखों के सामने आ रहे हैं। लोहे के पिंजरे में बन्द। इतना महापुरुष, इतनी मुश्किल में। चेहरे पर ज़रा भी तल्ख़ी नहीं। ज़रा भी घबराहट नहीं। ज़रा भी खीझ नहीं।

दिन चढ़ रहा है। पूर्व में लालिमा नज़र आने लगी है। गुरु जी आनन्दपुर की ख़बर जानने के लिए उतावले होंगे। अभी तक जैता की कोई ख़बर नहीं आयी। कहाँ पहुँचे होंगे। हे गुरु नानक! उनकी रक्षा करना। दुश्मन के सिपाहियों का क्या भरोसा, किस रूप में सामने आ जायें। इसलिए तो गुरु जी ने सख़्ती से कहा था, गोबिन्द राय को संगत के सामने नहीं लाना और चक नानकी की ओर कूच करते हुए, संगते को गोबिन्द राय के वस्त्र पहनाकर बिठा दिया था। जैता ने बताया था जब संगते के सिर पर कलगी सजायी गयी तो संगता, गोबिन्द राय का ही रूप हो गया था। रास्ते में सेवक संगते के ही दर्शन कर रहे थे। संगते को शीश झुका रहे थे। गोबिन्द राय को एक रथ में छिपा कर बिठाया हुआ था। एक विचार आया–'अगर भला कोई शत्रु गोबिन्द राय के भुलावे में संगते का क़त्ल कर देता?' परन्तु तुरन्त ही भूल बख़्शवाने के लिए दोनों हाथ जुड़ गये। एक स्वार्थी विचार मन में आया ही क्यों? माफ करना गुरु जी, हम तो पीढ़ियों से गुरुघर के सेवक हैं, तन-मन-परिवार सब कुछ आपको अर्पित है। तभी तो आपने इतनी जल्दी मुझे भी चक नानकी पहुँचने के लिए सन्देश भेज दिया था।

मैं तो चक नानकी पहुँचते ही हैरान रह गया था, इतनी रौनक। व्यापारियों ने बाजार सजा लिए थे। दूर-दूर से सौदागर आने लगे थे। इतना खुला वातावरण। चारों ओर पहाड़ियों की ओट। सुबह-शाम सुगन्ध भरी हवाएँ। आँगन में खेलता बाल गोबिन्द राय, पीछे-पीछे भागता फिरता संगता। जैता तो अब सचमुच गबरु ही लगता था। गले की घण्टी बदल रही थी। दाढ़ी-मूँछ निकलने लगी थी। जब अखाड़े में तलवार चलाने का अभ्यास करता था तो देखने वाले वाह-वाह कर उठते थे। कृपालचन्द अपनी निगरानी में बाल गोबिन्द राय और संगते को भी काठ की तलवारों के साथ अभ्यास करवाते थे। दिन के समय गुरु जी कुश्तियाँ करवाते थे। सन्ध्या समय दीवान सजता। शब्दों पर विमर्श होता। कुदरत की गोद

में इस छोटे-से जादुई इलाके में, संगत समूह के समूह में आने लगी। एक दिन सन्ध्या समय में शबद-गायन करके हटा ही था। गुरु जी का चेहरा अत्यन्त प्रसन्न दिख रहा था। उन्होंने कहा, "यही आनन्द है! यही जीवन है। सदानन्द, चक नानकी का नाम तो 'आनन्दपुर' होना चाहिए। हम इसे आनन्दपुर कहा करेंगे।"

और उस दिन से चक नानकी हो गया आनन्दपुर—वाह गुरु जी।

श्रद्धा से सदानन्द के हाथ जुड़े हुए हैं। दरवाज़े में भाई आज्ञाराम खड़ा नज़र आया।

"सदानन्द, तेरा चेहरा इतना उतरा हुआ क्यों है? रात के समय भोजन भी नहीं किया था।"

"भूख ही नहीं बड़े वीर जी।" पिछली यादों से निकला सदानन्द और भी दुःखी नज़र आने लगा।

"सदानन्द, कोतवाली से कोई बुरी ख़बर तो नहीं मिली?" आज्ञाराम फ़िक्र से पूछता है।

"इस हुकूमत से अच्छी ख़बर की आस करनी, छत पर गाय चढ़ाने जैसी बात है भाई जी...।"

"कोई नया फरमान जारी हुआ है?"

"गुरु जी को एक तंग पिंजरे में कैद किया हुआ है। न उन से बैठा जाता है, न लेटा जाता है।" सदानन्द दुःखी मन से बोला।

"कुछ खा लेता। रात को भी तुमने कुछ नहीं खाया था।"

"नहीं भाई जी, भूख ही नहीं थी। अगर लगी ही हो तो भी गले से निवाला भी नहीं उतरेगा नीचे।"

तभी एक सेवक ने आकर बताया—

"भाई ऊदा तथा गुरबख़्शां आ गये हैं।"

तेज़ी से दोनों भाई कमरे से बाहर निकलते हैं।

8

भाई सदानन्द का मन सहज नहीं है। भाई ऊदा और भाई गुरबख़्शां से रास्ते का सारा हाल जान कर, सदानन्द की चिन्ता दूर नहीं हुई है। उसने भाई आज्ञाराम को चाँदनी चौक जाकर ख़बर लेकर आने के लिए भेजा है।

आज कितनी देर से धर्मशाला के आँगन में चक्कर काट रहा है। रास्ते में ऊदा, गुरबख्शां और जैता को कितनी मुश्किलें आयीं, सुनकर चेहरे पर अभी भी भय छाया हुआ है। बेशक ऊदा भाई ने कितनी तसल्ली दी थी, "इतना घबराने वाली कोई बात नहीं है। जैता से उलझना, शेर के मुँह में हाथ देने वाली बात है। तीन-चार मुगल सिपाहियों के लिए तो वह अकेला ही भारी है। वो तो ऐसे दाँव-पेच फुर्ती से खेलता है, वैरी या तो चित्त हो जाते हैं या फिर मैदान छोड़ कर भाग जाते हैं।"

तभी गर्व से सिर ऊँचा तो हुआ था, मगर अभी भी आनन्दपुर तो बहुत दूर है और जैता अकेला ही है। यही चिन्ता मन से नहीं निकलती। इधर गुरु जी पर बहुत बिपदा आयी हुई है।

चैन नहीं आ रहा सदानन्द को। मन में यही आ रहा है, क्या मालूम क्रोधित सुल्तान, कब कोई फरमान जारी कर दे। अहलकार बहुत नीच हैं। ज़ालिम हैं। क़त्ल करने में ज़रा देर नहीं लगाते। अपने बचाव के लिए गुरु जी किसी दलील में नहीं पड़ेंगे। जब कोई हुक्मत से समझौते का मशवरा देता हो तो गुरु जी कहते हैं, "जीवन क्या है? साँस चलती है तो जीवन है। साँस रुक जाये तो ये पाँच तत्त्वों का पुतला मिट्टी की तरह है। फिर फ़िक्र क्यों करना। जब मौत अटल है, यह टाली जा सकने वाली नहीं। फिर डरने की क्या ज़रूरत है?"

सचमुच ही सारा कुछ जीवन के साथ ही है। मौत के बाद किसी ने क्या देखा है? क्या देखना है? गुरु जी अपना बचाव तो कर सकते हैं, मगर वह कभी करामात नहीं दिखायेंगे। फिर कौन-सा रास्ता बाकी बचा है? शाही फरमान है, सिखों के गुरु या कोई करामात दिखाये या सिख धर्म छोड़कर इस्लाम धर्म कबूल कर ले, नहीं तो क़त्ल होने के लिए तैयार रहे।

सारा अवाम जानता है, गुरु के स्वभाव को। गुरु जी की ज़िद को। पहले दोनों पेशकश गुरु जी ने कबूल नहीं की, सिर्फ़ तीसरे ही रास्ते पर चलना होगा, गुरु जी तो अपने मन में फैसला ले चुके थे।

भाई आज्ञाराम चाँदनी चौक की कोतवाली गया हुआ है। ऊदा और गुरबख्शां थके हुए हैं। अभी सो रहे होंगे। सारी रात सफर करते हुए आये थे। मन में उथल-पुथल नहीं। ना समझ आने वाली घबराहट होने लगी है, सदानन्द को। यह क्या हो रहा है मुझे? नज़रबन्द तो गुरु जी हैं पिंजरे में। मेरा मन क्यों तड़प रहा है?

आँगन से आकर वह फिर कमरे में आकर लेट गया और छत की कड़ियों को एकटक देखने लगा। आने वाली भयानक घड़ी धक्के से सोच में आ घुसती

है। अगर सचमुच ही गुरु जी क़त्ल कर दिये गये तो आम दोषियों की तरह गुरु के शीश को भी दिल्ली के किसी दरवाज़े पर लटका देंगे। यह तो बहुत बेअदबी होगी, गुरु जी की भी और सेवकों की भी। क्या करेंगे फिर हम निहत्थे व मजबूर लोग? ये सब कैसे देख पायेंगे? कैसे बर्दाश्त होगा ये सब? सभी ओर मुगल सिपाही भिनभिनायेंगे और प्रत्येक बागी आँख की पहचान करेंगे। जाऊँ—? चाँदनी चौक जाकर देखूँ—पूछूँ गुरु जी, रात कैसे बीती? सारी रात बैठे रहे होंगे।

सदानन्द कराह कर उठता है और कमरे का दरवाज़ा उढ़का देता है। अब कमरे के अँधेरे में आँखें फाड़-फ़ाड कर कोई रास्ता तलाश रहा है, सदानन्द। कुछ भी नहीं सूझ रहा था। मन में अजीब से ख्याल आने लगे।

गुरु जी के बिना कैसे बसेगा आनन्दपुर? अभी तो रौनक होने लगी थी। व्यापारिक मण्डी बन रही थी। सब कुछ बर्बाद हो जायेगा। बेरौनक हो जायेगा आनन्दपुर गुरु के बिना। रूह ही निकल जायेगी आनन्दपुर में से। उल्लू बोलेंगे वहाँ। गोबिन्द राय तो अभी बाल है, कैसे सँभालेगा इतनी जिम्मेदारी? कौन रखेगा उसके सिर पर हाथ? हुकूमत भी दुश्मन, पूरा भाईचारा, कबीला भी दुश्मन। सब ओर अँधेरा ही अँधेरा नज़र आ रहा है सदानन्द को।

जैता आनन्दपुर गया है। जैता गुरु जी के काम आये, ये हमारे परिवार का सौभाग्य है। इस परिवार को गुरु जी ने ही आबाद किया है। गुरु जी यत्न न करते तो कहाँ मानते पण्डित शिव नारायण। ना लाजवन्ती से शादी होती, न जैता इस संसार में आया होता। हमारी तो पीढ़ियाँ कर्ज़दार हो गयी हैं गुरु जी की। कहाँ ब्राह्मण कन्या और कहाँ एक शूद्र। गुरु जी ने ज़मीन-आसमान मिला दिये हैं। जैता, मेरा पुत्र, गुरु जी का यह उपकार न भूलना। गुरु परिवार से मुँह न मोड़ना, सारी उम्र इनकी सेवा में रहना। फिर मन ही मन कल्पना करने लगता है—कहाँ तक पहुँच गया होगा जैता अब तक? वक्त का अन्दाज़ा लगाया है। कुछ मालूम नहीं हो रहा। पलकें भारी हो रही हैं। आँखों में कुछ अटकने लगा। शरीर को ढीला छोड़कर आँखें बन्द कर लीं सदानन्द ने। इस तरह इतने दिन चढ़े तक वह सारी उम्र कभी नहीं लेटा था चारपाई पर। शरीर को क्या हो रहा है? नींद तो नहीं आ रही? अर्धचेतना की अवस्था हो रही है—

वाह! कितना रमणीक नज़ारा है। आनन्दपुर की पहाड़ियाँ, सभी ओर से संगत समूह सहित आ रही थी। गुरु जी के दर्शन करके सेवक निहाल हो रहे हैं। एक ओर बाल गोबिन्द राय तथा संगता खेल रहे थे। आठ-नौ वर्ष का बालक गोबिन्द राय, इतना तन्दुरुस्त है—अभी से ही गबरू जवान नज़र आता है। जैता बाहर पहरे पर तैनात है। चिड़िया तक को नहीं फटकने देगा।

दीवान सजा हुआ है। गुरु जी प्रवचन कर रहे हैं—

अकाल पुरख का नाम सिमरन करना भाई। मनुष्य की उम्र हर रोज़ घटती जाती है। बिना वक्त गँवाये रब का नाम जपना है। जैसे टूटे घड़े में से पानी बूँद-बूँद कर घटता है, मनुष्य का जीवन इसी प्रकार घटता जा रहा है भाई। यही संसार मिथ्या है। ज़ो भी प्राणी किसी को अपना समझता है, अन्तिम समय सभी साथ नहीं जाते। माँ-बाप, भाई-बहन, हमजोली, मित्र सभी अन्तिम समय तक साथ नहीं रहते। रहेंगे भी नहीं। प्राणी को इनसे अधिक मोह-ममता नहीं बढ़ानी चाहिए। मनुष्य के जीवन में खुशी-गमी आती रहती है। दुःख-सुख आता-जाता है। अमीरी-गरीबी भी आती-जाती रहती है। हमें इन सभी से निर्लेप रहना चाहिए। पूर्ण मनुष्य वही होता है भाई, जिसे कोई लोभ-लालच नहीं है। सुख-दुःख को एक समान समझता है। जिसे मान-अपमान नहीं है। लोहा और सोना उसके लिए एक समान है। ऐसा मनुष्य ही ज्ञानी होता है, चतुर-सुजान व सन्त होता है। सांसारिक बन्धनों में जकड़ा मनुष्य मूर्ख होता है। अज्ञानी होता है।

—परम मनुष्य को न किसी का भय होता है, न स्वयं किसी से भयभीत होता है। बन्धनों से मुक्त प्राणी ही अपने अन्दर ऐसे गुण प्राप्त कर सकता है।

अभी गुरु जी का प्रवचन समाप्त नहीं हुआ था, जब कृपालचन्द को आकर जैते ने बताया, ''बाहर कुछ पण्डित आये हैं कश्मीर से। कहते हैं, गुरु जी से मिलना है।''

''अभी उन्हें बाहर ही रोको।''

''मैंने भी उन्हें बहुत कहा है।'' जैता ने बताया।

''इस तरह से नहीं करते। वो हमारे मेहमान हैं। पुरोहित हैं।'' कृपाल चन्द ने समझाया।

''मामा जी, वो कह रहे हैं, वे तुर्क हाकिमों द्वारा सताये हुए हैं। वो साहब गुरु के पास फरियाद करने के लिए आये हैं—तुर्क हाकिमों से हमारी रक्षा करें। मैंने तो कह दिया, हमारा साया भी पड़ने पर आप लोग स्नान कर पवित्र होते हैं। आज हमारे साहब से रक्षा की भीख माँगने आये हो?''

''जैता, पुत्र, इतना क्रोधित नहीं होना चाहिए। जा, जाकर कह दे, दीवान की समाप्ति के बाद गुरु जी से मिल लेना।'' जैते के गुस्साये चेहरे की ओर देख कर कृपाल चन्द मन्द-मन्द मुस्कराने लगे।

''तब क्या मालूम था, पण्डितों की यही टोली, गुरु जी द्वारा अपनी कुर्बानी देने का कारण बनेगी।''

सदानन्द डरा-सहमा-सा एक ओर खड़ा है।

चाँदनी चौक का इलाका।

कोतवाली के बाहर।

गुरु जी को पिंजरे से बाहर लाया गया है। एक चबूतरे पर उन्हें बिठा दिया गया है। काज़ी ने आकर फरमान पढ़ा है। गुरु जी चबूतरे पर पालथी मारे शान्त बैठे हैं। गुरबाणी का जाप कर रहे हैं। जल्लाद अपनी तलवार निकाल कर गुरु जी के पीछे आ खड़ा हुआ है। चारों ओर तमाशबीनों की साँसें रुकी हुई हैं। काज़ी का इशारा पाते ही जल्लाद वार करने के लिए हाथ ऊपर उठाता है।

''नहीं–नहीं।'' अचानक एक भयानक चीख धर्मशाला के अहाते में गूँज उठती है। चाँदनी चौक से लौटा आज्ञाराम और अन्य सेवक, सदानन्द के कमरे की ओर भाग कर आते हैं। देखते हैं, सदानन्द चारपाई पर बैठा है। माथे पर पसीने की बूँदें फैली हुई हैं। ''कुछ नहीं-- ।'' इतना कह सदानन्द माथे से पसीना पोंछने लगता है।

''कोई सपना देखा था।'' आज्ञाराम पूछता है।

''कुछ नहीं... ।'' सदानन्द सिर्फ़ इतना ही कह पाता है।

''चलो, उठ कर स्नान कर लो। मैं कोतवाली से आ रहा हूँ। अभी तक सब ठीक है। प्रभु भला करेगा। चिन्ता न करो। मैं सेवक से कह कर भोजन का प्रबन्ध करवाता हूँ। उठो...'' आज्ञाराम, सदानन्द को बाजू से पकड़ कर चारपाई से उठा देता है।

सदानन्द क्या कहे? क्या बताये? उसने कितना डरावना दृश्य देखा है। वह धर्मशाला के अहाते में चक्कर लगाने लगता है। जैता कब आनन्दपुर पहुँचेगा कब वापस आयेगा? यही चिन्ता उसका पीछा नहीं छोड़ रही।

तभी देखता है, लाजवन्ती के पिता पण्डित शिव नारायण जी उसी की ओर आ रहे हैं।

९

पण्डित शिव नारायण का शाही दरबार में बहुत मान-सम्मान है। उन्हें धर्मशाला की ओर आते देख कर, सदानन्द और भी डर जाता है–पता नहीं क्या ख़बर लाये होंगे।

"सदानन्द, ठीक तो हो? चेहरा इतना उतरा हुआ क्यों है?" देखते ही पण्डित जी पूछते हैं।

"आप को मालूम ही है पण्डित जी। गुरु जी को पिंजरे में कैद किया हुआ है। जैता, आनन्दपुर गुरु जी का सन्देश लेकर गया हुआ है। मन बहुत फ़िक्रमन्द है।" सदानन्द को लगता है, वो अभी रो देगा। मगर मन को कड़ा कर लेता है।

"इतनी चिन्ता न करो सदानन्द। आज मैं बादशाह के दरबार में जाऊँगा। बादशाह स्वयं तो दिल्ली में नहीं है। यत्न करके काज़ी से मिलूँगा। अगर लालची है तो लालच भी दूँगा। किसी भी तरीके से, गुरु जी को रिहा करने को रज़ामन्द हो जाये। इससे बेहतर काम और क्या होगा? चाँदनी चौक में कोतवाल से भी मिलूँगा।" कहकर पण्डित जी कुछ देर के लिए चुप हो जाते हैं। नज़रें झुकाकर कुछ सोचने लगते हैं। फिर गुस्से से बोलने लगते हैं, "ये दूसरों को काफ़िर कहते हैं। अपनी खाट के नीचे डण्डा घुमा कर नहीं देखते। सभी ओर हाहाकार मचा हुआ है। इतना जुल्म? इतना अत्याचार? किसी साँई फकीर को भी नहीं बख्शते।"

"पण्डित जी, इतना ऊँचा क्यों बोलते हैं? किसी ने सुन लिया तो आफ़त आ जायेगी।"

"जो देखते, सुनते हैं, भोगते हैं, वो तो कहना ही पड़ेगा न किसी को, सदानन्द?"

"शाही दरबार में आपकी इज्ज़त है। अगर हुकूमत को शक हो गया तो?" सदानन्द फिक्रमन्दी से पूछता है।

"इसी डर के कारण, यत्न करना छोड़ दें क्या सदानन्द? गुरु जी के कितने उपकार हैं मुझ पर, क्या जानते नहीं?"

"जानता हूँ पण्डित जी। गुरु जी के उपकार कैसे भूल सकता हूँ। गुरु जी की बदौलत, गुरु जी की कृपा से, आज मैं आपके सामने बैठा हूँ।"

"फिर? गुरु जी की रिहाई के लिए, अगर कोई मुसीबत हो तो भी बर्दाश्त करेंगे। बादशाह की पुत्री को गुरु जी में इन्तहा श्रद्धा है। उसकी मदद लेंगे। कोई न कोई राह तो निकल ही आयेगा।"

"गुरु जी, रिहा हो जायेंगे न?"

कुछ देर तक पण्डित जी सदानन्द के चेहरे की ओर देखते रहते हैं। सोच रहे हैं– कितना सौम्य है, मेरा दामाद। एकदम दरवेशी। गुरु जी के वियोग में क्या हाल बना लिया है। न खाने-पीने की परवाह, न नहाने-धोने की परवाह। तरस आ जाता है। कहते हैं–"इतना संशय न करो सदानन्द। गुरु जी तुम्हारे अंग-संग हैं। सब ठीक हो जायेगा।"

"संशय मैं नहीं करता हूँ पण्डित जी, यह तो खुद-ब-खुद हो रहा है। इन मुसलमानों का कोई ऐतबार नहीं। न ये अपने बाप का लिहाज करते हैं न अपने पुत्रों का। फिर गुरु जी इनके क्या लगते हैं?"

"कोई बात नहीं। संशय करने से कुछ नहीं होगा। कोई ढंग निकल ही आयेगा। एक बार दरबार में आ जाऊँ। मैं कुछ अहलकारों को अपने साथ गाँठने की ताक में हूँ।"

"क्या शाही फरमान रद्द हो सकेगा पण्डित जी?"

"सब कुछ हो सकता है। बादशाह के मुँह से निकली हर बात हुक्म होता है? एक ही डर है, अहलकारों का कोई भेद नहीं पा सकता। अगर किसी ने बादशाह तक चुगली कर दी तो बाज़ी उल्टी पड़ सकती है।"

"हाँ, यह तो बहुत डर है, पण्डित जी।" सदानन्द आह भरता है।

"हर बादशाह कानों का कच्चा होता है। यह तो कुछ अधिक ही है। लाईलग भी है और जुनूनी भी है। इस्लाम के नाम पर कुछ भी कर सकता है।"

"पण्डित जी, जो भी करना है, जल्दी कीजिए–।"

"मैं मौके की ताक में हूँ। जैता जैसे ही आनन्दपुर से आये, तुरन्त मेरे पास भेजना। कोतवाली में उसका सेवादार बन कर रहने का प्रबन्ध मैं करके आया हूँ।"

"सच पण्डित जी!" सदानन्द के चेहरे पर रौनक आ जाती है।

"हाँ, यही सच है सदानन्द। जैता मुसलमान जमादार के रूप में वहाँ रहेगा।"

"फिर तो हमें उनकी प्रत्येक साजिश की जानकारी मिलती रहेगी।"

"हाँ, होना तो ऐसा ही चाहिए। आप भी नहा-धोकर तैयार हो जाओ। हिम्मत हारने से कुछ नहीं होगा। मैं शाही दरबार जा रहा हूँ। सन्ध्या समय आऊँगा...।"

इतना कह शिव नारायण बाहर की ओर चल दिये।

सदानन्द काफी देर तक वहीं खड़ा देखता रहा–जिधर पण्डित जी गये थे। भाई आज्ञाराम ने आकर उसकी सोच को तोड़ दिया, "सदानन्द, अभी तक स्नान नहीं किया। भोजन तो तैयार है।"

"पण्डित जी आये थे...। मैं अभी स्नान कर के आता हूँ।" उत्साह से भर सदानन्द नहाने के लिए चल देता है।

तभी एक सेवक आकर बताता है...ख़बर मिली है, "जैता, आनन्दपुर पहुँच गया है।"

सुनते ही भाई आज्ञाराम तथा सदानन्द के चेहरे खिल जाते हैं।

10

आनन्दपुर नगरी में आजकल खामोशी का आलम छाया हुआ है। गुरु तेग़ बहादुर दिल्ली में नज़रबन्द हैं। उस तरफ से कोई भी ख़बर नहीं आ रही है। गुरु के महल उदास हैं। संगत हर रोज़ गुरु के दर्शनों के लिए आती है। निराश ही लौट जाती है।

बाल गोबिन्द राय पहले से काफी गम्भीर हो गया है। फिर भी कभी-कभी बालपन भारी हो जाता है। माता गुजरी को यही चिन्ता है। पुत्र कब जवान होगा और कब ज़िम्मेदारी सँभालेगा।

दिल्ली जाने से एक दिन पहले गुरु जी ने समझाया था, ''अभी हमारा दिल्ली से लौटने के बारे में कुछ भी निश्चित नहीं है। क्या मालूम कब मेल-मुलाकात हो। होगी भी कि नहीं।''

''ऐसा क्यों कह रहे हैं? इतने चाव से इस आनन्दपुर को बसाया है आपने। इसे खुशहाल बसता देखने की इच्छा नहीं है क्या?''

''इच्छा क्यों नहीं है। तुमने अपना चेहरा इतना क्यों दुःखी बना रखा है। गुरु होने के नाते जो ज़िम्मेदारियाँ मेरे सिर पर हैं, उनकी ओर से मुँह कैसे मोड़ सकता हूँ। अब हम गोबिन्द के सिर्फ पिता ही नहीं हैं या आपके पति ही नहीं हैं। सिख सेवकों के गुरु भी हैं। सिख संगत को हमसे बहुत उम्मीदें हैं। उन पर खरा उतरना होगा।''

''मैं आपसे यह तो नहीं कह रही, दिल्ली न जाइए। मैं तो कह रही थी, गोबिन्द अभी बाल है।''

''इसी कारण समझा रहा हूँ।'' गुरु जी ने टोका, ''गोबिन्द राय की परवरिश अब आप पर है। आने वाले समय में इसे कौम का नेतृत्व करना है। इस कारण शत्रुओं से सदा चेतन होने की ज़रूरत है। हम जिस मकसद के लिए दिल्ली जा रहे हैं, पूरा होने तक वहीं रहेंगे।''

''हम भी आपके साथ चलेंगे। यहाँ क्या करेंगे। पटना भी तो गये ही थे। आपके साथ रहेंगे। हमारा मन भी टिका रहेगा।''

''यह सम्भव नहीं है, गोबिन्द की माँ। पटना में हम अपनी इच्छा और संगत के बुलावे पर गये थे। अब हमें बादशाह ने बुलाया है। नहीं जायेंगे तो गिरफ्तार करके ले जायेगा, यह समय का हाकिम है। इतना घबराने की क्या बात है। यहाँ कृपालचन्द है आपके पास, एकदम शूरवीर, योद्धा। जैता भी होगा, यहाँ आपके पास तो हीरा है। उसे पूरा मान-सम्मान देना। उसकी आँखों में जलती आग नज़र

आती है। आने वाले समय में वह एक बड़ा योद्धा बनेगा। बीबी प्रेमो की कोख बड़ी गुणवान है। इतनी चिन्ता न करो। गुरु नानक सहायी होगा। अकाल पुरख की जो 'होनी' है, वो तो घट कर ही रहेगी।''

माता नानकी की आँखें भरी हुई हैं। गुरु तेग़ बहादुर उन्हें हौसला रखने के लिए कह रहे हैं। बीबी प्रेमो काम में व्यस्त रहती है। फिर भी बीच-बीच में आकर उन्हें देख जाती है।

आज तीनों माताएँ बैठी हैं, एकदम उदास। गुरु तेग़ बहादुर के दिल्ली की ओर कूच करने का दृश्य बार-बार आँखों के सामने आ रहा है।

थोड़ा हट कर गोबिन्द राय तीर चलाने का अभ्यास कर रहा है। गोबिन्द राय निशाना लगाता। संगता भाग कर तीर उठाने जाता है। कभी संगता तीर चलाता है तो गोबिन्द राय तीर उठा कर लाता है।

कृपाल सभी ओर निगाह रखता है। तीरअन्दाज़ी के गुर समझा रहा है। कमान कैसे पकड़ना है। निशाने पर निगाह रखकर तीर कैसे छोड़ना है। तभी एक सेवक आकर ख़बर देता है, ''इधर एक घुड़सवार आ रहा है।''

माताएँ जल्दी से भीतर चली गयीं।

कृपालचन्द सावधान हो जाता है।

एक थका-टूटा राहगीर गुरु की रिहायशगाह की ओर आ रहा है। कृपालचन्द ग़ौर से देखता है। तुरन्त पहचान लेता है और उल्लास में 'यह तो जैता है।' उसके मुँह से ऊँची आवाज़ में निकलता है।

सुनते ही तीनों माताएँ आँधी की तरह बाहर निकल आती हैं। पुत्र की ओर देखते ही डर तथा खुशी के मिले-जुले प्रभाव के कारण माता प्रेमो का हाथ अपने सीने पर चला जाता है। वह होठों में बुदबुदायी, ''गुरु नानक मेहर करना...।''

जैते का मुँह उतरा हुआ है। उदास है। चेहरा धूल से भरा हुआ है। कपड़े मैले हैं। वह तीनों माताओं के चरण-स्पर्श करता है फिर 'मामा जी' कह कर कृपालचन्द के आगे भी सिर झुकाता है।

गोबिन्द राय और संगता भी निकट आ जाते हैं। जैता, बाल गोबिन्द राय के आगे शीश झुकाता है, फिर बाँहों में भर कर प्यार करता है। संगते को भी वह गोदी में उठा लेता है।

माताएँ दिल्ली का हाल जानने के लिए व्याकुल होंगी, जैता समझता है। मगर दिल्ली में जो कुछ घटा है या घटने वाला है, वो कैसे बताये? मामा कृपालचन्द से कैसे कहे—दिल्ली में सब कुछ ठीक नहीं है। हम तो सभी दुःखी हैं ही। इतनी दूर, इन्हें चिन्ता में कैसे डालूँ। डालूँ या न डालूँ? वह दुविधा में है। गुरु की ओर से भेजी सामग्री तो देनी ही पड़ेगी। फिर तो सब बताना ही पड़ेगा। शायद मामा कृपालचन्द उसकी दुविधा समझ गया है। ''उठ जैता पुत्र, पहले स्नान कर लो। कपड़े बदल लो। भोजन कर लो। फिर बातें करेंगे।''

''इसे सँभाल लीजिए मामा जी।'' जैता एक छोटी-सी गठरी मामा जी की ओर बढ़ाता है।

''इसमें क्या है जैता पुत्र?''

''साहिब जी ने कुछ वस्तुएँ और श्लोक भेजे हैं। गुरु जी के लिए कोई सन्देश भेजना है, विचार कर लीजिए। मुझे तुरन्त वापस लौटना है।''

माता गुजरी गुरु जी का हाल पूछना चाहती है।

माता नानकी, पुत्र-मिलन के लिए और भी व्याकुल हो जाती है।

जैता चुप है। नज़रें झुकाये बैठे-बैठे ही आँखें मूँद रहा है। थकावट के कारण।

''प्रेमो बीबी, जैते को गर्म पानी दो नहाने के लिए। भोजन करवाओ। तब तक हम विचार करते हैं।''

मामा कृपालचन्द, माता नानकी, माता गुजरी और गोबिन्द राय, सभी रिहायशगाह की ओर उदास से चल देते हैं।

जैता अब थोड़ा ठीक महसूस कर रहा है। भोजन करते ही वह निढाल होकर लेटा तो आँखें खुद-ब-खुद मुँदने लगीं। पुत्र के सिरहाने बैठी माँ, उसके सिर को, कन्धों, पीठ को धीरे-धीरे सहलाने लगी है। मन ही मन आशीष की झड़ी लगाती जा रही है—''मेरा शेर, मेरा लाल...तेरे सदके जाऊँ, तुझ पर वारी जाऊँ। तुझे कोई बुरी हवा भी न छू पाये। मेरी उम्र भी तुझे लग जाये।''

''ना माँ...।'' जैता रोकता है, ''ऐसे ही पड़ा रहने दे मुझे। अगर इतना मोह दिखायेगी तो मैं वापस कैसे जा पाऊँगा। गुरु जी ने कहा था, 'तुरन्त दिल्ली लौट आना'।''

''कहाँ दुखता है पुत्र। मैं कहाँ दबाऊँ।'' माँ, पुत्र-मोह से भीग कर पूछती है।

''माँ, जहाँ-जहाँ तुम्हारा हाथ लग रहा है, दर्द तो अब कहीं रहा ही नहीं। बस कर माँ। मुझ पर इतना कर्ज़ न चढ़ाओ माँ।''

तभी महल से जैते को बुलावा आता है।

"जा बेटा। जल्दी आ जाना। तुम से बातें कर के, तुम से मिल कर...मन अभी हलका नहीं हुआ।"

"माता जी, अभी बातें करने का समय नहीं है। गुरु-पत्नी जी पता नहीं क्या कहेंगे। साहिब जी का आदेश है, खड़े पैर लौटना है।" जैता उठ कर बैठ जाता है। निकट खड़े संगते को बाँह बढ़ा कर अपने साथ भींच लेता है।

"अपने पिता के बारे में तुमने एक शब्द भी नहीं कहा। वह ठीक तो है न?" माता प्रेमो ने जैते के कन्धे पर हाथ रखते हुए उदास स्वर में पूछा।

"अब दिल्ली के बारे में क्या कहूँ माँ। वहाँ का दस्तूर ही निराला है। सुबह उठने पर ही मालूम होता है, कौन अभी तक जीवित है और किसे रात को क़त्ल कर दिया गया है। इतना संशय मत करो माँ। आते समय मैं पिता जी से मिल कर आया था। वह ठीक हैं। आनन्दपुर के बारे में काफी फिक्रमन्द रहते हैं। सभी की नज़रों के सामने भाई मतिदास, भाई सतीदास, भाई दयाला को क़त्ल कर दिया गया माँ। वो भी इतनी बेरहमी से कि हम देख नहीं सके। ये तुर्क बेहद ज़ालिम हैं। आदमी को आदमी भी नहीं समझते। किसी को भी आरे से चीर देते हैं। किसी को भी देग़ में चावलों की भाँति उबाल देते हैं। किसी को भी रुई में लपेट कर जला देते हैं।"

सुनते ही माता प्रेमो का कलेजा काँपने लगा। उसने अचरज से अपने मुँह पर हाथ रख लिया। भय से उसकी आँखें फैल गयीं। संगते को खींच कर उसने सीने से लगा लिया।

"सच कह रहा है या मुझे भयभीत कर रहा है बेटे?"

"सच कहा रहा हूँ माँ।"

जैता उठ कर महल की ओर चल दिया।

जैते की ओर दिल्ली से लायी सामग्री—नारियल, पाँच पैसे, कलगी एक थाली में पड़े थे। माता नानकी, माता गुजरी और गोबिन्द राय पास में उदास बैठे हैं। मामा कृपालचन्द, गुरु जी के द्वारा भेजे श्लोक बड़े अदब से पढ़ रहे हैं।

जैता एक ओर नज़र झुकाये बैठा है। कुछ देर बाद मामा ने श्लोक सँभालने के बाद पूछा।

"फिर क्या हुआ?"

भर्राये गले से जैता धीरे-धीरे सब बताने लगा—

"साहिब जी के सामने—तुर्क सिपाहियों ने पहले मतिदास को कोठरी से बाहर निकाला और कहा, 'या तो मुसलमान हो जाओ या कोई करामात करके दिखाओ'।"

"भाई मतिदास उनके आदेश की परवाह किये बगैर गुरबाणी का जाप करते रहे। तुर्क लकड़ी के तख्ते ले आये और उन्हें उन तख्तों में जकड़ दिया। भाई मतिदास गुरबाणी का जाप करते रहे। क्रोधिंत हुए तुर्कों ने उनके सिर पर आरा रख कर चला दिया। जितनी देर उनकी साँस चलती रही, तब तक जाप की आवाज़ सुनाई देती रही। कोतवाली के सामने लहू का फव्वारा फूट पड़ा। तमाशा देखने आये कुछ लोग तो बेहोश ही हो गये। कुछ डर से चीखते हुए भाग खड़े हुए।" जैते ने आँखें पोंछीं।

—फिर काज़ी गुरु जी के पिंजरे की ओर आया। कहने लगा, "अपने सिखों से इस्लाम कबूल करने के लिए कहो, वरना इससे भी भयानक जुल्म ढाएँगे। देख नहीं पाओगे।" गुरु जी ने कुछ नहीं कहा। पहले की तरह ही शान्त बैठे रहे। गुस्से में काज़ी ने सिपाहियों से कहा, "दूसरे कैदी को लाओ—।"

"भाई दयाले को कोठरी से बाहर लाया गया। बाहर भट्ठी जलाकर बड़े कड़ाहे में पानी उबाला गया और भाई दयाले को आदेशात्मक स्वर में कहा, "या तो हमारी शरण में आ जाओ या फिर इस उबलते कड़ाहे में जाकर बैठ जाओ।"

भाई दयाले ने उबलते कड़ाहे में बैठते हुए काज़ी से कहा, "एक बात का ख्याल रखना, जब मैं बेहोश हो जाऊँ, जब मेरा शरीर साथ देना छोड़ने लगे, तब भी मेरा मुँह गुरु जी की ओर ही रहे...।"

मामा जी, माता जी सभी सुनते हुए भी उस दृश्य को अपनी आँखों के सामने देखता महसूस कर रहे थे। कोई चुपचाप आँसू बहा रहा था, कोई दहाड़ें मारकर रो रहा था। परन्तु सभी बेबस थे। आखिर कर भी क्या सकते थे। कड़ाहे के तले तेज़ आँच थी। देखते ही देखते, भाई दयाला जी बेसुध हो गये। उनकी आँखें मुँद गयीं। काज़ी फिर गुरु के पिंजरे के पास आया। गुरु जी ने न विरोध प्रकट किया और न ही रोष। पहले की तरह ही शान्त और गम्भीर बने रहे। काज़ी और भी खीझ गया। गुरु जी पर किसी भी जुल्म का कोई प्रभाव न देख उसे अपनी ताकत पर संशय होने लगा। अपनी तौहीन समझते हुए वह और भी क्रोधित हो गया। उसने फिर से गुरु जी को धमकाना शुरू किया—"अब देखना तुम हमारी हुकूमत के रंग। हमारे सामने तो मुर्दे भी चीखने लगते हैं। तुम काफ़िर क्या चीज हो।"

अब वे भाई सतीदास को उनकी कोठरी से बाहर ले आये।

रुई का गद्दा मँगवाया गया। भाई सतीदास को रुई में लपेट कर रस्सियों से बाँध दिया गया। फिर उन्हें आग लगा दी गयी। गीली पाथी की भाँति सुलगती आग में भाई जी का सारा शरीर झुलस गया। मुझ से यह सब सहन नहीं हो पाया मामा जी, माता जी।'' कहते हुए जैता हिचकियाँ ले, रोने लगा।

माता नानकी और माता गुजरी जी आँसुओं से भरी अपनी आँखें पोंछती हैं। मामा कृपालचन्द भी अत्यन्त गम्भीर हैं। नज़रे झुकाये सोच में डूबे बैठे हैं। एक आह भर, बिना कुछ कहे, फिर से श्लोकों को दुहराने लगते हैं :

चिन्ता तां की कीजिए जो अनहोणी होयि
इह मार्ग संसार को नानक थिर नहीं कोये।।
जो उपजिऔ सो बिनस है, परो आज कि काल
नानक हर गुण गाये ले छाड़ि सगल जँजाल।।

मामा कृपाल चन्द समझते हैं, श्लोकों के रूप में भेजे गये ये सन्देश सभी को समझने के लिए ही भेजे गये हैं। अनहोनी तो अवश्य घटेगी। गुरु-गद्दी के लिए तिलक की सामग्री संकेत देती है कि आने वाला समय और भी भयानक होगा। सभी खामोश हैं। सभी के पीछे बीबी प्रेमो धीरे-से आ कर बैठ गयी है। महल पर इतनी उदासी कभी नहीं फैली थी।

काफी देर बाद जैता ने कहा, ''गुरु जी की इच्छा है, गोबिन्द राय को अब गुरु गोबिन्द राय कहा जाय।'' सभी भयभीत होकर गोबिन्द राय की ओर देखते हैं।

गोबिन्द राय गुरु जी की ओर से भेजे श्लोक पढ़ रहा है। एकदम से उसने कहा,

''मामा जी, इन श्लोकों में पिता गुरु निराश नज़र आते हैं। देखिए ना :

बल छुटकिऔ बन्धन परे, कुछ ना होत उपायि
कहि नानक अब औट हर गज जीऔ होयि सहायि।।

मामा कृपालचन्द हैरान होकर गोबिन्द राय की ओर देखता है। इतनी तीक्ष्ण-बुद्धि? इतनी छोटी उम्र, इतनी समझदारी?

मामाजी, गोबिन्द राय को एक और श्लोक पढ़ने के लिए कहते हैं :

बल हुआ, बन्धन छुटे, सब कुछ होत उपायि
नानक सब कुछ तुमरे हाथ में, तुम ही होत सहायि।

''हाँ हाँ, मामाजी...'' पढ़ते ही गोबिन्द राय खुश हो जाता है ''यह बात है। आप के पास बल है, आप के पास शक्ति है, सब कुछ हो सकता है। भाई जैता जी से कहिए, यह श्लोक वापस ले जायें और जाकर गुरु जी से कहें, गोबिन्द राय ने भेजा है। पिताजी समझ जायेंगे।''

जैता के वापस जाने की तैयारियाँ हो गयीं। जैता भी तैयार है। मामा कृपालचन्द उसे एक ओर ले जाकर समझा रहा है–

"यत्न करना, गुरु जी के पास ही रहो...।"

"आप फ़िक्र न करें मामा जी।"

"चिन्ता की बात तो है ही, जैते। अगर गुरुजी का वध कर दिया गया, गुरु जी की देह का क्या होगा, तुर्क उनकी देह की बइज्ज़ती करेंगे।"

"हम सभी वहाँ मौजूद होंगे मामाजी। हमें अपनी जान की परवाह नहीं। गुरु जी कैद से भागने के लिए अगर तैयार हो जाते तो हम कब के तुर्कों को अपने हाथ दिखा देते। गुरुजी कहते हैं, क्या यहाँ से भाग जाने से मौत नहीं आयेगी, क्या करें समझ में नहीं आता।" जैते के चेहरे पर परेशानी व बेबसी नज़र आती है।

"इतने सख्त पहरे में से देह को निकालना–कैसे होगा अन्तिम संस्कार...?"

"मामाजी–आप ऐसा क्यों सोचते हैं। कोई न कोई हल निकल ही आयेगा। क्या मालूम मुग़ल हाकिमों को अक्ल आ जाये और वे गुरुजी को रिहा कर दें...।"

"ऐसा सम्भव नहीं हो सकता जैता–।" मामा कृपाल के स्वर में निराशा है।

तभी गोबिन्द राय उदास-सा उनके पास आ खड़ा होता है। वह मामा जी की बात सुन लेता है।

"जैते, होनी तो घटेगी। हालात बताते हैं, गुरु जी जीते-जी आनन्दपुर नहीं आ पायेंगे।" कृपालचन्द आह भरता है।

"मामाजी, अपने सिखों में एक भी योद्धा ऐसा नहीं है, जो मुगलों से जंग लड़कर, गुरु पिता को वहाँ से निकाल लाये?" गोबिन्द राय पूछता है।

"नहीं पुत्र, यहाँ बात किसी योद्धा की नहीं है। उधर विशाल सल्तनत है और इधर हम मुट्ठी भर हैं। न पास में हथियार हैं, न शक्ति है।"

"मामाजी...। उनके पास ये हथियार, ये शक्ति कहाँ से आयी है?"

मामाजी के पास इसका कोई जवाब नहीं है। अभी गोबिन्द राय की उम्र बहुत छोटी है।

"जैते को दिल्ली भेज दे पुत्र। फिर हम इस पर विचार करेंगे। मैं बताऊँगा तुम्हें...। यह सारा गोरखधन्धा क्या है?"

"मैं अब गुरु पिता के दर्शन नहीं कर पाऊँगा मामाजी?" गोबिन्द राय की आँखें भर आती हैं।

"कौन कहता है, बेटा? गुरु जी सदा हमारे साथ हैं। परमात्मा सब ठीक

करेगा। तुम जाओ–जाकर संगते से तलवार चलाने का अभ्यास करो। मैं भी अभी वहाँ आ रहा हूँ।''

चलते समय जैता, मामाजी को पूरी तसल्ली देता है।

''मामाजी, दिल्ली में हम लोग चुप नहीं बैठेंगे। पण्डित नानाजी और कोतवाल अब्दुल्ला हमारी मदद करते रहते हैं। हमारे जेल से भाग कर आने के कारण काज़ी और अन्य अधिकारी कितने क्रोधित होंगे, इसका पता तो जाने पर लगेगा। दिल्ली में जो भी हालात होंगे, हम आपको पल-पल की ख़बर भेजते रहेंगे।''

जब जैते ने तीनों माताओं के आगे शीश झुकाया तो देखा, सभी की आँखों में नीर भरा था। जैता अपने आँसू जब्त करते हुए, मुँह घुमाकर घोड़े पर आ बैठा।

मामा कृपालचन्द ने उसे पत्र थमाकर कहा, ''जहाँ-जहाँ गुरु जी के सेवक हैं उन सभी के सन्देश हैं। वे तुम्हारी यथासम्भव मदद करेंगे। संकट के समय ये लोग तुम्हारी मदद करेंगे। परमात्मा सभी की सहायता करेगा।''

मन को कड़ा कर, सभी को फतह (प्रणाम) बुलाकर जैता घोड़े को एड़ लगाता है। धीरे-धीरे चलता हुआ घोड़ा, आनन्दुर की सीमा से निकलते ही दिल्ली की ओर जाते हुए हवा बन गया।

पीछे खड़े सभी आँसू भरी निगाहों से घोड़े को आँखें से ओझल होने तक देखते रहे।

11

रात आधी से अधिक बीत चुकी है।

कोतवाल अब्दुल्ला के भरोसे के साथ, जैता, गुरु तेग़ बहादुर के पिंजरे के पास सिर झुकाये बैठा, धीरे-धीरे आनन्दपुर का हाल सुना रहा है। गुरु जी के चेहरे पर, कभी चिन्ता, कभी रोष और कभी शान्ति के भाव आ-जा रहे थे। एक अजीब-सा माहौल दिल्ली की फिज़ा में घुला हुआ है।

भयानक, गमगीन और रहस्यमयी।

पिंजरे में अत्यन्त कठिनता से बैठे गुरु जी की आँखें बन्द हैं। चेहरे के भाव बता रहे हैं, जैसे ज़ेहन में काफी मन्थन चल रहा है। अचानक गुरु जी पूछते हैं,

''गोबिन्द, उदास तो प्रतीत नहीं हो रहा था?''

''नहीं, गुरुजी, वह अपनी आयु से अधिक समझदार है।''

''छोटी आयु में ही बड़ी जिम्मेदारियाँ पड़ने वाली हैं। छोटी उम्र बड़े मसले...।'' गुरु जी पिंजरे की सलाखों से बाहर, कोतवाली की दीवारों से भी परे, अँधेरे में नज़र आती मद्धम-सी रोशनी की ओर देखने लगते हैं।

''आप अन्तर्यामी हैं गुरु जी। आप के अलावा और कौन जान सकता है कि क्या होने वाला है?'' कह कर जैता शीश झुकाता है।

''भाई जैते!''

''जी गुरु जी।'' जैता ने हाथ जोड़े।

''इस समय दिल्ली में क्या हो रहा है भाई?'' गुरु जी पूछते हैं।

''इस समय तो दिल्ली सो रही है, सतिगुरु जी...।''

''सारी दिल्ली नहीं सो रही जैता।''

''मैं समझा नहीं गुरु जी।'' जैता ने नम्रता से पूछा। गुरु जी के चेहरे पर फीकी मुस्कान उभरती है, जो अँधेरे में जैते को नज़र नहीं आयी। गुरु जी जैते की ओर सीधा देख रहे हैं। दो जलती मशालों-सा एहसास जैते को उनकी आँखों को देख कर होता है। फिर गुरु जी का स्वर सुनाई देता है—

''इस समय जैता, सारी दिल्ली नहीं सो रही। तू जाग रहा है, हम जाग रहे हैं। कोतवाली का कोतवाल जाग रहा है। कल्याणे की धर्मशाला में भाई आज्ञाराम जाग रहा है। सदानन्द जाग रहा है। नींद तो काज़ी अब्दुल वहाब वोहरा को भी नहीं आ रही। वह अपने घर के सेहन में बेचैनी से इधर-उधर चक्कर काट रहा है। मखमली बि़स्तर पर शहंशाह की शहज़ादी ज़ैबोन्निसां भी परेशान है। और तुम कहते हो कि सारी दिल्ली सो रही है।'' गुरु जी के हँसने की आवाज़ जैता को सुनाई देती है।

जैता हैरान है। ऐसी अवस्था में भी गुरु जी कितने सहज हैं।

''कल काज़ी फतवा पढ़ेगा गुरु जी।'' जैता का स्वर डरा-सहमा-सा है।

''सब अकाल पुरख की माया है जैता। उसके हुक्म के बिना तो पत्ता भी नहीं हिल सकता। जो होना है, हो के रहेगा। चिन्ता नहीं करना। ह़र तरीके से खुद को जालिमों से बचाकर रखना है। गोबिन्द राय अभी बहुत छोटा है। उसकी हिफाज़त तुम्हें ही करनी है जैता। हर घड़ी, हर पल उसका ख्याल रखना। तुम्हें यहाँ से चले जाना चाहिए। आनन्दपुर के साथ सम्बन्ध बना कर रखना। तुम्हारे कन्धों पर हमारी बहुत बड़ी जिम्मेदारी हैं। काज़ी के फतवे हमें डरा नहीं सकते। ...वो लोग खुद हमसे डरे हुए हैं।''

गुरु जी खामोश हो जाते हैं। जैते ने देखा, वह पालथी लगाकर अन्तर्धान हो गये हैं।

भाई जैता शीश झुका कर उठता है और दबे पाँव कोतवाली से बाहर निकल जाता है।

चाँदनी चौक दिल्ली में सुबह से ही तमाशबीन जमा होने शुरू हो गये हैं। दो जाते हैं, अन्य चार आ जाते हैं। कोतवाली के बाहर एक चबूतरा निर्मित किया जा रहा है। काज़ी मौका-ए-हालात देखने आये हुए हैं। चेहरे पर तनाव है। गुस्से में नज़र आ रहे हैं। आँखें भी कुछ सुर्ख हैं, जैसे रात के समय सो न पाये हों। सिपाही, पहरेदार कोतवाल उसके स्वभाव को जानते हैं। इसलिए सभी सतर्क और एकदम चौकन्ने हैं।

आस-पास के माहौल को कौए की आँख से जाँचते हुए, काज़ी गुरु तेग बहादुर के पिंजरे के पास जा खड़े होते हैं। गुरु जी के चेहरे की ओर देखते रहते हैं।

''ऐसी हालत में मैं खड़ा होकर आपका स्वागत भी नहीं कर सकता काज़ी साहब।'' गुरु जी के चेहरे पर व्यंग्य है।

गुरु जी का शान्त चेहरा देख काज़ी और भी खीझने लगता है।

''अभी भी समय है। चाहो तो हुकूमत की मदद कर सकते हो।'' काज़ी पिंजरे के और भी निकट जा कर कहता है।

''देख रहे हो काज़ी साहब, मैं यहाँ नज़रबन्द हूँ। इस प्रकार पिंजरे में बैठे हुकूमत ही ही मदद कर सकता हूँ।'' कहते हुए गुरु जी का चेहरा पहले की भाँति ही शान्त है।

''नज़रबन्द करना शाही फरमान है। हम हुकूमत और शहंशाह के नौकर हैं। परन्तु हमारी तमन्ना तुम्हें नज़रबन्द देखने की नहीं है।'' काज़ी के चेहरे पर झलकते झूठ और मक्कारी को गुरु जी ताड़ रहे हैं।

''बात स्पष्टता से क्यों नहीं कहते हैं काज़ी साहब? पर्दे में बात क्यों करते हैं? या कहो, तुम्हारी फितरत में और धर्म में पर्दा ज़रूरी है।'' गुरु जी काज़ी की आँखों में सीधा झाँकने लगते हैं।

काज़ी साहब तिलमिला जाते हैं। इतनी ज़ुर्रत? पिंजरे में बन्द व्यक्ति, जिसे–हमारे रहमो–करम पर रहना पड़ता है जिसे हाथ जोड़ कर रिहाई की भिक्षा माँगनी चाहिए, वो तो उल्टा उसकी आदतों और धर्म पर सवाल उठा रहा है।

उसके भीतर क्रोध उबलने लगता है। सोचता है, एक ही झटके से इस

काफ़िर पीर का सिर कलम करवा दूँ। मगर वह काज़ी है। एक शासक। खुद को भीतर से जब्त करने के कारण उसका चेहरा और भी सख्त हो जाता है।

"हुकूमत को आपकी आवश्यकता है।" कठिनता से खुद को सँभाल कर वह नम्रता से इतना ही कहता है।

"हुकूमत को हमेशा व्यक्तियों की आवश्यकता रहती है, काज़ी साहब। कभी आरे से काटने के लिए। कभी रुई में लपेट कर आग लगाने के लिए। कभी गर्म तवे पर बिठाने के लिए। कभी जेलों में चक्की में पीसने के लिए, कभी जेलों के पिंजरों में नज़रबन्द करने के लिए, अब कौन सा ढंग इस्तेमाल करना बाकी है?" गुरु जी की आँखों में रंज और गुस्सा झलकने लगता है।

"तुम्हारी नज़र में हमें बगावत नज़र आती है।"

"पिंजरे में बन्द, एक मजबूर आदमी क्या बगावत कर सकता है, काज़ी साहब?"

"बहुत कुछ कर सकता है। सारे पंजाब को अपने पीछे लगा सकता है। सिखों को हमारी रज़ा में रहने का आदेश दे सकता है। कश्मीरी पण्डितों को इस्लाम धर्म कबूल करने के लिए तैयार कर सकता है। शहंशाह को करामात दिखा सकता है। खुद 'हिन्द के पीर' का ऊँचा रुतबा लेकर ऐशो-आराम की ज़िन्दगी बसर कर सकता है। अगर ये सब नहीं कर सकता, फिर अपनी ज़िद के कारण, सभी सिखों के लिए मुसीबतें खड़ी कर सकता है।"

"आप मशवरा दे रहे हैं काज़ी साहब या छिपे ढंग से डरा रहे हैं?" गुरु जी व्यंग्य से पूछते हैं।

"कुछ भी समझ लो।" काज़ी गुरु जी की ओर बिना देखे ही कहता है। उसका स्वर खीझ भरा है।

"हम दरबारी सियासत में नहीं उतरते काज़ी साहब। आपके ये सभी दाँव-पेच और झंझट हमारे वश के नहीं हैं। कश्मीरी पण्डित दुःखी थे, सताये हुए थे। सहारा ढूँढ़ते हुए आये थे। हमारी परम्परा है, विशेषता है, मर्यादा है—हमारे दर से कोई खाली नहीं लौटता। 'शरण पड़े सो तरे...' " कह कर वह सामने मुसलमानी लिबास में, सेवक बनकर घूमते 'जैते' की ओर देखने लगते हैं। कभी जैता एकदम उनके नज़दीक आ जाता है और कभी पीछे हट जाता है।

गुरु जी की खामोश चुप्पी से काज़ी को और भी गुस्सा आ रहा है।

"यदि कश्मीरी पण्डितों ने अपनी हयाती (ज़िन्दगी) की भीख माँगनी ही थी तो वे सीधे आकर शहंशाह से फरियाद करते। उनका तुम्हारे पास आना 'शहंशाह-ए-हिन्द' की तौहीन है।"

"हमें इसका इल्म नहीं। हमने तो उन्हें बुलाया नहीं था या उन्हें बरगला कर अपने पास लाये नहीं थे। हाँ, एक बात ज़रूर होगी काज़ी साहब, यदि वे ब्राह्मण हमारे पास आने के बजाय आप के बादशाह के पास फरियाद करने आते—जब तक अलहकार (अधिकारी) बादशाह तक उनके पास आने की सूचना लेकर जाते तो क्या आपके बादशाह उनकी फरियाद सुनते। तब तक तो कश्मीर के सारे ब्राह्मण क़त्ल हो चुके होते।"

"क्या अब यह ब्राह्मण क़त्ल नहीं होंगे?" काज़ी साहब एकदम भड़क उठते हैं।

"सुना है, शहंशाह ने ब्राह्मणों के क़त्ले-आम का आदेश वापस ले लिया है।"

"शहंशाह ने अपना वायदा निभाया है। एक वायदा हमसे हिन्दुओं के पीर ने भी किया है।"

"हमने कोई वायदा नहीं किया। आदेश देकर हमें मज़बूर किया जा रहा है।" गुरु नज़दीक आये जैते की ओर झाँकते हैं। जैता हाथ में झाड़ू पकड़े कोतवाली के आँगन की सफाई करता नज़र आता है।

"शहंशाह सदा आदेश करते हैं।"

"हम शहंशाह के आदेश पर पहरा दे रहे हैं।"

"देर किस बात की है?"

"हम आपकी कैद में हैं। आपके वश में हैं। आपके शहंशाह जिस तरह से भी खुश होते हैं, आप वही व्यवहार हमारे साथ कीजिए।" कह कर गुरु जी आँखें मूँद लेते हैं।

"हमारा शहंशाह क्या तुम्हारा शहंशाह नहीं है?" काज़ी अत्यन्त गुस्से से पूछता है।

"हमारा शहंशाह, मज़लूमों पर अत्याचार करने की आज्ञा नहीं देता, काज़ी साहब। हमारा शहंशाह प्रत्येक मनुष्य को अपनी इच्छा से जीने का ढंग सिखाता है।"

"सुल्तान चाहते हैं, सारे हिन्द का धर्म एक हो। अलग-अलग धर्म के साथ, इस मुल्क में अमन-चैन बहाल करना, एक बड़ी समस्या है।"

"अगर सारे हिन्द का धर्म एक हो जायेगा, फिर क्या यहाँ अमन-चैन बहाल हो जायेगा काज़ी साहब?"

"शहंशाह-ए-हिन्द की यही रज़ा है।" काज़ी चर्चा बन्द करना चाहता है।

"यदि सारे मुल्क का धर्म इस्लाम हो गया तो काज़ी साहब इस्लाम के अलग-अलग सम्प्रदाय आपस में नहीं लड़ने लगेंगे क्या?"

काज़ी खामोश है। पालथी लगाकर, समाधि की अवस्था में आँखें मूँदे बैठे गुरु जी की ओर चुपचाप देखता है।

''क्या शिया, सुन्नी एक ही स्थान पर, भाइयों की तरह मिल कर रहते हैं काज़ी साहब?'' जब काज़ी की ओर से कोई जवाब नहीं मिलता तो वह आँखें खोलकर व्यंग्य से मुस्कराते हैं।

काज़ी गुरु जी की ऐसी व्यंग्य भरी मुस्कराहट से और भी क्रोधित हो जाता है।

''मैं तुमसे हमदर्दी कर रहा हूँ और खुदा के बन्दे, तू उल्टा इस्लाम धर्म पर ही इल्ज़ाम लगाने लगा है।'' काज़ी की आँखों में और भी क्रोध झलकने लगता है।

''आप मुंसिफ (न्यायाधीश) हैं। सच और झूठ को परखने का अधिकार आपके पास है। अन्दर सच्चाई सुनने का और सच्चाई जानने का साहस पैदा कीजिए।'' गुरु अभी भी काज़ी के तमतमाये चेहरे की ओर देख रहे हैं।

''सच्चाई जानना चाहते हो तो सुनो—बादशाह का फरमान है कि या तो अज़मत (करामात) दिखाओ या कलमा पढ़ कर इस्लाम की शरण में आ जाओ।'' काज़ी के तेवर एकदम बदल जाते हैं।

''कोई तीसरा रास्ता भी है?'' गुरु जी पूछते हैं।

''हाँ है, सिर कलम करवाने के लिए तैयार रहो।'' कह कर काज़ी बेरुखी से मुँह घुमा लेता है।

काज़ी का फरमान सुनते ही, जैते के हाथ से झाड़ू छूट जाती है।

गुरु तेग़ बहादुर कुछ पलों के लिए चुप हो जाते हैं। अपने अन्दर उतर जाते हैं। उनके चेहरे पर कई तरह के उतार-चढ़ाव आते हैं। देख रहे हैं...बहुत भयानक समय आने वाला है। अब घबराने का नहीं, ललकारने का समय है। कहते हैं—

''काज़ी साहब...।''

काज़ी पलट कर गुरु जी की ओर देखने लगता है। कुछ पीछे हट कर, जैता सुन्न खड़ा है। गुरु जी सीधा उसकी आँखों में आँखें डाल कर देखते हैं। उनके चेहरे पर न कोई भय है, न उदासी।

लगातार गुरु जी की नज़रों की ताब सहन न करते हुए काज़ी की आँखें झुक जाती हैं। संयत भाव से गुरु जी कहते हैं :

''हम आपकी तीसरी शर्त पर विचार करेंगे काज़ी साहब।''

छटपटाकर पैर पटकते हुए काज़ी कोतवाली से बाहर चला जाता है।

आस-पास ताड़ते हुए जैता, बगल में झाड़ू दबाये तेज़ी से गुरु जी के पास

आ खड़ा होता है। काज़ी के साथ गुरु जी की हुई बातें उसने सुन ली थीं। उसके चेहरे पर चिन्ता है।

"जैते!" गुरु जी धीमे से, स्नेह से उसे पुकारते हैं।

"कहिए गुरु जी।" जैता पिंजरे के निकट आ जाता है।

"आनन्दपुर साहिब में खबर देनी होगी। शहादत तो अब अटल है। आने वाले किसी भी दिन यह 'होनी' घट सकती है। आनन्दपुर में माता जी, गोबिन्द राय और परिवार के पास बैठ कर उन्हें धीरज और हौसला देना होगा। उन्हें प्रभु की लीला मानने के लिए तैयार करना होगा।"

जैता चिन्ताग्रस्त हो, सिर झुका सोच में डूब जाता है।

"चिन्ता करने से 'होनी' टल नहीं जायेगी, जैता। संसार के आगमन में कुछ भी स्थिर नहीं है। जो जन्मा है उसकी मृत्यु निश्चित है। हिम्मत रखो और आनन्दपुर जाने की तैयारी करो।"

जैता धीरे-धीरे सिर उठाता है—"आनन्दपुर तो मैं हनुमान की तरह उड़ कर जा सकता हूँ गुरु जी। लेकिन ज़रा यह भी सोचिए, मेरा यहाँ रहना भी कितना आवश्यक है। काज़ी का कोई धर्म-ईमान नहीं है। यदि यह विपदा कल ही आन पड़ी...। मैं आपके पास ही रहूँ तो अच्छा ही है। फिर भी आप आज्ञा देंगे तो मैं पीछे मुड़ कर नहीं देखूँगा।" जैता का स्वर काफी भारी हो जाता है।

गुरु जी ने देखा, उसकी आँखें नम थीं।

गुरु तेग़ बहादुर जैते की दुविधा समझते हैं। उस जैसा हिम्मती, निडर और युद्ध कला में माहिर, दिल्ली में और कोई नहीं है। कृपालचन्द ने इसे तराशा है। नेज़ेबाजी और घुड़सवारी में इसे कुशलता हासिल है। ऐसा सूरमा हमारे नज़दीक ही रहना चाहिए। ...फिर आनन्दपुरवासियों का क्या होगा? उनके साथ क्या बीतेगी? गोबिन्द राय अभी बालक है। हुकूमत बहुत ज़ालिम है। वो इन से टक्कर कैसे लेगा? पहाड़ी राजाओं का भी एतबार नहीं। अपनों ने निगाहें भी फेर ली हैं। वह गहरी साँस लेते हैं। फिर खुद ही सोचते हैं...चलो, जो होना है, वो तो हो कर ही रहेगा। चिन्ता किस के लिए? हिम्मत रखनी चाहिए। सब कुछ हो सकता है। वह सिमरन करने लगते हैं :

"बल हुआ बन्धन छुटे, सब कुछ होत उपायि—।"

"ठीक है भाई जैता, तुम यहीं रहना हमारे आस-पास।" कहते हुए गुरु जी के चेहरे पर दृढ़ता नज़र आती है।

"सच्चे पातशाह गुरु नानक को खुद ही सभी की चिन्ता है। फिर भी अगर

कोई आनन्दपुर से आये तो कुशल-क्षेम पूछ लेना। सदानन्द से कहना किसी सेवक को आनन्दपुर की तरफ भेज दे।''

''जी गुरु जी।'' कह कर, सिर झुका कर, जैता कोतवाली के दालान से बाहर निकल जाता है।

बाहर ढिंढोरची डग्गे पर चोट कर बादशाह के किसी आदेश का ऐलान कर रहा है।

जैता बाहर निकलता है। हाथ में झाड़ू और टोकरी है। दूर एक ढिंढोरची के आस-पास काफी भीड़ है। बच्चे शोरगुल कर रहे हैं। वह डग्गे पर चोट करते-करते रुक जाता है। जैता को एक भारी-सी आवाज़ सुनाई देती है।

''सुनो। सनो! सुनो–ऐ हुक्म शहंशाह-ए-हिन्द का दिल्ली के इज़्ज़तदार शहरियों सुनो। एक खुशख़बरी सुनाई जाती है। कल का दिन रंगीन करने के लिए–सिखों के काफ़िर गुरु को चाँदनी चौक की कोतवाली के बाहर सरेआम मौत के घाट उतारा जायेगा। ऐसा दिलकश तमाशा देखने के लिए सभी दिल्लीवासियों को न्यौता दिया जाता है। खुद भी आओ–अपने बच्चों को भी साथ लाओ...।''

घबराया हुआ जैता जल्दबाजी से पीछे की ओर मुड़ता है। और किसी भी पहरेदार की परवाह किये बिना, सीधे गुरु जी के पिंजरे के पास जाकर रोने लगता है।

''जैता...सूरमा ऐसा नहीं करते।'' गुरु जी शान्त हैं।

''गुरु जी...। वो बाहर ढिंढोरा पीट रहे हैं–कल ही...।'' आगे के शब्द जैता बोल ही नहीं पाता।

''जैता, यह ऐलान तो हमने भी सुना है। इस प्रकार रोने से कुछ नहीं होगा। तुम सभी जीवित रहोगे–फिर इन तुर्कों के एक-एक ज़ुल्म का हिसाब लेना है। उठो–हिम्मत रखो और बाहर जाकर–कल की 'होनी' के लिए अपने सिख सेवकों को तैयार करो। इस प्रकार का व्यवहार करोगे तो सिपाहियों को तुम पर शक हो जायेगा। वह तुम्हें भी नज़रबन्द कर देंगे और फिर क़त्ल कर देंगे। तुम्हें इन से बच कर रहना है। तुम्हें आनन्दपुर गोबिन्द राय के पास पहुँचना होगा।''

''मुझे कोई रास्ता नज़र नहीं आ रहा है गुरु जी...।'' जैता हिचकी लेने लगता है।

''अकाल पुरख (प्रभु) भला करेंगे। यहाँ से तुरन्त निकल जाओ। कल जो होना है उसे कल पर ही रहने दो...।''

आँखें पोंछते हुए जैता फिर कोतवाली से बाहर निकल जाता है और झाड़ू-टोकरी एक ओर फेंक कर कल्याणे की धर्मशाला की ओर भागने लगता है।

12

माघ सुदी 5, विक्रमी संवत् 1732।

सन् 1675, नवम्बर महीने की तिथि 11।

बृहस्पतिवार का दिन। सुबह का समय।

कोतवाली के बाहर, कुएँ के नज़दीक एक नया चबूतरा बनाया गया है। चबूतरे के आस-पास एक माशिकी पानी का छिड़काव कर रहा है। आसमान में कहीं-कहीं बदली है। शीत लहर चल रही है। चाँदनी चौक के इलाके में दहशत का माहौल है।

कुएँ के निकट खड़े पीपल के पत्ते भी भय से फड़फड़ाते प्रतीत हो रहे हैं।

दस कदमों की दूरी पर खड़ा सामने का जल्लाद, जलाल-उल-दीन उदास-उदास नज़र आता, अपनी तलवार की धार को परख रहा है। हाथ काँप रहे हैं। चेहरे पर आम-सी क्ररता नहीं झलक रही।

गुरु तेग बहादुर को अभी बाहर नहीं लाया गया।

तमाशबीनों की भीड़ चबूतरे के आस-पास एकत्रित होने लगी है। अधिकतर चेहरों पर उत्सुकता है। कोई विरला ही हिन्दू-सिख नज़र आ रहा है, मगर डरा-डरा, व्याकुल, खुद को छिपाते हुए।

ढिंढोरा पीटा जा रहा है।

"सुनो। सुनो। ठीक सूरज डूबने से पहले, आज काफ़िरों के पीर तेग़ बहादुर का सिर कलम किया जा रहा है। हरेक आम-ओ-खास को इत्तलाह दी जाती है कि वह मौके का नज़ारा देखने के लिए हाज़िर रहे...।" दोपहर तक इस प्रकार का ढिंढोरा पीटा जाता रहा। चाँदनी चौक में भी और वहाँ से परे अन्य कई स्थानों पर भी।

निकम्मे लोग चबूतरे के आस-पास जमा रहे। काम-धन्धे वाले कुछ समय के लिए खड़े होते—इन्तज़ार करते—एक-दूसरे से कुछ पूछते-बताते—फिर चले जाते।

दोपहर ढलने लगी। सूरज पश्चिम की ओर धीरे-धीरे सरकता जा रहा है। आसमान में बादल घने होने लगे।

चाँदनी चौक में भीड़ बढ़ने लगी है।

रुक-रुक कर ठण्डी हवा के झोंके आने लगे।

मुग़ल बादशाहों के लिए यह मौसम नमकीन है। सिखों और गुरु के सेवकों के लिए—कहर की रात आने वाली है।

सरसराती भीड़ में अचानक सन्नाटा छा जाता है।

काज़ी अब्दुल वहाब वोहरा साहब घबराए से तेज़ी से चबूतरे के पास आते हैं। साथ में दूसरे अहलकार भी हैं। सिपाही हैं। कोतवाल अब्दुल्ला भी साथ में हैं। वे कुछ देर तक इधर-उधर झाँक कर स्थिति का जायज़ा लेते हैं। फिर उल्टे पाँव कोतवाली के भीतर चले जाते हैं।

थोड़ी देर के बाद, पहरेदार गुरु जी को पिंजरे सहित बाहर ले आते हैं। पीछे-पीछे काज़ी और कोतवाल भी आ गये।

इशारा पाकर एक सिपाही ने पिंजरे का ताला खोल दिया है। काज़ी ने गुरु से पिंजरे से बाहर आने के लिए कहा। गुरु जी बाहर निकल आये हैं। उन्हें चबूतरे की ओर जाने का संकेत किया गया है।

गुरु जी स्नान करने की इच्छा ज़ाहिर करते हैं। काज़ी इसकी आज्ञा दे देता है।

भीड़ साँस रोके खड़ी है।

स्नान करके, गुरु तेग़ बहादुर पाठ करते हुए चबूतरे की ओर चल देते हैं। जल्लाद ने एक बार फिर से तलवार की धार को परखा। हाथ में पकड़ी तलवार बार-बार ढीली पड़ जाती है। हाथ काँप रहे हैं। ठण्डे मौसम में भी चेहरे पर पसीना उभर रहा है।

गुरु जी चबूतरे पर जा बैठे।

काज़ी घबराया हुआ, कभी डूब रहे सूरज की ओर देखता है, कभी गुरु की ओर और कभी जल्लाद की ओर देखता है।

तमाशबीनों की भीड़ को जैसे साँप सूँघ गया हो।

आसमान पर बादल उमड़ते आ रहे हैं। हवा पहले से तेज़ बहने लगी है।

काज़ी चबूतरे के निकट आकर, गुरु जी के पीछे आ खड़ा हुआ है।

सारा चाँदनी चौक इस अन्तिम घड़ी का इन्तज़ार कर रहा है।

भीड़ में भेस बदल कर खड़ा जैता, गुरु जी के शान्त चेहरे की ओर देख रहा है। इतना शान्त, इतना गम्भीर, इतना तेज़ गुरु जी के चेहरे पर जैता ने पहले कभी नहीं देखा। उसकी आँखें भर आयी हैं। कुछ पल बाद यह चेहरा चाँदनी चौक की मिट्टी पर पड़ा होगा। बेअदबी की जायेगी। क्या मालूम तुर्क सिपाही ठोकरें भी मारें। इतना नूरानी प्रताप वाला चेहरा—किन लोगों की खातिर कुर्बान होने जा रहा है?—जैता को कुछ महीने पहले की घटना याद आने लगी। आँखों के सामने सारा दृश्य साकार होने लगा।

—आनन्दपुर की धरती।

जेठ सुदी 11, संवत् 1732 विक्रमी, स्थान गुरु का महल। 25 मई, 1675 का दिन। गुरु का महल।

दूर-दूर से आयी संगत, गुरु जी के साथ विचार-विमर्श कर रही है।

जैता सदा की भाँति पहरा देते हुए आस-पास की चौकसी कर रहा है। वह बीच-बीच में दालान और लंगर की ओर भी चक्कर लगा आता है।

जैता ने देखा पण्डितों की एक टोली महल की ओर आ रही है। जैता दरवाज़े के आगे जाकर खड़ा हो जाता है।

"परे हटो। हमें भीतर जाना है।" नज़दीक आकर टोली का मुखिया रौब से कहता है।

"क्यों—कहाँ जाना है?" जैता धीरज से पूछता है।

"गुरु तेग बहादुर से मिलना है।"

"कहाँ से आये हैं?" जैता फिर पूछता है।

"कश्मीर से आये हैं। पण्डित हैं—समझते हो न—ब्राह्मण।"

"ब्राह्मण क्यों आये हैं?"

"गुरु जी से चर्चा करनी है।"

"कैसी चर्चा?" जैता सहजता से ही पूछता है।

"तुम्हारा इस बात से कोई सम्बन्ध नहीं है।"

"सम्बन्ध है, ब्राह्मण देवता...।" जैता के चेहरे पर व्यंग्य है।

"कैसा सम्बन्ध है?" मुखिया पण्डित धीरज खोता जा रहा है।

"गुरुघर से मेरा सम्बन्ध है।"

"क्या मतलब?" पण्डित के माथे पर त्यौरियाँ नज़र आने लगी हैं।

"जब आप गुरु जी के पास अन्दर जायेंगे तो उन्हीं से जा पूछियेगा।" जैता अभी भी शान्त है।

"किस जाति के हो?"

"मैंने कभी इस बारे में सोचा ही नहीं और न ही कभी मेरे गुरु साहिब ने पूछा है।"

"फिर भी कोई जाति तो होगी ही।"

"है। जात है। मैं द्रविड़ हूँ। शूद्र। छोटी जाति का हूँ।"

पण्डितों की टोली थोड़ा पीछे हट जाती है।

"तुम यहाँ क्या कर रहे हो?" पण्डित ने फिर रौब से पूछा।

"जैसे दूसरे करते हैं। यह गुरुघर है। यहाँ कोई छोटा-बड़ा नहीं है। चाहे

कोई राजा हो या मुझ जैसा चांडाल हो। सभी मिलकर बैठते हैं। संयुक्त लंगर चलता है। सभी एक पंक्ति में बैठ कर लंगर खाते हैं।''

सभी पण्डित हैरानी से एक-दूसरे की ओर देखने लगते हैं।

''क्या हुआ? पहले ही घबरा गये। अभी तो आपने गुरु जी के दर्शन भी नहीं किये। कहते हैं, चर्चा करनी है। सोचते होंगे, दरवाज़े पर एक नीच माथे आ लगा। आना खोटा हो गया। यही न? यह तो यहाँ गुरुघर का पहरेदार है। हम तो इसे देखना भी गँवारा नहीं कर सकते। न ये हमारे वेदशास्त्र पढ़ सकते हैं। न सुन सकते हैं। लेकिन मैं तो यहाँ रोज़ गुरु साहिब की वाणी पढ़ता हूँ, सुनता भी हूँ। यहाँ किसी के कानों में सीसा डाल कर नहीं पाया जाता न ही आँखें निकाली जाती हैं। न जीभ ही काटी जाती है। लेकिन तुम्हारा विधान तो यही कहता है न? गुरु जी सत्संग में इन तीनों बातों की चर्चा किया करते हैं।

पण्डित हक्के-बक्के से जैता की ओर देखते हैं।

''घबराइए नहीं पण्डित जी। यहाँ कोई मनु-विधान लागू नहीं है। गुरु जी के साथ चर्चा करने आये हैं तो गुरुघर की मर्यादा भी तो रखनी होगी। थके हुए हैं–तो पहले स्नान कीजिए। भूख लगी हो तो लंगर में जाकर पहले लंगर प्रसाद खाइए।''

''प्रसादा...?'' कुछ पण्डितों के मुँह से अचानक ही निकला।

''हाँ प्रसादा–लंगर तो खाना (छकना) ही पड़ेगा। यह गुरुघर की रीत है। डरिये नहीं, यह उसी गेहूँ का है, जो हम अपने हाथों से खेतों में उगाते हैं। जब तक अनाज खेत में होता है, उतने समय तक तो हमारे हाथों में ही होता है। लेकिन आपके घरों में घुसते ही, आपके बर्तनों में आते ही उनमें 'पवित्रता' आ घुसती है। वह पवित्र हो जाता है। हमारे द्वारा बीजा गया गेहूँ पवित्र और हम लोग अपवित्र। नीच, डूम, चांडाल, शूद्र, जमादार...।'' जैता उनकी ओर देखकर व्यंग्य से हँस देता है। वह एक ओर जाकर खड़ा हो जाता है। ब्राह्मण टोली स्तब्ध खड़ी रह जाती है। उन सभी को आगे बढ़ने की हिम्मत नहीं लगती।

आज चाँदनी चौक में भेस बदलकर खड़ा जैता स्तब्ध है। उस समय इतनी भावुकता मुझ में कैसे आयी थी? यह सारा ज्ञान गुरु का ही दिया हुआ है। तब पण्डित दुविधा में खड़े नज़र आते हैं–क्या मालूम, सोचते हों–गुरु का पहरेदार, इतना तीखा है, गुरु जी से कैसे सामना होगा? मैं एकदम बदल गया था। नम्रता से कहा था, ''माफ़ करना पण्डित जी, मैं तो गुरु जी का सेवक हूँ, पहरेदार हूँ।

फरमाइए—गुरु जी के पास जाकर आपके बारे में क्या इत्तला दूँ?''

मेरा बदला रूप देखकर शायद पण्डित भी हैरान हो गये थे। मुखिया पण्डित ने कहा था, ''गुरु जी से कहो, कश्मीर से ब्राह्मण फरियाद ले कर आये हैं। अर्ज़ करना चाहते हैं।''

उसके बाद के दृश्य भी जैता जैसे अभी भी प्रत्यक्ष अपने सामने देख रहा है :

''—पण्डितों का मुखिया कृपाराम दीवान में हाथ बाँधे खड़ा अपनी दर्द भरी व्यथा सुना रहा है। दूसरे पण्डित भी बीच-बीच में आहें भरते हैं। एक पण्डित तो मानो रोने ही लगता है। कृपाराम कह रहा है, ''ज़बरदस्ती हमारे जनेऊ उतारे जा रहे हैं। बहू-बेटियों की बेइज्ज़ती की जा रही है। बादशाह के अहलकार जिसे चाहे तलब कर लेते हैं। न कहीं कोई दाद है न ही फ़रियाद। ब्राह्मण लोग डर के कारण इस्लाम धर्म कबूल करने लगे हैं। कश्मीर घाटी में हाहाकार मचा हुआ है। हिन्दू धर्म खतरे में है, गुरु जी। हमारा सहारा बनने वाला कोई नहीं है। रात आते ही जान साँसत में आ जाती है। मालूम नहीं, रात को क्या बिपदा आन पड़े। दिन निकलता है तो भी साँस सूखने लगती है। इसीलिए आपकी शरण में आये हैं गुरु जी। हमारे जान की, हमारे धर्म की रक्षा का कोई उपाय बताइए। आपका नाम सुना। आपकी शोभा सुनी। आपके उपकारों की चर्चा सुनी तो आपके पास आये हैं। कश्मीर के सभी ब्राह्मणों की ओर से आपके आगे अर्ज़ करते हैं, हमारा हाथ थामिए।'' पण्डित चुप हो गया। वह अपने आँसू पोंछने लगा। दीवान में बैठी संगत खामोश है। कभी-कभी पण्डित लोगों की आहें सुनाई देती हैं।

—पण्डित जनों की व्यथा सुनकर गुरु जी सोच में डूब गये। आँखें मूँद लेते हैं। समाधि जैसी अवस्था है। संगत उत्सुक है। मालूम नहीं गुरु जी क्या कहेंगे—। कुछ देर के पश्चात् गुरु जी पण्डितों की ओर झाँकते हैं। पण्डित कृपाराम अभी भी हाथ बाँधे खड़ा है। गुरु जी एक हाथ थोड़ा ऊपर उठा कर तसल्ली देते हैं—

''धीरज रखिए। साँस लीजिए। अन्न-पानी छकिए। आराम कीजिए। घबराने से कुछ नहीं होगा। सोच-विचार से कोई रास्ता निकालना पड़ेगा। यह गुरु नानक का दरबार है। आपकी बात अवश्य सुनी जायेगी। इस दरबार में सभी धर्म का आदर होता है। गुरु नानक देव जी ने ज़बरदस्ती करने पर भी जनेऊ नहीं पहना था। हम ज़बरदस्ती से जनेऊ उतारने भी नहीं देंगे। निश्चिन्त रहिए। जाइए लंगर खाइए—।''

''किस हिम्मत से लंगर खायें, गुरु जी। हमारे गले से जल या निवाला कैसे उतरेगा।'' कृपाराम फिर से रोने लगता है।

"इस प्रकार निराश होने से कुछ नहीं बनेगा। जितनी साँसें लिखी हैं, उनमें से एक भी कोई खो नहीं सकता। कोई आदमी या बादशाह भी कुदरत की नियत नहीं बदल सकता। किसी भी धर्म को मिटाया नहीं जा सकता। ज़ुल्म का सामना करने के लिए समय-समय पर किसी ने हाथ उठाया है। अभी भी उठेंगे। जाइए, शान्त मन से भोजन कीजिए।" कह कर गुरु जी दीवान समाप्त करने का संकेत करते हैं। वह उठ कर अन्दर जाते हैं। चेहरा चिन्तित है।

मैं तो गुरु जी का चेहरा देखकर ही परेशान हो गया था। आज चाँदनी चौक में खड़ा जैता सोच रहा है, "पण्डित जनों पर गुस्सा भी बहुत आया था। परायी आग की आँच, गुरु साहिब इतनी महसूस करेंगे। नहीं मालूम था मुझे। जब हम लोगों को कहते हैं, 'दूर रहो–' हमारे साये से भी ये दूषित हो जाते हैं–फिर ये वहाँ क्या लेने आये थे? अगर मालूम होता कि बात यहाँ तक आ पहुँचेगी तो पण्डितों को बाहर से ही भगा देता। मेरी एक ही ललकार पर इन की धोतियाँ गीली हो जाती"। फिर आह भर कर सोचने लगता, "गुरु साहब ने कह रखा था, दर से किसी को खाली हाथ नहीं लौटाना। क्या करता– मैं तो मर्यादा के अधीन था। फिर भी मैं, पण्डित लोगों को यहाँ से निकालने की तरकीब सोच ही रहा था कि अन्दर से बुलावा आ गया। मैं तेज़ी से इन्हें अन्दर ले गया–क्या मालूम गुरु साहिब कहें–भगा दो इन्हें यहाँ से। आनन्दपुर से दूर ले जाओ।"

भीतर गया। हाथ जोड़, शीश झुकाया–। लेकिन मैंने क्या सुना–"भाई जैता, लंगर की ओर जाओ। उन ब्राह्मणों के सुख-आराम का ध्यान रखो। किसी को कोई कष्ट न होने पावे। कह देना आराम कर लें थोड़ी देर के लिए। हम कोई उपाय ढूँढ़ते हैं।"

कितना गुस्सा आया था तब मुझे पण्डितों पर। लेकिन गुरु जी का आदेश था। बाहर आया। देखा, गोबिन्द राय और संगता मिलकर शस्त्रों का अभ्यास कर रहे थे। ब्राह्मण दूर से उनकी कलाबाजियाँ देख कर 'वाह-वाह' कर रहे थे। उन्हें इस प्रकार खड़े देखकर, मेरा गुस्सा और भी बढ़ गया था।

मैंने गोबिन्द राय और संगते से कहा, "शस्त्र छोड़ो–बहुत हो गया। कल से तलवारों का अभ्यास होगा।" सुनते ही पण्डितों के मुँह खुले के खुले रह गये।

जब मैं ब्राह्मणों को लंगर में छोड़ कर गुरु साहिब के पास आया तो गुरु जी समाधि की अवस्था में बैठे हुए थे। चेहरे पर चिन्ता झलक रही थी। प्रतीत हो रहा था जैसे गुरु जी मन ही मन कुछ मन्थन कर रहे हों। इतने में गोबिन्द राय भी खेलते-खेलते उधर ही आ निकले। पिता जी को ऐसी हालत में बैठे देख वह हैरान हुए। उनसे पूछने लगे–

"पिता जी, इस समय तो आप आराम करते हैं। आपकी तबीयत ठीक है न? आप बहुत चिन्तित नज़र आ रहे हैं।" गोबिन्द राय ने स्नेह से उनके गले में बाँहें डाल दीं।

"ठीक है मेरी तबीयत।" कहते हुए गुरु जी ने गहरी साँस ली।

"कोई और बात है?"

"कश्मीर से ब्राह्मण आये हैं, बेटा।"

"ब्राह्मण आये हैं, फिर तो प्रसन्नता की बात है। कितनी ही संगत हर रोज़ आती है। इसमें चिन्ता की क्या बात है?"

"चिन्ता की बात है बेटा।"

"लंगर (मस्ताना) खत्म तो नहीं हो गया पिता जी।" कह कर गोबिन्द राय की हँसी सुनाई दी।

"नहीं, बेटा जी। लंगर में तो बरकत है। गुरु नानक की अपार कृपा है।"

मैं बाप-बेटे दोनों की बातचीत सुन रहा था। मैं जानता था, गुरु जी को क्या चिन्ता है।

"फिर चिन्ता किस बात की है?" गोबिन्द राय ने बाल-हठ से पूछा।

"ब्राह्मण दुःखी हैं। औरंगज़ेब बादशाह उन्हें ज़बरदस्ती मुसलमान बना रहा है। कहता है, जनेऊ उतार कर 'कलमा' पढ़ो।"

"लेकिन वे लोग यहाँ क्यों आये हैं? बादशाह के पास जाकर फरियाद करें।"

"वे हमारी शरण में आये हैं पुत्र। दिल्ली के हाकिम उनकी फरियाद नहीं सुनते।"

"यहाँ आकर क्या कह रहे हैं?"

"उनका कहना है, उनके धर्म की रक्षा की जाये।"

"आपने क्या कहा पिता जी?"

"अभी तो विचार कर रहे हैं, पुत्र।"

"फिर क्या सोचा पिता जी?"

"हाँ पुत्र। इस समस्या का एक समाधान तो सोचा है।"

"फिर तो पिता जी, आपको खुश होना चाहिए।" गोबिन्द राय ने चहकते हुए कहा।

"यह प्रसन्न होने की बात नहीं है बेटा। यह समाधान चिन्ताजनक ही है।"

"क्या मतलब! समाधान भी और चिन्ता भी है, पिता जी?"

"ब्राह्मणों के धर्म की रक्षा के लिए, किसी महापुरुष को बलिदान देना पड़ेगा।"

"यह तो आसान बात है पिता जी।" गोबिन्द राय के चेहरे पर प्रसन्नता थी।

"आसान बात नहीं है पुत्र। किसी महापुरुष को ढूँढ़ना पड़ेगा।"

"इस समय आपसे बड़ा महापुरुष कौन है पिता जी?" गोबिन्द राय ने सहजता से कहा।

–गुरु जी एकटक गोबिन्द राय की ओर देखते ही रह गये।–सोचने लगे, यह क्या कह दिया इसने? लेकिन फिर धीरे-धीरे चेहरे से चिन्ता की रेखाएँ दूर होने लगीं। चेहरे पर तेज़ झलकने लगा। गोबिन्द राय को उन्होंने अपनी बाँहों में भर लिया। प्यार किया, फिर मेरी ओर देख कर कहने लगे, "जाओ जैता, जाकर पण्डितों से कह दो–वे कश्मीर के सूबेदार या बादशाह के पास दिल्ली जायें और उन्हें कह दें–अगर हमारे गुरु तेग बहादुर को इस्लाम कबूल करने के लिए राज़ी कर लिया जाये तो हम भी अपना धर्म त्याग कर इस्लाम कबूल कर लेंगे।"

आज तमाशबीनों की भीड़ में खड़ा जैता गुस्से और क्रोध से काँप रहा है। बीते समय के सारे दृश्य एक-एक करके उसकी आँखों के सामने से निकल रहे हैं। वह सोच रहा है, "जनेऊ गुरु साहिब पहनते नहीं। तिलक लगाते नहीं। मूर्ति पूजा भी वह नहीं करते। हिन्दू ब्राह्मणों के किसी भी रीति-रिवाज को वह नहीं मानते। फिर भी उनके धर्म की रक्षा के लिए, आज स्वयं को कुर्बान कर रहे हैं...।"

श्रद्धा से हाथ जुड़ गये उसके। आँखें बहने लगीं। वह खुद को धिक्कारने लगा। कितना बेबस हूँ मैं। गुरु जी के लिए कुछ भी नहीं कर पा रहा।

क़ाज़ी का इशारा मिलते ही जल्लाद गुरु जी के सिर पर आ खड़ा हुआ। चेहरे पर घबराहट साफ झलक रही है।

माघ महीने की ठिठुरती सन्ध्या का समय है। अत्यन्त शीतलहर चल रही है। आसमान में इकट्ठे हुए काले बादल रह-रह कर गरज़ने लगे हैं। कभी-कभी तेज़ हवा के झोंकों से चाँदनी चौक की रेत पहरेदारों और तमाशबीनों की आँखों में पड़ रही है। वातावरण पल-पल भयावह होता जा रहा है।

गुरु तेग बहादुर, चबूतरे पर शान्तचित्त बैठे पाठ कर रहे हैं। जैता अब कुछ भी नहीं सोच रहा। लगातार गुरु जी के चेहरे की ओर एकटक देख रहा है। एक पल के लिए, गुरु जी आँखें खोलते हैं। पास में खड़े जल्लाद की ओर देखते हैं। उसके चेहरे पर पसीना छलकता देख धीमे स्वर में उससे कहते हैं, "परेशान होने की ज़रूरत नहीं है। हम गुरबाणी का पाठ कर रहे हैं। जैसे ही हम उसे समाप्त कर सिर झुकायेंगे, तुम वार कर देना।"

"यह पाप मुझ से नहीं होगा।" आस-पास देखते हुए जल्लाद फुसफुसाता है।

"तुम कोई पाप नहीं कर रहे हो। तुम सिर्फ़ अपनी ज़िम्मेदारी निभा रहे हो। काज़ी भी अपनी ज़िम्मेवारी निभा रहा है। काज़ी भी निर्दोष है, तुम भी निर्दोष हो। तुम दोनों अपने मालिक का हुक्म बजा रहे हो।" कह कर गुरु जी गुरबाणी का पाठ करने लगते हैं।

सूरज डूब रहा है। काज़ी तिलमिला रहा है।

चाँदनी चौक, दिल्ली की जनता साँस रोक कर देख रही है।

जैसे ही गुरु जी गुरबाणी का पाठ समाप्त कर, सीस झुकाते हैं—जल्लाद के काँपते हाथ ऊपर उठते हैं।

मालूम नहीं तमाशबीनों में से कौन भयानक ढंग से चीख़ता है।

आस-पास खड़े दर्शकों में एकदम हाहाकार मच गया है। अधिकतर डर के मारे भागने लगे हैं। चारों ओर से सिपाही और पहरेदार भीड़ को डरा-धमका रहे हैं। भगदड़ मच गयी है। एक-दूसरे से टकराते, गिरते-पड़ते लोग भागने लगे हैं। चाँदनी चौक में प्रलय आ गयी है।

भीड़ से एक ओर खड़े जैता, आज्ञाराम, सदानन्द व गुरबख्शां ने अपने चेहरे छुपा रखे हैं। इस भयानक दृश्य को देखने का साहस उनमें नहीं था।

अनहोनी घट चुकी है।

अचानक डग्गे की आवाज़ पर ढिंढोरचीं शाही ऐलान करता है :

"जो कोई भी व्यक्ति सिखों के पीर का शीश और धड़ उठायेगा, उसका भी यही हश्र होगा। अगर किसी सिख में साहस है तो वह अपने गुरु की लाश उठा ले जाये।"

बाकी बची भीड़ भी खिसकने लगी है। दिल्ली के कई सिख मुँह छुपा कर, पहरेदारों की निगाहों से दूर, इधर-उधर सरकने लगे हैं।

चाँदनी चौक में सन्नाटा पसरने लगा है।

अँधेरा पल-पल बढ़ता जा रहा है। बादल और भी घने होने लगे हैं।

ठिठुरते अँधेरे में, चार व्याकुल सिर जुड़ कर विचार-विमर्श कर रहे हैं। चिन्ता है—गुरु साहिब की देह को बेइज़्ज़ती से कैसे बचाया जाये—?

चारों ओर पहरा और भी सख्त हो रहा है। थोड़ी दूर खड़े जैते की आँखें रोष, गुस्से और बेबसी से जलने लगी हैं।

13

कोतवाली से कुछ दूरी पर, एक इमारत की दीवार की ओट में खड़े, भाई आज्ञाराम और सदानन्द, जैता को शान्त करने की कोशिश कर रहे हैं। जैता की आँखों में खून के आँसू प्रतीत हो रहे हैं। सदानन्द धीरे से उसके कन्धे को सहलाते हुए, धीमे स्वर में कहते हैं, ''हमारी ओर से छोटी-सी गलती भी, सारी स्थिति को बिगाड़ कर रख सकती है। चलो, धर्मशाला चल कर विचार करते हैं।''

''क्या कह रहे हैं पिता जी? गुरु जी की देह यहाँ पड़ी रहेगी और हम धर्मशाला में जाकर आराम करेंगे? तुर्क इन्हें ठोकरें मारेंगे। क्या मालूम, इन पर थूकें भी। मैं आपकी तरह मुँह फेर कर नहीं जाऊँगा यहाँ से। किसी तुर्क को देह के पास फटकने नहीं दूँगा। बेशक मैं खुद क़त्ल हो जाऊँ।'' जैता का चेहरा रोष और गुस्से से उबलने लगा।

''हमारा अपना हाल भी तुम्हारे जैसा ही है जैता। इस समय गुस्से में आने से कुछ नहीं होगा। इतने सख्त पहरे में हम कुछ नहीं कर पायेंगे। हमारे साथ ही आओ, धर्मशाला में जाकर कोई तरकीब निकालते हैं।''

''ताऊ जी, आप यह क्यों नहीं सोचते, यहाँ गुरु साहब की लाश पड़ी हुई है। सिखों की आन यहाँ पड़ी हुई है, सिखों की इज्ज़त पड़ी है। हमारा सारा सम्मान, सारा गौरव, चाँदनी चौक की धूल में पड़ा है। मैं यहाँ से दूर कैसे जा सकता हूँ? हमारे पश्चात् यदि इन तुर्कों ने गुरु जी की लाश को इधर-उधर कर दिया तो? फिर क्या करेंगे धर्मशाला में विचार करके?''

''तुम धीरज क्यों खो रहे हो? तुम समझ नहीं रहे जैता। इतने सख्त पहरे में अभी कुछ भी करना मुश्किल ही है।''

''मुश्किल है तो क्या हुआ—हम घाघरे पहन कर बैठ जायें?'' अत्यन्त क्रोधित स्वर में जैता ने फिर से जवाब दिया।

''तुम थोड़ा शान्त हो जाओ तो मैं बात करूँ...। मुझे कोतवाल ने बता दिया है। आज रात वे कोई कार्यवाही नहीं करेंगे। इतनी ज़िद न करो। यहाँ अधिक देर तक खड़े रहना खतरा बन सकता है। तुर्क सिपाहियों को शक हो सकता है। पकड़े गये तो और मुश्किल हो जायेगी।'' भाई आज्ञाराम ने जैता को समझाया।

जैता जानता है, ताया आज्ञाराम की बातें और भय उचित है। अगर वे चले गये तो गुरु जी की देह का कोई वली-वारिस भी यहाँ नहीं है। फिर वे क्या करें—। गुरु जी की देह से दूर कैसे जायें

''जैता, पुत्र! हमारे पास समय बहुत कम है।'' सदानन्द का गला भर आया।

अनमने ढंग से जैता उनके साथ कल्याणे की धर्मशाला रायसीना दिल वाली गली में आ गया।

जैता का मन फूट-फूट कर रोने का हो रहा है। सोच रहा है, कैसा अशुभ समय है। अपने मन से वह रो भी नहीं पा रहा है। अभी तक उसका मन क्रोध से भरा हुआ है। सारा शरीर गुस्से से जलता महसूस हो रहा है। यह आँच उससे बर्दाश्त नहीं हो रही। वह उन्हीं जलती आँखों से अपने ताऊ और पिता जी की ओर देखने लगा। वे दोनों नज़रें झुकाये गहरी चिन्ता में बैठे हैं। जैता खीझने लगा :

''पिता जी, कुछ कीजिए, वरना मैं अकेले ही चला जाऊँगा। एक बार तो गुरु साहिब की देह उठा लूँगा। उन्होंने ललकारा है...? तुर्कों ने कहा है, अगर कोई सिख है तो उठा ले जाये अपनी गुरु की लाश को...। वे क्या समझते हैं, सारे सिख ही मर गये हैं? ताया जी, वे हमें हिजड़ा समझेंगे। सारे सिखों की ग़ैरत मर गयी है क्या? आत्मसम्मान किसे कहते हैं, क्या हम भूल गये हैं...? हम शूरवीर योद्धा नहीं रहे? नहीं पिता जी, आप मुझे मत रोकिए। एक घोड़े का बन्दोबस्त कीजिए। एक बार तो मैं इन तुर्कों को बता दूँगा, गुरु के सिख अभी जीवित हैं। हिन्द के वारिस द्रविड़ अभी जीवित हैं। पिता जी, ताया जी, कुछ कीजिए।'' जैता उनके सामने हाथ जोड़ कर गिड़गिड़ाने लगता है। फिर फूट-फूट कर रोने लगता है।

''पुत्र जैता...।'' भाई सदानन्द उसे शान्त करने का प्रयत्न करते हैं, ''इस प्रकार गुस्से और जोश में आने से हमारा काम बिगड़ जायेगा। धीरज रखो। प्रभु स्वयं ही हमें कोई रास्ता दिखायेंगे। कोई न कोई रास्ता निकल ही आयेगा। हमें सोचने दो ज़रा। तुम दो पल आराम कर लो फिर मालूम नहीं, कैसा समय आने वाला है।'' कह कर सदानन्द, आज्ञाराम को उठा कर एक ओर ले जाता है।

दोनों गहरी चिन्ता में हैं। सचमुच ही उन्हें कोई रास्ता नहीं मिल रहा। गुरु जी की देह को वहाँ से कैसे उठाया जाये। इतने सख़्त पहरे के होते हुए, जैता जैसा सोच रहा है, इतना आसान नहीं है। वैसे जैता की बहादुरी, दिलेरी और गुरु जी के प्रति श्रद्धा देखकर स्वाभिमान और गर्व से सदानन्द के चेहरे पर सन्तोष झलकता है। भीतर से बार-बार आशीष निकल रही है, ''वाह! मेरे पुत्र, वाह। मेरे लाल। मेरी सारी उम्र को तुमने एक सम्मान दे दिया है। तुम्हारे पिता को तुम पर गर्व है। प्रभु के आगे प्रार्थना है, मेरी उम्र भी तुम्हें मिले पुत्र। तुम जुग-जुग जिओ।'' जैता के चेहरे की ओर देखते हुए, सदानन्द बहुत पीछे की ओर चला गया है–

सदानन्द को बालक जैता नज़र आ रहा है। 'बकाला' में गुरु जी के दालान

में ठुमक-ठुमक कर चलते हुए। माता नानकी और माता गुजरी कितना स्नेह देती थीं। घर में और कोई बालक था भी नहीं–। इसे कोई रोकता-टोकता नहीं था। माता नानकी कई बार इसे अपने हाथों से भोजन खिलाती थीं। इसके कपड़े आदि भी बदल देती थीं। कई बार तो धूल में लिपटे जैता को भी स्नेह से गोदी में उठा लेती थीं। यह तो गुरु जी के महल में ही हँसते-खेलते बड़ा हुआ है। माता नानकी इसे शूरवीरों, योद्धाओं की कथाएँ सुनाया करतीं थी। बाबा गुरु हरगोबिन्द के युद्धों की बातें–। पाँचवें गुरु को कितनी यातनाएँ दीं मुगल बादशाहों ने। ऐसी बातें सुन-सुन कर ही बड़ा हुआ था मेरा पुत्र। बचपन से ही तलवारें-बन्दूकों की बातें करने लगा था। लाजवन्ती ने एक दिन कहा भी था माता नानकी से, माता जी, क्या सिखाती रहती हैं आप इसे। यह तो अभी से ही कहता है कि मैं बड़ा होकर तुर्क 'पाहियों' को मारूँगा यह सुनकर माता जी हँसती रहती थीं कितनी देर तक। फिर कहा था, ''तू नहीं समझेगी प्रेमो बीबी–वक्त आने पर खुद ही समझ जायेगी।''

–और आज सचमुच–वही जैता अग्नि की भाँति भभक रहा है। क्या संगता भी इस के समान निडर और बहादुर बनेगा? प्रभु ही जानता है–। सब कुछ करने-कराने वाला वो खुद ही है। संगता भी तो गोबिन्द राय के साथ ही खेलते हुए बड़ा हुआ है। उन जैसे ही क्रिया-कलाप हैं उसके। पोशाक भी वैसी ही पहनता है। देखने में दोनों साहिबज़ादे ही प्रतीत होते हैं, बस कलगी का फ़र्क है। रंग-रूप भी एक जैसा ही पाया है। संगत लोग भी भ्रम में कभी-कभी संगते को ही गोबिन्द राय समझ माथा टेक देते हैं। धन्य है माता नानकी, धन्य है माता गुजरी–दोनों ने खाने-पीने, पहनने-ओढ़ने में कभी दोनों बच्चों में कोई भेदभाव नहीं किया। अगर संगता कभी बाल-हठ करता है तो उसकी भी सुनी जाती है। यह सब तुम्हारी सेवा का ही चमत्कार है लाजवन्ती। माता जी और गुरु महल के लिए तुम प्रेमो होगी, मेरे लिए तो लाजवन्ती ही हो। अगर यहाँ दिल्ली में कोई अनहोनी घट गयी, बच्चों का ध्यान तुम्हें ही रखना होगा। हमारे साथ मुग़ल हुकूमत क्या व्यवहार करेगी, मालूम नहीं। अब तो सब कुछ तुम्हारे ही हवाले है, लाजवन्ती। गुरु के महल का ख्याल रखना। माता गुजरी की सेवा में रहना। उनके पैर धो-धो कर पीना। उन्होंने ही मुझे गृहस्थी की ओर मोड़ा था। तुमने खुद ही तो बताया था मुझे एक रात। मुझे वह रात कभी भुलाये नहीं भूलती, जब तुम महल से वापिस आयी तो तुमने बताया था, ''आज माता जी बहुत खुश हैं।''

''खुश होने का कोई कारण तो होगा, लाजवन्ती?'' मैंने पूछा था।

"वैसे ही पूछ रहे थे, तुम आपस में खुश तो हो न।"

"तुम्हें कहना चाहिए था, आपकी कृपा है।"

"मैंने यही कहा था, माता जी आप की कृपा है। सब ठीक है।"

"फिर माता जी ने पूछा, कोई कष्ट तो नहीं है न?"

"कोई कष्ट नहीं माता जी। आपके होते हुए कष्ट क्यों होगा?"

"हाँ, तुम्हें यही कहना चाहिए था।" मैं सुनकर खुश हो गया था।

"माता जी पूछ रही हैं, सदानन्द के साथ तुम खुश रहती हो?"

"हाँ माता जी।"

"हमें खेलने के लिए कोई बालक नहीं दोगी प्रेमो? माता जी ने ऐसा पूछा तो शर्म से मैंने नज़रें झुका ली।"

"तुम उस रात निगाहें नीची किये बैठी थीं। जब मैं पूछने की जिद कर रहा था।"

"क्या कहा तुमने लाजवन्ती?"

"मैंने कहा, माता जी, आपका सेवक तो गुरु जी की सेवा में अधिक लीन रहता है। गृहस्थी की भावना उनके मन में आती नहीं है।" यह कहते हुए तुमने नज़रें और भी झुका ली थी। फिर उसी तरह से ही कहा था, माता जी पूछ रही थी प्रेमो तेरे मन में यह भावना आती है कि नहीं? मैं क्या कहती, मैं तो वहाँ से भाग आयी—।"

"अच्छा लाजवन्ती। मुझे बताओ, तुम्हारे मन में ऐसी कोई भावना आती है कि नहीं? तुमने एकदम शरमा कर कहा था, मेरे मन में भी नहीं आती।"

"लाजवन्ती। सच-सच बताओ?" मैंने जिद की थी।

"क्या मालूम। तुमने अत्यन्त भोलेपन से कहा था। उस समय तुम्हारे चेहरे के हाव-भाव मुझे, आज भी वैसे ही नज़र आ रहे हैं।"

सोचते हुए बहुत पीछे चला गया सदानन्द।

तभी जैता के आग उगलते बोल सुनाई दिये, "पिता जी, हम लोग इतनी देर तक सोचते ही रहेंगे तो दिन निकल आयेगा। जो करना है, कीजिए। वरना मैं जा रहा हूँ चाँदनी चौक।"

जैता की बात सुनते ही सदानन्द अचानक चौंक गया। वह अपनी सोच से बाहर आता है।

"ओह हो। कहाँ बह गया था मैं?" भाई आज्ञाराम की ओर देख कर पूछता

है "भाई साहब, फिर क्या सोचा है आपने?"

"अभी तो कुछ सूझ ही नहीं रहा। पहरा भी लगा हुआ है। ऐलान भी हो चुका है...।"

"किसी भी सिख को पास देखेंगे, क़त्ल कर देंगे।"

"अगर मैं गुरु जी की देह को किसी और के साथ बदल दूँ तो?" इस विचार से सदानन्द की आँखों में चमक आ जाती है।

"मैं समझा नहीं?" आज्ञाराम हैरान होता है।

"अँधेरी रात है। मौका मिलते ही हम गुरु जी के शीश से किसी का शीश और धड़ को भी इसी प्रकार बदल देंगे। गुरु जी की देह की बेअदबी हम होने नहीं देंगे।"

"शीश और धड़ लायेंगे कहाँ से?" सदानन्द की तरकीब पर हैरान होते हैं भाई आज्ञाराम।

"मुझे काट डालो वहाँ और गुरु का शीश और धड़ उठा लाओ।" –जैता जल्दी से कहता है।

"कैसे होगा यह? तुमने ऐसा सोचा कैसे? तेरी उम्र तो गुरु जी की उम्र से मेल नहीं खाती। उसे तुर्क तुरन्त पहचान लेंगे। वे हमें चाँदनी चौक का इलाका पार नहीं करने देंगे।" सदानन्द गुस्से से कहता है।

"जो भी करना है, जल्दी कीजिए पिता जी। मुझे लगता है, अगर कुछ न हुआ तो मैं पागल हो जाऊँगा।" उठ कर जैता दीवार पर मुक्के मारने लगता है।

"एक उपाय है।" सदानन्द तेज़ी से जाकर जैता को रोकता है।

"जल्दी कहिए पिता जी।"

"मेरा सिर और धड़ वहाँ फेंक दो और गुरु जी का उठा लाओ। इस प्रकार हम तुर्कों को कुछ समय तक सन्देह में रख सकते हैं।" सदानन्द एकदम दृढ़ता से कहते हैं।

"नहीं पिता जी। यह काम मुझे करने दीजिए।" जैता इनकार में सिर हिलाता है।

"जैता पुत्र! मेरे शरीर में अब वो ताकत नहीं रही। गुरु जी का शीश आनन्दपुर लेकर जायेगा कौन? कौन है ऐसा निडर? ऐसा योद्धा? तुम्हारा ताया या मैं–तेरा पिता? नहीं पुत्र जैता–गुरु जी के प्रति तुम्हारे प्रेम और श्रद्धा का मुझे ज्ञान है। इसीलिए कह रहा हूँ, आनन्दपुर तक शीश को आदर सहित, तुम्हारे बिना और कोई नहीं ले जा सकता। इस कार्य के लिए तुम्हारा जीवित रहना अति आवश्यक है। अगर गुरु नानक की कृपा से यदि यह काम पूरा हो गया तो

बाल गोबिन्द राय की हिफाज़त तुमसे अधिक और कौन कर सकता है? वक़्त नहीं है, हमें फ़िजूल की बातों और बहस में नहीं पड़ना चाहिए। थोड़ी रात और बीतने दे। भेष बदल कर वहीं आस-पास ही रहें। जब समय मिलेगा, आप लोग देह बदल दीजिएगा।''

''पिता जी, मैं पितृघाती कैसे बनूँ?'' जैता की रूह काँप उठती है।

''अगर यह बात है पुत्र, तो मैं कुलघाती कैसे बन सकता हूँ?''

आज्ञाराम समझता है। सदानन्द की सोच में तर्क है। इसीलिए कहता है—

''हम इस मर्यादा में सोचते रह कर, कहीं गुरुद्रोही न बन जायें।''

''इसलिए तो मैं कहता हूँ बड़े भाई, हम बस सोचते ही न रह जायें। समय नहीं है हमारे पास।''

''सदानन्द ठीक कर रहा है, जैता, अगर सभी कुछ ठीक-ठाक रहा तो यह कुर्बानी सदानन्द ही देगा।'' आज्ञाराम अटल फैसला देते हुए कहता है।

''हम वक्त बर्बाद कर रहे हैं जैता पुत्र।'' सदानन्द चलने के लिए उतावला है।

''हम चाँदनी चौक पहुँचते हैं। भाई गुरबख्शा और भाई नन्नूआं वहीं पर हैं। गुरु नानक भला करेंगे। अरदास करते हैं और चलते हैं।''

''अगर देह और शीश उठा लिए तो रास्ते का हिसाब भी लगाना होगा पिता जी।'' जैता काफी उत्साह में है।

''पहले चाँदनी चौक चलिए। अगली कार्यवाही के बारे में सोचेंगे।''

''ताया जी, घोड़ों का प्रबन्ध करना होगा। ज़रूरत पड़ेगी।'' जैता कोई भी पल गँवाना नहीं चाहता।

''हम गुरबख्शे को धर्मशाला भेज देंगे। उसे सारी तैयारी रखने के लिए कहेंगे।''

''चलो चलें। गुरुरक्षा करेंगे।''

तीनों धर्मशाला से बाहर निकल जाते हैं।

14

चाँदनी चौक का इलाका।

स्थान : कोतवाली।

माघ महीने की घुप्प, अँधेरी रात।

आसमान काले बादलों से भरा हुआ है। रह-रह कर बिजली चमकने लगी है। अत्यन्त तेज़ शीतलहर बह रही है। ऐसे भयानक व डरावने समय में कोई डरपोक या आम आदमी बाहर निकलने का हौसला भी नहीं कर सकता।

कभी-कभी बारिश की बूँदें भी गिरने लगी हैं। जिससे शरीर में झनझनाहट छिड़ने लगती है। पहरेदार, ठण्डी तेज़ हवा से बचने के लिए खम्भों या दीवारों की ओट में दुबके खड़े हैं। चबूतरे के समीप, गुरु जी की मृतक देह पड़ी है। दूर खड़े पहरेदार डरे-डरे से गुरु जी के शीश और धड़ की ओर देख रहे हैं। क्या मालूम, गुरु जी कब कोई करामात दिखा दे और उठ कर दौड़ जाये।

भाई जैता, भाई आज्ञाराम और सदानन्द, घरों की छतों और दीवारों की ओट ले, मृतक देह के नज़दीक पहुँचने में सफल हो गये हैं। अब सख्त पहरे के कारण आगे बढ़ने का हौसला नहीं पड़ रहा है। मन में एक ही भय है, अगर पकड़े गये तो गुरु जी की देह यहाँ घट्टे में मिल जायेगी। सारी मान-मर्यादा, गौरव, मिट्टी में मिल जायेगा। आने वाली पीढ़ियाँ हमें कायर और गुरुहीन कहेंगी।

रात पल-पल बीत रही है। पहले से भी अधिक तेज़ शीतलहर शरीर के आर-पार गुज़रती प्रतीत हो रही है।

तीनों शह लगातार आस-पास देख रहे हैं। गश्त पहरेदार काफी दूर तक चला गया है। सुनसान, ठिठुरती और भयभीत रात में उसकी 'जागते रहो'—की आवाज़ माहौल को और भी भयावह बना रही है। थोड़ी दूर सामने लाल किले की फसील (दीवार) पर जलती मशालें, फड़फड़ाकर कब की बुझ चुकी हैं।

कोतवाली के भीतर भी घुप्प अँधेरा है।

भाई आज्ञाराम, सदानन्द और जैता और भी पीछे हट गये। वहाँ दीवारों की ओट है। पहरेदारों की नज़र यहाँ तक पहुँचना सम्भव नहीं।

''यह जगह ठीक रहेगी। यहाँ से देह और धड़ ले जाना आसान रहेगा। पुत्र जैता वार करो...।'' कह कर भाई सदानन्द अपना सिर झुका देता है।

जैता सुन्न खड़ा है। मानो काटो तो खून नहीं।

समय जैसे रुक गया है।

कुछ क्षणों के पश्चात् हैरान हुआ सदानन्द, काठ का बुत बने खड़े जैता की ओर सिर उठा कर देखता है।

''पुत्र, सोच में डूबने का समय नहीं है।''

''पिता जी, यह मुझ से नहीं होगा। मुझ से यह पाप मत करवाइए पिता जी।'' जैता हाथ जोड़कर गिड़गिड़ाने लगता है।

''ठीक है। अगर तुम्हें ऐसा काम करना पाप लगता है तो मैं खुद ही तुम्हारी

मुश्किल आसान कर देता हूँ।'' बिजली की तेज़ी से सदानन्द अपनी तलवार म्यान से निकालता है और खुद ही अपनी गर्दन पर घातक वार करता है। अगले ही पल सदानन्द ज़मीन पर गिर तड़पने लगता है।

''पिता जी।'' जैता के गले से दबी-घुटी-सी चीख निकलती है।

''जैता पुत्र। अपने पिता को मुक्ति दे दो। अँधेरे में आज्ञाराम का स्वर सुनाई देता है।

जैता अभी हाथ जोड़े गिड़गिड़ा रहा है। पिता के ऊपर झुक कर, वह एक ओर गिरी तलवार उठा कर 'अरदास' करने के अन्दाज़ में हाथ जोड़ता है, ''गुरु नानक—सच्चे पातशाह। मालूम नहीं मैं उचित कर रहा हूँ या अनुचित। तू ही जानता है, मेरे अंग-संग रहना।''

और जैता के वार से पिता जी का शीश धड़ से अलग हो जाता है।

पिता के तड़पते पैरों पर जैता माथा टेकता है। साथ ही वह रोने लगता है।

पास में खड़ा, उदास, ग़मगीन आज्ञाराम सोच रहा है, ''कैसी कुलक्षणी घड़ी है। हम खुल कर रो भी नहीं सकते। विलाप भी नहीं कर सकते। आँखे पोंछते हुए, आज्ञाराम अपने छोटे भाई सदानन्द की, तड़प-तड़प कर शान्त हुए शरीर को निहार रहा है। आह! गुरु तेग बहादुर का रबाबी! कितने वैराग्य से वह शबद-गायन करता था। समय जैसे रुक गया हो। पक्षी छतों पर उतर आते थे। बीबी प्रेमो को जब इस 'होनी' की ख़बर होगी तो क्या गुज़रेगी उस पर...।''

आज्ञाराम, सदानन्द की कमर से बँधी चादर खोलकर, उसका सिर चादर में लपेट कर उठा लेता है।

अपनी चादर में, जैता पिता की देह को सँभाल लेता है।

दोनों अँधेरे की आड़ में, कुएँ के नज़दीक, चबूतरे के पास गुरु की मृतक देह के नज़दीक पहुँचने का यत्न करते हैं। एक ने अपने भाई का सिर चादर में लपेटा हुआ उठाया है और दूसरे ने अपने पिता का धड़ कन्धों पर उठाया है। लालकिले की ऊँची दीवार के पार गहरे अँधेरे में से रह-रह कर बिजली चमकती नज़र आती है। कभी-कभी बादलों की गड़गड़ाहट भी सुनाई देती है। दोनों व्यक्ति पहरेदार की खौफ़नाक आवाज़ से भयभीत होते हैं—'जागते रहो'।

भय लगता है, कोई सिर पर आन खड़ा हुआ हो। जल्दी से नीचे बैठ जाते हैं। साँस रोक लेते हैं। हृदय की धक-धक, हथौड़े की ठक-ठक—जैसी सुनाई देती है। इस प्रकार कितना ही समय गुज़र गया। आज्ञाराम लेट गया है। फिर मद्धम-सी आवाज़ सुनाई दी—'जागते रहो।'

पहरेदार शायद दूसरी ओर चला गया है।

यही समय है। फिर शायद यह घड़ी नहीं आयेगी।

जैता, ताया जी से अपने पिता का सिर थाम, चीते की फुर्ती और होशियारी से आगे की ओर लपका। पिता का सिर वहाँ रखा और गुरु जी का शीश उठा कर, एक ही छलाँग में फिर आड़ में आ गया है।

आज्ञाराम जैते को बाँहों में भर लेता है। उसे हौसला देता है, ''इक घड़ी न मिलतां तां कलयुग होता।''

फिर वह गुरु जी के शीश को सावधानी से सँभाल लेता है। मुहिम अभी बाकी है।

अभी गुरु जी का धड़ बदलना बाकी है।

बारिश की बूँदें गिरने लगी हैं। फिर से वहीं खौफ़नाक आवाज़ सुनाई देती है :

''जागते रहो–।''

जैता पिता का धड़ कन्धे पर उठाये खड़ा है। जैता मौके की तलाश में है। अचानक एक साया उनके सिर के पास नज़र आता है।

भाई जैता और आज्ञाराम की साँसें अटक जाती हैं। भयभीत जैता धड़ नीचे रखने ही लगता है कि साये का स्वर सुनाई देता है, ''डरो नहीं। मैं कोतवाल हूँ–।''

''भाई जान आप...?'' गुरु जी के शीश को अपने साथ भींचते हुए आज्ञाराम कुछ कहने लगता है। कोतवाल उसे रोक देता है।

''चुप रहो। अपना काम करो और जल्दी यहाँ से निकल जाओ। पहरेदार को मैं दूर ले जाता हूँ। नये पहरेदार आने वाले हैं। खतरा और भी बढ़ जायेगा।'' कह कर कोतवाल चबूतरे की ओर चला जाता है।

कुछ देर के पश्चात्, पहरेदार की आवाज़ काफी दूर से सुनाई देती है। जैता आगे बढ़ता है। पलक झपकते ही वह धड़ों को बदल लेता है।

अब रुकने का समय नहीं है।

गलियों के मोड़ों से निकल कर वे दिल वाली गली की ओर बढ़ने लगते हैं। दिल की धड़कन अब काबू में है।

कुछ दूर आगे जाने पर, एक सघन वृक्ष के नीचे एक व्यक्ति घोड़ा लिए खड़ा है जो जैता और आज्ञाराम को देख उनके सामने आ जाता है।

जैता एक हाथ तलवार की ओर बढ़ाता है, तभी आवाज़ सुनाई देती है, ''मैं गुरबख्शा...''

जैता फुर्ती से धड़ को घोड़े पर टिकाता है। ताया जी शीश पकड़ता है और अँधेरी ठिठुरती रात में, घोड़े को धर्मशाला की ओर भगा ले जाता है।

उधर चाँदनी चौक में, भाई सदानन्द का सिर और धड़, मुग़ल सल्तनत और पहरेदारों को मुँह चिढ़ा रहे हैं।

15

रायसीना गाँव।

मुहल्ला दिल वाली गली।

भाई कल्याणे की धर्मशाला।

रात आधी से अधिक बीत चुकी है। भाई आज्ञाराम, जैता, गुरबख्शा, ऊदा और नन्नूआं सिर जोड़ कर बैठे हैं। आनन्दुपर पहुँचने के लिए तरह-तरह से विचार किये जा रहे हैं।

''वक्त नहीं है जैता। तुम्हें आनन्दपुर की ओर तुरन्त रवाना हो जाना चाहिए। तुम सिर्फ़ गुरु का शीश ले जाओ। धड़ का दाह-संस्कार हम यहीं करेंगे।'' आज्ञाराम अपना फैसना सुनाता है।

''इस तरह खतरा अधिक होगा, ताया जी। मैं पहले उल्टी दिशा की ओर जाऊँगा, बागपत की ओर। मुग़ल सिपाही अगर पीछा करेंगे तो वे पंजाब की ओर जायेंगे। मेरी समझ अनुसार, बागपत की ओर जाना अधिक सुरक्षित रहेगा। जब मुझे यहाँ से गये एक घण्टा हो जाये, तब आप पीछे से धड़ का दाह-संस्कार कर दीजिएगा। तब तक मैं आठ-दस कोस दूर निकल जाऊँगा।''

''जैता की योजना ठीक है, ताया जी। इस प्रकार सिपाहियों को चकमा दिया जा सकता है। परन्तु जैता का अकेले जाना ठीक नहीं है। लम्बा रास्ता, जगह-जगह पर खतरा। आराम के लिए रुकना भी पड़ेगा। रास्ते में भूख-प्यास...।'' आज्ञाराम सोच में पड़ जाता है।

''क्या सोच रहे हैं ताया जी? चलने की आज्ञा दीजिए।'' जैता बहुत जल्दी में है।

''तुम्हारी हिफाज़त के लिए, भाई गुरबख्शा और भाई ऊदा भी साथ जायेंगे। जब खतरा टल जायेगा या आनन्दपुर के आस-पास पहुँच जाओगे, फिर बेशक वे वापस लौट आयें। मैं यही सोच रहा हूँ पुत्र। तुम्हारा अकेले जाना ठीक नहीं है।''

जैता, इस समय किसी फालतू बहस में पड़ना नहीं चाहता। ताया जी जो सोच रहे हैं, ठीक है। तीनों ही जाने की तैयारी करते हैं।

कुछ ही पलों में, तीनों थोड़े-थोड़े अन्तराल से धर्मशाला से बाहर निकलते

हैं। आज्ञाराम आशीष देता है : ''गुरु रक्षा करेंगे। रास्ते में तुम तीनों को कोई परेशानी या रुकावट न आये। गुरु नानक तुम्हारे संग-साथ रहें।''

अँधेरे में, तीनों घुड़सवार बागपत की ओर बढ़ रहे हैं। आगे-आगे गुरबख्शा है। मध्य में जैता और पीछे भाई ऊदा है। तीनों एकदम सतर्क हैं। पत्तों की खड़खड़ाहट से ही हाथों में पकड़े बर्छों पर पकड़ कस जाती है।

घनी कंटीली झाड़ियाँ। अनजान इलाका। भयानक अँधेरी ठिठुरती रात। रह-रह कर चमकती आसमानी बिजली। कब बारिश आ जाये, कुदरत का क्या भरोसा? सामने के किसी खतरे से चौकन्ने रहने के लिए, भाई गुरबख्श का सारा ही शरीर, आँख और कान बना है। पीछे-पीछे ऊदा ढाल बना चला आ रहा है।

यमुना नदी के किनारे-किनारे वे तीनों जगतपुर गाँव में पहुँच जाते हैं।

यहाँ से यमुना नदी पार करनी ही पड़ेगी। क्या मालूम कितनी गहरी हो। तीनों इसी चिन्ता में हैं।

''गुरु नानक, तेरा ही आसरा है।'' कह कर ऊदा और उसके पीछे गुरबख्शा भी अपने घोड़े जैता के पीछे लगा देते हैं।

दूसरी ओर जाकर तीनों अकाल पुरख (प्रभु) का शुक्रिया अदा करते हैं। जब वे गोपालपुर गाँव को पार कर, सभापुर के पास पहुँचते हैं तो ठीक उस समय दिल्ली में, कल्याणा की धर्मशाला में एक कमरे से अचानक लगी आग को देखने के लिए, दिल्लीवासी अपने छतों पर चढ़ आये।*

सभापुर गाँव के बाहर-बाहर से गुज़रते हुए, घुड़सवार खजूरी गाँव पहुँचते हैं। कभी-कभी कुत्तों के भौंकने की मद्धम-सी आवाज़ सुनाई देती है।

''इस प्रकार तो हम समय पर बागपत भी नहीं पहुँच पायेंगे?'' जैता संशय प्रकट करता है।

''रास्ता भी तो ठीक नहीं है, अगर तूफान आ गया...? वापस जमुना किनारे ही जा पहुँचेंगे।'' गुरबख्शा का डर भी सही है।

''हमें दिन निकलने से पहले-पहले बागपत पहुँच जाना चाहिए। वहाँ जाकर अगले सफर की योजना भी बनानी होगी। दिन निकलते ही दिल्ली में तो प्रलय

---

* इस घटना को लेकर इतिहासकारों के अलग-अलग मत हैं—किसी का मानना है कि धड़ का संस्कार लक्खी बनजारा ने किया है। कइयों का मानना है, भाई नन्नूआं ने किया है।

आ गयी होगी।''

जैता की बात सुन तीनों घोड़ों को एड़ लगा लेते हैं। अब वे पाली से भी आगे निकल आये हैं। एक बड़ा गाँव है। मुँह अँधेरे ही किसी अधीर मुर्गे की बांग सुनाई पड़ती है। गाँव से बाहर एक फ़कीर की दरगाह पर जल रहा चिराग फड़फड़ा रहा है। तीनों घुड़सवार यहाँ रुकने के लिए विचार करते हैं। यही बागपत है।*

''मुसलमानों पर अब कोई एतबार नहीं रहा।'' गुरबख्शा, जैता द्वारा वहाँ रुकने के बारे में सोच कर चौकन्ना करता है।

''फ़कीरों का शहंशाहों से क्या लेना-देना? हम तीन व्यक्ति हैं। वो फ़कीर अकेला होगा।'' जैता की राय है।

''तुम पीछे रह कर प्रतीक्षा करो। पहले हम वहाँ जाकर देखते हैं। टोह ले लेते हैं। क्या मालूम, मुग़ल फ़ौज का कोई गुप्तचर, किसी बहुरुपिये के भेष में वहाँ बैठा हो।'' कह कर ऊदा और गुरबख्शा दरगाह की ओर बढ़ते हैं।

जैता की गोद में गुरु जी का शीश पड़ा है। चादर लहू से भरी हुई है। जैता को अपनी आखिरी मंज़िल आनन्दपुर के अलावा कुछ और नज़र नहीं आ रहा। वह तो रास्ते की कठिनाइयों को अपनी कल्पना में भी देखना नहीं चाहता।

उधर भाई ऊदा और गुरबख्शा, दरगाह पर पहुँच घोड़ों से उतरते हैं। फ़कीर के आगे जाकर सीस नवाते हैं।

''मुसाफिर हो?'' अपनी कथरी में अधलेटा फ़कीर**—पूछता है।

''हाँ मियाँ जी। बाकी रहती रात के लिए बसेरा करना है। इजाज़त मिलेगी?''

''यह खुदा का घर है। यहाँ रुकने के लिए इजाज़त की आवश्यकता नहीं है। फिर रात कैसी? अभी तो कुछ ही देर में सारी खलकत सूरज का दीदार करेगी।''

''आपका शुक्रिया मियाँ जी।''

''दिल्ली की ओर जाना है या दिल्ली से आये हो?'' फ़कीर पूछता है।

''दिल्ली की ओर जाना है।'' गुरबख्शा बताता है।

इतने में चौकन्ना जैता भी वहाँ आ पहुँचता है।

''जाने की जल्दबाज़ी मत करना।'' फ़कीर आँखें मूँदे ही कहता है।

''क्यों साँई जी?''

''वहाँ बहुत कहर बरपने वाला था।''

''सिखों के पीर का सिर कलम करने का हुक्म है। बेहतर यही होगा, दिल्ली

---

* पाण्डवों ने कौरवों से जो 5 गाँव माँगे थे, उनमें पानीपत, सोनीपत, करनाल, दिल्ली और बागपत शामिल थे। कौरवों की ओर से इनकार किये जाने पर कुरुक्षेत्र में महाभारत हुआ।

** सूफ़ी फ़कीर बाबा हज़रत शेख बहाऊदीन।

की ओर न जाओ। सुल्तान ने यह ठीक नहीं किया। कुछ दिन पहले उसके सेवकों को यातनाएँ दे-देकर मारा। अब बगावत उठेगी और सारी दिल्ली में फैल जायेगी। दिल्ली उजड़ जायेगी।'' फ़कीर अपने दोनों हाथ उठा कर बददुआ देता है।

तीनों सोचते हैं, फ़कीर साँई को अभी इल्म नहीं है—वह 'होनी' तो घट चुकी है। फ़कीर की फितरत से वे समझ जाते हैं, यहाँ ठहरने में कोई खास खतरा नहीं है। कुछ घड़ी पलों के लिए यहाँ आराम किया जा सकता है। फ़कीर को सत्य बता देना ही ठीक है।

फिर जैता, फ़कीर को दिल्ली की सारी घटना धीरे-धीरे बता देता है।

''मरेगा, काज़ी भी मरेगा। अपनी मौत मरेगा।'' दूर कहीं देखते हुए साँई बुदबुदाने लगता है। ता उम्र—ता मुल्क—यह कुर्बानी याद रहेगी। जो ग़ैरों के लिए मरता है, अमर रहता है। धन्य है तुम लोगों का पीर। धन्य हो तुम लोग। मैं तुम लोगों के रहने का इन्तज़ाम करता हूँ...। यहाँ मेरा एक मुरीद कृष्णपाल खाने-पीने का प्रबन्ध कर देगा। बहुत भला व्यक्ति है। खुदा से भय खाने वाला है।''

साँई से आज्ञा लेकर तीनों बागपत की ओर बढ़ने लगते हैं।

गुरबख्शा एक दरवाज़े पर दस्तक दे रहा है। बाकी दोनों घुड़सवार के पीछे सतर्क खड़े हैं।

कुछ देर बाद दरवाज़ा खुलता है।

सामने सुल्तान के सिपाहियों को दरवाज़े पर खड़े देख कर कृष्णपाल हक्का-बक्का रह जाता है। उसकी ज़ुबान काठ की बन जाती है। मुँह से एक भी शब्द नहीं निकलता है। देह काँपने लगती है।—ये लोग क्यों आये हैं? किसलिए—पकड़ने के लिए, क़त्ल कर दिये जायें, कौन पूछने-बताने वाला होगा?

''गुरु के सेवक हैं। दरगाह पर पहुँचे थे। साँई जी ने यहाँ भेजा है।'' भाई गुरबख्शा की बात सुन कर कृष्णपाल की अटकी साँस फिर से जैसे चलने लगती है। शरीर में लहू दौड़ने लगता है। दोनों हाथ जुड़ जाते हैं। गुरु का शुक्रिया अदा करने के अन्दाज़ में चरणों पर झुकने लगता है। घोड़े से उतर कर निकट आया भाई ऊदा उसे बाँहों में भर लेता है।

''धन्य गुरु। धन्य है गुरु के सेवक। मैं खुशकिस्मत हूँ। अन्दर आ जाइए।'' कृष्णपाल ने दरवाज़े से एक ओर हट कर उन्हें अन्दर आने का निमन्त्रण दिया।

''कब आये, कब जाना है...। घोड़ों को भी ज़रा साँस लेने दीजिए।''

कृष्णपाल ने गुरु का सिर अपनी गोद में रखा हुआ है। आँखें आँसुओं से भरी हुई हैं। दिल्ली की दर्दनाक व्यथा उससे सुनी नहीं गयी। जो भी घर में था, किसी ने भी कुछ खाया-पिया नहीं। कृष्णपाल सभी से कुछ देर आराम करने की विनती करता है।

किसी की भी आँखों में नींद नहीं है। ऊदा और जैता कभी-कभी चौंक जाते हैं। यकायक उनके हाथ पास पड़ी तलवारों की ओर चले जाते हैं। घबराकर उठ बैठते हैं। फिर लेट जाते हैं।

पालथी लगाकर बैठा कृष्णपाल पूरी श्रद्धा और सम्मान से गुरु जी के शीश को गोद में सँभाले बैठा है। बाहर रह-रह की बारिश होने लगी है। चिन्ता के कारण सभी उठ बैठते हैं। बारिश—कच्चे रास्ते, कैसे चलेंगे घोड़े—? और गुरु जी का शीश?

अज़ान की पहली आवाज़ सुनाई देती है।

''यहाँ रुकना खतरा मोल लेने के समान है। हमें चलने की तैयारी करनी चाहिए।'' गुरबख्शा उठ बैठता है।

''बाहर बारिश—?'' जैता चिन्तित स्वर में कहता है।

''बारिश को देखेंगे तो दिन में भी यहीं रुकना पड़ेगा। मुग़ल फ़ौज़ों का क्या भरोसा, कब यहाँ तक पहुँच जायें।'' गुरबख्शा ख़बरदार करता है।

तीनों कमर कस कर तैयार हो जाते हैं। घोड़ों की पीठें थपथपाते हैं।

गुरु का शीश जैते के हवाले करते हुए, भरी आँखों से कृष्णपाल पूछता है, ''अगर तुम चाहो तो मैं तुम्हें यमुना पार तक छोड़ सकता हूँ।''

''आप इतने खराब मौसम में कहाँ जायेंगे, कृष्णपाल जी?''

''हम चले जायेंगे।'' जैता ने उन्हें मना किया।

''मुझे उधर कुछ रास्तों की जानकारी है जहाँ से आप बच कर निकल जायेंगे। वैसे भी आप दिल्ली के बाहरी ओर से निकलना। कम खतरा रहेगा।'' कृष्णपाल समझाता है।

''आपको कष्ट होगा। हमारे कारण आप किसी संकट में न फँस जायें...।''

''यह मेरी इच्छा है। मना मत कीजिए। मुझे यह सेवा करने दीजिए।'' कृष्णपाल की आँखें भर आयीं।

घने बादलों के कारण अभी भी अँधेरा है। बाहर बारिश बहुत तेज़ हो गयी है। ऐसे अंधड़ में घोड़ों की चाल भी डगमगा रही है।

गुरु जी के शीश पर लपटी चादर पूरी तरह से भीग गयी है। उससे लहू भरी बूँदें गिरने लगी हैं। तीनों घुड़सवारों के साथ पैदल जा रहा है कृष्णपाल। उन्हें इस प्रकार देखकर किसी को भी शक हो सकता है। यह डर जैता के भीतर धीरे-धीरे बढ़ता जा रहा है। लेकिन कृष्णपाल का अथाह प्यार और श्रद्धा देख कर जैता उसे वापस जाने के लिए कह नहीं पाया।

आखिर टेढ़े-मेढ़े रास्तों के बारे में बताते हुए कृष्णपाल उन्हें यमुना नदी के किनारे ले आता है। उसे यह भी मालूम है, कहाँ से नदी को पार करने में आसानी रहेगी। रुकने का समय नहीं है। रुकना भी नहीं है।

कृष्णपाल से विदा लेकर तीनों घुड़सवार नदी की ओर बढ़ते हैं।

यमुना नदी के इस पार खड़ा कृष्णपाल, तीनों घुड़सवारों को नदी पार करते हुए देख रहा है। नदी के बर्फ़ समान पानी से जूझते हुए घोड़े आगे बढ़ रहे हैं।

बहुत देर तक वहीं खड़ा रहा कृष्णपाल। घुड़सवार पल-पल दूर होते जा रहे हैं। उसकी आँखें फिर से भर आयी हैं। वह झुकता है और घोड़े के खुरों की गीली मिट्टी उठा कर माथे पर तिलक की तरह लगाता है और उदास मन से बागपत की ओर लौट जाता है।

जब से तीनों घुड़सवार, नदी पार कर, दिल्ली से तरावड़ी की ओर सरपट घोड़े दौड़ा रहे थे, उसी समय दिल्ली में दिन निकलते ही कोहराम मच चुका है।

"सिखों के पीर ने करामात दिखा दी।"

16

दिन निकलते ही सारी दिल्ली हिल जाती है।

जब काज़ी यह ख़बर सुनता है तो नमाज़ अदा करना भूल जाता है। बौखलाया, घबराया हुआ, शहंशाह के कहर से डर कर काँपते हुए, चाँदनी चौक की कोतवाली की ओर भागता है।

दो दिन पहले, बेगम से हुई तकरार उसे याद आ रही है। बेगम की कही बातें सच हो रही हैं। अब काज़ी पछता रहा है। मैं बेगम से सहमत क्यों न हुआ।

बेगम ने कितनी मिन्नत की थी।

"सिखों के पीर को यातनाएँ मत दीजिए। उन्हें रिहा कर दीजिए।

वह खुदा के आदमी हैं। उनका किसी के साथ कोई वैर-विरोध नहीं है।"

"बेगम, आप को इसका इल्म कैसे है?" काज़ी के माथे पर त्यौरी उभर आयी है।

"मैंने उनके साथ शाही मेहमानखाने में मुलाकात की थी। तब तक उन्हें कैदी नहीं बनाया गया था। उन्होंने मुरादों से मेरी झोली भर दी थी। हुकूमत ऐसे फ़कीर इनसान पर कहर नहीं ढहाना चाहिए। पीर के सेवकों-मुरीदों को भी आप लोगों ने पहले ही बेहद कष्ट दिये हैं।"

"आपकी ये बातें मुझे कष्ट दे रही हैं बेगम। मैं तो शहंशाह का मामूली कारिन्दा हूँ। उनके हुक्म की तामील करना मेरा फ़र्ज है। मेरी मजबूरी आप समझो बेगम।"

"मैं तो इतना ही जानती हूँ, दरवेशों को यातनाएँ देने वाले सभी दोज़ख में जायेंगे।, चाहे उसमें मेरा शौहर ही क्यों न हो।" बेगम ने बद्दुआ दी।

"वो दरवेश नहीं है। हुकूमत के खिलाफ बगावत कर रहा है।"

"यह कुफ़्र है। ये आपके हुकूमती हथकंडे हैं।"

"हुकूमतें तरस-दया से नहीं चलतीं बेगम साहिबा।"

"ठीक है। यह हुकूमत सिखों के पीर को रिहा नहीं कर सकती, तो मैं यह घर छोड़कर हमेशा के लिए जा रही हूँ। मेरा विवाह एक काज़ी से हुआ था, जो इन्साफ़ पसन्द था। बिना अपराध किसी पर भी जुल्म नहीं करता था। अब आप मुंसिक नहीं रहे, कसाई बन गये हैं। सुल्तान के कहने पर एक दरवेश को क़त्ल करने का फ़तवा सुना आये। खुदा का कहर होगा इस घर पर, देख लेना।"

"खुदा के वास्ते बेगम मेरी मज़बूरी समझने का यत्न करो। सुलतान के हुक्म के बग़ैर एक पत्ता तक नहीं हिल सकता। मेरी मर्ज़ी चले तो मैं सिखों के पीर को तुरन्त रिहा कर दूँ। मैं तो एक मोहरा हूँ। शहंशाह जैसे चाहते हैं, वैसे इस्तेमाल कर लेते हैं।"

"यह सच नहीं है। आप सभी मिले हुए हैं। आप समझते हैं, यह गुरु आपके इस्लाम के लिए खतरा है। आप को अपने इस्लाम पर यकीन नहीं रहा। क्या इस्लाम धर्म इतना कच्चा है कि एक व्यक्ति इसके लिए खतरा हो सकता है।"

"बेगम, तुम इस्लाम मज़हब की तौहीन कर रही हो।" काज़ी गुस्से से खीझने लगा था।

"मैं तो इतना ही जानती हूँ, आप सभी बहुत बड़ी मुसीबतों में फँसने वाले हो। एक फ़कीर की आहें तुम सभी को बर्बाद कर देंगी।"

बेगम के कड़वे बोल अभी भी काज़ी के कानों में हथौड़ों की तरह बज रहे हैं। वह कानों पर हाथ रख लेता है।

जब वह चाँदनी चौक में पहुँचता है, हैरान है। सचमुच ही सिखों के पीर का सीस और धड़ गायब है। वहाँ किसी दूसरे सिख सेवक का सीस और धड़ पड़ा है।

काज़ी असमंजस में है।

—क्या यही करामात है?

इतना सख्त पहरा। वह तेज़ी से कोतवाली के भीतर जाता है।

''ताज्जुब है—यह कैसे मुमकिन हो सकता है, कोतवाल?''

''हज़ूर का इकबाल बुलन्द हो...।'' कोतवाल झुक कर सलाम करता है। फिर पूछता है, ''हज़ूर क्या फरमा रहे हैं?''

''इतने सख़्त पहरे में, उस काफ़िर का सिर और धड़ गायब हो गया है। सुल्तान के पास ख़बर पहुँच गयी तो वह सभी के परिवारों को बर्बाद कर देंगे। कुछ करो...।'' काज़ी गुस्से से काँप रहा है?

''हज़ूर, मैं खुद परेशान हूँ। सारी रात मैं खुद कोतवाली में था। फ़ज़र होने तक पहरेदारों की चौकसी देख रहा था। फिर भी...।''

''कुछ भी हो।'' काज़ी टोकता है, ''सिपाहियों को पीछे दौड़ाया जाना चाहिए। हिन्दुओं और सिखों के घरों की तलाशी ली जानी चाहिए। अगर सिर और धड़ बरामद न हुए तो हमें सभी के सिर कलम करने के लिए तैयार रहना चाहिए।''

''हज़ूर! यह तो सचमुच करामात हो गयी।'' कोतवाल ने अनजान बनते हुए हैरानी प्रकट की। साथ ही चौकन्नी निगाह से आस-पास देखा।

''मैं यह बात दुबारा सुनना नहीं चाहता। कोई करामात सम्भव नहीं।'' काज़ी डाँटता है।

''हज़ूर! गुस्ताखी माफ़। छोटा मुँह और बड़ी बात। आप स्वयं इतने समय से कह रहे थे कि—करामात दिखाओ। अब आप कह रहे हैं कि कोई करामात नहीं होती। अब सच क्या है, कौन बतायेगा?''

''सच तो यह है, सुल्तान का कहर तुम्हारे ऊपर टूटने वाला है। यह भी अफवाह है, सिखों से रिश्वत लेकर तुमने सिर और धड़ बदल दिये हैं।'' काज़ी ने अब दूसरी चाल चली।

''मेरी क्या औकात काज़ी साहब? मैं ऐसी कोई भी हरकत कैसे कर सकता हूँ। मगर उड़ती-उड़ती एक ख़बर मेरे पास आयी है...।'' कोतवाल काज़ी की आँखों में सीधे झाँकता है।

''क्या ख़बर आयी है तुम्हारे पास?'' काज़ी रौब से पूछता है। वह जानता है, कोतवाल से उसका ओहदा और रुतबा बहुत ऊँचा है।

''कुछ गुरु सेवकों ने काज़ी साहिब को रिश्वत दी है।''

''लाहौल-विला-कुव्वत।'' काज़ी भड़क उठता है, ''ये बातें क़त्ल होने से पहले की हैं। मूर्ख कोतवाल, मैंने यह रिश्वत कबूल नहीं की। तभी यहाँ सिखों के पीर

को क़त्ल किया गया? मगर अब क्या हुआ है।'' क़त्ल के बाद क्या गुल खिले हैं?

कोतवाल के पास कोई जवाब नहीं है। वह चुपचाप खड़ा काज़ी के तमतमाये चेहरे की ओर देखने लगता है।

''अब तुम्हारे पूरे खानदान को सज़ा भुगतनी होगी। और वे मुझे भी नहीं बख्शेंगे। खैर इसी में है—जितनी जल्दी हो सके, जाकर तेग़ बहादुर का सिर और धड़ तलाश करो। इसी में हम दोनों की सलामती है।''

''मैं अभी जाता हूँ हज़ूर। सिखों और हिन्दुओं के एक-एक घर की छानबीन करूँगा। आप जाइए—बेफ़िक्र होकर आराम कीजिए। आप तो अपनी नमाज़ का वक्त भी भूल रहे हैं?'' कोतवाल के स्वर में व्यंग्य छिपा है।

''क्या करूँ मैं। नमाज़ कैसे पढ़ पाऊँगा। उम्र के इस पड़ाव पर आकर भी इन काफ़िरों ने जीना दुश्वार कर दिया है।''

''आप परेशान लग रहे हैं हज़ूर। घबराइए नहीं। वे लोग जब और जहाँ भी मिले, क़त्ल कर दिये जायेंगे।'' कोतवाल तसल्ली देता है।

''तू नहीं जानता कोतवाल, ये जीते-जी भी खतरनाक हैं और मरने के बाद भी खतरनाक हैं। फ़ौरन निकल जाओ यहाँ से। तलाश करके शाम तक उसे मेरे सामने पेश करो।''

''जी हज़ूर, जो हुक्म।''

काज़ी कोतवाली से बाहर निकल जाता है।

कोतवाल तैयार होने लगता है।

दिन काफी निकल आया है। कोतवाल को तसल्ली है, अब तक सिख बहुत दूर निकल गये होंगे। वह सिपाहियों को चारों ओर से घरों की तलाशी लेने का हुक्म देता है।

सिपाही खुश हैं। इसी बहाने हिन्दू-सिखों की औरतों को देखने का अवसर तो मिलेगा। अगर दाँव लग गया तो मोहरें आदि भी हाथ लग सकती हैं। जो आगे से आँखें दिखायेगा, नेजा उसके पेट के आर-पार। ...शाही फरमान है आखिर।

कोतवाल गश्त करने के बहाने, घोड़े को यमुना नदी की ओर घुमा लेता है।

कुछ ही समय के पश्चात् जमुना पार कर, वह दिल्ली की ओर आखिरी बार देखता है। फिर घोड़े को एड़ लगा कर भगा लेता है।

वह जानता है, काज़ी और सुल्तान उसे जीवित नहीं छोड़ेंगे। हर पल वह काज़ी और सुल्तान के कहर से दूर ही दूर होता जा रहा है।

सूरज गर्म होता जा रहा है।

कोतवाल पंजाब की ओर बढ़ रहा है। जानता है, आनन्दपुर की धरती बाँहें फैलाकर स्वागत करेगी।

17

सूरज की लाली चारों ओर फैल गयी है। जैता, गुरबख्शा और ऊदा मुख्य मार्ग की बजाय, वन-झाड़ियों में से तरावड़ी की ओर बढ़ रहे हैं। यहाँ वे भाई देवाराम को जानते हैं। गुरु जी का सेवक है। वक्त-बेवक्त यहाँ टिकाना होता रहा है। आज यदि वे भाई देवाराम* के पास पहुँच गये तो समझ लो—आधा रास्ता तय हो गया।

"अगर समय हुआ तो देवाराम से चादर धुलवा लेंगे। इस चादर को देख कर किसी को भी शक हो सकता है।" आने वाले खतरे को ध्यान में रखते हुए गुरबख्शा सलाह देता है।

"वहाँ घाट पर कितने ही लोग होंगे। देवाराम से ही पूछेंगे, खून से लिबड़ी चादर कहाँ से आयी? इस भक्त आदमी ने, सारी उम्र कभी झूठ नहीं बोला। अगर सच कह दिया, फिर—?" जैता उन दोनों से उम्र में छोटा है, लेकिन दूरदर्शी है।

"फिर यह तो खुद के लिए खतरा मोल लेने वाली बात है।" ऊदा ने विचार प्रकट किया।

"फिर क्या करें?" गुरबख्शा पूछता है।

"अगर देवाराम एक चादर का प्रबन्ध कर दें, हम उसे इसी के ऊपर लपेट लेंगे।"

जैता की इस सलाह से दोनों सहमत हो जाते हैं। वह घोड़ा रोक कर उनसे थोड़ा फासला बना लेता है। फिर आस-पास चौकन्नी नज़र रखते हुए पीछे-पीछे आने लगता है।

उधर दिल्ली में इस समय अफवाहों का बाज़ार गर्म है। कोई कह रहा है, "गुरु तेग़ बहादुर करामात दिखा गये।"

---

* देवा राम—धोबीघाट पर काम करता था। गुरु तेगबहादुर का श्रद्धालु था।

किसी का कहना है, ''अँधेरे का फायदा उठाकर, नन्नूआं सीस और धड़ उठा ले गया है।''

''किसी का कहना है, लक्खी बनजारा आया। रुई के गड्डों में उसने गुरु जी का शीश और धड़ रखा और अपने डेरे पर जाकर गड्डे सहित, आग लगा कर गुरु जी की देह का दाह-संस्कार कर दिया है।''

कोई कहता, ''शहंशाह के अहलकारों ने, भारी मोहरें लेकर शीश और धड़ उठवा दिये।''

जितने मुँह उतनी ही अफ़वाहें।

श्रद्धालुओं का कहना था :

धन्य है भाई नन्नूआं।

धन्य हैं भाई लक्खी बनजारा।

धन्य है गुरु के सेवक।

सच क्या है। यह भाई आज्ञाराम जानता है। यह बात भाई नन्नूआं भी जानते हैं। चाँदनी चौक के कोतवाल को मालूम है। कल्याणे की धर्मशाला के नज़दीक रहते पण्डित शिव नारायण को मालूम है। चाँदनी चौक की कहर भरी अँधेरी रात को मालूम है।

अफ़वाहें उड़ाने वाले अपनी जगह ठीक थे। श्रद्धालु और सुनने वाले लोग भी सही थे। भाई सदानन्द का सिर और धड़ भी तो कोई योद्धा ही वहाँ रखकर आया होगा।

रोष के कारण आज सारी दिल्ली बन्द है। काज-काम ठप्प हैं। गलियाँ, बाज़ार सुनसान हैं। गुरु तेग़ बहादुर के क़त्ल के साथ दिल्ली की थर्राहट सारे हिन्दुस्तान में महसूस की गयी है। सुना तो यह भी है—दक्षिण में बैठा औरंगजेब शहंशाह भी गुरु के क़त्ल की ख़बर सुन कर काँप रहा है।

और अब गुरु का सीस और धड़ ही गायब हो गये हैं। इतनी बड़ी सल्तनत के सुल्तान के लिए यह सूचना और भी मनहूस है।

भाई ऊदा और भाई गुरबख्शा जैता से काफी दूरी पर चल रहे हैं। जैता को उन्होंने समझा दिया, ''यदि खतरा नज़र आये, उससे उलझना नहीं। बस एक ओर हट जाना। बाकी हम खुद देख लेंगे।''

एक गाँव के बगल से निकलते हुए, ऊदा ने एक राहगीर से स्वाभाविक ही पूछ लिया, ''कौन सा गाँव है भाई?''

मुग़ल सिपाहियों का भेष देख कर, राहगीर दौड़ने लगा तो भाई ऊदा ने बर्छा उठा कर मारा, "ठहरो।"

राहगीर के पाँव वहीं थम गये।

जैता और गुरबख्शा ने जब पलट कर पीछे देखा। वे हैरान हैं। ऊदा किसी व्यक्ति को घेरे खड़ा है।

"कौन-सा गाँव है?" ऊदा फिर पूछता है।

"मुरथल है।" राहगीर का काँपता स्वर सुनाई देता है।

"आस-पास के गाँवों के नाम मालूम हैं?" ऊदा फिर डपट कर पूछता है।

"आगे की ओर या पीछे की ओर के?"

"जहाँ से आये हो, पीछे के...।"

"लिबाड़ा, देबड़ा, पल्लड़ा, खेवड़ा—एक नांगल खुर्दा भी है। और मालूम नहीं।" राहगीर हाथ जोड़ता है।

"और भी होंगे?"

"हैं—मगर अब याद नहीं आ रहे हैं।"

"तरावड़ी कितनी दूर है?"

"मालूम नहीं। हम अधिक दूर तक कभी गये नहीं। आगे के दो गाँवों में, पहले दतूरी गाँव आयेगा, फिर लड़सौली। अब मैं जाऊँ?"

"जा, भाग जा।"

तीनों फिर से चल दिये हैं।

भाई गुरबख्शा ऊदा को छेड़ता है, "तुम्हारे डपटने से उस देहाती ने मूत दिया होगा।"

"मुझे तो लगता है, गाँव जा कर वह बाकी सभी का मूत निकाल देगा।" ऊदा ने हँसने की कोशिश की, मगर हँस न पाया।

दोनों ने फिर जैता से दूरी बना ली और अपनी मंजिल की ओर बढ़ने लगे हैं।

सिपाहियों को दूर जाते देख, राहगीर चैन की साँस लेता है। पहले तो वह डर गया था। क्या मालूम क्या कह दे? क्या कर दे? हाथ-पैर बाँध उसे साथ ही ले चले। घुड़सवारों की ओर पीठ घुमाकर वह गाँव की ओर दौड़ने लगता है।

ऊदा पीछे मुड़कर देखता है तो उसे यकायक हँसी आ जाती है।

"जैता, देखो तो, ससुरे का नाती कैसे आँधी-सा भाग रहा है, जैसे पीछे भूत लगे हों।"

घरोंड़ा के नज़दीक पहुँचने पर, एक सघन झाड़ी की बगल से निकलते हुए ऊदा रुक जाता है और आवाज़ देकर उन दोनों को भी रोक लेता है।

दोनों पीछे मुड़कर ऊदा के निकट आते हैं और उससे हैरानी से पूछते हैं, "क्या हुआ?"

"थक गया हूँ। पीठ में दर्द हो रहा है। डर रहा हूँ कि कहीं घोड़े पर से गिर न पड़ूँ।" भाई ऊदा के चेहरे पर थकावट साफ़ तौर पर झलक रही है।

"आराम करना चाहते हो?" गुरबख्शा पूछता है।

"पल भर के लिए आराम कर लें, तो कैसा रहे? यहाँ काफी वृक्ष हैं, उनकी ओट भी है। घास भी काफी है। घोड़े चर लेंगे।"

"ठीक ही कह रहा है ऊदा।" गुरबख्शा, जैता की ओर देखकर कहता है।

"अगर पीछे से औरंगज़ेब के सिपाही आ धमके तो? क्या मालूम कोई टुकड़ी हमारा पीछा कर रही हो।" इतनी दूर तक आकर भी जैता अभी तक बेफ़िक्र नहीं हुआ।

"दिल्ली में मालूम नहीं क्या होगा? क्या मालूम सिखों को पकड़-पकड़ कर क़त्ल न कर रहे हों?" ऊदा अपना सन्देह प्रकट करता है।

"कुछ भी हो सकता है। दिल्ली में सिखों के साथ कुछ भी किया जा सकता है। काज़ी ने हमारे पीछे भी घोड़े दौड़ाये होंगे। मालूम नहीं, तुम्हारे ताया आज्ञाराम और धर्मशाला में रहने वाले अन्य लोगों के साथ क्या व्यवहार हुआ होगा? तुम क्या सोचते हो जैता?" गुरबख्शा पूछता है।

"हाकिम बेहद गुस्से में है। कुछ भी कर सकता है। पहले ही गुरु जी के सेवकों के साथ क्या कम किया गया है। किसी को आरे से चीर दिया। किसी के पोर-पोर काट दिये, किसी को जीते-जी ही जला दिया। लेकिन अब ऐसा नहीं होगा। गुरबख्शा भाई अपने पीछे यदि तुर्क सिपाही आ भी गये, सही-सलामत तो वे अपने घरों में लौटेंगे नहीं।" जैता का चेहरा रोष से भर जाता है।

"यदि तुर्क आ भी गये, तुम मौका देखकर खिसक जाना। हम जीते-जी उन सैनिकों को रोक कर रखेंगे।" गुरबख्शा ने हिम्मत से कहा।

"खिसकने कहाँ देंगे तुर्क? फिर तो पीठ घुमाकर उनका मुकाबला करना ही होगा।" कहकर जैता गुनगुनाने लगता है :

> जो लरै दीन के हेतु, सूरा सोई, सूरा सोई—
> पुरजा पुरजा कट मरै, कब्हूं ना छाड़े खेत
> सूरा सोई सूरा सोई—

"ऊदा देखो, कहीं आस-पास पानी है क्या?" गुरबख्शा पूछता है।

"पानी बहुत है ऊदा भाई।"

"कहाँ?"

"वन के परली ओर। औरंगा उधर से निकलकर गया होगा और उसकी बेगमें जल पिलायेंगी। उन्हें इल्म था, गुरु के सेवक यहाँ से गुज़रेंगे।"

ऊदा का मजाक वे समझ रहे थे। कोई और समय होता तो वे अवश्य ठहाका लगा कर हँसते।

सघन झाड़ियाँ हैं। तीनों सवार घोड़ों से उतरे हैं। एक तिरछे हुए तन के भारी तने के ऊपर सुरक्षित स्थान देखकर, जैता गुरु जी का शीश वहाँ पूरी सावधानी से टिकाता है। माथा टेकता है।

गुरबख्शा कुछ दूरी पर खड़े हो, पहरा देने लगता है। ऊदा पानी की तलाश करने लगता है।

जैता गुरु जी के शीश के निकट तने पर सिर झुकाये बैठा है। आँखें मूँदे वह जाप करने लगता है। कभी आँखें खोल लेता है। नज़र शीश पर टिक जाती है।—देखते ही देखते कैसी 'होनी' घट गयी है।

...पिता का सिर काट कर चाँदनी चौक में फेंक आया है। शीश पर से ज़रा सी चादर सरका कर, गुरु के चेहरे की ओर देखने का साहस करता है। चेहरा शान्त है, हमेशा की भाँति। धैर्य इतना कि कोई भी बुरे से बुरे वचन बोल जाये, माथे पर शिकन तक नहीं आती। अभी भी इस प्रकार लगता है, जैसे चेहरा अभी मुस्करा देगा। गुरु अभी हँस देंगे। वैराग में आँखों से फिर पानी बहने लगा। यह वैराग पिता जी के लिए भी है। उनके लिए आँसू बहाने का मौका तक नहीं मिला।

यह कैसे घट गया? गुरु साहब ने तो कहा था, "अब आनन्दपुर में रहेंगे। गुरु जी अत्यन्त भ्रमण करने के पश्चात् ही आनन्दपुर लौटे थे। जैता को याद आ रहा है। गुरु जी के साथ वह कहाँ-कहाँ नहीं गया...

—कितनी रौनक थी, गंगा किनारे बसे-नगर पाटलिपुत्र* भाई मेहर चन्द के घर पर ठहरा था गुरु परिवार, मेहर चन्द कितनी प्रशंसा करता था पटना नगर की। 570 बुर्ज वाला नगर, 64 दरवाज़ों वाला नगर। इतनी सराय, इतनी धर्मशालाएँ, मुसाफ़िरखाने, मन्दिर, मस्जिदें, पाठशालाएँ, बाऊलियाँ।—क्या-क्या नहीं था। उस नगर में। 20 मील लम्बा नगर। गुरु साहिब जितनी देर तक पाटलिपुत्र में रहें, नगर की रौनक और भी बढ़ गयी थी। कितनी आवभगत की थी, नवाब रहीम बख्शा** ने। गुरु के लिए घोड़ा भेजा। गुरु के लिए गलीचे बिछाये गये। बेगमें सारी मर्यादाएँ भुला कर, गुरु के चरण-स्पर्श करने के लिए आयीं। कितने रमणीय दिन थे वे? मैं सारा दिन संगत की सेवा में लगा रहता था। मेरी उम्र भी कितनी थी तब—

* पटना

** रियासत पटना का नवाब।

दीवान सजते थे। गोष्ठियाँ होती थीं। पिता जी शबद गायन करते थे। वैराग्यमयी शब्द-गायन के समय संगत मन्त्र-मुग्ध होकर नीर बहाने गलती। मुझे लंगर से ही फुरसत नहीं मिलती थी। बाल-उम्र थी, तो भी, कभी लकड़ियाँ लेकर आता। कभी लंगर-घर की सफ़ाई करना। कपड़े मैले हो जाते। दस्तार अपनी जगह से खिसक जाती। किसी ने शिकायत कर दी, "जैता, सिख-मर्यादा का पूरी तरह से पालन नहीं करता। न स्नान करता है न ही साफ़ कपड़े पहनता है। न ही वाणी का जाप करता है। यदि इस उम्र में ही इसने अपनी आदतों को न सुधारा है तो बड़े होकर वह और भी 'मनमुख' हो जायेगा।"

गुरु जी के शीश की ओर देखते हुए जैता कहता है, "मुझे मालूम था गुरु जी—आप मेरे बारे में सब जानते थे। मुझे उस उम्र में जितनी गुरुबाणी आती थी, मैं उसी का सिमरन करता था मन की शान्ति के लिए। न कि दूसरों को दिखाने के लिए। मैं नियमित समय पर तड़के उठा। स्नान किया। साफ-सुथरे कपड़े पहन, जाप करने लगा। फिर उठकर पुराने वस्त्र पहनकर लंगर-घर में चला गया था। क्या मालूम कोई मुझे देख रहा हो।

दीवान में अचानक आपने मुझे खड़ा होने के लिए कहा तो मैं घबरा गया था। कहीं मुझ से गुरुघर की अवज्ञा तो नहीं हो गयी? आपने संगत को मुखातिब हो कर कहा था, "जैता की ओर देखो—इसकी आयु तो देखो।" मेरी टाँगें काँपने लगी थीं। फटे-पुराने कपड़े। दीवान में खड़े होने पर अत्यधिक शर्म आ रही थी। रोने का मन होने लगा। बार-बार अपनी फटी कमीज़ ठीक करने लगा था। अनजाने में, मालूम नहीं कहाँ, कौन-सी गलती हो गयी। अगर गुरु जी ने यहाँ से निकाल दिया तो कहाँ जाऊँगा। जब सारी संगत मेरी ओर देखने लगी तो मुझे अत्यन्त शर्मिन्दगी का एहसास होने लगा। तभी गुरु जी ने कहा, "भाई, आप सभी इस बालक जैता समान बनो।" मैं तो हैरान रह गया। आपने कभी मज़ाक नहीं किया था—यह आज गुरु जी को क्या हो गया?

आपने फिर कहा, "काम के वक्त काम करो और नाम सिमरन के समय 'नाम' का जाप करो। जो भी काम करो, पूरी एकाग्रता से करो!" फिर आपने सारी संगत के सामने एक सेवक द्वारा मेरे विरुद्ध की गयी शिकायत के बारे में बताया। आपने मुझे अपने पास बुलाया। मेरी पीठ को सहलाया।

नम आँखों से जैता ने अभी भी गुरु जी का स्पर्श अपनी पीठ पर महसूस किया।

"जैता! उठो! सँभाल कर।" गुरबख्शा ने अचानक ज़ोर से कहा।

चौंककर जैता छलाँग लगाकर खड़ा हो गया।

ऊदा भी भागकर आ गया।

उन्होंने देखा तीन घुड़सवार उनकी ओर सरपट आ रहे हैं। तीनों ने तेज़ी से शस्त्र सँभाल कर निशाना साध लिया।

''जैता, तुम गुरु जी के शीश से परे नहीं जाना। ये सिर्फ़ तीन ही हैं। इन्हें हम दोनों ही सँभाल लेंगे।'' कह कर ऊदा एक झाड़ी में छिप कर घात लगाकर बैठ गया।

जैता ने तुरन्त तलवार से एक झाड़ काट कर वृक्ष के तने पर रखे गुरु जी के शीश को ढक दिया। खुद भी छिप कर ओट में हो गया।

गुरबख्शा छलाँग लगाकर घोड़े पर जा चढ़ा। वह आते हुए घुड़सवारों को थोड़ी-सी अपनी झलक दिखाकर जानबूझकर उस झाड़ी की ओर बढ़ा, जहाँ ऊदा घात लगाये बैठा है।

जैसे ही गुरबख्शे को देख घुड़सवारों ने 'अली—अली' कहते हुए झपट्टा मारा, तभी झाड़ी में से ऊदा ने पहले सिपाही की ओर बर्छा देकर मारा। बर्छा सिपाही के आर-पार निकल गया। सिपाही घोड़े पर से नीचे जा गिरा। सघन झाड़ी में एक चीत्कार सुनाई दी।

अन्य दोनों सिपाही अचानक हुए इस हमले से भयभीत हो जाते हैं। तभी दूसरी ओर से गुरबख्शा तीव्र गति से सिपाही पर वार कर उसकी गर्दन काट डालता है। उसकी खोपड़ी एक झाड़ी की ओर लुढ़क जाती है।

तीसरा सिपाही, उसे जिस ओर रास्ता दिखाई देता है, उसी तरफ भाग जाता है। सिपाहियों के बेलगाम घोड़े खेतों की ओर दौड़ने लगते हैं।

इस अचानक मुठभेड़ से वे तीनों हक्के-बक्के रह जाते हैं।

''मैंने तो समझा था, पीछे से शाही फ़ौज आ रही होगी।'' झाड़ी में गिरे मुग़ल सिपाही के सिर की ओर देखते हुए गुरबख्शा तसल्ली से कहता है।

''मुझे तो लगता है, जिस देहाती से हमने गाँवों के नाम पूछे थे, उसी ने गाँव की किसी चौकी में जाकर मुख़बिरी की होगी।''

''ऊदा की बात सही हो सकती है। अब एक तुर्क बच कर निकल भागा है अगर वह भारी फ़ौज लेकर आ चढ़े तो...!'' जैता अपना सन्देह प्रकट करता है।

''फिर...?'' गुरबख्शा और ऊदा एक साथ बोलते हैं।

''फिर क्या...? हमें इसी समय यहाँ से निकलना होगा। यहाँ एक पल की देरी भी आफत का कारण बन सकती है।'' जैता ने आदेशात्मक स्वर में कहा।

तीनों ने तुरन्त तैयारी की और पल में वह स्थान छोड़ दिया।

''अगर आज हम तरावड़ी पहुँच गये तो भाई देवाराम अपनी हिफाज़त

करेगा।'' वे बिना एक-दूसरे की ओर देखे लगातार घोड़े दौड़ाते जा रहे हैं। ऊदा एक स्थान पर वृक्षों की ओर देख साँस लेता है।

जैता पूछता है, ''अभी कितने कोस बाकी हैं?''

भाई गुरबख्शा के चेहरे पर भी थकावट नज़र आती है।

''करनाल के कहीं आस-पास ही हैं। हम मुख्य मार्ग से हट कर ही निकलते हैं, तभी समय भी अधिक लगता है।'' कह कर जैता गुरु जी के शीश पर लपेटी चादर ठीक करने लगता है।

गुरबख्शा दूर पीछे की ओर देखने लगता है।

''अब नहीं आ रहे हैं पीछे तुर्क।'' ऊदा छेड़ता है।

''मैं तुर्कों को नहीं देख रहा।''

''तो क्या उनकी बेग़मों की ओर देख रहे हो?''

''चाहे तुर्कों को देखो या उनकी बेग़मों को—मगर पेट के अन्दर के चूहे इस प्रकार शान्त नहीं होंगे।''

''खाने का प्रबन्ध कहाँ से करें?'' सच में गुरबख्शा थकावट महसूस करने लगा है। तीनों को भूख भी लग आयी है।

''उचित यही है कि हम कूच करें और अपनी मंजिल की ओर बढ़ें।''

जैता के कहने पर तीनों फिर से घोड़ों को सरपट भगाने लगते हैं।

जैता हालाँकि इस रास्ते से वाकिफ़ है। वह आनन्दपुर जा चुका है। मगर इस बार यह यात्रा एकदम अलग-सी है। बेफिक्री से न वे कहीं से पानी पी सकते हैं और न ही कहीं से खाने-पीने का कोई बन्दोबस्त आसानी से सम्भव है।

बागपत से मुँह अँधेरे निकलने के कारण वे कुछ खा नहीं पाये थे। लगातार इतना सफ़र और ऊपर से मुग़ल सिपाहियों का ख़ौफ़। तीनों जानते-समझते हैं। तीनों की मनोदशा एक समान है। भूखे हैं। भूख-प्यास और थकावट को भुलाने के लिए, जैता बच्चों के समान भोली बातें करने लगता है।

''यहाँ गुरुओं का सेवक रहता है, भाई देवाराम।''

''हाँ, तुमने हमें बताया है।'' ऊदा ढीलेपन से कहता है।

''धोबी है।''

''अच्छा ...!''

''कपड़े धोता है।''

''धोबीघाट पर धोता है?''

"धोबी कपड़े ही धोयेगा और क्या करेगा?"

"मालूम है।" गुरबख्शा बातों में दिलचस्पी नहीं लेता।

"शाही फ़ौज के कपड़े धोता है।"

"अच्छा...? यह मालूम नहीं।" ऊदा व्यंग्य से कहता है।

"पंजाब से या दिल्ली से जितने भी गुरु सेवक आते-जाते हैं, देवाराम के पास ही पड़ाव करते हैं।"

"यह अच्छी बात है।"

"बहुत सेवा करता है देवाराम।"

"यह तो पहुँचकर ही मालूम होगा।"

"बहुत प्यार से प्रसाद खिलाता है।"

"प्रसादों का नाम न ले जैता।"

"क्यों पेट में चूहे दौड़ रहे हैं।"

"चूहे नहीं—प्रसाद का नाम लेते ही, मालूम होता है कि भूख लगी हुई है।"

इस प्रकार की बातें कर, मन को बहलाते हुए कभी तेज़ गति से कभी मद्धम चाल से चलते, सरपट भागते, कभी रुकते-ठहरते ये तीनों शाही सिपाहियों की नज़रों से बचते-बचाते हुए झंजेड़ी, दादूपुर और शामगढ़ पार कर आये।

सूरज छिप गया। अँधेरा घिरने लगा। अब मुग़ल सिपाहियों का डर भी कुछ कम होने लगा। मगर ठण्ड बढ़ गयी।

अँधेरे में वे तीनों तरावड़ी आ पहुँचते हैं। सभी सांसारिक लोग अपने काम-धन्धों में लगे हैं। जब वे राजा जयचन्द के किले की विशाल इमारत से आगे निकले तो ऊदा ने धीरे से पूछा, "इसी किले से पृथ्वीराज ने जयचन्द की लड़की को अगवा किया था?"

जैता कुछ नहीं बोलता। ऊदा से खामोश रहने का इशारा करता है।

गुरबख्शा ऊदा को छेड़ना चाहता है, पूछना चाहता है, "तेरा इरादा भी कहीं पृथ्वीराज जैसा तो नहीं?" मगर जैता की गम्भीर मुद्रा देखकर चुप ही रहता है।

पूर्व की ओर एक किला और है। बीच से निकलती शाही सड़क पर तीनों घुड़सवार जाते दिखाई देते हैं। घोड़ों की टापों की आवाज़ अजीब सनसनी पैदा कर रही है। उस आवाज़ के साथ जैता का दिल तेज़ी से धड़क रहा है। मुग़ल सिपाही कुछ पल इन तीनों की ओर ग़ौर से देखते हैं। इनके कपड़े देखकर अनुमान लगाते हैं। तीनों सवार बिना किसी मतलब के ही हँसने और एक-दूसरे को छेड़ने का नाटक करते हुए लापरवाह लगने का यत्न करते हैं। मुग़ल सिपाही

उनकी स्वाभाविकता और लापरवाही देखकर सोचते हैं, शायद तीनों घूमने-फिरने के इरादे से निकले होंगे।

किले की चारदीवारी के साथ बाहर की ओर ही रहता है धोबी देवाराम। अँधेरा घिर आया है। जैता इस स्थान को पहचान लेता है। दिल्ली जाते समय वह यहाँ ठहरा था।

एक दरवाज़े के सामने जैता घोड़े रोकने के लिए कहता है। अपनी तसल्ली के लिए आस-पास चौकन्नी निगाह डालता है। फिर दरवाज़ा खटखटाने के लिए ऊदा को इशारा करता है।

दरवाज़ा खुलते ही तीनों एकदम अन्दर आ घुसते हैं। इससे पहले कि देवाराम घबरा जाये, जैता तुरन्त कहता है, "मैं जैता—गुरु जी का सेवक।"

सुनते ही देवाराम फुर्ती से दरवाज़े की कुंडी चढ़ा देता है।

जब जैता अपने साथियों और अपनी यात्रा के मकसद के बारे में बताता है तो सुनते ही देवाराम की आँखों से नीर बहने लगता है। रोते हुए वह गुरु जी के शीश को प्रणाम करता है। फिर मन कड़ा कर, खाने-पीने के प्रबन्ध में जुट जाता है। जब देवाराम तीनों से प्रसाद खाने का अनुरोध करने के लिए आता है तो देखता है, वे तीनों गहरी नींद में सो चुके हैं। देवाराम चाहता तो है कि तीनों को सोने दे। मगर फिर सोचता है, ये तीनों भूखे हैं। आधी रात को तड़के सुबह इन्हें फिर से सफ़र पर निकलना होगा। सोते हुए भी जैता ने गुरु जी का शीश अपनी बाँहों में सँभाल रखा है।

देवाराम कुछ पल उन्हें सोते हुए देखता रहता है। तीनों के पैरों में अभी भी जूते पड़े हैं। हाथ-पाँवों में रगड़ के निशान हैं। लेकिन अभी कैसे बेफ़िक्री से सो रहे हैं। उसके हाथ खुद-ब-खुद जुड़ जाते हैं।

"धन्य हैं गुरु—धन्य हैं गुरु के सेवक...।"

फिर सोचता है, खाने-पीने का सामान इनके पास ही रख देता हूँ। तब तक घोड़ों के लिए भी दाना-पानी का इन्तज़ाम कर लूँ। वह तेज़ी से रसोई की ओर बढ़ जाता है।

जब वे तीनों प्रसाद खाने बैठते हैं तो भाई देवाराम, गुरु जी के शीश के निकट बैठ सिमरन करने लगता है।

अचानक घोड़े के हिनहिनाने की आवाज़ आती है।

"देखो भाई देवाराम, कोई खतरा तो नहीं है?" गुरबख्शा एकदम से कहता है और अपने शस्त्र छिपा लेता है।

देवाराम तुरन्त बाहर चला जाता है। तीनों खाना छोड़कर बाहर की आहट लेने लगते हैं।

अन्दर आते ही देवाराम कहता है, "आप बेफ़िक्र होकर भोजन करिए। घोड़े यह बता रहे हैं कि वे अब सफ़र के लिए तैयार हैं।"

"मैंने सोचा, कहीं तुर्क न आ गये हों पीछा करते हुए। भोजन छोड़ पहले कहीं उनसे ही दो-दो हाथ न करने पड़ें।" कह ऊदा जल्दी से खाने लगता है।

"तुर्कों के लिए तो अपने घोड़े ही काफ़ी हैं।"

तीनों खाना खा चुके हैं। धर्मशाला दिलवाली गली के बाद यहीं पर उन्होंने तसल्ली से भरपेट भोजन किया है। देवाराम ने उनके भीतर नयी जान फूँक दी है।

"आप लोग थोड़ी और सो लीजिए। मैं यहाँ पहरा देता हूँ।" बर्तन एक ओर कर, देवाराम अर्ज़ करता है।

तीनों अत्यन्त थके होने और भरपेट भोजन करने के पश्चात् तुरन्त सो जाते हैं। भाई देवाराम गुरु जी के शीश* के पास हाथ जोड़ कर बैठ जाता है। तीनों की ओर देखते हुए सोचने लगता है—

"यह नींद भी क्या चीज़ है। शूलों पर लेटने पर भी आ दबोच लेती है।"

जैता कभी-कभी नींद में भी चौंक जाता है—मानो कोई डरावना सपना देख रहा हो। सोते हुए भी गुरबख्शा का एक हाथ तलवार की मूठ पर है। देवाराम स्वयं को धन्य समझ रहा है। 'शुक्र है, उसे सेवा का अवसर मिला।' गुरु जी के शीश की ओर देख कर सोचता है, "इतनी बड़ी सल्तनत के हुक्मरान को इन निहत्थे गुरु से कैसा भय था? इतना शान्त चेहरा जैसे इनके साथ कुछ भी भयानक न घटा हो।"

जैता चौंक कर उठ बैठता है।

"नींद नहीं आ रही?" देवाराम फ़िक्रमन्द होकर पूछता है।

"सपने में गुरु जी ने कहा, उठ जा जैता, सफ़र खत्म कर। समय बीतता जा रहा है।" जैता बताता है, फिर शीश की ओर देखता है।

"फिर...?" देवाराम हैरान है।

"हमें अभी जाना होगा भाई देवाराम।" जैता ऊदा और गुरबख्शा को जगाने लगता है।

देवाराम पानी की बाल्टी और लोटा उनके निकट लाकर रखता है।

पानी से मुँह धोते समय जैता के ज़ख्मों पर पानी तकलीफदेह लगता है।

* जहाँ शीश टिकाया गया था, वहाँ देवाराम ने सम्मानपूर्वक एक थड़ा बनवाया। वहाँ धूप-बत्ती करने लगा। अब वहाँ 'मंजी साहिब' गुरुद्वारा है।

तीनों तैयार होने लगते हैं। ऊदा तब तक घोड़ों की ओर भी चक्कर लगा लेता है।

"भाई देवाराम, अम्बाला पहुँचने के लिए कोई अन्य छोटा रास्ता है क्या...? जहाँ मुग़ल सिपाहियों से सामना न हो।" जैता पूछता है।

देवाराम कुछ सुरक्षित मार्गों के बारे में जानकारी दे, हाथ जोड़ता है, "अगर आप चाहें तो मैं आपको अम्बाला की सीमा तक छोड़ दूँ?"

"नहीं, नहीं, भाई देवाराम। इसकी ज़रूरत नहीं। दिन निकलेगा। शाही अहलकार कपड़े लेने के लिए आयेंगे। तुमसे पूछेंगे—तुम बिना बताये कहाँ चले गये थे? उन्होंने हमारे पीछे कोई घुड़सवार भेज दिया तो हमारे लिए खतरा हो सकता है। आपकी कृपा से रात यहाँ काट ली। थके शरीरों में जैसे जान आ गयी है। गुरु नानक की कृपा से सही-सलामत अम्बाला पहुँच जायेंगे। आगे जो परमात्मा को मंजूर है—। आपका यहीं रहना उचित रहेगा।"

"जैसी आप की इच्छा जैता भाई।" देवाराम श्रद्धा से शीश झुका प्रणाम करता है।

तड़के-तड़के तीनों घुड़सवार निकल चले। देवाराम उन्हें ओझल होने तक देखता रहा।

अभी पौ नहीं फटी थी। तेज़ चलती हवा में ठण्ड अधिक महसूस होने लगी।

तीनों घुड़सवार एक-दूसरे से थोड़ी-थोड़ी दूरी रखकर सरपट घोड़े भगाते चले जा रहे थे।

काफी समय निकल गया। सामने पूर्व की ओर से सूर्य की लालिमा फैलने लगी थी। कहीं-कहीं गड्ढों में पानी रुका हुआ है। शायद रात के समय बारिश हुई थी। हवा के झोंकों से ठण्डी बयार चल रही थी। गड्ढों में पानी रुका होने के कारण घोड़ों की चाल बदल जाती है।

घनी झाड़ियों के बीच से वे तीनों गुज़र रहे थे। कहीं भी कोई पगडंडी नज़र नहीं आ रही थी। काँटेदार झाड़ियों के कारण टाँगें छलनी हो रही हैं। घोड़े तेज़ी से आगे बढ़ने में झिझक रहे हैं।

"गलत रास्ता तो नहीं ले लिया हमने?" आगे जा रहा गुरबख्शा पूछता है।

"समझ में नहीं आ रहा है। दूर तक कुछ नज़र नहीं आ रहा है। पीछे भी सघन जंगल ही है।" झाड़ियों में खड़ा जैता चारों ओर निगाह घुमाता है।

"हम अगर गलत रास्ते ही चलते रहे तो यह रास्ता कैसे खत्म होगा?"

गुरबख्शा के चेहरे पर चिन्ता साफ झलक रही है।

"सड़क के रास्ते मैं दो बार यहाँ आ चुका हूँ। मगर अभी कुछ समझ में नहीं आ रहा।" जैता भी परेशान है।

"अच्छा होगा, हम लोग पौ फटने से पहले-पहले किसी छिपे सुरक्षित स्थान पर पहुँच जायें।" गुरबख्शा सुझाव देता है।

"इस से अधिक सुरक्षित स्थान और क्या होगा। तुर्क यहाँ तक कैसे पहुँच पायेंगे। हमें खुद ही मालूम नहीं कि हम कहाँ हैं।" ऊदा मुश्किल घड़ी में भी हँसने का यत्न करता है।

"तुर्क गीदड़ हैं। दस कोस से उन्हें सिखों की गन्ध आने लगती है। कहीं भूल रहे हों तो...।" गुरबख्शा भी ऊदा के लहज़े में ही कहता है।

"उचित यही होगा कि हम जल्दी से इस इलाके को छोड़ दें। इधर इलाके में मुसलमानों की घनी आबादी है। नज़दीक ही खानपुर, शाहबाद है, और भी मुसलमानों के गाँव हैं। यहाँ ठहरना हमारे लिए जोखिम भरा हो सकता है।" जैता दोनों को चेतावनी देता है।

"किस ओर जायें—कुछ समझ में नहीं आ रहा है।" ऊदा की आवाज़ में भी खीझ झलकने लगी है।

"उचित यही होगा कि आगे का मार्ग हम लोग रात-बिरात ही पूरा करें। दिन के उजाले में किसी घनी झाड़ी में ही रुकते हैं।" जैता सुझाव देता है।

"रात के समय और बीस मुसीबतों से खतरा होगा। मैंने तो सुना है, रास्ते में कहीं नदी भी है, जिसके काँटों भरे जंगल में बाघ-चीते भी हैं। गीदड़ तो आम ही घूमते रहते हैं। सन्ध्या समय उनका चीत्कार सुनना।" गुरबख्शा जैता के मशवरे से सहमत नहीं है।

"आप लोग तो अम्बाला तक ही मेरे साथ हो। ताया जी ने कहा था न, अम्बाला तक छोड़ कर लौट आना। मालूम नहीं, पीछे दिल्ली में उनका क्या हाल हुआ होगा? मुग़ल अहलकार तो सिखों को खोजी कुत्तों की भाँति सूँघते घूम रहे होंगे।"

"तुम्हारा अकेले ही आनन्दपुर साहिब जाना ठीक नहीं होगा जैता। मैं तुम्हारे साथ आनन्दपुर तक जाऊँगा।" ऊदा भी दृढ़ता से कहता है। वैसे भी वह चाहता है कि एक बार आनन्दपुर देख ले। गुरु जी का शीश यहाँ तक लाने में उन्हें कितने खतरों से जूझना पड़ा है। अब रास्ता ही कितना रह गया है? अम्बाला पार करते ही, मानो आनन्दपुर पहुँच गये—

"आगे की बातें फिर करेंगे, पहले निकलने की तरकीब सोचें।" गुरबख्शा फिलहाल उभरे संकट की ओर ध्यान दिलाता है।

तीनों की समझ में नहीं आ रहा—क्या करें?

इतने में ऊदा को एक पगडंडी समझ में आती है। गीली मिट्टी में पैरों के निशान भी हैं।

तीनों पगडंडी पर चलने लगते हैं। फिर से थकावट तारी होने लगती है। घोड़े भी थके-थके-से चल रहे हैं। पल-क्षण के आराम के बाद से वे लगातार सफ़र में हैं।

दिन निकल आया है। ठण्ड के मौसम में सूर्य की किरणों से बहुत राहत महसूस होती है। झाड़ियों के लम्बे जंगल से पगडंडी के आसरे वे लोग बाहर निकल आये हैं। मुख्य रास्ते से हट कर वे फिर से घोड़े दौड़ाने लगे, हालाँकि उन्हें इस बात का ज्ञान नहीं था कि वे ठीक दिशा में भी जा रहे हैं अथवा नहीं। मन में डर भी था, कहीं फिर से किसी मुसीबत में फँस न जायें।

तीनों लगातार चलते जा रहे थे। सूरज सिर पर आ गया है। दूर तक सूने खेत दिखाई देते हैं। कहीं-कहीं कोई राहगीर नज़र आता है तो इन्हें मुग़ल सिपाही समझ कर स्वयं ही उनसे किनारे हो जाता है।

अचानक थके-हारे चेहरों पर एकदम से रौनक चमकने लगती है। तीनों के मुँह से अनायास ही 'वाह! वाह! गुरु।' शुक्रिया के तौर पर उनके सिर झुक जाते हैं और हाथ जुड़ जाते हैं।

सामने मारकंडा नदी बहती नज़र आ रही है।

अब अम्बाला अधिक दूर नहीं है।

नदी किनारे कीकर वन और जडियाला वृक्षों का झुण्ड है। घनी झाड़ियाँ हैं। तीनों मिलकर फैसला करते हैं, "यहाँ पर कुछ देर रुकते हैं।"

वे घोड़ों से नीचे उतरते हैं। जैता गुरु जी के शीश को पेड़ के भारी तने पर हिफाज़त से रख देता है।

"पहले पानी पी लें।" कहते हुए जैता तेज़ी से नदी की ओर बढ़ता है।

गुरबख्शा भी, ऊदा को चौकस रहने के लिए कहते हुए नदी की ओर चल देता है।

घोड़े घास चरने लगते हैं।

नदी के पार दूर कहीं जैता देख रहा है। पानी पीकर, हाथ-मुँह धोने के पश्चात् जैता एकदम ताज़ा महसूस कर रहा है। थोड़ी दूरी पर गुरबख्शा ठण्डी रेत पर ही पालथी मार कर बैठ गया है। बायीं ओर बल खाती नदी कहीं अदृश्य होती

नज़र आती है। सामने दूसरे किनारे की ओर घनी झाड़ियों से आगे कुछ भी दिखाई नहीं दे रहा है।

कुछ देर के पश्चात् जैता और गुरबख्शा भी आस-पास की चौकसी रखते हुए आते हैं तो ऊदा नदी में उतर जाता है।

घोड़े चर रहे हैं। सघन वृक्षों में से सूरज की किरणें छन-छन कर नज़र आ रही हैं। गुरबख्शा और जैता वृक्षों से टेक लगा कर, अधलेटे ही आराम करने लगते हैं। उनकी आँखें अनायास ही मुँदने लगती हैं।

ऊदा के अचानक चीखने से, जैता और गुरबख्शा चौंक जाते हैं। देखते हैं, ऊदा हाथ में बर्छा लिए, गीदड़ों की एक टोली को दूर भगा रहा हैं जैता हैरान है—इतने बेसुध हो गये वे—? स्वयं पर क्रोध भी आया—यदि तुर्क सिपाही आ गये होते तो? सोते हुए ही उन पर हमला हो गया होता तो?

''इतने गीदड़ कहाँ से आ गये?'' गुरबख्शा एकदम बौखला गया है।

''खुद तो कह रहा था, गीदड़ दस कोस से मांस की गन्ध सूँघ लेता है।'' ऊदा याद दिलाता है।

''अगर ऊदा एक पल के लिए भी देर कर देता तो गीदड़ गुरु जी के शीश की बेअदबी कर देते।'' जैता अभी भी भयभीत है।

''सारी मेहनत व्यर्थ हो जाती।''

''गीदड़ अधिक दूर नहीं गये होंगे। दुबारा आयेंगे।'' ऊदा गीदड़ों के स्वभाव से परिचित प्रतीत होता है।

पेड़ के भारी तने से गुरु जी का शीश उठा कर जैता अपने पास सँभाल लेता है। फिर तने से टेक लगाकर बैठ जाता है।

आँखें फिर से मुँदने लगती हैं। हैरान है खुद पर—यह क्या हो रहा है उसे? खुद को झिड़कता है। लानत देता है। नींद को भगाने के लिए शीश को भाई गुरबख्शा को सँभालकर वन-कुंज में ही इधर-उधर चक्कर लगाने लगता है।

''यहीं रुक जायें बाकी दिन के वक्त भी।'' गुरबख्शा सुझाव देता है।

''इतना आराम करेंगे तो रास्ता कैसे खत्म होगा?'' कहते हुए जैता बर्छा लेकर झाड़ियों में चल देता है।

''अगर हम रात को ही चला करें तो?'' ऊदा गुरबख्शा से पूछता है।

''रास्ते की पूरी जानकारी नहीं है हमें। अँधेरे में तो कहीं से कहीं निकल जायेंगे। अगर किसी पहरेदार को शक हो गया तो लेने के देने पड़ जायेंगे।''

गुरबख्शा भाई का भय दुरुस्त है। क्या मालूम, कब क्या घट जाये? सोचते हुए ऊदा घास चरते घोड़ों को देखने चल देता है।

तभी जैता निकट आये ऊदा को अपने पीछे आने का इशारा करता है।

दोनों वन-कुंज में आगे-पीछे चलने लगते हैं। एक स्थान पर जाकर वे रुक जाते हैं।

"देखो उधर।" जैता फूलों से लदी झाड़ियों की ओर इशारा करते हुए कहता है।

"अरे वाह! इतने फूल–?" जंगली फूलों की बहार देखकर ऊदा खिल उठता है।

"आ जा फूल तोड़ते हैं।" जैता कहता है।

"क्या करेंगे?"

"यह न पूछो भाई ऊदा। मेरे मन की इच्छा है, फूल तोड़ने की।"

भाई ऊदा के कुछ और पूछने से पहले ही जैता तेज़ी से फूल तोड़ने लगता है। ऊदा कुछ क्षण जैता की ओर देखता है, फिर उसका साथ देने लगता है।

इतने रंग-बिरंगे फूल? लाल, बैंगनी, सफेद, गुलाबी, नीला–ओह कितने रंगों के फूल हैं।" ऊदा फूल तोड़ते हुए प्रशंसा भी करता जाता है।

"इन फूलों को क्या कहते होंगे?" ऊदा पूछता है।

"मुझे मालूम नहीं।" जैता स्वाभाविकता से जवाब देता है।

"मैं भी नहीं जानता।" ऊदा भी कहता है।

"फिर भी हम फूल तोड़ेंगे।"

दोनों की झोलियाँ भर जाती हैं।

कमर से बँधा कमरकसा, जैता नीचे बिछा कर इकट्ठे किये हुए फूल उसमें भर देता है।

फिर से वे फूल तोड़ने लगते हैं।

कुछ समय के पश्चात् फूलों की ढेरी देखकर, ऊदा फिर से पूछता है, "इतने फूलों का क्या करेंगे जैता?"

"वक्त आने पर बताऊँगा। आओ–चलें।"

दोनों को फूलों की ढेरियाँ उठा कर आते देख, गुरबख्शा भी हैरान हो जाता है।

"यह क्या ले आये? मैं तो समझ रहा था, तुम गीदड़ों को दूर भगाने के लिए गये हो।"

"समझ लो, हम गीदड़ों का ही बन्दोबस्त करके आये हैं।" कहते हुए ज़ैता फूल एक ओर रखने लगता है। फिर एक स्थान साफ करने लगता है।

दोनों हैरानी से जैता की ओर देखने लगते हैं। स्थान साफ कर जैता उठ खड़ा हुआ, एकदम सावधानी से गुरु जी का शीश गुरबख्शा से लेकर उसने साफ स्थान पर रखा। हाथ जोड़कर सिर झुकाया और चादर की गाँठें खोलने लगता है।

भाई ऊदा और गुरबख्शा जड़ हुए एक-दूसरे की ओर देखने लगते हैं। आँखों में सवाल तैर रहे हैं। जैता क्या करना चाहता है?

चादर खोलकर गुरु जी का शीश ऊदा को सँभाल कर, वह साफ स्थान पर चादर बिछाता है। उसकी तह लगा कर खून के धब्बों को अन्दर की ओर कर देता है। फिर चादर पर फूलों की ढेरी लगा देता है। भाई ऊदा से गुरु जी का शीश पकड़ कर फूलों पर रख देता है। फिर बाकी के सारे फूल, शीश के ऊपर ही धीरे-धीरे रख देता है।

अब गुरु जी का शीश फूलों से ढक जाता है। नीचे भी फूल हैं। ऊपर भी फूल हैं। अब शीश नज़र नहीं आ रहा, सिर्फ़ फूलों की ढेरी नज़र आती है। जैता पूरे सलीके से, चादर के चारों कोनों को आपस में बाँध देता है। एक बार फिर से सिर नवा कर प्रणाम कर जैता खड़ा हो जाता है। अपने साथियों की ओर देखता है। फिर तसल्ली से साँस खींचता है।

जैता का मन्तव्य अब उनकी समझ में आ गया है। वे जैता के इस कारनामे की प्रशंसा अपने चेहरों के भावों से प्रकट करते हैं।

''अब हम चौकन्ने रह कर दिन के समय भी सफर कर सकते हैं। गुरु जी की कृपा से आनन्दपुर सही-सलामत पहुँच जायेंगे।'' जैता पंजाब की ओर देखते हुए इस प्रकार कहता है, जैसे आनन्दपुर सामने ही नज़र आ रहा हो।

तीनों फूलों की गठरी के आस-पास बैठ कर अगले सफर की योजना बनाने लगते हैं।

घोड़े भी चरने के पश्चात् प्रसन्न दीख रहे हैं। अब वे मस्ती से भरे नज़र आ रहे है। ऊदा ने उन्हें नदी से पानी भी पिला दिया है। तीनों ने भी बारी-बारी से खूब पानी पी लिया है।

''इस प्रकार पानी पी-पीकर तो तुम्हारा पेट फूल जायेगा, जैता।'' गुरबख्शा उसे इस प्रकार पानी पीने से मना करता है।

''कोई जंगली आड़ू या अमरूद ही ढूँढ़ कर ले आयें।'' ऊदा सलाह देता है।

भूख सभी को लगी हुई है। लेकिन कोई भी एक-दूसरे को कहता नहीं। सहसा जैता को कुछ याद आता है। वह तेज़ी से उठता है। घोड़े की काठी से बँधी पोटली खोल कर ले आता है।

''मुझे तो ध्यान ही नहीं रहा, देवाराम ने चलते समय बादामों का प्रसाद दिया था रास्ते के लिए।'' कहते हुए वह पोटली खोलकर तीनों के मध्य रख देता है।

भूख होने के कारण उन्हें भुने चने भी बादामों से भी अधिक स्वादिष्ट लगते हैं। मन ही मन तीनों भाई देवाराम का धन्यवाद करते हैं। चबेना चबाने के बाद वे फिर बारी-बारी से पानी पीने जाते हैं।

अब सघन वृक्षों से छन कर आती सूरज की रोशनी मद्धम होने लगी है। सर्दी बढ़ने लगी है।

अचानक जैता खड़ा हुआ, ''अब हमें चलना चाहिए। सूरज ढलने से पहले ही हमें नदी पार चले जाना होगा।''

तीनों ने चलने की पूरी तैयारी की।

''अब तो घोड़े भी भरपेट खाये लग रहे हैं।'' गुरबख्शा नीचे गिरे चबेना का एक दाना उठा कर मुँह में डालता है।

''मगर तुम तो अभी भी भूखे लग रहे हो।'' ऊदा छेड़ता है।

सभी तैयार हैं। जैता जब घोड़े पर बैठता है तो ऊदा फूलों की गठरी सँभाल कर जैता को थमा देता है।

''गुरु नानक स्वयं ही कृपा करना।'' कह कर तीनों वन-कुंज से बाहर निकल कर नदी की ओर बढ़ते हैं।

पानी गहरा नहीं है। कहीं-कहीं ही घोड़ों के खुर भीगते हैं। एकदम बीच में पहुँचने से ही बहाव का पता लगता है। पार जाकर जैता पीछे पलट कर देखता है। नदी शान्त दिखाई देती है।

इस किनारे आदमियों और पशुओं के पदचिह्न आम ही दिखाई देते हैं। राहगीर अपना माल-असबाब लेकर इधर से आते-जाते नज़र आते हैं। आगे वन-कुंज इतना सघन नहीं है। गाँव के ऊँचे-ऊँचे मकान दिखने लगते हैं। जैता इन गाँवों को जानता है—नया गाँव जैनपुर। और भी गाँव हैं।

मुख्य सड़क से थोड़ा हट कर ही आगे बढ़ना होगा। गाँव में बसते घरों से निकलता दिखाई देता धुआँ आसमान की ओर उठ रहा है।

गुरबख्शा हसरत से बसी आबादी की ओर देखता है। कितने ही वर्ष गुज़र गये हैं। वह बस इसी प्रकार ही घूमता फिर रहा है, गुरु की सेवा में। कभी उसका भी घर-बार था। माँ-बाप थे। अब तो सब भूल ही चुका है।

तीनों घुड़सवार चले जा रहे हैं। जैसे-जैसे सूरज नीचे उतरने लगा, वैसे-ही घिरती रात भी बढ़ती ठिठुरन की कल्पना से वे तीनों भयभीत होने लगे। रात कहाँ...काटेंगे—कहाँ खतरा नहीं होगा...? तीनों चिन्तित हैं।

"अगर हम कैंथ माजरी पहुँच जायें तो पीर की दरगाह पर रात को ठिकाना कर सकते हैं। वह गुरु का श्रद्धालु है। खतरा भी कम होगा। ठिठुरन से भी बच जायेंगे।" जैता की बात सुन कर किसी ने भी सहमति न दी। जैता जैसे घोड़े से बातें कर रहा हो।

सूरज डूब गया है। मगर अँधेरा अभी नहीं हुआ था। वे तीनों सोच रहे हैं, अगर कहीं ढंग का ठिकाना हो जाये तो अगला रास्ता आसानी से गुज़र जायेगा, मगर ढंग का ठिकाना मिलेगा कहाँ? तीनों के चेहरे एक-दूसरे से यही पूछते प्रतीत हो रहे थे।

पीर की दरगाह अभी बहुत दूर है। टाँगरी नदी पार करनी है। अभी हालात काबू में नहीं हैं। दिल्ली में तूफ़ान आया होगा? भाई आज्ञाराम और भाई ननूआं का मालूम नहीं क्या हाल हुआ होगा? यदि कोतवाल के ऊपर शक हो गया होगा—फिर? काज़ी खैर अकेला नहीं है। क्या मालूम उसने नगर-नगर ढिंढोरा पिटवा दिया हो।

गहरी सोच में डूबे तीनों, टाँगरी नदी के किनारे आ पहुँचते हैं।

अत्यन्त रमणीय स्थान है। सघन वृक्ष। जंगली झाड़ियाँ। झाड़ियों में टिमटिमाते जुगनूँ।

"यहाँ कुछ देर के लिए रुकते हैं। जल भी पियेंगे।" कहकर जैता घोड़ों से उतर गया। एक वृक्ष के भारी तने से गुरु जी के शीश वाली फूलों की गठरी* तने के पास रख देता है।

ऊदा और गुरबख्शा अभी घोड़ों से उतरे नहीं हैं। अचानक कुछ घुड़सवार उन्हें आ घेरते हैं।

तीनों आदमी भीतर से काँप उठते हैं। सामने सशस्त्रधारी मुग़ल सिपाही खड़े हैं।

तीनों का इस्लामी भेष देखकर, सिपाहियों के सख्त चेहरे कुछ नर्म दिखाई देते हैं। उनमें से एक पूछता है।, "क्या कर रहे हो यहाँ?"

"मुसाफिर हैं। आराम करना चाहते हैं?" जैता जवाब देता है।

"कहाँ से आ रहे हो?"

"दख्न से।" जैता तेज़ी से कहता है।

"जाना कहाँ है?"

"पीर की दरगाह पर सजदा करने जा रहे हैं?"

---

* आजकल इस स्थान पर 'गुरुद्वारा सतिसंग साहिब' सुशोभित है।

"उसमें क्या है?" एक सिपाही वृक्ष के तने के पास पड़ी गठरी की ओर बर्छे से इशारा करता है।

"फूल हैं।" जैता उसी सहजता से कहता है।

"फूल बेचने वाले हो—?"

"नहीं, नहीं, दरगाह पर फूलों की चादर चढ़ायेंगे।"

"खोल कर दिखाओ ज़रा।" सिपाहियों का मुखिया रौब से कहता है।

जैता उस गठरी की ओर बढ़ता है। एक किनारे से फूलों को मुट्ठी में भरता है—"ये देखिए।"

"जल्दी चले जाओ यहाँ से। तीन काफ़िर घूम रहे हैं। बादशाह का फरमान है। उन्हें ज़िन्दा या मुर्दा हुकूमत के हवाले किया जाये। अगर तुम लोगों को वे कहीं नज़र आ जायें, तुरन्त अम्बाला के हाकिम को ख़बर कर देना।"

"जो हुक्म सरकार।" तीनों हाथ जोड़ते हैं।

घुड़सवार दूसरी ओर निकल गये।

"जैता, आज तुम्हारी समझदारी ने करामात दिखा दी।" गुरबख्शा उसे बाँहों में भर कर कहता है।

तीनों फिर चल देते हैं। कुछ देर के बाद टाँगरी नदी पार कर जगाधरी दरवाज़े की तरफ़ से अम्बाला शहर में प्रवेश करते हैं।

अब अँधेरा हो चुका है।

एक-दो जगह हवेली के बुर्जों पर जलती हुई मशालें नज़र आती हैं।

तीनों सवार रास्ते से कन्नी काट जाते हैं।

थोड़ी देर के बाद गाँव कैंथ माजरी के साँई फकीर तुअल्लक शाह नक्शबन्दी* के सामने जाकर तीनों सवार सिर झुकाते हैं।

अब कोई खतरा नहीं है। जैता मन ही मन गुरु का धन्यवाद करता है। दरगाह के निकट दरख्तों के साथ घोड़े बाँधकर, वे फिर से साँई जी के नज़दीक आ बैठते हैं।

"यहाँ खाने-पीने के लिए कुछ नहीं मिलेगा, गुरु के सेवकों।" तीनों के थके-हारे और भूखे चेहरे देखकर, पीर फ़िक्र से कहता है।

"भूख की तो अब आदत हो गयी है साँई जी। भूख से अधिक तो आपकी

---

* यह साँई फकीर पीर बाबा गैया शाह के तकिये का मुरीद है। हिन्दू-मुसलमान दोनों धर्मों के लोग इसके श्रद्धालु हैं। गुरु तेग़बहादुर के प्रति इस साँई को श्रद्धा थी। आने-जाने वाले सिख सेवकों की सेवा करता था। वक्त-बेवक्त सेवक यहाँ ठहरते थे।

हुकूमत के सिपाहियों की चिन्ता अधिक है। कुछ घड़ी सुस्ता लें, फिर आगे चल देंगे।'' जैता धूनी के पास सरक आता है।

''भूख बुरी बला है सेवकों। यह तो मौत से भी बुरी है। मौत एक बार आती है। भूख बार-बार आती है। मेरा एक मुरीद रामदेव यहाँ है। उसके घर चले जाओ। वह आपके खाने-पीने और रैन-बसेरे का बन्दोबस्त करेगा। वह गुरु जी का भी सेवक है।''

फूलों की गठरी सँभाल कर उठाते हुए फिर से तीनों साँई के आगे सिर झुकाते हैं और पीर के द्वारा बतायी जगह पर रामदेव के घर की ओर चल देते हैं।

गुरु की शहादत की ख़बर रामदेव के पास पहले ही पहुँच चुकी है। मन में दहशत है। दुःखी भी है। आस-पास हिलते पत्तों से भी डर लगता है। क्या मालूम गुरु का सेवक जान कर मुझे कोंच दे।''

जब मुसलमानों के भेष में तीनों लोग रामदेव के घर के सामने जा खड़े हुए तो उसकी साँस ही रुक गयी।

''घबराइए नहीं। हम गुरु के सेवक हैं। मैं जैता, यह गुरबख्शा और ऊदा है। गुरु जी भी हमारे साथ हैं।'' जैता जानकारी देता है। फूलों की गठरी की ओर देखता है। ''पीर की दरगाह से आये हैं।'' फिर आगे बताता है।

''मेरे अहोभाग्य। अन्दर आ जाओ।'' रामदेव हाथ जोड़ता है।

''यहाँ आकर हम ने कहीं आपको खतरे में तो नहीं डाल दिया?'' जैता पूछता है।

''यह घर, यह स्थान, यह शरीर, सब गुरु जी को अर्पित है। आपको इस भेष में देखकर थोड़ा डर गया था। मन दुःखी है। शाही फरमान पर गुस्सा भी आता है, मगर बेबसी है। आप सभी बेखौफ़ आराम फरमाइये। मैं गुरु जी के शीश की हिफाज़त अपनी जान देकर करूँगा।''

तीनों घर के चारों ओर निगाह दौड़ाते हैं। अन्दर कच्ची दीवारों के दो कमरे हैं। बाहर एक घेरा है। आँगन सूना है। जैता इनकार में सिर हिलाता है। बाकी दोनों समझ जाते हैं—यह स्थान सुरक्षित नहीं है।

उधर रामदेव तेज़ी से एक कोने में झाड़ू लगाकर पानी की छींटे मार रहा है। जगह पवित्र कर रहा है। उसकी श्रद्धा और सत्कार देखकर तीनों कुछ देर रुकने के लिए तैयार हो जाते हैं।

जैता के इशारा करने पर, ऊदा घोड़े एक ओर बाँध देता है।

रामदेव पूरी श्रद्धा से गुरु जी के शीश वाली गठरी जैता से सँभाल कर साफ किये स्थान पर रख देता है। निकट एक दीया जलाकर रख देता है।*

''स्नान करने की इच्छा है तो पानी गर्म कर दूँ?'' कुछ देर के बाद रामदेव आकर पूछता है।

''नहीं रामदेव भाई, स्नान करने का समय नहीं है अब।'' जैता कहता है।

''थके शरीर में फिर से जान आ जायेगी।''

''समझते हैं। जो भी खाने-पीने के लिए हो, ले आओ। बस यही काफी है। कुछ देर तक आराम करेंगे। फिर चलेंगे।''

रामदेव भीतर जाकर खाना लाने में अपनी घरवाली की मदद करने लगा।

पता नहीं कब तक वे तीनों गहरी नींद में सोते रहे।

थके हुए थे। भोजन करने के तुरन्त बाद ही उन्हें नींद ने जकड़ लिया।

अचानक जैता की नींद खुल जाती है। रामदेव गुरु जी के शीश के सामने ही सिर झुकाये बैठा है। पास में दीया जल रहा है। जैता आसमान की ओर देखकर तारों की गणना से समय का अनुमान लगाता है। फिर उठकर रामदेव के पास आ खड़ा होता है।

''नींद नहीं आ रही है?'' रामदेव धीरे से पूछता है।

''हमें चलना होगा रामदेव।''

''कुछ देर और आराम कर लेते।'' रामदेव ने नम्रता से कहा है।

''अब यहाँ से आगे मुझे अकेले ही जाना है। ऊदा और गुरबख्शा यहीं से दिल्ली जायेंगे। आगे के इलाके में मैं कई बार जा चुका हूँ। अब खतरा भी कम है। बच-बचाकर निकल जाऊँगा।''

''नहीं जैता? खतरा तो आनन्दपुर तक बना ही रहेगा। आगे मुसलमानों की बहुत आबादी वाले गाँव हैं। वहाँ से बच कर निकलना होगा। बनूड़ के बगल से नहीं गुज़रेंगे भाई, उस गाँव में मुसलमानों की घनी आबादी है।''

बातों की आवाज़ सुनकर ऊदा और गुरबख्शा भी उठ बैठते हैं।

''चलने की तैयारी करें?'' निकट आकर गुरबख्शा पूछता है।

---

* दन्त कथा है कि जैता इत्यादि के चले जाने के पश्चात् रामदेव ने उस पवित्र स्थान पर एक चबूतरा बनवाया और सारी उम्र उसकी पूजा-अर्चना करता रहा। अब उस स्थान पर गुरुद्वारा शीशगंज कैंथ माजरी है। गुरुद्वारे की बुनियाद की खुदाई के समय यहाँ से एक नारियल और पुराने सिक्के भी प्राप्त हुए हैं, जो गुरुद्वारा साहिब में सँभाल कर रखे हुए हैं।

“आप दोनों यहाँ से दिल्ली लौट जाओ।”

“आगे तो और भी खतरा है जैता। चारों ओर जंगल ही जंगल है।”

“नहीं भाई गुरबख्शा। ताया जी की यही इच्छा थी, अम्बाला तक साथ रहना है। जैता को दिल्ली की चिन्ता सता रही है। वह हर समय उनके बारे में सोचता रहता है—क्या होगा उनका वहाँ? क्या मालूम, पिता जी का सिर दिल्ली के किसी चौराहे पर लटका दिया गया होगा...।”

“घग्गर नदी तक तो अवश्य साथ रहो भाई। नदी पार करवा कर लौट जाना। मेरी तो इच्छा है, आनन्दपुर तक साथ रहो।”

“नहीं रामदेव, दिल्ली लौटना भी ज़रूरी है। वहाँ के सेवकों की क्या हालत होगी, यह भी देखना है।”

“आज्ञा हो तो मैं साथ चलूँ? आनन्दपुर से लौट आऊँगा।” रामदेव हाथ जोड़ कर निवेदन करता है।

“नहीं रामदेव, तुम्हारा इतना ही अहसान काफी है। अब जिस्म आगे के सफर के लिए तैयार है। अब विदा दो। हम अपनी अगली यात्रा आरम्भ करें।”

जैता आगे के सारे मार्ग को अच्छी तरह से जानता है, फिर भी रामदेव से सारी जानकारी ले, तीनों सवार देवी नगर की ओर चल देते हैं। इसके आगे आयेगी घग्गर नदी।

“जैता, हमें बेहद चौकन्ना रहना पड़ेगा।” आस-पास के मुश्किल रास्ते की ओर निगाह मारते हुए ऊदा चिन्तित स्वर में कहता है।

“चौकन्ना तो रहना ही पड़ेगा।” जैता के स्वर में लापरवाही है।

“हम तो सोच रहे हैं, अन्त तक तुम्हारे साथ चलें।” गुरबख्शा कहता है।

“आगे अब पहले जैसा खतरा नहीं है। जाना-पहचाना रास्ता है। ठिकाने हैं। दरगाही शाह पीर, गुरु जी का श्रद्धालु है। वहाँ जाकर ठहरूँगा। इस प्रकार ही निकलता जाऊँगा। मुश्किल रास्ता तो हम पार कर आये हैं। अब इतनी चिन्ता न करो। मैं पहुँच ही जाऊँगा। दिल्ली के सिख सेवकों की चिन्ता करो। तुम लोगों की वहाँ बहुत आवश्यकता है।” जैता समझाता है।

“जैसी तुम्हारी मर्ज़ी।” दोनों इकट्ठे कहते हैं।

घग्गर नदी के किनारे पहुँचकर, तीनों घुड़सवार घोड़ों से उतरकर एक-दूसरे से गले मिलते हैं।

“अच्छा। परमात्मा रक्षा करेगा। गुरु नानक अंग-संग रहे। ‘रब्ब राखा’ गुरु ने चाहा तो फिर मिलेंगे।” कहते हुए जैता घोड़े पर जा चढ़ता है।

“तुम नदी पार कर लो जैता। जब किनारे पहुँच कर बर्छा लहराओगे

तो हम दिल्ली की ओर मुड़ जायेंगे।'' दोनों एक बार गुरु जी के शीश के आगे सिर नवाते हैं।

जैता का घोड़ा घग्गर नदी की ओर बढ़ता है।

आगे बेहद घना जंगल है। काँटेदार झाड़ियों के कारण घोड़ा ठीक ढंग से आगे नहीं बढ़ रहा। जैता सोचता है, क्यों न मुख्य सड़क से चला जाऊँ? अकेला होने के कारण कोई शक भी नहीं करेगा। घोड़ा कहीं छोड़ना पड़ेगा। पैदल जाते हुए कोई पूछेगा तो कह दूँगा, यात्री हूँ। हिफाज़त के लिए हथियार है। अगर घोड़े पर चढ़ कर जाऊँगा तो पकड़ा जा सकता हूँ। ऐसी सोचों में उलझा वह राजगढ़, बसमां, बनूड़ गाँवों से काफी दूरी से जा रहा है। एक जगह पर पानी देखकर घोड़ा ज़ोर से हिनहिनाया। —क्या मालूम इसे प्यास लगी हो। जानवर बोल नहीं सकता। इतनी ठण्ड में भी इसे पानी चाहिए। घोड़े से उतर जाता है। लगातार घोड़े पर बैठने के कारण उसकी पीठ अकड़ गयी है। घुटनों के नीचे गिट्टे और पैर सुन्न हो गये हैं। इस प्रकार महसूस करता है, जैसे सैकड़ों चींटियाँ टाँगों पर चढ़ आयी हों।

निकट से कुछ आवाज़ें सुनाई देती हैं। वह चौकन्ना हो जाता है। वृक्षों से झाँकता है। मुख्य मार्ग से घुड़सवारों का एक टोला गुज़र रहा है। मुग़ल हुकूमत के सिपाही हैं। तेज़ी से वह घने वृक्षों की ओट में चला जाता है। फिर से सोचता है—इधर घोड़ा होने से मुसीबत बढ़ सकती है।

''यहीं नज़दीक ही दरगाही शाही पीर का मज़ार है। वहाँ पहुँच जाऊँ तो ठीक रहेगा।'' सोचते हुए घोड़े की लगाम पकड़कर पैदल ही चलने लगता है।

सघन जंगल में, एक कुटियानुमा जगह में दरगाही शाही फ़कीर* का डेरा है। भाई जैता पीर को जानता है। सिख गुरुओं में पीर के प्रति श्रद्धा है। पीर के लिए सभी धर्म एक समान हैं। हुकूमत के ज़ुल्मों की निन्दा करता है। वह फ़कीर स्वभाव का है।

दरगाह पर पहुँचकर जैता वृद्ध पीर को सिजदा करता है।

''आनन्दपुर से आये हो या वहाँ जा रहे हो सिखों?'' दरगाही पीर शाह जैता को कुछ-कुछ पहचानते हुए स्नेह से पूछता है।

''दिल्ली से आ रहा हूँ पीर जी।''

---

* अब इस स्थान पर गुरुद्वारा नाभा साहिब पातशाही नौवीं, सुशोभित है। बगल में ही साँई दरगाही शाह की मज़ार है। यह स्थान चण्डीगढ़ से राजपुरा की पक्की सड़क पर स्थित है। पहले यहाँ कोई गाँव नहीं था। बाद में यहाँ नाभा नाम का गाँव बसा। इसी नाम पर गुरुद्वारा भी प्रसिद्ध हो गया। यह स्थान बनूड़ से 12 किलोमीटर और चण्डीगढ़ से 15 किलोमीटर दूर है। (स्वै. सखे अनुसार)

"गुरु के पास से आ रहे हो? मालूम हुआ है, बादशाह बहुत जुल्म कर रहा है दिल्ली में?"

"ठीक सुना है आपने पीर जी। भारी जुल्म हो रहे हैं...।"

फिर जैता ने धीरे-धीरे सारी घटनाएँ पीर बाबा को बतायीं। सारी घटनाएँ सुनते हुए दरगाही बाबा बीच-बीच में कई बार हाथ ऊपर उठा कर 'अल्लाह अल्लाह' पुकारता और आँसू बहाता है।

"बहुत घोर पाप किया है, हुकूमत ने। सुल्तान नहीं जानता उसने कितना अनर्थ किया है। उसने एक नहीं अनेक दरवेशों की हत्या की है। हिन्द से अब इस हुकूमत का राज खत्म होने लगेगा।" वृद्ध पीर दोनों हाथ आसमान की ओर उठा कर कहता है।

"खुदा! इस नेक बन्दे की हिफाज़त करे। हिन्द के पीर को अपनी दरगाह में जगह दे—आमीन।"

फिर वह जैता को समझाता है, "सिखा, इस समय आगे सफर करने का समय नहीं है। जंगली जानवर बहुत हैं। इस जंगल में शेर, चीता और बाघ काफी हैं। कभी भी आ झपटते हैं। तुम कितनी मुसीबतें झेल कर यहाँ तक पहुँचे हो। तुम्हारे पैर भी ज़ख्मी हैं।"

"पैरों के ज़ख्म तो आनन्दपुर जाकर ही देखेंगे पीर जी।" जैता दृढ़ता से कहता है।

"मैं एक लेप देता हूँ। अपने ज़ख्मों पर लगा लो। आराम मिलेगा। यहीं पर सो जाओ तुम। तुम्हारे लिए सोना बहुत ज़रूरी है। मैं जाग रहा हूँ, तुम बेफ़िक्र होकर सो जाओ। फज़र के समय सफ़र आरम्भ करना उचित रहेगा। तब तक जानवर भी टिके रहते हैं।" पीर की निगाह जैता की गोद में रखी फूलों की गठरी पर है। वह टकटकी लगाकर उसे देखता रहता है।

"सुल्तान ने अच्छा नहीं किया। पीरों, फ़कीरों और दरवेशों पर इतना जुल्म? बर्बाद हो जायेगी यह सल्तनत। नहीं रहेगी।" मन से फिर बद्दुआ निकलती है।

बाहर से गीदड़ों के रोने की आवाज़ लगातार आ रही है। एक बार शेर की गर्जना भी सुनाई देती है। वृक्ष और झाड़ियों में सोये पक्षी फड़फड़ा उठते हैं। फिर एकदम से सन्नाटा पसर जाता है।

"या खुदा, रहम कर।" पीर होठों में बुदबुदाता है।

गीदड़ों के रोने की आवाज़ रुक-रुक कर जारी रहती है।

दरगाही पीर उठ कर झोंपड़ी का किवाड़ देखता है। उसे अच्छी तरह से बन्द करता है। दूर कहीं एक कुत्ता भौंकता है, फिर कई कुत्ते मिलकर भौंकने

लगते हैं। शायद बादल भी गरजता है। कैसी कहर-भरी रात है...अल्लाह। पीर बाँहें उठा कर पुकारता है, ''रहम—रहम—रहम।''

चिराग़ की मद्धम लौ में सोये हुए जैता की ओर देखता है। उसके सूजे हुए और ज़ख्मी पैरों की ओर देखता है। सोचता है—''कितना जोखिम उठाकर यह नौजवान आया है...।' वाह सिखी—वाह सेवकी।''

जंगल से गीदड़ों के रोने की आवाज़ अभी भी रुक-रुक कर आ रही है। बाहर बूँदों के गिरने की आवाज़ सुनाई देती है। पीर फिर दुआ माँगता है। ''अल्लाह। मेहर कर। इस खुदा के बन्दे को खैरियत से आनन्दपुर पहुँचा दे अल्लाह, फिर जितनी इच्छा हो बरस लेना।''

तड़के के पहर जैता की नींद टूट गयी। अँगड़ाई ले शरीर को स्थिर करता है। उसे पहले से कुछ आराम महसूस होता है। पीर जी की ओर देख कर हैरान होता है—वह जाग रहे हैं।

''अब ठीक लग रहा है बरखुरदार?''

''हाँ पीर जी।'' जैता हाथ जोड़कर सिजदा करता है। फिर हिम्मत कर उठ बैठता है। कोठरी से बाहर निकल जंगल जाता है। नित्य-क्रिया से फ़ारिग होकर, मुँह-हाथ धोकर, फिर से पीर जी के चरणों में आ बैठता है।

''पीर बाबा, अब मुझे चलना चाहिए। अभी बहुत लम्बा रास्ता बाकी है।''

''ठीक कह रहे हो बरखुरदार। लम्बा रास्ता है, जो तुम्हारे जाने से ही दूर होगा। आगे अब घोड़ा मत लेकर जाना। घुड़सवारों से खूब पूछताछ की जाती है। शाही हरकारे तुम से पहले पहुँच गये लगते हैं। इसलिए, इसी भेष में निकल जाओ। कच्चे रास्ते से निकलना, पगडंडी से जाना। भूल कर भी सड़क के रास्ते से मत जाना। अब तुम अकेले हो। किसी से उलझना नहीं। जहाँ ज़ोर न चले, वहाँ दुश्मन को अपनी चाल से मात देनी चाहिए। बहादुरी लड़ कर मर जाने में नहीं, बहादुरी अपने मकसद को प्राप्त करने के लिए जीवित रहने में है। तुम्हारा मकसद अपने गुरु के शीश को, सही-सलामत गुरु गोबिन्द राय को भेंट करना है। यह सफर सफल रहेगा बरखुरदार। बस तुम हिफाज़त से सही-सलामत पहुँच जाना। जाओ पुत्र, जा कर गुरु से कहना, पीर इस वृद्धा अवस्था में उनके दर्शन करने के लिए नहीं आ सकता। कभी यहाँ से गुज़रे तो आकर मुझे दर्शन दे दें।* जाओ, खुदा तुम्हारी हिफाज़त करेगा। यह ध्यान रखना कि खुदा उसकी

* सन् 1689 में, गुरु गोबिन्द सिंह, भंगाणी के युद्ध जीतने के बाद, दरगाही शाह की दरगाह पर आये थे। पीर की इच्छानुसार उसे दर्शन दिये। यहाँ पहले कच्चा चबूतरा था। अब यह स्थान गुरुद्वारा नाभा साहिब है। बगल में ही पीर दरगाही शाह की मज़ार है।

हिफाज़त करता है जो अपनी हिफाज़त स्वयं करना जानता है। लो—यह कम्बली ले लो। ठिठुरन से बचाव हो जायेगा। खुदा हाफिज़ बरखुरदार।" पीर बाँहें उठा मुँह में दुआ करने लगता है।

जैता घोड़े की काठी से बाँधा ज़रूरी सामान खोल कर, घोड़ा पीर के हवाले कर देता है। पीर के पाँव छूता है। फिर फूलों वाली गठरी हाथों में थाम, पैदल ही आनन्दपुर के रास्ते पर बढ़ने लगता है।

चारों ओर सघन जंगल है। माघ महीने की ठण्डी सुबह में वृक्षों से निकलती हवा तेज़ आवाज़ से गुज़र रही है। आसमान काले बादलों से भरा हुआ है। रह-रहकर बिजली चमक रही है। कभी-कभी अचानक बादलों की इतनी भयानक गर्जना होती है, जैसे सैकड़ों हाथी एक साथ चिंघाड़ रहे हों।

जैता सरपट भागता जा रहा है। मन ही मन घबरा भी रहा है। इतना भयानक मौसम। यदि मेह बसरने लगा—कहाँ सिर छुपाऊँगा? गुरु जी के शीश को कैसे सँभालूँगा? अगर ऐसे में कहीं से मुग़ल सिपाही आ जायें...? कैसे सामना करूँगा उनका? घोड़े पर सवार हो तो बात अलग थी। अब तो हाथ भी खाली नहीं हैं। गुरु जी के शीश की मैं हिफाज़त करूँगा या मुकाबला करूँगा। घोड़ा छोड़ कर कहीं गलती तो नहीं कर बैठा? अभी तो सफ़र बहुत बाकी है। कैसे पहुँच पाऊँगा आनन्दपुर, पाँव तो अभी से दर्द करने लगे हैं। फिर अपने साथियों का ध्यान आता है। गुरबख्शा, ऊदा—अगर ये दोनों मेरे साथ न होते तो इतना लम्बा सफर कैसे तय कर सकता था? पता नहीं, वे अब कहाँ तक पहुँचे होंगे? दिल्ली के आस-पास तो पहुँच गये होंगे। किसी संकट में न घिर गये हों। यदि ताया जी और अन्य सभी धर्मशाला में रहने वालों को क़त्ल कर दिया गया हो तो...। भाई गुरदित्ता भी वहीं पर है। वह तो भाई दयाला जी और मतिदास का सदमा भी बर्दाश्त नहीं कर पाये होंगे। अगर मैंने भी हिम्मत हार दी तो...।

अचानक बादलों की गड़गड़ाहट से जैता चौंक जाता है। —मालूम नहीं, कितना वक्त गुज़र चुका है। सूरज भी दिखाई नहीं दे रहा। यह भी जानकारी नहीं कि कितने गाँव लाँघ आया हूँ। हैरान हो रहा है। इस तरफ के बहुत सारे गाँवों को तो वह जानता है—दयालपुर, कंडाला, बुड़ैल...। कहाँ गये ये सभी गाँव? क्या मालूम शायद आगे हों। मैं कहीं गलत रास्ते पर तो नहीं जा रहा? कैसे पहुँच पाऊँगा आज कीरतपुर तक? वहाँ तक तो आज पहुँचना ही होगा, चाहे रात ही क्यों न हो जाये। दिल्ली से चले आज चार दिन हो गये हैं।

भाई जैता, कभी तेज़ चलने लगता है, कभी भागने लगता है। मोटे खद्दर के कुरते में टाँगें फड़फड़ा रही हैं। कमरकस्से से बँधी तलवार, कभी झाड़ियों से निकलते हुए उसमें अटक जाती है। जगह-जगह पर ठोकरें लगती हैं। एक बार तो ऐसा लगा मानो जैसे गुरु जी के शीश वाली गठरी हाथों से गिर जायेगी। खुद भी वह मुश्किल से सँभल पाया।

उसका मन कर रहा था, वह ज़ोर-ज़ोर से गुरु जी को पुकारे। मगर बेबस है। ऊँचा बोलने पर खतरा हो सकता है। चुपचाप सफर करने के लिए मज़बूर है। मन में गुरबाणी का सिमरन करता जा रहा है। जब ठोकर लगती है, उसका ध्यान टूट जाता है।

अभी खेतों में, कोई-कोई ही नज़र आ रहा है। एक व्यक्ति की बगल से गुज़रता हुआ जैता पूछता है–

''यह कौन-सा गाँव है, भाई?''

''मांदड़ा है भाई।''

''फतेहपुर मांदड़ा?'' तसल्ली करने के इरादे से जैता पूछता है।

''हाँ, वही है।''

कुछ दूर आगे जाकर जैता एक पीपल के नीचे* कुछ समय के लिए रुकता है। तने से टेक लगाकर बैठ जाता है। गठरी उसने गोद में सँभाल रखी है। फूलों की ओर देखता है। फूलों की चमक पहले जैसी नहीं रही। आँखें बन्द कर लेता है। –चाँदनी चौक का सारा दृश्य आँखों के सामने फिर से साकार हो जाता है।

''जल्लाद गुरु साहिब के सिर पर तलवार ताने खड़ा है। गुरु जी शान्त चित्त वाणी का सिमरन कर रहे हैं।

–जैता को इस प्रकार महसूस हो रहा है, उसकी टाँगों को कोई धीर-धीरे से सहला रहा है। दबा रहा है। अधमुँदी आँखों से देखता है तो यकायक काँप उठता है। एक भारी काला नाग टाँगों से सरक रहा है। जैता साँस लेना भी बन्द कर देता है। यदि इसने डँस दिया तो...? परन्तु नाग अपनी मौज में दूसरे ओर की झाड़ियों में चला जाता है। टाँगों के जिस हिस्से से नाग गुज़र कर गया है, वहाँ अभी भी कुछ सरकता महसूस हो रहा है।

जैता तेज़ी से उठता है। जिधर नाग गया, उस ओर ध्यान से देखता है। फिर अपने ज़ख्मी हुए पैरों की तरफ देखता है। लगता है, आगे चला नहीं जायेगा, लेकिन चलना तो पड़ेगा। आज कीरतपुर पहुँचना ही होगा।

---

* इस स्थान पर गुरुद्वारा सीस मार्ग, पातशाही नौवीं निर्मित किया गया है। यह स्थान चण्डीगढ़ के सेक्टर 34 में है।

हिम्मत करके वह खड़ा हो जाता है मुश्किल से कजहेड़ी* तक पहुँचता है। वह चल नहीं पा रहा। लगता है, गिर पड़ेगा। कुछ देर के लिए फिर रुक जाता है। प्यास लगी है। मगर पानी कहाँ मिलेगा? इतनी ठण्ड में भी मुँह सूखने लगा है। आस-पास कोई कुआँ या तालाब भी दिखाई नहीं देता। अब वह 'राऔ नदी' पर ही जाकर रुकेगा। सोच कर जैता फिर से चलने लगता है।

ज़ख्मों और थकावट से बेपरवाह, वह जैसे-जैसे कीरतपुर की ओर बढ़ रहा है। चेहरे पर उत्साह झलकने लगता है। अब ज्यादा दूर नहीं। घोड़ा पास में होता तो मैं पलक झपकते ही कीरतपुर जा पहुँचता। अगर वह किसी से घोड़ा माँग ले या छीन ले...? तभी उसे ध्यान आता है, पीर दरगाही शाह ने कहा था, 'घोड़ा नहीं लेना'। उनका वचन मानना ही ठीक है। सहजता से कहे गये फ़कीरों के वचन परमात्मा का फरमान होते हैं। क्या मालूम मुझे किसी मुसीबत से बचाने के लिए ही कहे हों।

जैता इस प्रकार कभी चलते, टहलते या भागते हुए राऔ नदी के किनारे जा पहुँचता है।

पानी पीकर वह नदी को पार करता है। आगे बलौंगी और मल्लोमाजरा के मध्य मुग़ल सिपाही घोड़ों पर गश्त करते नज़र आते हैं। अपने बचाव के लिए जैता सघन वृक्षों की ओट में चलने लगता है। फिर वह मोड़ काटकर मुंडी खरड़ जा निकलता है।

शरीर एकदम जवाब दे रहा है। खुद से सवाल पूछता है—'क्या करूँ? कहाँ आराम करूँ? आराम करने का समय कहाँ है?' फिर खुद को आदेश देता है, 'जैता, चलता चल। जितनी देर तक शरीर में खून हरकत करता है, चलता चल। जितनी देर तक साँस चलती है, चलता चल। अब तू अपने घर आ गया है समझ ले। गुरु की अमानत गुरु को सौंप दे। तब तक तुम्हें न भूख देखनी है, न थकावट ही, न मौत ही। बस चलता चल...।'

और वह हिम्मत से चलता गया। पैर मन-मन भार के हो गये हैं। कभी-कभी आँखों के सामने गोल दायरे घूमने लगते हैं। लगता है, अभी चक्कर आयेगा और वो गिर पड़ेगा। किसी वृक्ष के तने का सहारा लेकर पल भर रुकता है, फिर चल देता है।

जानता है, आगे खरड़ आ रहा है। यहाँ मुसलमानों की भारी आबादी है। यदि किसी को रत्ती-भर भी शक हो गया तो मंजिल के आखिरी रास्ते पर सारा

* यहाँ भी नौवीं पातशाही का गुरुद्वारा निर्मित है। यह जगह चण्डीगढ़ के सेक्टर 53 में है।

किया-धरा बेकार हो जायेगा। तीन रात और तीन दिन से चलते हुए तरह-तरह के कष्ट-ज़ुल्म सब कुछ धूल में मिल जायेगा। जैता सोचता-सोचता—खरड़ के आस-पास से गुज़रते हुए जैनती पार करके दाऔ माजरा जा पहुँचता है।

जाने-पहचाने रास्तों से निकलते हुए, जैता पूरे जोश में है। बेशक शरीर साथ नहीं दे रहा है। मन में भय है—अगर रास्ते में कहीं गिर पड़ा तो गुरु जी के शीश को कैसे सँभालेगा? मुग़ल सिपाहियों या हाकिमों के हाथ में आ गया तो...? गुरु जी के शीश को बर्छे की नोक पर टाँग कर दिल्ली ले जायेंगे। नहीं, नहीं...। ऐसा दृश्य देखने से पहले तुर्कों को मेरी जान लेनी पड़ेगी। मैं छक्के छुड़ा दूँगा तुर्कों के। थकावट के बावजूद चेहरा तमतमा जाता है। शरीर को तगड़ा करने के लिए शेर की भाँति दहाड़ता है। कदमों में तेज़ी आ जाती है। खुद को हौसला देता है—जैता—खुद में हिम्मत रखो। इस प्रकार हौसला छोड़ने से कुछ नहीं बनेगा। अब रास्ता ही कितना रह गया है? कुराली आने वाला है, फिर रोपड़। आगे तो गुरु जी का इलाका है। आखिरी ही रास्ता है। ...चलता चल...तेज़ और तेज़... भाग—। और वह भागने लगता है।

हैरान है, यह क्या हो गया है मुझे? गुरु की धरती का प्रताप तो नहीं है? लखनौर, चनालों और कुराली से सारा चक्कर लगाकर सीसवाँ नदी के किनारे जा पहुँचता है।

बर्फ़ जैसे ठण्डे पानी वाली नदी पार करते समय, टाँगें और भी सुन्न हो जाती हैं। ज़ख्मों में जलन होने लगती है। लगता है, जैसे नमक वाले पानी से गुज़र रहा हो। अभी तो यह भी महसूस नहीं हो रहा कि घुटनों से नीचे उसके पैर नहीं रहे या झड़ गये हैं। गिरने लगता है, बैठ जाता है। देखता है, गठरी से दिखते फूल मुरझा गये हैं। रंग भी बदलने लगा है। गर्दन पीछे कर पुकारता है, "गुरु साहिब जी—शक्ति दीजिए।' मेरी मेहनत सफल हो जाये। आपके दर पर पहुँच जाऊँ। आपकी अमानत आपके हवाले कर दूँ। फिर कोई रंज नहीं। मरूँ या जीऊँ। यह तन भी आपका है। यह मन भी आपका है।"

गहरी साँस ले कुछ अच्छा महसूस कर रहा है। दाँत किटकिटाते हुए उठता है और दूर से नज़र आती रोपड़ की मीनारों की सीध में चलने लगता है। एक पाँव अधिक ज़ख्मी होने के कारण लड़खड़ाने लगता है। अब और तेज़ भागा नहीं जा रहा है। फिर भी जितना तेज़ वह चल सकता है, चलता जाता है।

दोपहर ढलने लगी है।

जैसे-जैसे सूरज उतर रहा है, वैसे-वैसे ही जैता का दिल बैठने लगता है। सन्ध्या तक अगर वह कीरतपुर पहुँच जाये। जितनी भी हिम्मत है, चलता ही रहता है। पीछे से कोई महीन-सी आवाज़ सुनाई देती है, जैसे कोई घण्टी बजा रहा हो, पीछे मुड़कर देखता है। सड़क पर से एक ऊँटगाड़ी आ रही है। जैता तेज़ी से रास्ते की ओर बढ़ता है। गाड़ी के नज़दीक आने पर जैता पूछता है :

"साँई, कहाँ जा रहे हो?"

"कोटला निहंग की ओर जा रहा हूँ।"

"वहाँ तक बिठा लोगे भाई। पैर पर गहरी चोट लगी है।"

"जाना कहाँ है भाई?"

"जाना तो रोपड़ की ओर है।" लँगड़ा कर चलते हुए जैता बताता है।

"रोपड़ में...कौन से गाँव में?" ऊँटगाड़ी वाला बातें करने लगता है। मगर जैता के लिए अब एक भी कदम आगे बढ़ाना भारी पड़ रहा है।

"सिरसा नदी के किनारे जाना है।" जैता दाँत भींचते हुए कहता है।

"चलती गाड़ी में बैठ जायेगा कि गाड़ी रोकनी पड़ेगी?" गाड़ीवान पूछता है।

"रोक लोगे तो ज़रा आसानी से बैठ जाऊँगा भाई। पैर पर चोट लगी है।"

ऊँटगाड़ी रुक जाती है।

जैता टाँगें पसारकर, टेक लगाकर बैठ जाता है। गुरु जी का शीश कम्बली में लपेट सँभाल कर रखा हुआ है। आँखें मुँद जाती हैं। शरीर ढीला छोड़ दिया है। पैरों से सेक निकलने लगता है।

ऊँटगाड़ी वाला पीछे मुड़कर इस अजनबी राहगीर की ओर देखता है।

"बहुत दूर से आ रहे हो क्या?" गाड़ीवान फिर से बातें करने लगता है।

"हाँ, भाई। बहुत दूर से आ रहा हूँ।" ऊँघते हुए जैता बोलता है।

"परदेशी हो या अपने घर जा रहे हो?"

"अपने ही घर जा रहा हूँ साँई लोक।"

"इतना बेचैन क्यों लग रहा है रे। घर जाने वाला उल्लास से बिना पंखों के ही उड़ते हुए जाता है।"

"सच कह रहे हो साँई। उल्लास तो मुझ में काफी था, लेकिन मैं बहुत मनहूस ख़बर लेकर जा रहा हूँ।"

"किसी ने छीना-झपटी कर लूट लिया क्या?"

"नहीं, ऐसा तो कुछ नहीं हुआ।"

"कोई सगा-सम्बन्धी बिछुड़ गया क्या सदा के लिए?"

"यही समझ लो साँई। आज उसी प्यारे के फूल लिये जा रहा हूँ।"

"जीना-मरना सब ऊपर वाले के हाथ में है भाई। उसके हुक्म के बग़ैर तो कोई पत्ता न हिले। अधिक चिन्ता मत करो, चिन्ता तो चिता समान होती है।"

"मुझे नींद आ रही है साँई। कुछ देर सो लूँ क्या...?"

"हाँ-हाँ, क्यों नहीं। सोना ठीक रहेगा तुम्हारे लिए।"

"कोटला निहंग आ जाये तो बता देना।" इतना कह जैता आँखें मूँद लेता है। वह नहीं चाहता, किसी से अधिक बातें करे।

नींद की खुमारी में जैता को फिर चाँदनी चौक का दृश्य नज़र आता है। गुरु तेग़ बहादुर को पिंजरे से बाहर लाया गया है। बाहर चबूतरे पर बिठा दिया गया है। जल्लाद नंगी तलवार लिए खड़ा है। गुरु जी बाणी का सिमरन कर रहे हैं। अरदास करने के पश्चात् गुरु जी अपने शीश को झुका देते हैं। जल्लाद की तलवार ऊपर उठती है।

"नहीं—ईं-ईं-ईं..." भयानक ढंग से चीखते हुए जैता की नींद टूट जाती है। वह चौंक कर ऊँटगाड़ी की ओर देखता है।

"कोई बुरा सपना देख लिया क्या?" गाड़ीवान हैरत से पूछता है।

"हाँ, हाँ। कुछ ऐसा ही था। मैं डर गया।"

"होता है कभी-कभी ऐसा—।"

"कितनी देर हो गयी हमें चलते हुए?"

"हम चार गाँव निकल आये हैं। अभी बुधकी पार किया है। रंगीलपुर आया है। कोटला निहंग बस आने ही वाला है।"

"मुझे यहीं उतार दो भाई। मुझे रोपड़ से परे जाना है।"

ऊँटगाड़ी रुक जाती है।

"भाई, तुम्हारा बहुत-बहुत शुक्रिया। तुमने थके-माँदे मुसाफिर को सहारा दिया। अल्लाह, वाहेगुरु, प्रभु सभी तुझ पर कृपा करेंगे।" दुआएँ देता जैता ऊँटगाड़ी से उतर जाता है।

"ऐसा करो भाई, तुम्हें अगर सिरसा नदी के किनारे जाना है, तो मलकपुर, अहमदपुर, अलीपुर गाँवों की ओर सीधा निकल जा। धनौली गाँव के पश्चिम की ओर जायेगा तो सिरसा नदी आयेगी।" गाड़ीवान पूरे विवरण से उसे रास्ते की जानकारी देता है।

जैता सिर झुका कर उससे विदा लेता है और मलकपुर गाँव की ओर चल देता है।

सूरज ढलने ही वाला है। ठण्ड बहुत बढ़ने लगी है। क्या हो रहा होगा आनन्दपुर साहिब में? गुरु गोबिन्द राय, माताजी, मामा कृपाल चन्द—आनन्दपुर

के सभी वासी? क्या सोचते होंगे? कितने उदास होंगे वे सभी। गुरु पत्नियाँ भी। कैसे उन सभी का सामना करूँगा मैं? खुद पर काबू रख पाऊँगा या नहीं? इतने लम्बे रास्ते में कोई ऐसा राहगीर नहीं मिला, जो गुरु का सेवक हो। जिससे आनन्दपुर की कोई ख़बर मिल पाती या उन्हें कोई सन्देश ही दे पाता। मेरी माँ की क्या हालत होगी?—संगता...?

रास्ते चलते जैता के मन में विचारों का बवंडर चल रहा है। दिल्ली बहुत पीछे छूट चुकी है। अब उसे सिर्फ़ आनन्दपुर ही नज़र आ रहा है।

क्या मालूम—आनन्दपुर में दिल्ली की दुखद घटना का समाचार पहुँच चुका होगा या नहीं।

यदि जानकारी मिल गयी होगी तो क्या मालूम, गुरु सेवकों का कोई जत्था मुझे ढूँढ़ने निकल पड़ा हो। अब तो मन चाह रहा है कि किसी घड़ी उड़ कर आनन्दपुर पहुँच पाऊँ।

...और जैता सचमुच उड़ने के समान दौड़ने लगता है। उसका कुरता हवा में लहरा रहा है। जैता के भीतर हवा भर गयी है। वह तेज़ी से छलाँगें लगा भागने लगता है, मानो अगली छलाँग में ही वह आनन्दपुर जा पहुँचेगा।

उसे मालूम न हुआ कब वह मलकपुर और अहमदपुर पार कर आया।

उसे सिवाय सिरसा नदी के और कुछ दिखाई नहीं दे रहा। उसकी आँखों के सामने कभी कीरतपुर, कभी आनन्दपुर और कभी गुरु-पत्नियाँ दिखाई देती हैं। वह लगातार भाग रहा है—सरपट भाग रहा है।

18

विक्रमी 1732, माघ सुदी 10

आनन्दपुर। गुरु के महल

दुपहर ढल रही है।

इस्लामी पहनावे में एक थका-माँदा घुड़सवार, गुरु जी के महल के बाहर आकर रुकता है। आस-पास देखता है। आनन्दपुर के बारे में उसने काफी कुछ सुन रखा है। घुड़सवार अपने आस-पास देख रहा है।

''धन्य है ऐसी धरती, जहाँ चारों ओर प्रकृति की ऐसी छटा बिखरी है, चारों तरफ रमणीय पहाड़ियाँ हैं, बगल में सिरसा नदी बह रही है, जंगली फूलों से

महकती हवाएँ। कितना आनन्द होता होगा, जब गुरु जी यहाँ थे। इतनी शान्ति, इतना सुकून, सुख, ऐसी रूहानियत और कहाँ मिलेगी। गुरु जी ने इसका नाम आनन्दपुर एकदम सटीक रखा है।

घुड़सवार इस बात को महसूस करता है कि चारों ओर उदासी छायी हुई है। आसमान में उड़ते पक्षी भी कराहते-से प्रतीत होते हैं।

सचमुच ही आनन्दपुर उदास है।

माता नानकी, माता गुजरी, बीबी प्रेमो लाख यत्न करने पर भी अपने आँसुओं को बहने से रोक नहीं पातीं। अन्दर ही अन्दर रोती रहती हैं। बाल गोबिन्द राय अपना बचपन भूल गया है। उदास ग़मगीन महल के भीतर खोये हुए कटड़े की भाँति घूमता रहता है। खेलने का बिल्कुल जी नहीं चाहता। संगता के साथ मिलकर न अब तीरन्दाज़ी का अभ्यास करता है और न ही गत्तका खेलता है।

मामा कृपाल चन्द सभी को धीरज देते हैं। प्रभु की लीला मानने और सब्र रखने के लिए कहते हैं। दिल्ली की ख़बरें यहाँ तक पहुँच गयी हैं। गुरु-सेवक और श्रद्धालु आ-आ कर पूछते रहते हैं। कृपाल चन्द उन्हें क्या बतायें? गुरु गोबिन्द राय भी क्या कहे? श्रद्धालु उदास मन से लौट जाते हैं। लेकिन जब मन नहीं मानता तो फिर से पूछने आ जाते हैं। यह समाचार पहुँच चुका है कि नवीं पातशाही का दिल्ली में वध कर दिया गया है। उसके बाद क्या हुआ? गुरु जी की देह के साथ कैसा बर्ताव किया गया? किसी को कुछ भी मालूम नहीं हो रहा। सभी बिन पानी की मछली से तड़प रहे हैं। बाल गुरु कभी रोष में आ जाते हैं, आँखें लाल हो जाती हैं। कभी बहुत दिलगीर हो जाते हैं। माता गुजरी जी उन्हें अपने आँचल में समेट लेती हैं। दुलारती हैं। हौसला देती हैं, ''इस तरह न करो मेरे लाल। अभी तो और मुसीबतें झेलनी होंगी। अपने चित्त को स्थिर करो। जीना मरना सब उस प्रभु के हाथ में है। हम सभी उनके आदेश में ही चलने वाले हैं।''

''जीना-मरना प्रभु के हाथों में है माता जी?'' बाल गुरु पूछते हैं।

''हाँ, मेरे लाल।''

''किसी का वध करना, मारना ज़ालिमों के हाथों में होता है?''

''ऐसा मत सोचो पुत्तर। लीला को स्वीकार करो। तुम्हारे गुरु पिता कितने सब्र और धीरज वाले थे।'' माता गुजरी जी जब भी पुत्तर को समझाने लगतीं, उनकी खुद की आँखें बहने लगतीं।

महल के भीतर इस प्रकार की चर्चा अक्सर होती रहती। आज भी सभी उदास और ग़मगीन बैठे हैं। एक सेवक आकर बताता है, ''बाहर एक मुग़ल सिपाही आया है। गुरु जी से मिलना चाहता है।''

सभी चौकन्ने हो जाते हैं। गुरु गोबिन्द राय को भीतर रहने को कह मामा कृपाल चन्द, संगता को तैयार करने के लिए कहते हैं।

चारों ओर दुश्मन हैं। धीरमल के लोग हैं। पहाड़ी राजा हैं। मुसलमान हैं। दुश्मनों को भ्रम में डालने के लिए एहतियात के तौर पर गुरु गोबिन्द राय के स्थान पर पहले संगता को ही मिलवाया जाता है। उम्र भी दोनों की एक समान है। सूरत भी कुछ-कुछ मिलती है। पोशाक भी एक जैसी बनवायी गयी है। अजनबी श्रद्धालु तो संगता से मिलकर ही धन्य हो जाते हैं।

मामा कृपाल चन्द की सख्त ताड़ना है कि "जब भी कोई गोबिन्द राय से मिलना चाहे तो पहले संगता को ही मिलवाना चाहिए।"

अभी भी, सबसे पहले मामा कृपाल चन्द बाहर आते हैं। दो सेवकों ने मुग़ल सिपाही को रोक कर रखा हुआ है। सिपाही घोड़े के पास नीचे खड़ा है। कृपाल चन्द उसे गौर से देखता है।

आगन्तुक के चेहरे और दाढ़ी पर रास्ते की धूल-मिट्टी जमा है। कपड़े मैले हैं। वह काफी थका हुआ लग रहा है। मामा जी सोचते हैं, यह कोई शाही फरमान लेकर आया है या रास्ता भूल कर आ गया है।

सिपाही के पास कोई शस्त्र नहीं है। कमरकस्से में तलवार भी नहीं है। मामा हैरान है, यह कौन है? क्यों आया है? कहाँ से आया है? कहीं इसके पीछे-पीछे फ़ौज तो नहीं आ रही?

"मैं चाँदनी चौक दिल्ली का कोतवाल हूँ अब्दुल्ला। उन कुत्ते के तुख़्मों ने...।" वह इतना ही बोल पाता है। आगे के शब्द खो-से जाते हैं। क्या कहें? क्या बतायें? अपनी आँखों के सामने गुरु तेग़ बहादुर का वध होते देखा है। क्या बतायें—गुरु जी के सामने ही भाई मतीदास को आरे से चीर दिया गया। दयाला जी को देग़ में उबाला गया। सतीदास को जीते-जी जला दिया गया। गुरु जी को कितना तड़पाया गया। एक संकरे पिंजरे में उन्हें कैद कर रखा गया। वह न तो भीतर खड़े हो सकते थे, न ही लेट सकते थे। चुप है। नज़रें झुकाये खड़ा है। जैसे गुरु जी के वध का असली गुनहगार वही है।

मामा कृपाल चन्द समझ जाते हैं। गुरु जी के प्रति कोतवाल की हमदर्दी और श्रद्धा का समाचार यहाँ तक आ पहुँचा है। जैता और उसके साथियों का कैद से फरार होना भी, इसी कोतवाल के कारण ही सम्भव हो पाया था। मामा कृपाल चन्द आगे बढ़कर, स्नेह से कोतवाल के कन्धे पर हाथ रखते हैं। अब्दुल्ला की आँखें बहने लगीं।

"मैं शाही नौकरी छोड़ कर आया हूँ। मैं आपकी शरण में आ गया हूँ।" इतना ही कहता है।

"नानक का यह दर, सभी के लिए खुला है। भय न कीजिए। भीतर आ जाइए।"

मामा कृपाल चन्द कोतवाल को भीतर ले आते हैं। आराम करने को कहते हैं। मामा जी समझदार हैं। एकदम से दिल्ली की घटनाओं के बारे में पूछना नहीं चाहते। मन में दुविधा भी है। पूछ लें या नहीं। सब्र नहीं हो रहा है। क्या मालूम यह कोतवाल वारदात से पहले ही भाग आया हो। क्या मालूम हुकूमत ने ही इसे भेजा हो ताकि मालूम हो सके आनन्दपुर में गुरु जी के वध के पश्चात् क्या सोच और चर्चा चल रही है? क्या प्रतिक्रिया हो सकती है? इन सभी बातों को गुप्त जानकारी लेने आया हो...।

मामा जी को सोच में उलझे देख, कोतवाल झिझकते हुए पूछता है, "जैता दिखाई नहीं दे रहा। कहाँ है वह...?"

"वो तो दिल्ली में है।" मामा कृपाल चन्द हैरानी से जवाब देते हैं।

"अभी तक यहाँ पहुँचा नहीं क्या?"

"नहीं। हमारे पास इस सम्बन्ध में कोई समाचार नहीं पहुँचा है।"

"वो तो मुझ से...।"

फिर कोतवाल धीरे-धीरे सारी वारदात बयान करने लगता है। सब कुछ बताता है—कैसे रात के समय धड़ और शीश बदले गये। कैसे वह पहरेदारों को दूर ले गया। कैसे जैता ने बेमिसाल बहादुरी दिखाई। जैता जैसा जांबाज नौजवान मैंने अभी तक नहीं देखा है। सारी शाही फ़ौज में जैता जैसा एक भी शूरवीर नहीं है। लेकिन ताज्जुब की बात है, वो अभी तक पहुँचा क्यों नहीं? रास्ते में कहीं मुगल सिपाहियों से सामना न हो गया हो। कोतवाल के चेहरे पर चिन्ता की रेखाएँ अवश्य उभंर आती हैं।

मामा कृपाल चन्द सेवकों से कह तुरन्त निहंग सेवादारों के जत्थे को बुला भेजता है। उन्हें भारी मन से समझाता है, "जैता गुरु जी के शीश को लेकर आ रहा है। घोड़े ले जाओ। दिल्ली की ओर जाने वाले रास्तों पर जाकर ज़रा मालूम करो। कल्याणपुर, डाढ़ी, गरदला...। कोई भी दिशा बाकी न रहे। दो व्यक्ति रोपड़ की ओर चले जाओ। दो मद्धम मार्ग पर निकल जाओ। दूर तक पता लगाओ। न मिले तो अम्बाला तक जाकर मालुमात करो। पीर दरगाही शाह की कुटिया पर जाकर जानकारी लो...।

निहंग सिंहों का जत्था अलग-अलग दिशाओं की ओर निकल पड़ा।

क्षण-भर में ही महल के भीतर आग की भाँति यह ख़बर फैल जाती है—"जैता, गुरु जी के शीश को लेकर आ रहा है।"

विक्रमी संवत 1732 (15 नवम्बर, 1675 ई.)

माघ महीने का ठिठुरन भरा दिन।

सूरज ढलने ही वाला है। कीरतपुर की सीमा सामने दिखाई देती है। छोटी-छोटी पहाड़ियाँ। तेज़ हवा चल रही है—एकदम ठण्डी बयार। डूबने वाला सूरज आग का गोला ही प्रतीत हो रहा है। मगर उसमें सेक नहीं है। चारों ओर ग़मग़ीन माहौल है। अपने घोंसलों की ओर लौटते परिन्दे विलाप करते हुए प्रतीत हो रहे हैं।

इस समय, दो निहंग थके-हारे से, बेहद उदास, मायूस और सफर के मारे नौजवान को सँभाले लिए आ रहे हैं। वे गुरु-परिवार के बाहर तक आ पहुँचते हैं।

एक निहंग फुर्ती से घोड़े से थके-हारे यात्री को दूसरे घोड़े से उतारने में मदद करता है। कुछ राहगीर और गुरु-सेवक पास आ गये हैं। वे हैरान हैं—देखने में तो यह जैता ही लगता है। मगर इतनी दुर्दशा कैसे हो गयी। सारे शरीर और चेहरे पर झाड़ियों और सरकंडों से निकलते समय अनेक रगड़न और चोटों के निशान दिखाई दे रहे हैं। ज़ख्मों से रिसता खून खुद ही सूख कर जम गया है। पैर सूज गये हैं। दस्तार भी सरक चुकी है। कहीं किसी मुग़ल सिपाही से मुठभेड़ तो नहीं हो गयी?

देखते ही देखते राहगीरों की भीड़ जमा हो गयी।

घोड़े से उतरते समय जैता ने गुरु जी के शीश को कम्बली के नीचे पूरी तरह से छिपा लिया है। जितनी हिम्मत बाकी है, झुक कर कीरतपुर की धरती को प्रणाम करता है। ...धन्य है कीरतपुर की धरती माँ...। तुम्हारी छुअन को तरसता आया हूँ। वह एक वृक्ष से टेक लगाकर टाँगें पसारकर बैठ जाता है। गुरु जी के शीश को अपने सीने से भींच रखा है। मन ही मन गुरु जी का धन्यवाद करता है। आँखों से नीर बहने लगा है।

एकत्रित हुए श्रद्धालुओं में अजीब-सी उत्तेजना है। वे एड़ियाँ उचक-उचककर इस अनोखे राहगीर को देख रहे हैं। आपस में खुसर-पुसर कर रहे हैं।—

"कौन है?"

"शायद जैता भाई है।"

"जैता तो नहीं है।"

"नहीं, नहीं, जैता ही है।"

फिर हर कोई एक-दूसरे को यह ख़बर देने लगता है, "जैता आ गया। जैता आ गया...।"

मौजूद गुरु-सेवक सलाह-मशवरा करने लगते हैं। आनन्दपुर साहिब ख़बर

देनी होगी कि "जैता भाई, गुरु जी का शीश लेकर कीरतपुर पहुँच गया है। अब आगे क्या करना है। इस बारे में गुरु जी ही बतायेंगे।"

संगत का सन्देश लेकर दो निहंग आनन्दपुर की ओर सरपट दौड़ लेते हैं।

निहंगों से समाचार सुन मामा कृपाल चन्द तेज़ी से महल के भीतर जाता है। जब मामा जी, जैता के पहुँच जाने की सूचना देता है, सुनते ही माता नानकी फूट-फूट कर रोने लगती हैं। बाल गुरु गोबिन्द राय माता गुजरी से लिपट कर रोने लगता है। मामा कृपाल चन्द भी अपनी भर आयी आँखों को पोंछने लगता है। सोचता है, यह समय रोने-धोने का नहीं है। कुछ करने-विचारने का है। मगर क्या करें? सभी के हृदय में उठती भावनाओं को कैसे रोका जा सकता है।

माता गुजरी गोबिन्द राय की पीठ को सहला रही हैं। आँखें सावन की झड़ी सी बह रही हैं। समय जैसे रुक-सा गया है।

कुछ देर के बाद माता गुजरी का स्वर सुनाई देता है, "रो ले मेरे लाल। मेरे चाँद। रो ले, यहाँ जितना भी रोना है। बाहर श्रद्धालुओं के सामने तुम्हें सब्र-सन्तोष ही रखना होगा। गुरु पिता ने सारी कौम की ज़िम्मेदारी तुम्हारे कन्धों पर डाल दी है। तुम्हें अपने दुःख और पीड़ा को भुलाना होगा। खुद पर नियन्त्रण रखना होगा। पुत्तर, तरीका सीख ले। बगैर किसी को दिखाये, अन्दर ही अन्दर कैसे अपना दुःख सहन करना है। बगैर आँखों से दूर तक देखने की सूझ-बूझ भी समझनी होगी। बिना बोले कहने और सुनने की आदत डालनी होगी। गुरु की ज़िम्मेदारी सँभालना इतना आसान काम नहीं है, मेरे लाल।" माता गुजरी स्वयं भी ज़ोर-ज़ोर से रो रही थीं, परन्तु अपने पुत्र को चुप रहने, सब्र रखने और प्रभु की लीला मानने की शिक्षा दे रही हैं।

धीरे-धीरे महल के भीतर सभी सँभलने लगते हैं। गुरु गोबिन्द राय भी अब शान्त है। आँखों में ग़म और उदासी की बजाय रोष और आक्रोश है।

सारे आनन्दपुर में समाचार फैल गया है। आनन्दपुर निवासी गुरु के महल की ओर एकत्रित होने लगे। कीरतपुर तक पैदल चलने का विचार है। गुरु जी के शीश को पालकी में लाने का विचार है। यह सन्देश लेकर निहंग कीरतपुर की ओर फिर से चल देते हैं।

कोतवाल अब्दुल्ला संगत के साथ जाना चाहता है, मगर कृपाल चन्द उसे रोक लेते हैं। उसे महल में ही रुकने के लिए हिदायत देते हैं। श्रद्धालु रोष में हैं। क्या मालूम श्रद्धालु भड़क उठें। अभी कोतवाल के आने की सूचना सभी तक पहुँची नहीं है।

जिसने भी सुना वह कीरतपुर जाने के लिए साथ चल दिया। इतनी ठण्ड में भी, किसी को जूते-चप्पल का ध्यान नहीं। कोई चूल्हे में आग जलती ही छोड़ कर निकल आया है, किसी औरत ने आटा गूँथने के लिए आटे में पानी मिलाया ही था कि वह उसी प्रकार लिबड़े हाथों के साथ चल दी। एकत्रित भीड़ में कोई रो रहा है, कोई जाप कर रहा है। कोई क्रोध में आ तुर्कों को भला-बुरा कह रहा है।

जब तक बहुत सारे श्रद्धालुओं के साथ गुरु परिवार कीरतपुर पहुँचते हैं, तब तक कीरतपुर के गुरु-सेवकों ने गुरु जी के शीश को पालकी में सजा दिया था।*

गुरु जी के शीश को देखते ही श्रद्धालु रोने-कराहने लगे। माता नानकी आगे बढ़ कर पालकी में झुकीं और शीश को दोनों हाथों में ले लेती हैं, "मेरी कोख को अमर बनाने वाले..." कहते-कहते, वह फिर रोने लगीं। माता गुजरी भी खुद पर नियन्त्रण नहीं रख पायीं। वह नम आँखों से गुरु-पति के शीश की ओर देख रहीं है। प्रार्थना कर रही हैं–

"आप निभा गये, मेरा निभाना अभी बाकी है..."

बाल गोबिन्द राय भी, भरी आँखों से, पिता जी के शीश की ओर एकटक निहार रहा है।

श्रद्धालुओं की भीड़ के पीछे वृक्ष के तने से टेक लगाये जैता अधलेटा पड़ा है। उसका अंग-अंग पीड़ा से भरा हुआ है। उसमें इतनी भी हिम्मत नहीं कि उठ कर अपनी माता प्रेमो की गोद में जा गिरे। उसे बताये कि वह कितनी मुसीबतें झेल कर यहाँ तक पहुँचा है। जी चाहता है, ज़ोर-ज़ोर से दहाड़े। परन्तु इतने श्रद्धालुओं के सम्मुख वह कमज़ोर नहीं पड़ना चाहता था।

"गुरु जी के दर्शन करने दीजिए श्रद्धालुओं का...।"

मामा कृपाल चन्द विलाप कर रहे श्रद्धालुओं को शान्त करने का यत्न कर रहे हैं। सभी में गुरु जी के शीश को प्रणाम करने की होड़ लगी हुई है। औरतें एक ओर खड़े होकर ऊँचे स्वर में रो रही हैं। विलाप कर रही हैं।

कृपाल चन्द, गुरु जी के श्लोकों का हवाला देकर श्रद्धालुओं को सब्र करने और लीला मानने के लिए कह रहे हैं :

चिन्ता ता की कीजिए, जो अनहोणी होयि
इस मार्ग संसार को, नानक थिर नहीं कोयि।

संगत पर इस उपदेश का कोई असर नहीं हो रहा। कुछ आक्रोश में हैं, "यह अनहोनी तुर्क हाकिमों ने की है। इसलिए...।" गुरु जी के शीश को प्रणाम

* अब इस स्थान पर गुरुद्वारा बबानगढ़ निर्मित है।

कर, माता प्रेमो जैता को खोज रही है। वह अचरज से भीड़ की ओर देखती है, ''यहाँ तो मेरा पुत्तर नहीं है। सभी कह रहे हैं, जैता शीश लेकर आया है। कहाँ है जैता? मेरा लाल, मेरा पुत्र...।''

भीड़ से निकलकर एक ओर बढ़ती है और वृक्ष के तने से बेसुध पड़े जैता पर उसकी निगाह जाती है, ''मैं सदके जाऊँ पुत्र...।'' कलेजे में ठण्ड पड़ गयी। वह तुरन्त अपने पुत्र से लिपट जाती है, ''मैं सदके जाऊँ, मेरे लाल।'' कहते हुए वह ज़ोर से रोने लगती है।

जैता भी अपनी माँ से लिपट जाता है।

''कहाँ है जैता भाई?'' अचानक याद आने पर बाल गुरु, मामा से पूछते हैं।

''जैता? ...यहीं कहीं होगा जैता।'' वह आस-पास देखते हैं। श्रद्धालु रास्ता देते हैं। देखते हैं, माता प्रेमो की गोद में और यात्रा की भागदौड़ से थके-हारे शरीर पर अनेक ज़ख्म, अर्धसुप्तावस्था में जैता लेटा हुआ है।

बाल-गुरु उसके पास जाते हैं। उसके निकट आ बैठते हैं। माता, जैता को झिंझोड़ती है, ''पुत्र, गुरु आये हैं...।''

आवाज़ सुन जैता आँखें खोलने का यत्न करता है। गुरु गोबिन्द राय उसे अपनी बाँहों में भर लेते हैं। जैता कराहने लगता है। सारा नियन्त्रण—खुद को काबू करने के यत्न सभी धरे-धराये रह जाते हैं। रोना थमता ही नहीं! बाँध का पानी रोके रुक सकता है भला!

माता प्रेमो भी खुद पर नियन्त्रण नहीं रख पातीं। माँ-पुत्र के विलाप से शान्त हो रहे श्रद्धालु फिर से रोने लगते हैं। गुरु गोबिन्द राय जी से लिपट कर जैता की आँखों का नीर थमने का नाम नहीं ले रहा। उसका अस्फुट-सा स्वर सुनाई देता है,

''गुरु जी ने मेरी लाज रख ली। आनन्दपुर की धरती और गुरु-परिवार को मैं मुँह दिखाने लायक हो गया। मेरी इज्ज़त रह गयी...।''

बाल-गुरु उसे दिलासा देने लगते हैं। प्रभु की लीला मानने के लिए कहते हैं।

''इस रंगरेज़ सेवक को अपने चरणों में स्थान देना गुरु जी...।'' कह कर जैता फिर रोने लगता है।

''रंगरेज़ नहीं...तुम तो गुरु के पुत्र हो। जो हिम्मत व साहस तुमने दिखाया है—जब तक संसार है, तब तक तुम्हें याद रखा जायेगा।'' गुरु गोबिन्द राय जैता को अपने साथ ज़ोर से भींच लेते हैं।

''प्रभु, तुम्हारा शुक्र है...मेरे बेटे ने जो सेवा की, वह काम आयी।'' मोह में भीगी माता प्रेमो, बहती आँखों से, हाथ जोड़ प्रार्थना करती है।

मामा कृपाल चन्द माता गुजरी के पास जाकर उदास मन से पूछता है, "गुरु जी के शीश का संस्कार कहाँ किया जायेगा?"

विचार किया जाता है। गुरु परिवार की परम्परा रही है। सभी श्रद्धालु भी जानते हैं। गुरुओं के पूर्वजों के संस्कार यहीं कीरतपुर में ही हुए हैं। गुरु हरगोबिन्द साहिब, गुरु हरराय जी के 'अँगीठे'* यहीं पर हैं। श्रद्धालुओं की इच्छा यही है कि नवीं पातशाही का दाह-संस्कार भी कीरतपुर में ही किया जाये।

"आनन्दपुर गुरु तेग़ बहादुर जी ने बसाया है। उनकी पवित्र याद आनन्दपुर में ही बनायी जानी चाहिए।" माता नानकी जी अपनी इच्छा प्रकट करती हैं।

"गुरु गोबिन्द राय की भी राय यही है। माता गुजरी जी भी...।"

"आनन्दपुर चलो...।" गोबिन्द राय श्रद्धालुओं से कहते हैं। तुरन्त आनन्दपुर चलने की तैयारियाँ होने लगती हैं। पालकी को फूलों से सजाया जाता है।

जब गमगीन श्रद्धालु आनन्दपुर की ओर प्रस्थान करते हैं, रोशनी मद्धम है। सूरज कब का ढल चुका है।

श्रद्धालु शबद-गायन कर रहे हैं। आगे-आगे पालकी, पीछे-पीछे गुरु परिवार। सब से पीछे थका-हारा ज़ख्मी हालत में जैता। माता प्रेमो ने उसे सँभाला हुआ है। फिर श्रद्धालुओं का सैलाब। सभी ग़म में डूबे हुए। खामोशी से चलते हुए बीच-बीच में शबद गायन करने लगते हैं।

ग़म में डूबे श्रद्धालु गुरु जी का पार्थिव शीश लिए जब आनन्दपुर पहुँचते हैं, तब तक रात घिर आयी है।

अब समय नहीं रहा। सभी जानते हैं, सूरज ढलने के पश्चात् दाह-संस्कार नहीं किया जाता। ज़ाहिर है, अब दाह-संस्कार सुबह ही होगा। श्रद्धालुओं की इच्छा है, रात भर गुरु जी के पार्थिव शीश के पास बैठ कर कीर्तन-गायन करें। कुछ सिर्फ़ हाथ जोड़कर बैठ गये। जिन्हें शायद उठाये जाने पर भी नहीं उठेंगे।

वे सभी बार-बार गुरु जी के शीश को देख रहे हैं। सामने देखकर भी उन्हें मानो इस हादसे पर विश्वास नहीं हो रहा। अभी कितने दिन हुए हैं? जब गुरु जी स्वयं एक जत्था लेकर दिल्ली के लिए रवाना हुए थे। कौन जानता था, ऐसा हादसा हो गुज़रेगा। सभी जानते थे, गुरु जी दिल्ली जाकर बादशाह से मिलेंगे। अपने विचारों, अपनी दलीलों से वह बादशाह को अवश्य मना लेंगे। मगर यह तो अनर्थ हो गया। घोर जुल्म...। समूह में बैठे श्रद्धालु बीच-बीच में ऐसी बातें भी कर रहे हैं।

---

* जहाँ दाह-संस्कार किया गया है। (अनुवादक)

कुछ समय के पश्चात् मामा कृपाल चन्द सभी श्रद्धालुओं से अपने-अपने घर जाने और कल सुबह आने की विनती करते हैं।

दो-चार लोग उठ खड़े हुए। अन्य सभी उसी प्रकार बैठे रहते हैं।

"हमें जैता की देखभाल करनी है। वैद्य को बुला भेजा है। माता जी की भी तबीयत ठीक नहीं है। संस्कार के लिए भी विचार-विमर्श करना है। मामा जी की मनःस्थिति देखकर काफी श्रद्धालु उठ कर जाने के लिए खड़े हो जाते हैं। गुरु जी के शीश को प्रणाम करके जाने लगते हैं।

परिवार के लोग रह जाते हैं। पालकी को ऊँचे स्थान पर रख कर एक दीया जला दिया जाता है। निगरानी के लिए दो गुरु-सेवकों को पालकी के नज़दीक रहने को कह दिया गया है।

"जैता कहाँ है? मुझे उसके पास ले चलो।" गुरु गोबिन्द राय अपनी माता से कहते हैं।

माता गुजरी, माता नानकी के पास जाकर पूछती हैं, "गोबिन्द राय, जैता से मिलना चाहता है—माता जी।"

"ले चलो। वह बीबी प्रेमो के पास ही होगा। वैद्य को भी बुलाया है। कृपाल चन्द से पूछो ज़रा, वो आया कि नहीं...?"

तीनों बीबी प्रेमो के कमरे की ओर बढ़ते हैं।

कमरे का माहौल ग़मग़ीन है। भाई सदानन्द की बेमिसाल कुर्बानी के बारे में कोतवाल अब्दुल्ला ने पहले ही गुरु परिवार को सब बता दिया है। माता गुजरी की तरह ही माता प्रेमो ने भी अपना पति कुर्बान किया है। ज़ख्मी पुत्र उनकी गोद में सिर रखे सो रहा है। माघ महीने की ठिठुरती रात आहें भरती लगती है। पहाड़ों के ऊपर से दरख्तों से गुज़रती हवा भी मानो सिसकियाँ भर रही है।

"माता जी और गुरु जी आये हैं।" उन सभी को देखते ही बीबी प्रेमो, जैता को हिलाने लगती है।

"ना बीबी। सो लेने दो उसे।" माता गुजरी उसे रोक देती है, "पता नहीं, कितने कष्ट सहे होंगे इसने। कल सुबह पहले गर्म पानी से स्नान करवाना। साफ़ वस्त्र पहना देना। हमने वैद्य जी को बुला भेजा है वह ज़ख्मों पर मल्हम लगा देगें।"

गुरु गोबिन्द राय की इच्छा थी कि वह जैता से दिल्ली की सारी वार्ता सुनते, मगर उसकी हालत देख चुप रह जाते हैं।

तीनों वापस लौट आते हैं। रात धीरे-धीरे बीत रही है। जैता माँ की गोद में गहरी नींद में सो रहा है। सभी बेहद उदास हैं।

19

दिन निकलते ही श्रद्धालु गुरु जी के महल की ओर बढ़ने लगते हैं। महल के सामने खुले मैदान में मामा कृपाल चन्द की निगरानी में चन्दन की लकड़ी से चिता तैयार करवायी जा रही है।

अपने कमरे में जैता भी उठ चुका है। वह तैयार होने लगता है। माता प्रेमो उसे रोकती है, ''माता जी ने तुम्हें आराम करने के लिए कहा है बेटा।''

''नहीं माँ, गुरु जी के शीश का संस्कार हो रहा है, मैं अन्दर कमरे में बैठा नहीं रह पाऊँगा। यह मुझ से नहीं होगा माँ। मैं वहाँ हाज़िर रहूँगा।''

''पुत्तर, वैद्य आने वाला है।''

''कोई बात नहीं माँ। वैद्य जी यहीं पर हैं। संस्कार के बाद देख लेंगे।'' जैता अपने ज़ख्मों की परवाह न करते हुए तुरन्त बाहर निकल जाता है।

''जैता, तुम्हें आराम करना चाहिए था भाई।'' मामा जी उसे देख कर हैरान होते हैं।

''मैं ठीक हूँ मामा जी। कोई काम है तो कहिए।''

''सब तैयारी हो गयी है बेटा। आओ, गुरु जी की पालकी ले आओ।''

कुछ ही देर बाद, गुरु जी के शीश वाली पालकी को पूर्ण मर्यादा से बाहर लाया जाता है। पीछे गुरु जी का सारा परिवार है। सारी संगत उठ कर खड़ी हो गयी है। सभी हाथ जोड़, नम आँखों से गुरु जी को अन्तिम विदा दे रहे हैं।

श्रद्धालुओं के समूह में औरंगज़ेब के गुप्तचर भी खड़े हैं। अफवाहें तो दिल्ली में, फिर सारे हिन्दुस्तान में फैल चुकी हैं–''सिख-सेवक, गुरु जी का शीश लेकर फरार हो गये हैं। यकीन नहीं होता। इतना सख्त पहरा...? चारों ओर शाही सेना।'' इस बात का भेद लेने ही निकले हैं। भेदी यह देखकर अचम्भित हैं। यह करामात कैसे हो गयी? जिस शीश और धड़ का संस्कार दिल्ली में किया गया है–वह किसका था? सिखों में इतनी ज़ुर्रत...। यह तो सारी हुकूमत को ललकारने के समान है। यदि दिल्ली में इतने सख्त पहरे के होते ये सिख, शीश उठा कर ले जा सकते हैं–यह हुकूमत के लिए बहुत बड़ा खतरा हो सकता है। भेदियों के चेहरों पर भय है। यदि इन्हें भेदी की ज़रा भी भनक मिल गयी तो इन का जीवित लौटना सम्भव नहीं।

वे धीरे-धीरे खिसकते हुए श्रद्धालुओं से दूर होते जाते हैं, फिर दिल्ली के लिए कूच कर जाते हैं।

मामा कृपाल चन्द गुरु गोबिन्द राय को चिता को अग्नि देने के लिए आगे लेकर आते हैं। वह जैता को भी साथ आने का इशारा करते हैं। श्रद्धालु साँस रोके खड़े हैं।

गुरु गोबिन्द राय के बाल चेहरे पर कठोरता झलकती है। जैता एकटक चिता की ओर देखने लगता है। वह अपने शरीर को कल से थोड़ा बेहतर महसूस कर रहा है। ज़ख्मों में पहले जैसा दर्द नहीं है। पैरों में सूजन भी कम लग रही है। श्रद्धालुओं के चेहरों पर उसके लिए सम्मान की भावना है।

गुरु गोबिन्द राय, चिता के पास आकर खड़े होते हैं। माता नानकी, माता गुजरी, माता प्रेमो भरी नज़रों से कभी चिता की ओर देखती हैं, कभी बाल-गुरु की ओर।

चिता में अग्नि देते ही, अनेक श्रद्धालु कराहने लगते हैं। जैता रोते-रोते अपनी बाँहों में चेहरा दे लेता है। बाल-गुरु उसकी कमर में बाजू डाल लेते हैं।

श्रद्धालु आहें भर रहे हैं। माता गुजरी धीरे से अपने गुरु-पुत्र के पास आकर कहती हैं, ''मेरे लाल! तुम्हारी ज़िम्मेदारियाँ बड़ी हैं। तुम श्रद्धालुओं को शान्त रहने के लिए कहो। तुम्हारे पिता गुरु का यही सन्देश था।''

थोड़ा पीछे खड़े मामा कृपाल चन्द श्रद्धालुओं से शान्ति रखने के लिए कहते हैं। तभी गुरु गोबिन्द राय ने ग़मगीन समूह को सम्बोधित करते हुए कहा,

''रोने-पीटने से कुछ भी सँवरने वाला नहीं है। गुरु जी ने कहा है, जो उपजता है, उसका विनाश अवश्यंभावी है। चिन्ता मत कीजिए, प्रभु की लीला को स्वीकार कीजिए। किसी मज़लूम पर ज़ुल्म मत करो। न ही ज़ुल्म सहन किया जायेगा। गुरु पिता जी का यही उपदेश रहा। हमें जैता के समान साहसी और निडर बनना होगा।''

भाई जैता, माता प्रेमो के पास ही बैठा है। माता पुत्र की पीठ को प्यार से धीरे-धीरे सहला रही है। साथ ही गुरु गोबिन्द राय की बातें ध्यान से सुन रही है। बीच-बीच में अपने योद्धा पुत्र की ओर बहुत मोह से देख रही है।

जैता मन ही मन गुरु जी का धन्यवाद कर रहा है, ''मेरी लाज रखने वाले गुरु स्वयं ही हैं। मेरी क्या हैसियत है...?''

उसका मन अत्यन्त दुःखी है। कल से कितनी बार कल्पना में देख चुका है। पिता जी की पार्थिव शरीर चाँदनी चौक में लावारिस पड़ा है। तुर्क सिपाही उसे इधर-उधर घसीटते घूम रहे हैं। जब भी ऐसा दृश्य उसकी आँखों के सामने

से गुज़रता है, उसके तन-बदन में आग लग जाती है। जी चाहता है, जल्दी से दिल्ली जा पहुँचे। जाकर मालूम करे। पिता जी के पार्थिव शरीर का क्या हुआ होगा? कोई सूचना भी नहीं मिल रही है।

मालूम नहीं, कहाँ सो गये सारे दिल्लीवासी? वह भावुक हो जाता है। पिता की बलि दी, गुरु पिता ने कुर्बानी दी, बस मुझ जैसे सेवक की लाज रह गयी...।

सोचते-सोचते जैता अपनी माँ से लिपट जाता है।

अन्तिम क्रिया तक गुरु जी का महल ग़म में डूबा रहता है।

दिल्ली से कोई भी श्रद्धालु नहीं पहुँचा। मामा कृपाल चन्द चिन्ता में है। अगर शाही फ़ौज ने आनन्दपुर साहिब पर चढ़ाई कर दी तो...। कैसे सामना करेंगे उनका? गोबिन्द राय अभी बच्चा ही है। जैता गबरू होने लगा है। चेहरे पर दाढ़ी-मूँछ उगने लगी है। वह तलवार का योद्धा भी है। उसके हौसले भी बुलन्द हैं। संकट भरे माहौल में, इतने कठिन, रास्ते से जैता जैसा दिलेर साहसी ही इस कार्य को पूर्ण कर पाया है। जैता पर भरोसा किया जा सकता है। मगर अकेले जैता भी क्या करेगा? आस-पास गुरु जी के ईर्ष्यालु भी हैं। बाल-गुरु की हिफाज़त करना भी अत्यन्त आवश्यक है। इस कारण मामा जी को जैता से अधिक बहादुर सेवक कोई नज़र नहीं आता। गुरु गोबिन्द राय की हिफ़ाजत के लिए जैता से अधिक योग्य और भरोसेमन्द हो ही नहीं सकता।

माता नानकी और माता गुजरी से विचार-विमर्श कर, मामा कृपाल चन्द, जैता को अपने पास बुलाते हैं।

जैता अब स्वस्थ लग रहा है। कोई थकावट नहीं रही। दिल्ली से आनन्दपुर तक के रास्ते की दुश्वारियों को धीरे-धीरे भुलाने की कोशिश कर रहा है।

मामा जी का सन्देश जब उसे मिलता है, उस समय वह अपने छोटे भाई संगता को गत्तके (मार्शल आर्ट) का अभ्यास करवा रहा था। सन्देश मिलने पर उसने संगते से कहा, "जाओ, जाकर अब खेलो। कल हम तलवार से अभ्यास करेंगे।"

"वो तो मैं गोबिन्द संग रोज़ ही करता हूँ...।" संगता भोलेपन से बताता है।

"ऐसा नहीं कहते। वह बड़े हैं। वह गुरु जी हैं। उम्र नहीं, गुरु-गद्दी बड़ी होती है। उन्हें गुरु जी या गोबिन्द राय कह कर सम्बोधित किया करो।" जैता, भाई को प्यार से समझाता है।

"लेकिन वो तो मेरे साथ पहले की तरह ही खेलता है, वीर जी।" संगता अभी भी हैरत में है।

"यह उनका बड़प्पन है संगता। मगर तुम्हें इस बात का ध्यान रखना चाहिए।"

"ठीक है, भाई साहब।" कहते हुए संगता अपनी माँ के पास भाग जाता है।

भाई जैता, मामा जी से मिलने चल देता है।

सारा गुरु-परिवार एक साथ एकत्रित है। जैता अन्दर जाने से झिझकता है। मामा जी उसे पुकारते हैं, "इधर ही आ जाओ जैता भाई। हमारे पास आओ। यहाँ आकर बैठो।"

"मामा जी, कोई चिन्ता की बात तो नहीं है न?" सभी को एक साथ देख कर वह फ़िक्रमन्द होकर पूछता है।

"आने वाला समय और भी भयानक होगा जैता। हमें इसके लिए तैयार रहना चाहिए। मुग़ल हाकिम और अहलकार खामोश नहीं बैठेंगे। तुम जवान हो, समझदार हो। गुरु से उम्र में भी बड़े हो। हम सभी की इच्छा है कि तुम गोबिन्द राय की हिफाज़त करो। सदा इनके साथ रहो। इनके अंगरक्षक बनो।"

"आपकी इच्छा, मेरे लिए आदेश समान है मामा जी।" जैता ने अधीनगी से सिर झुकाया।

"अंगरक्षक का मतलब समझते हो न जैता?"

"जी मामा जी, खूब समझता हूँ। मैं जीते-जी गुरु गोबिन्द राय पर किसी प्रकार की आँच भी नहीं आने दूँगा। मैं आपके सम्मुख प्रण करता हूँ।" जैता दृढ़तापूर्वक कहता है।

"आने वाले समय में तुम्हें गुरु जी को शस्त्र-विद्या का अभ्यास करवाना है। तलवारबाज़ी, निशानेबाज़ी और घुड़सवारी—सभी का। अब शान्त रह कर, ज़ुल्म सहने का कोई अर्थ नहीं है। तुर्कों के लिए ललकार बनना होगा जैता। तुम्हारे अन्दर वह बागी बनने की ज़ुर्रत है। ऐसी ज़ुर्रत सभी सिख श्रद्धालुओं और सेवकों में पैदा करनी होगी। इस सारे की ज़िम्मेदारी हम तुम पर डालते हैं।"

"यह गुरुघर की बख्शीश है, कृपा है। यह मेरा सौभाग्य है।" जैता हाथ जोड़ता है।

"गुरु गोबिन्द राय अभी बच्चा है। जब तक वह जवान नहीं हो जाता, तुम्हें ही उसे हर संकट से बचाना होगा।"

"जैसी आज्ञा मामा जी।" जैता फिर से हाथ जोड़ता है।

"जितना हम सभी को गुरु तेग़ बहादुर जी के जाने का दुःख है, उतना ही तुम्हारे पिता भाई सदानन्द के जाने का भी दुःख है। उन जैसा विद्वान, गुरु-परिवार को फिर हासिल नहीं होगा। भाई जैता, तुम्हारी कुर्बानी गुरु परिवार कभी नहीं भूलेगा।"

जैता इस योग्य कहाँ है? उसके हृदय को किसी ने इतनी कोमलता से कभी नहीं छुआ था। उसका दुःख-दर्द कभी किसी ने जाना ही नहीं। आँखों से आँसू बहने लगे। वह बताना चाहता है, 'जो मुझ से बन पाया—मैंने किया। सब प्रभु की कृपा के कारण सम्भव हुआ है' वह अपने मन की भावना को शब्दों में व्यक्त नहीं कर पाया। बस चुपचाप रोता रहा। मामा कृपाल चन्द ने उठ कर उसे बाँहों में भर लिया। उसे दिलासा दिया। धीरज रखने के लिए कहा।

जैता हैरान है। वह रोने क्यों लगा? अपनी माता के अलावा अभी तक उसने किसी के सामने अपनी कमज़ोरी प्रकट नहीं की है। सही है, उसने अपने पिता को गुरु जी के लिए कुर्बान किया है, तो क्या हुआ? गुरु गोबिन्द राय ने भी तो अपने पिता को खोया है, उनकी कुर्बानी सहन की है। मगर वह कभी भी श्रद्धालुओं व संगत के समक्ष कमज़ोर नहीं पड़ते।

जैता आँखे पोंछ कर उठ खड़ा होता है।

"ठीक है, मामा जी। गुरु जी जहाँ भी होंगे, आप मुझे वहीं पायेंगे।" कह कर जैता बाहर निकल आता है।

सोचता है, अब तो बाज़ बनना होगा। समय की ललकार को सुनना होगा। मुझे हर हालत में गुरु जी की रक्षा करनी ही होगी। मौत का भय कतई नहीं है मुझे। मौत की आँखों में सीधा झाँकने की हिम्मत है मुझ में। कैसा भी भयानक समय आये, मैं सदैव गुरु-परिवार के साथ खड़ा रहूँगा। बहुत बड़ी ज़िम्मेदारी मुझ पर है। वह खुद में अथाह शक्ति का अनुभव कर रहा है।

फिर मालूम नहीं कब वह आकर अपनी माता की गोद में सिर रख कर लेट गया। कमरे की छत की ओर एकटक निहार रहा है।

"क्या बात है बेटा, नींद नहीं आ रही क्या?" माता हैरानी से पूछती हैं।

"नींद कैसे आ सकती है माँ। अब तो जागते रहना होगा। गुरु जी के लिए, महल के लिए। बहुत बड़ी ज़िम्मेदारी है यह माँ। अब इस ज़िम्मेदारी को मैंने सँभाल लिया है।"

"जुग-जुग जियो मेरे पुत्र।" माँ आशीर्वाद देती है।

"अब तुम्हीं बताओ माँ, नींद भला कैसे आयेगी?" जैता पूछता है।

गर्व से भर कर माँ अपने बहादुर पुत्र के सिर पर हाथ फिराने लगती है। मुँह से बस इतना ही निकलता है, "मेरा शेर पुत्र।"

दूसरी ओर दिल्ली की सल्तनत में भूचाल आ चुका है। गुप्तचर दिल्ली दरबार

जा पहुँचते हैं। आनन्दपुर की सारी घटना का विवरण, जब शहंशाह औरंगजेब के पास पहुँचता है तो सुनते ही वह भड़क उठता है।

"मुट्ठी-भर सिखों ने इतनी बड़ी सल्तनत को ललकारा है। इतने सख्त पहरे के बावजूद वो लोग अपने पीर का सिर और धड़ उठा ले गये। क्या कोतवाल और काज़ी काफ़िरों संग मिल गये हैं?"

फिर शहंशाह की ओर से शाही फरमान ज़ारी होता है। "जिस सिख ने सिर उठाया है उसे ज़िन्दा मेरे सामने पेश किया जाये। हम स्वयं उसे सज़ा देंगे। जहाँ कहीं भी कोई सिख या पीर-श्रद्धालु नज़र आये, उसका सिर क़लम कर दिया जाये। दिल्ली के किसी भी दरवाज़े पर लटका दिया जाये। मालूम किया जाये, इस गुस्ताखी भरे कारनामे में किस-किस ने उस सिख का साथ दिया है। सभी को कारागार में डाल दिया जाये।"

गुरु के श्रद्धालु और सेवक रूपोश (भूमिगत) होने लगे। बादशाह के सिपाही पागलों की तरह सिखों की तलाश करने लगे। जो तुर्क सिपाही किसी भी सिख का सिर ले कर शाही दरबार में पहुँचता, उसे अशर्फियों से नवाजा जाता।

गुरु के सेवकों पर मुसीबतों के पहाड़ टूट पड़े।

गुरु जी के शीश का संस्कार हुए नौ दिन बीत चुके हैं।

अगले दिन अन्तिम क्रिया के समय बड़ी तादाद में संगत एकत्रित होगी। भारी भीड़ होगी। मामा कृपालचन्द चिन्ता में हैं। श्रद्धालु तो एक दिन पहले से ही आनन्दपुर पहुँचने लगे हैं।

20

गुरु जी का परिवार धीरे-धीरे सामान्य होने लगा।

अन्तिम क्रिया और प्रार्थना तक रोज़ाना सुबह-शाम गुरुबाणी और कीर्तन होता रहा।

संगत जुड़ने लगी। सिख कौम के भविष्य के बारे में विमर्श होता है। गुरु गोबिन्द राय की उम्र अभी काफी छोटी है। चारों ओर दुश्मन भरे हैं। अपने भी, पराये भी। गुरुओं की इस ज्योति को आँधियों और हर प्रकार के बवंडरों से बचाना आवश्यक है। मामा कृपाल चन्द को दिन-रात यही चिन्ता खाये जाती है। क्या होगा? कब गुरु जी जवान होंगे? अकेला जैता भी क्या करेगा? छठी

गद्दी की भाँति अपनी रक्षा के लिए फ़ौज को तैयार करना होगा। कायरों की भाँति मरने की बजाय बहादुरों की तरह जंग के मैदान में मरना बेहतर होगा।

अन्तिम क्रिया के दिन तक मामा कृपाल चन्द इसी चिन्ता में ग्रस्त रहे। आज बीबी वीरो* अपने पाँच नौजवान पुत्रों को साथ लेकर आयी है। मामा बीबी वीरो के पुत्रों के कद-काठ को देखकर गर्व महसूस करते हैं। सोचते हैं—जैता के साथ मिलकर पाँचों नौजवान जिधर निकल जायें, लोगों में भगदड़ मचा सकते हैं।

श्रद्धालु दूर-दूर से आ रहे हैं। भाई चौपत राय मसन्द गुरुबाणी के बाद गुरु जी के श्लोक भी पढ़ रहा है। श्रद्धालु सुन भी रहे हैं। रो भी रहे हैं। चारों ओर खामोशी का वातावरण है। अन्तिम प्रार्थना का स्वर भी आँसुओं के कारण भीगा-भीगा-सा सुनाई देता है।

अन्तिम प्रार्थना के पश्चात् भाई जैता दीवान दरगाह मल्ल जी के पास आकर धीमे स्वर में कहता है, "आपको बड़ी माता जी बुला रही हैं।"

दीवान जी, माता नानकी जी के पास हाथ जोड़कर पूछते हैं, तो माता जी भर्राये हुए गले से कहती हैं, "रस्म पगड़ी की कार्यवाही आपको ही निभानी है, दीवान जी।"

फिर गुरु हरकिशन जी की माता किशन कौर की ओर से पहली पगड़ी, गुरु गोबिन्द राय को भेंट की गयी।**

सारी रस्मों के उपरान्त श्रद्धालु भारी उदास मन से वापस लौटने लगे हैं। गुरु गोबिन्द राय, सिर पर बड़ी-सी पगड़ी बाँधे माता गुजरी जी के पास बैठे हैं।

थोड़े से फासले पर जैता चौकन्नी निगाहों से इधर-उधर ध्यान रख रहा है।

"माता जी, पगड़ी बहुत भारी है। उतार दूँ अब?" गोबिन्द राय भोलेपन से पूछते हैं।

"यह भार उठाने की आदत अब तुम्हें डालनी ही होगी बेटा जी।" बेटे के मासूम चेहरे पर भीगी आँखों से देखते हुए माता गुजरी जी समझाने लगती हैं।

"सारी कौम की ज़िम्मेदारी अब तुम पर ही है पुत्र। हौसला रखना होगा। सब्र-सन्तोष में रहना होगा। अपने पिता, अपने दादा और उनके पुरखों जैसा बनना होगा। उनकी शिक्षाएँ, उनके जीवन के बारे में सब जानना होगा पुत्र।"

"किस से मालूम होगा, माँ?"

---

* गुरु हरगोबिन्द राय की सुपुत्री। इसके पाँच पुत्र थे—संगोशाह, जीत मल, मोहरीचन्द, गुलाब राय और गंगा राम।

** गुरु जी से सम्बन्धित साखियों (कथाओं) के अनुसार

"तुम्हारे मामा जी हैं। न बड़ी माता जी हैं। मैं हूँ पुत्र। तुम्हें सब जानकारी होनी चाहिए। तुम्हारे पिता जी, दादा जी, उनके पिता जी ने कितने ज़ुल्म सहे हैं। मुग़ल हाकिमों के आगे झुके नहीं। न अपने परिवार की परवाह की और न अपनी। उन सभी के बारे में तुम्हें ज्ञान होना चाहिए पुत्र।" कहते हुए माता गुजरी उसकी पीठ को सहलाने लगती हैं।

"जितनी जल्दी हो, तुम्हें ज्ञान हासिल करना ही होगा पुत्तर। अभी तुम्हारी कच्ची उम्र है। संगत के सामने जब भी जाओ, अपनी विरासत के बारे में जान लेना। गुरु को, गुरुगद्दी की लाज रखनी होगी पुत्र। तुम्हारे मामा जी अत्यन्त ज्ञानी हैं। बड़ी माता जी, उन्होंने बहुत कुछ देखा और सहा है। मुसलमान हाकिमों ने हमारी कौम पर अत्यन्त ज़ुल्म ढाहे। वे अपने वायदों से मुकर जाते हैं। इन सभी के बारे में भी तुम्हें जानना होगा पुत्र। अब संगत को विदा करके आओ। ये बातें फिर करेंगे...।"

वे सभी माता गुजरी, गुरु गोबिन्द राय, माता नानकी जी और पीछे-पीछे जैता–उठकर श्रद्धालुओं के पास पहुँचते हैं। सभी को हाथ जोड़कर विदा करते हैं–इसी प्रकार ही आते रहें और गुरुघर से सम्बन्धित रहने के लिए कहते हैं।

सभी को विदा करने के पश्चात् गुरु-परिवार के सभी सदस्य मिल कर बैठते हैं। इन के साथ अब बीबी वीरो भी अपने पाँचों नौजवान पुत्रों सहित शामिल हैं।

सिख कौम और विशेषकर गुरु-परिवार पर घिरे संकट से सभी चिन्तित हैं। दसवें गुरु की बाल-अवस्था भी उनकी चिन्ता का कारण है।

"मैं अपने पाँचों पुत्रों को आपकी शरण में ले हाज़िर हुई हूँ। आज से ये पाँचों यहीं पर रहेंगे। गुरुघर की हिफाज़त करेंगे। चिन्ता मत कीजिए, अगर गोबिन्द राय की उम्र बालपन की है तो मेरे ये पाँच पाण्डव किसलिए हैं? ये गोबिन्द राय को सभी कौशल में प्रवीण करने में पूरा सहयोग करेंगे। ये मेरे पुत्र आज से दसवें गुरुगद्दी की अमानत हैं।"

बीबी वीरो की यह बात सुनकर माता गुजरी की आँखों से नीर बहने लगता है।

"मत रोइए बहन जी। गुरु नानक स्वयं कृपा करेंगे। मैं घर से यह सोच कर ही निकली थी। मैं जानती हूँ, गुरु गोबिन्द राय अभी बच्चे हैं। अभी इन्होंने बहुत कुछ सीखना है। संगोशाह तलवार चलाने में निपुण है। वह गोबिन्द राय को तलवार चलाना सिखायेगा। गंगाराम कुश्ती के दाँव-पेच अच्छे से जानता है। गुलाब राय गत्तका अच्छा खेलता है। मन छोटा मन कीजिए बहन। हम सभी मिलकर गोबिन्द राय और आप के साथ खड़े होंगे।"

"मुझे डर लगता है बीबी जी, शाही फ़ौज बहुत ज़बर्दस्त है और अभी हम उनसे मुकाबला करने के योग्य नहीं हैं।" माता गुजरी अत्यन्त फिक्रमन्द हैं।

"ना बहन, ऐसा न कहो। गुरु नानक भला करेंगे। उन्होंने स्वयं इस की रक्षा करनी है। फिर आप के पास भाई जैता जैसा बहादुर जवान है। यदि यह दिल्ली में न होता तो गुरु जी के शीश को गलियों में घसीटा जाता। इस सेवक को गुरुघर से दूर नहीं जाने देना।"

"यह यहाँ से दूर क्यों जायेगा बहन जी। हम इसे अपने पुत्रों से अधिक मानते हैं।" माता गुजरी गर्व से इधर-उधर से सामान समेटते जैता की ओर देख कर कहती हैं।

"मामा जी, भाई जैता को यहाँ बुलायें।" गोबिन्द राय कृपाल चन्द से कहते हैं।

जैता पास आ सभी को प्रणाम कर बैठता है। गोबिन्द राय कहते हैं, "दिल्ली की संगत, पिता-गुरु की कुर्बानी देने के बारे में क्या सोचती है, भाई जैता?"

"क्या मालूम? वह समय तो कहर बरपाने वाला समय था। दिल्ली के गुरु-सेवकों में भय और शर्म व्याप्त थी। बहुत सारे सेवक खुद को गुरु का सेवक होने की पहचान छुपाना चाहते थे। मैं, ताया आज्ञाराम जी और पिता जी वहीं खड़े थे। भीड़ खामोश थी। साँस लेने तक की आवाज़ भी सुनाई नहीं दे रही थी।"

"दिल्ली के सिख क्या इतने कायर हो गये हैं?" बाल-गुरु की आँखों में रोष झलकने लगता है? "वे अपने गुरु से मुँह मोड़ने लगे। उन्हें शर्म नहीं आयी? गुरु जी अपने शीश की कुर्बानी दे रहे हैं और वे लोग सिर्फ़ तमाशा देखते रहे...।"

"ऐसा न कहिए गोबिन्द राय। अवश्य उन लोगों की कोई मज़बूरी रही होगी। तुर्कों के ज़ुल्मों से सभी वाकिफ़ हैं।" मामा जी गोबिन्द राय को शान्त करने का प्रयास करते हैं।

उत्तेजनावश गोबिन्द राय की आँखों में नमी तैरने लगती है।

"क्यों न ऐसा कहें मामा जी? इतना अत्याचार देखकर भी सभी कायरों की भाँति खड़े देखते रहे? उनके भीतर क्रोध की ज्वाला क्यों नहीं धधक उठी? जिन ब्राह्मणों के लिए गुरु जी ने शहादत दी, वहाँ कोई ब्राह्मण मौजूद भी था या सभी अपने घरों में डर से दुबके बैठे थे!"

"यह सब देखने-जानने का समय कहाँ था?" जैता बताने लगा, "ढिंढोरा पीटा जा रहा था। तमाशबीन इकट्ठे हो रहे थे। ...हो सकता है, उनमें कुछ ब्राह्मण भी हों। क्या मालूम, कोई ब्राह्मण मुसलमान के भेष में वहाँ खड़े हों, इस सच्चाई को देखने के लिए कि वास्तव में गुरु जी अपना शीश क़लम करवा देंगे या

ऐसे ही उन्हें कह दिया है। ये ब्राह्मण बहुत गन्दी कौम है माता जी। यह अपनी स्वार्थपूर्ति के लिए कुछ भी कर सकते हैं।''

''ऐसा नहीं कहते जैता। सभी एक जैसे नहीं होते। हाँ, एक बात अवश्य है, यह अपनी गर्ज़ के लिए तुरन्त वफादारी बदल लेते हैं। आज वे गुरु जी की शरण आये हैं। स्वार्थ निकल जाने के पश्चात् मुग़ल बादशाह की शरण में भी जा सकते हैं। इन्हें आदर्श, उसूल की बजाय अपनी जान की अधिक परवाह रहती है।''

''मामा जी,'' गोबिन्द राय कहने लगते हैं, ''सिखों में ग़ैरत भरी जायेगी। ये जब तक जियेंगे, अपनी शान से जियेंगे। अब सिखों को श्रद्धालु के साथ-साथ योद्धा भी बनना होगा। जैता भाई दिल्ली से शीश लेकर आया है, वे हाकिम खामोश नहीं बैठेंगे मामा जी...। अगर आनन्दपुर पर फ़ौज ने चढ़ाई कर दी तो क्या करेंगे हम। मामा जी, आप योद्धाओं को भर्ती कीजिए।''

''कुछ वर्ष इस प्रकार खामोशी से गुज़र जाने दो बेटा! तुम भी जवान हो जाओ, फिर हम भी तगड़ी फ़ौज तैयार कर लेंगे। तब तुर्कों के साथ दो-दो हाथ कर लेंगे। क्रोध और जोश मुझ में भी है, परन्तु यह सब कुछ होश में रह कर ही किया जा सकता है।''

''दिल्ली में तुर्कों ने सब कुछ होश में ही किया है मामा जी?'' जैता क्रोध से पूछता है।

''उनमें और हम में यही अन्तर है, जैता। वे सब कुछ गद्दी बचाने के लिए करते हैं। मगर हम यह सब मनुष्य के भले के लिए करना चाहते हैं। अब आप आराम करो। बाकी बातें फिर करेंगे।'' कहकर मामा जी उठकर चले जाते हैं।

बीबी वीरो अपने पुत्रों को, गुरु-परिवार की सभी प्रकार से सुरक्षा करने की शिक्षा देकर वापस लौट गयी।

मामा कृपालचन्द हर रोज़ की व्यस्तताओं की नयी योजना बना रहे हैं।

कब गुरबाणी का अध्ययन किया जायेगा? कब तलवारबाज़ी का अभ्यास किया जायेगा। किस समय गत्तका खेला जायेगा? कब शिकार करने के लिए जंगल में जाना होगा, वगैरा-वगैरा।

जैता पर बहुत बड़ी जिम्मेदारी डाल दी गयी है। यदि गुरु गोबिन्द राय महल में हैं तो जैता महल के बाहर निगरानी रख रहा है। यदि गुरु जी मैदान में अभ्यास करते हैं तो जैता उन्हें अभ्यास भी करवा रहा है और चारों ओर की

पहरेदारी भी कर रहा है। यदि गुरु जंगल में शिकार खेलने के लिए जाते हैं तो जैता वहाँ भी गुरु जी के आगे-पीछे ढाल बना घूमता रहता है।

एक दिन सन्ध्या का समय है। गुरबाणी पर विचार-चर्चा चल रही है। मामा जी, गोबिन्द राय को गुरबाणी के रहस्य समझा रहे हैं। पास में ही माता नानकी जी, माता गुजरी जी और जैता एक साथ बैठे हैं। इतने में एक सेवक ने आकर बताया, ''दिल्ली से एक सिख आया है। मामा जी से मिलना चाहता है।''

''ले आओ।'' मामा जी ने कहा और गोबिन्द राय को पीछे बैठने के लिए कह दिया। जैता सावधान हो, गुरु जी के निकट आ बैठता है।

माताओं के चेहरे पर भय है।

गुरु जी के निकट आकर वह सेवक मत्था टेकता है। चेहरे पर अत्यन्त घबराहट है। वह बताता है, ''दिल्ली में भाई आज्ञाराम और धर्मशाला में रहने वाले सभी सिख सेवकों को क़त्ल कर दिया गया है। जैता को ज़िन्दा या मुर्दा पकड़ने का शाही फरमान ज़ारी हो गया है।''

ताया जी के बारे में सुन कर जैता नज़रें झुकाये बैठा है। माताएँ उसे धीरज देने लगी हैं। वह रोने लगता है। अभी तो पिता जी का दुःख भी ताज़ा है। फिर तो पण्डित शिव नारायण को भी क़त्ल कर दिया गया होगा और भाई गुरबख्शा–भाई ऊदा–? जैता उन सभी को याद कर रहा है और लगातार रो भी रहा है।

सभी चिन्ता में डूब गये हैं। दिल्ली की इस घटना के बारे में सुनने के पश्चात् सभी की चिन्ता और भी बढ़ गयी है। माता गुजरी, कृपालचन्द को चिन्तित स्वर में कहती हैं, ''वीर जी (भाई साहब) आप, कैसे बेखौफ़ घूम रहे हैं और उधर दुश्मन सिखों को चुन-चुन कर पकड़ रहे हैं। गोबिन्द राय को जंगलों में ले जाते हैं। मुझे तो चैन नहीं आता, जब तक मैं गोबिन्द राय को देख नहीं लेती। जी चाहता है मेरा पुत्र मेरी नज़रों के सामने रहे।''

''ऐसी निर्मूल चिन्ता आपको नहीं करनी चाहिए बहन। बीबी वीरो के पुत्रों और भाई जैता के होते हुए, कोई गोबिन्द राय की परछाईं की ओर भी नहीं देख सकता। उनका सुरक्षा-चक्र अत्यन्त ज़बर्दस्त है बहन। दूसरों के बारे में मुझे कुछ दिनों में मालूम हो जायेगा। जैता तो एकदम ज्वाला है बहन। वह ऐसा बेकाबू घोड़ा है, जिसे लगाम डालकर रखना पड़ता है। उसके होते हुए गोबिन्द राय को कोई आँच नहीं आ पायेगी।''

माता गुजरी जैता की ओर अभिमान से देखने लगती हैं।

इसी प्रकार दिन गुजरते जा रहे हैं।

स्थिति अवश्य चिन्तामयी बनी हुई है। मामा कृपाल चन्द जब भी अकेले होते, वह इसी चिन्ता में ग्रस्त रहते। महल में सभी को वे धीरज देते रहते हैं। समझाते हैं, जो परमात्मा को मंजूर है, वही होगा। इतनी चिन्ता करना ठीक नहीं है।

मामा जी अपनी जिम्मेदारी के प्रति सचेत हैं। चाहते हैं, गोबिन्द राय को सभी शस्त्र-कलाओं में निपुण किया जाये। इसी कारण, जब भी वक्त मिलता है, वह गोबिन्द राय को अपने पास बुलाकर समझाते रहते हैं। इसी कारण गोबिन्द राय स्वयं में काफी परिवर्तन महसूस करने लगे हैं। अपने परिवार के बारे में, अपनी विरासत के बारे में, इस हिन्द-देश के बारे में जानना उन्हें अच्छा लगता है। उन्हें खुद भी जब मौका मिलता है, मामा के पास बैठकर वचन-विलास करने लगते हैं।

भाई जैता गुरु के आस-पास इस प्रकार पहरा देता है, जैसे परिक्रमा कर रहा हो।

एक दिन सन्ध्या समय जब श्रद्धालु चले गये, तब मामा जी ने गुरु गोबिन्द राय को अपने पास बुला भेजा। प्यार से उनकी पीठ सहलाते हुए कहते हैं, ''तुम जानते हो बेटा, श्रद्धालु हमारे पास कुछ उम्मीदें लेकर आते हैं?''

''मालूम है मामा जी।'' गोबिन्द राय के स्वर में विश्वास झलकता है।

''गुरु होना अत्यन्त ज़िम्मेदारी वाला कार्य है।'' मामा कृपाल चन्द भविष्य की ओर देखते हुए कह रहे हैं।

''अनेक श्रद्धालु मुझे अभी से गुरु कहने लगे हैं, मामा जी।''

''गुरु कहलवाना और गुरु होना—दोनों में अत्यन्त अन्तर है पुत्र।''

''आप क्या कहना चाहते हैं मामा जी?''

''संगत यकीन करती है कि गुरु घट-घट के जानकार हैं। गुरु लोक-परलोक को जानते हैं। गुरु को अपने सेवकों-श्रद्धालुओं के निश्चय पर खरा उतरना आना चाहिए बेटा।''

''पिता-गुरु और दादा-गुरु के बारे में मुझे सब मालूम है मामा जी।'' गोबिन्द राय अभिमान से बताते हैं।

''इसके अलावा भी बहुत कुछ जानना-समझना चाहिए, गुरु गोबिन्द राय।'' मामा जी मोह और गर्व से, गोबिन्द राय की ओर देखने लगते हैं।

तभी भाई जैता याद दिलाता है, ''मामा जी, शिकार का समय हो रहा है। आज्ञा हो तो घोड़े तैयार करूँ।''

और वे शिकार पर जाने के लिए तैयार होते हैं।

समय गुज़रता जा रहा है।

हालात कारगर नहीं हैं।

फिर भी गोबिन्द राय जब भी फुरसत में होते हैं, कभी माता गुजरी, माता नानकी और कभी मामा कृपाल चन्द—सभी अपने-अपने ढंग से उन्हें जानकारी, ज्ञान और शिक्षा देते रहते हैं।

माता नानकी को गुरु-इतिहास का पूर्ण ज्ञान है।

मामा कृपाल चन्द हिन्द के इतिहास को भली भाँति जानते-समझते हैं।

आषाढ़ महीने के आखिरी दिनों की एक शाम है। दोपहर में अत्यन्त गर्मी हो रही है। आसमान में कोई-कोई बादल है, मगर दूर से नज़र आती पहाड़ियों पर छा रही काली घटा को देखकर पक्षी व्याकुल-से आसमान में चक्कर लगा रहे हैं। महल के खुले मैदान में अभी-अभी पहलवानी का अखाड़ा समाप्त हुआ है। भाई जैता ने, बीबी वीरो के पुत्र गंगाराम की पीठ लगा दी थी। मामा कृपाल चन्द, जैता की बहादुरी और ताकत के किस्से गोबिन्द राय को बता रहे हैं।

''मामा जी, हम कुश्ती छोड़ कर युद्ध का अभ्यास कब करेंगे?'' अचानक गुरु गोबिन्द राय ने पूछा।

''युद्ध का अभ्यास करने के लिए अभी काफी समय है।''

''नहीं मामा जी, समय नहीं है। हमें अब युद्ध-अभ्यास की तैयारी आरम्भ करनी चाहिए।''

मामा जी हैरानी से गोबिन्द राय के चेहरे की ओर देखने लगते हैं।

''मुग़ल बादशाह, हमारे साथ कब से वैर रखे हुए है, मामा जी?'' गुरु गोबिन्द राय फिर पूछते हैं।

''पुत्र, मुग़ल बादशाहों के साथ सिखों की आरम्भ से लगती आयी है। बाबर गुरु नानक के साथ खफा रहा। फिर तुम्हारे दादा गुरु के पिता जी और तुम्हारे पिता गुरु भी मुगल सल्तनत की आँखों में खटकते रहे। अब सारी ज़िम्मेदारी तुम पर आ पड़ी है। इसलिए तुम्हें सारे हिन्द के इतिहास का ज्ञान होना चाहिए।''

''इसीलिए तो पूछ रहा हूँ मामा जी। अगर वे युद्ध कर सकते हैं, लड़ सकते हैं, फ़ौज रख सकते हैं, फिर हम ऐसा क्यों नहीं कर सकते?''

''इस मुल्क के लोगों की ग़ैरत मारी गयी है पुत्र। पहले यहाँ आर्य आये, उन्होंने यहाँ के मूल निवासियों पर अत्यन्त अत्याचार किये। आर्यों ने मूलवासियों को दैत्य, राक्षस और पशु कह धिक्कारा। वे मूलवासी डर के मारे जंगलों की ओर भाग खड़े हुए। आर्यों ने कुछ को गुलाम बना लिया।''

''मामा जी, इन लोगों ने आर्यों के साथ युद्ध क्यों नहीं किया?''

"युद्ध किया बेटा, जितना वे लड़ सकते थे, लड़ते रहे। मगर आर्य बेहद चालाक थे, बेईमान थे। उनके मुकाबले में यहाँ के मूल निवासियों में छल-बल और कपट नहीं था। वे सीधे-सादे लोग थे। युद्ध के लिए तो पुत्र, हर तरह का दाँव खेलना आना चाहिए। तुम्हें मालूम है न महाभारत में युद्ध जीतने के लिए कितने दाँव-पेच खेले गये थे। बेईमानी, धोख़ा, झूठ, फरेब आर्य पुत्र राम ने भी ऐसा किया। ब्राह्मण फिर भी उसे अपना देवता मानते हैं। इन आर्यों ने यहाँ के मूल निवासियों की बोली, भाषा, उनके रस्मो-रिवाज सब कुछ नष्ट कर दिये। बस यह समझ लो बेटा, आदमी की रीढ़ की हड्डी टूट जाये तो आदमी मर जाता है। अगर किसी कौम की संस्कृति नष्ट हो जाये तो कौम मर जाती है। कोई भी संस्कृति, कौम की रीढ़ की हड्डी ही होती है।"

"मामा जी, बड़ी माता जी एक दिन बता रही थीं कि, जिन लोगों की जड़ें नहीं होतीं, वे अधिक देर तक ठहर नहीं पाते। फिर ये लोग इतने वर्षों से यहाँ हिन्द में कैसे बसे हुए हैं?"

"पुत्र, तुम अभी छोटे हो। मक्कार लोग अपनी जड़ें बना लेते हैं। ये सभी लूटने-खसोटने की नीयत से आते रहे हैं। हिन्द में तो नियामतें ही नियामतें हैं। नदी-पहाड़—चरागाहें। एक ही वर्ष में कई प्रकार के मौसम आते हैं। ऐसा देश दुनिया में कहीं और नहीं है। कभी आर्य, कभी मंगोल, कभी तुर्क। सभी बड़े लाव-लश्कर लेकर हिन्द पर चढ़ाई करते रहे हैं। सभी बिना जड़ के रहे हैं। सभी लालची और ज़ालिम—जहाँ धन-दौलत देखा, वहीं हल्ला बोल दिया। इनका धर्म यही है। सिर्फ़ लालच के कारण ही इन हमलावरों ने हिन्द पर हमले किये। आर्यों को देखो, इनका कोई राजा बैल की सवारी करता था, कोई साँड़ पर बैठता था, कोई चूहे पर चढ़ता है, कोई शेर की सवारी करता था, कोई हाथी पर...।"

"इतने लोगों पर एक ही व्यक्ति कैसे राज्य कर लेता है, मामा जी?" गोबिन्द राय ने अपना संशय ज़ाहिर किया।

"बेटा, ताकतवर व्यक्ति, दूसरों पर ज़ुल्म कर, उन्हें डरा-धमका कर अपने अधीन कर लेता है। उनका मालिक बन बैठता है। पहले उनके कबीलों को गुलाम बनाया, फिर उनकी फ़ौज तैयार करवा कर, उनके राजा बन बैठे।"

"गुलामों में से कोई बगावत नहीं करता था मामा जी?" काफी देर तक पास में चुपचाप उनकी बातें सुनते हुए भाई जैता ने पूछा।

"बगावतें होती थीं जैता, मगर राजा या मालिक के पास ही साधन होते थे। वे बागियों को मार देते या मरवा देते थे। अधिकतर बागी अपनी जान बचाने की खातिर किसी दूसरे स्थान पर भाग जाते थे।"

"मैं राजा बन सकता हूँ मामा जी?" गोबिन्द राय कुछ सोचते हुए अचानक पूछता है।

"क्यों नहीं बेटा? राजा या मालिक भी तो हम जैसे ही व्यक्ति होते हैं।" मामा जी हँसते हुए कहते हैं।

"मैं भी राजा बनूँगा मामा जी।"

"राजा बनने से पहले बहुत कुछ जानना-सीखना पड़ता है, गोबिन्द राय।"

"सीख तो रहा हूँ मामा जी। माता जी और बड़ी माता जी, मुझे सिख गुरुओं और उनके ज्ञान के बारे में बताती ही रहती हैं।"

"और भी बहुत कुछ सीखना पड़ता है पुत्र। राजा अपनी प्रजा का मुखिया होता है। उसे बहादुर होना चाहिए। साथ में विद्वान भी होना चाहिए। उसे प्रजा के प्रति दयावान भी होना चाहिए।"

"मैं ऐसा ही बनूँगा मामा जी। मैं पिता जी के समान चुपचाप अत्याचार सहन नहीं करूँगा। मुग़ल सल्तनत हमारे शान्त स्वभाव को कायरता समझती है। चुपचाप शीश आगे झुका देने के बजाय ज़ालिमों के साथ दो-दो हाथ करके मरना बेहतर होगा मामा जी, हम लड़ेंगे। हम युद्ध का अभ्यास करेंगे। संगतों से कह दें, वे जब भी भेंटा ले कर आयें, घोड़े लेकर आयें, शस्त्र लायें। हम अपने सिखों को शस्त्रादि सिखायेंगे। हथियार चलाना सिखायेंगे। क्यों भाई जैता–ठीक कह रहा हूँ न मैं...?"

"गुरु गोबिन्द राय ठीक कहते हैं मामा जी।" गुरु जी की जोश भरी बातें सुनकर जैता का चेहरा क्रोध से भर जाता है। मामा जी के चेहरे पर तसल्ली का अनोखा प्रभाव छा जाता है।

गोबिन्द राय भी क्रोधित हैं।

"ऐसा ही होगा पुत्र। जैसा तुम चाहते हो, वैसा ही होगा। कदम-कदम पर मुसीबतें आयेंगी पुत्र। हमें प्रत्येक खतरे से चौकन्ना रहना होगा।"

"मैं हूँ ना मामा जी।" जैता गर्व से छाती पर हाथ रख कर कहने लगा, "मेरे रहते हुए मुसीबतें कोस भर दूर ही रहेंगी। बलाएँ मेरे निकट आती ही नहीं हैं।"

"मुझे तुम पर भरोसा है जैता।" मामा जी जैता को शाबाशी देते हैं और फिर हमारे पास संगो शाह और उसके भाई भी तो हैं न।"

"मामा जी, आप युद्ध का अभ्यास करवाइए। देखिएगा, कितने शूरवीर निकलेंगे।"

"ठीक है पुत्र। कल से ही शुरू कर देंगे।"

तभी महल से माता नानकी का बुलावा आ जाता है।

गुरु गोबिन्द राय मामा जी से आज्ञा लेकर, माता जी की ओर चल देते हैं।

जैता लम्बा बर्छा सँभाले महल के बाहर पहरा देने लगता है।

21

दिन बीतते जा रहे हैं।

गर्मियाँ गुज़र गयी हैं। सर्दी भी बस अब जाने ही वाली है। दिन के वक्त सारे अभ्यास से फ़ारिग होकर, गोबिन्द राय, बड़ी माता जी के पास बैठे हैं। पास ही बैठी माता गुजरी, गुरु तेग़ बहादुर जी के श्लोकों का पाठ कर रही हैं।

माता प्रेमो बड़ी माता जी के सिर में तेल की मालिश कर रही है। गुरु गोबिन्द राय, मामा कृपाल चन्द से सुनी ऐतिहासिक कथाओं के बाबत बता रहे हैं।

"दादी माता, इस मुल्क पर कितने हमलावर आये—आपको मालूम है?"

"मुझे क्या मालूम पुत्र।" माता नानकी ने भोलेपन से कहा।

"सिकन्दर आया था दादी माँ—मामा जी बताते हैं, तैमूर लंग आया। फिर आया था महमूद ग़ज़नवी। इन सभी ने इस मुल्क को खूब लूटा दादी माता। हिन्दुओं के मन्दिर गिरा दिये। सोना, हीरे-जवाहरात लूट ले गये। फिर तुर्क आकर दिल्ली के तख्त पर बैठ गये।"

"तुमने यह सब बातें कहाँ से जानी पुत्र?"

"बताया तो है दादी माता, मामा जी से सुनी हैं।" गोबिन्द राय खुशी से बताते हैं।

"तुम्हें गुरुओं की वाणी भी मालूम है या बस तुर्क राजाओं की बातें ही सीखी हैं तुमने?" पास में बैठी माता गुजरी पूछती हैं।

"गुरुओं की वाणी भी आती है माता जी।"

"मैं भी सुनूँ ज़रा...।"

"सुन लीजिए।"

"गुरु नानक के मूलमन्त्र के बारे में मालूम है?"

"मालूम है माता जी—

ੴ सतिनाम कर्त्ता पुरख निरभौ, निरवैर,
अकाल मूरति, अर्जूनी सैंभंख, गुरप्रसादि।"

माता गुजरी गर्व से अपने पुत्र की ओर देखती है।

"तुम्हारे फारसी और संस्कृत वाले गुरु रोज़ आते हैं न?"

"रोज आते हैं माता जी। अब तो फारसी और संस्कृत मुझे लिखना-पढ़ना भी आ गया है।"

"बहुत विद्वान बनेगा मेरा पुत्र।" माता नानकी प्यार से अपने पोते के सिर पर हाथ फिराती हैं।

"प्रेमो बीबी।" माता नानकी इशारे से उसे मालिश करने से रोकती हैं।

"बताइए माता जी।"

"पुत्र, जाकर रसोई का काम देखो ज़रा।"

"ठीक है माता जी।" प्रेमो जाने लगती है।

"बेटा, जैता को यहाँ भेज देना, मेरे पास।" माता नानकी पीछे से आवाज़ देती हैं।

"वो तो महल के बाहर खड़ा है माता जी। उसे आवाज़ दे दीजिए। चलिए, मैं स्वयं ही कह देती हूँ।"

फिर पहरा दे रहे पुत्र को भीतर जाने के लिए कह माता प्रेमो लंगर की ओर चली जाती है।

दोपहर का समय है।

गुरु गोबिन्द राय, भाई जैता, संगोशाह और उसके भाई गत्तका का अभ्यास करके साँस ले रहे हैं। सभी को ध्यान से देख रहे मामा जी बहुत खुश लग रहे हैं।

"मामा जी, आज तो गुरु जी ने खूब जौहर दिखाये।" जैता खुश होकर बताता है।

"सिखा कौन रहा है?" संगोशाह अभिमान से कहता है।

"एक बार तो मेरी एड़ी पर लगा देना था।" मोहरी चन्द भी गोबिन्द राय की फुर्ती और चुस्ती पर अत्यन्त प्रसन्न है।

"मामा जी, गोबिन्द राय के हाथों में अब गत्तका नहीं, तलवार ही शोभा देती है।" जैता कहता है।

"अभी बहुत समय है जैता। कुछ और बड़ा हो जाये गोबिन्द राय। हालात ऐसे हैं, अब गुरु को और गुरु-सेवकों को, सारी उम्र तलवार ही चलानी होगी।"

ऐसा न सोचिए मामा जी। आज गत्तके में, गुरु ने गुलाब राय के पैर उखाड़ दिये थे। मोहरी चन्द को भी इसने धकेल दिया था। उम्र से बड़ा हौसला होता है मामा जी।" जैता ने कहा।

"ठीक है, हमें तलवारबाज़ी पर ज़ोर देना होगा। युद्ध के लिए तैयारी करेंगे। तुर्कों को यदि इस मुल्क से निकाल बाहर न किया तो कहना...। पंजाब में उन्हें पूरी टक्कर देंगे। तुम्हें मालूम है, शेरशाह सूरी, हुमायूँ को एक बार तो भगा दिया था हिन्द से...।" बताते हुए मामा जी गोबिन्द राय और फिर अन्य सभी की ओर देखते हैं, "ईरान भाग कर चला गया था। बहुत वर्षों तक यहाँ अमन-शान्ति कायम रही। हुमायूँ के बाद फिर अकबर आया। यह बादशाह अन्य से अधिक समझदार था। इसने सर्वधर्म चलाना चाहा। इस बादशाह ने हिन्दवासियों को अधिक तंग नहीं किया। यह बादशाह तीसरे गुरु गुरु अमरदास जी के दर्शन के लिए भी आया था। उसने सभी श्रद्धालुओं की तरह पंक्ति में बैठ कर लंगर खाया। कहते हैं, अकबर इस प्रबन्ध को देखकर अत्यन्त प्रसन्न हुआ और गुरु जी के इनकार करने पर भी, इसने कुछ ज़मीन गुरुघर को भेंट की।"

"मामा जी, यह अकबर की चाल थी या सचमुच वह गुरु जी से प्रभावित हुआ था?"

मामा जी ने हैरानी से गोबिन्द राय की ओर देखा। यह प्रश्न गोबिन्द राय की उम्र से काफी बड़ा है। मामा जी अत्यन्त गद्‌गद हो रहे हैं। सचमुच गोबिन्द राय बड़ा हो रहा है। उसके विचार ज्ञानमयी और विवेक से भरे हैं।

"क्या सोच रहे हैं मामा जी?" सोचों में डूबे मामा जी को गोबिन्द राय ने झिंझोड़ा।

"कुछ नहीं पुत्र। कभी-कभी आने वाले वर्षों के बारे में सोच कर बेचैनी होने लगती है।"

"मामा जी, मैं पूछ रहा था, अकबर बादशाह का गुरु जी के पास जाना श्रद्धानुसार था या यह उसकी चाल थी?"

"कोई चाल भी हो सकती है पुत्र, कोई शाही षड्‌यन्त्र। लेकिन अन्य तुर्क हाकिमों से अकबर समझदार था। वह हिन्द को लूटना नहीं चाहता था।"

"लोगों ने उसे अपना बादशाह माना कि नहीं—मामा जी।"

"मैं समझा नहीं गोबिन्द राय...?"

"हमारे लोगों ने तुर्क बादशाह की अधीनगी स्वीकार की थी या नहीं?"

"बस मान ली थी। और नहीं भी...।"

"यह क्या बात हुई मामा जी। माना भी और नहीं भी।" गोबिन्द राय ने हैरानगी से कहा।

भाई जैता, संगोशाह और उसके अन्य भाई भी चुपचाप बैठे मामा और भांजा की आपसी चर्चा सुन रहे हैं।

"ऐसा ही होता है, बेटा। अधीनस्थता एक प्रकार से स्वीकार की जाती है, दिखावे के लिए। जब तक व्यक्ति की अन्तरात्मा जीवित रहती है, वह भीतर से किसी की अधीनस्थता स्वीकार नहीं करता। वह बागी हो जायेगा। बगावत करेगा। ज़रूरत पड़ी तो युद्ध भी करेगा। क़त्ल हो जायेगा, परन्तु किसी की अधीनस्थता स्वीकार नहीं करेगा।"

"मैं ऐसा ही मनुष्य बनना चाहता हूँ मामा जी।" गोबिन्द राय ने अपनी मुट्ठियाँ भींच लीं।

"बड़ी मुसीबतें आने वाली हैं पुत्र।"

"सब सहन करूँगा मामा जी। बड़ी माता जी ने बताया है, मनुष्य की यह योनि बार-बार नहीं मिलती। कुछ ऐसा कर्म करो ताकि तुम्हें तुम्हारा मुल्क और यहाँ के निवासी, तुम्हें याद रखें। हम इस प्रकार के मनुष्य बनायेंगे मामा जी। यह जगत हमें याद रखेगा।"

मामा जी देखते हैं, बाल-गुरु के चेहरे पर क्रोध की लालिमा झलकने लगती है।

"हम इन तुर्कों की अधीनगी स्वीकार नहीं करेंगे मामा जी।" जोश में आकर जैता स्वयं को रोक न पाया।

"जीते रहो पुत्तर। इसलिए कह रहा था, एक अधीनगी बाहर से दिखाई जाती है और एक भीतर से। हिन्द के आम लोगों ने अकबर शहंशाह की अधीनगी कितनी स्वीकार की, इस से सम्बन्धित मैं तुम्हें एक 'दन्त-कथा' सुनाता हूँ...।"

भाई जैता और बीबी वीरो के पुत्र भी मामा जी के नज़दीक सरक आये।

"अकबर भेष बदल कर लोगों में जाया करता था। उसे इस बात की सनक थी कि लोग आखिर उसके बारे में क्या सोचते हैं। उसकी कितनी इज्ज़त करते हैं। खुश हैं या दुःखी हैं। कहते हैं, एक बार वह मेरठ में घूमते-घामते जा पहुँचा। वहाँ एक गाँव में जाकर उसने देखा कि लोग चौपाल में एक वृक्ष के नीचे बैठे हैं और एक पण्डित उन्हें एक पोथी में से एक कथा सुना रहा है। अकबर भी वहाँ कुछ देर तक खड़ा रहा। लोग उसे पहचान नहीं पाये, उसका भेष बदला हुआ था। फिर वह लौट गया।

कुछ दिन बाद अकबर फिर वहाँ आया। लोग उसी प्रकार बैठे हैं। पण्डित भी पोथी पढ़ रहा है। अकबर हैरान हुआ, यह क्या मामला है? इस पोथी में क्या है? लोग इतना खामोशी से क्या सुनते रहते हैं? बादशाह ने जासूस भेज कर पता लगवाया। उसे मालूम हुआ—वह पण्डित लोगों को महाभारत की कथा सुनाता है। तुम लोगों को मालूम है न कौरव-पाण्डवों की कथा—?"

"मुझे मालूम है मामा जी।" जैता ने तेज़ी से हाथ खड़ा करके कहा, मानो किसी पाठशाला में हों।

"मामा जी, आगे क्या हुआ, बताइए–।" गोबिन्द राय, कथा का अगला हिस्सा जानने के लिए व्याकुल है।

"जब जासूसों ने बताया तो अकबर गहरी चिन्ता में डूब गया। उसने अन्त में उस पण्डित को बुला भेजा। दरबार में उससे पूछा, पण्डित जी, महाभारत की कथा कब तक चलेगी?"

यह सुनते ही पण्डित डर गया। उसकी टाँगें काँपने लगीं। सोचने लगा, अब शायद सज़ा मिलेगी। हाथ जोड़कर माफ़ी माँगते हुए बोला, "महाराज! जान बख़्श दीजिए। फिर नहीं पढ़ूँगा।'"

पण्डित की हालत के बारे में सोचकर संगोशाह और जीत मल को हँसी आ गयी।

"यह हँसी की बात नहीं है संगोशाह। तब लोग सचमुच ही बादशाह से इतना डरा करते थे। इसे पचास कोड़े लगाओ। इसका सिर क़लम कर दो। इसे ज़मीन में गाड़ दो–ऐसी सजाएँ आम ही होती थीं।"

"अकबर ने पण्डित से कहा, डरो मत पण्डित जी। मैं भी तुम्हारा बादशाह हूँ। महाभारत की तरह मेरी भी कथा लिखोगे तभी माफ़ी मिलेगी।"

"मैं इतना विद्वान नहीं हूँ हजूर। मेरी क्या औकात, मैं महाभारत लिखूँ।" पण्डित ने हाथ जोड़ दिये।

"अकबर राजा था। मुँह से जो निकला, वही आदेश था। उसकी तामील भी होती थी। वह इनकार नहीं सुन सकता था। पण्डित को कैद कर लिया गया। अन्य कई पण्डितों को बुलाया गया। बादशाह की कथा कौन लिखे। अकबर ने सभी को कैद खाने में डाल दिया।

"कुछ दिनों के पश्चात् गाँव के एक जाट को, अपने गृह कार्य के लिए पण्डित की ज़रूरत पड़ी। पण्डित कहाँ मिलता। मालूम हुआ सभी पण्डितों को अकबर ने कैद कर रखा है। यह भी मालूम हुआ कि क्यों कैद किया गया है। वह ब्राह्मण का भेष बनाकर अकबर के दरबार में चला गया। अहलकारों से उसने कहा, "बादशाह से मुलाकात करवायी जाये।"

"अकबर बादशाह से सामना होने पर उसने कहा, "बादशाह हजूर! आपकी कथा मैं लिखूँगा।"

"क्या करना होगा?" अकबर ने खुश होकर पूछा।

"सबसे पहले सभी पण्डितों को रिहा कर दिया जाये।" जाट ने कहा।

"मंजूर। दूसरी बात?"

"हजूर, चार खच्चरों पर कागज़ भेज दीजिए। साथ ही एक लाख अशर्फियाँ भेज दीजिए।"

अकबर ने तुरन्त प्रबन्ध कर दिया। कागज़ और अशर्फियाँ जाट के घर पहुँच गयीं।

"जाट ने कथा लिखी मामा जी?" जैता ने पूछा।

"सब्र करो। एक वर्ष बीत गया। जाट वापस न आया। बादशाह ने बुलावा भेजा। पूछा, 'पण्डित जी, कथा कब तक पूरी होगी?"

"हजूर, कथा तो अधूरी ही है। अब तक तो पूरी हो चुकी थी।" जाट ने हाथ जोड़ दिये।

"कागज़ खत्म हो गया या अशर्फियाँ और चाहिए...?" अकबर ने पूछा।

जाट ने कहा, "नहीं हजूर, सब कुछ है। मगर कथा आगे नहीं बढ़ रही। चिन्ता में हूँ हजूर। सोचता हूँ, हजूर से पूछूँ या नहीं।"

अकबर हैरान हो गया। ऐसी कौन-सी बात है? वह कथा पूरी करवाना चाहता था। बोला, "चिन्ता कैसी? पूछो जो पूछना चाहते हो।"

"महाराज, एकान्त चाहिए।" दरबारियों और अलहकारों की ओर देखते हुए जाट ने कहा।

अकबर ने तुरन्त हाथ उठाकर कहा, "तखलिया–।"

सभी अहलकार-दरबारी बाहर चले गये। जाट अकबर के निकट सरक आया और कहने लगा, "हजूर! गुस्ताखी माफ़। महाभारत में द्रोपदी के पाँच पति थे। जोधाबाई के एक पति तो हजूर आप खुद हैं। बाकी के अन्य चार कौन से हैं?"

अकबर भड़क उठा। गुस्से से बोला, "चल भाग यहाँ से। मुझे नहीं लिखवानी कोई कथा।"

सुनते ही सभी खिलखिलाकर हँस दिये। मामा जी भी हँसने लगे। भाई जैता कुछ ज्यादा ही खुलकर हँस दिया।

"यह हँसने वाली बात नहीं पुत्रो। इससे मालूम होता है कि मुग़ल हाकिमों के प्रति आम लोग कैसा सोचते थे। पुत्रो, यह जान लेना चाहिए कि कोई भी हाकिम, किसी दूसरी जगह पर कब्ज़ा करता है या हमलावर बन कर जाता है–वहाँ के बाशिन्दे उसे मन से नहीं स्वीकार कर पाते।"

"एक बात याद रखना बेटा, तुर्क हाकिमों का न कोई दीन है, न धर्म। राजगद्दी के लिए ये लोग अपने पिता, अपने पुत्र, अपने भाइयों, सगे-सम्बन्धियों तक को क़त्ल कर देते हैं। मुसलमान पहले तो...।"

“मामा जी, आज्ञा हो तो शिकार के लिए जायें?” गोबिन्द राय मामा जी को टोक कर पूछता है।

“चलो, बाकी फिर सही। कल फिर यहाँ बैठकर चर्चा करेंगे।”

सभी खड़े हो जाते हैं।

“भाई जैता, तीर-कमान—घोड़ा।” शिकार पर जाने के लिए गुरु गोबिन्द राय अत्यन्त प्रसन्न हैं। चेहरा नूरानी लग रहा था।

जैता शिकार पर जाने की तैयारी करने लगता है।

गुरु गोबिन्द राय दिनों-दिन बड़ा हो रहा है। दिन-प्रतिदिन उसमें निखार और उत्साह बढ़ रहा था।

कभी मामा कृपाल चन्द, कभी नानकी के साथ और कभी माता गुजरी के साथ मिल-बैठकर गोबिन्द राय और भाई जैता विचार-चर्चा करते। दोपहर के समय महल के बाहर अखाड़ा लगता। गोबिन्द राय और संगता के बीच में दबंग दंगल होता। दोनों में खूब दाँव-पेच होते।

माता नानकी को जब भी समय मिलता, गोबिन्द राय को अपने पास बिठा कर, गुरु-परिवार के बारे में बताती रहती।

आज भी गोबिन्द राय उनके पास बैठा है। सदा की भाँति जैता महल के बाहर पहरा दे रहा है। उसकी अनुमति के बग़ैर महल के ऊपर से परिन्दा भी नहीं उड़ सकता था। कमर में तलवार, कन्धे पर तीर-कमान, हाथ में लम्बा बर्छा उठाये—वह सदा तैयार-बर-तैयार रहता।

जब माता नानकी या माता गुजरी, गोबिन्द राय को गुरुघर की कथाएँ सुनातीं, तब भी जैता भाई की निगाह चारों ओर घूमती रहती, मगर उसके कान कथायें सुनने में लगे रहते। वह तब तक सोने के लिए न जाता, जब तक महल के भीतर चिरागों को धीमा न कर दिया जाता।

मामा कृपाल चन्द से मुग़ल बादशाहों के कारनामे और माताओं से गुरुघर की कथाएँ सुन-सुन कर, जैता भी गोबिन्द राय की भाँति ज्ञानवान होता जा रहा है।

अब जैता भर जवान हो चुका है। गुरु गोबिन्द राय भी जवानी की ओर कदम बढ़ा रहा है। अंग भरने लगे हैं। कद बढ़ने लगा है। माताएँ गोबिन्द राय की ओर देख-देख धरती पर नमस्कार करती हैं।

जैता चीते के समान फुर्तीला है। उसकी आँखें बाज़ की तरह चारों ओर ताड़ती रहती हैं। उसके होते हुए हवा में उड़ता हुआ ‘कण’ भी गुरु गोबिन्द

राय को छू नहीं सकता था। जैता ऐसा दावा करता था। उसे खुद पर अत्यन्त भरोसा है। दंगल के समय, गत्तका खेलते समय, शिकार के समय, वह सदा दूसरे पक्ष को खुली चुनौती देता। सभी उसके जोश, बहादुरी और ताकत के लोहे को स्वीकारने लगे थे।

आज माता नानकी गोबिन्द राय से, फिर गुरु नानक सम्बन्धी प्रश्न करने लगीं, ताकि उसके ज्ञान को जान लें। गुरु गोबिन्द ने हैरानी से कहा, ''माता जी, कितनी बार आपने पूछा है। मुझे सब मालूम है।''

''नहीं पुत्र। इनके बारे में जितना जानेगा, वो कम ही होगा। तुम्हें मालूम है न, जब गुरु नानक इस धरती पर आये तो सभी ओर जुल्म हो रहे थे।''

''मालूम है माता जी, जो मुसलमान नहीं थे, उन्हें जबरदस्ती इस्लाम धारण करवाया जाता था।''

''हाँ पुत्र। वे लोग कहते थे कि इस्लाम धर्म सभी धर्मों से श्रेष्ठ है। धर्म मनुष्य के लिए है। और बाबा नानक क्या कहते थे?''

''आप ही बताइए माता जी।'' गुरु गोबिन्द राय ने भोलेपन से कहा।

''पुत्र, गुरु नानक का उपदेश रहा, धर्म मनुष्य के लिए नहीं है। मनुष्य धर्म के लिए है। न कोई हिन्दू है न कोई मुसलमान। सभी बन्दे एक ही परमात्मा की सन्तान हैं। ऐसी बातें मुग़ल हाकिम कब बर्दाश्त कर सकते थे। उन्होंने गुरु नानक को पकड़कर जेल में डाल दिया। गुरु जी से चक्की चलवायी गयी।''

''गुरु जी ने विरोध नहीं किया दादी माता?''

''किया मेरे बेटे, विरोध किया। मगर गुरु जी ने शब्दों के द्वारा अपना रोष प्रकट किया। गुरबाणी के द्वारा विरोध ज़ाहिर किया। उन्होंने हाकिमों को 'कुत्ता' कहा। हमलावरों को 'पाप की बारात' कहा। यह कोई छोटी बात नहीं थी पुत्र। यह तो बादशाह के लिए सीधी ललकार थी। कहाँ एक बादशाह, फ़ौज, ताक़त और कहाँ एक दरवेश। गुरु ने चारों दिशाओं में 'उदासियाँ' (यात्राएँ) कीं। वह कभी जोगियों संग, कभी पीरों संग, कभी साधुओं के साथ गोष्ठी करते। उन्होंने आम लोगों के भ्रम-सन्देह दूर किये। वह जहाँ भी जाते, लोग उनके श्रद्धालु बन जाते। दूर-दूर से सेवक उनके डेरे पर आने लगे। यह बात हाकिम से बर्दाश्त नहीं हुई। अन्तिम समय में गुरु जी करतारपुर आकर रहने लगे। यहाँ उन्होंने खेती-बाड़ी की। अपनी मेहनत से कमाई की। उनकी शिक्षाएँ रहीं, 'किरत करो—नाम जपो—वंड छको।' गुरु नानक के इन्हीं उपदेशों से उनके सेवकों की तादाद बढ़ने लगी। आर्य लोग जिन्हें चमार, चूहड़ा और चांडाल कह कर उन्हें अपने नज़दीक नहीं आने देते थे, गुरु जी ने बिना किसी भेदभाव के उन्हें अपने

गले से लगाया। नाई, छींबा, लुहार, बढ़ई आदि नीच जातियों के लोग उनके सेवक बन गये। गुरु ने खुद को नीच से भी नीच कहा। तुम्हें मालूम है पुत्र, पहली पातशाही के वह शबद–''

''हाँ माता, रोज ही तो कण्ठस्थ करता हूँ।'' गुरु गोबिन्द राय ने अनुभव से बताया :

नीचां अन्दर नीच जाति, नीची हूँ अति नीच
नानक तिनके संग साथि, वडिया सो क्या रीस।

''हाँ पुत्र।'' सुनकर धन्य हो गयीं माता नानकी, ''झुकना मनुष्य का बड़प्पन है। झुके हुए वृक्षों को ही फल अधिक लगते हैं। गुरु ने क्रोध, अहंकार, लोभ, मोह, काम सभी की निन्दा की। इन विकारों का जितना त्याग किया जाये, उतना ही अच्छा होता है। इस्लाम में स्त्री पर बहुत रोक-टोक की जाती है। वह मस्जिद नहीं जा सकती। गुरु जी ने कहा, जो स्त्री बादशाहों, राजाओं को जन्म देती है, उसकी निन्दा नहीं की जानी चाहिए।''

''मुझे यह शबद भी आता है दादी माता।''

''मैं जानती हूँ मेरे लाल। अब तुम समझदार होने लगे हो। मगर तुम्हें यह मालूम नहीं होगा कि गुरु जी ने गुरुगद्दी अपने पुत्रों को क्यों नहीं दी थी।''

''क्यों दादी माता? हक तो उनका ही बनता था न।'' गोबिन्द राय के चेहरे पर हैरानी है।

''हक तो था पुत्र, मगर वे अपने गुरु-पिता की शिक्षा को नहीं मानते थे।''

बाबा श्रीचन्द का मत था, यह संसार मिथ्या है, माया है। इन से दूर ही रहना चाहिए। संन्यास धारण कर जंगल में रहना चाहिए। गुरु जी का उपदेश था, संसार में रह कर गृहस्थ जीवन को अपनाना चाहिए। उन्होंने अपनी गद्दी पर भाई लहिणा जी* को बिठाया। उनका नाम गुरु अंगद देव रखा गया। गुरु अंगद में भी बहुत नम्रता थी। पुत्र, दिन-रात वह बाबा नानक जी की सेवा में लगे रहते। वे पशुओं को चारा इत्यादि भी स्वयं देते थे।

एक दिन भाई लहिणा जी सिर पर घास की गाँठ उठाये घर आये तो माता सुलखणी जी ने देखा, लहिणा जी के कपड़े खराब हो गये हैं। उन्होंने गुरु जी से पूछा, ''आपने इनसे घास की गाँठ क्यों उठवायी?''

''यह घास की गठरी नहीं है,'' गुरु जी ने कहा, ''यह तो दीन-दुनिया की ज़िम्मेदारी का छत्र है इसके सिर पर।''

* 14 जून, 1539 ई. को भाई लहिणा जी को गुरुगद्दी सौंपी गयी। पाँच पैसे और नारियल उनके आगे रखकर, गुरु नानक जी ने स्वयं उनके आगे सीस नवाया।

"बाबा जी के पुत्रों ने गुरुगद्दी का विरोध नहीं किया दादी माता?"

"बहुत विरोध किया बेटा। बाबा जी के दोनों पुत्र उनसे नाराज़ हो गये। गुरु जी ने अंगद देव को खडूर साहिब भेज दिया और कहा, वहाँ रह कर सिख-धर्म का प्रचार करो।"

"फिर दूसरे गुरु चले गये खडूर साहिब?"

"जाना ही था मेरे लाल। बड़े गुरु जी का प्रत्येक कथन, सभी सेवक आदेश की तरह मानते थे। वह बहुत बड़े विद्वान थे। उन्होंने सभी को एक ही कतार में बैठ कर लंगर खाने की रीत चलायी। तुम्हें मालूम है, गुरमुखी लिपि गुरु अंगद देव ने रची थी। वह जो कुछ भी कहते या उपदेश देते थे, उसे वह लिख कर रख लेते थे। गुरु जी की रची सारी वाणी को गुरु अंगद देव जी ने लिख कर सँभाल कर रखा। इसलिए इसे गुरमुखी भी कहते हैं।"

"गुरमुखी का अर्थ तो हुआ, गुरु के मुख से निकली हुई। मगर दादी-माता गुरु तो अपने हाथों से लिखते थे, इसका नाम 'गुरु-हाथ' होना चाहिए था।"

हँसते हुए माता नानकी जी ने कहा, "ऐसा नहीं कहते पुत्र। गुरु जी जो भी मुख से उच्चारण करते थे, उसे वह लिख लेते थे। इसी कारण इसे 'गुरमुखी' कहा जाता है। यह बहुत बड़ी बात है, इसे छोटी बात न समझो।"

"मैं जानता हूँ माता जी। उनके द्वारा बनायी शब्दावली के कारण ही आज पहले सभी गुरुओं की वाणी हमारे पास हैं।"

"हाँ पुत्र, ऐसा ही है। दूसरे गुरुओं की एक और बात तुम्हें जाननी होगी पुत्र। वे किसी से भय नहीं खाते थे। गुरु जी की आज्ञा से, खडूर साहिब जाकर वह वाणी का प्रचार करने लगे। एक दिन दीवान सजा हुआ था। भाई सत्ता और बलवंड जी कीर्तन कर रहे थे। उस समय बाबर का पुत्र हुमायूँ, शेर शाह सूरी से अपनी जान बचाते हुए पंजाब की ओर आ निकला। पुत्र, कहते हैं कि हुमायूँ खडूर साहिब गुरु जी के दर्शन करने के लिए वहाँ गया। गुरु जी अन्तर्धान होकर कीर्तन सुन रहे थे। हुमायूँ अपने अंगरक्षकों सहित आया। वह गुरु जी की ओर से ध्यान न दिये जाने के कारण इस बात से क्रोधित हो गया और उसने तुरन्त अपनी तलवार म्यान से खींच ली।"

"फिर क्या हुआ दादी माता...?" गोबिन्द राय ने हैरानी से पूछा। तब तक बाहर गश्त कर रहा जैता भी कुछ दूरी पर आ खड़ा हुआ।

"गुरु जी ने यकायक आँखें खोल दीं। वह हैरान हुए। उन्हें सेवकों ने बताया, 'यह बाबर का पुत्र हुमायूँ है।' गुरु जी जानते थे, शेरशाह सूरी से युद्ध में हार गया था और अब जान बचाने के लिए इधर-उधर भागता फिर रहा था। हुमायूँ

के तेवर देखकर गुरु जी ने कहा, "अब तुम्हारी यह तलवार हम जैसे निहत्थे लोगों पर ही उठेगी, हुमायूँ। यह तलवार शेरशाह सूरी के जाँबाज सिपाहियों पर क्यों नहीं उठायी गयी?"

"यह सुन कर हुमायूँ अत्यन्त शर्मसार हुआ। उसने इस भूल के लिए गुरु जी से माफ़ी माँगी और उनसे आशीर्वाद माँगा।"

"दादी जी, अगर वह इतने निडर थे तो उन्होंने अपनी फ़ौज क्यों खड़ी नहीं की?"

"उस समय पुत्र, मुग़लों का इतना सख्त विरोध नहीं था। यदि मुग़ल बादशाह ने किसी समय कोई गलत बात कह भी दी तो वह स्वयं गलती मान लेते थे। बाबर ने भी तो गुरु नानक को बन्दी बनाया था। उसने भी तो बाद में गुरु जी से माफ़ी माँगी थी। ज़बरदस्त विरोध तो आगे जाकर पाँचवें गुरु जी और आपके दादा जी से आरम्भ हुआ। आपके दादा जी ने तो मुग़लों के साथ युद्ध भी किया और उन्हें हराया थी। एक बात जान लो बेटा, पहले गुरु जी से लेकर तुम्हारे पिता गुरु तक—सभी ने शस्त्र के बिना या शस्त्र धारण करने के बावज़ूद मुग़ल बादशाहों से भय नहीं माना। अपनी ग़ैरत से जिये। कभी भी ग़ैरत को मरने नहीं दिया।"

गुरु गोबिन्द राय दादी माँ की बातें बड़े ध्यान से सुन रहे थे।

"अब दसवीं गद्दी की ज़िम्मेदारी तुम पर है पुत्र। तुम्हें गुरुओं की जीवन-शैली को अपनाना चाहिए। उसे सीखना चाहिए। श्रद्धालु तुम से ऐसी ही उम्मीद रखते हैं।"

"और तीसरे गुरु के बारे में भी बताओ न दादी माता?"

"तुम बताओ, तीसरे गुरु का क्या नाम है?" माता नानकी ने परीक्षा लेते हुए पूछा।

"मुझे मालूम है, दादी माता। उनका नाम गुरु अमरदास जी है।"

"ठीक है पुत्र।" माता नानकी प्रसन्न हुई।

"इन गुरु को 'निथावां' क्यों कहते हैं दादी माता?" गुरु गोबिन्द राय ने पूछा।

"बताती हूँ पुत्र। जब गुरु अमरदास जी गद्दी पर बैठे, तब हालात बहुत खराब थे। लोगों पर अत्यन्त जुल्म होते थे।"

"लोग जुल्म सहन क्यों करते थे दादी माँ?" जैता ने दूर से ही पूछा।

"बहुत फ़र्क था जैता पुत्र। एक पक्ष शस्त्रधारी था, दूसरा पक्ष एमदम खाली हाथ। ऐसी बातें तुम्हारे मामा जी अधिक जानते हैं, उन्हीं से पूछना।"

"हम इस अन्तर को दूर करेंगे जैता भाई...।" गोबिन्द राय ने दृढ़ता से कहा,

फिर माता नानकी से पूछा, "यह तीसरे गुरु जी, अंगद देव जी के पुत्र थे न दादी माता?"

"नहीं मेरे लाल। यह गुरु बासर के गाँव के थे। गुरु अंगद देव जी की पुत्री बीबी अमरो की शादी तीसरे गुरु के भतीजे से सम्पन्न हुई थी। उन्हें गुरु जी की बाणी काफी कण्ठस्थ थी। वह घरेलू काम-धन्धा करते हुए सदा गुरु जी की बाणी गाती। अमरदास जी रोज़ इस बाणी को सुनते। उनके मन में गुरु जी के दर्शन करने की इच्छा प्रबल होने लगी। एक बार वह खडूर गाँव, गुरु जी के दर्शन करने के लिए गये तो बस फिर वहीं के होकर रह गये। उन्होंने गुरु अंगद देव जी की अत्यन्त सेवा की। पूरे बारह बरसों तक ब्यासा दरिया से पानी की गागर भर कर गुरु जी के स्नान के लिए लाते रहे। गुरु जी ने इन्हें गद्दी सौंप कर कहा, 'गोबिन्दवाल जाकर बाणी का प्रचार कीजिए।' फिर यह गुरु बन कर गोबिन्दवाल आ गये।"

"गुरु जी दूसरे गुरु को अपने पास से दूर क्यों भेज देते थे दादी माता?"

"पुत्र, वह चाहते थे कि वह अन्य स्थानों पर जाकर बाणी का प्रचार करें। साथ ही ज़िम्मेदारी पड़ने से उन में विश्वास बढ़ता। उनकी परीक्षा भी होती थी।"

"परीक्षा! वो कौन लेता था?"

"श्रद्धालु लेते हैं परीक्षा। जो परीक्षा की कसौटी पर खरे न उतरते, श्रद्धालु उनसे विमुख हो जाते हैं। धीरमल, पृथ्वीचन्द, रामराय, मेहरबान—सभी स्वयं को गुरु मानते थे, परन्तु श्रद्धालुओं ने उन्हें अपना गुरु स्वीकार नहीं किया। श्रद्धालु ही सबसे ऊपर हैं पुत्र।"

गोबिन्द राय अभी कुछ और पूछना चाहते थे कि जैता ने आकर कहा, "मामा जी, गुरु जी को बुला रहे हैं।"

गुरु गोबिन्द राय भाई जैता के साथ बाहर निकल गया।

22

महल के बाहर खुला मैदान है। कुछ युवक लंगोट कसे दण्ड-बैठक पेल रहे हैं। एक ओर कुछ तमाशबीन भी खड़े हैं। कुश्ती के लिए अखाड़ा तैयार है। संगोशाह और मोहरी चन्द अपनी जाँघों को थपथपा रहे हैं। जब शरीर कस जाता तो उसकी बाँहों और जाँघों की मछलियाँ नृत्य करती प्रतीत होती।

भाई जैता के साथ गुरु गोबिन्द राय बाहर आये और मामा जी के पास आ खड़े हुए।

“आपने बुलाया था मामा जी?” गोबिन्द राय ने पूछा।

“हाँ पुत्र, आज मैदान में सभी के जौहर देखने हैं।”

“मेरे मुकाबले का तो कोई भी नहीं है।” गोबिन्द राय ने निराशा से कहा।

“संगता है न, तुम्हारी उम्र का।”

“नहीं मामा जी, वह मेरा एक भी दाँव नहीं झेल पाता।”

“फिर जैता के साथ हो जाये।” मामा जी ने ललकारा।

“नहीं, जैता, खेल के मैदान में और तलवारबाज़ी में मेरा गुरु है। फिर उम्र में भी काफी बड़ा है।”

“मैदान में उतरने का मन नहीं है क्या?”

“मन तो है। हमसे निशाना लगवायें। नेजाबाज़ी करवायें। गत्तका भी खेल लेंगे। इच्छा है तो तलवारबाज़ी का रंग भी देख लीजिए।”

“ठीक है, तलवारबाज़ी हो जाये। बोलो, किसके साथ...?”

“जिसके साथ ठीक समझो...।”

“भाई जैता के साथ ही आ जाओ फिर...।”

गुरु गोबिन्द राय और भाई जैता तलवारें ले मैदान में आ गये। दूसरे नौजवान दण्ड पेलना छोड़, कुश्तियाँ छोड़कर घेरा बना लेते हैं।

दोनों मोर्चा सँभालते हैं और पल में ही नकली युद्ध का अभ्यास शुरू हो गया।

ढाल पर ज़ोर-ज़ोर से बजती तलवारों की टकराहट सुनाई देती है। अनुभवी और कुशल जैता का वार, फुर्ती से रोक कर, गोबिन्द राय ने अपना वार किया।

“वाह! वाह!” कहते हुए मामाजी उत्साहित से उठ खड़े हुए। सभी ने तालियाँ बजायीं। गोबिन्द राय का चेहरा लाल हो गया। सभी ने उसे प्रोत्साहित किया, “वाह गुरु जी। वाह भाई जैता...।”

कभी-कभी गलत वार और दाँव-पेंच को रोक पलटवार करते हुए जैता कहता, “नहीं, गुरु जी, ऐसे नहीं करते। ऐसे नहीं वार करते।”

दोनों हँस देते।

गोबिन्द राय का अभ्यास देखकर मामा जी के चेहरे पर जलाल झलकता है। चारों ओर खड़े दर्शकों के मुँह से बार-बार निकलता, “कमाल! कमाल! वाह–वाह।”

हाथ के इशारे से मामा जी उसे रोकते हैं, “चलो, ज़रा दम ले लो। कुछ विचार-विमर्श भी करना है।”

“मामा जी, नेज़ाबाज़ी नहीं देखेंगे?” हाँफते हुए गोबिन्द राय मुश्किल से बोलता है।

दोनों ही हाँफ रहे हैं। शरीर पसीने से तर है।

मैदान खाली होते ही संगोशाह छलाँग लगा कर मैदान में उतर आया और उसे ललकारा, "कोई आयेगा मेरे सामने...?"

दर्शकों पर नज़र मारता है। सभी चुप हैं।

संगोशाह फिर से ललकारता है, "कुश्ती लड़ेगा कोई! तलवारबाज़ी हो जाये! गत्तका खेलें! अगर कुछ नहीं करना तो चलो दण्ड-बैठक ही लगा लें।"

एक व्यक्ति घेरे में से झिझकते-झिझकते हुए बाहर निकलता है।

"शाबाश।" मामा कृपाल चन्द ने प्रोत्साहन दिया फिर जैता और गोबिन्द राय को साथ ले महल के भीतर चले गये।

महल के भीतर दाहिने हाथ की ओर एक ऊँचा चबूतरा है। यहाँ दीवान लगता है। यहीं पर गुरु संगत से मिलते हैं। यहाँ पर गुरु तेग़ बहादुर जी बैठ कर अपने श्रद्धालुओं और संगत से मिलते थे। जब कश्मीर के पण्डित फरियाद ले कर आये तो गुरु तेग़ बहादुर इसी स्थान पर बैठे थे।

गुरु गोबिन्द राय एक शिष्य की भाँति, मामा कृपाल चन्द के सामने बैठा है। चबूतरे के कोने पर भाई जैता कमर से तलवार लटकाये, हाथ में लम्बा बर्छा लिए आस-पास ताड़ रहा है।

मामा जी एक अच्छे उपदेशक की तरह समझाने लगते हैं, "कुश्ती अपनी जगह पर है। तलवारबाज़ी का भी अपना स्थान है। लेकिन अपने मुल्क के बारे में जानना ज़रूरी है। अपने सेवक-सिखों के बारे में, उनके दुःख-दर्द में भागीदार होना चाहिए। अपने धर्म के बांरे में जानना-समझना इसकी जड़ों को जानना एकदम अलग बात है। पुत्र तुम्हें मालूम होना चाहिए कि इस मुल्क जैसा कोई और मुल्क दुनिया में दूसरा नहीं है। इसकी नदियाँ, पहाड़, समुद्र, जंगल, इसके हरे-भरे मैदान, मुल्क के मौसम सभी में कुदरत ने इस मुल्क पर अत्यन्त कृपा की है। इसी कारण बाहर से हमलावरों ने इस देश पर बार-बार आक्रमण किया। इसे लूटा-खसोटा। फिर यहाँ हुकुमत भी की। राजगद्दी के कारण हाकिम लोग अपने परिवार वालों, पुत्र, भाई, बाप इत्यादि किसी को भी नहीं बख्शते थे।"

"ये लोग क्या अपने किसी परमात्मा या खुदा से भी नहीं डरते मामा जी?" पास खड़े जैता ने पूछा।

"इन्हें किसी से कोई भय या खौफ़ नहीं लगता पुत्र। तैमूर इतना जामिल हमलावर था, वह कुरान शरीफ से 'फाल'* लेता और अपने सिपाहियों को हुक्म

* हुक्मनामा।

देता था, खुदा ने काफ़िरों को मुसलमान बनाने का आदेश दिया है। लाखों दंगाइयों को साथ लेकर आता था। यहाँ हिन्द से हीरे-जवाहरात तो लूटता ही था, हिन्दुओं के मन्दिर भी तबाह कर देता था। गाँव-शहर सब फूँक देता था। उसने मानव-खोपड़ियों के मीनार खड़े कर दिये थे। ...सभी आक्रमणकारियों को इस मुल्क की समृद्धि और सम्पदा लुभाती रही है। यहाँ के निवासियों को वे सदा भेड़-बकरियों के समान हाँकते रहे हैं। फिर बाबर आया, फिर उसका पुत्र हुमायूँ...।''

''यहाँ हिन्द का हाकिम शेरशाह सूरी था। उसने एक बार तो हुमायूँ को करारी हार दी थी।

''हुमायूँ के पास अपनी फ़ौज नहीं थी मामा जी?'' चुपचाप सुन रहा गोबिन्द राय अचानक पूछता है।

''फ़ौज थी पुत्र, मगर उनमें मनोबल नहीं था। वह दूसरे देश पर कब्ज़ा करने आये थे। हमलावर लुटेरे थे। चोर-लुटेरे भीतर से डरे रहते थे। शेरशाह सूरी ने ललकारा तो भाग निकले। शेरशाह सूरी ने इस मुल्क को अपना माना। उसने इस मुल्क के लिए अत्यन्त भलाई और सुधार के काम किये। बाबर, अकबर के वारिसों ने कभी इस वतन को अपना वतन नहीं समझा। यहाँ वह खुदा द्वारा भेजे गये बादशाह बनकर ही आम जनता में जाने-पहचाने जाते रहे। उन्होंने यहाँ के निवासियों पर अरबी और फारसी जैसी बोली-भाषा थोप दी। उन्हें यहाँ के रीति-रस्मों और त्यौहारों को मनाने में भी सदा ऐतराज़ रहा।''

''मामा जी, हाकिम लोग, इतना जुल्म क्यों करते हैं?''

गोबिन्द राय ने हैरानी से पूछा।

''पुत्र, उन्हें ताकत का नशा होता है। उनके पास फ़ौज और हथियार सभी कुछ होता है। हाकिम स्वयं को खुदा समझने लगता है। उसके मुख से निकला प्रत्येक शब्द आदेश होता है। अपनी आन पर मर मिटने वाले बादशाहों का आदेश नहीं मानते। इसी कारण उन पर जुल्म और अत्याचार किये जाते हैं। ऐसे लोगों को आसानी से क़त्ल भी करवा दिया जाता है। आदेश ना मानने वालों से बादशाहों को अपनी तौहीन महसूस होती है। बादशाहों का मानना है कि प्रजा बस उन्हें सिर-माथे पर रखे और उन्हें झुक-झुक कर सलाम करे। दूसरी बात यह है गोबिन्द राय, अगर हाकिम हिन्दू हो तो उसकी इच्छा होती है कि सारा मुल्क हिन्दू होना चाहिए। यदि हाकिम मुसलमान है तो उसकी इच्छा होती है, सारा मुल्क इस्लाम ग्रहण करे। सभी हाकिम अपना धर्म ज़बरदस्ती मनवाना चाहते हैं।''

''मामा जी, यदि अपना धर्म ज़बरदस्ती कबूल करवाना है तो इसमें बुरा क्या

है। हम भी जब सारे हिन्द पर कब्ज़ा कर लेंगे तो सभी को सिख धर्म अपनाने को कहेंगे।'' पास बैठे जैता ने कहा।

''नहीं, ऐसा नहीं होना चाहिए भाई जैता। यदि हाकिम तुम्हें ज़बरदस्ती मुसलमान बनाये तो तुम्हें बुरा लगेगा न?''

''बुरा क्या मामा जी,—हाकिम की क्या मज़ाल कि वह मुझे मुसलमान बना जाये?''

''बस। यही बात है। हर एक व्यक्ति को अपनी इच्छा से अपने धर्म का पालन करने की आज़ादी होनी चाहिए। हाकिम अपना राज करे। उसे प्रजा के धर्म की मान-मर्यादा का ख्याल रखना चाहिए। अभी तक तुर्क बादशाह क्या करते रहे हैं कि या तो मुसलमान हो जाओ या फिर सिर क़लम करवाने के लिए तैयार रहो। कश्मीरी पण्डितों के संग भी यही हुआ। इसी कारण गुरु जी को दिल्ली जाकर शीश देना पड़ा।''

''मामा जी, आज मुझे दो-तीन बीसियों वाले हथियारबन्द सेवक दीजिए। मैं दिल्ली की ईंट से ईंट बजा दूँगा। आप आज्ञा दीजिए, फिर देखना, मैं कैसे दिल्ली के कंगूरे तोड़ दूँगा। या तो औरंगजेब का सिर आपके चरणों में होगा या फिर मेरा सिर दिल्ली के किसी दरवाजे पर लटकता होगा।'' जैता का चेहरा तमतमा उठा। उसकी मुट्ठियाँ सख्ती से भिंच गयीं। सारा शरीर क्रोध से धधकने लगा। गोबिन्द राय और मामा जी जैता में आयी अचानक तब्दीली को हैरानी से देखने लगते हैं।

''नहीं भाई जैता। अभी जोश में आने का समय नहीं आया है। अत्यन्त होश और अक्लमन्दी से इस संकट का सामना करना पड़ेगा। दुश्मन लाखों की तादाद में हैं। उनके पास शस्त्र और हथियार भी भारी गिनती में हैं, जबकि हमारी गिनती बेहद कम है। हमारे पास उन जैसे भारी हथियार भी नहीं हैं। इतनी बड़ी शाही हुकूमत के सामने हम कुछ नहीं कर पायेंगे। अपनी शक्ति को बचाकर रखने में ही भलाई है। मुगल हाकिम चाहते हैं इस मुल्क में सिर्फ एक ही धर्म रहे या फिर धर्म के नाम पर दंगे-फसाद होते रहें। हिन्दू-मुसलमान एक-दूसरे से घृणा करें। वे चाहते रहे कि इस मुल्क का इतिहास फिरके-फसाद का इतिहास बने। गोबिन्द राय, पुत्र, तुम मुगलों की कूटनीति को जान-समझ लो। संगत तुम्हारे पास आयेगी। वे सभी तरह-तरह के संकट और शंकाओं को दूर करने के लिए तुम से सवाल करेंगे। तुम्हें तब तक संगत के साथ वचन-विलास नहीं करना चाहिए, जब तक तुम्हें हिन्द के इतिहास, यहाँ के हाकिमों की कूटनीति के बारे में, अपने सिख धर्म के बारे में, इसकी विरासत के बारे में पूर्ण जानकारी नहीं प्राप्त हो जाती।''

गुरु गोबिन्द राय और जैता मूक बने मामा जी की शिक्षा को पूरे ध्यान से सुन रहे हैं। मामा जी देख रहे थे, गोबिन्द राय के चेहरे पर गुणी व्यक्ति के समान गम्भीरता है। एक ओर मामा जी की इच्छा है गोबिन्द राय को पूर्ण जानकारी होना आवश्यक है। दूसरी ओर गोबिन्द राय अपनी छोटी-सी उम्र में इतना समझदार और इतना गम्भीर है। यह उम्र हँसने-खेलने की है। लापरवाही की है। मौज और कलोल करने की है। मामा जी गोबिन्द राय की ओर देखने लगे। उन्होंने सोचा, यह त्याग तो करना ही होगा। मामा जी को तसल्ली है, इस उम्र में भी गोबिन्द राय के चेहरे पर समझदारी झलकने लगी है। जब भी वह संगत के सामने आता है, सभी श्रद्धालु हाथ जोड़कर खड़े हो जाते हैं। चेहरे पर अद्भुत तेज झलकता है। नवें गुरु की ज्योति धीरे-धीरे गोबिन्द राय में प्रवेश कर रही है।

गोबिन्द राय जैसे-जैसे बड़े हो रहे हैं, भाई जैता इस बात का पूरा ध्यान रखता है कि किसी भी प्रकार की कोई मर्यादा भंग न हो। बेशक गुरु जी जैता से उम्र में काफी छोटे हैं, तो भी वह जब भी गुरु जी के सामने आता है, पहले हाथ जोड़कर प्रणाम करता है। कई बार गोबिन्द राय उसे मना भी करते हैं, कहते हैं, ''भाई जैता, तुम हाथ जोड़ने की बजाय गले मिला करो।''

सुन कर जैता धन्य हो जाता है। गुरु जी के प्रति उसकी श्रद्धा और भी बढ़ जाती हैं। वह एक सरूर में, कभी महल में, कभी महल के बाहर मैदान में, कभी शिकार करते हुए जंगल में भी वह गुरु जी की ढाल बना रहता है।

समय गुज़रता गया। मामा कृपालचन्द रात-बिरात, अँधेरे-सवेरे, वक्त-बेवक्त जब भी समय मिलता, गुरु गोबिन्द राय को हिन्द की तवारीख (इतिहास) की जानकारी देते रहते।

भाई जैता भी संग-साथ रहता। वह खुद को नियन्त्रण में रखने का यत्न करता। मन में कैसी भी उथल-पुथल होती तब भी दखलन्दाजी न करता। कभी-कभी बातों को सुनकर वह चाहते हुए भी खामोश न रह पाता। ऐसे समय में उसके द्वारा यकायक उत्तेजित हो जाने से भी मामा कृपाल चन्द, गोबिन्द राय और गुरु-पत्नी आदि में से कोई भी कभी उस पर नाराज़ नहीं होता था।

दिन मामा कृपाल चन्द के साथ गुज़र जाता है। तलवारबाज़ी/तीरन्दाज़ी, गत्तका, कुश्तियाँ आदि अभ्यास रोजाना ही चलते। अब तो बन्दूक चलाने का अभ्यास भी किया जाने लगा है।

कुछ दूरी पर बाँस गाड़े गये हैं। उन पर एक के ऊपर एक छोटी मटकी को उलटा करके लटकाया गया है। गुरु-सेवक और गुरु के लिए जान कुर्बान करने वाले योद्धा, कभी तीरों से उन मटकियों में छेद कर देते। कभी बन्दूकों से उनके टुकड़े कर देते।

भाई जैता जब भी निशाना लगाने का अभ्यास करता है, मटकी पर आँख बनाकर फारसी शब्दों से 'औरंगजेब की आँख' लिख देता, फिर उस पर निशाना साधता। हर बार निशाना उस आँख पर जाकर लगता। जैता हमेशा कहता, "काश! इस समय यहाँ औरंगज़ेब खुद खड़ा होता।"

आनन्दपुर का दैनिक जीवन इस प्रकार का चल रहा है। सुल्तान औरंगजेब दक्षिण में हो रहे लगातार विरोध और बगावतों को दबाने में उलझा हुआ है। वरना आनन्दपुर की ये गतिविधियाँ उस से छिपी रहतीं?

कृपाल चन्द ने एक बार कहा भी था, "कई बार कुदरत और समय भी तुम्हारे साथ खड़ा हो जाता और तब तुम सच में चमत्कार करने में समर्थ हो जाते हो।"

ऐसे माहौल में ही गोबिन्द राय, गुरु गोबिन्द राय के रूप में परवान चढ़ रहा है।

23

संवत् 1732, माघ का महीना।

गुरु तेग़ बहादुर जी की तीसरी बरसी मनायी जा रही है। सुबह से श्रद्धालु आने लगे हैं। 'आदि ग्रन्थ' का पाठ हो रहा है।

माता नानकी की तबीयत इन दिनों काफी ढीली रहने लगी है। उन्हें अपने पुत्र गुरु तेग़ बहादुर की बहुत याद आ रही है। वह सोचती हैं, उनके पुत्र ने सदा मनुष्य को मनुष्य ही जाना, वरन् परायी अग्नि में कोई खुद को जलाता है। उनके लिए न कोई हिन्दू था, न ही कोई मुसलमान। जब भी उनके गुरु-पुत्र के श्लोक पढ़े जाते हैं तो आँखें बरसने लगती हैं। वृद्ध माता दोनों हाथ जोड़कर प्रार्थना करती हैं—हे सच्चे पातशाह। मुझे मेरे पुत्र के पास भेज दो। अब नैन-प्राण चलते नहीं। उसे बताऊँगी कि गोबिन्द राय अब जवान होने लगा है। एकदम तुम पर गया है। चेहरे पर कैसा तेज है? देखकर मन खिल जाता है। गुजरी तो उस पर बलिहारी जाती है। स्वभाव इतना कोमल है कि सभी का मन मोह लेता

है। पुत्र, तुम होते तो देखते, वह कैसे तलवार चलाता है, कैसे नेज़ा चलाता है। घुड़सवारी में भी माहिर है। आनन्दपुर में अब फिर से रौनक बढ़ने लगी है। श्रद्धालु और सेवक अब हथियार लेकर आते हैं। घोड़े भी लाते हैं। तुम्हारी बहुत याद आती है पुत्र।

जब दुष्टों ने तुम्हारा वध कर दिया और जैता तुम्हारा शीश लेकर आनन्दपुर आया था। अब देखो तो जैता कैसा जवान और शूरवीर योद्धा बन गया है। वह दस मुग़लों पर अकेले ही भारी है। उसमें बेकाबू घोड़े जितनी ताकत है। गोबिन्द राय का साया बना घूमता है। जैता जैसा रक्षक होने के कारण हमें गोबिन्द राय की रत्ती-भर भी चिन्ता नहीं है। माता गुजरी की सारी दुनिया गोबिन्द राय में ही बसती है। गोबिन्द राय खुश है तो माता गुजरी भी खुश है। पुत्र बेचैन है तो माता भी बेचैन है। जैता कहता है, 'मैं गुरु की ढाल हूँ। गुरु जी की ओर कोई तिरछी नज़र से झाँक भी नहीं सकता। मैं आँखें निकाल लूँगा उसकी।' माता नानकी आह भरती हैं।

इच्छा तो है, गोबिन्द राय का विवाह देख कर तुम्हारे पास आऊँ, मगर डर लगता है, अगर शरीर साथ छोड़ गया तो क्या होगा? इसी प्रकार खेलता-हँसता अपना संसार छोड़ जाऊँ तो अच्छा है। तुम्हें मालूम है, वीरो के पाँचों पुत्र अब आनन्दपुर में ही आकर रहने लगे हैं। वे सभी अत्यन्त बहादुर और तगड़े हैं। गोबिन्द राय को इन सभी का बहुत सहारा मिल गया है।

माता नानकी जी, इस प्रकार कभी अपने पुत्र और कभी अपने गुरु पति के साथ बातें करती रहती हैं। माता गुजरी उनके मन की अवस्था समझती हैं। वह उन्हें सहारा देकर सजे हुए दीवान में ले आती हैं। बीबी प्रेमो सदा सहारा देती है। कभी वह माता नानकी के पैर दबाती है, कभी सिर को दबाती है।

माता जी की गिरती हालत देखकर, मामा कृपाल चन्द को चिन्ता होने लगती है। क्या मालूम कब क्या हो जाये? आने वाली ऐसी घड़ी के लिए भी सभी को तैयार रहना चाहिए। अच्छा होगा, किसी बहाने से उनके मन की अन्तिम इच्छा जान लेना चाहिए। 'किस से कहे? बहन गुजरी इस ज़िम्मेदारी को सँभाल लेगी। मैं खुद ही पूछ लूँगा?' गोबिन्द राय को ऐसे झंझटों में न ही डाला जाये। जैता यह काम कर सकता है, परन्तु यदि माता नानकी ने उसके सामने कुछ भी बताने से इनकार कर दिया तो? तो क्या बीबी प्रेमो से कहा जाये? वह बातों-बातों में उनसे पूछ सकती है। उसे समझा दूँगा कि पूछ ले, 'माता जी, इतना संसार देख लिया, इतना जीवन भोगा। उम्र के इस पड़ाव पर वह कुछ करना चाहती हैं? —हाँ, यही ठीक होगा'।

मामा जी अक्सर ऐसी सोचों में घिरे रहते। गोबिन्द राय एकाग्रचित्त होकर, दीवान में चल रहे पाठ को ध्यान से श्रवण कर रहा है। भाई जैता हाथ में नेज़ा पकड़े, महल के मुख्य दरवाज़े पर चौकन्ना खड़ा है।

अरदास समाप्त हो चुकी है। गुरु-वाक्य के पश्चात् प्रसाद बाँटा जा रहा है। माता नानकी जी की तबीयत अचानक से अधिक बिगड़ जाती है। माता गुजरी और बीबी प्रेमो उन्हें सहारा देकर अन्दर ले जाती हैं।

इसके कुछ ही दिनों के पश्चात् महल में सभी के पास बस माता नानकी जी की यादें ही रह जाती हैं।

दो बार होश आने पर उनके मुँह से सिर्फ 'कीरतपुर' ही निकला। माता नानकी ने और कोई बात नहीं की। फिर हमने कीरतपुर में उनका दाह-संस्कार कर दिया। माता गुजरी जी अन्तिम क्रिया के दिन सारी बातें बीबी प्रेमो को बता रही हैं, "गोबिन्द राय की शादी देख ज़ाती बेबे।" बीबी वीरो भर्राये गले से कहती हैं।

आज फिर गुरु तेग़ बहादुर जी के श्लोक गाये जा रहे हैं। सारा माहौल ग़मगीन है। 'जो उपजिया सो बिनसै—' यह श्लोक सभी को और भी उदास कर जाता है।

मामा जी समझा रहे हैं, "यही अन्तिम सच है।" आये श्रद्धालु भरे मन से धीरे-धीरे वापस लौट गये हैं। गुरु के महल में फिर से उदासी पसर जाती है।

भाई जैता उदास-उदास-सा माता गुजरी के पास बैठा है।

"क्या बात है, मेरे पुत्र?" माता गुजरी चिन्ता से पूछते हैं।

"कुछ कहें तो मालूम हो माता जी? वो उदास और खोये-खोये से घूमते हैं। न शिकार पर जाते हैं, न मैदान पर अभ्यास करते हैं। पूछता हूँ तो बताते नहीं हैं। कुछ कीजिए माता जी?" जैता चिन्ता प्रकट करता है।

"क्या करूँ जैता पुत्र। यह उम्र और इतनी समझदारी...? उसकी ओर देखती हूँ तो कलेजा मुँह को आता है। हे गुरु नानक, कृपा करना। उसकी रक्षा करना। जाओ पुत्र। उसे मेरे पास ले आओ।"

जैता उठ कर चला जाता है।

"क्या बात है पुत्र? मैं देख रही हूँ, कुछ दिनों से तुम चुपचाप रहते हो।

जैता बता रहा है, तुम शिकार खेलने भी नहीं जाते हो?'' पास आकर खड़े हुए गोबिन्द राय को माता गुजरी मोह से पूछती हैं। फिर उन्हें अपने निकट बिठा लेती हैं।

''दादी माता की अत्यन्त याद आती है माता जी। आँखें बन्द करता हूँ तो यहाँ मेरे पास खड़ी नज़र आती हैं।'' हाथ से अपने सामने के खाली स्थान की ओर इशारा करते हुए गोबिन्द राय का गला भर आता है।

''माता जी के साथ तुम्हारा अत्यधिक स्नेह था पुत्र। लेकिन तुम्हें मालूम है न, तुम्हारे गुरु-पिता ने श्लोकों के माध्यम से क्या उपदेश दिया है। अब सारी ज़िम्मेदारी तुम़ मर है पुत्र। प्रभु की लीला मानकर तुम्हें सब्र-सन्तोष में रहना सीखना होगा। संगत सदा अपने गुरु से ऐसी ही आशा रखती है। तुम्हारे पिता-गुरु, तुम्हारे दादा-गुरु और उनके पिता-गुरु अर्जन देव जी ने स्वयं प्रभु की लीला को स्वीकार किया और धीरज-सन्तोष में रहने की मिसाल कायम की। मुग़ल हाकिम और तुर्क ज़ालिमों को दिखा दिया कि ज़ुल्म करना अलग बात है और प्रभु की लीला को स्वीकार कर उसे सहन करना अलग बात है। तुम्हें मालूम है न पुत्र, पाँचवें गुरु जी को मुसलमान हाकिमों ने तपते तवे पर बिठा कर उन पर अनेक अत्याचार ढाये थे।''

''मालूम है माता जी। मगर एक बात मुझे समझ में नहीं आती, पाँचवें गुरु जी के पास न फ़ौज थी, न उन्होंने किसी हाकिम का विरोध किया, फिर भी मुगलों ने उन पर इतने अत्याचार क्यों किये।''

''पुत्र, राज्य करने के लिए या गद्दी पर बैठने के लिए मुसलमान किसी भी रिश्ते की मर्यादा नहीं रखते। अकबर बादशाह का पोता खुसरो सलीम का पुत्र था। सलीम भी गद्दी पर बैठना चाहता था, और उसका पुत्र भी। अकबर की सलीम के साथ रंजिश थी। वह चाहता था कि खुसरो गद्दी पर बैठे। जब वह पंजाब आया तो गुरु अर्जन देव जी ने खुसरो को आशीर्वाद दिया। बस, इसी बात से जहाँगीर नाराज़ हो गया कि गुरु जी ने उसके पुत्र को तिलक क्यों लगाया था?''

''माता जी, क्या किसी को आशीर्वाद देने से भी राजा और बादशाह नाराज़ हो जाते हैं?'' गोबिन्द राय हैरानी से पूछता है।

''पुत्र आर्शीवाद देने का अर्थ है कि हम सभी लोग तुम्हारे साथ हैं।''

''इतनी सी बात से इतने बड़े बादशाह को क्या फ़र्क पड़ता है?''

''बस मुसलमान बादशाहों को कोई न कोई बहाना चाहिए ही होता है। जहाँगीर तो सिखों का दुश्मन पहले से ही था। उसने धोखे से गुरु अर्जन देव जी को अपने पास बुलाया, फिर उन पर अत्याचार किये। तपते तवे पर बिठाया।

सिर पर गर्म रेत डाली। तुम्हें सब कुछ मालूम है न" कहते हुए माता गुजरी ने गहरी आह भरी।

"इस प्रकार जुल्म सहन करना, इसका विरोध न करना। यह तो उचित नहीं है।" गोबिन्द राय के चेहरे पर बेचैनी है।

"गुरु जी शान्त स्वभाव के थे। प्रभु की मर्ज़ी मानने वाले थे। उसकी लीला मानते थे। वह जब लाहौर जाने लगे तो अपने सेवकों से कह कर गये थे कि आने वाला समय अत्यन्त भयानक और मुश्किल से भरा होगा। अब सिखों को हथियारबन्द होना पड़ेगा।"

"हूँ। यह हुई न बहादुरों वाली बात।" गोबिन्द राय जोश में आकर बोला।

"इसी कारण पुत्र, तुम्हारे दादा जी, गुरु हरिगोबिन्द राय ने दो तलवारें धारण कीं। एक मीरी की तलवार और दूसरी पीरी की। उन्होंने हरिमन्दर साहिब के सामने अकाल तख्त बनवाया। मसन्दों से कहा, अब गुरु भेंटा के साथ-साथ घोड़े और हथियार भी साथ लेकर आयें। सिखों को घुड़सवारी और तलवार चलाना सिखाने के प्रबन्ध किये। अकाल तख्त के सामने वे अभ्यास करवाते, गत्तका सिखातें। तलवारों संग नकली युद्ध करवाते। तब पुत्र, तुम्हारे दादा जी की उम्र तुम्हारे बराबर ही थी, लेकिन समझदारी में वे बड़े थे। बहादुर और शूरवीर भी थे।"

"मैं भी दादा जी की तरह बहादुर बनूँगा माता।" जोश में गोबिन्द राय का चेहरा चमकने लगा।

"तुम्हारे दादा जी ने अपनी फ़ौज तैयार की थी पुत्र।"

"मैं भी फ़ौज तैयार करूँगा।"

"तुम्हारे दादा जी, मुग़लों संग युद्ध करते रहे।"

"मैं भी तुर्कों संग युद्ध करूँगा। जो अत्याचार उन्होंने गुरुओं और सिखों पर किये, उनका हिसाब करूँगा।"

"माता जी, गुरु जी घर से बाहर निकलते नहीं। युद्ध क्या लड़ेंगे?" पास खड़े जैता ने ताना मारा।

"जैता भाई, कल से शिकार पर चलेंगे। मैदान में अभ्यास भी करेंगे।"

गोबिन्द राय एकदम जोश में हैं।

"गबरू हो जाओ पुत्र। अभी तुम्हारी उम्र छोटी है।"

"दादा जी भी तो मेरी उम्र के थे न! मैं इतना छोटा भी नहीं हूँ माता। जैता से पूछ लो।"

"जैता पुत्र! तुम झूठ मत कहना।" माता गुजरी भी अब उल्लास में हैं। गोबिन्द राय की उदासी भी काफूर हो रही है।

"क्या पूछना है माता जी?"

"मैं गबरू हो गया हूँ।" गोबिन्द राय कहता है।

"हाँ पुत्र, जब गोबिन्द राय मैदान में तलवार चलाता है तो कितना जोश होता है उसमें, तुम बताओ जैता?"

"सच कहता हूँ माता जी, गुरु जी अपनी उम्र से चार-पाँच वर्ष बड़े युवक-सा बल रखते हैं। जब भी हम तलवारबाजी का अभ्यास करते हैं तो गुरु जी का वार किसी योद्धा से कम नहीं होता।" जैता प्रंशसामयी नज़रों से गुरु जी की ओर देखते हुए कहता है।

"मैं तो चाहती हूँ, अभी कुछ समय और मेरा पुत्र हँसे-खेले। फिर क्या मालूम, सारी उम्र तुर्कों संग लड़ते हुए गुज़ारनी पड़े।"

"माता जी, आप चिन्ता न कीजिए। मेरे जीते जी गुरु जी की ओर कोई भी नहीं झाँक सकता। पास आना तो दूर की बात है।" जैता गर्व से कहता है।

"मैं जानती हूँ पुत्र। गुरु-परिवार के प्रति तुम्हारी भावना को समझती हूँ मैं। तुम, तुम्हारे पिता, ताया जी सभी गुरुघर के प्रति समर्पित रहे हैं। तुम्हारे होते हुए मुझे चिन्ता करने की कोई आवश्यकता नहीं, लेकिन दुश्मन की ओर से लापरवाह होना भी उचित नहीं है।"

"मैं खुद पर ऐसा इल्ज़ाम कभी नहीं आने दूँगा।" कहते हुए जैता ने सिर झुकाया।

तभी एक सेवक ने आकर सूचना दी, "दिल्ली से एक सेवक आया है। वह गुरु जी से मिलना चाहता है।"

"देखो तो जैता पुत्र, सेवक के भेष में कोई मुगल सिपाही तो नहीं?" माता गुजरी चिन्तित स्वर में कहती हैं।

"जब तक मैं खुद आपको बुलाने न आऊँ, गुरु जी आप बाहर नहीं आना।" इतना कह कर भाई जैता दीवार संग टिका कर रखा बर्छा मज़बूती से थाम बाहर निकल जाता है।

24

महल के बाहर एक सिख सेवक बुरी हालत में खड़ा है। धूल से भरे हुए पैर। मैले-कुचैले कपड़े। सिर पर आड़ी-तिरछी ढीली-ढाली-सी पगड़ी। आँखों में उदासी।

भाई जैता, जिस तेवर से बाहर आया था, सिख की हालत देख कर चेहरे का तनाव एकदम ढीला पड़ गया। भीतर हमदर्दी जागती है, सत्कार से पूछता है, ''कहाँ से आये हो भाई साहब?''

''दिल्ली से आ रहा हूँ जैता भाई। मैं आपको पहचानता हूँ।''

''अन्दर आ जाओ। मुँह-हाथ धो लो। थके हुए लग रहे हो। पहले लंगर खाओ, आराम करो। फिर गुरु जी से मुलाकात करना।'' जैता एक ओर हट कर उसे रास्ता देता है। फिर उसे बताता है, कुआँ किस ओर है। लंगर किस ओर है।

''दिल्ली के हालात अच्छे नहीं हैं भाई जैता जी।'' अन्दर जाते हुए सिख बताता है, ''दिल्ली के सिख अभी भी मुग़लों की आँखों में खटकते हैं।''

''जब गुरु जी का वध किया, उस समय तो कोई सिख नहीं खटका?'' जैता के स्वर में रोष है।

''जिस लायक थे, जैता भाई, उतना रोष प्रकट किया। मन में क्रोध भी उमड़ा। परन्तु हाकिम ज़बरदस्त थे। पकड़कर क़त्ल कर देते थे। जब बादशाह दक्षिण से दिल्ली आया तो एक सेवक ने गुस्से से उस पर ईंट फेंक कर मारी थी। उसे क़त्ल कर दिया गया। एक और सिख ने इतना ऊँचा बोल कर सलाम किया कि बादशाह ने इसे अपनी तौहीन समझा। उसे भी क़त्ल कर दिया गया।''

''ठीक है भाई। पहले नहा-धोकर लंगर-पानी खा लो। फिर बातें करेंगे।'' कह कर भाई जैता बाहर निकल आया।

सामने से मामा जी आ रहे थे। पूछते हैं, ''दिल्ली से कोई सेवक आया है यहाँ?''

''आया है मामा जी। मैंने उसे उधर लंगर खाने के लिए भेज दिया है। दीवान में बुलाया है। वह गुरु जी के दर्शन करने के लिए आया है।''

''कोई सन्देहात्मक आदमी तो नहीं है?'' मामा जी ने चिन्ता से पूछा।

''नहीं, मुझे पहचानता है। सम्भव है, गुरु जी के वध के समय भीड़ में रहा हो।''

''ठीक है। दीवान में ही आने दो। गोबिन्द राय को थोड़ी दूर ही बिठाना। तुम भी निगाह रखना। दीवान में जाने से पहले देख लेना, कहीं कोई हथियार छुपा न रखा हो।''

''चिन्ता न कीजिए माता जी। ये आँखें व्यक्ति के शरीर के आर-पार निकल जाती हैं।''

जैता का विश्वास देखकर, मामा जी के चेहरे पर मुस्कुराहट आ जाती है।

दीवान में सभी मौजूद हैं। जैता, गोबिन्द राय को बुला लाया। नहा-धोकर, लंगर खा-पीकर, दिल्ली से आया सेवक अब ताज़ादम लग रहा है। जब दिल्ली की घटनाओं के बारे में विस्तृत विवरण कर चुका तो मामा जी ने कहा, ''अब तो औरंगज़ेब जान गया होगा, सभी सिख डरने वाले नहीं होते।''

''हमने सुना है, सिखों के डर से वह दिल्ली को हमेशा के लिए छोड़ गया है।''

दिल्ली का सेवक बताता है, ''पाँचवें गुरु का वध कर, जहाँगीर समझता था, मैं सिखों में भय पैदा कर लूँगा, मगर तुम्हारे दादा जी ने इसके विरोध में फ़ौज खड़ी कर ली। लोहगढ़ का किला बनवाया। अकाल तख़्त बनवाया। जहाँगीर ने उन्हें बेशक धोखे से कैद कर लिया था, मगर तुम्हारे दादा जी, स्वयं तो रिहा होकर बाहर आये ही, साथ में बावन पहाड़ी राजाओं को भी रिहा करवा लाये।''

''हम भी अपनी फ़ौज तैयार करेंगे मामा जी। किले बनवायेंगें...।''

''पुत्र, अगर इज़्ज़त से जीना है तो सेर को सवा सेर होकर टकराना होगा। हम कोई 'राम राय' नहीं, जो शाही टुकड़ों की आस रखें।''

''राम राय, दिल्ली कैसे गये थे मामा जी? कहाँ गुरु सिख होना, कहाँ मुग़ल बादशाह की शरण में जाना।''

''गोबिन्द राय इतना तो तुम्हें मालूम है न, तुम्हारे दादा गुरु के बाद गुरु हरि राय जी, सातवें गुरु बने थे?'' मामा जी पूछते हैं।

''मालूम है मामा जी। माता जी ने सभी गुरुओं के बारे में बताया है।''

''मुझे भी सब मालूम है मामा जी।'' पास पहरे पर खड़े जैता ने जानकारी दी।

''तुम्हें मालूम है भाई जैता, उस समय दक्षिण के राजपूत राजाओं ने मुग़लों का जीना हराम कर रखा था। शाहजहाँ बादशाह का सबसे बड़ा शाहज़ादा दारा शिकोह भी अकबर की भाँति बहुत कट्टर नहीं था। वह यहाँ के मूल निवासियों के साथ मिलकर राज करना चाहता था। राजपूत राजा भी विद्रोह कर रहे थे। तुर्क हाकिम उस तरफ ही उलझे रहे। पंजाब की ओर आने का उनके पास कोई समय नहीं था। गुरु हरि राय को सिख धर्म का प्रचार करने और श्रद्धालुओं में बढ़ोतरी करने में कोई अड़चन न आयी। फ़ौजी ताकत तो तुम्हारे दादा जी बना गये थे। गुरु हरि राय ने फ़ौज में भी वृद्धि की। उनके पास दो-अढाई हज़ार के करीब फ़ौज थी। इसमें पैदल, हथियारबन्द भी थे और घुड़सवार भी थे।''

''मामा जी, मैं यह पूछ रहा था कि राम राय जी दिल्ली कैसे चले गये?'' मामा जी को टोक कर गोबिन्द राय पूछते हैं।

''वही बता रहा था पुत्र।''

''मामा जी, आप तो दारा शिकोह का किस्सा छेड़ बैठे हैं...।''

"उसी कारण तो राम राय को दिल्ली भेजना पड़ा था। औरंगज़ेब, दारा शिकोह के पीछे लगा हुआ था। दारा शिकोह इधर पंजाब की ओर भाग निकला। गुरु हरि राय जी ने, शस्त्रधारी सिखों ने, औरंगज़ेब की फ़ौज को ब्यास दरिया किनारे पर घेर लिया। गुरु जी चाहते थे, दारा शिकोह को कुछ समय मिल जाये और वह अपना बचाव कर कहीं दूर निकल जाये। औरंगज़ेब को गुरु जी की इस दिलेरी की सूचना मिली तो उसने गुरु जी को दिल्ली में बुलवा भेजा। औरंगज़ेब के पास गुरु जी स्वयं न गये, उन्होंने अपने पुत्र राम राय को वहाँ भेज दिया। बादशाह ने इसे अपनी तौहीन माना। उसने राम राय को दिल्ली में ही रख लिया। इस प्रकार, बादशाह ने उसे शाही ढंग से नज़रबन्द कर लिया। पंजाब नहीं आने दिया। उसने शायद सोचा होगा कि यदि गुरु जी की ओर से कोई ज़ुर्रत की गयी तो उसका बदला राम राय से लिया जायेगा। कुछ अर्से पश्चात् राम राय औरंगज़ेब का प्रशंसक बन गया। उसे लोभ ने घेर लिया। शहंशाह की मदद से वह आगामी गुरु बन जायेगा।"

"राम राय गुरु क्यों नहीं बना मामा जी?"

"बेटा, राम राय को दिल्ली भेजते समय पिता गुरु ने उसे समझाया था, 'देखो बेटा, सिख कौम की सारी ज़िम्मेदारी तुम्हारे कन्धों पर है। सिख धर्म की लाज और पगड़ी हमने तुम्हें थमा दी है। पुत्र, तुम्हें खरा सोना होकर दिखाना है। पारस बनना होगा। बादशाह का और उसके शाही दरबारियों का शाही जलाल बहुत आकर्षित है पुत्र। उसे देखते हुए अपनी आन पर आँच मत आने देना। बादशाह मोहरों का लालच भी देगा। सुन्दर बेगमें भी तुम्हें भरमायेंगी। तुम्हें अपना बचाव स्वयं ही करना होगा। यह रक्षा सिख धर्म की रक्षा है पुत्र। तुम डरना मत। डरा हुआ व्यक्ति सौ बार मरता है, वरना जीवन में मौत एक बार ही आती है। तुम सौ बार मत मरना पुत्र। यदि संकट की घड़ी आ गयी तो एक बार ही मरना कबूल करना पुत्र। दिल्ली दरबार में तुम न हमारे लिए जा रहे हो न अपने लिए। दिल्ली दरबार में तुम सिख धर्म के लिए जा रहे हो। जाओ पुत्र, गुरु नानक तुम्हारे अंग-संग रहेंगे।' मगर हुआ क्या, गोबिन्द राय, राम राय दिल्ली दरबार के शाही जलाल में फँस गया। वह दिल्ली का ही होकर रह गया। वहाँ शाही मदद से गुरुगद्दी पर कब्ज़ा करने की योजनाएँ बनाने लगा। यह सूचना मिलने पर सारी सिख कौम का सिर शर्म से झुक गया। जब गुरु हरिकृष्ण को गुरुगद्दी का तिलक लगाया गया, तब उनकी उम्र महज़ आठ वर्ष ही थी। राम राय बड़ा भाई तो था, मगर वह तुर्क हाकिमों की शरण में था। औरंगज़ेब का वफादार बन बैठा था। उसने औरंगज़ेब के पास जाकर शिकायत की, 'मैं बड़ा

हूँ। गुरुगद्दी पर मेरा हक़ पहला बनता है, परन्तु गुरुगद्दी छोटे को दे दी गयी है।' पुत्र, जबकि गुरुघर की यह परम्परा रही है कि यहाँ गुरुगद्दी वारिस को नहीं, योग्य व्यक्ति को ही मिलती है।"

"औरंगज़ेब को ऐसे मौके खुदा द्वारा प्रदान किये महसूस होते थे। उसने सोचा, वह एक तीर से दो निशाने करेगा। राम राय उसकी हज़ूरी में ही था। इसके द्वारा वह गुरुघर में फूट डाल देगा। फैसला करवाने के लिए उसने गुरु हरिकृष्ण को दिल्ली बुलवा भेजा। दिल्ली में उस समय चेचक की बीमारी फैली हुई थी। गुरु हरिकृष्ण को भी चेचक निकल आयी। वह बहुत अर्से तक बीमार रहे। जब सेवकों ने जान लिया कि मुश्किल घड़ी आ पहुँची है तो उन्होंने पूछा, 'गुरु जी, हमें किसके सहारे छोड़ कर जा रहे हैं? हमें कोई रास्ता दिखाई नहीं देता। हम तो दर-दर मारे फिरेंगे।' गुरु जी ने सिर्फ़ इतना ही कहा, 'बाबा बकाला।'"

"इस प्रकार गोबिन्द राय, राम राय की मंशा मन में ही रह गयी। जब सेवकों में यह बात फैल गयी तो बकाला में बहुत सारे गद्दी सजा कर बैठ गये। मसंद भी गुरु बन बैठे। दिल्ली से आकर राम राय ने भी अपनी खाट सजा ली। इस प्रकार बाईस लोग अपनी-अपनी चारपाई पर गुरु बन कर बैठ गये। सभी ने अपने-अपने ढिंढोरची रख लिए जो इस बात की घोषणा करता कि, 'मेरा गुरु सच्चा है।' तुर्क गद्दी के लिए पारिवारिक रिश्तों की मर्यादा को ताक पर रख देते हैं, हमने भी गुरु गद्दी के लिए सिख-परम्परा को ताक पर रख दिया और एक-दो नहीं, बाईस सिख गुरु बन बैठे। यह तो मक्खन शाह लुबाणा नामक एक शाही व्यापारी था। वह गुरु जी के दर्शन के लिए पंजाब आया। उसने देखा कि यहाँ तो बाईस गुरु बैठे हैं। असली गुरु कौन होगा, कैसे मालूम होगा? फिर उसने सोचा, सभी को ही प्रणाम किया जाये, जहाँ मन को कुछ एहसास होगा, वही असली गुरु होगा। उसने एक-एक करके सभी के आगे शीश नवाया, परन्तु उसका मन शान्त न हुआ। अन्त में उसे मालूम हुआ, एक और भी सिख है, जो गर्भगृह में तपस्या कर रहा है। मक्खन वहाँ जा पहुँचा। उसने शीश नवाया। सत्य सत्य ही होता है पुत्र। तुम्हारे पिता के दर्शन करते ही वह निहाल हो गया। उसने घर की छत पर जाकर घोषणा की, 'सच्चा गुरु मिल गया—सच्चा गुरु मिल गया।' फिर तो पुत्र सभी ओर जय-जयकार होने लगी। नकली चारपाई वालों को फ़िक्र होने लगा। फिर तो गुरुगद्दी के समय, तिलक लगाने के पश्चात् भी धीरमल ने तुम्हारे पिता पर गोली चला दी। जैसे मुग़ल करते हैं, यहाँ हमारे परिवार में भी वैसा ही हुआ। तुम्हारे पिता बकाला से कीरतपुर आ गये। उन्हें वहाँ भी टिकने न दिया तो वह आनन्दपुर साहिब आ गये। यह स्थान उन्होंने खरीद ही लिया।"

"सिख धर्म के विरोधियों को मैं सबक सिखाऊँगा मामा जी।" गोबिन्द राय ने रोष में भर कर कहा।

"किस-किस को सबक सिखाओगे पुत्र। गुरु विरोधियों और सिख विरोधियों ने क्या कुछ नहीं किया। लालच बढ़ गयी है। सभी स्वार्थी हो गये हैं। गुरु अर्जुन देव जी को गद्दी सौंपते समय पृथ्वी चन्द ने विरोध किया। गुरु हरि राय को तिलक लगाते समय उसके भाई धीरमल ने स्वयं गुरु बनना चाहा। गुरु हरिकृष्ण के समय, राम राय ने औरंगज़ेब की मदद से गुरु बनना चाहा। तुम्हारे पिता के गुरु बनने के पश्चात् अमृतसर हरिमन्दर साहिब में माथा टेकने के लिए गये तो उन्हें वहाँ गुरुद्वारे में प्रवेश न करने दिया गया, वे वहाँ ताला लगाकर चले गये। तुम्हारे पिता जी बाहर से ही माथा टेक कर चले आये। गुरु नानक देव जी के बारे में तुम जानते ही हो कि भाई लहिणा जी को गुरुगद्दी सौंपते समय उनके पुत्र उनसे नाराज़ हो गये थे।"

"मामा जी, ये गद्दी का सिलसिला क्या ऐसे ही चलता रहेगा?" गोबिन्द राय के चेहरे पर चिन्ता की रेखाएँ उभर आयी थीं।

"यह तो गुरु-परम्परा है, पुत्र। ऐसे ही चलती जायेगी।"

"विरोध तभी होगा मामा जी, अगर न गुरु हो, और न ही झगड़ा हो।"

"फिर सिख धर्म का प्रचार कैसे आगे बढ़ेगा?"

"यही चिन्ता की बात है। इस पर हम विचार करेंगे मामा जी। दिल्ली से आये सेवक ने और क्या कहा मामा जी?" गोबिन्द राय ने बात का रुख मोड़ते हुए कहा।

"क्या कहेगा पुत्र। सिख भयभीत हैं। शाही फरमान के अनुसार, जिस पर भी थोड़ा-सा शक हो, उसे क़त्ल कर दिया जाता है।" मामा जी ने दुःख से बताते हुए नज़रें झुका लीं।

"मामा जी, मेरा जी चाहता है कि मैं तुर्क सिपाहियों का लिबास पहनकर दिल्ली जाऊँ और एक-एक कर सभी शाही दरबारियों को बादशाह सहित क़त्ल कर दूँ।" कहते हुए जैता की आँखों में मानो लहू उतर आया।

"वो भी समय आयेगा भाई जैता। मन के ये चाव भी पूरे होंगे। परन्तु यह जान लो, एक ओर शाही फ़ौज है, हाथी, घोड़े, तोपें, बन्दूकें—सभी हैं और दूसरी ओर हम सभी जानते हैं कि हमारे पास क्या है?"

"मामा जी, हमारे पास सच्चाई है। मन की ताकत से गुरु नानक का ही सहारा है। उनके पास फरेब है, कुफ्र है। कुफ्र के पैर नहीं होते। गुरु जी के श्लोक पढ़ते हैं न हमें—न भय देना है, न भय रखना है। मालूम है, हम गिनती

में कम हैं। परन्तु हमारे पास सिदक है, जाँबाजी है। जब भी मौका आया, हम उनके पैर उखाड़ देंगे, भगदड़ मचा देंगे। देखना मामा जी, तुर्क अपने हथियार छोड़ कर कैसे भाग जायेंगे। उनके घोड़े अपने सिखों के काम आयेंगे। उनकी टोपियों संग हमारे बच्चे खेलेंगे।'' कह कर जैता हँसता है।

''अभी ये हमारे साथ खिलवाड़ कर रहे हैं।'' दिल्ली से आये सेवक ने कहा।

''भाई, गुरु जी ने सब्र करने और प्रभु की लीला को स्वीकार करने की शिक्षा दी है। समय कभी एक समान नहीं रहता। एक समय आयेगा, जब हम तुर्कों संग सभी हिसाब बराबर करेंगे।'' मामा जी दिल्ली के सेवक को शान्त करते हैं।

''मामा जी, इस प्रकार वे समझेंगे, हम कमज़ोर हैं, बुज़दिल हैं। हमारी ग़ैरत खत्म हो गयी है।'' भाई जैता का चेहरा दहकने लगा।

गुरु गोबिन्द राय खामोशी से उसे एकटक देखते रहे।

समय गुज़रता जा रहा था।

मामा कृपाल चन्द को जब भी समय मिलता, वह गोबिन्द राय की शिक्षा की ओर पूरा ध्यान देते। उसे लगातार हिन्द के इतिहास से परिचित करवाते रहते। जैता चट्टान के समान उसके आस-पास मौजूद रहता। उसकी बाज़ नज़र चारों ओर ताड़ती रहती थी।

पूर्ण चन्द्रमा का दिन है। गोबिन्द राय को माता गुजरी ने स्नान करवाया। गीले केशों को सुखाने के लिए गोबिन्द राय धूप में जा बैठे।

कृपाल चन्द हैरान है, आज गोबिन्द राय अपनी 'नितनेम'* का पाठ करना कैसे भूल गये? उन्होंने भीतर जाकर जानना चाहा, ''ऐसी कोताही क्यों हुई?''

''माफ़ कीजिए मामा जी। शाम को शिकार खेलते-खेलते थक गया था। इसलिए सुबह थोड़ी देर तक सोता रहा। अभी आता हूँ, बस ज़रा केशों को हवा लग जाये।''

''हमें मिसाल बनना है पुत्र। इस प्रकार की लापरवाही हमें शोभा नहीं देती।''

''आगे से ऐसा नहीं होगा मामा जी।''

लम्बे समय से आनन्दपुर में यह नियम बना हुआ है। तड़के पहर से ही स्नान कर पाठ करने का नियम रहा। गुरबाणी पर विचार चर्चा की जाती। दोपहर के समय कुश्तियाँ, गत्तका, तलवारबाज़ी, नेज़ेबाज़ी का अभ्यास किया जाता है। फिर दरबारी कवियों से वीर रस की कविताएँ सुनी जातीं। स्वांग रचने वाले भाँड

---

* गुरु वाणी—जिसमें पाँच वाणियाँ शामिल होती हैं।

तमाशा करके दिखाते। गुरु गोबिन्द राय ने सारे देश से कवियों को बुला रखा है। दूर-दूर से कवि, विद्वान आकर आनन्दपुर रह रहे हैं। अब तो गुरु जी कुछ सिखों को संस्कृत की शिक्षा प्राप्ति के लिए बनारस के पण्डितों के पास भेजने की योजना बना रहे हैं। गुरु जी स्वयं भी काव्य-रचना करने का प्रयास करते हैं। सन्ध्या समय वह शिकार के लिए जाते हैं। रात के समय गोबिन्द राय माता गुजरी के सान्निध्य प्राप्त कर गुरु साहिबान से सम्बन्धित कथाएँ सुनते हैं।

आज भी दिन भर अपने दैनिक कार्यों से निवृत होकर, गोबिन्द राय माता गुजरी के निकट बैठा है। कमरे के अन्दर दीये का प्रकाश फैला है। जैता बाहर पहरा दे रहा है। जब तक महल के अन्दर सभी सो नहीं जाते, तब तक जैता बाहर से हिलता नहीं है।

माता जी आदतानुसार पुत्र को समझा रही हैं, ''पुत्र, बहुत कठिन समय आने वाला है। हमारे चारों ओर दुश्मन हैं। मुग़लों के साथ अपने सम्बन्धी भी, जो मुग़लों से अधिक खतरनाक हैं। तुम्हारे पिता जी को भी इन सम्बन्धियों ने चैन नहीं लेने दिया था। दुःखी होकर तुम्हारे पिता ने कल्हूर राजा से यह ज़मीन खरीद ली और यहाँ 'नानकी चक' बसाया, जो अब आनन्दपुर साहिब कहलाता है पुत्र। मालूम नहीं, परमात्मा को क्या मंजूर है। हर पल भय बना रहता है। तुम कब जवान होंगे। तुम्हारा ब्याह होगा। गुरु गद्दी की मर्यादा को आगे बढ़ाने के लिए तुम्हारे ऊपर भारी ज़िम्मेदारी है पुत्र। हमें हर संकट में भी तुम्हे सँभाल कर रखना है। तुम्हारे मामा जी ने बताया है कि अभी बादशाह दक्खन में उलझा हुआ है। अच्छा है, वाहेगुरु, उसे कुछ और वर्ष उसी तरफ उलझाये रखें। तुम्हारे जवान होने पर फिर हमें कोई चिन्ता नहीं रहेगी।''

''माता जी, आप बेवजह ही फिक्र करते हैं। मेरे पास जैता भाई है। मामा जी हैं। वीरो बुआ के पाँचों पुत्र हैं। वक्त आने पर, माता जी आप स्वयं देखेंगी कि मैं भी कितना बहादुर हूँगा।''

ऐसे विचारों और सन्देहों में ही रात गुज़र जाती है। अगले दिन से फिर नित्यकर्म आरम्भ हो जाता है।

माता गुजरी हर समय भाई जैता को हिदायतें देती रहती हैं, ''गोबिन्द राय से एक पल के लिए तुम दूर मत रहना। जिस पर थोड़ा-सा भी सन्देह हो, उस व्यक्ति को गोबिन्द राय के नज़दीक मन जाने देना। संगता को गाबिन्द राय जैसी ही पोशाक पहनाकर सदा साथ रखना। बीबी वीरो के सुपुत्रों को भी शिकार के समय गोबिन्द राय के आस-पास ही रखना।'' जैता माता जी को विश्वास दिलाता है कि चिन्ता न करें, मगर माता जी अपने दिल के हाथों मज़बूर हैं।

कुछ समय से पहाड़ी राजाओं की ओर से तरह-तरह की अफवाहें फैल रही हैं। वह गुरु गोबिन्द राय की घुड़सवारी से, शिकार खेलने व तलवारबाज़ी से खफ़ा हैं। मसंद भी भयभीत रहने लगे हैं। गोबिन्द राय की बढ़ रही ताकत और रसूख से वे परेशान हैं। पहाड़ी राजाओं को मसंद भड़काने लगे हैं।

माता गुजरी और कृपाल चन्द को आजकल एक और चिन्ता खाये जा रही है।

सन्ध्या का समय है।

अभी-अभी सभी शिकार से लौटे हैं। गुरु गोबिन्द राय, मामा कृपाल चन्द, माता गुजरी दीवान में बैठे हैं। मामा जी, गोबिन्द राय से शिकार की बातें सुन रहे हैं। वह जैता की चुस्ती और फुर्ती बाबत बता रहे हैं कि कैसे उसने एक जंगली मुर्गे को तीर से निशाना बनाया। तभी भाई जैता ने आकर बताया, "बाहर भारी तोंद वाले सिख आये हैं।"

"क्या कह रहे हैं?" मामा जी ने पूछा।

"कह रहे हैं माता जी से मिलना है।" जैता ने जवाब में कहा।

"कौन लोग हैं?"

"अपने मसंद है, मामा जी।"

"उन्हें यहीं अन्दर ले आओ।"

अन्दर आकर, प्रणाम कर मसंद बैठ जाते हैं और एक-दूसरे की ओर देखने लगते हैं।

"कहिए, क्या कहना है माता जी से?" मामा कृपाल चन्द पूछते हैं।

सभी मौन हैं। वे सामने बैठे गुरु गोबिन्द राय से झिझक रहे हैं। मगर उन्हें बताना तो पड़ेगा ही। वे सोचते हैं, अगर गुरु जी न होते तो अच्छा होता।

मामा जी फिर से पूछते हैं, "क्या बात है? क्या कहना चाहते हो भाई?"

"माफ़ करना माता जी।" एक मसंद थूक निगलते हुए कहता है, "हमने पहाड़ी लोगों से कुछ अफवाहें सुनी हैं। हमारे गुरु शिकार करते हैं, तलवार चलाते हैं, बन्दूक चलाते हैं। वे सिखों की फ़ौज बना रहे हैं। पहाड़ी राजा इनसे बहुत खफा हैं। सुना है, वे लोग मिलकर आनन्दपुर पर धावा बोलने वाले हैं, आपको सूचित करना हमारा फ़र्ज़ था। गुरु जी को इन सभी कार्यों से रोक दीजिए, माता जी। पहाड़ी राजाओं का कहना है कि आप लोग सिर्फ़, गुरुबाणी पढ़ो, नाम जपो और लंगर-पानी खाओ। और कुछ मत करो। वे राजा लोग बहुत तेज़-तर्रार हैं। उनके पास फ़ौज भी है, हथियार भी हैं और धन भी...।"

गुरु गोबिन्द राय सुन कर क्रोध से भर जाते हैं। उनकी आँखें लाल सुर्ख हो जाती हैं। मसंदों को टोक कर कहते हैं, "उनसे जाकर कह दो—हमें कैसे जीना चाहिए, यह बात हमें मालूम है। हमारे रहन-सहन में वे दखलन्दाज़ी नहीं कर सकते। इस प्रकार के भय से जीने से तो मौत भली। जाओ, जिन राजाओं ने तुम लोगों को भेजा है, जाकर उनसे कह दो। उनकी ऐसी धमकियों से हम डरने वाले नहीं हैं।"

"ऐसा न कहो पुत्र। आखिर कोई बात तो अवश्य होगी।" माता गुजरी जी चिन्ताग्रस्त होकर पुत्र को समझाती हैं।

"और क्या बात होगी माता जी। वे लोग नहीं चाहते कि हम युद्ध कला में प्रवीण हों। वे नहीं चाहते, हम शिकार खेल कर निडर बनें। हम सेर से सवा सेर होकर मुकाबला करेंगे माता जी। जाओ, फिर कभी इस प्रकार की सूचना लेकर यहाँ मत आना।"

मामा जी, गोबिन्द राय का आक्रोश देखकर इस प्रति सन्तुष्ट नज़र आ रहे हैं कि गोबिन्द राय की शिक्षा और दीक्षा सही ढंग से हो रही है।

मसंद मायूस-से उठ खड़े होते हैं। अचानक बाहर से चीख सुनाई देती है। गोबिन्द राय भागते हुए बाहर आकर पूछते हैं, "क्या हुआ?"

"कुछ नहीं गुरु जी, एक मसंद को बर्छा से गुदगुदाने लगा कि वह चीख उठा।" सभी मसंदों को भागते देख जैता के साथ-साथ गोबिन्द राय भी मुस्करा देते हैं। जैता बाद में आकर सन्देश देता है कि, "काबुल से व्यापारी दुनीचन्द आया है। गुरु जी के दर्शन करना चाहता है।"

25

काबुल के साथ गुरु-परिवार की बेहद यादें जुड़ी हुई हैं। नाम सुनते ही कृपाल चन्द को काफी कुछ याद आने लगता है। गुरु नानक देव जी की उदासियाँ (यात्राएँ), गुरु तेग बहादुर की यात्राएँ। गुरु साहिबान में श्रद्धा रखने वाले श्रद्धालुओं का कोई अन्त नहीं।

अफगानिस्तान, मध्य एशिया, काबुल, मक्का, ढाका...कहाँ-कहाँ से श्रद्धालु आते हैं। भेंट लेकर दर्शन करने वालों का कोई अन्त नहीं। बहुमूल्य तोहफे, कभी घोड़े, कभी हथियार, कभी गुरु दरबार के लिए कीमती वस्तुएँ। जैसे-जैसे

इन व्यापारियों का व्यापार बढ़ता जाता है, वैसे-वैसे ही उनकी श्रद्धा गुरु-परिवार में बढ़ती जाती है।

आज भी एक व्यापारी दुनीचन्द गुरु जी के दर्शन करने के लिए आया है। कुछ समय के पश्चात् भाई जैता, उसे मामा कृपाल चन्द के पास ले आता है।

हाथ जोड़कर प्रणाम करने के पश्चात् दुनीचन्द अपने साथ लाये पशमीना का तम्बू भेंट करके अर्ज़ करता है, ''यह तम्बू गुरु जी के दरबार में ही शोभा देगा। इसे स्वीकार कर मुझे कृतार्थ करें।''

सभी ने देखा, उस तम्बू पर सोने और चाँदी के तारों से कढ़ाई की हुई है। भाँति-भाँति के बेल-बूटे, पंछी और हिरन-शेर इत्यादि काढ़े गये हैं। तम्बू की शान देख कर सभी वाह-वाह कह उठते हैं। गुरु गोबिन्द राय भी उसे देखकर अत्यन्त प्रसन्न होते हैं।

''जैता भाई, जाकर माता जी से कहो, आकर तम्बू देख लें।''

जैता माता जी को बुलाने चला जाता है।

माता गुजरी जी तम्बू की शोभा देख कर दुनीचन्द को आशीर्वाद देती हैं। उसके व्यापार में वृद्धि की कामना करती हैं।

दुनीचन्द नम्रता से कहता है, ''माता जी, ऐसा तम्बू हिन्द के बादशाह के पास भी नहीं है। मेरे गुरु सभी मुग़ल बादशाहों से उच्च हैं।''

फिर दुनीचन्द वायदा करता है कि अगली बार आने पर वह बढ़िया नस्ल के घोड़े लेकर आयेगा।

सूरज उदय हो रहा है। 'नितनेम' करके गुरु गोबिन्द राय बाहर आ बैठे। माता गुजरी बहुत ध्यान से पुत्र के चेहरे की ओर देख रही हैं। दाढ़ी-मूँछ फूटने वाली ही हं। पन्द्रह-सोलह वर्ष की उम्र। गबरू हो रहा है, गोबिन्द राय। वह प्रत्येक कार्य में प्रवीण होता जा रहा है। अध्यात्म में भी, युद्ध कौशल में भी। सिख श्रद्धालु अभी से गोबिन्द राय को सन्त-योद्धा कहने लगे हैं। चेहरे पर इतना तेज़, आभा, इतनी गम्भीरता, इतनी सहजता...। परमात्मा खैर करे...। माता जी उसे और भी एकटक देखने लगती हैं। तीखे नैन-नक्श, लम्बे मज़बूत हाथ, बाँहें, शाहज़ादों-सा चुस्त लिबास। अभी तो कुछ समय से पगड़ी पर 'कलगी' भी सजाने लगा है। तीर, धनुष, तलवार, ढाल—सब कुछ तैयार-बर-तैयार। बाहर जाते समय राजकुमारों-सा सज-धज कर निकलता है। शिकार के लिए निकलता है तो घोड़े पर सवारी, दायें कन्धे पर बाज़, पीछे जैता, साथ में वीरो के सुपुत्र। पीछे अनेक सिख श्रद्धालु।

परमात्मा कृपा बनाये रखें। मुश्किल घड़ी न आये। माता गुजरी के हाथ खुद-ब-खुद प्रार्थना में जुड़ जाते हैं।

समय तेज़ी से गुज़रता जा रहा है।

गुरु गोबिन्द राय का शानदार ठाट देख कर आनन्दपुर के अखाड़े की रौनक दिन-ब-दिन बढ़ती जा रही है। पंजाब के युवक आनन्दपुर की ओर खिंचे चले आ रहे हैं। सिख श्रद्धालुओं और सिपाहियों की तादाद में लगातार वृद्धि होती जा रही है। शिकार खेलते समय गुरु गोबिन्द राय के साथ सशस्त्र सिपाही देखकर आस-पास के पहाड़ी राजा भयभीत होने लगे हैं।

एक दिन सन्ध्या के समय शिकार से लौटते हुए, गोबिन्द राय मामा जी से कहते हैं, "हमें एक नगाड़ा चाहिए, मामा जी।"

"नगाड़ा बजाने का अधिकार सिर्फ़ बादशाहों को है पुत्र।" मामा जी ने फिक्रमन्द होते हुए कहा।

"हम किसी बादशाह से कम हैं क्या मामा जी।"

"नगाड़ा बजाने का अर्थ होता है युद्ध का जयघोष। नगाड़ा हर कोई नहीं बजा सकता। कोई जागीरदार, नवाब, रजवाड़े नगाड़ा नहीं रख सकते, न बजा सकते हैं– यह शाही फरमान है।" मामा जी ने समझाया।

"नगाड़ा तो हम अवश्य रखेंगे, मामा जी?" गुरु गोबिन्द राय के चेहरे पर दृढ़ता है।

"मगर नगाड़े की आवश्यकता क्या है? हमारे पास ढोल हैं, शंख हैं।"

"शिकार पर निकलेंगे, नगाड़ा बजेगा। आनन्दपुरवासियों को मालूम होगा कि गुरु शिकार पर जा रहे हैं। पहाड़ गूँजने लगेंगे। जानवर भागकर अपने-अपने स्थानों में दुबक जायेंगे। हम शिकार करेंगे। नगाड़े से हमारे सिपाहियों के अन्दर जोश भरेगा मामा जी।" गोबिन्द राय के चेहरे पर योद्धा-सा तेज़ झलकता है।

"पुत्र, नगाड़ा बजाना बहुत बड़ा जुर्म है। बगावत है। इसकी गूँज दिल्ली तक पहुँचेगी।" मामा जी दिल से चाहते हैं कि गोबिन्द राय अभी कोई ऐसा कदम न उठाये, जिससे मुग़ल बादशाह की नज़रों में आ जाये।

"मामा जी, नगाड़ा तो अब बजेगा ही बजेगा। 'नितनेम' के समय भी हम उसे बजाया करेंगे। खेल के समय भी हम उसे बजाया करेंगे। सन्ध्या के समय 'रहिरास साहिब के पाठ और अरदास' के वक्त भी बजाया करेंगे।"

"आम रियाया के लिए इन सभी बातों की मनाही है, पुत्र।" मामा जी उसे समझाना चाहते हैं।

"हम आम रियाया नहीं हैं मामा जी। न हम किसी से भयभीत होते हैं, न किसी को भयभीत करते हैं।"

"पुत्र, हम वैसे भी बादशाह की आँखों का काँटा बने हुए हैं। वह हम पर वार करने के लिए किसी बहाने की तलाश में ही है। तुरन्त फ़ौज लेकर हमला करने आ पहुँचेगा।"

"मामा जी, हमारे जाँबाज़ नवयुवक तैयार हैं। उनकी बाँहों की मछलियाँ फड़क रही हैं। सशस्त्र सिपाही तैयार-बर-तैयार हैं। उनके हाथों में परचम है। अब तो बस एक नगाड़े की कमी खटकती है।"

मामा जी निरुत्तर होकर गोबिन्द राय की ओर देखने लगते हैं। उनके चेहरे पर तसल्ली, दृढ़ता, ठहराव और विश्वास झलकता है।

"आप चुप क्यों हो गये मामा जी?"

"ठीक है गोबिन्द राय। मैं नगाड़े का प्रबन्ध करता हूँ। जैता से कहता हूँ, वह अपनी निगरानी में उसे तैयार करवाये।"

कुछ ही दिनों में 'नगाड़ा' बन कर तैयार हो गया। जैता ने स्वयं बैठ कर उसे तैयार करवाया है। नगाड़ा देखते ही गुरु गोबिन्द राय का चेहरा उल्लास से छलकने लगता है। प्रसन्न होकर वह कहते हैं, "ये हमारा नगाड़ा है। इसे हम 'रणजीत नगाड़ा' कहा करेंगे।"

फिर उन्होंने सभी एकत्रित संगत को आदेश दिया, "इस नगाड़े पर भाई जैता के अलावा कोई अन्य सिख चोट नहीं करेगा।"

यह सुनते ही जैता ने आगे बढ़कर नगाड़े पर पहली चोट की। आनन्दपुर की सारी धरती चौंक उठी। पहाड़ डोल उठे और पैरों तले की ज़मीन हिलने लगी।

"वाह! वाह!" खुशी से आनन्द-विभोर हो गोबिन्द राय के मुख से निकला।

अब तड़के पहर, सन्ध्या समय पूजा-अर्चना के समय नगाड़े पर चोट की जाती। नगाड़ा बजते ही नौजवानों का जोश ठाठें मारने लगता है। दूर पहाड़ियों तक इसकी टकराहट सुनाई देती है। पहाड़ी राजा भयभीत होने लगे। सिख फ़ौज एकत्रित कर रहे हैं। अभी फ़ौजी अभ्यास कर रहे हैं। कल को वे हम पर हमला

भी कर सकते हैं। वे सभी इकट्ठे होकर विचार-विमर्श करने लगे।

सबसे पहले कल्हूर के राजा भीमचन्द ने अपनी भड़ास निकालते हुए कहा, "सिखों की बढ़ती ताकत को जल्द ही कुचलना होगा, वरना हम सब के लिए परेशानियाँ पैदा हो सकती हैं।"

"यह बात आपको पहले सोचनी चाहिए थी, भीमचन्द जी। न गुरु तेग़ बहादुर को ज़मीन बेचते नगर बसाने के लिए, न ये मुसीबतें हमारे गले पड़तीं।"

"अभी भी कुछ नहीं हुआ है। हमें हिम्मत करनी चाहिए। इस बुराई से हम जल्दी ही निबट लेंगे। जो कुछ हो रहा है, उस पर रंज करने का समय नहीं है। हमें इसे मिटाने के लिए तुरन्त कदम उठाने होंगे। हमें इस पर विचार करना चाहिए।" भीमचन्द जल्दी से अपनी हार बर्दाश्त नहीं करना चाहता था।

"यह तो अच्छा हुआ, तेग़ बहादुर को दिल्ली बुलवा कर बादशाह ने उनका वध कर दिया, वरना सुना है कि वह खुद भी तेग़ का धनी था।" हंडूर के राजा हरीचन्द ने अपनी जानकारी प्रस्तुत की।

"हमें गोबिन्द राय को छोटी उम्र में ही कुचल देना चाहिए।" गुलेर के राजा गोपाल चन्द अहंकार से कहता है, "वह हमारे सामने क्या चीज़ है?"

तभी दूर से नगाड़े की आवाज़ सुनाई देती है।

"सुनो–सुनो, यह धमक हमारे सिरों पर कभी भी बज सकती है।" जसवाल का राजा केसरी सिंह भयभीत होकर कहता है।

आनन्दपुर के विरुद्ध मोर्चा निकालने के लिए तरह-तरह के विचार होने लगे।

उधर दूसरी ओर आनन्दपुर में आसाम के नगर गौरीपुर का राजा राम राय गुरु जी के दर्शन के लिए आया। वह मामा जी को बता रहा है, उनके पिताश्री गुरु तेग़ बहादुर के श्रद्धालु रहे थे। गुरु जी के आशीर्वाद से उनका जन्म हुआ है।

मामा कृपाल चन्द राम राय से मिलकर पुरानी यादें ताज़ा कर रहे हैं।

गौरीपुर की महारानी गुरु के महल में आयी है।

अगले दिन राजा और महारानी के स्वागत में दरबार को सजाया गया है। राजा राम राय गुरु को भेंट करने के लिए अनेक कीमती वस्तुएँ लाये हैं। यहाँ आनन्दपुर के दरबार की शानो-शौकत देख कर महारानी की आँखें चुँधिया जाती हैं। उसे अपनी सौगात कमतर महसूस होती है। गुरु गोबिन्द राय के चेहरे का जलाल किसी शहंशाह से कम नहीं। गुरु जी का दाहिना हाथ बना जैता हर पल तैयार-बर-तैयार खड़ा, ऐसा शूरवीर अन्य कोई नज़र नहीं आता।

राजा-रानी को उनके उचित स्थानों पर बिठाया गया है। कृपाल चन्द के चेहरे पर कई वर्षों के पश्चात् प्रसन्नता नज़र आ रही है। वह महारानी से मुखातिब हो कहते हैं, "आपने यहाँ आकर हमारा सम्मान बढ़ाया है। हम स्वयं को आसाम में महसूस कर रहे हैं।"

"आप ऐसा न कहें। आनन्दपुर हमारे लिए तीर्थ है। यहाँ आकर हमारा जन्म सफल हो गया।" महारानी नम्रता से कहते हुए उठ कर खड़ी हो जाती हैं, "हम कुछ तुच्छ भेंट लेकर आये हैं। इन्हें स्वीकार कीजिए। इनमें शस्त्र और कुछ घोड़े हैं और– ।"

"ऐसा न कहें बहन। यह आपका अपना घर है।" माता गुजरी महारानी को बिठाती हैं।

तभी महारानी का इशारा पाकर, दीवान हाथों से ताली बजाता है।

एक सफेद धारियों वाला हाथी आकर सभी को सलाम करता है। यह देख भाई जैता खुशी से भर कर नगाड़े पर दोहरी चोट करता है। हाथी अपने करतब करके दिखाता है। सभी आनन्दपुरवासी कौतूहल से उन करतबों को देखने के लिए आ जुटे हैं।

हाथी पहले गुरु गोबिन्द राय को प्रणाम करता है। वह अपनी सूँड में जलती हुई मशाल उठा लेता है। जिस चीज़ की ओर भी इशारा करो, उसे उठा लाता है। पानी की गागर सूँड में ले, पहले मालिक के पैर धोता है, फिर कपड़ा लेकर साफ़ करता है। जूते झाड़ कर उनके सामने रखता है।

एकत्रित भीड़ प्रसन्नता में तालियाँ बजाती है और जैता 'नगाड़े' पर ज़ोर-ज़ोर से चोट कर खुशी को प्रकट करता है।

"माता जी, आज्ञा हो तो मैं हाथी का नाम रख दूँ?" गोबिन्द राय उत्साह से पूछते हैं।

"यह आपकी अमानत है, जो चाहे रखो।"

"मैं इसे आज से 'प्रसादी' कहूँगा। देवताओं का प्रसाद।" एकत्रित समूह फिर से तालियाँ बजाता है।

जैता खुशी से नगाड़ा बजाता है। इसकी आवाज़ सुनकर पहाड़ी राजाओं के मन में भय की लहर फैलती जाती है।

आनन्दपुर में आबादी बढ़ने लगी है। रौनक में वृद्धि होने लगी है। सिख श्रद्धालु गुरु जी के दर्शन करने के लिए लगातार आते रहते हैं। शिवालिक

पहाड़ियों से घिरे इस छोटे-से कस्बे की शोभा दूर-दूर तक बढ़ने लगी है। गुरु गोबिन्द राय का व्यक्तित्व निखरता जा रहा है। संगत में उनके प्रति आदर और श्रद्धा बढ़ रही है। सिख सिपाहियों में युद्ध-कौशल के कारण नगाड़े की गूँज रोज़ाना दूर-दूर तक सुनाई देती है। आनन्दपुर एक छोटी-सी फ़ौज छावनी में तब्दील होता जा रहा है।

गुरु गोबिन्द राय राजाओं-बादशाहों के समान दरबार लगाने लगे हैं। शाही ठाट-बाठ, बहुमूल्य ज़रीदार तम्बू, सफेद हाथी की शान, अरबी घोड़े, शस्त्र, सिख सिपाही, जैता जैसा निडर, जाँबाज़, अनुभवी और वफादार अंगरक्षक।

पहाड़ी राजाओं के पास मुख़बर सूचनाएँ पहुँचाने लगे हैं। ईर्ष्या बढ़ने लगी है। अय्याश और निकम्मे मसंदों को खतरा महसूस होने लगा है।

पहाड़ी राजा अपने क़ासिदों, पत्रवाहकों के माध्यम से आनन्दपुर तक सन्देश पहुँचाने लगे हैं।

"नगाड़ा बजाना बन्द किया जाये। इससे पहाड़ी वादियों की शान्ति भंग होती है।"

"नगाड़े पर चोट पड़ते ही आनन्दपुर वासियों का जोश ठाठें मारने लगता है।" गुरु जी प्रत्युत्तर में कहते हैं।

पहाड़ी राजाओं और आनन्दपुर के मध्य धीरे-धीरे तनाव बढ़ता जा रहा है।

इन दिनों में मसंद बेहद भयभीत रहने लगे हैं। गुरु गोबिन्द राय के सशस्त्र सिख सिपाहियों से खौफ खाने लगे हैं। मन के भीतर चोर है। गुरुघर के लिए एकत्रित होने वाली रसद-पानी में वह हेरा-फेरी करते रहे हैं। सिखी का प्रचार-प्रसार करना तो वे जैसे भूल ही गये हैं। गुरु जी की ओर से कभी भी बुलावा आ सकता है। इसी कारण वे काँप रहे हैं। आपस में सलाह-मशवरा करते हैं। अच्छा हो, पहले ही कोई उपाय सोच लें।

एक दिन गुरु जी अपने सिख सिपाहियों के साथ शिकार पर गये हुए थे कि मौका देखकर मसंद माता गुजरी के पास आ धमके।

"माता जी आप गुरु जी को समझाइये।"

"क्या किया गोबिन्द राय ने?" माता जी हैरान हुईं।

"आपको पहले ही बताया था न कि पहाड़ी राजा बहुत खफ़ा हैं। अब तो अति हो गयी है। गुरु जी घुड़सवारी करते हैं। शस्त्र चलाते हैं। सिर पर कलगी सजाने लगे हैं। अब तो हर रोज़ नगाड़ा भी बजने लगा है।"

"हाँ, यह सब तो है।" माता जी सहमति प्रकट करती हैं।

"इसी कारण आपको सूचित करने आये हैं। पहाड़ी राजा बहुत ईर्ष्यालु हैं। वे नहीं चाहते कि उनके बराबर कोई और राजा बने। फ़ौज रखे या नगर बसाये, नगाड़ा बजाये। हमारा फ़र्ज़ है कि आपको सही जानकारी दें। गुरु जी की उम्र अभी काफी छोटी है। फ़ौज भी इतनी तगड़ी नहीं है। उधर मुग़ल बादशाह ने पहाड़ी राजाओं को ताड़ना की है कि वे आनन्दपुर में जो हो रहा है, उसे रोकें। आगे माता जी, आप स्वयं समझदार हैं...।"

मसंद अपना काम कर चले गये। मगर माता जी गहरी चिन्ता में डूब गयीं, "पुत्र गोबिन्द राय को कैसे रोकें। जैता से कहूँगी, गोबिन्द उसकी बात मानता है। या भाई कृपाल चन्द ही उसे समझा सकते हैं।"

सूरज डूबने के पश्चात् गुरु गोबिन्द राय अपने साथियों संग शिकार से लौट आये। माता जी ने जैता को अपने पास बुला भेजा, "पुत्र, गोबिन्द राय को कुछ समय के पश्चात् मेरे पास भेज देना। तुम भी उसके साथ आना।"

"ठीक है माता जी।" कह कर जैता चला गया।

कुछ देर के पश्चात् गुरु गोबिन्द राय, भाई जैता के साथ महल के भीतर आकर माता जी को प्रणाम करते हैं।

"अब क्या शिकार खेलते समय भी तुम लोग नगाड़ा बजाने लगे हो?" माता जी ने पूछा।

जवाब देने की बजाय गोबिन्द राय, भाई जैता की ओर देखने लगे।

"इस तरह जंगली जानवर डर कर भाग जाते हैं और फिर हम...।"

"आसानी से शिकार कर लेते हैं। यही न!" माता जी ने भाई जैता को बीच में ही टोकते हुए कहा।

"जी माता जी।" कह कर जैता नज़रें झुका लेता है।

"देखो पुत्र! हमें धर्म का प्रचार करना है। हमें गुरु नानक की मर्यादा को आगे ले जाना है। हम कोई राजा-महाराजा नहीं हैं जो फ़ौज रखें, नगाड़ा बजायें, घुड़सवारी करें, बाज रखें, शस्त्र रखें।"

"आप क्या कहना चाहती हैं माता ही?" गोबिन्द राय हैरानी से पूछते हैं।

"पुत्र! हमें ये सभी कार्य शोभा नहीं देते।"

"तो क्या हम कायर और बुज़दिल बन जायें माता जी...।"

"गुरु नानक ने कोई फ़ौज रखी थी। वे क्या शिकार करते थे...?"

"परन्तु माता जी! गुरु नानक ने ही कहा है कि ज़ुल्म बर्दाश्त नहीं करना चाहिए। उन्होंने हमलावरों को 'पाप की बारात' कहा है। पिता गुरु ने भी कहा है कि 'न भय देना है न भय खाना है।' एकान्त में बैठकर भक्ति करने से ज़ुल्म को रोका नहीं जा सकता माता जी। यह मुकाबला शस्त्रों द्वारा ही सम्भव हो सकता है।"

"मुझे डर लगता है पुत्र।"

"आपको अपना यह डर दूर करना होगा माता जी। जैता भाई मेरे संग है। यदि हम चुपचाप सब देखते रहे, सुनते रहे—मौत तब भी आयेगी माता जी, मुझे परमात्मा से आदेश प्राप्त हुआ है—मुझे धर्म प्रचार करना है। अपने विरोधियों और दुश्मनों को खत्म करना है।"

पुत्र का संकल्प सुनकर माता जी मौन रह गयीं। गोबिन्द राय के चेहरे की ओर एकटक देखने लगीं। उन्हें पुत्र के चेहरे पर गुरुओं का तेज़ दिखाई देता है। वह धन्य हो जाती हैं। वह मिट्टी को छू कर माथे से लगाती हैं। परमात्मा का धन्यवाद करने के लिए उनके हाथ स्वयं ही जुड़ जाते हैं। आज पति-गुरु की बेहद याद आ रही है—

"मेरा जीवन सफल हो गया। आपके पुत्र ने मेरे दूध की लाज रखी। अपने पुत्र के बुलन्द इरादे और हौसला देखते आप। आप शान्त रह कर सदा अत्याचार सहते रहे। आपका पुत्र ईंट का जवाब पत्थर से देने योग्य हो गया है।" गद्‌गद हो माता जी ने पुत्र को आशीर्वाद दिया,

"सदा विजयी रहो पुत्र। दुश्मनों का नाश करो। तुम पर कोई बला न आये।"

"माता जी, मैं कभी ऐसा कोई कदम नहीं उठाऊँगा, जिस से गुरु-मर्यादा को आँच आये।" गुरु गोबिन्द राय वचन देते हैं।

"जैता पुत्र! तुम पर भारी ज़िम्मेदारी है। मालूम है न...?" माता जी जैता की ओर अत्यन्त गर्व से देखती हैं।

"समझता हूँ माता जी। मैं आखिरी साँस तक इस ज़िम्मेदारी को निभाऊँगा।" जैता माता जी के पवित्र सिर को छूकर प्रण करता है।

"मसंद आये थे पुत्र।" माता जी ने धीमे स्वर में कहा।

"बस, माता जी। उनके बारे में कुछ न कहिए। उनके साथ हिसाब-किताब करने का समय आने ही वाला है।"

"समय बहुत ही बुरा है पुत्र। गुरुघर के दुश्मन अनेक हैं। मसंद भी सिख श्रद्धालुओं को गुमराह कर रहे हैं। तुम्हारे मामा जी भी चिन्ता में हैं। पहाड़ी राजाओं की नीयत साफ नहीं है।"

"अब तो माता जी, हम दरबार भी लगाया करेंगे। अपने सिखों की फरियाद सुना करेंगे। उनका निपटारा किया करेंगे। प्रभु का यही आदेश है माता जी।"

"जो तुम्हारी इच्छा पुत्र। परन्तु सब कुछ सोच-समझकर करना। जैता को इतना दूर मत रखना कि पुकारने पर तुम्हारी आवाज़ न सुन पाये।"

"ऐसा ही होगा माता जी। गुरु जी नज़र उठाकर देखेंगे तो सामने ही जैता खड़ा नज़र आयेगा।" जैता माता जी को यकीन दिलाता है।

"अब आज्ञा दीजिए माता जी। मामा जी से कुछ ज़रूरी गोष्ठी करनी है।" कह कर गोबिन्द राय और भाई जैता उठ खड़े होते हैं।

कुछ देर के बाद, गुरु गोबिन्द राय और भाई जैता मामा जी को जाकर प्रणाम करते हैं। जैता बाहर पहरे पर जा खड़ा होता है।

"कल्हूर राज्य से एक मन्त्री आया है, गोबिन्द राय।" मामा जी ने बताया।

"क्या कहता है मामा जी?"

"राजा भीमचन्द आनन्दपुर आकर तुम्हारे दर्शन करना चाहता है।"

"कोई चाल तो नहीं है मामा जी?"

"क्या कह सकते हैं, गोबिन्द राय। भीमचन्द के दादा, ताराचन्द को तुम्हारे दादा गुरु गोबिन्द राय जी ने, ग्वालियर के किले में कैद से मुक्त करवाया था। सम्भव है शुक्रिया अदा करने के लिए आना चाहता हो।"

"इतने वर्षों के पश्चात् शुक्रिया। बात कुछ जँचती नहीं। आप क्या सोचते हैं? आने दें या न आने दें?"

"देखते हैं पुत्र! आकर क्या करता है। हमें चौकन्ना रहना होगा। अपने सेवकों को तैयार-बर-तैयार रखेंगे।"

"ठीक है मामा जी। एक राजा के स्वागत के लिए भी तैयारी करनी होगी। एक राजा का स्वागत राजा की भाँति ही करना होगा। दिन नियत कर दीजिए। आनन्दपुर में दाखिल होते ही भाई जैता उनका अभिवादन करेगा।"

अगले दिन आनन्दपुर का सारा अमला, राजा भीमचन्द के स्वागत की तैयारियों में जुट जाता है।

26

पहाड़ी राजाओं की छोटी-छोटी रियासतें हैं। एक धार, एक पहाड़ी राजा की रियासत। साथ में लगती बाईस धाराएँ/चोटियाँ। सब से बड़ी रियासत कल्हूर है। चम्बा, सुकेत मण्डी, गढ़वाल, गुलेर, जसवाल आदि अन्य रियासतें भी हैं। परन्तु कल्हूर सबसे प्रमुख है। भीमचन्द कल्हूर का राजा है, पहाड़ी राजाओं का मुखिया भी यही है।

भीमचन्द के पहाड़ी गुप्तचरों ने और गुरुघर के मसंदों ने, आनन्दपुर की गतिविधियों को बहुत बढ़ा-चढ़ा कर बताया है।

कभी कोई आकर बताता है, "सिखों के गुरु हथियारबन्द सेवक भर्ती कर रहे हैं।"

अन्य का कहना है, "सिख गुरु घुड़सवारी करते हुए शिकार पर निकलता है।"

तीसरे का कहना है, "सिखों का गुरु कलगी लगाता है।"

एक अन्य बताता है, "गुरु का एक सेवक जैता, बन्दूक बहुत चलाता है। उड़ते परिन्दे को मार गिराता है। तलवारबाजी में भी माहिर है।"

कोई बताता है, "आनन्दपुर में रोज़ युद्ध-कौशल का अभ्यास होता है।"

राजा भीमसेन जैसे-जैसे ऐसी बातें सुनता जाता, वैसे-वैसे ही उसका क्रोध बढ़ता जाता, "अरे—उसकी इतनी जुर्रत? यह ताकत कल हमारे लिए खतरा बन सकती है।"

वह अपने विशेष मन्त्री से मशवरा करता है—

"सिखों का यह गुरु अभी छोकरा है, लेकिन हरकतें राजाओं जैसी करने लगा है। इसे पहले ही कुचल देना चाहिए।"

"वह धार्मिक व्यक्ति है। उसके पिता, दादा, सभी गुरु जनहित और धर्म प्रचार करते रहे हैं। वे महापुरुष हैं। इनके साथ साहचर्य बढ़ाना चाहिए। आप जाइए। उनसे मित्रता कीजिए। मुश्किल समय में उनकी मित्रता आपके हित में जायेगी।"

ये बातें कुछ दिन पहले तक चलती रहीं।

और अब भीमचन्द का यह विशेष मन्त्री मामा कृपाल चन्द से गुरु जी से मिलने का समय निश्चित करके आया है।

राजा भीमचन्द और उसके दरबारी, पूरी सज-धज के साथ आनन्दपुर जाने की तैयारी में हैं। भीमचन्द दिखाना चाहता है कि वह पहाड़ी राजाओं का मुखिया

है, कल्हूर का महाराजा भीमचन्द—जिससे कभी गुरु तेग़ बहादुर ने ज़मीन खरीद कर यह आनन्दपुर नगर बसाया था और आज यहाँ बैठा है गोबिन्द राय।

राजा भीमचन्द के स्वागत के लिए आनन्दपुर सजाया जा रहा है। महल के बाहर खुले मैदान में बड़ा-सा पण्डाल लगाया गया है। गुरु गोबिन्द राय के दरबार की शान देखने योग्य है। काबुल के व्यापारी दुनीचन्द की ओर से भेंट किया गया पश्मीने का तम्बू, दरबार की शोभा में और भी चार चाँद लगा रहा है। एक ओर खड़ा प्रसादी हाथी तरह-तरह के करतब दिखा कर आनन्दपुरवासियों का मनोरंजन कर रहा है। दरबार के चारों ओर सिख सेवक पहरा दे रहे हैं।

भाई जैता पाँच चुनिन्दा घुड़सवारों को साथ लेकर आनन्दपुर की सीमा पर राजा भीमचन्द के स्वागत और उसकी अगुवाई के लिए उपस्थित है।

दरबार के बाहर राजा को सलामी देने के लिए योद्धा की पोशाक में कसे पाँच घुड़सवार राजा की प्रतीक्षा कर रहे हैं।

माता गुजरी के लिए यह सब अचम्भे भरा है। इतनी सज-धज...!!

दरबार की शान तो किसी राजा-महाराजा से कम नहीं। देखकर गर्व होता है। मगर भीतर में कहीं डर भी है। इसी कारण पुत्र गोबिन्द राय से पूछती है, ''इतने दिखावे की क्या ज़रूरत है, पुत्र?''

''माता जी, एक राजा, दूसरे राजा का स्वागत कर रहा है।''

''डर लग रहा है पुत्र।''

''बहुत डर कर रह लिया हमने माता जी।''

तभी नगाड़े पर पड़ती चोट से आनन्दपुर की पहाड़ियाँ गूँजने लगती हैं।

''राजा भीमचन्द आ गया है माता जी।'' गोबिन्द राय के चेहरे पर प्रसन्नता झलकने लगती है।

आगे-आगे भाई जैता, पीछे घुड़सवार, मध्य में राजा भीमचन्द, पीछे राजा के दरबारी और अहलकार।

पण्डाल के बाहर पहुँचने पर घुडसवारों ने पाँच बन्दूकें चलाकर सलामी दी। ऐसा स्वागत देखकर राजा भीमचन्द दंग रह जाता है। ज़रीदार तम्बू देखकर उसकी आँखें चुँधिया जाती हैं। अपना शाही ठाट-बाट दिखाकर उसे आनन्दपुरवासियों पर अपनी धौंस जमानी थी। अब उसे गुरु के दरबार में अपना सब कुछ फीका-फीका-सा लगने लगा है।

और सबसे ऊपर हाथी प्रसादी के करतब।

हाथी ने पहले गुरु गोबिन्द राय को प्रणाम किया। पिछली दो टाँगों पर खड़ा हुआ। फिर अगली दो टाँगों पर खड़ा रहा। फिर राजा भीमचन्द को फूलों का हार पहनाया और बिगुल की धुन पर नाचने लगा।

राजा भीमचन्द अत्यन्त अचम्भित हो रहा है और मन ही मन ईर्ष्या में जल-भुन भी रहा है।

भारत के किसी भी महाराजा का दरबार इतना जलाल भरा नहीं है। भीमचन्द सोच रहा है, यह तम्बू, ऐसा हाथी तो हमारे दरबार में ही शोभा देते हैं। जैसे-जैसे समय बीत रहा है, भीमचन्द हाथी पर मोहित होता जा रहा है।

विदाई के समय राजा भीमचन्द का धीरज चुकने लगा। उसने गुरु गोबिन्द राय से कहा, ''अगर आपका प्रसादी हाथी कुछ दिनों तक हमारे दरबार की शोभा बने तो हमारी यह मित्रता और भी गहरी हो जायेगी।''

''यह प्रसादी आसाम के राजा की भेंट है। माफ़ कीजिए, किसी भेंट को किसी अन्य को भेंट नहीं किया जा सकता। राजा के सम्मान को चोट पहुँचेगी। राजा की इच्छा है, इस पर गुरु के अलावा कोई और सवारी न करे। हमें उसकी भावना की कद्र करनी चाहिए। इसलिए यह हाथी हम आपको भेंट करने में असमर्थ हैं।'' गुरु गोबिन्द राय ने समझदारी से राजा को समझाया।

''हम तो हाथी कुछ ही दिनों के लिए माँग रहे थे। हाथी तो आपका ही रहेगा।'' भीमचन्द के स्वर में ज़िद है।

''जानते हैं, हाथी हमारा ही है।'' गोबिन्द राय भी राजा के स्वर में ही कहते हैं, ''हमें मालूम है, आप कुछ दिनों के लिए ही माँग रहे हैं, मगर हम तो प्रसादी को एक पल भी अपनी आँखों से दूर नहीं कर सकते।''

भीमचन्द जब अपने दरबारियों सहित वापस कल्हूर लौट गया तब जैता ने कहा, ''गुरु जी, छोटा मुँह बड़ी बात—परन्तु यह राजा अन्दर से बहुत मक्कार प्रतीत होता है।''

''इसका पता भी कुछ ही दिनों में लग जायेगा भाई जैता।'' गोबिन्द राय अभी कुछ कहना नहीं चाहते।

राजा भीमचन्द आनन्दपुर के साथ मित्रता करने के लिए आया था। परन्तु जाते समय उसके मन में ईर्ष्या की अग्नि और भी दहकने लगी। लौटकर वह अपने दरबारियों को एकत्रित कर, उनके सामने अपनी भड़ास निकालता है, ''हमारे माँगने पर भी उस कंगाल ने हाथी नहीं दिया। अब हम आनन्दपुर पर हमला

करेंगे और हाथी को छीन लेंगे। हमें ज़रीदार तम्बू दिखाकर रौब दिखाता है। देखना, वह तम्बू हमारे दरबार में सजेगा।''

राजा भीमचन्द का एक मन्त्री गुरुघर का प्रेमी है। वह राजा भीमचन्द के हठ को जानता है। वह उसे एकान्त में समझाता है, ''जिस पुरुष को आप कंगाल कह रहे हैं वह सिखों का सच्चा पातशाह है। रूहानी शक्ति का धनी है। उनके साथ ईर्ष्या करके आपको नुकसान होगा। आप मित्रता करके उनका दिल जीतिये। हमें ऐसी कोई तरकीब निकालनी होगी—जिससे साँप भी मर जाये और लाठी भी न टूटे।''

''जो सिख हमें 'नगाड़ा' बजाकर ले गया था, कौन है वह? मालूम करो...। उसकी नज़र बहुत खतरनाक है। जब वह देखता है तो लगता है, शरीर में छेद कर रहा हो। जब हमने गोबिन्द राय को हाथी देने के लिए कहा तो वह बहुत घूर रहा था हमें। मेरे दरबार में कोई मेरी ओर ऐसे देखे तो मैं उसकी आँखें निकलवा दूँ।'' भीमचन्द फिर से भड़क उठा।

''वह तो गुरु जी का सिपहसालार है। जैता कहते हैं उसे। बहुत जाँबाज है। तलवारबाज़ी में, बन्दूर के निशान में, उसका कोई मुकाबला नहीं। सुनते हैं कि उड़ते पंछी को मार गिराता है।''

''वक्त आने पर देखेंगे, कौन किसे मार गिरायेगा।''

''अच्छा होगा महाराज, यह सब कुछ मित्रता की आड़ में होना चाहिए। जो काम गुड़ खिलाने से सम्भव है, उसके लिए मोहरा चटाने की जरूरत नहीं पड़ेगी।''

मन्त्री द्वारा समझाने पर भीमचन्द मन ही मन नयी योजना बनाने लगता है।

राजा भीमचन्द फिर से आनन्दपुर आया है। उसका कहना है, वह गुरु जी के आतिथ्य से अत्यधिक प्रभावित हुआ है। वह कुछ दिन यहाँ आकर गुरु जी के साथ शिकार खेलने का इच्छुक है।

जैता की बाज़ आँखें, भीमचन्द को भीतर तक बेध जाती हैं। उसकी मक्क़ारी और छल-कपट जैता की चौकन्नी निगाह से छिपती नहीं। जब भी अवसर मिलता, वह गुरु जी को सचेत रहने के लिए कहता है।

गुरु गोबिन्द राय और राजा भीमचन्द मिल कर शिकार खेलने जाते। प्रसादी हाथी के करतब देखते। मैदान के अखाड़े में कुश्तियाँ देखते हैं। मामा कृपाल चन्द निहाल हो रहे हैं। पहाड़ी राजाओं के मुखिया से मित्रता होने से वे अत्यन्त

प्रसन्न हैं। गोबिन्द राय की तीक्ष्ण बद्धि की दाद दे रहे हैं। समय ही ऐसा है। ऐसे समय में युद्ध के बजाय मित्रता बनाये रखना ही ठीक रहेगा। वह जानते हैं, युद्ध तभी होगा, जब कोई और चारा न रह जाये। धर्म के प्रचार और प्रसार के लिए शान्ति बनाये रखना अति आवश्यक है।

शान्ति का यह माहौल अधिक दिनों तक कायम न रहा। आखिर साँप पिटारी में से बाहर निकल ही आया।

राजा भीमचन्द के पुत्र अजमेर चन्द की मँगनी गढ़वाल के राजा फतेह शाह की पुत्री से निश्चित हुई।

भीमचन्द ने अपने एक दूत के हाथ सन्देश दे कर उसे आनन्दपुर भेजा।

''गुरु जी, आपसे बिनती है कि हाथी प्रसादी को पुत्र अजमेर चन्द की मँगनी के लिए दे दीजिए। मँगनी की रस्म पूरी होने के बाद, हाथी तुरन्त वापस कर देंगे। इस प्रकार मेरे दरबार की शोभा तो बढ़ेगी ही, हमारी मित्रता का अन्दाजा भी पहाड़ी राजाओं को हो जायेगा।''

गुरु गोबिन्द राय ने विचार करने के लिए एक दिन का समय माँगा।

मामा कृपाल चन्द के साथ मशवरा करते हैं। माता जी को जानकारी देते हैं। शंका उठती है, ''अगर एक बार प्रसादी मँगनी के लिए भेज दिया, वह फिर वापिस नहीं आयेगा। पहाड़ी किसी के भी मित्र नहीं होते। हाथी को जंग से ही वापस लेना पड़ेगा। इससे बेहतर होगा, हाथी दिया ही न जाये। मक्कार दोस्तों से तो दुश्मनी भली...।''

मामा जी भी हाथी न देने के लिए सहमत हैं। उन्होंने कहा, ''यदि जंग होगी, तो देखा जायेगा। अब पहल उनकी ओर से होगी। यदि हाथी चला गया तो वापस लेने के लिए, पहल हमें ही करनी होगी। जंग का इल्ज़ाम हम पर ही आयेगा।''

उन्होंने कासिद (दूत) को समझाया, ''यह हाथी सिर्फ गुरु जी की सवारी के लिए है। इस पर कोई दूसरा सवारी नहीं कर सकता। अपने राजा से जाकर कहो, यदि कोई और हाथी चाहिए तो हम भिजवा देंगे।''

सन्देश लेकर दूत वापस चला गया।

गुरु गोबिन्द राय ने जैता को बुला भेजा,

''अपने सिखों को तैयार-बर-तैयार रखो। गोली-सिक्के का प्रबन्ध तुम्हारे ऊपर है। तीरों की कमी नहीं होनी चाहिए। आनन्दपुर में जितने भी लुहार हैं, उनसे कह दो कि वे तीर और नेज़े बनाना शुरू कर दें। पहाड़ी राजाओं की नीयत

ठीक नहीं लग रही। वे जंग का बहाना तलाश रहे हैं। जंगी कौशल तेज़ रखो। दो पक्ष बना कर उसका अभ्यास करवाओ।''

''मैंने आपसे पहले की कहा था गुरु जी। यह राजा अन्दर से मक्कार लगता है।''

गुरु गोबिन्द राय चुप रहते हैं।

''अगर आप कहें तो मैं रात में ही उसे प्रसादी का मज़ा चखा दूँ?'' जैता ने आक्रोश से पूछा।

''अरे, इतना भी गर्म होने की आवश्यकता नहीं।'' गोबिन्द राय के चेहरे पर धीमी-सी मुस्कराहट आ गयी।

''तो फिर प्रसादी की जगह पर दो गधे भेज दो?'' जैता ने हँसते हुए कहा।

अब गुरु जी खुलकर हँसने लगे।

कुछ दिनों के पश्चात् राजा भीमचन्द का एक अन्य दूत परवाना लेकर पहुँचा।

''कल्हूर के राजा का आदेश है, क्योंकि आनन्दपुर उनके राज्य में शामिल है। इसका प्रत्येक निवासी उनकी प्रजा है। इसलिए प्रसादी हाथी और बहुमूल्य शामियाने पर राजा का अधिकार बनता है। बिना देर किये, इन दोनों चीज़ों को राजा के पास भिजवाने का प्रबन्ध किया जाये वरना आनन्दपुर खाली कर दिया जाये। आदेश न मानने की एवज़ में आनन्दपुर का जो भी जान-माल का नुकसान होगा, उसके लिए ज़िम्मेदार स्वयं गुरु होगा।''

''शूरवीर योद्धाओं की परीक्षा की घड़ी आ पहुँची है, भाई जैता।'' परवाना पढ़ कर गुरु जी ने जैता से कहा।

''गुरु जी, हम भी जंग का नकली अभ्यास कर-करके थक गये हैं। अब तो जंगी मैदान में ही जूझने का आनन्द आयेगा।'' उत्साह से भर कर जैता ने कहा।

''हम भी बड़ी सल्तनत से टकराने की ताक में हैं। पहाड़ी गीदड़ों के लिए तो हमारा बहादुर जैता ही काफी है।'' गुरु जी ने प्रसन्नता से कहा।

''अवसर आने दीजिए गुरु जी, फिर हमारे हाथ देखिएगा।'' जैता के चेहरे पर आत्मविश्वास की चमक आने लगी है।

गुरु जी दूत को वापसी सन्देश भिजवाते हैं–

''आनन्दपुर धरती अब सिखों की सम्पत्ति है। यह धरती हमारे सिख-धर्म के प्रचार का केन्द्र है। हमारे पिता-गुरु ने आपसे यह ज़मीन खरीदी थी। इसकी कीमत आपको अदा की गयी थी। हमें यह ज़मीन विरासत में मिली

है। आपका इस पर कोई अधिकार नहीं है। शामियाना और हाथी प्रसादी भी आपको नहीं भेजा जायेगा। दूसरी बात, हम आपकी प्रजा नहीं हैं। हम अकाल तख्त को अपना इष्ट मानते हैं। आपके मन में जो आये, आप वह कीजिए। हम हर स्थिति के लिए तैयार हैं।''

सन्देश सुन कर राजा भीमचन्द शेर की भाँति दहाड़ने लगा, ''मैंने पहले ही कहा था इस मुसीबत की जड़ को आरम्भ से ही कुचल देना चाहिए था और करो, सँपोलियों संग मित्रता। कल का पैदा हुआ यह बालक आज हमें धमकी देने लगा है। अपने सिपाहियों से कहो, हमले की तैयारी करें। इन सिखों का दिमाग ठिकाने लाना ही होगा।''

दरबार के प्रमुख ने राजा को समझाया, ''महाराज, इतने गुस्से से कोई फैसला नहीं करना चाहिए। यह हमारे हित में नहीं होगा। आप अपने पुत्र की शादी-शगुन शान्ति से होने दीजिए। कोई विघ्न पड़ा तो गढ़वाल के राजा को भी दुःख होगा। विवाह के पश्चात् राजा फतेह शाह की फ़ौज भी अपनी हो जायेगी। फिर देखेंगे, आनन्दपुर के तेवरों को।''

राजा भीमचन्द को प्रमुख की बात वज़नदार प्रतीत हुई। उसने फिलहाल कोई भी कदम उठाने से स्वयं को रोक लिया। परन्तु सिखों के प्रति उसके मन में प्रतिशोध की ज्वाला धधकने लगी थी।

27

माता गुजरी आजकल चिन्ता में हैं। एक शंका उन्हें दिन-रात खाये जा रही है। बीबी जीतो की गोबिन्द राय से शादी हुए सात वर्ष बीत चुके हैं। वह आँगन में बच्चे की किलकारियाँ सुनने के लिए व्याकुल है। इस दुःख को वह किसी अन्य से बाँट भी नहीं सकती है। ले-देकर एक बीबी प्रेमो ही है, जिसके सामने वह अपना दुःख प्रकट कर सकती है।

''जैता के पिता ने भी कई वर्षों तक गृहस्थ धर्म नहीं निभाया था माता जी।'' बीबी प्रेमो उन्हें समझाती है।

''तब मैंने ही गुरु जी से कह कर भाई सदानन्द को उनकी ज़िम्मेदारियों

का एहसास करवाया था। अब गोबिन्द राय को कौन समझाये?''

''मामा जी काफी बड़े हैं, बस एक जैता ही है, बहन।'' मगर जैता तो स्वयं संकोची है। वह क्या कहेगा?''

''बीबी जीतो क्या सोचती है, तुम पता करना।'' माता जी के चेहरे पर चिन्ता की रेखाएँ स्पष्ट हैं।

तभी जैता आकर सन्देशा देता है, ''माता जी, लाहौर से रामसरन जी आये हैं। आप से मिलना चाहते हैं।''

''गुरु जी के दर्शन के लिए आये हैं तो उन्हें दीवान में ले जाओ।''

''नहीं माता जी, वह आपसे मिलना चाहते हैं।''

रामसरन गले में दुपट्टा डाल कर माता गुजरी के सामने बैठा अर्ज़ कर रहा है, ''माता जी, मैं अपनी पुत्री आपकी झोली में डालने के लिए आया हूँ। गुरु जी और मेरी पुत्री सुन्दरी का मेल बहुत नसीब वाला होगा। मैंने कुण्डली का मिलान करके देख लिया है। गुरुघर में बरकत बढ़ेगी। मुझे खाली हाथ मत लौटाइएगा माता जी।''

माता जी सोच में डूब जाती हैं। कृपाल चन्द संग सलाह-मशवरा करती हैं। इतने वर्षों से बीबी जीतो की गोद खाली रहने की भी चिन्ता है। परमात्मा की कृपा होगी तो सुन्दरी से घर में बहार आ जायेगी।

''जीतो बीबी का मान-सम्मान कम तो नहीं होगा न?'' कृपाल चन्द ने पूछा।

''उसका मान-सम्मान क्यों घटेगा? उसका रुतबा बड़ा है, बड़ा ही रहेगा।''

''बीबी जीतो की सहमति भी लेनी चाहिए।''

''बीबी जीतो क्या कहेगी। जब मैंने उससे पूछा तो उसने कहा, ''ले आइए माता जी, मैं सुन्दरी को अपनी छोटी बहन बना कर रखूँगी'।''

रिश्ता तय हो गया।

साधारण रस्मों के साथ गुरु गोबिन्द राय का दूसरा विवाह लाहौर के रामसरन की सुपुत्री सुन्दरी के साथ 7 बैशाख, 1741 संवत् को सम्पन्न हो गया।

बीबी सुन्दरी के आगमन से महल की रौनक पहले से कई गुना बढ़ गयी।

समय गुज़रता गया।

राजा भीमचन्द के सुपुत्र अजमेर चन्द के विवाह का शुभदिन नज़दीक आ

रहा है। कूटनीति के कारण दरबारियों ने विवाह में शामिल होने का निमन्त्रण गुरु गोबिन्द राय को भी भेजा।

कल्हूर के राजा भीमचन्द और सिखों के दसवें गुरु गोबिन्द राय के दरम्यान पैदा हुए तनाव की अफवाहें पहाड़ी राजाओं में फैल गयी हैं।

संवत् 1741 अर्थात् वर्ष 1684।

जब से राजा भीमचन्द से टकराव का माहौल बना है, भाई जैता दिन-रात सेवकों-सिपाहियों को युद्ध-कौशल का अभ्यास करवा रहा है। नीचे गिरने पर कैसे वार करना है। बाजू कट जाने पर अकेली बाँह से कैसे लड़ा जायेगा—इन सम्भावनाओं का अभ्यास किया जा रहा है।

गुरु जी शिकार पर जाते हैं तो जैता उनके साथ ही होता है। मैदान में वह जैता के साथ ही अभ्यास करते हैं। दीवान में जब वाणी चर्चा चलती है, तब भी जैता वहाँ मौजूद रहता है। गुरुघर और मैदान सभी जगहों पर जैता-जैता की पुकार गूँजती है। जैता ही गुरु के फ़ौज की रीढ़ की हड्डी है।

इन दिनों पूर्व सूचना के बगैर ही बड़ी रियासत का राजा मेदनी प्रकाश गुरु जी के दर्शन के लिए अनेक बहुमूल्य तोहफे लेकर आनन्दपुर आया।

औपचारिक बातों के पश्चात् गुरु जी ने उसे विशेष बैठक के लिए आमन्त्रित किया। गुरु जी ने मेदनी प्रकाश से कहा, ''हमें इतने रतन-जवाहरातों की आवश्यकता नहीं और न ही हमें इसकी चाहत है। हमें तो शस्त्र और अच्छी नस्ल के घोड़े चाहिए। युद्ध कभी भी हो सकता है। हम उस की प्रतीक्षा कर रहे हैं।''

''गुरु जी, मेरी आपसे विनती है कि अभी कुछ वर्षों तक युद्ध से दूरी रखनी चाहिए। मैं कुछ समय पूर्व ही पहाड़ी राजाओं की एक सभा में शामिल हुआ था। सभी के विचार आनन्दपुर के बारे में अच्छे नहीं हैं। वे सभी मिलकर आप पर हमला करने की योजना बना रहे हैं। मैं देख रहा हूँ, आनन्दपुर अभी इतने बड़े खतरे का सामना करने में समर्थ नहीं है। आपकी दृढ़ता, आपका हौसला, जैता जैसे योद्धा को देखकर तसल्ली होती है। एक दिन आप पहाड़ी राजाओं को तो क्या, मुग़ल हुकूमत को संकट में डाल देंगे। मगर अभी जंगी माहौल आपको नुकसान पहुँचा सकता है। मेरी अर्ज़ है, आप कुछ अर्से के लिए मेरे साथ चलिए। बहुत खूबसूरत जगह है। वहाँ शान्ति है। शबद-कीर्तन के लिए सुकून भरा माहौल है। शिकार खेलने के लिए जंगल भी है। प्रकृति की गोद में बैठकर आप के कवियों और विद्वानों को सृजनात्मक माहौल मिलेगा। सबसे बड़ी बात यह कि आप कुछ समय के लिए इस जंगी माहौल से दूर रह पायेंगे। भीमचन्द खुद-ब-खुद शान्त हो जायेगा। एक बार चले चलें, सिरमौर की धरती को धन्य करें।''

गुरु गोबिन्द राय सोच में पड़ जाते हैं। वह जायें-न-जायें की दुविधा में घिरे हैं। भीमचन्द समझेगा, गुरु कायरों की भाँति भाग निकला। गुरु नहीं जानते थे कि मेदनी प्रकाश इस मशवरे के साथ अपना दोहरा मकसद हल करना चाह रहा है—गढ़वाल के राजा फतेह शाह के पिछले कुछ अर्से से मेदनी प्रकाश के साथ उसके सम्बन्ध मधुर नहीं रहे थे। उसने सिरमौर का कुछ इलाका अपने कब्ज़े में ले रखा था। अब भीमचन्द, फतेह शाह का समधी बन गया है। मेदनी प्रकाश के मन में भय है, यदि दोनों ने मिलकर सिरमौर पर चढ़ाई कर दी तो राजपाट तो जायेगा ही, बन्दी बनाये जाने का भी खतरा है। इस कारण वह गुरु जी के पास आया है। जानता है, गुरु जी के प्रभाव से पहाड़ी राजा भयभीत होने लगे हैं। यदि गुरु जी वहाँ होंगे तो हमला करने के लिए फतेह शाह को सौ बार सोचना पड़ेगा।

मामा कृपाल चन्द की भी यही इच्छा है कि गुरु जी आनन्दपुर से कुछ देर के लिए दूर रहें।

"मामा जी, मुझे तो यह पहाड़ी राजा भी भीमचन्द की भाँति मक्कार दिखाई देता है।" जैता ने अपनी शंका ज़ाहिर की।

"जैता, मक्कार तो सभी हैं; परन्तु समय और हालात ऐसे हैं, अभी लड़ाई को टाला जाना ही उचित जान पड़ता है। हमें अपने फ़ौजियों की तादाद बढ़ानी चाहिए। शस्त्रों का भण्डार एकत्रित किया जाना चाहिए। अभी हमारी गिनती सैकड़ों में है, वे सभी हज़ारों-लाखों में हैं। फिर उनके पास गोली, सिक्का, बारूद के शाही भण्डार...।"

"मामा जी, हमारे पास तो बस यही है।" जैता म्यान से तलवार खींच लेता है, "और ये हैं हमारे बाजू। साथ में है गुरु जी का आशीर्वाद। पहाडों में कौन है मामा जी, जो हमारा रास्ता रोक सके। हम जो भी हैं, बस आग का तूफान हैं। मौका आने दीजिए, इन पहाड़ियों को भी बता देंगे।"

मामा जी जैता के चेहरे की ओर प्रसन्नता से देखने लगते हैं।

काफी सोच-विचार के पश्चात् मामा जी ने गोबिन्द राय को मेदनी प्रकाश का निमन्त्रण स्वीकार करने के लिए मना लिया। गुरु जी के कवि और विद्वान भी प्रसन्न हैं। सिरमौर के इलाके की रमणीयता के सम्बन्ध में उन्होंने बहुत कुछ सुन रखा है।

मामा कृपाल चन्द, गुरु गोबिन्द राय और भाई जैता आनन्दपुर छोड़ने से पहले काफी सलाह-मशवरा कर रहे हैं।

"मामा जी मेरी इच्छा है, कुछ विद्वानों को संस्कृत पढ़ने के लिए बनारस भेजा जाना चाहिए। जिन ग्रन्थों को पढ़ने के लिए आम लोगों की आँखें अन्धी कर दी जाती हैं, उन ग्रन्थों का हम लोकभाषा में अनुवाद करवायेंगे।"

"संस्कृत की शिक्षा-प्राप्ति के लिए मैं भी जाऊँगा साहिब जी।" जैता ने अपनी मंशा ज़ाहिर की।

"नहीं, जैता भाई। तुम्हारे योग्य और भी कई काम हैं। संस्कृत का ज्ञान हम स्वयं तुम्हें देंगे। तुम्हारे जाने के पश्चात् सिखों को युद्ध-कौशल का अभ्यास कौन करवायेगा? यदि जंगी हालात बन गये, तलवार तो योद्धा को देखती है। उसके लिए मूर्ख और पण्डित एक समान होते हैं। सिरमौर जाने के लिए तुम अपने साथ पाँच सौ बेहतरीन योद्धा छाँट लो। बाकी सभी यहीं रहेंगे। आनन्दपुर की सुरक्षा करेंगे।"

कूच करने से पहले की तैयारियाँ होने लगती हैं। काफी सोच-विचार के पश्चात् नीची जातियों के कुछ विद्वानों को संस्कृत की शिक्षा प्राप्ति के लिए बनारस की ओर रवाना कर दिया जाता है।

कूच करने से पहले, जैता के लिए सचमुच अनेक कार्यों को निपटाना आवश्यक था। आनन्दपुर की सुरक्षा के लिए प्रबन्ध करना था। पाँच सौ जाँबाज सिपाहियों का चयन करना है। गुरु जी के साथ जाने वाला साज़ो-सामान तैयार करना है। महल की सुरक्षा के लिए अंगरक्षकों को सुनिश्चित करना है। बीबी वीरो के पुत्र काफिले के साथ कहाँ तक चलेंगे।

भाई जैता को एक पल की भी फुरसत नहीं है।

संवत् 1741, जेठ का महीना।

एक दिन तड़के अरदास करके, 'आदि ग्रन्थ' से 'वाक्य' लेकर गुरु जी का जत्था सिरमौर की ओर कूच करता है।

गुरु जी जानते हैं कि गढ़वाल का राजा फतेह शाह उनका श्रद्धालु है और मित्र भी है। वह जानते हैं कि नाहन के राजा मेदनी प्रकाश के साथ उसके सम्बन्ध अच्छे नहीं हैं।

रास्ते में अनेक संगत गुरु जी के दर्शन के लिए आती रही। कोई रसद-पानी, कोई धन, कोई घोड़े भेंटा के लिए लेकर आते हैं। जगह-जगह पर पड़ाव करते हुए गुरु जी का काफिला सिरमौर की ओर बढ़ रहा है। काफिले में घोड़े, ऊँट और गड्डों पर माल-असबाब लदा हुआ है। रथ में गुरु-पत्नी सुशोभित हैं। रास्ता

कच्चा और टेढ़ा-मेढ़ा है। कीरतपुर, भरतगढ़, रोपड़, खरड़, मनीमाजरा होते हुए नाड़ा साहिब, मणिक टबरा, नारायणगढ़ और काला अम्ब होते हुए गुरु जी का काफिला आखिर सिरमौर के नाहन इलाके में जा पहुँचा।

राजा मेदनी प्रकाश पहले से पहुँचकर गुरु जी और उनके सिखों का शाही स्वागत करता है।

गुरु परिवार, गुरु जी और काफिले के साथ आये सेवक सिपाहियों ने दो दिनों तक आराम किया। उनकी रिहायश और खाने-पीने का प्रबन्ध भाई जैता ने स्वयं किया।

फ़ुरसत पाकर गुरु जी राजा मेदनी प्रकाश के साथ शिकार के लिए जाते हैं। आगे-आगे भाई जैता जा रहा है। बीच में गुरु गोबिन्द राय और पीछे मेदनी प्रकाश। पीछे-पीछे सशस्त्र गुरु-सेवक फिर मेदनी प्रकाश के सिपाही।

वाह! वाह! इतना घना जंगल। इतने सुन्दर नज़ारे? नीचे साँप-सी बल खाती यमुना नदी। गुरु जी की बढ़ती जवानी, ठाठें मारता जोश। कुदरत के साथ एकाकार होने के लिए मचलता मन।

भाई जैता को पुकारते हैं गुरु जी, ‘‘भाई जैता यह स्थान शिकार खेलने का नहीं है। कुदरत की गोद में बैठकर परमात्मा की आराधना करने का है। अपने कवियों और विद्वानों, सभी को सन्देशा भेज कर यहाँ बुला भेजो। हमने इससे पहले कुदरत के साथ इतनी निकटता कभी महसूस नहीं की।’’

बेकाबू यमुना के किनारे बैठे गुरु जी को देख, मेदनी प्रकाश अपने असल मकसद की ओर आता है, ‘‘गुरु जी, आपने यहाँ आकर मुझ पर बहुत बख्शीश की है।’’

‘‘आपका प्यार ही हमें यहाँ लाया है।’’ गुरु जी ने फरमाया।

‘‘एक कृपा और कीजिए मुझ पर। मैं चैन से अपनी रियासत में रह सकूँ।

‘‘जहाँ श्रद्धा हो, मित्रता हो, वहाँ कोई पर्दा नहीं रखना चाहिए। साफ़-साफ़ कहिए,आपकी मुश्किल क्या है?’’ कह कर गुरु जी नदी के पार घूमते हिरनों के झुंड की ओर एकटक देखने लगते हैं।

गढ़वाल का राजा फतेह शाह आपका भक्त है। वह आपकी किसी भी बात पर इनकार नहीं कर सकता। वह कुछ समय से सिरमौर के कुछ इलाके पर अपना कब्ज़ा जमाये बैठा है। अब जब से उसकी सुपुत्री का विवाह राजा भीम चन्द के पुत्र के साथ हुआ है, वह अब धमकियाँ देने लगा है। मैं कोई लड़ाई-झगड़ा नहीं चाहता। और यह भी नहीं चाहता कि कोई ज़बरदस्ती इस रियासत का इलाका अपने कब्ज़े में रखे। आप उससे कहिए...’’

"हम समझ गये मेदनी प्रकाश। आइए, शिकार पर चलें। रात के समय इस पर विचार करेंगे।"

आजकल गढ़वाल का राजा फतेह शाह गुरु जी के बुलावे पर नाहन आया है। गुरु जी के यत्नों से दोनों राजाओं में मित्रता हो गयी। फतेह शाह, सिरमौर के कब्ज़े वाले इलाके को वापस लौटाने के लिए रज़ामन्द हो जाता है।

"गुरु जी, आप अपने किसी सेवक के हाथ 'हुक्मनामा' (आदेश) भेज देते तो तुरन्त मैं यह इलाका छोड़ देता।" फतेह शाह ने गुरु जी के सामने नम्रता से हाथ जोड़ते हुए कहा।

"फिर आपके साथ मिलकर शिकार खेलने का अवसर कैसे मिलता हमें?"

"ऐसा न कहिए गुरु जी। आपके दर्शन की अभिलाषा ही मुझे यहाँ खींच लायी है।"

"गुरु जी, आपके सेवक भाई जैता की शोभा तो गढ़वाल तक पहुँच गयी है। कहाँ है, वह शूरवीर योद्धा। ज़रा मिलवाइए तो सही उनसे एक बार।"

"कल शिकार को जायेंगे, जो जवान सब से आगे होगा और पहले ही निशाने से शिकार को मार गिरायेगा, वही हमारा जैता होगा। आप स्वयं देख लीजियेगा।"

"कुछ समय के लिए वह हमारे सिपाहियों को भी युद्ध-कौशल में निपुण कर दे।"

"अभी तो हम स्वयं उससे सीख रहे हैं, फतेह शाह जी। फुरसत मिलने पर अवश्य उसे भेज देंगे।" गुरु जी ने स्वीकृति दे दी।

अगले दिन तीनों राजा अपने लाव-लश्कर के साथ शिकार के लिए निकले।

चारों ओर सघन जंगल। दिन के समय ही रात प्रतीत हो रही है। सूरज की क्या मज़ाल जो यहाँ झाँक भी जाये। बादलों का झुरमुट। ठण्डी बहती हवा।

"ऐसे मौसम में यदि शेर का शिकार हो जाये तो आनन्द ही आ जायेगा।" मेदनी प्रकाश स्वयं को वृक्षों की लताओं से बचाते हुए कहता है।

"शिकार करते-करते कहीं स्वयं ही शिकार न हो जायें।" गुरु जी हँसते हैं।

तभी आगे जा रहा जैता सभी को हाथ के इशारे से रुकने के लिए कहता है।

"होशियार रहें। शेर की दहाड़ सुनाई दे रही है।"

सभी एकदम से रुक जाते हैं।

"परमात्मा ने आपकी सुन ली।" गुरु जी फिर हँसते हैं।

सभी चीते की भाँति बिना आवाज़ किये आगे सरकते हैं। सभी के चेहरे पर भय पसर जाता है।

सामने एक खूँखार शेर रास्ता रोके खड़ा है।

तुरन्त जैता हाथ में पकड़े नेज़ा से निशाना साधने लगता है। तभी गुरु जी उसे टोकते हैं, ''नहीं भाई जैता, यह हमारा शिकार है। यहाँ नेज़ा की नहीं, तलवार की जरूरत पड़ेगी।''

पहाड़ी राजा जानते हैं, यह शेर अत्यधिक खतरनाक है। वे भयभीत होकर दो कदम पीछे हट जाते हैं।

''साहिब जी, मैंने मामा जी को वचन दिया है, मेरे जीते-जी आप पर आँच नहीं आयेगी।''

''हम तुम्हारे वचन को झूठा नहीं पड़ने देंगे।''

मेदनी प्रकाश धीरे-धीरे पीछे की ओर सरकने लगा। गुरु जी चाहते हैं, धीरे-धीरे आगे बढ़े।

शेर आँखें गड़ाये अपने दाँव की तैयारी में है।

गुरु जी सभी को पीछे हट कर खड़े होने के लिए सावधान करते हैं। स्वयं वह बायें हाथ में ढाल और दाहिने हाथ में तलवार लेकर आगे बढ़ते हैं। शेर और उनके बीच का फासला कम होता जा रहा है।

मेदनी प्रकाश, फतेह शाह और सिपाही साँस रोके खड़े हैं। जैता शेर पर नज़र टिकाये एकदम तैयार खड़ा है।

फासला और भी कम होता जा रहा है।

अब तो जैसे हवा भी रुक-सी गयी है।

दो शेर आमने-सामने एक-दूसरे की आँखों में नज़रें गड़ाये खड़े हैं। झींगुरों की भयानक शोर भरी आवाज़ें भी सो गयी लगती हैं। फतेह शाह चाहता है कि गुरु जी वापस लौट आयें। सिपाही शेर पर काबू कर लेंगे। वह गुरु जी को वापस लौटने के लिए पुकारता है, परन्तु गुरु जी ने खतरों से खेलना सीखा है, उनसे बच कर पीछे लौटना नहीं।

अचानक शेर आगे की ओर झुकता है और दहाड़ते हुए गुरु जी पर झपटता है। सभी की आँखें भय से भिंच जाती हैं।

गुरु गोबिन्द राय फुर्ती से ढाल ऊपर कर शेर को रोकते हैं। और दूसरे हाथ में पकड़ी तलवार से शेर का निचला धड़ टाँगों तक चीर डालते हैं।

अगले पल दोनों राजा अवाक् से गुरु जी की ओर प्रशंसा और श्रद्धा से

देखने लगते हैं। गुरु जी में इतना बल–? इतनी फुर्ती–! वाह! यह शेर तो सशस्त्र सिपाहियों से भी काबू में आने वाला नहीं है।

पहाड़ी लोगों तक, गुरु जी द्वारा शेर का शिकार करने की बातें पहुँचीं तो दूर-दूर से श्रद्धालु गुरु जी के दर्शन के लिए आने लगे।

गुरु जी के प्रभाव के कारण राजा फतेह शाह और मेदनी प्रकाश में विरोध दूर होकर मित्रता हो गयी। वह कुछ दिन गुरु जी के पास रह कर, वापस अपनी रियासत गढ़वाल लौट गया।

राजा मेदनी प्रकाश की श्रद्धा गुरु जी के प्रति और भी बढ़ गयी। उसने गुरु जी के आगे फरियाद की, ''गुरु जी, आप यहीं रुक जायें। जहाँ आपका मन करे, वहाँ रहें। यह रियासत, ऐसा रमणीय स्थान, ये पहाड़ियाँ–सभी को अर्पित हैं।''

''आनन्दपुर का क्या होगा, मेदनी प्रकाश?'' गुरु जी ने पूछा।

''आपकी कृपा से सब मंगलमय रहेगा। आप के पिता जी ने कल्हूर राज्य को पवित्र किया है। आप बस यहीं बस जायें और मुझ पर कृपा दृष्टि बनाये रखें।''

गुरु गोबिन्द राय ने राजा मेदनी प्रकाश की विनती के बारे में भाई जैता, मामा जी, माता गुजरी के साथ सलाह-मशविरा किया और कुछ अर्सा वहीं रहना परवान कर लिया।

गुरु जी ने यमुना नदी के किनारे, सघन जंगल में एक रमणीय वादी को पसन्द कर लिया। यही वह स्थान है, जहाँ रहकर कुदरत के साथ संवाद रचाया जा सकता है।

वहाँ कुछ समय रहने का निश्चय गुरु जी ने सोच-विचार कर ही लिया है। उनके पास अत्यधिक ऊँठ, घोड़े और हाथी हैं। उनके लिए सदा चरागाहों की ज़रूरत रहती हैं। यहाँ उनके लिए पानी और चारागाह की कमी नहीं आयेगी। गुरुघर के लंगर के लिए जंगल में बेशुमार खाने की वस्तुएँ और ईंधन भी मौजूद हैं।

राजा मेदनी प्रकाश की मदद से कुछ ही दिनों में एक छोटा-सा सुरक्षित किला और पूजा-बन्दगी के लिए एक गुरुद्वारे का भी निर्माण कर लिया गया है। मेदनी प्रकाश की प्रजा, हर समय गुरु जी की सेवा में मौजूद रहती हैं।

गुरु जी ने इस स्थान का नाम 'पांवटा'* रखा।

---

* यह नगर आजकल 'पाउँटा साहिब' के नाम से प्रसिद्ध है और यहाँ ऐतिहासिक गुरुद्वारा भी है।

गुरु जी के यहाँ रहने से पाँवटा में रौनक बढ़ने लगी है। यह स्थान धीरे-धीरे नगर में परिवर्तित होने लगा है।

संवत् 1743 का वर्ष।

धर्म और कर्म के योगी, दूर-दूर से गुरु जी के दर्शन करने के लिए पाँवटा आने लगे। सुबह-शाम कीर्त्तन, गुरबाणी, विचार, गोष्ठियाँ होने लगीं। कवियों के आगमन से वीर रस की कविताएँ और योद्धाओं का 'वीर-रसी गायन'। भाई जैता की निगरानी के होते हुए, किसी भी तरह के छोटे-मोटे हमलों से बेपरवाह।

"वाह! पाँवटा तो रूहानियत का केन्द्र बनता जा रहा है।"

यह समय शस्त्रों में महारत हासिल करने का है। यह समय शास्त्रों में विद्वत्ता हासिल करने का है। साधारण मन भी कवि बनने को मचलने लगता है। ऐसे रमणीय स्थान पर तो भाई जैता भी अपने मन में उठे आवेग को रोकने में असमर्थ है। क्या करे? स्वयं ही उमड़ कर आने वाले विचार उसे बेआराम और उत्तेजित करने लगे हैं।

इन्हीं दिनों संस्कृत की शिक्षा प्राप्ति कर उनके सेवक काशी से पाँवटा आ पहुँचे हैं। उनके साथ गुरु जी के दर्शन करने के लिए अनेक पण्डित भी आये हैं।

सन्ध्या समय का दीवान सजा हुआ है। गुरु जी प्रवचन कर रहे हैं–

"यहाँ कवि हैं। विद्वान है, पण्डित भी हैं। अब समय है वेदों और गीता का, महाभारत, विष्णु पुराण का अनुवाद जन साधारण की भाषा में करवाया जाये। सभी लोग उन्हें पढ़ें-समझें और अपने अतीत के गौरव को अपने जीवन में ढाल लें। हमें इस शुभ कार्य को आरम्भ कर देना चाहिए। याद रखो, चरित्र के निर्माण से राष्ट्र का निर्माण होगा। कविजनों से मेरी गुज़ारिश है कि वे जोशीले और हृदय को मज़बूत करने वाले गीतों की रचना करें। उन गीतों को, काव्य को दरबार में सुनाया जाये। वे शूरवीर, योद्धा नायकों की कथाएँ रचें। आने वाले समय में हम एक नयी कौम, एक नये राष्ट्र का निर्माण करना चाहते हैं। ये आप विद्वान जनों की श्रेष्ठ रचनाओं से ही सम्भव होगा। हमें अत्यधिक शुभ अवसर प्राप्त हुआ है। हमें इसे बेकार में गँवाना नहीं चाहिए। आप सभी को मानव-कल्याण के लिए और प्रभु की आराध्य रचनाओं की रचना करनी चाहिए।"

भाई जैता गुरु जी का उद्दीप्तमान प्रवचन सुनकर उत्साहित होता है। फुरसत मिलते ही वह एकान्त समय में यमुना नदी के किनारे जा कर बैठने लगा है। काव्य-पंक्तियाँ स्वयं ही मुखरित होने लगी हैं :

आदि न अन्त न रूप न रंग
न नाम न फाम न जात लखे हैं।
मात पिता सुत बन्धन नाहि न
मरन न बरन न जोनि भरमेय हैं।
टेक आटेक एकाग्र सुरपति
अति सुन्दर करती कर्त्तेय हैं।
इक अकाल अमूरत सैभ
जोति श्री पदमापति वे हैं।।*

कवि-जन काव्य रचना कर रहे थे। कोई गुरु-परिवार की स्तुति करता, कोई प्रभु की आराधना। गुरु गोबिन्द राय भी एक विशेष मकसद के तहत 'विचित्र लीला' रच रहे हैं। उनके काव्य से तलवारों और लोहे की झनकार सुनाई देती है!

खग खण्डं, बहिंड खलदल खण्डं अति मण्डं बरमण्डं
भुज दण्ड अखण्डं तेज प्रचण्डं जोति अमण्डं भानु प्रभं।
सुख सन्त करणं दुर्मति दरणं किल बिख हरणं असि सरणं
जै जै जग कारण सृष्टि उबारण मम प्रतिपारण जै तेगं।
(बित्रिच नाटक)

एक दिन सन्ध्या समय गुरु गोबिन्द राय जी कवियों से उनकी रचनाएँ सुन रहे हैं। कवियों द्वारा ज़ोर देने पर वह स्वयं रचित रचना भी सुना रहे हैं।

भाई जैता वीर रस की गाथाएँ बहुत ध्यान से सुन रहा है। एक पहरेदार आकर सूचित करता है, 'संढ़ोर नामक कस्बे से पीर बुद्ध शाह गुरु जी का दर्शन करना चाहता है।''

''वह अकेले ही है या उनके मुरीद भी उनके साथ हैं?'' भाई जैता जानकारी चाहता है।

''पीर के साथ पाँच व्यक्ति और भी हैं।''

''सशस्त्रधारी हैं क्या? ''जैता फिर तफतीश करता है।

''खाली हाथ हैं।''

''आने दो।'' गुरु जी आदेश देते हैं।

''ठहरिये गुरु जी।'' जैता रोकता है, ''पहले मैं तफतीश कर लूँ, फिर उन्हें आने देंगे।'' कह कर जैता बाहर निकल गया।

---

* श्री गुरु कथा कृत बाबा जीवन सिंह (भाई जैता) हवाला, भाई जैता जी जीवन व रचना, रचित डॉ. गुरमुख सिंह।

गुरु जी प्रशंसनीय नज़रों से जैता की ओर देखने लगते हैं। फिर कवि मंगल से सम्बोधित होते हैं :

"आज मंगल ने अपनी कोई रचना नहीं सुनाई।"

"यहाँ आकर अभी कुछ नया नहीं लिखा है गुरु जी।" मंगल नम्रता से हाथ जोड़ कर निवेदन करता है।

"कोई पहले की रची हुई रचना है?"

"आनन्दपुर में लिखी थी। नगाड़े की शान में। जब भाई जैता नगाड़ा बजाता है तो कैसा रंग जमता है।"

"वही सुनाइये, हमें खुशी होगी।"
दरबारी कवि मंगल उठ खड़ा हुआ :
आनन्द का वाजा, नित वजदा आनन्दुर
सुन सुन सुध भुलदी ऐ नर नार दी
भय पिया भभीखणे नूं लगा गड़ वसणे दा
फेर असवारी आंवदी ऐ महाराज दी
बलि छड़ि बलि जायि, छिपिया पाताल विच
फतेह की निशानी लैंदे दुआर दरगाह दी।
सुणन न देंदी दुख दूजणा नूं रात दिन
नौबड़ गोबिन्द राय गुरु पातशाह दी।

सभी कविगण और श्रोता वाह! वाह! कह उठते हैं। गुरु जी के चेहरे पर भी कवि मंगल के प्रति प्रशंसा झलकती है।

तभी भाई जैता पीर बुद्ध शाह और उसके पठान मुरीदों को लिए भीतर आ रहे हैं।

28

दीवान की रौनक देखकर पीर बुद्ध शाह अत्यन्त प्रभावित होता है। वह आगे बढ़ कर जब गुरु जी को प्रणाम करने के लिए झुकता है तो पीर की उम्र देख कर गुरु जी स्वयं उठ खड़े होते हैं और उनका स्वागत करते हैं।

"गुरु नानक के प्रति मेरी बहुत श्रद्धा है। मुरीदों से मालूम हुआ, गुरु नानक की दसवीं गद्दी के वारिस पाँवटा आये हुए हैं। तभी मैं आपके दर्शन के लिए चला आया। ये मेरे मुरीद हैं, काले खाँ, भीखन खाँ, नज़ाबत खाँ, हयात खाँ और जो पीछे बैठा है—उम्र खाँ।"

सभी झुक कर गुरु जी को प्रणाम करते हैं।

"गुरु जी, ये पाँचों पठान अत्यन्त योद्धा और शूरवीर हैं। औरंगजेब से इनका विरोध है। अब औरंगजेब इन्हें बागी मानता है। इनके पास अपने पाँच सौ सिपाही हैं। कोई भी पहाड़ी राजा, इन्हें अपने पास रखने के लिए रज़ामन्द नहीं हुआ। सभी औरंगज़ेब के कहर से डरते हैं। हम आपकी विद्वत्ता से भी और आपकी शूरवीरता से अत्यधिक प्रभावित हैं। आपके द्वारा शेर का शिकार करने की ख्याति दूर-दूर तक फैल चुकी है। आपके लंगर में सभी बिना भेदभाव, जात-पात के एक पंगत में बैठ कर खाते हैं। इस से भी हम अत्यधिक प्रभावित हुए हैं। मैं अपने सभी चेलों के साथ आपके साथ हूँ।"

गुरु जी सोच में डूब जाते हैं। मामा कृपाल चन्द की ओर देखते हैं। जैता के चेहरे की प्रतिक्रिया को ताड़ते हैं।

इन पठानों और सिपाहियों को शरण देने का अर्थ है—औरंगज़ेब से सीधा विरोध; परन्तु एक फ़कीर-पीर ऐसा विद्रोह कर सकता है तो हम क्यों नहीं कर सकते?

मामा जी और भाई जैता की मूक सहमति जानकर, गुरु जी कहते हैं, "ठीक है पीर शाह जी। पठानों और उनके सिपाहियों से कहना होगा कि उन्हें गुरु की शरण में आने पर भाई जैता के नेतृत्व में ही रहना होगा। मेरे सभी सेवक और सिपाही उसके आदेश के अधीन रहते हैं। सभी को उसका आदेश मानना होगा। उन्हें भी इस मर्यादा का पालन करना होगा।"

पीर सहमति प्रकट करते हैं।

कुछ ही दिनों में पाँचों पठान और उनके पाँच सौ सिपाही, भाई जैता के नेतृत्व में आ बिराजते हैं।

अब युद्ध-कौशल का अभ्यास और भी कुशलता से होने लगा है। जैसे-जैसे गुरु जी की शोभा पंजाब में बढ़ने लगी है, वैसे-वैसे ही इक्का-दुक्का जवान गुरु जी की शरण में रोज़ पाँवटा पहुँचने लगे हैं।

गुरु जी की फ़ौज में लगातार वृद्धि हो रही है।

जैता भाई फुरसत मिलते ही, एकान्त में यमुना नदी के किनारे आकर बैठता है। साथ में सिपाही भी होते हैं। वे लंगर बनाने के लिए ईंधन इकट्ठा करते हैं। यदि मौका लगते कोई जानवर मिल जाता तो उसका शिकार भी कर डालते। कभी-कभी जंगली फल भी मिल जाते हैं। नाहन के जंगलों में ऐसी नियामतों का अथाह भण्डार है।

एक दिन यमुना नदी के किनारे गुरु जी के कुछ सिपाही लकड़ियाँ काट रहे थे। भाई जैता थोड़ी दूरी पर एक बड़े से पत्थर पर बैठा चाँदनी चौक दिल्ली में घटी गुरु तेग़ बहादुर की शहादत वाली घटना को काव्य में उतार रहा है। आस-पास से बेख़बर वह चाँदनी चौक की कोतवाली के आगे साँस रोके खड़ी भीड़ को देख रहा है।

एक सिपाही आकर सूचना देता है, ''नदी से कुछ व्यक्ति इस ओर आ रहे हैं।

''अपने सिपाहियों को सावधान करो।'' जैता तुरन्त हरकत में आ जाता है।

सभी वृक्षों और झाड़ियों की ओट में निशाना साध कर छिप जाते हैं।

कुछ देर के बाद किश्ती और भी नज़दीक आ जाती है।

भाई जैता बर्छा साध कर ललकारता है, ''आगे नहीं बढ़ना। वहीं रुक जाओ।''

किश्ती रुक जाती है।

''हम गुरु जी के दर्शन करने आये हैं।''

''कौन हैं आप लोग?''

''मैं राम राय हूँ, देहरादून से आया हूँ।'' किश्ती में से बीमार-सी आवाज़ सुनाई देती है। सभी छिपे हुए सिपाही वृक्षों की ओट से बाहर निकल आते हैं।

भाई जैता ने राम राय का नाम कई बार सुना है। मगर क्या मालूम—यही वह राम राय है।

''ठीक है, गुरु जी के पास सन्देश भेजते हैं, तब तक आप नदी में ही रुकें।'' कह कर जैता एक सेवक को गुरु जी के पास भेजता है। अन्य सिपाही किश्ती पर नज़र गड़ाये बैठे हैं।

''किनारे पर आ जायें?'' आवाज़ फिर सुनाई देती है।

''आ जाइए मगर उतरना नहीं। गुरु जी का आदेश आने दीजिए।''

किश्ती धीरे-धीरे किनारे आने लगती है।

सेवक गुरु जी तक राम राय के आने और उनके दर्शन करने की सूचना देता है, जिसे सुन कर गुरु जी आश्चर्यचकित रह जाते हैं।

वह जानते हैं कि राम राय के साथ गुरुघर के सम्बन्ध कुछ ठीक नहीं रहे हैं। बेशक गुरु जी उम्र में राम राय से काफी छोटे हैं, मगर रिश्ते में और गद्दी के वारिस होने के नाते बड़े हैं। गद्दी पर कब्ज़ा करने के लिए ही राम राय ने गुरु-परिवार से झगड़ा किया और औरंगज़ेब की 'जी-हज़ूरी' में पहुँच गया। औरंगज़ेब ने उसे देहरादून में जागीर भी दे रखी है, जहाँ अपनी गद्दी स्थापित कर गुरु भी बना बैठा है। गढ़वाल के राजा ने भी राम राय को पाँच गाँवों की जागीर दे रखी है।

गुरु गोबिन्द राय समझते हैं कि सिख धर्म को कमज़ोर करने के इरादे से ही यह मुगल बादशाहों और पहाड़ी राजाओं की चाल है। राम राय यहाँ किस मकसद से आया है? गुरु जी चिन्ता में हैं। अच्छा रहेगा, उनसे यमुना किनारे ही मुलाकात कर लेनी चाहिए। यहाँ आने पर कोई भेद भी ले जा सकते हैं। गुरु जी अपने सेवकों के साथ चल देते हैं।

गुरु जी दूर से ही राम राय को पहचान लेते हैं। उसका पहनावा गुरु जी जैसा ही है।

गुरु जी का इशारा मिलने पर वे सभी लोग किश्ती से उतर आते हैं।

रस्मी आवभगत के पश्चात् राम राय फरियाद करते हुए कहने लगता है, "मैं बहुत बिपदा में हूँ। मसंदों से छिप कर आप की सहायता लेने के लिए आया हूँ। मसंद मुझे कभी भी मार सकते हैं। मेरे पश्चात् मेरी विधवा पत्नी की रक्षा और परवरिश की ज़िम्मेदारी के लिए मैं आपके पास आया हूँ।"

"आप थके हुए हैं। आराम कर लीजिए। फिर विचार करेंगे।" गुरु जी भाई जैता से कहते हैं, "इनके ठहरने का बन्दोबस्त किया जाये।"

"नहीं, मैं रुकूँगा नहीं। मसंदों को मालूम हो जायेगा। मैं तो सैर के बहाने यहाँ तक निकल आया हूँ। अब कह दूँगा कि मौसम खराब होने के कारण देर हो गयी।"

"यहाँ कुछ देर रुकिए। कब से चले होंगे? भाई जैता, सेवक से कहो, लंगर ले आये।"

"देर हो जायेगी।" राम राय चिन्तित है।

"हमारा निवास यहाँ से ज़्यादा दूरी पर नहीं है। लंगर लेकर सेवक जल्दी ही आ जायेगा।"

"बस सेवक आने ही वाला है।" जैता सूचित करता है।

राम राय अफसोस प्रकट करते हुए कहने लगता है, "मैं उस घड़ी के लिए पछता रहा हूँ, जब औरंगज़ेब ने मुझे देहरादून में जागीर दी थी। मैंने उसे स्वीकार कर लिया। गढ़वाल के राजा ने भी कुछ गाँव दिये थे। मैंने इनका बन्दोबस्त मसंदों के हाथों में दे दिया। वे अय्याश बन बैठे। मुफ़्त का खाना-पीना, गुरुघर के नाम पर श्रद्धालुओं से कीमती भेंट अलग से प्राप्त होती। सिख धर्म का प्रचार तो वे क्या करते—उनमें मक्कारी पनपने लगी। अब हालात ऐसे बन चुके हैं कि मसंद मेरी सारी जागीर पर कब्ज़ा करना चाहते हैं। वे मुझे किसी समय भी मार या मरवा सकते हैं। मेरा (राम राय का) कोई वारिस नहीं है—इसलिए वे सभी कुछ स्वयं हथिया लेना चाहते हैं। आप की शोभा है। सिख श्रद्धालु आपको मानते

हैं। दूर-दूर तक आपकी ख्याति फैली हुई है। आप मेरी मदद कीजिए। मैं आपसे इसी आशय के लिए मिलने आया था।''

''धीरज रखिए। परमात्मा भला करेगा।'' गुरु जी ने उसे हौसला दिया।

''आगे-पीछे कुछ नज़र आयेगा, तभी तो धीरज भी आयेगा न गुरु जी। अब मैं चलूँगा। मालूम नहीं, मेरे पीछे कुछ घट न गया हो। मसंद ऐसी चालें चलते हैं, उन पर एक पल के लिए भरोसा नहीं किया जा सकता।'' राम राय बेहद निराश है।

लंगर-पानी के पश्चात् गोबिन्द राय उन्हें नदी के तट पर विदा करने स्वयं आते हैं और राम राय को भरोसा दिलाते हैं, ''हमारे सेवक और सिपाही देहरादून की ख़ैर-ख़बर लेते रहेंगे। आप निश्चिन्त रहिए। हम वचन देते हैं।''

राम राय गुरु-मर्यादा के अनुसार गुरु जी को प्रणाम कर किश्ती में जा बैठता है।

तभी एक सेवक आकर गुरु जी को एक निमन्त्रण-पत्र सौंपता है।

राजा फतेह शाह की सुपुत्री का विवाह है। उसी के उपलक्ष्य में गुरु जी को विवाह में सम्मिलित होने के लिए न्यौता भेजा गया है।

भाई जैता की ओर देखते हुए गुरु जी गहरी चिन्ता में डूब जाते हैं।

29

गुरु गोबिन्द राय, मामा कृपाल चन्द के साथ राजा फतेह शाह की सुपुत्री के विवाह में सम्मिलित होने सम्बन्धी विचार-विमर्श कर रहे हैं।

मामा जी चाहते हैं कि गुरु जी इस विवाह में सम्मिलित हों। उनका कहना है कि ''एक राजा की सुपुत्री के शुभ विवाह में गोबिन्द राय आपको अवश्य शामिल होना चाहिए। आप अपने कुछ सिखों को साथ ले जायें।''

''मामा जी, उनका समधी राजा भीमचन्द है। यदि आपसी टकराव हो गया तो विवाह की खुशी के अवसर पर रंग में भंग हो जायेगा। मैं स्वयं न जाऊँ तो उचित रहेगा।''

''अगर सेवकों या सिपाहियों के हाथों में शगुन भेजा गया तो फतेह शाह इसे अपनी तौहीन समझेगा।''

''हम अपने दीवान नन्द चन्द को शादी के तोहफे और शगुन इत्यादि देकर भेज देते हैं।''

''चलो, यह उचित रहेगा।'' मामा जी सहमति प्रकट करते हैं। तभी भाई

जैता आकर सूचित करता है कि "गुरु जी, देहरादून से एक सेवक सन्देश लाया है कि राम राय का देहान्त हो गया है। उसने बताया, राम राय समाधिस्थ थे। मसंदों ने उसे मृत घोषित कर, ज़िन्दा ही चिता में जला दिया।"

सुनते ही गुरु जी का चेहरा क्रोधित हो आया। मामा जी के चहरे पर भी चिन्ता स्पष्ट नज़र आने लगी।

"अपने सिपाहियों को तैयार करो। हम अभी देहरादून की ओर कूच करेंगे। राम राय की धर्मपत्नी को भी जान का खतरा होगा। बस जल्दी करो...।"

भाई जैता तीर की भाँति तेज़ी से निकल जाता है।

कुछ समय के पश्चात् गुरु जी साथ जाने वाले सिपाहियों की टुकड़ी का निरीक्षण कर रहे हैं।

"गुरु जी, आज्ञा दीजिए। इस परेशानी से मैं अकेले ही निपट आऊँगा।" जैता नम्रता से निवेदन करता है।

"जानता हूँ भाई जैता। यह काम तुम सभी मिल कर करोगे। मैं तो सिर्फ़ हालात पर नियन्त्रण रखने के लिए साथ जा रहा हूँ।"

अगले पल, सिखों की एक छोटी सी टुकड़ी गुरु जी के नेतृत्व में देहरादून की ओर प्रस्थान कर देती है।

मामा जी गहरी चिन्ता में हैं। उनसे अधिक परेशान माता गुजरी जी हैं। गुरु-पत्नियाँ भी फिक्रमन्द हैं। आनन्दपुर से इतनी दूर आकर भी माहौल जंग का ही बनता जा रहा है। पहाड़ी राजाओं की ईर्ष्या गुरुघर के प्रति बढ़ती जा रही है। वे युद्ध के लिए किसी मौके की ताक में हैं। अब मालूम नहीं, देहरादून में क्या होगा? अगर मसंदों ने मुग़ल हाकिमों से मदद ले ली तो...।

एक सेवक आकर सूचना देता है, "गुरु जी पधार रहे हैं।" सभी के चेहरों पर रौनक आ जाती है।

अगले दिन भाई जैता सभी को देहरादून का हाल चटखारे लेकर बता रहा है कि कैसे मसंद उनके आगे गिड़गिड़ाने लगे। गुरु जी के पैरों पर माथा रगड़ा। मसंद बच्चों की तरह रोने लगे। गुरु का तेज़ भरा चेहरा देखकर मसंद वैसे ही बेसुध होने लगे थे। हमने भी मसंदों को खूब मज़ा चखाया, गुरु जी का आदेश था, इन सभी को बख्शा नहीं जायेगा। सभी गुरुघर का मुफ़्त का खा-खा कर अय्याश हो गये हैं। उन्हें उनके किये की सज़ा दी गयी।"

भाई जैता की बातें सुन कर अन्य सेवक अचम्भित हो रहे हैं। कुछ साथ न जाने के बारे में सोच कर पछता रहे हैं।

"भाई जैता जी, हम लोग भी खाली बैठ-बैठ कर थक गये हैं। सुस्ती के कारण हमारा शरीर भारी होने लगा है। गुरु जी से कुछ करने के लिए कहिए। हमारे बाज़ू कुछ कर दिखाने के लिए फड़क रहे हैं। नकली युद्ध के लिए अब मन तैयार नहीं।" एक सेवक कहता है।

"वो समय भी जल्दी आयेगा, तब देखेंगे तुम्हारे बाजुओं का दम।" भाई जैता उन्हें समझाता है।

और वह समय जल्दी ही आ जाता है।

राजा भीम चन्द का एक दूत सन्देश लेकर पाँवटा गुरु जी के पास आता है।

"अजमेर चन्द की बारात को पाँवटा से निकलने दिया जाये। बारात को यदि रोका गया या कोई और विघ्न डालने की कोशिश की गयी तो इसका परिणाम अच्छा नहीं होगा।"

"यह तो एक तरह से सीधी धमकी दी गयी है।" गुरु जी सोचते हैं। वह प्रत्युत्तर में लिख भेजते हैं, "विवाह जैसे पवित्र और शुभ कार्य में हमारी ओर से कोई विघ्न नहीं आयेगा। अगर बारात के बहाने फ़ौज पाँवटा में घुसी तो टकराव अवश्य होगा। अजमेर चन्द और बारात को बिना किसी परेशानी के यहाँ से गुज़रने दिया जायेगा। इसका उल्लंघन होने पर इससे होने वाले नुकसान के लिए ज़िम्मेदार हम नहीं होंगे।"

गुरु जी, मामा जी को भीम चन्द का सन्देश दिखा कर पूछते हैं, "ऐसे हालात में, हम विवाह में कैसे सम्मिलित हो सकते हैं?"

"आप ठीक कहते हैं, गोबिन्द राय शादी के लिए तोहफे और शगुन लेकर दीवान जी और पुरोहित जी ही जायेंगे।"

राजा फतेह शाह के शाही महल के बाहर सजे विवाह-मण्डप से उसकी ऊँची हैसियत का अन्दाज़ा हो रहा है।

शाही अतिथि आने लगे हैं। फतेह शाह आतिथ्य-सत्कार में व्यस्त है।

इस विवाह में सम्मिलित होने के लिए पाँवटा से भी दीवान दुनीचन्द और कुछ सिपाही उपस्थित हुए हैं। मामा जी ने उन सभी के साथ पुरोहित दयाराम

को भी भेजा है ताकि किसी भी प्रकार की कोई कोताही न समझी जाये।

"गुरु जी, आज्ञा हो तो मैं भी दीवान जी के साथ विवाह में सम्मिलित होने के लिए जाऊँ?" भाई जैता ने भी पूछा था।

"नहीं भाई जैता। तुम्हारा यहाँ रहना ज़रूरी है। पाँवटा में तुम्हारे लिए कई काम हैं।"

फिर अरदास करके दीवान नन्द चन्द का समूह श्रीनगर (गढ़वाल) के लिए रवाना हो गया था।

गुरु जी उन सभी को विदा कर थोड़ा सुकून महसूस कर रहे हैं। मगर मालूम नहीं था, गुरु जी के द्वारा भेजे तोहफों और शगुन से ही विवाह में हंगामा हो जायेगा।

फतेह शाह ने गुरु जी के भेजे अतिथियों का पूरा आदर-सम्मान किया। उनके रहने का उचित प्रबन्ध किया। उनकी ज़रूरत का पूरा ध्यान रखा।

कुछ समय के पश्चात् हाथी-घोड़ों और पालकियों से सजी बारात भी आ पहुँची। स्वागत की औपचारिक रस्मों और खान-पान के पश्चात् बारात में आये राजाओं की ओर से तोहफे और शगुन-भेंटा देने का सिलसिला आरम्भ हुआ।

गुरु गोबिन्द राय की ओर से भेजे गये तोहफों और शगुन की भी घोषणा की गयी, जिसे सुनकर राजा भीम चन्द भड़क उठा।

"आपने मेरे दुश्मन के तोहफे और शगुन क्यों कबूल किये?"

"समधी जी, उन्होंने भेजे, हमने स्वीकार कर लिए।"

"यह मेरा सरासर अनादर है।" भीम चन्द मूँछों को मरोड़ने लगा।

"मैं गुरु जी को जानता हूँ समधी जी। वह बिना कारण किसी से नाराज़ भी नहीं होते।" फतेह शाह ने विनम्रता से कहा।

"तो क्या हम बिना कारण किसी से वैर रखते हैं?" भीम चन्द ने घूरते हुए कहा।

"नहीं, नहीं, मेरा यह मतलब नहीं था?" फतेह चन्द की आवाज़ काँपने लगी।

"मेरा रिश्तेदार, मेरा समधी, मेरे शत्रु के साथ मित्रता नहीं कर सकता। आज से मेरा मित्र आपका मित्र होगा। मेरा दुश्मन आपका दुश्मन होगा।"

"आप यह क्या कह रहे हैं, समधी जी?" फतेह शाह अचम्भित खड़ा है।

"मैं ठीक कह रहा हूँ। आप को यदि मेरी यह शर्त कबूल है तभी लगन होगा वरना बारात वापस जायेगी।"

यह बात सुनते ही फतेह शाह के पैरों तले से ज़मीन खिसक गयी। राजा होने के साथ-साथ वह एक पुत्री का पिता भी है। एक पिता की क्या मज़ाल जो

ऐसे समय में अपनी अकड़ दिखाये। वह अपने समधी और पहाड़ी राजाओं के मुखिया को भला कैसे नाराज़ कर सकता है। अपनी पुत्री की ज़िन्दगी के साथ कैसे खिलवाड़ कर सकता है।

भरे मन से उसने गुरु गोबिन्द राय द्वारा भेजे तोहफे और शगुन को लौटा दिया। परे जाकर उसने दीवान नन्द चन्द से माफ़ी माँगी और उन्हें यहाँ से जाने के लिए कहा।

दीवान समझदार है। उसने मौके की नज़ाकत को समझा। जानता है, यह गुरु जी का सरासर अपमान है। फिर भी उसने पुरोहित और अपने सिपाहियों से कहा,

"हमें यहाँ से चलना चाहिए। यही उचित होगा।"

राजा भीम चन्द की निगाह उन पर भी टिकी हुई है। क्रोधित मन से वह सोचता है, "इनके गुरु ने प्रसादी हाथी और शामियाना नहीं दिये थे।" अपने सिपाहियों को एक ओर बुलाकर वह उन्हें ताकीद करता है, "इन सिखों का दूर तक पीछा करो। जब ये हमारी जूह (सीमा/इलाका) से निकल जायें तब हमला करके इनसे माल लूट लो और इन्हें क़त्ल कर दो।"

शाही सिपाही गुप्तचरों की भाँति उनके पीछे लग जाते हैं। दीवान को पहले से ही शक था कि उनका पीछा किया जायेगा। अब वह तेज़ी से बिना किसी से उलझे, अपने इलाके में पहुँच जाना चाहते हैं।

यमुना किनारे आकर गुप्तचर उन पर झपट पड़ते हैं। सिख सिपाही गिनती में काफी कम हैं। शाही सिपाहियों के पास हथियार भी बढ़िया हैं, परन्तु सिखों ने जब पलट कर उन्हें ललकारा तो मानो उनके होश गुम हो गये। फिर तो दोनों ओर से लड़ाई होने लगी। एक ओर सिपाही जान हथेली पर रखे हुए लड़ रहे थे और दूसरी ओर भाड़े के सिपाही थे। एक ओर भाड़े के सिपाही जान बचाकर भागने की फ़िराक में थे और दूसरी ओर सिपाही शहीद होने के लिए तैयार थे।

सिख सिपाही शाही सिपाहियों पर भूखे शेरों की मानिन्द टूट पड़े। शाही सिपाही कुछ मारे गये, कुछ ज़ख्मी हालत में ही भाग निकले। भागते सिपाहियों को दूर तक सिखों की ललकार सुनाई देती रही। दीवान दुनी चन्द यमुना पार कर सुरक्षित पाँवटा आ पहुँचे।

गुरु जी को पहले से ही अन्दाज़ा था कि कल्हूर के राजा भीम चन्द के होते हुए उनके तोहफे स्वीकार नहीं किये जायेंगे; परन्तु भीम चन्द ऐसी नीचता दिखायेगा, इस बात का उन्हें इल्म नहीं था। उन्होंने पास खड़े जैता से कहा, "अब युद्ध की तैयारी करो। अब हम इसे और अधिक देर तक टाल नहीं पायेंगे। मुकाबले के लिए तैयार रहो।"

“गुरु जी, मैं अगर दीवान जी के साथ होता तो मण्डप में ही भीम चन्द का सिर क़लम कर देता।”

“यह मौका भी आयेगा।” गुरु जी कहीं दूर देख रहे हैं।

बाहर जाकर जैता ने सिख सेवकों और सिपाहियों को ऐसे पुकारा, मानो जंग के मैदान में ही खड़ा हो। आक्रोश से उसकी मुट्ठियाँ भिंच गयीं, उसने ज़ोर से जैसे स्वयं को सम्बोधित किया, “भीम चन्द, आमना-सामना करने के लिए तैयार हो जा। जैता युद्ध के लिए तैयार है।”

30

राजा भीम चन्द ने सुपुत्र के विवाह के उपरान्त शाही दावत के बहाने सभी पहाड़ी राजाओं को कल्हूर आने का न्यौता दिया।

जश्न और रंगरलियों के पश्चात् भीम चन्द ने सभी राजाओं के साथ एक गुप्त सभा की–

“आप सभी जानते हैं, सिखों का यह गुरु, कल का छोकरा हमें आँखें दिखाने लगा है।” भीम चन्द ने ज़हर उगला।

सभी चुप हैं। एक-दूसरे की ओर मौन नज़रों से देखने लगते हैं।

“अजमेर चन्द के विवाह के समय इसने मेरे सिपाहियों पर हमला करवाया। मेरे तीन सिपाही मारे गये।”

“हम सभी एक मर्यादा का पालन करते हैं। खत्रियों के कुछ उसूल होते हैं। ये सभी सिख गुरु, नाई, धोबी, झींबे और पिछड़ी ज़मात वालों को पंगत में बिठा कर लंगर खिलाते हैं। उन्हें तलवार, नेज़े और बन्दूकें चलाना सिखाते हैं। सदियों से ये लोग हमारे पैरों में बैठते आये हैं। कल को हमारे सिरों पर आकर बैठेंगे। इस प्रकार तो हमारी रियासतों में ये नीच और शूद्र लोग बगावत करने लगेंगे।” मण्डी के राजा ने अपनी भड़ास निकाली।

“गुरु स्वयं शाही लिबास पहनने लगा है। पगड़ी पर कलगी लगाने लगा है। कन्धे पर उसके बाज़ बैठता है। घोड़े-हाथी पर सवारी करने लगा है। अभी तो वह फ़ौज भी रखने लगा है। किलों का निर्माण करवाने लगा है। इससे हमारी रियासतों को खतरा पैदा हो गया है। अगर वह अधिक शक्तिशाली हो गया तो सम्भव है, हमें बन्दी बना ले।”

सभी राजाओं के चेहरों पर भय और चिन्ता साफ झलकने लगती है।

"क्या किया जाना चाहिए?" हिंडौर के राजा हरी चन्द ने पूछा।

"यही तो मैं आप सभी से पूछना चाहता हूँ, क्या करना चाहिए? यह सभा इसीलिए तो बुलायी गयी है।" भीम चन्द झुँझलाकर कहता है।

"सिखों के साथ सभी तरह का व्यवहार बन्द करना चाहिए। अपनी रियासत के व्यापारियों और दुकानदारों को हिदायत कर दी जाये, सिखों के साथ कोई लेन-देन न किया जाये। उनसे खरीद-फरोख्त बन्द कर दी जाये, ताकि वे परेशान होकर यहाँ से चले जायें।" गुलेर रियासत के राजा गोपाल चन्द ने अपना सुझाव रखा।

"इससे कुछ नहीं होगा। मेरी इच्छा है कि हम सभी मिलकर गुरु पर धावा बोल दें। पाँवटा में उसके पैर इतने मज़बूत नहीं हुए। फ़ौज भी अधिक नहीं है। गुरु और पाँवटा को एकदम मटियामेट कर देना चाहिए।"

सभी को अपनी-अपनी रियासतें हाथ से निकलने का भय है। सभी एकमत होकर कहते हैं, "पाँवटा पर हमले के लिए हम सभी तैयार हैं।"

"फिर आप सभी अपनी-अपनी रियासत में युद्ध की तैयारी करें। हमला पाँवटा पर ही किया जायेगा।"

अपनी बात की स्वीकृति पाकर भीम चन्द मूँछों को ताव देने लगता है।

ये सभी सूचनाएँ गुरु गोबिन्द राय तक पहुँच गयी हैं।

कुछ पहाड़ी राजा दोहरी चाल चलते हैं। कटोच के राजा कृपाल चन्द ने गुरु जी को ख़त लिखा, "भीम चन्द अकेला है। आप घबराइए नहीं। मैं आपके साथ हूँ।"

उधर उसने भीम चन्द को लिख भेजा, "सभी पहाड़ी राजा आपके साथ हैं। गुरु को पाँवटा और आनन्दपुर से निकालकर ही चैन लेंगे।"

सम्भावित युद्ध के लिए गुरु जी और जैता मिल कर योजना बना रहे हैं। युद्ध के मैदान का चुनाव किया जा रहा है। पहाड़ी फ़ौज कहाँ से आयेगी। उन्हें कहाँ तक बढ़ने दिया जायेगा। कहाँ रोका जायेगा। विचार-विमर्श हो रहा है। फ़ौजियों की निशाना साधने की नीति भी बनायी जा रही है।

पाँवटा से 6 कोस दूर, गीर नदी और यमुना नदी के मध्य इलाके का चुनाव दोनों पक्षों की ओर से किया गया है। आस-पास पहाड़ियाँ हैं। इन पर सिपाहियों को तैयार किया जा सकता है। एक विशेष स्थान गुरु जी ने अपने लिए नियत किया। यहाँ से सारे युद्ध का जायज़ा लिया जा सकता है।

इस इलाके के चुनाव से भाई जैता भी खुश है। दुश्मन को पीछे लौटते समय भी घेरा जा सकता है। मामा कृपाल चन्द ने भी स्थान का निरीक्षण किया। सभी ने आपसी सहमति प्रकट की।

चूहड़पुर के तट पर, भंगाणी के स्थान पर दोनों पक्षों की सेनाएँ टकरायेंगी। यहीं से पहाड़ी राजाओं की सेना को आगे बढ़ने से रोका जायेगा। पीछे भागने भी नहीं दिया जायेगा।

"अभी समय है। फ़ौज में वृद्धि की जानी चाहिए।" गुरु जी कहते हैं।

पंजाब की ओर सेवक भेजे जाते हैं।

पीर बुद्ध शाह को सन्देशा भेजा जाता है।

युद्ध की तैयारी इस प्रकार से की जा रही है, जैसे किसी त्यौहार को मनाने की तैयारी हो रही हो।

युद्ध-कौशल और भी ज़ोर-शोर से किया जाने लगा है।

पाँवटा सचमुच जंगी छावनी में तब्दील हो गया है। पीर बुद्ध शाह ने अपने मुरीद पाँच पठानों के साथ 400 सिपाहियों को गुरु जी के पास भेज दिया है।

बीबी वीरो के पाँचों पुत्र तैयार-बर-तैयार हैं।

लाल चन्द हलवाई मिठाई बनाने वाले बर्तनों व खुरचनों को हथियार बना कर युद्ध में शामिल होना चाहता है।

भाई रामा, कांसी से, लकड़ी की तोप बनाकर गुरु जी को भेंट करने के लिए आया है।

महन्त कृपाल दास को न तलवार चलाना आता है, न वह कुछ और चलाना जानता है, वह गुरु जी को अपना मूसल दिखा कर हँसता है, "मेरे इस मूसल का वज़न ही आठ सेर का है गुरु जी, पहाड़ी सिपाही इसका एक वार भी नहीं झेल पायेंगे।"

गुरु जी भी हँस देते हैं। कैसी विचित्र फ़ौज है।

और भी बहुत सारे लोग पंजाब से और दक्षिण-दिल्ली से भी यहाँ आ रहे हैं। जिसने भी सुना, "गुरु जी ने युद्ध में शामिल होने का अह्वान किया है। सभी कुछ छोड़-छाड़ कर गुरु जी के पास चल दिये।

"गुरु जी, यह जन्म, यह शीश आपके लेखे।"

ऐसी भावना से ओत-प्रोत निडर और खुद को कुर्बान करने वाले शूरवीरों की फ़ौज है गुरु जी के पास। युद्ध का कोई अभ्यास नहीं है। हथियार न उठाने आते हैं, न चलाने आते हैं। तो क्या हुआ? लेकिन मनोबल इतना बलवान है, सामने खड़े होकर दुश्मन की आँखों में आँखें डालकर देखने का साहस है। दुश्मन का गिरेबान पकड़ने, उसकी टाँगों को पकड़ कर बीच में से काट देने का बल मौजूद है। वे कभी डर कर पीछे नहीं भागेंगे। मरने से पहले दस-बीस-पच्चीस जितनी ताकत हो, उसी हिसाब से दुश्मनों को यमदूत के पास पहुँचाकर ही मरेंगे। ऐसे सिपाही को मारा तो जा सकता है, हराया नहीं जा सकता। गुरु जी सोच रहे हैं।

गुरु जी जानते हैं यह मुकाबला बराबरी का नहीं है। एक ओर सिर्फ पन्द्रह सौ सिपाही। अनगढ़े, युद्ध-कौशल से एकदम वंचित। लड़ाई के जंगी दाँव-पेंचों से एकदम अनजान। दूसरी ओर, करीब 80,000 पेशेवर फ़ौज। युद्ध-कौशल में प्रवीण।

युद्ध तो लड़ना पड़ेगा। इसे अब अधिक समय के लिए टाला नहीं जा सकता। पहाड़ी राजाओं की सोच और मानसिकता को गुरु गोबिन्द राय समझ रहे हैं। विरासत में मिली इस गुरुगद्दी और जागीरों को वह किसी कीमत पर गँवाना नहीं चाहते। उन्होंने अपनी रियासत को सदा अपने प्रति प्यार और श्रद्धा की भावना से झुकते देखा है। वह अपने देशवासियों को सदा अज्ञानता के अँधेरे में रखना नहीं चाहते। गुरु जी समझ रहे हैं कि पहाड़ी राजा नहीं चाहते हैं कि वह सभी जातियों को एक समान समझें। वह शूद्रों को भी गुरुद्वारे की पंगत में बिठा कर लंगर खिलायें। पहाड़ी राजाओं को इससे खतरा महसूस होता है। युद्ध को अब टाला नहीं जा सकता। यह पुराने अन्ध-विश्वासों और नयी चेतना, नयी जागृति के बीच टकराव है। यह तो अब होगा ही होगा, इससे बचाव सम्भव नहीं है।

पहाड़ी राजाओं को इस बात का घमण्ड है कि वे रियासतों के राजा हैं। रियाया उनकी सेवक है। दूसरी ओर अपने लोगों में नयी रूह फूँक कर, इस घिसे-पिटे समाज को जात-पाँत और ऊँच-नीच के अँधेरे से निकाल कर, सभी को बराबर समझने और साझे भाईचारे के नवीन उजाले में ले जाने का संकल्प है। गुरु जी गहरी सोच में डूबे हुए हैं।

भाई जैता की ज़िम्मेवारी इन दिनों और भी बढ़ गयी है। नये भर्ती हुए सिखों को हथियार चलाने तो क्या ठीक से पकड़ने भी नहीं आते। जैता दिन-रात उन्हें प्रशिक्षण देने में व्यस्त है। वार कैसे करना है? कैसे रोकना है? अपना बचाव कैसे करना है।

गुरु जी अपने लगातार सिपाहियों के युद्ध-कौशल का निरीक्षण करते हैं।

उन्हें युद्ध के दाँव-पेंच समझाते हुए हौसले बुलन्द रखने का पाठ पढ़ाते हैं। उन्हें समझाते हैं, "अँधेरे और प्रकाश का सदा से विरोध रहा है। रात मिटती है, सूरज सदा प्रकाश फैलाता है। आप अपने मन में इस बात की गाँठ बाँध लो कि आप सभी लोग कुछ पाने के लिए या किसी के राज्य पर कब्ज़ा करने के लिए युद्ध नहीं लड़ रहे हैं। आप सभी एक उच्च आदर्श के लिए अन्याय के विरुद्ध लड़ रहे हैं। वे हमारे घर पर कब्ज़ा करना चाहते हैं। अपना घर और इलाके को सुरक्षित रखने के लिए उनसे मुकाबला करना ही होगा, ताकि वे हमें अपने अधीन न कर लें।"

गुरु जी का इशारा पाकर जब भाई जैता नगाड़े पर चोट करता है, तो युद्ध-कौशल का अभ्यास आरम्भ हो जाता। नगाड़े की आवाज़ सुन जंगली जानवार भाग जाते, कुछ पक्षी उड़ जाते। अन्य सभी ओर सन्नाटा पसर जाता।

गुरु जी हँसते, "ऐसा ही होगा, पहाड़ी राजाओं और उनकी फ़ौजों के साथ। आधे तो भाई जैता के नगाड़े की चोट सुनकर ही भाग खड़े होंगे।"

"गुरु जी, मेरा जी चाहता है, इतनी ज़ोर से दहाड़ूँ कि आनन्दपुर से पार भीमचन्द की नींद हराम कर दूँ।" जैता साँप-सा फुंकारा।

"सँभाल कर जैता। अभी जोश को सँभालने की ज़रूरत है।" गुरु जी ने समझाया।

"इतने वर्षों से खुद को सँभालता ही आया हूँ गुरु जी। अब तो बेकाबू होने को जी चाहता है।"

"कुछ दिन प्रतीक्षा करो, वह घड़ी भी आने वाली है।"

भाई जैता युद्ध-कौशल के अभ्यास में व्यस्त हो जाता है।

पाँवटा में गुरु जी के पास 'उदासी साधुओं' की एक बड़ी टोली आयी हुई है। इनका नेतृत्व महन्त कृपाल दास कर रहा है। सभी मुफ़्त का लंगर और हलवा खा-खा कर मोटे हो रहे हैं। तोंदें बढ़ रही हैं। एक-दूसरे से भय से पूछते हैं—

"क्या यहाँ युद्ध होगा?"

"हाँ, युद्ध तो होगा ही। इसीलिए सभी ओर तैयारी हो रही है।"

"हमें क्या करना चाहिए?"

"रातों-रात यहाँ से भाग जाना चाहिए।"

"हाँ, यही उचित होगा। यहाँ से न भागे तो पहाड़ी सिपाहियों के तीर हमारी तोंद में जा घुसेंगे।"

एक दिन सुबह-सवेरे भाई जैता ने आकर गुरु जी को बताया, ''गुरु जी, हमारे साधु तो भाग गये।''

''किसने कहा?'' गुरु जी ने हैरानी से पूछा।

''डेरा तो खाली पड़ा है।''

''सभी भाग गये क्या?''

''महन्त कृपाल दास जी अकेले बैठे हैं। दुःखी लग रहे हैं।''

''अच्छा ही हुआ। उनका भाग जाना ही उचित था। यहाँ रहते हुए वे सिर्फ़ लंगर ही खाते। हमारे सिपाहियों को भूखे ही लड़ना पड़ता।''

गुरु जी ने देखा, महन्त कृपाल दास कन्धे पर अपना भारी मूसल रखे उदास-सा चला आ रहा है।

गुरु जी के पास आकर वह रोने लगा, ''माफ़ कीजिए गुरु जी, मैं आपको मुँह दिखाने लायक नहीं रहा। मेरे सारे चेले युद्ध से डर कर भाग निकले। आप जो सज़ा मुझे देना चाहें, मेरा सिर आपके सामने हाज़िर है। यह सिर आपका ही है गुरु जी।''

''आप फिक्र न करें कृपाल दास जी। युद्ध से भाग निकलने से तो अच्छा है कि उससे पहले ही भाग लिया जाये। अभी हम कोई और प्रबन्ध कर लेंगे। महन्त जी, युद्ध इसलिए भी आवश्यक है कि आपके अपनों और विरोधियों के चेहरों से नकाब उतर जाये। सब कुछ स्पष्ट हो जाये। आपने स्वयं ही देख लिया। आप उदास न हों। गुरु नानक जी की कृपा हम पर है। प्रभु हम पर बख्शीश करेगा।'' जैता की ओर देखकर, गर्व से महन्त से कहते हैं, ''इधर देखो। भाई जैता की ओर देखो। भाड़े के टट्टू, हम योद्धाओं के सामने खड़े होने या लड़ने की हिम्मत कैसे करेंगे?''

''उनकी पूँछ उठा कर देखना महन्त जी, सभी की लीद निकल गयी होगी।'' कह कर जैता खिलखिलाकर हँसने लगा।

गुरु जी और महन्त भी हँसने लगे।

जैता देख रहा है, महन्त के हँसने से उसकी तोंद हिलने लगी। जैता छेड़ने लगा, ''गुरु जी, दो-तीन पहाड़ी सिपाहियों को यदि महन्त जी की तोंद पर बिठा दिया जाये तो उनकी तोंद के हिलने से उन्हें लगेगा कि भूचाल आ गया है। वे सभी ऐसे ही मर जायेंगे भयभीत होकर।''

अब तीनों और भी ज़ोर-ज़ोर से हँसने लगे।

दूसरी ओर पहाड़ी फ़ौजों ने पाँवटा की ओर कूच करना आरम्भ कर दिया।

31

पहाड़ी फ़ौजें टिड्डी दल के समान बढ़ने लगीं।

गुरु गोबिन्द राय की फ़ौज ने भाई जैता के नेतृत्व में भंगाणी नामक स्थान पर अपना मोर्चा सँभाल लिया था।

पीर बुद्ध शाह के भेजे पठानों ने देखा, गुरु के सिपाही तो खिचड़ी हैं। कोई धोबी, कोई नाई, कोई हलवाई, ये सभी अनुभवहीन सिपाही हैं। इन्हें क्या मालूम, युद्ध क्या होता है। इन्हें तो ठीक से नेज़ा पकड़ना भी नहीं आता। ये हमें मरवायेंगे। आपस में सलाह कर, वे रातों-रात यमुना पार कर, आ रही पहाड़ी फ़ौज से जा मिले।

राजा भीम चन्द तो अभी से सातवें आसमान पर जा पहुँचा है,'' पाँवटा तो क्या, इस के बाद आनन्दपुर की धरती से भी इन सिखों को खदेड़ देंगे।''

पीर बुद्ध शाह को समय पर पठानों की गद्दारी के बारे में मालूम हो गया। वह अपने दोनों भाइयों, चारों पुत्रों और सात-आठ सौ मुरीदों को साथ लेकर पाँवटा की ओर चल दिया। 'प्राण जाये पर वचन न जाये' इस लोकोक्ति को चरितार्थ करते हुए पीर जी ने अपने भाइयों, मुरीदों और पुत्रों को सन्देशा भिजवाया।

पाँवटा में रहते हुए मेदनी प्रकाश की पुत्री पद्‌मा, गुरु जी की श्रद्धालु बन गयी। वह नहीं चाहती थी कि उसके पिता दूसरे पहाड़ी राजाओं के समान गुरु जी के विरुद्ध युद्ध में हिस्सा लें।

मेदनी प्रकाश ने अपनी पुत्री को यकीन दिलाया, ''मैं गुरु जी के साथ धोखा नहीं करूँगा। सभी कहेंगे, गुरु जी ने स्वयं अपने घर पर न्यौता देकर उन पर हमला करवा दिया। यह कलंक लेकर मैं जी नहीं पाऊँगा पुत्री।''

''पिता जी, पहाड़ी राजा आपको घर से उठा कर साथ ले जायेंगे। आप सभी एक साथ हो जायेंगे और गुरु जी अकेले।''

''ऐसा नहीं होगा पुत्री। मुझे गुरु जी से पूरी हमदर्दी है। गुरु जी ने राजा फतेह शाह के साथ मेरा समझौता करवाया है। मेरा इलाका मुझे वापस लेकर दिया है। तुम विश्वास रखो, मैं गुरु जी के विरुद्ध हथियार नहीं उठाऊँगा।''

''पता नहीं क्यों पिता जी, मुझे इस बात पर यकीन नहीं आ रहा। मैं

तो परमात्मा से सिर्फ़ अर्ज़ करती हूँ कि यह युद्ध देखने से पहले मुझे मौत आ जाये।" इतना कह वह दुःखी पुत्री महल के भीतर चली गयी।

आखिर वह घड़ी आ ही पहुँची।

पहाड़ी फ़ौजों ने धावा बोल दिया।

गुरु गोबिन्द राय ने फ़ौज की कमान स्वयं सँभाल ली। भाई जैता को पूर्ण ज़िम्मेदारी सौंपते हुए उन्होंने कहा, "युद्ध में जो भी तुम्हें उचित लगे, तुम तुरन्त फैसला ले लेना। हम से आज्ञा की ज़रूरत नहीं। याद रखना, सघन अँधेरे का मुकाबला रोशनी से होने वाला है। अन्त में अँधेरे को हारना ही होगा।"

गुरु जी ने भाई जैता की सलाह से पाँवटे की सुरक्षा के लिए राम कोयर मेहर, काले खान और कुछ सशस्त्र सेवकों को तैनात कर दिया। अन्य सभी को भंगाणी के युद्ध-स्थल पर पहुँचने का आदेश दिया।

18 वैशाख, संवत् 1744 यानी 5 अप्रैल, 1687 का दिन।

सिखों को पहली बार इतने बड़े पैमाने पर युद्ध के लिए तैयार होना था। एक पक्ष अपने अस्तित्व की रक्षा के लिए युद्ध लड़ रहा था, जबकि दूसरा पक्ष अपनी अकड़ और कब्ज़े की भावना को प्रदर्शित करने के लिए लड़ रहा था।

भंगाणी का मैदान युद्ध स्थल में परिवर्तित हो चुका था।

गुरु जी एक ऊँची पहाड़ी पर जा बिराजे। यहाँ से सारे मैदान पर नज़र रखी जा सकती थी।

दोनों पक्षों की फ़ौजें आमने-सामने आ पहुँची थीं। भाई जैता युद्ध के आरम्भ की घोषणा करने के लिए गुरु जी के इशारे का इन्तज़ार कर रहा था ताकि वह नगाड़े पर चोट करके सभी को बता सके।

गुरु जी सोच रहे थे, पाँवटा की यह रमणीय धरती, जहाँ कवि-जन उच्च स्तर की काव्य-रचनाएँ रच रहे हैं, आज युद्ध स्थल बन गयी है। उनका किसी के साथ भी वैर-विरोध नहीं। न ही किसी के जागीर, सम्पत्ति या मालिकाना अधिकार का झगड़ा है। फिर भी यह युद्ध उन पर ज़बरदस्ती थोप दिया गया है। कुछ ही देर में यहाँ तलवारें बजने लगेंगी। मर रहे या ज़ख्मी सिपाहियों की चीखें सुनाई देने लगेंगी। पहाड़ी राजाओं के मस्त हाथी चिंघाड़ने लगेंगे। वादी की सारी सुन्दरता नष्ट हो जायेगी। ऐसे माहौल में भी उनका कोमल कवि मन व्याकुल होने लगा।

यहाँ दिन-रात हवा में फूलों की सुगन्ध फैलती रही थी। अब से उसमें बारूद की गन्ध आने लगेगी। कल इसमें से मुर्दा लाशों की बदबू आने लगेगी। लेकिन आह! अब इस युद्ध को किसी भी कीमत पर रोका नहीं जा सकता।

तभी पहाड़ी फ़ौजों की ओर शंख ध्वनि सुनाई देने लगी। पहाड़ी राजाओं ने अपनी ओर से युद्ध का ऐलान कर दिया था। इस ओर भी भाई जैता ने 'रणजीत नगाड़े' पर ज़ोर-ज़ोर से चोट लगायी। अपनी ओर से युद्ध का ऐलान करते हुए उन्होंने देखा कि नगाड़े की आवाज़ से पहाड़ गूँज उठे। घोड़े हिनहिनाने लगे। सभी बहादुरों के चेहरे ज़ोश से चमकने लगे।

'हर हर महादेव' के जयघोष के साथ पहाड़ी फ़ौज़ें आगे बढ़ीं। गुरु जी ने देखा, पहाड़ी फ़ौजों में सबसे आगे वही भगौड़े पठान थे।

इस ओर से सिखों ने 'जैकारे' लगाये।

भीमचन्द घोड़े पर चढ़ा ललकार रहा था।

गढ़वाल के फतेह शाह ने भी अपने घोड़े की लगामें थाम रखी थीं।

गुलेर का गोपाल चन्द, मण्डी के वीर सैन और सुपर सैन, काठगढ़ का दयाल चन्द, हन्दूर का हरी चन्द, भंबोर का राजा कर्म चन्द और अन्य अनेक अपने-अपने सिपाहियों का हौसला बढ़ा रहे थे, ''यह रणभूमि है। यहाँ अपने सिर की परवाह न करो, दुश्मन के सिर को क़लम कर दो... । आगे बढ़ो—तुम्हारे सामने कोई अनुभवी फ़ौजी नहीं, साधुओं की टोली है। तुम सभी बहादुर सिपाही हो।''

सिखों की ओर से फ़ौज के आगे-आगे थे संगो शाह, जीत मल, गुलाब राय, गंगा राम और मोहरी चन्द।

मामा कृपाल चन्द ने भी हाथों में तलवार थाम ली थी। दीवान नन्द चन्द भी कहाँ पीछे हटने वाला था।

पुरोहित दया राम भी मैदान में आ उतरा था। विचित्र सिंह, आलम सिंह, चन्दन राय, उदय सिंह, अनेक शूरवीरों की क़तार में आने के लिए जूझ रहे थे।

पीर बुद्ध शाह भी अपने पुत्रों और मुरीदों की हौसला-अफज़ाई कर रहा था।

''देखना! लाज न लगने देना। गुरु को पीठ न दिखाना। मरना तो सभी को है एक दिन। ऐसी मौत मरो जो सभी को याद रह जाये।''

अगले ही पल नेज़े से नेज़े टकराने लगे। तलवारें खड़कने लगीं। सिपाहियों की चीख-पुकार से पाँवटे का आसमान गूँजने लगा।

गुरु जी ने अपना पहला तीर पठानों की टुकड़ी की ओर छोड़ा। टुकड़ी में यकायक भगदड़ मच गयी।

गुरु जी आपस में लड़ते सिपाहियों की ओर देखने लगे। भाई जैता कभी

तलवार लहराता, कभी नेज़ा चलाता। कभी उसकी बन्दूकें 'नागिन' और 'बाघिन' आग उगलने लगतीं। दुश्मन पर वार करते हुए वह शेर समान दहाड़ रहा था।

पहले ही हमले में पठानों की टुकड़ी के पैर उखड़ गये। पठान पूरी तरह से युद्ध के लिए तैयार नहीं थे। वे सोचते थे कि ये सिख क्या लड़ेंगे? परन्तु गुरु जी के सेवकों ने उन पर तीरों की बौछार कर दी। तलवारों से उनकी गर्दनें काट डालीं। नेज़े शरीर के आर-पार निकाल दिये। पठानों की लाशों के ढेर लग गये। बाकी बचे पठान पीछे की ओर भागे तो पहाड़ी राजाओं ने उनका रास्ता रोक लिया।

''तुम लोगों का कहना था कि तुम गुरु की फ़ौज को धूल चटा दोगे। अब कायरों की तरह पीठ दिखा कर भाग रहे हो।''

''राजा साहब, अभी तो युद्ध आरम्भ हुआ है। हमने सोचा, आपके सूरमा भी लड़ कर चाव पूरा कर लें। फिर कहेंगे कि हमने उन्हें मौका नहीं दिया।'' हयात खाँ अभी भी साँप की भाँति फुफकार रहा था।

''हम सभी आपके साथ हैं। इस बार मिलकर हमला करेंगे। सूरज अस्त होने से पहले-पहले गुरु हमारी कैद में होगा।'' हन्दूर का राजा हरी चन्द, पठानों के भाग जाने से दुःखी है, परन्तु अन्य राजाओं को भरोसा दिलाने का यत्न करता है।

''खान बहादुर जी! हिम्मत रखो। मर्दों की तरह हमला करो। शेर की तरह दहाड़ो। तूफान की तरह उठो। गुरु के सियार तुम लोगों की पहली दहाड़ पर ही भाग खड़े होंगे।'' भीम चन्द गर्म तवे पर पड़ी पानी की बूँद-सा तड़प रहा है।

हयात खान सच में मायूस है। साधु-फ़कीरों की टुकड़ी से मात खा बैठा है। यह उसके लिए डूब मरने वाली बात हो गयी है। गुरु का साथ भी छोड़ा। हार भी खानी पड़ी। नहीं, ऐसा नहीं होगा। फिर से हम हमला करेंगे। हम पठान लोग हैं। हम बदला लेंगे। या अल्लाह रहम कर, या अल्लाह मदद...। अल्लाह-हू-अकबर—के नारे लगाता हयात अपना घोड़ा बढ़ाता आगे की ओर बढ़ता है।

पठानों की टुकड़ी युद्ध के लिए फिर से तैयार है। भाई जैता नगाड़े पर चोट करता है। सूरमे 'जैकारे' लगाते हैं। आगे पठानों की टुकड़ी, पीछे पहाड़ी फ़ौजें। हयात खान अकेले ही आगे बढ़ कर, पीछे आती फ़ौज को हाथ के इशारे से रोक देता है।

भाई जैता और हयात खान दोनों एक-दूसरे के सामने खड़े हैं। हयात की आँखें लाल अँगारे-सी धधक रही हैं। वह ललकारता है, ''है कोई माई का लाल तो सामने आये। अकेले-अकेले को देख लेते हैं। क्यों अन्य सिपाहियों की जान गँवाते हैं।''

भाई जैता का हाथ तलवार की मूठ पर कस जाता है। मामा कृपाल चन्द, बीबी वीरो के पुत्र जीत मल की ओर देखते हैं, "मामा जी, मुझे किसी योद्धा संग मुकाबला करना है। यह तो गुरु जी का भगोड़ा है।" जीत मल कहता है।

ऊपर गुरु गोबिन्द राय के पास महन्त कृपाल चन्द निवेदन कर रहा है, "गुरु जी, मुझे आज्ञा दीजिए। मैं इस अहंकारी को अपने मूसल से ही यमलोक पहुँचा दूँगा।"

"जाओ महन्त जी। परमात्मा भला करेगा।"

मामा जी द्वारा ज़ोर देने पर जीत मल आगे बढ़ता है। महन्त कन्धे पर मूसल धरे ऊपर से भाग कर नीचे पहुँचता है, "ठहरो। गुरु जी ने मुझे भेजा है।"

हयात खान हँसने लगता है, "लो आ गया, गुरु का एक साधु। यह जंग का मैदान है, तुम्हारा डेरा नहीं। तुम्हारे सामने पठानों का सरदार हयात खान खड़ा है। तेरा कोई चेला नहीं है। जा, जाकर अपने डेरे पर आराम कर।"

"आज तुम्हारे लिए गुरु का यह साधु ही काफी है। वार कर नमकहराम।" महन्त ललकारता है।

"हम साधु पर वार नहीं करते। गुरु के सभी शूरवीर मारे गये हैं क्या?" हयात खान व्यंग्य कसता है।

"मैं कहता हूँ, वार कर।" महन्त फिर से ललकारता है।

"तुम वार सहन नहीं कर पाओगे।" हयात खान फिर हँसता है। दोनों ओर खड़े सिपाही तमाशा देख रहे हैं।

"एक नमकहराम पठान का वार मैं बर्दाश्त कर सकता हूँ।"

हयात खान गुस्से में आगे बढ़ता है, "बहुत गुस्ताख साधु है तू।" वह ज़ोर से वार करता है। महन्त अपना मूसल आगे कर देता है। हयात खान की तलवार मुड़ जाती है। वह फिर से वार करता है। मूसल से टकरा कर तलवार टेढ़ी हो जाती है।

"ले, सँभाल ले।" कहते हुए महन्त ललकारते हुए मूसल का वार हयात खान के सिर पर करता है तो सिर तरबूज-सा बिखर जाता है। लहू का फुहारा छूट जाता है। सिपाही घबराकर कुछ कदम पीछे हट जाते हैं। पहाड़ी राजाओं के मुँह खुले के खुले रह जाते हैं। एक साधु ने हयात खान जैसे सूरमा को मार गिराया। गुरु के अन्य सिपाही कैसे होंगे। उनके चेहरे पीले पड़ जाते हैं।

पठान फिर से पीछे की ओर भागने लगता है। कुछ पहाड़ी राजा भी नदी पार कर वापस जाना चाहते हैं। वे भीम चन्द को बुरा-भला कह रहे हैं, "गुरु अगर हार भी गये तो लोग क्या कहेंगे, 'माला फेरने वालों को हरा आये, ये कैसी

बहादुरी है। अब अगर इन से हार कर जायेंगे तो इससे बड़ी शर्मिन्दगी और क्या होगी। यह तो साँप के मुँह में छिपकली वाली बात हो गयी। अब पीछे भी नहीं जा सकते। पठान तो भाड़े के थे। सोचना चाहिए था, जो गुरु के वफादार न हुए, वे हमारा क्या भला करेंगे।''

पहाड़ी राजा सिर जोड़ विचार करने लगे।

''गुरु को आज ही कैद करना है, चाहे सारी फ़ौज मारी क्यों न जाये।'' भीम चन्द अपनी ज़िद पर अड़ा है।

अन्य पहाड़ी राजा उसे समझाते हैं, ''गुरु के पास आत्मिक शक्ति है। वे हमारे काबू में नहीं आयेंगे। तुमने अपने पुत्र का विवाह सम्पन्न किया है। खुशी भरे दिन हैं। आइए, सभी अपने घर की ओर चलें।''

''नहीं, पहले इस गुरु को बन्दी बनाओ।'' भीम चन्द शर्त रखता है।

''भीम चन्द जी, अभी तो गुरु के योद्धा जैता ने अपने जौहर नहीं दिखाये। ये सभी हम पर भारी पड़ेंगे।'' पहाड़ी राजा सच में गुरु की फ़ौज से डर गये हैं।

''एक साधु ने हयात खान को मार दिया। यह तो करामात हो गयी।'' एक राजा अभी भी अचम्भित है।

''अभी हमने गुरु का जलाल नहीं देखा।'' एक और राजा कहता है।

ऐसी बातें सुन कर राजा भीम चन्द और भी भड़क उठा। क्रोधित हो कर बोला, ''चूड़ियाँ पहन लो तुम सभी। घाघरे पहन लो। तुम लोग मर्द हो या हिजड़े?''

पठानों की आन फिर से जाग उठी।

अब नज़ाबत खान अपना दस्ता लेकर आगे बढ़ता है, ''इन साधुओं से मैं टक्कर लूँगा।''

बिगुल फिर से बज उठा। तभी रणजीत नगाड़े पर फिर से चोट पड़ी। फिर से आमने-सामने तीरन्दाज़ी होने लगी। तलवारें खड़कने लगीं। सिपाहियों की चीख-पुकार फिर से सुनाई देने लगी।

इस बार हंडूर का राजा हरी चन्द भी खुद को रोक नहीं पाया। ऊँची पहाड़ी पर खड़े गुरु उसे नज़र आ गये। उधर जीत मल पहाड़ी फ़ौजों का सर्वनाश कर रहा था। भाई जैता पठानों की टुकड़ी के भीतर तक घुस गया। उसने आस-पास लाशों का ढेर लगा दिया। जैसे गेहूँ के साथ घास-पात को भी काट रहा हो।

राजा हरी चन्द का एक तीर अचानक जीत मल की छाती में आ लगा।

''वाह!'' गुरु गोबिन्द राय के मुँह से निकला, ''तीरन्दाज हो तो तुम्हारे जैसा।''

जीत मल ज़मीन पर आ गिरा।

तभी दीवान चन्द ने आँधी समान आते नज़ाबत खान को ऐसा दाँव मारा कि उसकी गर्दन घोड़ों के पैरों में आ गिरी।

जीत मल को ज़मीन पर गिरे देख संगोशाह के सिर पर खून सवार हो गया। 'जैकारा' बोलते हुए उसने पठानों और पहाड़ियों को गाजर-मूली की तरह काटना शुरू कर दिया।

पहाड़ी पर खड़े गुरु खड़े देख कर वाह! वाह! करने लगे।

पठान भी संगोशाह की बहादुरी देखकर उससे प्रभावित हो रहे थे।

लाल चन्द हलवाई बेलचा से पहाड़ियों के सिर फाड़ रहा था। माही के पास खूँटा था। गुरु जी उसका जोश देख कर अचम्भित हो रहे थे। अनाड़ी बन्दे और इतनी बहादुरी? ये बाहर छेक दिये गये लोग, ये शूद्र, अछूत, ये नीच लोग भी दूसरों की तरह बहादुर भी बन सकते हैं। ये असली सूरमा हैं। इन की ताकत को दबाया गया। ये लोग भी राज्य कर सकते हैं। हम इन्हें बहादुर बनायेंगे। इस जात-पाँत का भेद-भाव हम तोड़ देंगे।

तभी एक तीर आकर गुरु के पैरों में गिरा। उन्होंने देखा नीचे हंडूर के राजा हरी चन्द ने धनुषवाण पर दूसरा तीर चढ़ा रखा था। गुरु जी अभी सावधान भी नहीं हुए थे कि एक अन्य तीर उनके कान को छूता हुआ निकल गया। अब गुरु जी सँभल गये। उन्होंने हरी चन्द की तीरन्दाजी की प्रशंसा करते हुए मन ही मन कहा, "वाह हरी चन्द! तुम्हारे तीर का वार तो विरला ही झेल सकता है। यह अपने हुनर का उस्ताद है। हम तुम्हारे हुनर को प्रणाम करते हैं।"

गुरु जी अभी उसकी प्रशंसा कर ही रहे थे कि एक तीर और आ लगा, जो उनकी पेटी पर आकर लगा। पेटी बेशक चमड़े की थी, मगर वार इतना तेज़ और ज़हरीला था कि गुरु जी को मामूली-सा ज़ख्मी कर गया। यह देख गुरु जी ने अपना तीर-कमान सँभाल लिया। उन्होंने पहला ही तीर छोड़ा और हरी चन्द से 'हाय राम' भी न कहा गया और तीर उसके जिस्म के आर-पार निकल गया।

राजा हरी चन्द के ज़ख्मी हो कर गिरने से सारी पहाड़ी फ़ौज में भगदड़ मच गयी। जिसका जिधर मुँह था, उधर ही भाग निकला। भागते पहाड़ियों पर ऊपर बैठे सिख गुरु तीर बरसा रहे थे।

पहाड़ी राजाओं की अनगिनत फ़ौज गुरु जी के पन्द्रह सौ अनाड़ी और अनुभवहीन सिपाहियों के सामने से भाग निकली। युद्ध-क्षेत्र पर गुरु जी की विजय हुई। भंगाणी के इस मैदान पर ज़ख्मियों और मृत सिपाहियों की लाशों का ढेर गला हुआ था।

गुरु जी ने भाई जैता को बुलाया।

"सभी बहादुर सिपाहियों का दाह-संस्कार मर्यादा अनुसार किया जाये।"

"मैंने पहले ही सेवकों से ऐसा करने के लिए कह दिया है।" जैता उत्साह से भर कर कहता है, "पहाड़ी तो पूँछ दबा कर भाग निकले गुरु जी।"

"हमें अभी चौकन्ना रहना होगा। साँप मरा नहीं, ज़ख्मी हुआ है। वो अभी भी डँसने का यत्न करेगा। हरी चन्द भी ज़ख्मी है। उसके सिपाही उसे उठा कर ले गये हैं।"

"गुरु जी, हमारे सिपाहियों के हौसले बुलन्द हैं। उनकी एक ललकार से पहाड़ी फ़ौज की फूँक निकल गयी है।" भाई जैता की ऐसी हिम्मत भरी बातें सुन कर इस संकट की घड़ी में भी गुरु जी के चेहरे पर प्रशंसनीय मुस्कराहट आ गयी।

"हमें अभी भी सावधान रहना होगा। सिपाहियों का युद्ध अभ्यास जारी रखना होगा। पहाड़ी यहाँ से भाग कर थक कर सो सकते हैं, मगर हम नहीं।"

जैता दूर-दूर तक बिखरी लाशों को देखने लगा।

युद्ध में विजय के पश्चात् हुए नुकसान का हिसाब-किताब होने लगा।

बीबी वीरो के दो पुत्र तीज मल और संगोशाह शहीद हो गये थे। पीर बुद्ध शाह के पुत्र सैयद अशरफ़, सैयद मुहम्मद और भूरे शाह भी शहीद हो गये थे।

पठानों के बहादुर हयात खान और नज़ाबत खान भी मारे गये थे। भाई जैता हन्दूर के राजा हरी चन्द की बहादुरी की चर्चा कर रहा था, "गुरु जी मैंने उस जैसा तीरन्दाज़ नहीं देखा।"

"ऐसा राजा अगर हमारी ओर से युद्ध लड़ता तो हम एक पहर में ही पहाड़ी फ़ौज को वापस भगा देते।"

"उसके एक तीर ने हमें भी ज़ख्मी किया है।" फिर जैता से कहने लगे,

"वैद्य जी से कहना, ज़ख्मियों की दवा-दारु अच्छे से करें। कोई कोताही न बरतें। उनका पूरा ध्यान रखो ताकि वे जल्दी से ठीक हो कर फिर से युद्ध-कौशल में जुट जायें।"

"चिन्ता न करें गुरु जी। आप देखना, हम लोग जल्दी ही रणक्षेत्र में नज़र आयेंगे।" जैता ने गुरु जी को भरोसा दिलाया।

32

भाई जैता पहली नज़र से देखने पर नारियल-सा सख्त लगता है। अक्खड़, निडर, साहसी और निर्दयी। जो लोग उसे भली-भाँति जानते हैं, उन्हें मालूम है कि वह नारियल की गिरी-सा नर्म और कोमल है। वह भी भावुक हो जज़्बात के वेग में बह निकलता है।

भंगाणियों के युद्ध में ज़ख्मियों की मल्हम-पट्टी करवाते हुए, मृत देहों को सँभालते हुए उसका मन अत्यन्त उचाट होने लगा। वह बार-बार सोचने लगा, 'जिस युद्ध की मुझे प्रतीक्षा थी, क्या वह ऐसा ही था। कितनी बहनों के भाई मारे गये। कितनी स्त्रियों के सुहाग छिन गये। किसी के अंग कट गये और वे सारी उम्र के लिए अपाहिज हो गये।'

युद्ध के दृश्य उसे परेशान कर रहे थे। उठते-बैठते उसे युद्ध के भयानक दृश्य दिखाई देते। उसे चारों ओर कटे-फटे अंग और खून, मृत देहें नज़र आतीं। जानवर और बाज़ पक्ष जैसे पक्षी उन योद्धाओं के शरीर को नोच-खसोट रहे नज़र आते।

वह यमुना नदी के किनारे पर किसी एकान्त स्थान पर जा बैठता। पिछले समय के बारे में सोच-विचार करने लगा। वह किन हालात में पाँवटा आया था। युद्ध का आरम्भ कैसे हुआ। योद्धाओं ने कैसे जौहर दिखाये। नदी के बहते पानी की ओर निहारते हुए वह सोचने लगा, उसका मन कैसे शान्त हो। वह कैसे इन दृश्यों और विचारों को अपने मन से निकाल बाहर करे...। समझ में नहीं आ रहा था।

गुरु साहब के कविजन याद आने लगे। वे कभी कविताएँ रचते, कभी युद्ध का वर्णन करते। मुझ से अधिक गुरु जी के निकट और कौन है? क्या मुझे भी युद्ध का वर्णन लिखना चाहिए? कवि तो कल्पना से लिखते हैं, मगर मैंने तो अपनी आँखों से सब देखा है। मैं तो स्वयं युद्ध में शामिल था। जैता भावुक हो, यमुना के पानी की तरह बह निकला :

बहु राजन सैन ले भीम सीस
गढ़ पाऊँटा घेर लिए दिस चारे
नहि जान सका खल गुरबर को
गुर इच्छा युद्ध भंगाणा द्वारे।
भीखन हयात नज़ाबत खां
गुर छोर मिले सीस भीम गुटारे।

गुर सिखन धार कै जीत मनहि
रिपु मार दीये जन काल प्रहारे।
सर कानों खैंच गुरु छोरै
घसमान मचा युद्ध खेत मझारे।
मारा गुरु तु करन को सम ही
गढ़वाल हन्दूर कल्हूरी मारे
गुरु काम आये रण अति करारे।
जन सूहा पहिर चली युवती
फीके प्रकास गहिं स्त्रोण दिसारे।
चार दिसा सोणत बहुं आमिख पिंड बिचार।
झपट सु वायस चील अर कोक स्त्रिगाल निहार।।

यमुना नदी के तट पर बैठे भाई जैता को रणक्षेत्र प्रत्यक्ष दिखाई दे रहा था। सभी योद्धा एक-दूसरे पर इतनी तीव्रता से वार कर रहे थे, जैसे कोई लुहार गर्म लोहे पर ज़ोर से चोट करता है। गुरु जी की तीरों से दुश्मनों के सिपाही ऐसे ढेरी हो रहे थे कि जैसे किसान फसल काट कर ढेर लगाता है। भंगाणी के मैदान में लाशों के ढेर लग गये थे। भाई जैता का कवि हृदय तड़प उठा :

अस बीर पे बीर प्रहार करे
जन अहिरन चोट है कीन लुहारे
मुख बीरन कै प्रतख उजल
मुख भीरन कै डर छार पसारे
यौं सार पै सार संमुख चले
घनघोर फटे जन बादर कारे
गुरु तीकर कै प्रहार करहिं
जन खेत किसान धर कटवारे।

भाई जैता का मन कहीं टिक नहीं पा रहा। मन बेहद अशान्त है उसका। पहाड़ी राजाओं की कमीनगी पर उसे रह-रहकर गुस्सा आ रहा है। पीछे झाड़ी में कोई हरकत होने पर उसने चौकन्ना हो उधर देखा। उसका मन और भी दुःखी हो गया। एक गीदड़ किसी सिपाही की कटी हुई बाँह उठा कर किसी सुरक्षित स्थान पर ले जाने का प्रयास कर रहा था।

उसे लगा, जैसे किसी ने उसे पुकारा हो। उचक कर देखा, एक सेवक उसे ढूँढ़ता हुआ उसी की ओर आ रहा था।

"गुरु जी, कितनी देर से आपको ढूढ़ रहे हैं।" जैता को देखते ही उस सेवक ने कहा।

जैता तुरन्त उस सेवक की ओर चल दिया।

दीवान सजा हुआ है।

भाई जैता चुपचाप आकर शीश झुका कर वहाँ बैठ गया।

''भाई जैता, इधर आकर बैठो मेरे पास।'' गुरु जी ने उसे अपने पास बुला लिया।

जैता ने सिर उठा कर देखा, दीवान में सभी बैठे थे। मामा कृपाल चन्द, दीवान दुनी चन्द, पीर बुद्ध शाह, बीबी वीरो के तीनों पुत्र। संगत में और भी कई श्रद्धालु जुड़े बैठे थे।

गुरु जी के कविजन वीररसी कविताएँ सुना रहे थे। 'ढ़ाड़ी वार'* का गायन हो रहा था।

दीवान में पूरी रौनक थी।

अचानक गुरु जी उठ खड़े हुए।

''हमें अपने योद्धाओं, शूरवीरों के शहीद हो जाने या ज़ख्मी जो जाने का अत्यन्त दुःख है। हमने इस युद्ध को जीत लिया है। यह बहुत बड़ी बात है। यह दीवान इसलिए सजाया गया है—ताकि हम अपने शहीद योद्धाओं को याद करें, शहीदों को नमन करें और जिन्होंने हमारा साथ दिया है, उनका सम्मान करें।''

''सबसे पहले हम पीर बुद्धशाह को बुलाते हैं।''

पीर बुद्ध शाह हाथ जोड़ कर उठ खड़ा हुआ। उसने गुरु जी के सामने जाकर शीश झुकाया। गुरु जी ने अपनी आधी पगड़ी, एक कटार और बहादुरी का सनद देकर सम्मानित किया।

संगत ने 'जैकारा' लगाया।

''हम अब महन्त कृपाल दास को बुलाते हैं।''

महन्त कृपाल दास अपने वज़नी मूसल के साथ उठ खड़ा हुआ। उसकी भारी तोंद देखकर कुछ सिपाही हँसने लगे।

गुरु जी ने उसका भी सम्मान आधी पगड़ी देकर किया।

''अब भाई जैता हमारे पास आये।''

गुरु जी के चरणों के पास बैठा जैता उठ खड़ा हुआ।

''हम आज से भाई जैता को सिख फ़ौजों का प्रधान सेनापति होने का रुतबा प्रदान करते हैं। सारी सिख फ़ौज भाई जैता के नेतृत्व में रहेगी।''

---

* लोकनायक या वीरनायक की बहादुरी का गायन, जो खड़े होकर तूंबा बजा कर गाया जाता है।

जैता ने नज़रें झुका कर कहा, "मैं आपका सेवक हूँ गुरु जी। मैं तो धन्य हो गया। मैं आपकी शरण में हूँ। आपकी कृपादृष्टि के कारण ही हमने दुश्मन पर विजय हासिल की। मैं अकेला क्या कर सकता हूँ। आपके होते हुए सभी डर, दहशत समाप्त हो गये। जैता अब एकदम निडर हो गया है गुरु जी। आपसे प्रार्थना है, आप सदा मेरे अंग-संग रहें। आपका हाथ मेरे सिर पर सदा बना रहे।"

संगत ने फिर से 'जैकारा' लगाया।

बीबी प्रेमो धीरे से गुरु जी के पास आकर बैठ गयी। चेहरे पर खुशी झलक रही थी।

"बधाई हो गुरु जी, आपके घर में चाँद-सा शिशु पैदा हुआ है।"

गुरु जी सुन कर अत्यन्त प्रसन्न हो गये। चारों ओर से बधाइयों की आवाज़ आने लगीं।

संगत ने खुशी से फिर जयघोष किया।

"वाह! वाह! कैसी शुभ घड़ी आयी है। आपने भंगाणी का युद्ध जीता है। पुत्र का नाम 'अजीत' रखा जाये।"

संगत ने फिर जयघोष किया।

बीबी प्रेमो को खुश होकर गुरु जी ने कहा, "माता, तुम्हारे पुत्र ने युद्ध में बड़े जौहर दिखाये हैं। तुम्हारा पुत्र जब नगाड़े पर चोट लगाता है, पहाड़ी काँपने लगती है। तुम्हारा पुत्र सबसे आगे बढ़ कर लड़ा है। माता, तुम इतनी बड़ी खुशख़बरी लेकर आयी हो। माँगो, जो माँगना है।"

"यह सब आपका ही प्रताप है गुरु जी। यह आदर-सत्कार आपने ही दिया है। अगर मेहरबान हुए हैं तो जैता के विवाह का भी कोई प्रबन्ध कीजिए। मरने से पहले मैं भी अपने पोतों का मुँह देख लूँ।"

"माता, जैता गुरु जी का बेटा है। इसकी फिक्र हमें भी है। हम अभी इस का प्रबन्ध करेंगे।"

आज गुरु गोबिन्द राय अत्यन्त प्रसन्न हैं। उनके चेहरे का नूर देखने लायक है। विजय के साथ-साथ परमात्मा ने पुत्र का वरदान दिया है। दोहरी खुशी के साथ संगत अभी भी उल्लास में है। दीवान में बैठे ही गुरु जी ने भाई जैता के विवाह का प्रस्ताव रखा—

"किसी सेवक की विवाह योग्य पुत्री हो तो वह आकर बताये। हम उसका विवाह जैता भाई के साथ सम्पन्न करेंगे।"

संगत खामोश है। गुरु जी सभी की ओर ग़ौर से देख रहे हैं। माता प्रेमो भी साँस रोक कर, संगत की ओर देख रही है।

पट्टीवासी भाई खजान रियाड़ एक किसान खड़ा होकर निवेदन करता है, ''गुरु जी, मैं अपनी पुत्री राज देवी का रिश्ता भाई जैता के साथ करना स्वीकार करता हूँ। आप आशीर्वाद दीजिए।''

गुरु जी क़ी सहमति से भरे दीवान में रिश्ता पक्का हो जाता है।

संगत द्वारा लगाये गये जयकारे से इस रिश्ते को सामाजिक सहमति मिल गयी।

गुरु जी ने तिथि-वार देखकर विवाह का दिन भी नियत कर दिया।

अब माता प्रेमो की खुशी का आर-पार न रहा। शुक्रियाने के कारण उनकी आँखें भर आयीं। भाई सदानन्द की बेहद याद आ रही है, अगर वह जीवित होते तो जैता को दूल्हे के रूप में देखते।

नियत दिन पर भाई जैता का 'आनन्द कारज' (पाणिग्रहण) गुरु गोबिन्द राय ने अपने हाथों से किया। उन्हें आशीर्वाद दिया। तोहफे भेंट किये। कुछ दिनों के लिए उसे युद्ध-अभ्यास से मुक्त कर दिया, मगर साथ ही हिदायत दी, ''हम से दूर न जाना। कहीं ऐसा न हो कि हम आवाज़ दें और तुम सुन न पाओ।''

भाई जैता की खुशी का अन्त नहीं। माता प्रेमो गुरु जी से बलिहारी जा रही हैं। उनकी शुक्र गुज़ार हैं। खुशी के कारण उनकी आँखें बार-बार भर आती हैं।

भाई जैता को गुरु जी ने एक पूर्णमासी से अगली पूर्णमासी तक सभी ज़िम्मेदारियों से मुक्त किया है। मगर यह क्या? जैता हैरान है। अभी तो अमावस्या ही हुई है कि एक सेवक ने आकर गुरु जी का सन्देश कह, सुनाया, ''दशमेश गुरु बुला रहे हैं।''

''कहीं पहाड़ी राजाओं ने फिर से धावा तो नहीं बोल दिया?'' जैता ने अचम्भे से पूछा।

''आनन्दपुर से कुछ श्रद्धालु आये हैं।''

''तो फिर खतरा आनन्दपुर को होगा।'' कहते हुए जैता तुरन्त तैयार होने लगा।

33

दीवान का समय नहीं है।

गुरु जी इस समय दीवान में ही बैठे हैं। आनन्दपुर से आये श्रद्धालुओं के साथ वचन-विलास कर रहे हैं। मामा जी उनके उदास चेहरे को देखकर चिन्ता में हैं।

भाई जैता धीरे से आकर, शीश झुकाकर सभी के पीछे बैठ गया।

गुरु जी ने उसे देख लिया और उसे सम्बोधित कर कहने लगे, ''भाई जैता, श्रद्धालु कहते हैं कि आनन्दपुर वीरान हो गया है। वहाँ से रौनक रूठ गयी है मानो।'' गुरु जी ने बताया।

''ठीक कहा आपने गुरु जी। आपके बग़ैर हमारा जीना भी कैसा है।'' श्रद्धालुओं में से एक ने कहा।

''आपने क्या सोचा है, गुरु जी?'' जैता ने पूछा।

''अभी तो कुछ सोचा नहीं, लेकिन श्रद्धालु चाहते हैं कि हम पाँवटा छोड़कर आनन्दपुर आ जायें।''

''हाँ, आनन्दपुर तो बस जायेगा, मगर फिर पाँवटा उजड़ जायेगा।'' जैता ने सहज भाव से कहा।

''हाँ, मैं भी सोच रहा हूँ कि साढ़े चार बरस हो गये आनन्दपुर छोड़े हुए। पिता-गुरु की धरती को फिर से देखने का मन करने लगा है।'' गुरु जी ने अपनी भावना को व्यक्त किया।

''जो गुरु जी की इच्छा, वही श्रद्धालुओं की इच्छा। हुक्म दीजिए। आनन्दपुर की ओर कूच करने की तैयारी कर लेंगे।''

''कविजनों और विद्वानों से कहिए, जितने ग्रन्थों का अनुवाद हुआ है या जो नये रचे गये हैं उन सभी को सावधानी से सँभाल लें।''

''जो आज्ञा गुरु जी।'' कह कर जैता उठ खड़ा हुआ।

''जब तैयारी हो जाये, बता देना। नगाड़े पर चोट करते हुए हम पाँवटा से कूच करेंगे!''

''ऐसे ही होगा गुरु जी।'' जैता ने शीश झुकाया।

''मेदनी प्रकाश को सूचित कर दो, गुरु जी आनन्दपुर वापस जा रहे हैं।''

जैता द्वारा आदेश मिलते ही सेवकों ने सामान समेटना आरम्भ कर दिया। पंजाब-वापसी की बात सुन अन्य सभी को भी चाव चढ़ आया।

कुछ दिनों में ही भाई जैता ने आकर गुरु जी को बताया, ''गुरु जी कूच

की सारी तैयारी हो गयी है। घोड़े छाँट लिए हैं। हाथियों का शृंगार कर लिया गया है। रथ और पालकियों के साथ चलने के लिए बुआ वीरो के योद्धा पुत्रों को तैनात कर दिया गया है। वे गुरु-पत्नियों के साथ चलेंगे। दीवान चन्द और पुरोहित दिया राम भी इस जत्थे के साथ चलेंगे। जब आप आज्ञा करेंगे, हम कूच कर देंगे।"

"सूरज की पहली किरण के साथ यहाँ से चल देंगे। सभी को सूचित कर दो।"

भाई जैता ने शीश झुकाया और वहाँ से चला गया।

गुरु जी की फ़ौज और सिख सेवकों का एक बड़ा काफिला तैयार खड़ा था। राजा मेदनी प्रकाश और उसके अहलकार विशेष तौर पर गुरु जी को विदा करने आये हैं।

भाई जैता, गुरु जी के इशारे की प्रतीक्षा में है। नगाड़े पर चोट करते ही काफिला कूच कर देगा।

गुरु गोबिन्द राय मेदनी प्रकाश के निकट खड़े हैं। दोनों भावुक हो रहे हैं। गुरु जी कहने लगे, "राजा जी, हमने यहाँ से जाने का फैसला कर लिया है। कहीं फतेह शाह या भीम चन्द यह न समझें कि हमने पहाड़ी रियासतों पर कब्ज़ा करने के लिए युद्ध किया है। हम यहाँ रहेंगे तो आपसी ईर्ष्या बढ़ेगी। हमने ज़मीन हथियाने के लिए युद्ध नहीं किया और न ही आगे भी कभी करेंगे।"

पाँवटा से रवाना हो कर गुरु जी ने एक स्थान पर पड़ाव किया। इस इलाके के गाँवों में से अनेक योद्धाओं ने गुरु जी की फ़ौज में शामिल होकर भंगाणी के युद्ध में हिस्सा लिया था। मामा जी और भाई जैता से मशविरा करके गुरु जी ने यहाँ के योद्धाओं का सम्मान किया। उन्हें 'सरोपा' प्रदान करते हैं। गुरु जी के लिए यह स्थान इसलिए भी पवित्र है कि यहाँ पहले गुरु श्री नानक देव जी आये थे।

भंगाणी युद्ध में विजय प्राप्ति के पश्चात् गुरु गोबिन्द राय के योद्धा होने की धाक दूर-दूर तक फैल गयी है। गाँव के मुखिया उनके अभिवादन के लिए विशेष तौर पर पहुँचते हैं। साथ ही अनेक उपहार भी लेकर आते हैं।

गुरु जी अपना अगला पड़ाव सढ़ोरा में करते हैं। इस स्थान पर पीर बुद्ध शाह का डेरा है। बुद्ध शाह अपने मुरीदों के साथ गुरु जी और उनके काफिले का स्वागत करते हैं।

गुरु जी इसके पश्चात् रायपुर पहुँचे। रायपुर की रानी अपने अहलकारों और दरबारियों सहित गुरु जी का अभिवादन करने पहुँचीं।

गुरु जी यहाँ रुके नहीं। गाँववासियों में गुरु जी के दर्शन के लिए अत्यन्त

उत्साह है। माणिक टब्बरा, अम्बाला, नाड़ा साहिब, ढनौली, नाभा साहिब, मांदड़ा, मनीमाजरा, रोपड़ और कीरतपुर आदि स्थानों पर पड़ाव करते हुए यह काफिला अन्ततः गुरु जी और भाई जैता के नेतृत्व में सन् 1689 (संवत् 1746) को आनन्दपुर वापस पहुँच गया।

आनन्दपुर पहुँच कर गुरु जी ने अत्यन्त सुकून और तसल्ली महसूस की।

युद्ध जीत आये जबै टिकै ना तीन पर पाँव
काल्हूर में बाधियो, आन आनन्दपुर गाँव।

(बचित्तर नाटक)

आनन्दपुरवासियों ने बाँहें फैलाकर अपने गुरु और उनके सेवकों का स्वागत किया।

आनन्दपुर की धरती।

एक ओर पहाड़, दूसरी ओर सिरसा नदी, साथ में झाग छोड़ती तेज़ आवाज़ में उफनती सतलुज नदी। गुरु जी चारों ओर देख रहे हैं। अपने पिता-गुरु द्वारा इस ज़मीन को खरीदने जैसे निश्चय की मन ही मन प्रशंसा कर रहे हैं। सुन्दरता—प्रकृति का अनुपम दृश्य...।

गुरु जी के आनन्दपुर वापस लौट आने की ख़बर श्रद्धालुओं तक पहुँचने लगी है। वे उनके दर्शन करने के लिए दूर-दूर से आने लगे हैं। वीरान हुए आनन्दपुर की रौनक फिर से लौटने लगी है। दुकानदारों और व्यापारियों के चेहरों पर खुशी फिर से झलकने लगी है।

भंगाणी युद्ध की विजय के तदुपरान्त गुरु जी की ख्याति और प्रभाव दूर-दूर तक पहुँच गया है। पहाड़ी राजाओं के मन में भय व्याप्त हो गया है। वे सोचने लगे, यदि वे सभी मिलकर भी गुरु जी को हरा नहीं पाये तो अकेले राजा की हैसियत गुरु जी के सामने क्या होगी। भयभीत राजा, गुरु जी के साथ मित्रता करने की योजना बना रहे हैं। गुरु जी तक सूचनाएँ पहुँचने लगी हैं। पहाड़ी राजा अब गुरु जी का सम्मान करना चाहते हैं।

गुरु जी समझ रहे हैं, ये सभी राजा असल में उनकी बढ़ रही सैन्य शक्ति से भयभीत हैं। उनका भय ही उन्हें गुरु जी से मित्रता करने के लिए प्रेरित कर रहा है।

भाई जैता की बहादुरी की बातें अभी से जनसाधारण में दन्त-कथाओं सी फैलने लगी हैं।

गुरु जी की इच्छा है कि युद्ध-कौशल के अनुसार किलों का निर्माण किया जायेगा। इसकी ज़िम्मेदारी और हथियारों की निगरानी जैता के ही सुपुर्द है।

गुरु जी की फ़ौज में शामिल होने के लिए, पंजाब के अन्य हिस्सों से नौजवानों की टोलियाँ लगातार आ रही हैं। उनके हौसले बढ़े हुए हैं। भाई जैता नये नौजवानों को योद्धा बनाने में इतना व्यस्त है कि गुरु जी के साथ शिकार के लिए अब संगता जाने लगा है।

युद्ध-अभ्यास निर्विघ्न जारी है।

एक दिन उन्होंने भाई जैता से कहा, ''युद्ध की तो अभी शुरुआत हुई है। आने वाला समय अत्यधिक संकट भरा आने वाला है। सभी सिखों को इस प्रकार का प्रशिक्षण दिया जाये ताकि वे उस समय के युद्ध के लिए तैयार हो जायें।''

''आप फ़िक्र न करें गुरु जी। जब भी ऐसा समय आयेगा, तब आप इनके जौहर देखिएगा।'' जैता ने ग़र्व से हँसकर कहा।

तब गुरु जी और जैता को इस बात का अन्दाज़ा नहीं था कि नदौण का युद्ध इतनी जल्दी सिर पर आ धमकेगा।

दोपहर का समय है। सिख नौजवानों की कुश्तियों का दंगल खत्म हुआ है। कुछ तमाशबीन जो हर रोज़ गुरुघर के इस अखाड़े में दंगल देखने के लिए आ जुटते थे। गुरु जी सभी को खेलों और युद्ध-कौशल का महत्त्व समझा रहे थे।

तभी एक सेवक एक पण्डित जी को लेकर गुरु जी के पास आया और कहने लगा, ''गुरु जी, यह आपसे मिलना चाहते हैं।''

''किसी भी ऐरा-गैरा को सीधे गुरु जी के पास मत ले आया करो। पहले गुरु जी से इसकी अनुमति लेनी चाहिए।'' भाई जैता ने सेवक को मर्यादा समझायी।

''अतिथि के लिए ऐसा नहीं कहते।'' गुरु जी ने जैता को शान्त करते हुए कहा।

''पण्डित जी का कहना है कि वह चण्डी देवी को प्रकट कर सकते हैं।''

''कहिए पण्डित जी...?'' गुरु जी ने पूछा।

''यह सच है गुरु जी।''

''आप कहाँ से आये हैं?''

''जी, मैं काशी से आया हूँ।''

''यहाँ आने का मकसद?''

"कोई सामर्थ्यवान पुरुष सारी सामग्री और सुविधाएँ प्रदान करे तो कठिन तपस्या व साधना के तदुपरान्त चण्डी देवी प्रकट होगीं, यह मेरा दावा है।"

"अगर हम आपको ये सभी वस्तुएँ प्रदान करें तो क्या आप हमें चण्डी देवी के दर्शन करवा सकते हैं पण्डित जी?" गुरु जी ने पण्डित की आँखों में सीधा झाँकते हुए पूछा।

"मैं अवश्य ऐसा कर सकता हूँ।" पण्डित ने दृढ़ता से कहा।

पण्डित जी ने एक ऊँची पहाड़ी पर उचित स्थान का चयन किया। गुरु जी ने सेवकों से कह कर सारी सामग्री का बन्दोबस्त करवा दिया था। पण्डित जी ने पूजा आरम्भ कर दी। पूजा दिन-रात निर्विघ्न चलने लगी।

बहुत समय बीत जाने पर दुर्गाअष्टमी के दिन गुरु जी अपने सेवकों सहित पहाड़ी पर गये।

"भाई जैता, पण्डित से पूछो, देवी कब प्रकट होंगी?"

देसी घी से उठ रही सुगन्धि में घिरे पण्डित से जब जैता ने पूछा तो पण्डित ने कहा, किसी ऊँचे वंश का पवित्र महापुरुष अपनी कुर्बानी दे तो देवी प्रकट होंगी।"

जैता से यह बात सुनने के पश्चात् गुरु जी स्वयं पण्डित के पास गये और व्यंग्य से पूछा, "पण्डित जी महाराज, आपसे अधिक पवित्र महापुरुष और कौन होगा? देवी की भेंट के लिए आपसे अधिक योग्य और कौन होगा?" कहते हुए गुरु जी ने म्यान से तलवार खींच ली। पण्डित डर के मारे भाग खड़ा हुआ। गुरु जी ने बाकी पड़ी सारी सामग्री हवन-कुण्ड में फिंकवा दी। आग की लपटें और भी ऊँची होने लगीं। फिर अपनी तलवार लहरा कर कहा, "हमारी देवी यही हैं। इन्हीं की कृपा से सजे हम हैं—चण्डी की शक्ति इस लोहे में है...।"

मुग़ल शहंशाह औरंगज़ेब अभी तक दक्षिण की बगावतों में उलझा हुआ था।

सारा दक्षिण पिछले दस वर्षों से इस विद्रोह के कारण बर्बाद हो रहा था। दोनों पक्षों के सिपाहियों की लाशें-सड़-गल रही थीं। जगह-जगह पर जानवर उन मुर्दा शरीरों को नोंच-खसोट रहे थे। वहाँ भयानक बीमारियाँ फैल रही थीं। शाही खज़ाने खाली हो रहे थे। लड़ रहे सिपाहियों को न खाने को कुछ मिल रहा था और न ही पहनने के लिए। तनख्वाह उन्हें कहाँ से मिलती।

कुछ समय से औरंगज़ेब की नज़रें उत्तर की ओर थीं। अनाज और अन्य सामान उत्तर से वहाँ जाता था। धन की वसूली भी यहाँ से अधिक होती थी। शाही फ़ौज में तादाद बढ़ाने और मौत के मुँह में जाने वाले जवान भी य़हाँ से जाते थे।

शहंशाह ने अपने अधीनस्थ रियासतों के सूबेदारों को सख्त हिदायत दे रखी थी। धन, अनाज, जवान जितने भी मिलें, उन्हें तुरन्त बीजापुर भेजा जाये।

मुग़लों के काफिले लगातार आते-जाते रहते थे। दिल्ली से बीजापुर के रास्ते में जाटों और राजपूतों की सघन आबादी है। इन्होंने आपस में एकत्रित होकर छापामार दस्ते बना लिए और मुग़लों के काफिलों को लूटना आरम्भ कर दिया।

ये दस्ते कभी मुग़ल काफिलों से अनाज लूट ले जाते और कभी-कभी खज़ाना भी। यदि मुठभेड़ हो भी जाये तो अचानक हमला कर, मुग़लों को गाजर-मूली की भाँति काट देते थे।

जाटों और राजपूतों की ऐसी बहादुरी की ख़बर पहाड़ी राजाओं के पास भी पहुँच रही थी। वे सोचते, हम क्या किसी से कम हैं। उन्हें मालूम था, औरंगज़ेब दक्षिण में फँसा हुआ है। वह इतनी दूर से उनका कुछ बिगाड़ नहीं सकता। जब वह जाटों और राजपूतों को कुछ नहीं कह पाया तो हमें क्या कहेगा?

पहाड़ी राजा एकत्रित हुए। आपस में सलाह-मशविरा किया। उन्होंने आपस में एक साथ प्रण कर—घोषणा कर दी।

"औरंगज़ेब को सालाना वसूली नहीं दी जायेगी।"

औरंगज़ेब को अनाज और धन की अत्यन्त आवश्यकता थी। उसकी सेना भूखी मर रही है। यदि उत्तर भारत में गड़बड़ हुई, फिर तो समूचा भारत उसके हाथों से निकल जायेगा।

जम्मू के राजा मियाँ खान को शाही सन्देश मिला—"पहाड़ी राजाओं से नज़राना वसूल कर, तुरन्त भेजा जाये।"

मुग़ल हाकिमों के लिए ऐसे सन्देश खुदायी फरमान से कम नहीं होते थे। शाही खजाने के बहाने उन्हें अपना खजाना भरने का मौका मिल जाता था। मियाँ खान ने अपनी सेना के मुखिया कासिम खान को आदेश दिया, "पहाड़ी राजाओं से कर वसूल करने के लिए फ़ौज की टुकड़ी ले जाओ।"

कासिम खान फ़ौज लेकर सब से पहले काँगड़ा के राजा कृपाल चन्द के पास पहुँचा।

पहाड़ी राजा सदा से आमने-सामने के टकराव से कतराते रहे हैं। अभी भी काँगड़ा के राजा ने चाल चली, "कल्हूर का राजा भीम चन्द हमारा मुखिया है। यदि वह कर देना मान जाये तो अन्य सभी राजा स्वयं कर देने लगेंगे।"

कासिम खान काँगड़े के राजा की चाल समझ गया। उसे इस बात का गुमान भी बहुत है कि इतनी बड़ी सल्तनत उसके पीछे है। भीम चन्द की क्या मज़ाल, जो उसे आँखें दिखाये।

एक कासिद (दूत) के द्वारा उसने भीम चन्द को सन्देशा भिजवाया—

''कर तुरन्त अदा किया जाये। अमल न होने की सूरत में युद्ध के लिए तैयार रहें।''

सन्देशा मिलते ही भीम चन्द घबरा गया। अचानक ऐसा संकट आ पड़ा। उसने अपने घुड़सवारों को अन्य राजाओं के पास दौड़ाया।

शाही धमकी पर विचार-विमर्श किया गया। इस पर आपसी सहमति हुई, ''कर नहीं दिया जायेगा। युद्ध करेंगे।''

सभी राजाओं ने मिलकर सौगन्ध खायी, ''एक साथ मुकाबला करेंगे। संयुक्त मोर्चा बनायेंगे।''

इसके बावजूद मन ही मन वे भयभीत हैं। सभी गुरु गोबिन्द राय की ताकत से प्रभावित हैं। सभी ओर सिख फ़ौज के सेनापति भाई जैता की बहादुरी के चर्चे हैं। वे विचार-विमर्श करते हैं। यदि गुरु जी उनकी सहायता करें तो फिर कासिम खान भला क्या चीज़ है।

सभी राजा गुरु जी के दर्शन के बहाने उनके पास आये। उन्होंने आकर गुरु जी से भंगाणी युद्ध के लिए क्षमा माँगी। भविष्य में ऐसी कोई भी हरकत न करने की सौगन्ध खायी। इस सबके पश्चात् उन्होंने गुरु जी से कासिम खान की धमकी का ज़िक्र किया।

''हमारी शुरू से यही इच्छा रही है कि आपस में लड़ाई या जंग करने के बजाय सभी मिलकर बड़े शत्रु का सामना करें। हम आपका साथ देंगे, परन्तु हमारी कुछ शर्तें भी हैं।'' इतना कह कर गुरु जी ने सभी की ओर गहरी दृष्टि डाली।

''आप आदेश दें गुरु जी। इस मुश्किल घड़ी में हमारी बाँह पकड़िये।'' पहाड़ी राजा सभी शर्तें मानने के लिए तैयार हैं।

''हमारी शर्त यही है कि युद्ध जीतें या हारे, परन्तु मुग़लों को खिराज (कर) कभी नहीं देंगे।''

''यदि इस वर्ष खिराज दिया तो प्रत्येक वर्ष हमें खिराज देना पड़ेगा।''

''मुग़ल हाकिमों और राजाओं के साथ कोई सहयोग नहीं करेंगे।''

सभी इस बात पर सहमत हो गये। इस समय सहमति के अलावा राजाओं के पास कोई चारा भी नहीं है। यदि गुरु जी उनके साथ युद्ध में साथ होंगे तो वे भी शेर के साथ दहाड़ सकेंगे।

कासिम खान को सन्देशा भेजा गया, "कर नहीं देंगे; युद्ध करेंगे।"

पहाड़ी राजाओं द्वारा ऐसा सन्देश मिलने पर वह गुस्से से भड़क उठा। वह कृपाल की फ़ौज ले, नदौण तक आगे बढ़ आया।

आनन्दपुर तक सूचना पहुँच गयी, कासिम खान ने युद्ध का बिगुल बजा दिया है।

सुबह के समय दीवान में माता गुजरी, माता प्रेमो, मामा कृपाल चन्द, गुरु-पत्नी जीतो जी, सुन्दरी जी, पुरोहित दया राम जी, दीवान नन्द चन्द, बचित्र राय, भाई जैता जी और बड़ी संख्या में श्रद्धालु और सेवक मौजूद हैं। सुन्दरी जी की गोद में बाल साहिबज़ादा अजीत भी है। अरदास करते हुए मामा जी प्रार्थना करते हैं,

"परमात्मा! यह युद्ध हम पर थोपा जा रहा है। यह अन्याय के विरुद्ध न्याय की जंग है। हम युद्ध नहीं चाहते, परन्तु कायरों की भाँति हम जीना नहीं चाहते। आशीर्वाद दो, आप की कृपा बनी रहे—तभी इस युद्ध में विजय प्राप्त होगी।"

गुरु गोबिन्द राय नहीं चाहते, ऐसे समय परिवार के सामने युद्ध के लिए रवाना हों। यह समय अत्यन्त नाज़ुक और भावुक है। माताएँ और पत्नियाँ ऐसे मौके पर अपनी कमज़ोरी छुपाने में असमर्थ होती हैं। युद्ध में भावुकता के लिए कोई स्थान नहीं है। मन को सख़्त करना पड़ता है।

गुरु जी ने इशारे से भाई जैता को नगाड़े पर चोट करने के लिए कहा।

नगाड़े पर पड़ती चोट बादलों की गरज का आभास दे रही है। जैकारों की गूँज से आसमान गूँजने लगा। भाई जैता ने कूच करने का आदेश दिया। माता गुजरी, माता प्रेमो और गुरु-पत्नियाँ मन ही मन फतेह की कामना करने लगीं।

गुरु जी की फ़ौज ने नदौण की ओर कदम बढ़ा दिये। दूसरी ओर मियाँ खान का भतीजा आलिफ़ खान, काँगड़े, बिझर का राजा गुरु जी और पहाड़ी राजाओं के खिलाफ मोर्चा लगाये खड़े हैं।

संवत् 1747 का दिन, यानी 20 मार्च 1691

गुरु गोबिन्द राय पहली बार शाही फ़ौज के आमने-सामने हैं। मन में चाव है :

'जे सकता सकते को मारे ता मन रोस न कोयि।'*

मुग़लों की ओर से बिगुल बजता है और सिख फ़ौज की ओर से नगाड़े पर चोट पड़ती है।

दोनों फ़ौजें आपस में भिड़ीं। तलवारें खनकने लगीं। घोड़े हिनहिनाने लगे।

---

* गुरु नानक वाणी।

घायल सिपाही कराहने लगे। नदौण वादी की शान्ति भंग हो गयी। बन्दूकों से चारों ओर बारूद की गन्ध फैलने लगी।

गुरु जी देख रहे हैं, भाई जैता दुश्मनों की फ़ौज में अन्दर ही घुसता जा रहा है।

काँगड़ा का राजा कृपाल चन्द कटोचिया भी मुग़ल सिपाहियों से मुकाबला करते हुए आगे ही बढ़ता जा रहा है। भीम चन्द के बहादुर सिपाही धूल चाट रहे हैं। आलिफ़ खान अपने सिपाहियों को आगे बढ़ने के लिए ललकार रहा है।

"यह जंग जेहाद है। आगे बढ़ो...। एक काफ़िर भी बचना नहीं चाहिए। जन्नत में हूरें तुम्हारा स्वागत करेंगी।"

भाई जैता को देखते हुए ही सिपाही हथियार छोड़कर भागने लगे। जैता में इतना बल कहाँ से आया? गुरु जी हैरान हैं, जैता ने तलवार के एक ही वार से घोड़े को पेट तक काट दिया।

गुस्से से भरा भीम चन्द आगे बढ़ता जा रहा है। उसका रास्ता रोके सामने कृपाल चन्द कटोचिया खड़ा है।

योद्धा मर रहे हैं। मार रहे हैं। नदौण का मैदान सिपाहियों के लहू से लाल हो गया है।

अब गुरु जी स्वयं आगे बढ़ने लगे। जोश में सिख फ़ौज जैकारे लगाने लगी। चारों ओर से या-अली—हर हर महादेव के नारे भी सुनाई देते हैं। मैदान में बेहद शोर मचा है। गुरु जी को सिपाहियों के मध्य खड़ा देख कर राजा भीम चन्द और दूसरे राजाओं ने भी आखिरी ज़ोर आजमाया। वे सभी दुश्मन की फ़ौज में ऐसे आगे बढ़ते जा रहे हैं, जैसे सूखी घास में आग की लपटें फैलती जाती हैं।

कृपाल चन्द कटोचिया अभी भी अपनी बहादुरी के करतब दिखा रहा है। विरोधी राजा का जौहर देख कर गुरु जी उसे प्रशंसात्मक नज़रों से देख रहे हैं 'वाह! एक राजपूत को इसी प्रकार लड़ना चाहिए।'

गुरु जी ने देखा, भीम चन्द की फ़ौज पीछे हटने लगी है। इस प्रकार तो मैदान कटोचिया मार ले जायेगा। गुरु जी ने जैता को पुकारा। जैता अपने घोड़े को भगाते हुए इस प्रकार गुज़रा कि बिझर का राजा दयाल चन्द घोड़े से नीचे गिर पड़ा।

गुरु जी ने प्रभु का ध्यान कर अपना तीर छोड़ा। उन्हें केवल दुश्मन का सिर और तीर का नुकीलापन ही दिखाई देता है।

कानों में सां-सां होने लगी। बारूद के धुएँ से आँखों से पानी बहने लगा। अधिकतर सिपाहियों के गलों में खराश होने लगी। मगर अब पहले की तरह

चीख-पुकार नहीं मची। सिपाहियों की ललकारें, जयघोष और कहराने की आवाज सुनाई नहीं दे रही।

तभी भाई जैता ने आकर बताया, "गुरु जी, मुग़ल और पहाड़िये मैदान छोड़ कर भाग निकले। अब मैदान हमारा है। फतेह हमारी ही होगी।"

गुरु जी स्वयं हैरान हैं—यह कैसे सम्भव हुआ।

"गुरु जी, दुश्मनों की आधी फ़ौज तो दरिया में बह गयी। कुछ भाग गये, बाकी हमने कोंच डाले।"

भीम चन्द के पहाड़ी राजाओं में जय-जयकार होने लगी। भीम चन्द खुश है। गुरु जी का धन्यवाद करने आया है।

गुरु जी भी अत्यन्त प्रसन्न हैं। शाही फ़ौज को मात दे दी गयी है।

"गुरु जी, हम आपके सम्मान में एक सभा करना चाहते हैं।" राजा भीमचन्द ने विनती की।

चारों ओर खुशी भरा माहौल है। राजाओं को मुबारकबाद मिल रही है। सभी पहाड़ी राजाओं ने गुरु जी को अनेक कीमती तोहफे भेंट किये। सभी ने भाई जैता का भी विशेष सम्मान किया।

खुशी के उल्लास में ही गुरु जी और उनकी फ़ौज आनन्दपुर साहिब की ओर चल दी।

गुरु जी अपनी फ़ौज के साथ आनन्दपुर चल दिये।

अब पहाड़ी राजाओं के माथे सिकुड़ गये। राजा भीम चन्द चिन्ता में घिर गया। सभी के आपस में सिर जुड़ गये। उनका अपना मतलब गया। अब सिखों की बढ़ती ताकत से मन में ईर्ष्या उठने लगी। पहाड़ी राजाओं को चेतावनी देते हुए उसने कहा, "कल यही गुरु और उसकी फ़ौज हम पर हमला कर दें तो क्या होगा...?"

यह सुनते ही सभी पहाड़ी राजा चिन्तित हो गये। बात ही चिन्ता की थी।

"क्या करना चाहिए?" आपस में विचार करने लगे।

"अपनी-अपनी रियासत के पहाड़ी गाँवों को आदेश भेज दो, सिख सिपाहियों को अनाज और अन्य खाने-पीने का सामान न दिया जाये। जंगलों से लकड़ी न काटने दो। चरागाहों में घोड़ों को न घुसने दो। कोताही करने वाले को भारी जुर्माना करो।" भीम चन्द ने घोषणा की।

ये सभी सूचनाएँ भाई जैता के पास पहुँच गयीं।

गुरु जी और फ़ौज आनन्दपुर की ओर लौट रही है। सभी फ़ौजियों में ग़ज़ब का उत्साह है। शाही फ़ौज का डर और भय उड़ गया। 'अगर वो भाग सकते हैं तो वे भी भाग जायेंगे।' सिपाही हौसले में हैं।

रास्ते में एक सिख सिपाही ने एक दुकानदार से भुने हुए चने माँग लिए। भयभीत दुकानदार ने कहा, ''राजा ने मना किया है। अगर सिखों को कुछ बेचा या खरीदा तो जुर्माना भरना पड़ेगा।''

यह बात पता चलने पर भाई जैता ने जाकर गुरु जी को बताया। सुनते ही गुरु जी चिन्ता में डूब गये। पहाड़ी राजाओं के चरित्र के बारे में सोचने लगे। इन लोगों की खातिर वह आनन्दपुर से युद्ध लड़ने के लिए आये थे। इन लोगों की खातिर उन्होंने अपने अनेक शूरवीरों की जानें गवायीं। इन की खातिर वह कृपाल चन्द कटोचिया और आलिफ़ खान के विरुद्ध लड़े। मुग़लों ने उन से तो कर नहीं माँगा। पहाड़ी राजाओं से माँगा था। उनका मन अत्यन्त दुःखी हुआ। आखिर इन राजाओं का चरित्र क्या है? जी चाहा कि अभी अपनी फ़ौज को भीम चन्द पर हमले का आदेश दे दें। ये राजा इतने नीचे गिर सकते हैं? सामने कुछ और, पीठ पीछे कुछ और हैं। मन में रोष भी है, गुस्सा भी है। उन्होंने भाई जैता से कहा,

''अपने फ़ौजियों से कह दो, उन्हें जो भी चाहे, दुकानों से ले लें और उसकी कीमत अदा कर दें। अगर दुकानदार कीमत न ले तो रकम वहीं फेंक आयें। मुफ़्त में कुछ भी न लें। दुकानदारों/व्यापारियों को भी मालूम हो कि इन राजाओं, पहाड़ी सेना, मुग़ल सिपाहियों से ये सिख फ़ौजी एकदम अलग हैं। इन्हें मुफ़्त में कुछ भी लेना पसन्द नहीं।''

इस प्रकार जबरदस्ती कीमत देकर खाने-पीने की वस्तुएँ लेती, खाती-पीती सिख फ़ौज आनन्दपुर साहिब लौट आयी।

सभी के वापस लौटने पर माता प्रेमो ने एक बार फिर से गुरु जी को बधाई दी और बताया, ''बीबी जीतो ने एक सुन्दर बालक को जन्म दिया है।''

गुरु गोबिन्द राय की प्रसन्नता का कोई अन्त नहीं।

''हमने इस जंग को जूझते हुए फतेह किया है। इस पुत्र का नाम हम जुझार रखते हैं।''

उल्लास से भर भाई जैता ने जैकारा लगाया। समस्त आनन्दपुर गूँज उठा।

पंजाब के सूबेदार दिलावर खान के पास मुग़ल फ़ौज की हार की सूचना पहुँचने पर वह क्रोधित हो उठा।

"पहाड़ी राजाओं की यह मज़ाल, वे मुग़ल फ़ौज के सामने खड़े होने की हिमाकत करें? इतनी ग़ैरत उनमें कहाँ से आयी?" दिलावर खान ने दूत से पूछा।

"सिखों के गुरु और उनका सेनापति जैता इसकी वजह है। जैता का नाम सुनते ही मुग़ल सिपाही मूतने लगते हैं। उसे देखते ही बिना लड़े ही हथियार फेंक भाग खड़े होते हैं।"

"रुस्तम खान को बुलाओ। देखते हैं, यह जैता क्या बला है।" उसने गुस्से से पहरेदारों को हुक्म दिया।

रुस्तम खान दिलावर खान का पुत्र है। इस प्रकार अचानक बुलावे पर वह बौखलाया हुआ अब्बा के पास आया, "जी, अब्बा हज़ूर।"

"कहाँ थे तुम?" दिलावर खान ने जैसे आग उगली।

"जी अब्बा हज़ूर...जी...।" अब्बा के अचानक गुस्से से रुस्तम खान हकलाने लगा।

दिलावर खान समझता है। पुत्र के चरित्र को वह जानता है।

"रंगरलियाँ मनाने के लिए सारी हयात पड़ी है। अगर सिखों की फ़ौज इसी प्रकार शाही फ़ौज के छक्के छुड़ाती रही तो यह मुल्क छोड़ कर भागने की नौबत आ जायेगी। आज वही मियाँ खान को आँखें दिखा रहे हैं, कल को शहंशाह औरंगजेब को आँखें दिखाने लगेंगे। हमें मरने के लिए चुल्लू भर पानी भी नहीं मिलेगा।"

"जी अब्बा हज़ूर...।" रुस्तम खान सिर झुका कर खड़ा हो गया।

"तुम्हें इल्म है, काफ़िरों के दसवें गुरु से हमारी फ़ौज शिकस्त खा कर लौट आयी है।"

"जी अब्बा हज़ूर...।" रुस्तम खान ने फिर से सिर झुका लिया।

"अब्बा हज़ूर के फरज़द...। आनन्दपुर पर तुरन्त धावा बोल कर उसे नेस्तनाबूद कर दो। जितनी फ़ौज की आवश्यकता हो, ले जाओ। सिखों का गुरु और उसका सेनापति जैता, दोनों को ज़िन्दा या मुर्दा लाकर हाज़िर करो। कूच की तुरन्त तैयारी करो। दुश्मन को आराम से नहीं बैठने देंगे।"

"ठीक है अब्बा हज़ूर।" कहते हुए रुस्तम खान तुरन्त बाहर निकल गया।

बाहर आकर रुस्तम खान ने गहरी साँस लिया। वह बेगमों और बाँदियों से घिरा आराम फरमा रहा था। मदिरा का नशा अभी भी है। सिर घूम रहा है। ऐसे समय पर वह फ़ौज को तैयार कैसे करेगा? कैसे कूच करेगा? उसे समझ में नहीं आ रहा है।

रुस्तम खान अपने खास सिपहसालार को आनन्दपुर जाने की हिदायत दे, स्वयं फिर से अपने हरम में घुस गया।

रुस्तम खान ने योजना बनायी आधी रात को आनन्दपुर पर अचानक हमला कर तबाह कर दिया जाये। काफ़िरों के गुरु और उसके सेनापति जैता को बन्दी बना लिया जाये।

रुस्तम खान की योजनानुसार फ़ौज आनन्दपुर की ओर रवाना हो गयी। सिपाहियों को हिदायत दी कि रास्ते में कोई हुल्लड़बाज़ी और लूटमार न करे।

पौष महीने की अत्यन्त ठिठुरती रात। बरसात का मौसम। बूँदाबाँदी हो रही है। आसमान में घने बादल उमड़े पड़ रहे हैं। रुस्तम खान की फ़ौज ने खामोशी से, सतलुज के किनारे मोर्चा बनाना शुरू कर दिया।

गुरु जी के सेवक भाई आलम चन्द को सतलुज के किनारे हो रही हलचल की भनक जैसे ही मिली, उसने तुरन्त इसकी सूचना भाई जैता को दी।

जैता भी चीते की फुर्ती से गुरु जी के पास जा पहुँचा, ''गुरु जी, दुश्मन सिर पर आ पहुँचा है।''

गुरु जी ने संयत होकर कहा, ''घबराना नहीं जैता। मनोबल को डोलने न दो। वे हमला करने आये हैं। अभी मोर्चा तैयार नहीं हुआ। मौसम खराब है। सिपाही भी थके होंगे। नगाड़े पर दोहरी चोट लगाओ। हमला कर दो। दुश्मनों को सँभलने का मौका न दो। उनके दाँत ऐसे खट्टे कर दो कि वे फिर से आनन्दपुर का रुख न करें। यहाँ आने से पहले तुर्कों को सौ बार सोचना पड़े।''

रणजीत नगाड़े पर चोट पड़ते ही नारों और जयघोष से आनन्दपुर बादलों की गूँज के समान गुंजायमान हो गया।

मुगल फ़ौज के शस्त्र, हथियार अभी भी घोड़ों और खच्चरों और हाथियों पर ही लदे हुए थे। बारिश के कारण नदी में बाढ़-सी स्थिति बनी हुई थी। पानी का बहाव काफी तेज़ था।

नगाड़े पर चोट पड़ते ही मुग़ल फ़ौजी घबरा गये। रुस्तम खान ने अपने सिपाहियों को मोर्चा सँभालने के लिए पुकारा। लेकिन अभी मोर्चा कहाँ? फ़ौजी भौचक्के खड़े रह गये। ऐसे मोर्चे पर तो अभी कोई चूहा भी पनाह नहीं ले सकता था। लेकिन यह हो क्या गया...? सिख सिपाहियों ने भाई जैता के नेतृत्व में अचानक हमला बोल दिया। गोली-बारूद बारिश के कारण भीग गये थे। अँधेरे में बौखलाये मुग़ल सिपाहियों को न दुश्मन सिपाही नज़र आ रहे थे और न ही

अपने सिपाहियों को ही पहचान पा रहे थे। घोड़े, हाथी और सिपाही नदी के तेज़ बहाव में बहते जा रहे थे। शाही फ़ौज में ऐसी भगदड़ मच गयी कि जिसका जिधर मुँह उठा, वह उधर ही को भाग निकला।

रुस्तम खान बिना लड़े ही लौट आया।

जयघोष की गूँज से भाई जैता ने गुरु जी के सामने आकर शीश झुकाया, "गुरु जी, फतेह आपकी हुई है।"

"तुम्हारे होते हुए दुश्मन की फतेह हो भी कैसे सकती है, भाई जैता?" गुरु जी के चेहरे पर प्रसन्नता झलक रही थी।

जैता जंग का हाल बताने लगा; कैसे मुग़ल सिपाही घबरा कर इधर-उधर भागने लगे। कैसे बदहवास होकर अपने ही सिपाहियों पर वार करने लगे। घोड़े और हाथियों पर लदे हथियार नदी के तेज़ बहाव में बह गये। रुस्तम खान कैसे भाग निकला, इत्यादि।

गुरु जी सुनते हुए प्रशंसा में 'वाह—वाह—।' भी कहते जा रहे थे। उनके चेहरे के भावों से स्पष्ट था कि गुरु जी भाई जैता पर कितने मेहरबान थे।

इसी प्रभाव को गुरु जी ने 'बचित्तर नाटक' में इस प्रकार व्यक्त किया,

इव्ते बीर गज्जे भये नाद भारे
भज्जे खान खूनी बिना शस्त्र झारे।

भाई जैता विजयोल्लास से जब अपने घर पहुँचा उसकी धर्मपत्नी बीबी राज देवी ने अपने योद्धा पति का अत्यन्त उल्लास के साथ स्वागत किया। उसने परमात्मा का धन्यवाद किया, "उसका पति सुख-आनन्द से विजय प्राप्त कर घर लौटा था।"

जैता ने योद्धाओं का लिबास उतार कर स्नान किया। उसने फिर अन्तर्धान हो कर पाठ किया।

इन कार्यों से निवृत्त होने पर धर्मपत्नी ने गर्व से पूछा,

"अब तो आपका नाम सुनते ही तुर्क भाग खड़े होते हैं।"

"मैं कौन हूँ भाग्यवान। ये फतेह, ये तेग़ (तलवार) चलाने की शक्ति, इतना साहस, सब कुछ गुरु जी की कृपा से ही सम्भव हुआ है।" जैता ने नम्रता से कहा।

फिर वह बाहर चबूतरे पर आ बैठा। दूर बहती सतलुज नदी का बहता पानी चमक रहा है। पक्षी अपने घोंसलों की ओर जा रहे थे। आसमान में बादल इकट्ठे होने लगे। गुरु जी की महिमा से जैता जज्बाती होने लगा :

तेरा तू ही, तू ही तबर, तू बन्दूक हमार
तेरहि ही बल जीत है, जयते की जयकार।*

* गुरु जी कथा बन्द 66 रचित, बाबा जीवन सिंह (भाई जैता), हवाला, भाई जैता जी, जीवन और रचना—डॉ. गुरमुख सिंह, पृ. 67

माता प्रेमो जब रात को माता गुजरी के पास से लौटी, उसे मालूम था, उसके पुत्र ने रुस्तम खान को भगा दिया है। घर आकर, सोये पुत्र को देख कर गर्व से भर उठी।

जैता को तो नींद में भी जंग का मैदान और तलवारों की टंकार ही सुनाई देती थी। उसकी पहले पहर में नींद खुल गयी। उसका अंग-अंग थका हुआ था। उठ कर देखा, पास में राज देवी गहरी नींद में सो रही थी।

दिन अभी निकला नहीं था।

अभी चार-पाँच ही दिन गुज़रे थे कि एक दिन सुबह-सुबह एक सेवक ने आकर भाई जैता को सूचना दी, ''गुरु जी का आदेश है कि दिलावर खान अपने पुत्र को फ़ौज देकर आनन्दपुर पर चढ़ाई करने की योजना बना रहा है। सावधान रहो। युद्ध-अभ्यास लगातार जारी रखो।''

भाई जैता तुरन्त उठ खड़ा हुआ। उसने सन्देश लेकर आये सेवक को आदेश दिया, ''अपने सिपाहियों से कहो, नगाड़े पर चोट पड़ते ही शस्त्रों सहित किले के सामने एकत्रित हो जायें।''

स्वयं वह स्नान के लिए चल दिया।

34

आनन्दपुर से मात खाकर लौटा रुस्तम खान, दिलावर खान के सामने आने से हिचकता रहा। दूसरी ओर दिलावर खान इस घटना को शहंशाह औरंगज़ेब की तौहीन समझने लगा। जब ये सूचनाएँ सुल्तान तक पहुँचेंगी तो उसे तलब किया जायेगा। क्या कहूँगा मैं। इससे बड़ी तौहीन नहीं होगी। मुट्ठी भर काफ़िरों से मुग़ल सेना मात खाकर वापस आयी। उसका मन चाहा, रुस्तम खान की कायरता देख कर उसे बेदखल कर दे।

गुस्से में उसने अपने सबसे योग्य और बहादुर सेनापति गुलाम हुसैन को तुरन्त पेश होने का आदेश दिया।

कुछ देर के बाद ही सिजदा कर गुलाम हुसैन ने दिलावर खान से कहा, ''क्या हुक्म है हजूर?''

''काफ़िरों का ये गुरु आँखें दिखाने लगा है।''

"हज़ूर! उस काफ़िर का सिर आप के सामने भेंट कर दूँगा। आप देखेंगे, सूरज निकलने से पहले ही उसका काम तमाम हो जायेगा।" गुलाम हुसैन को अपनी ताकत पर बेहद घमण्ड है।

"ऐसा ही करो। रुस्तम खान तो बिना युद्ध के ही लौट आया। काफ़िरों के हौसले बुलन्द होने लगे हैं।"

"गुस्ताखी माफ़ हज़ूर। सभी रुस्तम खान जैसे नहीं होते। काफ़िरों ने अभी हमारे हाथ नहीं देखे।"

"ध्यान रहे, शाही खज़ाने खाली हो रहे हैं। हमला करने से पहले पहाड़ी राजाओं से 'कर' (खिराज) वसूल करना है। यदि रज़ामन्दी से 'कर' न दें तो लूटमार करो। जो जी में आये करो, पहले पूरी तैयारी कर लो। मगर हमला ऐसे करो कि दुश्मन की रूह भी काँपने लगे। हम शहंशाह को क्या मुँह दिखायेंगे।"

"ऐसे ही होगा हज़ूर।"

"हमले की पूरी योजना तैयार करो। जितने शूरवीर चाहिए, मिल जायेंगे।"

दिलावर खान हर हालत में सिखों और पहाड़ी राजाओं को हराना चाहता है।

गुलाम हुसैन ने फिर से झुक कर सिजदा किया और बाहर निकल आया।

सिपाहियों को मानसिक तौर से तैयार करते और अन्य तैयारियों में काफी समय निकल गया।

पहाड़ी राजाओं को फिर से पैग़ाम भेजा गया—

"खिराज (कर) भेज दो या फिर युद्ध के लिए तैयार रहो।"

पहाड़ी राजा गुरु गोबिन्द सिंह से मदद की आस लगाये बैठे हैं। इसलिए जवाब भेजते हैं, "हम युद्ध के लिए तैयार हैं।"

इस जवाब से गुलाम हुसैन और भी भड़क उठा।

गुरु गोबिन्द राय और उनके सेवकों के क्रियाकलापों ने उसकी क्रोधाग्नि पर घी का काम किया।

पूरी तैयारी से गुलाम हुसैन ने पहाड़ी राजाओं पर हमला करने के लिए कूच किया।

शाही फ़ौज रास्ते में आने वाले गाँवों और चौधरियों से लूट-खसूट कर आगे बढ़ने लगी।

युद्ध के सभी दाँव-पेचों के जानकार गुलाम हुसैन ने होशियारपुर के रंधड़ों और गुज्जरों को अपने साथ मिला लिया। मण्डी के राजा वीरसेन और काँगड़े के राजा को उसने अपने शाही जलाल से डरा-धमका लिया। इन सभी के साथ मिलकर उसने सबसे पहले गुलेर रियासत के राजा गोपाल चन्द पर हमला किया।

राजा गोपाल चन्द ने अपने सबसे विश्वसनीय मन्त्री से मशविरा किया, ''क्या किया जाये? युद्ध लड़ा जाये या खिराज दिया जाये?''

''हजूर, युद्ध में हमारा जान-माल का नुकसान अधिक होगा और वे ज़बरदस्ती हम से खिराज भी वसूल कर लेंगे। हमें दोहरी मार पड़ेगी। बेहतर यही होगा कि अपनी हैसियत के मुताबिक खिराज लेकर स्वयं ही पेश हो जायें। अपनी रियाया (प्रजा) मुग़ल सिपाहियों के अत्याचारों से बच जायेगी।''

गोपाल चन्द को यह तजवीज़ (योजना) पसन्द आ गयी। उसने ऐसे ही किया। उसने अपनी पहुँच अनुसार खिराज की रकम एक मन्त्री के द्वारा भेज दी।

इस चाल की ख़बर जब काँगड़ा के राजा के पास पहुँची तो वह भी गुलाम हुसैन की हजूरी में जा पहुँचा।

''आप कल को शहंशाह बनेंगे हजूर। गुलेर रियासत का राजा आपकी तौहीन कर रहा है। इतनी ख़ैरात तो वे अपने दरबार में आये भिखारियों में बाँट देता है।''

गुलाम हुसैन ने गुलेर से आये मन्त्री से मिलना भी ज़रूरी न समझा। उसने तुरन्त आदेश दिया, ''गुलेर से आये मन्त्री से कह दो कि वे पूरा 'कर' अदा करें, वरना युद्ध के लिए तैयार रहें।''

गुलेर रियासत के मन्त्री को वापस लौटना पड़ा। राजा गोपाल चन्द समझ गया, अब युद्ध करना ही होगा।

जासूस सारी ख़बरें कल्हूर के राजा भीम चन्द को पहुँचा रहे थे। भीम चन्द ने एक नयी योजना बना डाली।

''वाह।'' ऐसी ख़बरें सुनते ही वह सिंहासन से उठ खड़ा हुआ। गुलाम हुसैन की बहादुरी और ताकत से वह अवगत था। उसने तुरन्त अपने मन्त्रियों की सभा बुला ली।

''अब आयेगा मज़ा।'' एकत्रित मन्त्रियों को भीम चन्द ने खुशख़बरी सुनाने के अन्दाज़ में कहा, ''हुसैन खान आ पहुँचा। फ़ौज। लेकर आया है। अब बन्दूकें चलेंगी। तोपें गरजेंगी। बारूद की गन्ध चारों ओर फैलेगी। हम पहाड़ी राजाओं से यही कहेंगे, गुलाम खान की जितनी मदद हो सके, हम करेंगे। सभी मिल कर सिखों के बिगड़े गुरु को सबक सिखायेंगे।''

''हजूर! आपने तो सिखों के गुरु संग सहयोग करने की सन्धि की है।'' एक मन्त्री ने राजा को याद दिलाया।

''युद्ध में कोई सन्धि नहीं देखी जाती। जिस ओर का पलड़ा भारी हो, उसी

ओर जाना अक्लमन्दी है। हम हुसैन खान को 'कर' भी देंगे, फ़ौज भी देंगे और आवश्यकता पड़ने पर स्वयं भी उनके साथ युद्ध में खड़े होंगे। 'नगाड़े' की चोट हमें डराती है। इस भयानक आवाज को हमें बन्द करना होगा। जल्दी ही मालूम हो जायेगा कि यह गोबिन्द राय क्या चीज है। अब उसके सेनापति जैता को हुसैन खान बन्दी बना कर जंज़ीरों में जकड़ घसीटते हुए लाहौर या दिल्ली की ओर ले जायेगा। यहाँ से ये सिख जायेंगे, तभी हम शान्ति से शासन कर पायेंगे।''

''मगर हजूर...।'' एक अन्य मन्त्री उठ कर कुछ कहना चाह रहा था तो भीमचन्द ने उसे सख्ती से रोक दिया।

''अब कुछ और नहीं। बस फैसला हो चुका है। हम हुसैन खान के साथ मिलकर सिखों के बागी गुरु को पकड़ेंगे।'' इतना कह वह आसन से उठ खड़ा हुआ।

बैठक समाप्त हो गयी।

रणजीत नगाड़े पर चोट पड़ते ही आस-पास के इलाकों में घबराहट फैल गयी। पहाड़ियों से टकरा कर लौटती प्रतिध्वनि अभी फिज़ा में गूँज रही थी।

गुरु गोबिन्द राय, भाई जैता और अपने अन्य कुछ सिपाहियों संग शिकार खेलने के लिए तैयार थे।

बीबी वीरो के तीनों सुपुत्र और मामा कृपाल चन्द भी हमेशा की भाँति सभी की सुरक्षा को अपनी ज़िम्मेदारी समझते हुए चौकस थे।

गुरु जी घोड़े पर बैठने वाले थे कि एक सेवक ने आकर सूचना दी, ''गुलेर का राजा अपने अंगरक्षकों के साथ आया है। गुरु जी से मिलना चाहता है।''

''अपने आने का कारण बताया उसने?'' गुरु जी ने पूछा।

''कह रहा है कोई विपत्ति आन पड़ी है।''

''आने दो।''

सेवक चला गया।

''भाई जैता, तुम यहीं रुको। अन्य सिपाहियों से कहो, वे कुछ फासले पर चौकन्ने रहें।''

भाई जैता ने तुरन्त गुरु जी की आज्ञा का पालन करते हुए अनुभवी सिपाहियों को महत्त्वपूर्ण स्थानों पर तैनात किया और स्वयं गुरु जी से थोड़ा हट कर खड़ा हो गया।

राजा गोपाल चन्द ने गुरु जी के निकट आकर उन्हें प्रणाम किया।

औपचारिक स्वागत के पश्चात् गुरु जी ने राजा से अचानक आने का कारण पूछा।

"गुरु जी, हुसैन खान की फ़ौज 'कर' वसूलने के लिए आ धमकी है। हमने और जसवाल के राजा ने 'कर' देने से इनकार कर दिया। दूसरी ओर भीमचन्द और सभी पहाड़ी राजाओं ने मिलकर सम्मिलित मोर्चा बना लिया है। वे सभी हम पर हमला करने की तैयारी कर रहे हैं। हम आपसे मदद की आस लेकर हाज़िर हुए हैं। हम हुसैन खान के साथ युद्ध के लिए तैयार हैं। मौत तो एक ही बार आयेगी गुरु जी। फिर क्यों न बहादुरों की तरह जंग के मैदान में मरें।"

यह सुनते ही गुरु जी की आँखों में चमक आ गयी। उन्होंने सोचा, आखिर कोई पहाड़ी राजा तो सिर उठाकर जीना चाहता है। इसकी सहायता अवश्य की जायेगी। यह हमारी शरण में आया है। इसकी लाज अवश्य रखी जायेगी।

गुरु जी कुछ पल आँखें मूँद अन्तार्धान हो गये, परमात्मा! मुझे शक्ति दो। मैं इनकी सहायता कर पाऊँ।' उन्होंने आँखें खोल कर भाई जैता की ओर देखा।

"क्या आज्ञा है गुरु जी?"

"हमने 'वाहेगुरु' को राजा गोपाल चन्द की सहायता करने का वचन दिया है। अपने शूरवीरों को एकत्रित करो। संगत राय को साथ ले लो। सारी तैयारी पूरी कर लो। बुलावा मिलते ही, बिना देरी किये कूच करना होगा।"

"ऐसा ही होगा हजूर।" जैता ने सिर झुकाकर आदेश को स्वीकार किया।

गुरु जी ने राजा गोपाल चन्द से कहा, "आप बेख़ौफ हो कर जायें। हम आपके साथ हैं। बस एक बात याद रखिएगा, यदि हमारे साथ कोई धोखा या चाल चले तो हमें सबक सिखाना भी आता है।"

"जान जायेगी गुरु जी मगर अपनी बात से हम कभी फिरेंगे नहीं।" कह कर राजा ने प्रणाम किया और लौट गया।

भाई जैता पर फिर से भारी ज़िम्मेदारी आ पड़ी थी। वह इस आने वाले युद्ध की योजना बनाने लगा।

अगले कुछ ही दिनों में गुलेर रियासत पर युद्ध के बादल मँडराने लगे। गोपाल चन्द मन ही मन भयभीत भी है कि अगर समय पर गुरु जी ने सहयोग न दिया तो क्या होगा।

गुरु जी के पास उनके सूहियों द्वारा पल-पल की सूचना पहुँच रही है।

भाई जैता जानता है, किसी भी पल उन्हें कूच करना पड़ सकता है।

हुसैन खान ने कल्हूर के राज़ा भीमचन्द और अन्य पहाड़ी राजाओं के साथ मिलकर गुलेर के राजा को घेरना आरम्भ कर दिया।

गुरु जी को सूचना मिल गयी, "शाही फ़ौज रवाना हो गयी है।"

गुरु जी ने भाई जैता को नगाड़े पर चोट करने के लिए कहा।

शाही फ़ौज और पहाड़ी राजाओं की सम्मिलित फ़ौज पहुँचने से पहले ही भाई जैता और संगत राय अपने शूरवीरों और सेवकों संग गुलेर के राजा के पास आ पहुँचे।

बजरुड़ नामक स्थान पर दोनों ओर की फ़ौज आ टकरायीं। लगातार युद्ध अभ्यास करते रहने के कारण सिख सिपाही अब सभी जंगी दाँव-पेंच जानने लगे थे। कम संख्या में होने पर गुरिल्ला युद्ध कैसे लड़ा जायेगा। वार से कैसे बचा जायेगा। फिर मौका मिलते ही कैसे चीते की भाँति दुश्मन पर झपटना होगा। इन सभी कलाओं में अब वे अत्यधिक प्रवीण हो चुके हैं।

एक ओर भाड़े के सिपाही हैं, जिन्हें खज़ाना खाली होने के कारण कई महीनों से वेतन नहीं मिला था। दूसरी ओर जान हथेली पर लेकर चलने वाले जाँबाज हैं। करो या मरो—उनका यही संकल्प है। जो है, सब कुछ गुरु जी का है। ऐसी भावना से ही वे मैदान पर उतरते हैं।

घमासान युद्ध चल रहा है। सिपाहियों की चीख-पुकार, ढाल पर पड़ती तलवारों की टंकार...इन सभी आवाज़ों से भाई जैता विचलित नहीं होता। जैकारों से आसमान गूँज रहा है। बन्दूकों से गोलियाँ दागी जा रही हैं। तोप के गोले लगातार फट रहे हैं।

भाई जैता को कुछ भी सुनाई नहीं दे रहा। उसे अपने सामने सिर्फ दुश्मन की फ़ौज दिखाई दे रही है और अन्धाधुन्ध उसका सफ़ाया कर रहा है। अचानक उसे दहाड़ती आवाज़ सुनाई दी, "जैता भाई फतेह...।"

उसने पलट कर देखा, एक बर्छा संगत राय को चीर कर निकल गया था और वह भाई को आखिरी बार पुकार रहा था। लेकिन युद्ध के मैदान में इस समय रुक कर रुदन करने का समय नहीं था। वह संगत राय के पास जाकर उसे हौसला भी न दे पाया। शाही फ़ौज मुकाबले के लिए टूट पड़ी थी।

अचानक एक तीर भाई जैता की बाजू को छीलते हुए गुज़र गया। उसने एक पल रुक कर आस-पास नज़र दौड़ायी। दूर उसे हुसैन खान खड़ा दिखाई दिया। उसके हाथ में तीर-कमान था। भाई जैता अपनी बाजू का दर्द भूल गया। खून बह रहा है तो क्या हुआ। उसने अपने सिपाहियों को ललकारा, "गुरु के नाम पर टूट पड़ो।"

जैता ने एक ओर खड़े होकर अपनी बन्दूक से निशाना साधा। उसकी नज़र टकटकी लगाये हुसैन खान पर थी। अब वह उसे छोड़ नहीं सकता। जैता ने ट्रिगर दबाया और गोली हुसैन खान की कनपटी के आर-पार निकल गयी। घोड़े से लटका, ज़मीन पर घिसटता हुसैन खान अपने ही सिपाहियों और घोड़े के खुरों तले कुचला गया।

यह देख शाही फ़ौज और पहाड़ी राजाओं के हौसले पस्त हो गये। शाही सैनिक भागने लगे। गुरु जी के सिपाहियों ने भागते फौजियों पर भी हमला जारी रखा।

बजरुड़ के मैदान पर लाशों के ढेर लग गये। भागती फ़ौज ने अपने हथियार और खाने का सामान भी पीछे छोड़ दिया। हुसैन खान के साथ शामिल हुए रंगड़ों और गुज्जरों का भी भारी जान-माल का नुकसान हुआ। लौटते हुए वे सभी खुद को कोसने लगे।

बजरुड़ मैदान की विजय गुरु गोबिन्द राय और राजा गोपाल चन्द के हिस्से आयी।

राजा गोपाल चन्द को इस विजय को देख कर मानो स्वयं पर यकीन नहीं हो रहा। वह अचम्भित है–। यह कैसे सम्भव हुआ? क्या सच में मुग़लों की शाही फ़ौज शिकस्त खाकर भाग निकली? उसके हाथ स्वयं ही जुड़ गये। ''गुरु जी, ये सब आपके कारण ही सम्भव हुआ है। वरना मैंने इससे पहले कभी किसी जंग में हिस्सा नहीं लिया।

विजय प्राप्ति के पश्चात् वह कीमती तोहफे लेकर गुरु जी के दर्शन करने के लिए आनन्दपुर आया। गुरु जी को प्रणाम कर, उसने भाई जैता की प्रशंसा के पुल बाँध दिये, ''गुरु जी, भाई जैता एक अनमोल हीरा है आपका।''

''ऐसा न कहिए राजा जी। यह सब गुरु जी के आशीर्वाद के कारण ही सम्भव हुआ है। बायीं बाजू पर मल्हम-पट्टी किये बैठे जैता ने नम्रता से कहा।

''जहाँ हक़-न्याय की बात हो, हम वहाँ मौजूद हैं, गोपाल चन्द जी। करने-कराने वाला तो 'वाहेगुरु' स्वयं है। सब उसी की माया है। हम सभी उसके तुच्छ सेवक हैं।'' गुरु जी ने जवाब दिया।

''नहीं गुरु जी। जंग के मैदान में मैंने साक्षात् भाई जैता को शाही सेना पर टूटते हुए देखा है। मैं इन्हें भी नमस्कार करता हूँ।'' राजा ने जैता की ओर प्रशंसात्मक नज़रों से देखा।

''गुरु जी को ही नमस्कार कीजिए राजा जी, मुझे नहीं।'' जैता ने फिर उसी असहजता से कहा।

राजा गोपाल चन्द के जाने के पश्चात् भाई जैता, गुरु जी को युद्ध का हाल बयान करने लगा। गुरु जी भाई जैता को सुनते हुए दिव्य दृष्टि से जरुड़ के मैदान

में हुए युद्ध को साक्षात् देख भी रहे हैं। योद्धाओं की आपसी भिड़न्त, तलवारों की टकराहट और चीख-पुकार—सभी आवाज़ों को गुरु जी देख-सुन पा रहे हैं।

"गुरु जी, इस बार युद्ध के समय एक उलझन पैदा हो गयी।" जैता ने कहा।

"भय लग रहा था?" गुरु जी ने उसे छेड़ा।

"आपके होते हुए भय कैसा गुरु जी। बस कई बार जोश के कारण अपने सिपाहियों और दुश्मन के सिपाहियों की पहचान करना मुश्किल हो जाता है। इसका कोई उपाय निकालो। गुरु जी, यदि हम अपने सिपाहियों का लिबास एक जैसा कर दें तो इस से दुश्मन को पहचानने में आसानी हो जायेगी।"

जैता की तजवीज़ सुन गुरु जी गम्भीर हो गये।

भाई जैता ने बहुत पते की बात कही है। इस बारे में वे स्वयं कब से विचार कर रहे थे। सिख सिपाही दूर से ही पहचाना जाना चाहिए। अभी तो अनेक लड़ाइयाँ लड़ी जायेंगी। ये छोटी-मोटी लड़ाइयाँ तो सिर्फ़ अभ्यास-मात्र हैं।

"कुछ सोचिए गुरु जी।" गुरु जी को गम्भीर देख जैता ने फिर कहा।

"कुछ हल निकालेंगे भाई जैता। हमें भी फ़िक्र है। तुम भी इस बारे में कोई उपाय खोज निकालो। हम मामा जी से भी बात करेंगे।" कहते-कहते गुरु जी ध्यानस्थ हो गये।

भाई जैता कुछ पल उन्हें देखता रहा। फिर धीरे से उठ कर बाहर निकल गया।

35

युद्ध के मैदान में जख्मी होकर लौटे जैता के बारे में सोच कर माता प्रेमो अत्यन्त बेचैन हैं। महल के भीतर साहिबज़ादा अजीत और जुझार का ध्यान रखते हुए भी उसका मन अपने पुत्र जैता की ओर ही लगा हुआ है। इसके बावजूद गुरु परिवार के प्रति अपने कर्त्तव्य को निभाना वह आवश्यक मानती है, क्योंकि वह कभी भी गुरु परिवार के ऋण से मुक्त नहीं हो सकती।

माता गुजरी ने देख लिया कि बीबी प्रेमो आज कुछ उखड़ी-उखड़ी-सी लग रही है। आखिर उन्होंने पूछ ही लिया, "क्या बात है बीबी प्रेमो। क्या बात है आज?"

"सब ठीक है माता जी।" बीबी प्रेमो ने सहजता से कहा।

"तुम्हारे चेहरे से ऐसा नहीं लग रहा है कि सब कुछ ठीक है।"

"नहीं, नहीं माता जी। आपको भ्रम हुआ है। अब शरीर थक जाता है न।" प्रेमो ने सायास हँसने का प्रयत्न किया।

"जैता, ठीक है न?"

"ठीक ही होगा। मैं अभी उससे मिली नहीं।"

"जंग जीत कर आया है। तुम्हारे चेहरे पर उल्लास होना चाहिए।"

"सुना है उसे कुछ चोट भी आयी है...।" प्रेमो ने पूछा।

"तभी मन उदास हो रहा है।" माता गुजरी ने कहा।

माता प्रेमो की आँखें भर आयीं।

"अच्छा, मैंने सुना नहीं। गोबिन्द राय को बुलाओ, मैं पूछती हूँ उससे।" माता गुजरी प्रेमो ही हालत देखकर सचमुच दुःखी हो गयीं। उसे दिलासा देते हुए कहा, "चिन्ता न करो प्रेमो। शूरवीरों को तो चोट लगती ही है। परमात्मा मेहर करेगा। फ़िक्र न करो। अब कहाँ है जैता?"

"अपने कमरे में होगा या फिर गुरु जी के पास।"

"राज बीबी है न उसके पास?"

"हाँ माता जी, वो तो वहाँ है।"

"फ़िक्र मत करो। वह बहुत सुघड़ स्त्री है। मल्हम-पट्टी कर दी होगी उसने। वैसे तुम जाना चाहती हो तो जाओ अपने पुत्र के पास।"

"हाँ, एक बार स्वयं देख लेती पुत्र को तो...।"

"जाओ, घर चली जाओ। पुत्र से मिल कर मन स्थिर हो जायेगा।" माता गुजरी ने अत्यन्त स्नेह से कहा।

"यहाँ काम भी खत्म हो गया है माता जी।"

"कोई बात नहीं प्रेमो। अगर कुछ काम रह भी गया, हम कर लेंगे। तुम चली जाओ बीबी प्रेमो। वहीं रुक जाना। सुबह आ जाना।"

"ठीक है माता जी।" प्रणाम करके प्रेमो जाने लगी तो माता गुजरी ने कहा, "जाते समय गोबिन्द राय को मेरे पास आने के लिए कह देना।"

"जी माता जी।" इतना कह कर माता प्रेमो किला आनन्दगढ़ के पश्चिमी ओर बनी अपनी कोठरी की ओर चल दी।

माता प्रेमो ने देखा, बीबी राज दर में खड़ी उसी की राह देख रही है।

बीबी राज ने माता के चरणों में माथा टेका। उसे आसीस देते हुए प्रेमो ने पूछा, "जैता कहाँ है?"

"यहीं है माता जी।" कहते हुए राज बीबी की आँखें भर आयीं।

"क्या बात है बेटा।" माता प्रेमो का हृदय काँप गया।

"इन्हें समझाइये माता जी।"

"क्यों क्या हुआ?"

''इस बार युद्ध में इतने ज़ख्म आये हैं, फिर भी परवाह नहीं कर रहे। मैंने कहा, कुछ दिन आराम कर लो। मगर कहते हैं, दोपहर में सेवक को युद्ध अभ्यास करवाना है।''

''कहाँ है वह?'' माता ने अन्दर घुसते हुए पूछा।

''बाहर चबूतरे पर बैठे हैं।''

''मैं देखती हूँ।''

''माता जी, आप कुछ न कहें वरना नाराज़ होंगे। कह रहे थे, पूजा-अर्चना करने लगे हैं। कोई विघ्न न डाले।

माता प्रेमो ने झरोखे से दूर तक देखा। वह गुरु जी की दूर-दृष्टि पर हैरान हुई। इन झरोखों से तीनों दिशाओं की ओर देखा जा सकता है। पश्चिम की ओर दूर तक निगाह डाली। इन झरोखों से दुश्मन पर गोली भी चलायी जा सकती है।

माता प्रेमो आँगन में आ गयीं। माता के पोते सुख्खा और सेवा तीर कमान से खेल रहे हैं। उनके सिर पर स्नेह से हाथ फिराते हुए आशीर्वाद दिया, ''अपने पिता की तरह बहादुर बनना पुत्रो।''

अब अँधेरा होने लगा है। माता प्रेमो घर के पिछवाड़े की ओर चल दीं।

भाई जैता समाधि की अवस्था में बैठा है। उसके हाथ हुड़े हुए हैं। नेत्र मुँदे हुए हैं। बायीं ओर बाजू पर पट्टी बँधी हुई है। खून अभी रिसता नज़र आ रहा है। माँ की जान मुट्ठी में आ गयी है—इतनी तपस्या...।

''पुत्र...।'' माता प्रेमो ने अचानक ऊँची आवाज़ में पुकारा।

जैता ने नेत्र खोल दिये, ''माता, कब आयीं...।''

''अभी आयी हूँ पुत्र।'' उसने निकट आकर उसकी ज़ख्मी बाँह को छुआ, ''ज़ख्म बहुत गहरा तो नहीं है पुत्र?''

''नहीं माता। बस एक राजा का तीर छू कर निकल गया है।'' जैता ने लापरवाही से कहा।

''राज बीबी कह रही है, तुम्हें अपने ज़ख्म की भी परवाह नहीं।''

''नहीं माता। वैद्य ने मल्हम लगा कर पट्टी कर दी। कल फिर आयेगा।''

''और भी कहीं ज़ख्म है...?''

''मामूली-से हैं माता। चिन्ता की बात नहीं। एक मृत सिपाही के पास से निकलते हुए उसका नेज़ा बेध्यानी में यहाँ लग गया पैर में।'' जैता ने ज़ख्मी पैर माँ को दिखाया।

माँ धीरे-धीरे उस ज़ख्मी पैर को सहलाने लगीं। जैता ने चौंक कर पाँव पीछे खींच लिए।

''ये क्या कर रही हो माता? इतना कर्ज़ कहाँ से चुकाऊँगा मैं?''

''क्या हुआ पुत्र? माँ घबरा गयी।

''माँ को पुत्र के पैर नहीं छूने चाहिए।''

''तो क्या हुआ पुत्र।''

''नहीं माता। फिर ऐसा मत करना।''

''ठीक है। आ जाओ, अन्दर चल कर बैठते हैं।''

दोनों माँ-पुत्र अन्दर की ओर चल दिये। जैता ने माँ के कन्धे का सहारा लिया। बीबी राज अभी भी दहलीज़ में खड़ी है।

''क्या-क्या कह दिया माता से।'' जैता ने पत्नी से अपनेपन से पूछा।

''क्या करती फिर। आप मेरा कहा कहाँ मान रहे थे।''

''तुम्हारी बात को कब इनकार किया है?''

''आप अपना ख्याल नहीं रखेंगे तो हमारी बाँह कौन थामेगा?''

भाई जैता ने पत्नी के स्नेह भरे निहोरे के बारे में गम्भीरता से सोचना शुरू किया। लेकिन अगर वह गुरु जी से पहले अपने परिवार के बारे में सोचेगा तो कैसे चलेगा? मेरे जीते-जी ऐसा नहीं होगा। उन्होंने मुझे अपना पुत्र बनाया है। पिता पर आयी प्रत्येक विपदा को खुद पर लेना पुत्र की ज़िम्मेदारी नहीं है क्या? गुरु-पिता की परवाह किये बिना परिवार की परवाह कैसे कर सकता हूँ?

''क्या हुआ? आप क्या सोचने लगे? मैंने क्या गलत कहा?'' पत्नी ने जैता को चेताया।

''भाग्यवान! मैं तो एक ही बात जानता हूँ, जब यह जीवन गुरु को समर्पित कर दिया तो सारी चिन्ता वही करेंगे। गुरु जी की कृपादृष्टि बनी रहेगी—कोई चिन्ता नहीं। मुझे उनके अलावा और कुछ दिखाई नहीं देता। मैं क्या करूँ? यह मेरे वश की बात नहीं है। हो सकता है, मैंने तुम्हें दुःखी किया हो। मुझे क्षमा कर देना। मेरे लिए पहले गुरु जी, फिर परिवार। इसमें माता भी हैं, बच्चे भी और तुम भी...।'' भावुक हो जाता है।

मेरा मुझ में किछु नहीं
जो किछु है सो तेरा।*

''सुखे की माँ, तुम चिन्ता मत करो। गुरु नानक भला करेंगे।। 'वाहे गुरु' का धन्यवाद करो। मुझे इन ज़ख्मों पर गर्व है। मुझे यह ज़ख्म किसी पर जुल्म करने पर नहीं आये, अपनी आन और गुरु जी के स्वाभिमान की रक्षा करने पर पाये हैं। गुरु जी का कहना है, युद्ध में सिपाही के शरीर पर आये ज़ख्म उसकी बहादुरी के तमग़े होते हैं। तुम्हें तो भाग्यवान्, गुरु जी का शुक्रगुज़ार होना चाहिए।

---
* गुरुबाणी

उन्हें तुम्हारे जैता पर पूरा भरोसा है। उनके आशीर्वाद के कारण ही मैंने अकेले ही हज़ारों सिपाहियों और पहाड़ी राजाओं को हरा दिया।"

माता प्रेमो भी उनके पास आ बैठी। बोली, "ठीक है पुत्र। तुम्हारी बातें भी ठीक हैं, मगर बीबी राज की भी बात गलत नहीं है। जब तक तुम्हारे ज़ख्म भर नहीं जाते, मैं गुरु जी से कहूँगी, वे तुम्हें कुछ समय के लिए आराम करने दें।"

"नहीं माता जी। अगर कल को मुगल सेना फिर से चढ़ आयी और गुरु जी ने मुझे नगाड़े पर चोट करने को कहा तो मैं क्या ज़ख्मों के भरने का इन्तज़ार करता रहूँगा? नहीं माता, यह मुझ से नहीं होगा।"

"नहीं पुत्र। हम तुम्हें न तो युद्ध में जाने से रोक रहे हैं और न ही तुम्हें युद्ध-अभ्यास से रोक रहे हैं। हमारा तो बस यही कहना है कि ज़ख्म ज़रा ठीक हो जाने दो।"

"इतनी चिन्ता मत करो माता। गुरु जी के वैद्य ने बढ़िया मल्हम लगाया है कि ज़ख्म दो दिन में ही ठीक हो जायेंगे।"

तभी सेवा आकर जैता की गोद में जा बैठा। उसने अपनी माँ की ओर देख कर कहा, "माँ, पिता जी को युद्ध में लड़ना नहीं आता क्या?"

"क्यों पुत्र?" राज ने हैरानी से पूछा।

"देखो न, बाजू से कैसे खून निकल आया है। जब मैं और भाई सुखा लड़ते हैं, मगर हमारा तो खून नहीं निकलता।"

राज ने अपने पति की ओर देखा।

"ऐसे क्यों देख रही हो?" जैता ने हैरानी से पूछा।

"देख लिजिए। बच्चे भी अभी से लड़ाई की बातें करने लगे हैं।"

"तुम इन्हें डाँटा मत करो। जो मन में आये, करने दो, तलवार चलाना सीखने दो इन्हें, तीर-कमान चलाने दो। पढ़ना चाहते हैं...पण्डित आता है न पढ़ाने साहिबज़ादा अजीत और जुझार को, इन्हें भी वहाँ पढ़ने भेजा करो। मैं गुरु जी से कहूँगा।"

"ज़रूर कहना गुरु जी से। उन्होंने सदा हमारा ध्यान रखा है।" निकट खड़ी प्रेमो ने भी उसकी बात का समर्थन किया, "तुम्हारे पिता, ताया और दादा-नाना जी भी, सभी गुरुघर के प्रेमी रहे हैं। उन सभी ने स्वयं को गुरुसेवा में अर्पित कर दिया। तुम भी उसी राह पर चल रहे हो। यह देखकर मुझे अत्यन्त प्रसन्नता होती है। परन्तु पुत्र, मैं भी गुरु-महल में रहती हूँ, यहाँ बीबी राज बच्चों के साथ अकेली रहती है। इसलिए इन सभी का ध्यान रखना भी ज़रूरी है। वहाँ रहते मेरा ध्यान इनकी ओर लगा रहता है।"

''ख्याल रखने जैसी क्या बात है माता जी, यह कोई बच्ची है? यह गुरु दशमेश के सेनापति की धर्मपत्नी है।'' जैता ने राज बीबी की प्रशंसा की।

''वो तो ठीक है पुत्र! मगर ऐसे दिनों में इसका अकेले रहना उचित नहीं है।''

''ऐसे-वैसे दिनों से क्या मतलब है माता। सब परमात्मा की कृपा है। बस मंगल ही मंगल होगा।''

माता प्रेमो पुत्र की अज्ञानता पर हँस दीं। युद्ध के मैदान में ही योद्धा है। स्त्रियों के कष्टों और दुःखों का इल्म नहीं है। उसने जाते हुए बस इतना ही कहा, ''ठीक है पुत्र। अपने ज़ख्मों का ध्यान रखना। मैं कुछ देर के लिए कमर सीधी कर लूँ।''

माता जी के जाने के पश्चात् राज देवी ने पति को मीठी झिड़की दी, ''आप क्या कह रहे थे माता जी से?''

''मैंने क्या कहा...? युद्ध से मैं लौटा हूँ, तेवर तुम दिखा रही हो।''

''माता जी ने कहा था, ऐसे-वैसे दिनों में मुझे अकेले नहीं रहना चाहिए।''

''माता जी तो खामखाँ फ़िक्र करती हैं।''

''आप भी बुद्धू हैं। युद्ध में दुश्मन के दाँव-पेंच आप अच्छी तरह से समझते हैं, परन्तु औरतों के मन की बात नहीं समझ सकते।''

''मुझे इन सब बातों की कोई जानकारी नहीं है।'' जैता ने भोलेपन से कहा।

''हमारे घर में एक और नन्हा बच्चा आने वाला है।'' राज देवी ने शरमा कर कहा।

''सीधी तरह कहो, जो भी कहना है। ऐसे पहेलियाँ न बुझाओ। जैता क्या जाने लौंग के भाव।'' उसने हाथ जोड़कर कहा, ''प्रभु, तुम्हारी कृपा अपरम्पार है। धर्म युद्ध लड़ते समय भी तेरा ही हाथ हमारे सिरों पर रहता है। मेरी पत्नी व बच्चों का बाल भी बाँका नहीं हो सकता। मैं युद्ध के मैदान में तूफान मचाता हूँ—मुझे मालूम है, पर मेरे बीवी-बच्चे हैं। आपकी कृपादृष्टि इन पर भी बनी रहे, यही विनती करता हूँ।'' जैता ने उसके कन्धे पर हाथ रखा, फिर कहा, ''तुमने मुझे पहले नहीं बताया भाग्यवान्।''

''अब तुम्हें मालूम हो गया न। इसीलिए तो कह रही हूँ, अपने ज़ख्मों का ध्यान रखिए। बच्चों के सिर पर पिता का साया बना रहे मेरी यही प्रार्थना है।''

''जीना-मरना सब प्रभु के हाथ में है भाग्यवान्। आदमी की क्या औकात है। जो होना है, होकर रहता है। अपने पुरखे अपनी ज़िम्मेदारियाँ निभा गये, अब अपनी बारी है। बच्चे अपन ज़िम्मेदारी स्वयं निभा लेंगे। उनका फ़िक्र करना फ़िज़ूल है। जाओ आराम करो। तुम्हें आराम की आवश्यकता है।''

माता प्रेमो गहरी नींद में सो रही हैं।

चारों ओर सघन अँधेरा पसरा है। दूर किसी पहाड़ी से गीदड़ों के रोने की आवाज़ सुनाई दे रही थी। आस-पास की झाड़ियों से झींगुर बोल रहे थे। आसमान में अचानक बादल घुमड़ने लगे।

सुखा और सेवा दादी के साथ सो रहे थे।

अँधेरे में भाई जैता और बीबी राज ने एक-दूसरे की आँखों में झाँका अचानक बादल ज़ोर से गरज़े।

''अन्दर सो जाओ बच्चो।'' बादलों की गरज़ से उठ गयी माता प्रेमो ने कहा और खुद करवट लेकर सो गयी।

जैता और बीबी राज अन्दर कमरे में जाने ही लगे थे कि तभी जैता को महसूस हुआ कि जैसे गुरु जी ने उसे पुकारा है। अपने ज़ख्मों और घने अँधेरे की परवाह न करते हुए जैता तेज़ी से बाहर निकल गया।

बीबी राज आँगन में हैरानी से खड़ी रह गयी। उसे इस बात का गर्व भी हुआ कि उसका पति गुरु जी के कितने निकट है। कोई भी सैन्य कार्यवाही जैता के बिना व्यवहार में नहीं लायी जा सकती थी। जैता उलटे पैर लौट आया।

''इतनी जल्दी लौट आये?'' बीबी राज ने अचम्भित भाव से पूछा।

''गुरु जी ने नहीं बुलाया था। मुझे शायद भ्रम हुआ था।''

बीबी राज के चेहरे पर गर्व भरी मुस्कान आ गयी। वह जानती है, दिन-रात पति को सिर्फ़ गुरु जी का ही ध्यान रहता है। पति के ज़ख्मों पर हल्दी का लेप लगा बीबी राज ने कपड़े से बाँध भी दिया।

तलवार पास रख जैता सोने का यत्न करने लगा।

36

आधी रात का समय है। जैता सतलुज के किनारे जा रहा था। हाथ में लम्बा नेज़ा था, कमरकसे में तलवार थी। दोनों कन्धों पर नागणी और बाघणी तलवारें लटक रही थीं। घोड़े पर गुरु जी पीछे-पीछे आ रहे थे। उनके पीछे सिपाही थे। अचानक एक मोड़ पर मुग़ल सेना ने हमला कर दिया। गुरु जी उनके घेरे में आ गये। एक ओर से कोई जंगली हाथी चिंघाड़ा। कहीं तोप का गोला फटा। जैता पीछे की

ओर भागा। मुग़ल सिपाही ने उसका रास्ता रोक लिया। जैता ने अँधाधुन्ध उन पर तलवार चलायी। उसने मुग़ल सेना को दो फाड़ कर दिया, परन्तु गुरु जी कहीं नज़र नहीं आ रहे थे। उसने अपने सिपाहियों को ललकार कर कहा, "गुरु जी को बचाओ...।" कोई नहीं सुनता। हाथी फिर से ज़ोर से चिंघाड़ा। वह हैरान है, उसके दाहिनी ओर तीर कैसे घुस गया। खून बह रहा है। वह गुरु की ओर भागा। पैर पीछे की ओर जा रहे हैं। उसने फिर से पुकारा, मगर आवाज़ नहीं निकल रही। यह क्या हो गया...।

जैता घबरा कर उठ बैठा। माथा-पसीने से तर है। बगल में पत्नी गहरी नींद में सो रही है। थोड़ा परे माँ और बच्चे सो रहे हैं। इतना भयानक सपना। कहीं गुरु जी पर कोई आफत तो नहीं आने वाली? वह माथे पर हाथ रख बैठ गया। उसे अभी भी यह समझ में नहीं आया कि उसे ऐसा सपना क्यों आया? वह बेचैन हो गया। नींद उचाट हो गयी।

धीरे से द्वार खोल कर बाहर निकल गया। पहाड़ की ठण्डी हवा ने उसे कुछ राहत पहुँचायी। उसने दूर तक अँधेरे में देखने की कोशिश की। बहती सतलुज का धीमा शोर सुनाई दे रहा है। झींगुरों की आवाज़ के अलावा कुछ भी सुनाई नहीं दे रहा।

मन की अवस्था अजीब सी हो रही थी। जी चाहा, जाकर देखे, गुरु जी ठीक हैं न। फिर सोचा, इस समय? आधी रात को? गुरु जी क्या सोचेंगे—जैता पागल हो गया है?

बहुत कुछ याद आ रहा है आज उसे। कहाँ से चल कर कहाँ आ गये हम। संगता का ध्यान आया, उसने विवाह नहीं करवाया था। सारा जीवन उसने गुरु जी को समर्पित कर दिया था। गृहस्थ जीवन अपनाया ही नहीं था। वह घर भी नहीं आता था। शिकार पर जाते समय ही उससे मुलाकात होती थी या फिर युद्ध के मैदान में। माता जी को अपने पुत्र से मिले कितने ही दिन गुज़र जाते थे।

उसे पटना के वे दिन याद आने लगे, जब बाल-गोबिन्द राय और संगता साथ-साथ खेला करते थे। कभी वे अपने वस्त्र एक-दूसरे से बदल लेते थे और कभी दस्तार। कितने खुशी भरे दिन थे वे। अब हर समय जान सूली पर टँगी रहती है। तुर्क हाकिम न स्वयं चैन से सोते हैं और न दूसरों को चैन लेने देते हैं। इतनी निर्दयता? गद्दी की खातिर बाप, भाई और पुत्र एक-दूसरे का गला काटने से गुरेज़ नहीं करते।

उसे अभी दिल्ली का चाँदनी चौक दिखाई देने लगा। नवें गुरु ध्यान लगाये बैठे हैं। जल्लाद नंगी तलवार लिए सिर के ऊपर खड़ा है।

काजी फतवा पढ़ रहा है।

इन तुर्कों ने क्या-क्या ज़ुल्म नहीं किये। उनके साथ सारे हिसाब-किताब करने का वक्त अब आ गया है।

फिर उसे अपनी माता का ध्यान आ गया। कितना सब्र है उसमें। उसने पति गँवाया, चेहरे पर रत्ती भर मलाल न आने दिया। गुरुघर के प्रति उसकी श्रद्धा भावना और भी बढ़ गयी। दिन-रात उनकी सेवा में ही रहने लगी है।

उसने अपनी पत्नी के बारे में सोचा, क्या सच में मैंने पति का कर्त्तव्य निभाया है! जब से शादी हुई है, वह भली स्त्री आज तक अपने मायके नहीं गयी। कभी माता गुजरी की सेवा में, कभी साहिबज़ादों की सेवा में लगी रहती है। घर की ओर से मैं पूरी तरह से बेफ़िक्र हूँ...। तभी मुझे युद्ध में दुश्मन के सिर के अलावा और कुछ भी नज़र नहीं आता।

जैता ध्यानस्थ होकर एक चबूतरे पर बैठ गया। उसका मन उखड़ा हुआ था। उसे कभी भंगाणी का युद्ध, कभी नादौण का युद्ध याद आने लगा। दुश्मनों पर कभी नेज़े, कभी तलवार या गोली चलाकर वार करते हुए इतनी हत्याएँ—वे सभी सिपाही मेरे निजी दुश्मन नहीं थे? मगर एक निर्दयी बादशाह की ओर से लड़ रहे थे। अगले ही पल वह सोचने लगा, युद्ध कभी खत्म नहीं होंगे। हुसैन खान की मौत, मुग़लों के लिए अग्नि में घी का काम करेगी। पहाड़ी राजा पहले से ही ख़फ़ा हैं। कृपाल चन्द कटोचिया की मृत्यु के कारण भीम चन्द जल-भुन रहा होगा। ये सभी मिलकर फिर से हमला करेंगे। अब गुरु के सिख सेवकों को घोड़ों की काठी पर ही सोना पड़ेगा। राज को क्या समझाऊँ—आने वाला समय अत्यन्त विपदा का है।

वह गुरु जी के बारे में सोचने लगा। हम क्या थे? हमारी औकात क्या थी? गुरु जी ने हमें क्या बना दिया। गुरु जी जैसा कोई और हो ही नहीं सकता। ब्राह्मण हमें पैर की जूती समझते थे। गुरु जी ने हमें संस्कृत सिखायी, वेद पढ़ाये। सभी के साथ लंगर में बैठ कर भोजन करने का सम्मान दिया। मुझे अपना पुत्र बनाया। गुरु जी के लिए उसके भीतर कविता उतर रही है। जैता आज अत्यधिक भावुक हो रहा हैं...

गोबिन्द गुरु सम अवतार नहिं
चहुँ जुगन महि हरि जू प्रकटायी।
जिन प्रिण आगास, दीये खिन महि
आनांस दिये जिन धरन लगायी।
जिन नीच हूँ ऊँच कीये छिन्न महि
फून ऊँच औ नीच ना रहियो किथाईं।

जिन दीनन का अति हेत कीया
औ दुष्टन कऊ जिन खेत रिहाई।*

गुरु जी ने मुर्दों में जीवन भर दिया। हम तो नज़रें झुका कर नंगे पैर चलने वाले थे। गुरु जी ने हमें सिर उठा कर आसमान की ओर देखने की हिम्मत दी। धन्य है गुरु गोबिन्द राय, तुम्हारी जय हो। मन अथाह श्रद्धा से भर आया। उसका शीश स्वयं ही आनन्दपुर किले की ओर झुक गया।

मन में फिर से विचार आया, मैं क्यों चिन्ता कर रहा हूँ। मेरा तो कुछ भी नहीं है। सब कुछ गुरु जी को समर्पित है। सिर्फ़ यह जन्म ही नहीं, आगे आने वाले जन्म भी हैं, वे सभी भी गुरु जी के नाम।

बहुत जन्म बिछुडे रे माधो–
ऐह जन्म तुम्हारे लेखे।

आपको ही मेरे बच्चों का, परिवार का ख्याल रखना है। मैं तो बेमतलब की चिन्ता कर रहा हूँ। माता जी की भी चिन्ता का कोई अर्थ नहीं है। माताएँ तो चिन्ता करती ही रहती हैं...।

चबूतरे पर बैठे जैता को पता नहीं कितना समय बीत गया। पौ फटने वाली थी। दूर कहीं से मुर्गा बोला। साथ ही कहीं से अज़ान की आवाज़ सुनाई दी।

भाई जैता अब वहाँ से उठ खड़ा हुआ।

वक्त बीता जा रहा था। गुरु जी और उनकी फ़ौज सतर्क थी। औरंग़ज़ेब दक्षिण की ओर से थकने लगा था। एक बाग़ी गुरु से मुग़ल फ़ौज के लगातार हारने के समाचारों ने भी बादशाह को बेचैन कर दिया था।

गुरु जी समझ रहे थे, दक्षिण की हार का गुस्सा बादशाह पंजाब पर या पहाड़ी राजाओं पर ही निकालेगा। पहाड़ी राजा भी अब उसे लगान/कर देने में आनाकानी करने लगे थे। यदि बादशाह की फ़ौज इस ओर आयी तो युद्ध उन्हीं के साथ होगा। लाखों की संख्या में मुग़ल फ़ौज के सामने मुट्ठी-भर सिख सेवक गुम हो जायेंगे। भाई जैता की सहजता में कही गयी बात बेहद अर्थपूर्ण है–।

गुरु गोबिन्द राय फ़िक्रमन्द हैं।

अपने सिपाहियों की पहचान कैसे बनायी जाये। गुरु उठते-बैठते इसी चिन्ता में डूबे रहते हैं। वैशाखी पर्व नज़दीक आ रहा है।

---

* श्रीगुरु कथा पद (21), कर्त्ता भाई जीवन सिंह (भाई जैता), हवाला-भाई जैता जीवन ते रचना– डॉ. गुरमुख सिंह, पृ. 55)

माता गुजरी, सुपत्नी जीतो, सुन्दरी, मामा कृपाल चन्द सभी चिन्ता में हैं। इन दिनों गोबिन्द राय, इतने गम्भीर और चिन्ताग्रस्त क्यों रहने लगे हैं। समाधि की अवस्था बढ़ने लगी है। हालाँकि इन दिनों कहीं से हमले की धमकी भी नहीं मिली है। फिर कैसी चिन्ता? सभी ने जैता से जानना चाहा, मगर वह इस मामले में कुछ नहीं जानता था।

एक दिन मामा कृपाल चन्द ने पूछने की हिम्मत की, ''गोबिन्द राय! क्या बात है। कोई फ़िक्र की बात है तो बताओ मुझे।''

''नहीं मामा जी। चिन्ता की कोई बात नहीं। बस कुछ महत्त्वपूर्ण फैसले लेने हैं। मन इसी दुविधा में है। इसी दुविधा से निपटने के यत्न में ही हूँ।''

''बताओ तो...। सलाह-मशविरा करके कोई समाधान खोज निकालेंगे।''

''नहीं मामा जी। समय आने दीजिए। मैं स्वयं आप को बता दूँगा।''

''गुरु के मन की मौज...।'' मन में सोच कर मामा जी खामोश ही रहे।

रोज़ की भाँति एक दिन सुबह जैता गुरु जी को प्रणाम करने गया। वापस लौटने लगा, तो गुरु जी ने उसे अपने निकट बैठने को कहा।

''भाई जैता तुम्हारी एक बात ने मेरी नींद उड़ा दी है।''

जैता डर गया, ''मैंने ऐसा क्या कहा गुरु जी?''

''तुमने ही तो कहा था न, जंग में अपने सिपाही सेवकों की पहचान कैसे होगी...?''

''हाँ, यह तो मैंने कहा था गुरु जी। यह तो युद्ध के समय की बात है।'' जैता ने चैन की साँस ली।

''मगर हमारे लिए तो यह युद्ध के बाहर की भी बात है। मैंने किसी निर्णय पर पहुँचने के लिए लम्बा संघर्ष किया है। मैं अपने सूरमाओं को ऐसे बनाऊँगा जो लाखों में आसानी से पहचाने जायें।''

''अरे फिर तो जंग लड़ने का मजा ही कुछ और होगा गुरु जी?'' जैता खुश हो गया।

''पहाड़ी राजा स्वयं को ऊँची जाति का मानते हैं न?'' गुरु जी ने पूछा।

''जी, गुरु जी।''

''उन्हें लगता है, लड़ना सिर्फ़ उन्हीं को आता है।''

''उन्हें अपने बारे में खुशफहमी है गुरु जी।''

''जिन्हें नीच जात का समझ कर वे घृणा करते हैं, मैं उन्हीं में से शूरवीर

योद्धा पैदा करूँगा, जो चिड़ियों, बाज़ों संग लड़ पायेंगे। जिन्हें वे गीदड़ (सियार) समझते हैं, वही पहाड़ी राजाओं के सामने शेर-से दहाड़ेंगे। वक्त आने दो जैता...।''

''कब आयेगा ऐसा शुभ समय गुरु जी।''

''जल्दी ही आयेगा। इस बार वैशाखी पर दूर-दूर से संगतों को बुलावा भेजा जाये। लाहौर, हस्तिनापुर, द्वारका, बिदर, जगन्नाथपुरी, बंगाल, बिहार, आसाम–सभी स्थानों पर गुरुघर के प्रेमी और श्रद्धालु हैं। सभी जगहों पर सन्देश भेजे जायें। मामा जी से कह कर न्यौता भेजा जाये। इस बार वैशाखी पर भारी दीवान सजेगा। सभी को विशेष तौर पर बुलावा दिया जाये।''

''जैसे आपकी इच्छा। ऐसा ही होगा। मामा जी से कह कर सन्देश भिजवा दिये जायेंगे।''

''वक्त रहते ही ये सन्देश सारे हिन्द में सिख संगत के पास पहुँच जाने चाहिए। चौथे गुरु जी की ओर से कायम की गयी यह परम्परा इस बार पूरे हर्षोल्लास से मनायी जायेगी।'' काफी दिनों के पश्चात् आज गुरु गोबिन्द राय प्रसन्न नज़र आ रहे थे।

''गुरु जी, संगत और नौजवान तो बिन-बुलाये ही आनन्दपुर की ओर लगातार आ रहे हैं। कोई शस्त्र लिए आता है, कोई घोड़े और कोई अनाज लिए आ रहा है।'' जैता ने जानकारी दी।

''जैता, वैशाखी के लिए समय कम ही बचा है। हमें इस पर्व की तैयारी में लग जाना चाहिए।''

''वैशाखी तो अभी काफी दूर है गुरु जी। अभी तो चैत्र की संक्रान्ति गुज़री है।''

''तो क्या हुआ। समय बीतते देर नहीं लगती।''

''ठीक है गुरु जी। मामा जी से कह कर आज ही सन्देश भिजवाने का काम करते हैं। कल पौ फटते ही सन्देशा भिजवाना आरम्भ कर देंगे।'' जैता ने गुरु जी को भरोसा दिलाया।

''एक बात और, इस बार पण्डाल बीते वर्ष से बड़ा होना चाहिए। लंगर का प्रबन्ध भी अपनी निगरानी में रखना। कोई भी श्रद्धालु लंगर छके बिना नहीं जाना चाहिए। पहरेदारों का चुनाव भाई जैता तुम्हें ही करना होगा। प्रबन्ध ऐसा होना चाहिए, जिससे संगत और श्रद्धालु जान-समझ लें, आनन्दपुर अब पहले वाला आनन्दपुर नहीं रहा। यह किसी बादशाह की राजधानी से कम नहीं।''

''आज्ञा है फिर गुरु जी।'' जैता उठने लगा।

''अरे रुको। अभी बहुत-सी बातें समझाने की हैं।'' गुरु जी ने रोका।

उठते-उठते जैता फिर से बैठ गया।

"गुलाब राय, गंगा राम, मोहरी चन्द, सुक्खा नन्द, भाई बचित्तर, भाई मनी, भाई आलम सभी से कह दो वैशाखी के दिन कहीं और न जायें। आनन्दपुर छोड़ कर न जाये। यह गुरु का आदेश है।"

भाई जैता ने सिर हिलाकर स्वीकृति दी। अन्दर से हैरान है। कितनी वैशाखियाँ आयीं और गयीं। परन्तु इस बार जैसी रुचि और उत्साह गुरु जी ने पहले कभी नहीं दिखाई। गुरु जी बेवजह इतने फ़िक्रमन्द भी लग रहे हैं। सब ठीक होगा। उनकी चिन्ता का कारण क्या है? कहीं पहाड़ी राजाओं की ओर से अचानक हमले की शंका हो, फिर तो सशस्त्र सिपाहियों का जत्था भी तैयार-बर-तैयार रखना होगा।

इस सोच से भाई जैता फ़िक्रमन्द हो गया। उसे लगा, अभी से तैयारी आरम्भ होगी। सोचते हुए जैता गुरु जी को प्रणाम कर बाहर निकल आया।

37

वैशाखी की पूर्व सन्ध्या गुरु गोबिन्द राय स्वयं सभी ओर घूम-फिर कर सारी तैयारी का निरीक्षण कर रहे थे। उनके साथ मामा जी भी थे। साहिबज़ादा अजीत और जुझार भी साथ में थे। इस समय साहिबज़ादा अजीत की उम्र 13 वर्ष और जुझार की नौ वर्ष है। बड़ा साहिबज़ादा अभी से युद्ध अभ्यास और खेलों में दिलचस्पी लेने लगा है।

सारे आनन्दपुर में वैशाखी पर्व का उत्साह दिखाई दे रहा है। बाज़ार सज गये हैं। व्यापारी लोग दूर-दूर से आ पहुँचे। चारों ओर चहल-पहल है। रौनक बढ़ रही है। दूर-दूर से आये श्रद्धालुओं के लंगर और रिहायश की व्यवस्था भाई जैता के अधीन है। गुरु जी को इस बात से तसल्ली है, फिर भी वह निरीक्षण कर रहे हैं।

इस पूर्व सन्ध्या में सन्ध्या-प्रार्थना के उपरान्त गुरु जी ने सारे परिवार को विचार-विमर्श के लिए अपने पास बुलाया। सभी हैरान हैं। आज किस बात की विशेष चर्चा के लिए गुरु जी ने सभी को आने के लिए कहा है।

"जैता, सभी आ गये हैं?" गुरु जी ने पूछा।

"जी, गुरु जी, सभी आ गये हैं।" जैता ने बताया।

गुरु जी उठ खड़े हुए। उन्होंने अपनी माता, पत्नियों, पुत्रों, मामा जी, बुआ वीरो के सभी पुत्रों, भाई जैता के परिवार—सभी की ओर बारी-बारी से देखा।

दीवान में सन्नाटा छा गया।

क्या कहेंगे गुरु जी? यह सोच सभी के दिलों की धड़कन बढ़ गयी।

''कल वैशाखी का पर्व है।'' गुरु जी ने कहा, ''मुझे कल कुछ घोषणाएँ करनी हैं। संगत से मुझे कुछ चाहिए—सिख कौम के लिए, पंजाब के लिए, सिख धर्म के लिए। मैं आप सभी से सख्ती से कह रहा हूँ—आप में से कोई भी इस माँग में अपना योगदान नहीं देगा। ना साहिबज़ादे, मामा जी, न भाइयों को और न ही भाई जैता हम जानते हैं, आप सभी मेरे एक इशारे पर कुछ भी करने को तैयार रहते हैं। आप सभी गुरु सेवा में समर्पित हैं। आप सभी वैशाखी आयोजन में उपस्थित रहेंगे, मगर खामोशी से सब कुछ देखेंगे व सुनेंगे।''

''यह हमारी तौहीन है गुरु जी। आप कुछ माँगें और हम दूसरों की ओर मुँह उठा कर देखते रहें।'' भाई जैता ने हाथ जोड़ विनम्रता से कहा।

''हम तुम्हारी भावना को समझ रहे हैं, परन्तु तुम समझ नहीं रहे हो, हम जो करने जा रहे हैं, वह आने वाले समय के लिए अति आवश्यक है। और ये सब श्रद्धालुओं और संगत के सामने किया जाना चाहिए।''

''गुरु जी, आप ऐसा क्या करने वाले हैं, जिसमें गुरु-परिवार से कोई शामिल नहीं हो सकता?''

बुआ वीरो के सुपुत्र गुलाब राय ने हैरानी से पूछा।

''आप सभी शूरवीर हैं। योद्धा हैं। आप सभी के समर्पण और बहादुरी पर गुरुघर को गर्व है। मगर हम कह रहे हैं कि इस बार आप में से कोई भी इसमें हिस्सा नहीं लेगा।''

''आखिर आप क्या करने वाले हैं। कृपया हमें भी बतायें?'' मामा कृपाल चन्द ने पूछा।

''वक्त आने दीजिए मामा जी। कल के दीवान में सब कुछ आप के सामने आ जायेगा। आप सभी से निवेदन है, इस परीक्षा की घड़ी में मुझे आप का सहयोग चाहिए। इसलिए आप सभी मेरी बातों को ही मानकर कल होने वाली घटना को सिर्फ़ देखेंगे—बाद में आप स्वयं जान जायेंगे कि मैंने ऐसा क्यों किया और आप लोगों को मना क्यों किया था।''

दीवान में बैठे सभी परिवार जन खामोशी से एक-दूसरे की ओर देखने लगे। माता गुजरी जी ने इशारे से अपने भाई कृपाल चन्द से जानना चाहा, परन्तु मामा जी को स्वयं कोई जानकारी नहीं थी। उन्होंने इनकार में सिर हिला दिया।

गुरु जी सभी की ओर ग़ौर से देख रहे थे। परिवारजनों के हाव-भाव से उन्हें चिन्ता और परेशानी के भाव नज़र आ रहे थे। उन्होंने खामोशी तोड़ते हुए कहा, ''आप सभी मेरी बात से सहमत हैं।''

"मगर आप कैसी माँग रखने वाले हैं?" मामा जी ने बेबस होकर जानना चाहा।

"कल सब मालूम हो जायेगा।"

"लेकिन गुरु जी, कल अगर कोई दुश्मन आप पर वार कर दे या करना चाहे–तो ऐसा हम कैसे बर्दाश्त करेंगे।" जैता ने रोष से कहा।

"ऐसा कुछ नहीं होगा। आप सभी निश्चिन्त रहें।" गुरु जी के चेहरे पर सदैव वाली मुस्कान उभर आयी थी।

गुरु जी द्वारा भरोसा दिलाये जाने के बावजूद माता गुजरी अभी भी चिन्तित हैं। उन्होंने अपनी बहुओं की ओर इस उम्मीद से देखा, शायद वे दोनों जीतो और माता सुन्दरी जी इस बारे में कुछ जानती हों। परन्तु उनके चेहरों से भी यही प्रकट हो रहा है कि वे इस बात से अनभिज्ञ हैं। साहिबज़ादा ज़ोरावर माता जीतो के पास बैठा है और बाल फतेह उनकी गोद में हैं। अजीत और जुझार भी हैरानी से पिता की ओर देख रहे हैं। ऐसा क्या है, जो पिता जी माँगें और वे उन्हें दे नहीं पायेंगे।

माता गुजरी जी पुत्र द्वारा किये जाने वाले कौतुक के बारे में सोच रही हैं।

"आप सभी समझ गये हैं न।" गुरु ने जी फिर से दोहराया।

सभी खामोश हैं। न हामी भर सकते हैं न अस्वीकार कर सकते हैं। स्वीकार करने पर मर्यादा निभानी पड़ेगी, अस्वीकार करने पर गुरु जी की नाराज़गी झेलनी पड़ेगी। ये कैसी संकट की घड़ी में डाल दिया गुरु जी ने?

"आप घबराओ नहीं। मैं जो भी करने जा रहा हूँ, वह मेरी कौम, मेरे धर्म और देश के हित के लिए है। इसमें निजी हित शामिल नहीं है, इसलिए आप सभी पर बन्दिश लगाना आवश्यक है।"

सभी ने स्वीकृति में सिर हिला दिये।

गुरु जी का चेहरा प्रसन्नता से खिल उठा। सभी ने खड़े होकर प्रार्थना की और यह प्रण किया कि वे सभी गुरु गोबिन्द राय के कहे अनुसार ही व्यवहार करेंगे। परमात्मा शक्ति दे और प्रभु की लीला स्वीकार करने का हौसला दे।

दीवान समाप्त हो गया।

सभी चिन्ता और जिज्ञासा के भाव लिए उठ खड़े हुए।

गुरु जी ने भाई जैता को अपने पास रोक लिया।

"लंगर-पानी की व्यवस्था ठीक है न। श्रद्धालुओं को कोई कमी नहीं आनी चाहिए।"

"आपकी कृपा से सब ठीक है। गुरु जी के भण्डार भरे हुए हैं।"

"सब उस परमात्मा और गुरु नानक की बख़्शीश है।" गुरु जी ने हाथ जोड़े।

"श्रद्धालु अभी भी आ रहे हैं गुरु जी।"

"आने ही चाहिए बस किसी को कोई तकलीफ या परेशानी न हो।"

"श्रद्धालु कहाँ-कहाँ से आ चुके हैं भाई जैता?"

"महाराजा लाहौर से, हस्तिनापुर, बिदर से तो श्रद्धालु आये ही हैं। आसाम, बिहार और जगन्नाथपुरी जैसे दूर-दूर के प्रदेशों से भी श्रद्धालु आये हैं।"

"रात को सभी श्रद्धालुओं का हाल-चाल पूछेंगे। सुबह के दीवान के लिए भी उनसे विचार-विमर्श करेंगे।"

भाई जैता का मन चाहता है कि वह गुरु जी से अकेले में पूछ ही ले कि वे कल क्या करना चाह रहे हैं। आज तक उन्होंने मुझ से कोई भेद छिपा कर नहीं रखा—अब ऐसा क्या है, जो वे बता नहीं रहे हैं। फिर सोचता है, गुरु जी ने कुछ सोच कर ही ऐसा किया होगा। मुझे उनकी प्रत्येक बात पर आँख मूँद कर विश्वास करने की आदत है, फिर मेरे मन में ऐसे प्रश्न पैदा ही क्यों हो रहे हैं...? मन को झटका दे वह सहज होकर गुरु जी से पूछने लगा, "आपकी आज्ञा हो तो मैं सारी व्यवस्था को एक बार फिर से देख लूँ?"

"हाँ, जाओ। श्रद्धालुओं से कह दो, गुरु जी रात को आयेंगे।"

प्रणाम कर भाई जैता बाहर निकल आया।

बाहर आकर भी मन से यह विचार निकल नहीं रहा कि आखिर कल क्या होने वाला है? यदि बात देश, कौम और धर्म के हित में है तो फिर हमें इस में शामिल होने से क्यों रोक दिया है। गुरु जी के रंग न्यारे हैं। वे ही जानते हैं—हम एकदम अनाड़ी हैं। सोचते हुए जैता बाहर से आये श्रद्धालुओं की व्यवस्था का प्रबन्ध देखने चला गया।

गुरु गोबिन्द राय भी चिन्ता में हैं।

जो मैं चाहता हूँ वो परीक्षा की घड़ी अब आ चुकी है। देखना यह है कि इसमें मनचाही सफलता मिलेगी या मायूसी हाथ आयेगी? बाहर से आये श्रद्धालुओं को टटोलना चाहिए ताकि मालूम हो सके कि वे गुरुघर के कितने वफादार हैं। यकायक उन्हें कुछ याद हो आया। उन्होंने तुरन्त एक सेवक को भेज कर भाई जैता को बुला भेजा।

भाई जैता तुरन्त गुरु जी के पास आ पहुँचा।

"हुक्म गुरु जी।"

"एक आवश्यक प्रबन्ध करना बाकी है जैता भाई। यह तुम्हारे अलावा और कोई नहीं कर पायेगा।"

"बताइए...।"

"अभी रात के समय ही करना होगा।"

"आप कहिए तो—मैं इसी समय चिड़िया का दूध भी ला सकता हूँ।" जैता ने हँसते हुए कहा।

"वो फिर सही," गुरु जी भी हँस दिये, "अभी तो पाँच बकरों का इन्तज़ाम करना होगा। जिनके पास हों, उनसे वाजिब कीमत देकर ले आओ। खाली हाथ मत आना।"

"लंगर में 'महाप्रसाद' (मांस) बाँटना है क्या?" जैता ने हैरानी से पूछा।

"यह तो मौका आने पर ही देखेंगे। एक काम और करना है। पण्डाल के पीछे एक ओर पर्दा भी लगाना है।"

दुविधा से घिरा जैता 'सतिवचन' कह कर बाहर निकल गया। आखिर गुरु जी कर क्या रहे हैं। वैशाखी तो प्रत्येक वर्ष ही आती है। इस बार इसमें ऐसा क्या है? इतने श्रद्धालुओं के न्यौता देकर बुला भेजा है। कभी बकरे, कभी पर्दा—माज़रा क्या है?

भाई जैता असमंजस में घिर कर ही सारे कामों की व्यवस्था करने लगा। अभी तो ख़ास-ख़ास स्थानों पर पहरेदारों को तैनात करना है। और गुरु जी के बताये गये ये नये काम भी पूरे करने हैं।

भाई जैता एक है—ज़िम्मेदारियाँ अनेक हैं।

छोटे साहिबज़ादे और जैता के दोनों पुत्र पण्डाल में खेल रहे हैं। वे हिरनों के शावकों की भाँति चौकड़ियाँ भर रहे हैं। कभी आँख-मिचौनी खेलने लगते हैं। कभी लकड़ी की तलवारों से युद्ध करने लगते हैं।

पण्डाल के चारों कोनों में मशालें जल रही हैं। जैता द्वारा निगरानी के लिए तैनात किये गये पहरेदार सतर्क हैं।

रात घिर चुकी है, फिर भी श्रद्धालु शबद-गायन कर रहे हैं। एक ओर संगतों द्वारा लाये गये शस्त्रों की प्रदर्शनी लगायी जा रही है। कल के दिन के लिए विशेष तौर पर कुश्ती और कबड्डी का प्रबन्ध किया गया है। एक ओर तीर कमान और गत्तके के मुकाबले करवाये जायेंगे।

"कवि कल को वीर रस से पगी अपनी काव्य रचनाएँ गायेंगे।"

महल को पूरी तरह से सजा दिया गया है। रात के समय आनन्दगढ़ किले पर मशालें जलेंगी। दीवान में 'रणजीत नगाड़े' को विशेष स्थान पर रखा गया है। दीवान के आरम्भ और समाप्ति के बारे में भी आनन्दपुरवासियों को सूचित करना है।

सारी व्यवस्था एकदम दुरस्त है। इसका निरीक्षण कर गुरु जी और मामा कृपाल चन्द को तसल्ली होती है।

सभी ओर से जैता के नाम की पुकार हो रही है। जैता चारों ओर भाग-दौड़ कर रहा है।

रात अभी बाकी है। सभी को आने वाले दिन का इन्तज़ार है।

38

वैशाख की पहली तिथि, संवत् 1756 विक्रमी, वर्ष 1699।

सारा पण्डाल श्रद्धालुओं से एकदम भरा हुआ है। इतनी संगत आज से पहले कभी आनन्दपुर में नहीं जुड़ी थी। कवि अपनी वीर-रचनाएँ सुना रहे हैं। बीच-बीच में भांड, कभी मसंद, कभी तुर्क सिपाहियों की नकल टोपियाँ पहन कर लगा रहे हैं। संगत उस सब में डूबी हुई है।

पण्डाल में तिल रखने जितनी भी जगह बाकी नहीं। सारे हिन्दुस्तान से सिख श्रद्धालु आ जुटे हैं आनन्दपुर में। पहाड़ी राजाओं के बैठने की भी व्यवस्था की गयी है।

अलग-अलग अखाड़ों से आये पहलवान और योद्धा अपना जौहर दिखा रहे हैं।

अचानक नगाड़े पर चोट लगने लगी। लगातार पाँच बार नगाड़े की आवाज़ सुन अच्छा-भला आदमी तक एक बार तो काँप उठता है। दिल की धड़कन नगाड़े सी तेज़ हो जाती है।

वीर कवियों ने अपना रचना-पाठ रोक दिया। 'गत्तका' (मार्शल आर्ट) खेलने वाले खिलाड़ी भी यकायक रुक गये।

सारी संगत जिज्ञासा से पण्डाल के मंच पर देखने लगी।

गुरु गोबिन्द राय हाथ में नंगी तलवार ले, पण्डाल में दाखिल हुए। श्रद्धा

से संगत ने सिर झुका लिए। गुरु जी ने दूर तक नज़र घुमायी। गुरु परिवार, मामा जी, भाई जैता, साहिबज़ादे, बुआ वीरो के पुत्र—सभी अपने-अपने स्थान पर बैठे हैं।

संगत का ध्यान गुरु जी की ओर है।

गुरु जी की ऊँची रौबीली आवाज़ गूँजने लगी,

"साधु संगत जी! अपने देश, कौम और धर्म में नयी रूह फूँकने, कुर्बानी देने का वक्त आ गया है। ये कुर्बानियाँ धर्म और कौम के लिए अनोखे उत्साह की मिसाल बनेंगी।" फिर गुरु जी ने तलवार को लहराया। तलवार वाला बाजू आसमान की ओर तन गया।

39

"युद्ध जित्ते इन्हीं के प्रसादि, इन्हीं के प्रसादि सु दान करे
घर आऊध टरे इन्हीं के प्रसादि, इन्हीं ही कृपा कुन धाम भरे
इन्हीं के प्रसादि सुमिथ्यिा लयी, इन्हीं ही कृपा सब शत्रु मरे।
इन्हीं की कृपा से सजे हम हैं, नहीं मो से गरीब करारे परे।*

फिर गुरु जी ने बाँयें हाथ की एक अँगुली ऊँची कर कहा, "हमें भगऊति का हुक्म हुआ है, धर्म और कौम में नया ज़ज्बा पैदा करने के लिए, हमें एक सिख की कुर्बानी चाहिए। हमें एक शीश की आवश्यकता है। है कोई...?"

पण्डाल में गुरु जी की ललकार गूँजी।

गुरु जी की लहराती चमकती तलवार देखकर एक बार तो सारे पण्डाल में हवा भी रुक-सी गयी। संगत गुरु जी की नज़रों का सामना न कर पायी। उनकी आँखें मशाल-सी जलती प्रतीत हो रही थीं। वक्त थम-सा गया।

जैता जैसे उठने को तैयार है। गुरु जी ने उसे घूरा। कल समझाया था न सभी को। जैता को महसूस हो रहा है, यह परीक्षा की घड़ी है। उसे स्वयं को योद्धा होने पर लानत भेजने का मन कर रहा है। मगर गुरु जी को वचन दिया है—। मामा जी और गुरु परिवार के अन्य सभी शूरवीर बेचैनी महसूस कर रहे हैं।

कुछ ही पल में पण्डाल के बीचोंबीच एक सेवक उठ खड़ा हुआ। वह धीरे-धीरे गुरु जी की ओर बढ़ने लगा। सभी लोगों की साँसें थम गयीं। नज़रों में कौतूहल भर गया।

---
* गुरुबाणी, अकाल उस्तत्ति

उस सेवक ने गुरु जी के सामने आकर, हाथ जोड़कर सिर झुकाकर खड़ा हो गया। उसने अत्यन्त विनम्रता से कहा, "दशमेश पिता, यह शीश धर्म और कौम के काम आये, इससे अधिक खुशकिस्मती और क्या होगी। यह शीश आप का ही है।"

"क्या नाम है तुम्हारा?" गुरु जी ने पूछा।

"आपका सेवक–दया राम खत्री हूँ। लाहौर से आया हूँ, गुरु जी।" दया राम ने हाथ जोड़, नज़रें झुकाये ही जवाब दिया।

गुरु जी दया राम की बाँह पकड़ उसे तम्बू के पीछे ले गये। कुछ ही पलों के पश्चात् लहू से भीगी तलवार ले, वे फिर से पण्डाल में आये। तलवार लहराकर उन्होंने एक और शीश की माँग की।

लंगर खाने वाले या मेला देखने वाले अधिकतर लोग खिसकने लगे। कोई-कोई तो यह कहने लगे, गुरु जी पागल हो गये हैं क्या। संगत में हो रही हलचल को गुरु जी ताड़ रहे हैं। जैता पहलू बदल रहा है। गुरु जी की क्रोधित नज़र से भी डर रहा है। स्वयं को कोस भी रहा है–किस घड़ी गुरु जी को वचन दे बैठा वरना दया राम की जगह पर वह स्वयं होता।

पण्डाल में बैठी संगत फिर हैरान है–एक और गुरु का सेवक गुरु जी की ओर जा रहा है।

गुरु जी के चेहरे पर रोष भरी मुस्कान आ जाती है।

उस सेवक ने भी गुरु जी के सामने हाथ जोड़कर अपना शीश उनके सामने झुकाया, "यह शीश आप का ही है गुरुजी।"

"क्या नाम है? कहाँ से आये हो?" गुरु जी ने पूछा।

"मैं हस्तिनापुर से आया हूँ। मेरा नाम धर्म राय है। मैं जाति का जाट हूँ।"

गुरु जी उसे भी बाजू थाम कर पण्डाल के पीछे ले गये। मौका देख कर डरपोक किस्म के लोग पण्डाल से भाग खड़े हुए।

तभी गुरु जी फिर से लहू से भीगी तलवार लेकर पण्डाल में आ हाज़िर हुए।

"मुझे एक और शीश चाहिए। है कोई सूरमा जो कौम की मर्यादा बचा सकता है?"

अब तो पण्डाल में बैठे लोगों की हैरानी की हद न रही।

आखिर गुरु जी को हो क्या गया है। दो शीश पहले ले चुके हैं, अब और...।

माता गुजरी जी अपने पुत्र की ओर ताज्जुब से देख रही हैं। पण्डाल में पहले की भाँति सन्नाटा पसर गया। पण्डाल में प्रसादि और लंगर खाने की प्रतीक्षा में बैठे अनेक लोगों ने अब उठ कर भाग जाने में ही भलाई समझी।

खीझे हुए बैठे जैता ने उठने की कोशिश की, मगर गुरु जी की ताड़ती क्रोधित नज़र देख उसकी हिम्मत जवाब दे गयी।

ललकार फिर से सुनाई दी, ''है कोई योद्धा? जो गुरुघर को अपने शीश की बलि देना चाहे?''

पण्डाल से एक और सेवक उठ खड़ा हुआ। सैकड़ों आँखें उसकी ओर अचम्भे से देखने लगीं।

संगत से रास्ता बना कर उस सेवक ने जाकर गुरु जी के आगे सिर झुका दिया।

''गुरु जी, आपके इस सेवक का नाम, हिम्मत राय है।''

''कहाँ से आये हो?''

''जी, जगन्नाथपुरी से आया हूँ जी।''

''क्या करते हो?''

''जी, मैं रसोइये का काम करता हूँ।''

''तुम अपनी इच्छा से मेरे पास आये हो या जीवन से दुःखी हो?''

''जी मैंने अपना शीश आपको समर्पित कर दिया है।''

गुरु जी उसे भी अपने साथ पण्डाल से बाहर ले गये।

अब संगत में खुसर-पुसर होने लगी। ये क्या कर रहे हैं गुरु जी? अपने ही सेवकों को मार रहे हैं। ऐसे में गुरुघर से कौन जुड़ेगा।

''मैं तो चला।'' संगत में से एक ने कहा।

''अरे, रुको। देखते हैं क्या होता है।'' दूसरे ने उसे रोका।

गुरु जी लहू से भीगी तलवार लिए फिर आये। ऐसे में कइयों ने सिर ऊपर न उठाने का निश्चय किया।

गुरु जी ने एक और सिर की माँग की। औरतों ने अपने बच्चों को गोदी में छिपा लिया।

भाई जैता के भीतर लावा खौलने लगा।

अब तक इस प्रकार बैठे रहना, जीते-जी मौत समान है। इससे तो मौत बेहतर है।

गुरु जी की तीखी निगाह की परवाह किये बिना जब वह उठने लगा तभी देखा कि एक और सिख सेवक गुरु जी के पास जा रहा है। उसने खुद को धिक्कारा। गुरु जी से किया प्रण भी याद आया। वह खुद पर काबू रखने की कोशिश कर रहा है।

सेवक गुरु जी के सामने जा खड़ा हुआ।

“कहाँ से आये हो भाई?” गुरु जी ने पूछा।

“जी, मैं द्वारका से आया हूँ गुरु जी।”

“नाम क्या है?”

“जी सेवक को मोहकम चन्द कहते हैं।”

“काम क्या करते हो?”

“जी, मैं लोगों के कपड़े सिलता हूँ। छींबा जाति का हूँ गुरु जी।”

उसे भी गुरु जी पण्डाल के पीछे के हिस्से में ले गये।

मन को कड़ा रखने वाले भी अब पण्डाल से भागने की कोशिश करने लगे थे। जैता ने इस बार पक्का निश्चय कर लिया था कि अगली बार सिर की माँग करने पर वह किसी भी कीमत पर नहीं रुकेगा। यह एक शूरवीर के लिए लानत है। गुरु जी ने मुझ से प्रण ले कर जानबूझकर मुझे बन्धन में बाँध दिया है। क्या करें? गुस्से और अपमान से उसकी आँखें भर आयीं। कितना अभागा हूँ मैं। गुरु जी के लिए क्या मैं अपना शीश नहीं दे सकता था? पिता, दादा और मेरे नाना ने स्वयं को गुरु जी को समर्पित किया, परन्तु मैं...? नज़रें झुक गयीं। आँखें बहने लगीं। उसे लगा कि जैसे वह ठगा गया है। ये कैसा प्रण है। न परिवार का कोई सदस्य है, और न मुझे—गुरु जी ने हमें इस योग्य न समझा। इससे बेहतर तो गुरु जी मुझे कोई शाप दे देते...। क्या करूँ। ऐसे कैसे बैठा रहूँ।

पण्डाल में हलचल अचानक थम गयी। अभी गुरु जी ने फिर से एक और शीश की माँग भी न की थी कि एक सेवक पहले ही गुरु जी के सामने जा खड़ा हुआ।

“महाराज, मेरा शीश भी आपको समर्पित है।”

गुरु जी स्वयं अचम्भित रह गये। परे बैठा जैता और भी दुःखी और मायूस हो गया। यह क्या हो गया? वह सेवक से पहले क्यों न उठ बैठा? भीतर से आवाज़ आयी, मैं तो गुरु जी की ललकार की प्रतीक्षा कर रहा था। स्वयं को फिर से धिक्कारा।

“क्या नाम है तुम्हारा सिंहाँ?” गुरु जी ने प्रसन्नता से पूछा।

“मैं आपका सेवक हूँ साहिब चन्द।”

“कहाँ से आये हो भाई?”

“मैं बिदर से आया हूँ गुरु जी।”

“बिदर से...?”

“जी गुरु जी।”

“क्या करते हो भाई?”

"जी मैं नाई हूँ। लोगों की हज़ामत करता हूँ।"

गुरु जी के तेजस्वी चेहरे पर धीमी-सी मुस्कराहट फैल गयी। उन्होंने एक नज़र पण्डाल पर डाली और साहिब चन्द को पर्दे के पीछे ले गये।

गुरु जी के पलटते ही, कुछ अन्य सेवक भाग खड़े हुए। कुछ लोग खुसर-पुसर कर रहे हैं, "गुरु जी का कोई अपना क्यों नहीं उठ रहा? ये सभी डरते हैं या फिर दूसरों को डरा रहे हैं।"

जब भी गुरु जी पण्डाल में लौटते उनके चेहरे के तेज की ओर साधारण लोगों के देखने की हिम्मत न होती। जब बाहर जाते तो नुक्ताचीनी होने लगती।

लोगों की खुसर-पुसर जारी है। लोग कह रहे हैं, मालूम नहीं, अब किस की बारी आने वाली है। इस बार की वैशाखी में पता नहीं क्या-क्या हो रहा है।

इस बार काफी समय बीत गया। गुरु जी बाहर नहीं आ रहे। संगत बेचैन होने लगी।

इतने में एक सेवक माता गुजरी जी को बुलाकर पर्दे के पीछे की ओर ले गया। आज गुरु जी सेवकों के साथ क्या कर रहे हैं? क्या चाहते हैं गुरु जी? एक और शीश माँगने के लिए बाहर क्यों नहीं आ रहे। छठी बार कौन उठेगा...? एक-एक पल मुश्किल से बीत रहा था। संगत में बेचैनी थी। गुरु जी अब तक पण्डाल में वापस नहीं लौटे थे। मालूम नहीं क्या होने वाला था।

यकायक गुरु जी पण्डाल में दाखिल हुए। उनके पीछे-पीछे वे पाँचों श्रद्धालु भी आ खड़े हुए।

"हैं! ये क्या?" पण्डाल में बैठी संगत के मुँह आश्चर्य से खुले के खुले ही रह गये।

पाँचों श्रद्धालुओं ने एकदम नये लिबास पहने हुए थे। नीले रंग का लम्बा चोला, सिर पर दस्तारें सजी हुई, कमर में कमरबन्द। कमरबन्द में ढाई हाथ लम्बी तलवार थी। सभी के चेहरे अनोखे तेज से चमक रहे थे। उनके होंठों पर मुस्कान थी। आँखों में चमक और चेहरे पर वीरता का भाव झलक रहा था।

"अरे वाह। ये चमत्कार कैसे हुआ?" सभी हैरान हैं। आश्चर्य से उनके मुँह खुले हुए—ये पाँचों जीवित कैसे हो गये? ये कैसी करामात है?

हठात्—गुरु जी का स्वर गूँज उठा, "ये पाँचों वो नहीं, जिन्होंने अपना शीश हमें अर्पित किया था। इनका नया जन्म हुआ है। अब ये सिंह हैं। हमारे सिंह...शेर...।"

"तो मैं क्या हूँ?" खुद पर लानत भेजता जैता मायूसी से बैठा सोच रहा है। इनमें से एक मैं क्यों न हुआ? गुरु जी ने मुझ से प्रण क्यों लिया? फिर अचानक

उसे ख्याल आया, मैं ही क्यों साहिबज़ादा अजीत और जुझार से भी गुरु जी ने प्रण क्यों लिया था? मामा जी, वीरो बुआ के सुपुत्र भी तो थे। ये क्या करामात कर रहे हैं गुरु जी? इस कारज में गुरु जी ने अपने परिवार और गुरुघर के नज़दीकी सेवकों को क्यों दूर रखा? अगर मैंने गुरु जी के सामने प्रण न किया होता तो अवश्य मैं भी इस समय उनके मध्य खड़ा होता...। सोचते-सोचते जैता गहरी साँस लेने लगता।

इतने में गुरु जी की बुलन्द आवाज़ फिर से सुनाई दी, ''आज से खालसा पन्थ की सर्जना (शुरुआत) होती है। सिख धर्म आज से 'खालसा पन्थ' कहलायेगा। हमारे सिख 'खालस मानुख' हैं। सिंहों-सी फुर्ती और बहादुरी के कारण इन्हें सिंह की उपाधि देता हूँ। ये पाँचों मेरे सिंह ही नहीं, खालसा पन्थ के 'पंज प्यारे' भी हैं।''

संगत में बैठे सभी श्रद्धालु 'पाँच प्यारों' की ओर गर्व और सम्मान से देख रहे हैं।

गुरु जी ने 'अमृत तैयार' करने की प्रक्रिया आरम्भ की। उन्होंने एक सेवक से लोहे का बड़ा बर्तन मँगवाया। उसमें जल डालकर 'खंडे' से हिलाने लगे। साथ में गुरु जी पाँच बाणियों' का पाठ करने लगे। उन्होंने 'जपुजी साहिब, आनन्द साहिब, जापु साहिब, पाँच सवैये और चौपाई' का पाठ किया। उसी दौरान माता जीतो जी ने उस सरबलोह के बर्तन में लाकर पतासे डाल दिये।

गुरु जी ने पाठ की समाप्ति के पश्चात् ऐलान किया, ''ये 'अमृत' है। इस 'अमृत' को ग्रहण करने वाला साधारण मनुष्य नहीं रह जायेगा। इस अमृत को धारण करने वाला सिर ऊँचा कर के जियेगा, सिर्फ अपने लिए ही नहीं, दूसरों के लिए, उनकी भलाई के लिए। अन्याय के खिलाफ लड़ेगा। ये अमृत सभी में शक्ति का संचार करेगा।''

फिर उन पाँचों की ओर इशारा करके कहा,

''ये हमारे 'पंज प्यारे' हैं। अब इनकी अलग-अलग कोई जाति, गोत्र, धर्म या क्षेत्रीयता नहीं रह गयी। ये सभी अब 'खालसा' कहलायेंगे। गुरु के हर सिख को यह 'अमृत' ग्रहण करना होगा, तभी वह 'गुरुवाला' कहलायेगा, 'सिंह' कहलायेगा। इस अमृत से सभी तरह के भेदभाव और ऊँच-नीच खत्म हो जायेंगे।''

गुरु जी ने अरदास की और 'सरबत के भले' की प्रार्थना करते हुए प्रभु से आशीर्वाद ले कर पाँच प्यारों को एक कतार में बिठा कर उन्हें पाँच बार बारी-बारी से उन्हें अमृत के घूँट पिलाये। 'वाहेगुरु सतिनाम' का जाप करते हुए उन पर अमृत के छींटे भी मारे। हर बार वे 'बोले सो निहाल' का जैकारा लगाते और सारी संगत 'सति सिरी अकाल' कह जैकारा को पूरा करती।

पाँचों प्यारों को 'पूर्ण सिख' सजा कर गुरु जी ने फिर से संगत को सम्बोधित किया, ''जो भी सिख खालसा पन्थ में अपनी इच्छा से आयेगा, उसे कुछ मर्यादाओं का पालन करना आवश्यक होगा। खालसा पन्थ के लिए 'पाँच करारों' को धारण करना अत्यन्त आवश्यक होगा। उन्हें 'केश' रखने होंगे। कोई भी सिख केशों को नहीं काटेगा। 'केश' परमात्मा की ओर से प्रदान की गयी सौगात है। इसकी बेइज़्ज़ती नहीं की जायेगी। इन केशों को रोज़ साफ किया जायेगा ताकि इनमें धूल या मैल न भरे। केशों की सफ़ाई के लिए सिर में लकड़ी का 'कंघा' रखना होगा। कलाई में लोहे का 'कड़ा' पहनना होगा, जो आप सभी को मज़बूती देगा। कमरबन्द में 'कृपाण' रखनी होगी, जो हर अन्याय का अन्त करेगी। जत-सत और ऊँचे आचरण के लिए 'कछहरा' पहनना होगा। ये पाँचों करार प्रत्येक सिख को धारण करने होंगे। खालसा लाखों में पहचाना जायेगा। केशों को एक 'दस्तार' में सँभाला जायेगा। ये पाँचों करार और दस्तार ही मेरे सिंह को एक ऐसी अनोखी और अलग पहचान देंगे कि मेरा सिख लाखों की भीड़ में से अकेला ही पहचाना जायेगा।''

''एक बात और, जब कोई सिंह दूसरे अमृतधारी सिंह से मिलेगा तो दोनों एक-दूसरे को 'वाहेगुरु जी का खालसा, वाहे गुरु जी की फतेह' कह कर बुलायेगा। यह फतेह ही खालसा पन्थ की ऊँचाइयों को छूने का जयघोष होगी।'' उन्होंने फिर से जैकारा लगाया, 'बोले सो निहाल', संगत की ओर से आवाज़ आयी, 'सति सिरी अकाल।'

पाँच प्यारों ने बारी-बारी से पाँच बार जैकारा लगाया और हर बार संगत ने दुगुने उत्साह से 'सति सिरी अकाल' कहकर पण्डाल को गुंजायमान कर दिया।

संगत को शान्त कर गुरु जी ने अपना प्रवचन फिर से जारी रखा, ''खालसा का एक ही रूप है और एक ही स्वरूप है। इसकी कोई अलग-अलग जात-पाँत, गोत्र, क्षेत्र नहीं होगा। सभी एक ही खालसा रूप होंगे। सभी खालसा की सन्तानें होंगी। खालसा ही तुम्हारी बिरादरी है। अमृत छकने के पश्चात् सभी का एक ही प्रभु है—अकाल पुरख। सिर्फ़ उस निराकार, निर्गुण परमात्मा के आगे सभी का शीश झुकेगा। खालसा किसी भी देवी-देवता, पीर, फ़कीर या पैग़म्बर को अपना गुरु या ईष्ट नहीं बनायेगा, सिर्फ अकाल पुरख के आगे सिर झुकायेगा। किसी के साथ भी अन्याय होते हुए ख़ालसा स्वयं आगे बढ़ कर उसकी सहायता करेगा, बिना किसी लालच या इनाम के।''

संगत अभी भी पूरी तरह से गुरु जी के प्रवचनों को समझ नहीं पा रही, मगर उनके सामने जो भी घट रहा है, वह अद्भुत है। कुछ ऐसा हो रहा है, जो

आज से पहले कभी, कहीं नहीं घटा। संगत मंत्रमुग्ध होकर गुरु जी के प्रवचनों को सुन रही है। पण्डाल में भीड़ इतनी कि सभी ओर सिर ही सिर नज़र आ रहे हैं। कोई भी जैसे इस अद्भुत नज़ारे को छोड़ना नहीं चाहता था, बल्कि इस ऐतिहासिक पल का साक्षी होना चाहता है।

इससे भी अद्भुत होना अभी बाकी था। संगत के देखते ही देखते गुरु जी ने 'पंज प्यारों' के सामने जाकर हाथ जोड़ कर विनम्रता से प्रार्थना की, ''आप सभी अमृत ग्रहण कर 'सिंह' सज गये हैं। अब आप हमें अपने हाथों से 'अमृत की दात' देकर सिख पन्थ में शामिल कर सिंह सजायें।''

सारी संगत 'धन्य गुरु, धन्य गुरु' कह उठी। यह भी इतिहास में, किसी धर्म में पहली बार घट रहा था, जब एक गुरु स्वयं अपने चेलों से 'दीक्षा' ले रहा था। पाँच प्यारों ने उसी प्रकार जल में 'खंडा' चलाते हुए पतासे घोल दिये और बारी-बारी से गुरु जी को तैयार अमृत के घूँट पिलाये।

''वाह वाह! गोबिन्द सिंह! आपे गुरु चेला।''

अमृत धारण कर गुरु जी ने कहा, ''मेरे पाँच प्यारे आज से भाई दया सिंह, भाई धर्म सिंह, भाई हिम्मत सिंह, भाई मोहकम सिंह और भाई साहिब सिंह कह कर पुकारे जायेंगे। मैं भी आज से गोबिन्द राय की बजाय 'गोबिन्द सिंह' के नाम से जाना जाऊँगा। सभी सिख सिंह कहलायेंगे और स्त्रियाँ 'कौर' कहलायेंगी।

सभी के नये नाम की अरदास (प्रार्थना) करने के पश्चात् ज़ोर से जैकारा लगाया गया। तभी गुरु गोबिन्द सिंह ने अपने चारों साहिबज़ादों, मामा जी और भाई जैता को अमृत ग्रहण करवा सिंह सजा दिया। सभी के नाम के साथ 'सिंह' लगा कर उनके नाम की अरदास की गयी। अजीत सिंह, जुझार सिंह, फतेह सिंह, जोरावर सिंह...। और गुरु जी ने पुकारा, ''साध संगत जी, आज से भाई जैता हमारे 'पाँचवाँ साहिबज़ादे' के रूप में जाना जायेगा और इसका नाम होगा भाई जीवन सिंह।''

पण्डाल जैकारों की गूँज से गूँजने लगा।

अब तक सारी संगत अमृत ग्रहण कर सिंह सजने के लिए लालायित होने लगी थी।

जीवन सिंह बना, भाई जैता अपनी सारी मायूसी, नाराज़गी भूल कर गुरु जी की बलिहारी जा रहा था। गुरु जी ने गुरु नानक की परम्परा को ही बरकरार रखा। गुरु नानक ने अपने वारिसों के बजाय योग्य योगपुरुष को गुरुगद्दी सौंपी थी। आज गुरु जी ने भी अपने सुपुत्रों, नज़दीकी रिश्तेदारों या सेवकों की बजाय इस ऐतिहासिक खालसा पन्थ की सृर्जना में सभी धर्मों, वर्गों और क्षेत्रों के

श्रद्धालुओं को इस घटना का साक्षी बनाया, सभी को शूरवीरता का वरदान दिया, उन्हें खालसा पन्थ का नेतृत्व सौंपा। भाई जैता को भी अपना 'पाँचवाँ साहिबज़ादा' बना कर उसके कई जन्मों की मैल धो दी। उसे इतना मान-सम्मान दिया। गुरु जी का इतना बड़प्पन देखकर भाई जैता का सिर उनके सामने फिर से झुक गया।

भाई जीवन जैसे समाधिअवस्था में पहुँच गया है। गुरु जी की उस्तति (स्तुति) के लिए मानो शब्द भी नहीं सूझ रहे—

दहि जाम लिये दहि नाम कीये
जम तारण कउ सतिगुरु भव पायो
दहि जाम के जैता तेज हुतो
गुरु गोबिन्द सिंह दे पन्थ सजायौ।
दहि जोतिन की प्रभ जोत लियौ
उर पन्थहि जीवन जोत जगायौ
जम काल का दण्ड ना नैरौ आयौ।*

गुरु जी की ज़ोरदार आवाज़ सुन भाई जैता का अन्तर्धान टूटता है। वे प्रवचन करते हुए कह रहे हैं, "आज से खालसा घुड़सवारी करेगा। वह सदा शस्त्रधारी रहेगा। सिर पर दस्तार सुशोभित होगी। संगत और पंगत में सभी उसी प्रकार एक साथ बैठेंगे, जैसी परम्परा गुरु नानक ने आरम्भ की है।"

पण्डाल में बैठे कुछ ब्राह्मणों के माथे सिकुड़ गये। एक-दूसरे की ओर देखने लगे।

एक ने कहा, "अब नाई, छींबे, बढ़ई, चमार, डोम, झीउर, सभी खत्री बनेंगे। इनके हाथ में खालसा पन्थ की बागडोर होगी। अब शूद्र लोग हमें नज़रें उठाकर देखा करेंगे। अब सतलुज उल्टी बहने लगेगी। पैरों की धूल अब हमारे सिरों पर चढ़ बैठेगी।"

कुछ ब्राह्मण रोष में पण्डाल से उठ कर बाहर आ जाते हैं। फिर विचार कर, आज की इन अनोखी कार्रवाइयों का पूरा ब्यौरा राजा भीम चन्द तक पहुँचाने के लिए एक ब्राह्मण को रवाना कर देते हैं।

पण्डाल के अन्दर लगातार जैकारे गूँज रहे थे। दीवान की समाप्ति पर फिर ज़ोर से नगाड़ा बजाया गया और 'वाहेगुरु जी का खालसा, वाहे गुरु जी की फतेह' से आनन्दपुर की फिज़ा गूँजने लगी।

ब्राह्मण बाहर खड़े चौंकते रहे। "इस प्रकार तो गुरु जी हिन्दू धर्म की नींव ही हिला देंगे। ये सब कुछ धर्म और शास्त्रों के विरुद्ध हो रहा है। मूर्ति पूजा नहीं

* श्री गुरु कथा, पद (91) रचित भाई जीवन-सिंह—वही पुस्तक, वही हवाला, पृ. 73

होगी। हमें कुछ करना होगा। अब सिखों को गुरु ने नया नाम दे दिया है, खालसा। ...इन्हें यहाँ से उठा कर पटकना होगा, वरना हम सभी उजड़ जायेंगे।''

सभी ब्राह्मण भयभीत नज़र आ रहे थे।

''इसके पिता ने हमारे धर्म की रक्षा के लिए अपने शीश की कुर्बानी दी थी।'' एक ब्राह्मण ने कहा।

''दिया तो था, मगर यह अब स्वयं हमारे धर्म और शास्त्रों के विरुद्ध की बातें कर रहा है।'' दूसरे ब्राह्मण ने रोष प्रकट किया।

फिर उन्होंने निश्चय किया, ''हमें एकत्रित होकर पहाड़ी राजाओं के पास जाना चाहिए। अकेले-दुकेले की बात पर किसी को यकीन नहीं आयेगा। सभी राजा कान के कच्चे होते हैं। सभी को मिलकर अपना दुखड़ा बताना चाहिए।''

सभी ब्राह्मणों ने पहाड़ी राजाओं के कान भरने का निश्चय किया और चल दिये।

इधर आनन्दपुर में खालसा पन्थ की निर्माण/उत्पत्ति का पर्व मनाया जा रहा था। सिख सेवक अमृत ग्रहण कर गुरु के सिंह सज रहे थे। जैकारों की गूँज फैल रही थी।

गुरु जी का पाँचवाँ साहिबज़ादा भाई जीवन सिंह, आनन्दपुर नगर की सुरक्षा की व्यवस्था देख रहा था।

उधर ब्राह्मणों द्वारा झूठ-सच से बतायी गयी घटनाओं के बारे में सुन कर राजा भीम चन्द तिलमिला उठा,

''इन सिखों की इतनी जुर्रत—?''

40

कल्हूर के राजा भीम चन्द का दरबार लगा हुआ था। पण्डितों की टोली ने वहाँ प्रवेश किया। साथ में कुछ पहाड़ी लोग भी थे। सभी ने झुक कर राजा को प्रणाम किया।

''हज़ूर! ये ब्राह्मण आनन्दपुर से आये हैं।'' एक सेवक ने राजा को सूचित किया।

राजा भीम चन्द्र ने ब्राह्मणों के चेहरे की मायूसी को ग़ौर से देखा।

''महाराज! हमारा धर्म, मान-मर्यादा सब पर संकट आ पड़ा है।'' एक ब्राह्मण ने आगे बढ़ कर फरियाद की।

"क्या हो गया आप लोगों की मान-मर्यादा को—और कैसा संकट...?"

"सिखों के गुरु ने कल एक नया पन्थ बनाया है। अब वह सिख धर्म को 'खालसा पन्थ' कहने लगा है। इसमें सभी नीची जातियों के नाई, छींबे, शूद्र शामिल हैं। इन सभी को उसने एक 'बाटे' से मीठा पानी पिलाया, जिसे वह 'अमृत' कह रहा था। सभी को एक ही बिरादरी में शामिल कर लिया और कहा, जो भी ये अमृत पियेगा, वो गुरु का सिंह सजेगा। वही खालसा कहलायेगा। हमें भी मज़बूर किया जा रहा है कि हम सभी उन नीच लोगों के साथ बैठ कर भोजन खायें।"

"इस गुरु के पिता ने हिन्दू धर्म की रक्षा के लिए अपनी कुर्बानी दी थी—याद है आप लोगों को?" भीम चन्द ने पूछा।

"याद है राजा जी, परन्तु अब यह गुरु हमारा ही शीश लेना चाहता है। कल दीवान में इसने नंगी तलवार लेकर सारी संगत से शीश माँगे थे।"

"फिर, इसे शीश किसने दिये?" राज भीम चन्द ने उत्सुकता से पूछा।

"महाराज इसने एक-एक कर पाँच सिरों की माँग की और अचरज इस बात का है कि इसे पाँच लोगों ने अपने सिर पेश भी कर दिये। उन्हें नया लिबास पहनाया, फिर अमृत तैयार कर इन्हें छकाया, फिर इन्हीं से स्वयं लेकर पिया। सभी की जाति, धर्म, वर्ग, बिरादरी को एक कर उन्हें 'सिंह' कहने लगा। स्वयं को भी अब 'गुरु गोबिन्द सिंह' कहने लगा है। अपने चारों पुत्रों और उस जैता को भी अमृत छकाया और सभी के नाम के साथ 'सिंह' लगाकर जयघोष किया। अब जैता भी भाई जीवन सिंह हो गया है। सारा दिन कुछ ऐसा ही होता रहा। हम तो डर के मारे आपके पास आ गये। आप हमारी रक्षा करें महाराज।" प्रधान ब्राह्मण ने सारी वार्ता कह सुनायी।

अब पहाड़ी लोग कहने लगे, "खालसों के घोड़े हमारी फसल बर्बाद कर रहे हैं महाराज।"

"हमारे जंगलों से लकड़ी काट कर ले जाने लगे हैं। रोकने पर धमकाने लगे हैं।"

"हमारे पास से खाने-पीने की वस्तुएँ ज़बरदस्ती छीनकर ले जाते हैं।" एक दुकानदार ने आगे बढ़ कर फरियाद की।

"हमारी फसलें पलीत कर रहे हैं। हमारे खेतों में हगने लगे हैं।"

"ठीक है। हम सभी राजाओं की एक सभा बुलायेंगे। इन से सभी को खतरा है। कुछ तो करना ही पड़ेगा। आप सभी आनन्दपुर जाओ। गुरु पर निगाह रखो। उसकी हरकतों की सूचना हमें दो। हम कोई हल निकालेंगे।"

ब्राह्मणों के जाने के पश्चात् राजा भीम चन्द चिन्ता में डूब गया। यदि ये गुरु इसी प्रकार शक्तिशाली होता गया, फिर हमारी रियासतों पर भी खतरा मँडराने लगेगा।

पहाड़ी राजाओं की सभा बुलाने के लिए राजा ने अपने सन्देशवाहक सभी रियासतों की ओर भेज दिये।

सभी पहाड़ी राजा सन्देश मिलते ही अपने-अपने अंगरक्षकों के साथ कल्हूर पहुँचने लगे। गोल हॉल कमरे में सभा रखी गयी। सभी की खातिरदारी हो रही है। परन्तु सभी के चेहरों पर चिन्ता साफ झलक रही है।

खान-पान के फारिग होकर राजा भीमचन्द ने उठ कर कहना शुरू किया,

"ये सिख गुरु पहाड़ी रियासतों के लिए एक सिरदर्द बनता जा रहा है। हमने गुरु तेग़ बहादुर को मारवोवाल गाँव इसलिए दिया था कि वह पूजा-पाठ करने वाला था। साधु स्वभाव था उसका। एकान्त में रहता था। उसे शान्ति चाहिए थी। परन्तु इसका पुत्र तो बेहद हठी निकला। घुड़सवारी करता है। कलगी सजाता है। नगाड़ा बजाता है और शिकार भी खेलता है। इसके सभी काम राजाओं वाले हैं। अपनी फ़ौज रखता है, भंगाणी, नदौड़ और बजरुड़ के युद्ध मैदानों में इसने शाही फ़ौज और हमारी फ़ौजों के छक्के छुड़ा दिये। अजमेर चन्द की शादी में हमने हाथी माँगा तो इसने साफ इनकार कर दिया। अब सुना है कि उसने कोई नया खालसा पन्थ बना लिया है। सभी नीची जातियों को उसमें शामिल कर लिया है। सभी सिखों को 'सिंह' कहने लगा है। अपने सेनापति को भी सिंह कहने लगा है। उसने सभी से कहा है कि वे शस्त्र धारण करें और सदा तैयार-बर-तैयार रहें।"

"उन पर लगाम लगानी चाहिए।"

"इसीलिए तो यह सभा बुलायी गयी है।"

"हमने तो सुना है, वह चूहड़े-चमारों को भी शस्त्र चलाना सिखा रहा है।

"ठीक सुना है।" भीम चन्द ने बताया।

"ये हम कब तक बर्दाश्त करेंगे। मानते हैं, हम में आपसी वैर-विरोध हैं। लेकिन गुरु गोबिन्द हमारा सभी का शत्रु है। आपसी ईर्ष्या और विरोध को एक ओर छोड़ कर एकजुट होना पड़ेगा। तभी हम उस गुरु को सबक सिखा पायेंगे।" गुलेर के राजा ने अपनी भड़ास निकाली और एक मशवरा दिया।

सभी राजाओं ने सहमति प्रकट कर कहा, "हम तैयार हैं। हमें मिलकर कोई योजना बनानी होगी।" भीम चन्द ने जोश में कहा।

"हम सहमत हैं।"

"पहले हमें उस बागी गुरु को एक पत्र भेजना चाहिए।"

"ठीक है।" सभी ने सहमति प्रकट की।

इस बात पर विचार होने लगा कि पत्र में क्या लिखा जाये।

"बागी गुरु को लिखकर भेजा जाये कि वे नगाड़ा बजाना बन्द करें।" जसवाल के राजा ने अपनी राय दी।

"उसके शिकार खेलने पर रोक लगा देनी चाहिए।" नूरपुर के राजा दया सिंह ने सुझाव दिया।

"उसके कन्धे पर बाज़ भी शोभा नहीं देता।" मण्डी के राजा ने कहा।

"नीची जाति वाले शूद्रों को शस्त्र चलाना न सिखाये। सभी को एक ही पंगत में बिठाकर भोजन खाना बन्द करे वरना आनन्दपुर छोड़ कर चला जाये।" राजा भीम चन्द गुरु जी को जड़ से ही उखाड़कर फेंकना चाहता था।

"मुग़ल बादशाह की तरह सिखों के गुरु को हमें वार्षिक नज़राना देना होगा।" कसौली के राजा लच्छू चन्द का यह सुझाव सभी राजाओं को पसन्द आया।

"इनके घोड़े हमारी फसलें बर्बाद कर रहे हैं। सिख लोग खाने-पीने की चीज़ें लूटने लगे हैं। ये सैकड़ों की संख्या में इकट्ठे निकलते हैं। गाँव वालों को डरा-धमका कर सिख बना रहे हैं। हमारे लोग भयभीत होकर गाँव छोड़कर भाग रहे हैं। ये गुरु अकेले ही हम सभी पर भारी पड़ रहा है। इन सिखों की ताकत बढ़ने से पहले ही इन्हें यहाँ से निकाल फेंक देना चाहिए।"

"हाँ, यही ठीक है।" राजा भीम चन्द ने कहा, "गाँववासियों ने भी हमसे ऐसी ही शिकायतें की हैं। सिख अपने लंगर के ईंधन के लिए जंगल से लकड़ियाँ काट कर ले जा रहे हैं। हमारी बहू-बेटियों के लिए खतरा पैदा हो गया है। ये जंगली लोग हैं। मांसाहारी हैं। जंगली जानवरों का शिकार कर खा जाते हैं। इन लोगों ने हमारा जीना दुश्वार कर दिया है। आनन्दपुर सिखों से खाली करवाना होगा।"

"हाँ, हाँ। आनन्दपुर खाली करवा लेना चाहिए।" सभी ने हामी भरी।

"यदि ये गुरु यहीं टिका रहेगा तो सिखों को देख-देख कर हमारी प्रजा भी बागी जो जायेगी। फिर हमारी गद्दी को भी खतरा पैदा हो सकता है।"

"अपनी प्रजा की रक्षा के लिए, हम गाँवों में फ़ौज की गश्त आरम्भ करेंगे। यह विचार तुरन्त अमल में लाना चाहिए। जहाँ भी सिखों की टोली नज़र आये, उन पर हमला करके उन्हें भगा दो या मार दो। अपने व्यापारियों और दुकानदारों से कह दो, वे सिखों को खाने-पीने की वस्तुएँ न बेचें।" राजा भीम चन्द विस्तार से सारी हिदायतें दे रहा था।

फिर उसे अपनी गलती का एहसास हुआ, ''ये सिख, पहाड़ी राजाओं के लिए इतना सिरदर्द बन जायेंगे, मुझे मालूम होता तो मैं कभी माखोवाल में इन्हें पैर भी न रखने देता।''

''हमने पहले ही कुछ सिपाही तैनात कर दिये हैं।'' एक अन्य पहाड़ी राजा बलिया चन्द बताने लगा, ''ये सिख मालूम नहीं किस मिट्टी के बने हैं, अपनी जान की परवाह भी नहीं करते। लड़ने के लिए सदा तैयार रहते हैं। हमारे सिपाही या तो डर कर भाग आते हैं या मर जाते हैं। ऐसा कभी नहीं सुना कि हमारे सिपाहियों ने सिखों को खदेड़ दिया हो।''

''सिखों ने आनन्दपुर के आस-पास के गाँव अपने कब्ज़े में कर लिये हैं। जो उन्हें खाने-पीने की वस्तुएँ नहीं देते, उनसे ज़बरदस्ती छीन लेते हैं। जानकारी मिली है, पहाड़ी लोग भी अब सिख बनने लगे हैं।''

ऐसी सूचनाओं से भीम चन्द बिना पानी मछली-सा तड़पने लगा है। दहाड़ने लगा, ''मेरा जी चाहता है कि मैं अभी आनन्दपुर जाऊँ और उस बागी गुरु का शीश काट डालूँ।''

''यह समय तैश में आने का नहीं है हज़ूर। इस प्रकार क्रोधित होने से कुछ होने वाला नहीं। हमें मिलकर ऐसी चाल चलनी पड़ेगी, जिससे बाग़ी गुरु काबू में आ जाये और हमारी गद्दियाँ भी सलामत रहें। जान-माल का नुकसान भी न हो...।''

सारे विचार-विमर्श के पश्चात् एक सहमति बनी, गुरु को धमकी भरा पत्र लिखा जाय, कि–

''अगर तुम्हें माखोवाल रहना है तो हमारे अधीन रहना होगा, हमारी प्रजा की तरह। हरेक वर्ष 'कर' देना होगा। सिखों ने हमारे पहाड़ीवासियों को जो नुकसान पहुँचाया है, उसका मुआवज़ा देना होगा वरना तुरन्त आनन्दपुर खाली करके जाना होगा।''

एक सन्देशवाहक को पत्र लेकर आनन्दपुर भेजा गया।

गुरु गोबिन्द सिंह दीवान में बैठे हैं। सन्ध्या का समय है, एक सेवक ने आकर सूचना दी, ''कल्हूर रियासत से एक सन्देशवाहक राजा भीम चन्द का सन्देश ले कर आया है।''

जीवन सिंह (जैता) नये-नये सिंहों को शस्त्र चलाने का अभ्यास करवा कर आया है। सामने से आ रहे दुश्मनों से कैसे टकराना है। एक ओर से आ रहे

दुश्मनों से कैसे बचाव करना है? बन्दूक चलाते समय साँस को कैसे रोकना है?

मामा कृपाल चन्द गुरु गोबिन्द सिंह को सन्देश पढ़ते समय देख रहे हैं। उनके चेहरे पर भाव बदल रहे हैं। गुरु जी ने वह 'सन्देश' मामा जी की ओर बढ़ा दिया।

बात बहुत गम्भीर है। यहाँ रहना है तो अधीन बन कर, गुलाम बन कर रहना होगा। तुम्हें 'कर' देना होगा। मुआवज़ा देना होगा वरना आनन्दपुर छोड़ना होगा।

पिता-गुरु का बसाया नगर जीते-जी कैसे छोड़ देंगे गुरु गोबिन्द? वे इसी चिन्ता में हैं।

जीवन सिंह मामा की ओर प्रश्नवाचक नज़रों से देखते हैं।

मामा जी उसे धर्य रखने का संकेत करते हैं।

गुरु जी का हाथ उनकी कृपाण पर मज़बूती से कस जाता है।

"मामा जी, भाई जीवन, आने वाला समय अत्यन्त भयानक हो सकता है। इसलिए खालसा को तैयार करना होगा। इन पहाड़ी राजाओं की इतनी हिम्मत—? कल तक हम से सहायता की भीख माँगते रहे हैं, आज आँखें दिखाने लगे हैं। मामा जी, उन्हें इसका जवाब ज़रूर भेजा जायेगा।"

"मुआवज़ा लेना है तो मिलेगा बन्दूक से। आनन्दपुर खाली होगा तो तलवार से।"

जीवन सिंह ने जैकारा लगाया। फिर उत्साह से भरकर उसने नगाड़े को ज़ोर से बजाया। पहाड़ियाँ इस आवाज़ से गूँज उठीं।

घबराया सन्देशवाहक, गुरु जी का उत्तर लेकर वापस लौट गया।

41

सिख गुरु को धमकी-पत्र भेजने के पश्चात् अन्य पहाड़ी राजा अपनी-अपनी रियासतों में लौटना चाहते थे, परन्तु राजा भीम चन्द उन्हें आनन्दपुर से जवाब आने तक रोक कर रखना चाहता है। भयभीत भी हैं—भीतर मक्कारी है। अगर गुरु जी ने जंग के लिए ललकारा तो वह अकेला मुकाबला कैसे करेगा। सिंह तो शेर से झपट पड़ते हैं। हमारे सिपाही उनके सामने भेड़-बकरियों से बढ़ कर कुछ भी नहीं हैं। राजा भीम चन्द सभी राजाओं की पूरी आवभगत करता है। शिकार खेलने का प्रबन्ध है। रात को मुजरे का भी बन्दोबस्त है। राग-रंग में छोटी-छोटी

रियासतों के राजा यह भूल ही गये हैं कि उन्होंने सिख गुरु को धमकी-पत्र भेजा है। महफ़िलें लग रही हैं। खेल-तमाशे, शिकार और मुजरा आदि सारी रंगीनियाँ चल रही हैं।

रंग में भंग तब पड़ता है, जब सन्देशवाहक सिख गुरु का जवाब लेकर लौटा है।

राजा अजमेर चन्द को तो जैसे किसी ने गर्म तवे पर बिठा दिया है। वह दहाड़ने लगा, ''उसकी इतनी हिम्मत? इतनी हिमाकत? हमारे घर में आकर हमें ही धमकी...?''

''ऐसा क्या लिखा है उसने?'' अन्य राजा पूछते हैं।

''उसने लिख भेजा है, आनन्दपुर खाली होगा तलवार से।''

''तो फिर युद्ध करना होगा?''

''युद्ध तो करना ही होगा।'' अजमेर चन्द ने गरज कर कहा।

''मगर सीधे हमले से तो हमारी फ़ौजें उनके सामने टिक नहीं पायेंगी।'' एक राजा ने भयभीत होकर कहा।

''क्या करें फिर? गजरे पहन कर, घाघरा पहन कर उनके सामने खड़ें हो जायें?'' भीम चन्द ने अत्यन्त क्रोधित भाव से कहा।

''हमला तो हम करेंगे। परन्तु अचानक से बिना सूचना दिये ही। बिना जंग का ऐलान किये।'' एक राजा ने सुझाव दिया।

''हाँ, छल ही करना होगा। जंग में सभी ऐसा करते हैं। घी निकालने के लिए अँगुली को टेढ़ा करना ही पड़ता है। जब गुरु शिकार के लिए निकले, उस पर अचानक हमला कर दिया जाये। उसे पकड़ कर मार गिराया जाये।''

''यह विचार तो ठीक है,'' राजा अजमेर चन्द ने सोचा, ''मगर हमला करने के लिए आगे आयेगा कौन?''

राजा बलिया चन्द और राजा आलम चन्द खड़े हो जाते हैं।

''हमला हम दोनों मिल कर करेंगे फिर गोबिन्द को बन्दी बना लेंगे या यमलोक पहुँचा देंगे।''

उनकी दिलेरी पर राजा सारे खुश हो गये।

''ठीक है पहले यह छल किया जाये। यदि इसी प्रकार से गुरु चित्त हो गया, फिर युद्ध का इतना आडम्बर करने की ज़रूरत नहीं पड़ेगी।''

सभी राजाओं ने बलिया चन्द और आलम चन्द को प्रशंसात्मक नज़रों से देखा, ''हम सभी मुसीबत के समय, हर संकट और खुशी के समय, आप के साथ होंगे। स्वयं को कभी भी कमतर नहीं मानो। हमारे मन में आपके लिए पूरा मान-सम्मान है। आपकी रियासत सदा सुरक्षित रहेगी।''

राजा बलिया चन्द और आलम चन्द जोश से भर गये।

"बस कुछ ही दिनों में आपको अच्छी ख़बर सुनने को मिलेगी।"

"वाह! वाह! सभी पहाड़ी राजाओं की ओर से शाही गाजे-बाजे से आपका स्वागत होगा।" भीमचन्द ने उन्हें और भी प्रोत्साहित किया।

सभी ने उन दोनों राजाओं को शुभकामनाएँ देकर विदा किया।

गुरु गोबिन्द सिंह नगाड़ा बजाकर शिकार खेलने के लिए निकलते हैं। भाई जैता भी अपनी दोनों बन्दूकें कन्धे पर लटकाये, जत्थे का नेतृत्व कर रहा है। गुरु जी जत्थे के बीचों-बीच चल रहे हैं।

जब कोई गीदड़ या खरगोश अचानक भाग खड़ा होता है तो जैता हँसकर कहता है, "गुरु जी, एक तुर्क भाग निकला।

जब कोई नेवला या चूहा दिखाई देता है तो कहता, "वो कायर पहाड़ी अपने बिल में घुस गया है।"

गुरु जी हँस देते हैं। पीछे आ रहे सिपाही भी ठहाके लगाने लगते हैं। सभी पूरे उत्साह में हैं। अचानक भाई जीवन सिंह ने सभी को रुकने का इशारा किया। साथ ही होंठों पर अँगुली रख कर चुप रहने का संकेत किया।

सभी सवाधान हो गये।

अगले ही पल एक तीर गुरु जी के बाईं ओर के कन्धे को छूते हुए निकल गया।

पलक झपकते ही सभी ने अपना-अपना निशाना साध लिया।

ऐसे अचानक घिर आये संकट के लिए भी जीवन सिंह ने विशेष तैयारी कर रखी है।

सामने से घुड़सवारों और पैदल सिपाहियों की एक भारी टोली आकर गुरु जी के जत्थे पर टूट पड़ती है।

"गुरु जी को घेरे में ले लो।" जीवन सिंह आदेश देता है।

"तगड़े रहो। ये अपने ही शिकार हैं।"

पहाड़िये और खालसा आपस में भिड़ जाते हैं। सिंह थोड़े थे मगर उनके हौसले बुलन्द थे। पहाड़ियों में मनोबल नहीं है। एक-एक सिंह एक साथ छः-छः, सात-सात पहाड़ी सिपाहियों को खदेड़ने की ताकत रखता है।

गुरु जी के हाथ में तीर-कमान है। उन्होंने पहाड़ी राजाओं को पहचान लिया। है। ये बलिया चन्द और आलम चन्द हैं...।

जीवन सिंह ने एक पहाड़ी सिपाही की ओर अभी बर्छे का निशाना साधा

ही है कि वह सिपाही चीत्कार करते हुए भाग खड़ा हुआ।

इस झपटमार लड़ाई में अधिकतर पहाड़ी सिपाही ज़ख्मी हो गये। कुछ मारे गये राजा बलिया और आलम चन्द गुरु जी के नज़दीक तक पहुँच ही नहीं पाये।

गुरु जी को अपने शूरवीरों की वीरता पर गर्व हो रहा है। यह है मेरे खालसा। वाह! वाह! भाई जीवन सिंह, अगर तुम न होते हो मालूम नहीं क्या होता...।''

क्रोधित हुआ बलिया चन्द जब ज़ख्मी सिंह पर तलवार से वार करने लगा तो क्रोध में भर कर गुरु जी ने कमान पर तीर चढ़ाया—तीर अगले ही पल बलिया चन्द के आर-पार निकल गया।

राजा बलिया चन्द को एकदम गिरते देखकर, अन्य सिपाही और आलम चन्द भाग खड़े हुए।

सभी हैरान थे। यह अचानक हमला आखिर हुआ क्यों...?

गुरु जी ने भाई जैता से कहा, ''जीवन सिंह, अब इससे भी बड़ा हमला होगा। यह पहाड़ी राजाओं की कोई साजिश है। हमें सतर्क रहना होगा। ये राजा लोग हमें चैन नहीं लेने देंगे। न ये स्वयं चैन से रियासतें सँभाल पायेंगे। आज की इस झड़प से हमें यह बात समझ जानी चाहिए कि हालात और खतरनाक हो सकते हैं और चोरी-छिपे हमले भी।''

जीवन सिंह और उसके सिपाही अपने ज़ख्मी सिपाहियों को सँभालने लगे।

''जीवन सिंह, भीम चन्द को सन्देश भिजवा दो, अपने राजा बलिया चन्द की लाश यहाँ से ले जाये।''

''ठीक है गुरु जी। शिकार के लिए आगे जाना है या...?''

''आज का शिकार कैसा रहा?'' गुरु जी ने हँसते हुए पूछा।

जीवन सिंह, राजा बलिया चन्द और पहाड़ी सिपाहियों की लाशों की ओर देखने लगा।

पहाड़ी राजा चिन्ता में है। तुरन्त सभा बुलायी गयी। भीम चन्द का पुत्र अजमेर चन्द सबसे अधिक दुःखी है। वह बार-बार मुट्ठियाँ भींचते हुए कह रहा है, ''मुट्ठी भर सिखों में इतना साहस?''

''इस बार सभी को मिलकर हमला करना चाहिए।'' हंडूर के राजा ने कहा।

''ये बात इतनी आसान नहीं है। हमें सरहद के नवाब से फरियाद करनी चाहिए। शाही फ़ौज को साथ लेकर चढ़ाई की जानी चाहिए।''

"बादशाह रज़ामन्द नहीं होगा।"

"अगर रज़ामन्द हो गया तो सिखों का नामो-निशान मिटा देंगे।"

"फिर तो वे पूरा आनन्दपुर ही उजाड़ देंगे।" एक अन्य राजा ने जोश में भर कर कहा।

"ऐसा ही करना होगा। न रहेगा बाँस और न बजेगी बाँसुरी।" सभी ने एक साथ मिलकर ऊँचे स्वर में कहा।

"ठीक है, इस प्रकार की छोटी-मोटी झड़प हम रोज़ नहीं कर पायेंगे। हमें मिलकर एक ही भरपूर वार करना चाहिए, फिर सुख-चैन से राज्य करेंगे।"

सभी राजाओं ने आपसी सहमति से सरहद की ओर दूत भेजने का प्रबन्ध शुरु कर दिया।

अभी कुछ ही दिन गुज़रे। सरहद के नवाब की ओर से भेजा एक विशेष दूत एक पत्र ले कर राजा अजमेर चन्द के पास आया।

"जय दुर्गा माता, हर हर महादेव...।" खुशी से अजमेर चन्द ने जयघोष किया।

दरबारी हैरान हो गये।

अजमेर चन्द ने बताया, "शहंशाह ने शाही फ़ौज को भेजने की सहमति दे दी है। जल्दी ही दो बड़े सेनापति पैंदे खान और दीना बेग के नेतृत्व में 10 हज़ार शाही फ़ौज हमारी सहायता के लिए रवाना हो रही है। जश्न की तैयारी शुरू करो।"

प्रसन्न हो रहे अजमेर चन्द ने अपने दरबारियों को आदेश दिया।

"अब देखेंगे सिखों का ये गुरु और उसके शूरवीर कितने पानी में हैं।"

इधर गुरु जी तक इस बात की सूचना पहुँच गयी कि शाही फ़ौज पहाड़ी राजाओं की सहायता के लिए रवाना हो चुकी है।

भाई जीवन सिंह, पाँच प्यारों और साहिबज़ादा अजीत सिंह को ज़िम्मेदारियाँ सौंप दीं।

जीवन सिंह के साथ मशविरा करके गुरु जी ने आनन्दपुर के आस-पास पूरा मोर्चाबन्दी कर ली। अलग-अलग स्थानों पर अलग-अलग जत्थे तैनात कर दिये हैं। पाँच सौ सिंहों का एक जत्था शेर सिंह और भाई नाहर सिंह के नेतृत्व में किला

लोहगढ़ में तैनात होगा। भाई मोहकम सिंह, किला तारागढ़ में कमान सँभालेंगे। भाई आलम सिंह और उदय सिंह पाँच सौ सिंह लेकर किला हौलगढ़ से हमला करेंगे। जीवन सिंह और साहिबज़ादा अजीत सिंह, किला केसरगढ़ से जत्थों का नेतृत्व करेंगे। गुरु जी स्वयं किला आनन्दगढ़ से सारे जंगी हालात की निगरानी करेंगे।

''जब तक आमने-सामने मुकाबला नहीं होता तब तक शस्त्रों का निरीक्षण, जीवन सिंह तुम्हें करना होगा। पंजाब में सन्देश देकर सेवक भेजने हैं...। सभी सेवक घोड़े और शस्त्र लेकर तुरन्त आनन्दपुर की ओर चल देंगे।'' गुरु जी जीवन सिंह को लगातार हिदायतें दे रहे हैं।

महल की सुरक्षा के लिए चुनिन्दा सिपाहियों को तैनात कर दिया गया है। महल के चारों ओर रात-दिन का पहरा है।

युद्ध का बिगुल किसी भी समय बज सकता है। युद्ध अभ्यास लगातार जारी है। लोहे की भट्ठी लगातार जलती रहती है। आनन्दपुर में शस्त्रों की फिज़ा फैलने लगी है।

गुरु जी का सेनापति कब नगाड़े पर चोट करेगा, सिपाही इस बात की प्रतीक्षा में हैं।

एक शाम सिपाहियों की तैयारियों का निरीक्षण करते हुए गुरु जी ने अपने खालसा को सम्बोधित करते हुए कहा, ''हमारे बहादुर सिपाहियो—एक ओर अहंकार है। शाही फ़ौज को अपने अस्त्र-शस्त्रों पर घमण्ड है। दूसरी ओर मानवता का सम्मान है। अपनी और अपनी कौम की आन और सुरक्षा से जीने के लिए मर-मिटने का जज्बा है। हमें अहंकारी फ़ौज के साथ युद्ध करना है। अपनी विजय और आन के लिए। इस जज्बे के साथ कि अब नहीं जीतेंगे तो कभी भी नहीं जीत पायेंगे। इस बार हार गये तो सदा के लिए हार जायेंगे।''

''हम जीतेंगे...विजयी होंगे।'' हज़ारों सिपाहियों की आवाज़ गूँज उठी। फिर जैकारा लगाया गया।

गुरु जी ने फिर कहा, ''दुश्मनों के पास भाड़े के सिपाहियों की भीड़ है। हम अपनी आन-शान और बान के लिए मर-मिटने वाले हैं। शूरवीर हैं। उनकी बड़ी संख्या देखकर हमें घबराना नहीं है। जंगल में जब एक शेर दहाड़ता है तो सैकड़ों सियार, गीदड़, खरगोश झाड़ियों में छिप जाते हैं।''

सिपाहियों ने फिर जैकारा लगाया।

5 जेठ, संवत् 1757 विक्रमी, तकरीबन 28-30 अगस्त, 1700 ई. को मुग़लों की

शाही फ़ौज और पहाड़ी राजाओं की सेना ने मिलकर आनन्दपुर को घेर लिया।

राजा अजमेर चन्द, हंडूर का राजा, जसवाल, सरहिन्द के दो जरनैल, पैंदे खान और आलम खान ने अपने शाही तम्बू आनन्दपुर के नज़दीक गाड़े हुए हैं।

इस सेना ने आनन्दपुर आने-जाने वाले सभी मार्ग बन्द कर दिये। अब गुरु जी की फ़ौज में से कोई सिंह बाहर नहीं जा सकता है। और श्रद्धालुओं द्वारा राशन और अन्य सामान लाने-लेजाने की मनाही कर दी गयी है। मुग़ल सेना सारा राशन और सामान खुद लूटने लगी।

चारों ओर फ़ौज ही फ़ौज नज़र आ रही थी। गर्मी का मौसम था। सेना की एक टुकड़ी पानी ही ढो रही थी।

आनन्दपुर में खाने पीने की कमी होने लगी। यदि इस प्रकार घेरा लम्बे समय तक चला तो भूखे मरने की नौबत आ जायेगी। किले के अन्दर भी राशन घटने लगा। आने वाले दिनों में भारी संकट घिरने वाला था।

गुरु जी ने भाई जीवन सिंह, उदय सिंह, बचित्तर सिंह और साहिबज़ादा अजीत सिंह को बुलाया। आपस में विचार विमर्श किया। पहाड़ी राजा और मुग़ल सेनापति ने पक्की छावनी बना ली थी। युद्ध करने से युद्ध का इन्तज़ार करना अधिक कष्टदायी है। राशन सामग्री कम होने लगी है। भूख से मरने से बेहतर है लड़ कर मरना।

ये सुनकर योद्धा खीझ उठे, ''गुरु जी, ये तुर्क तो ऐसे आकर जम कर बैठ गये हैं, जैसे वे ननिहाल में किसी शादी में शामिल होने आये हों।'' जीवन सिंह ने हँस कर कहा।

''पहल हमें ही करनी चाहिए।'' अजीत सिंह ने कहा।

पुत्र का जोशीला चेहरा देखकर गुरु जी को अत्यन्त प्रसन्नता हुई। परन्तु कौन सी तरकीब लगायी जाये, इस बारे में वे सोचने लगे।

एक जासूस ने आकर तुरन्त सूचना दी, ''पहाड़ी राजा और मुग़ल सेना के मिसलदार मिल कर युद्ध करने की योजना बना रहे हैं।''

सूचना सुनते ही सभी ने एक-दूसरे की ओर देखा। सभी की आँखों में एक ही इरादा नज़र आने लगा, 'अब हमला करने का समय आ गया है।'

''हम कूच पहले करेंगे, नगाड़े पर चोट बाद में करेंगे।''

गुरु जी ने आदेश दिया, ''हम स्वयं इशारा करेंगे–तभी नगाड़े पर चोट लगाना।''

सभी ने कमरकस लिए जोश ठाठें मार रहा था। चीते समान शह लगा कर खालसा फ़ौज ने रणक्षेत्र में प्रवेश करना आरम्भ किया।

अचानक नगाड़े पर पड़ी चोट और रणसिंह की आवाज़ से इलाका काँप उठा। चारों ओर भगदड़ मच गयी।

कोई सो रहा था, कोई भोजन कर रहा था। मुग़ल हाकिम दारू के प्यालों में मस्त थे।

सिख फ़ौज ने लापरवाह मुग़ल और पहाड़ी सेना को ऐसे घेर लिया, जैसे भेड़-बकरियों के रेवड़ में अचानक भेड़िया घुस आया हो। चारों ओर हाहाकार मच गया। सिख फ़ौज जिस तरफ भी गयी वहीं लाशें बिछ गयीं। तलवारें, नेज़े और तीरों की भेदती आवाज़ सुनाई देने लगी। एक ओर खालसा फ़ौज जैकारा लगा रही थी दूसरी ओर दुश्मन के खेमे से चीखें सुनाई दे रही थीं।

शाही खेमे उखड़ गये। पैंदे खान, आलम खान और पहाड़ी राजा जिस ओर मुँह हुआ, उधर ही भागने लगे। घबराये हाथी अपनी ही फ़ौज को कुचलते हुए भागने लगे।

सिख फ़ौज ने दुश्मन की फ़ौज का हाल-बेहाल कर दिया और स्वयं सही-सलामत अपने ठिकाने पर लौट आयी।

दिन निकलने पर पहाड़ी राजाओं ने देखा, जगह-जगह पर सिपाहियों की लाशें पड़ी थीं, तुर्कों की टोपियाँ इधर-उधर बिखरी पड़ी थीं। ज़ख्मी सिपाही तड़प रहे थे। अधिकतर सिपाही हथियार फेंक कर भाग खड़े हुए। कोई-कोई अभी भी झाड़ियों के पीछे छिपा बैठा है। पैंदे खान और आलम खान हैरान हैं। ये सब कैसे हो गया? इतनी बेइज़्ज़ती? ये तो मुग़ल सेना और सेनापतियों के लिए डूब मर जाने जैसी बात है।

इस टकराव में जान-माल का अत्यन्त नुकसान होने के कारण पैंदे खान ने क्रोधित हो एक सन्देशवाहक गुरु जी के पास भेजा।

"सिपाहियों को मरवाने की जरूरत क्या है? हम दोनों ही जंग के मैदान में आमने-सामने युद्ध करेंगे। जो हार जायेगा उसका पक्ष हार मान लेगा।"

गुरु जी ने पाँच प्यारों के समक्ष जाकर युद्ध में अकेले जाने की आज्ञा माँगी।

"आप से पहले मैं जाऊँगा गुरु जी।" जीवन सिंह ने आगे बढ़ कर कहा।

"हम सभी बारी-बारी से जायेंगे। यदि हम मारे जायेंगे, फिर आप को जाना पड़ेगा।" भाई मोहकम सिंह ने कहा।

“उसने हमें ललकारा है। ललकार का जवाब हम स्वयं देंगे। अकाल पुरख की कृपा दृष्टि से गुरु नानक मेरे अंग-संग हैं। मुझे आज्ञा दीजिए...अरदास कीजिए...। मैं युद्ध में जाऊँगा और विजय प्राप्त कर लौटूँगा।”

अरदास की गयी। जैकारे लगाये गये। गुरु गोबिन्द सिंह ने मैदान में जाकर पैंदे खान को ललकारा।

आमने-सामने आकर दोनों ने एक-दूसरे की आँखों में झाँका।

“वार करो पैंदे खान।” गुरु जी ने उसे ललकारा।

“नहीं, पहला वार तुम करो।” पैंदे खान वार देख अन्दाज़ा लगाना चाहता है।

“युद्ध के लिए तुमने मुझे ललकारा है, इसलिए पहला वार तुम करो।”

“नहीं, तुम करो।” पैंदे खान ने ज़िद की।

“वार करो पैंदे खान, कहीं मन में अरमान न रह जाये कि वार करने का मौका ही नहीं मिला।” गुरु जी ने अत्यन्त विश्वास से ललकार कर कहा।

“तो फिर बचाओ खुद को...।” पैंदे खान ने अचानक तीर छोड़ा।

गुरु जी ने वार से स्वयं को बचा लिया।

“अपने अल्लाह को याद कर लो पैंदे खान।” बायें हाथ से कमान पकड़ तीर छोड़ने तक उन्होंने साँस रोक लिया। पैंदे खान का सारा शरीर लोहे के कवच से ढका हुआ है। कान के पास रत्ती भर खाली जगह देख गुरु जी ने वहीं पर तीर छोड़ा। तीर खोपड़ी चीरता हुआ पार निकल गया।

पैंदे खान लुढ़क गया।

उसे गिरते देख पहाड़ी और मुग़ल सेना की हिम्मत जवाब दे गयी। उनमें भगदड़ मच गयी।

इधर सिख फ़ौज में जैकारे गूँजने लगे।

गुरु जी की फ़ौज ने, खिदराबाद तक मुग़ल फ़ौज का पीछा किया।

पहाड़ी राजा अत्यन्त परेशान हैं। शाही फ़ौज को भी ललकारा। हार भी खायी। औरंगज़ेब को क्या मुँह दिखायेंगे। अभी ‘कर’ भी देना पड़ेगा और ज़ुर्माना भी भरना होगा।

मुग़ल फ़ौज ने आनन्दपुर छोड़ कर पीछे की ओर पड़ाव कर लिया। अजमेर चन्द की फ़ौज का अत्यन्त जान-माल का नुकसान हुआ, परन्तु अभी भी वह बदला लेने पर उताऊ था। पहाड़ी राजा घेरा तोड़कर अपनी रियासत में लौटना चाहते हैं। अजमेर चन्द ने व्यंग्य कसा, “अपने लोगों को क्या मुँह दिखायेंगे

जाकर?" धर्मपत्नियों के आगे क्या हैसियत रह गयी हमारी। सभी मिल कर इस बात की सौगन्ध खाओ कि सिख गुरु को आनन्दपुर से निकाले बिना कोई भी राजा अपनी फ़ौज लेकर वापस नहीं लौटेगा। हम अब गुज्जरों और रंधड़ों, को भी अपने साथ मिलायेंगे। अब सिखों का गुरु रहेगा या हम रहेंगे।"

अजमेर चन्द पहाड़ी राजाओं में अब अपने पिता की तरह ही मुखिया बन कर उभर रहा है।

42

राजा अजमेर चन्द के द्वारा न्यौता देकर बुलाये जाने पर गुज्जरों और रंधड़ों के मुखिया उनसे मिलने के लिए आये।

सभी चिन्तातुर-से बैठे थे।

"सिखों की हिम्मत कितनी बढ़ गयी है, अब वे मुग़ल सेना से टक्कर लेने लगे हैं।" एक रंधड़ प्रधान ने अचरज से कहा।

"हमारी सेना को तो वे कुछ समझते ही नहीं।" जसवाल के राजा ने अपना दुखड़ा रोया।

"वे लोग इसी प्रकार ताकतवर होते गये तो हमें जान बचाकर जंगलों में शरण लेनी पड़ेगी।" एक अन्य राजा ने कहा।

"जंगल रहेंगे तभी हम वहाँ छिप पायेंगे। सिखों के होते हुए यहाँ के सारे जंगल लंगर पकाने के काम आ जायेंगे।"

"तुम लोग हमारा साथ दो। हम मिलकर सिखों को यहाँ से खदेड़ देंगे।" अजमेर चन्द ने सभी को अपना मन्तव्य बताया।

"हम तैयार हैं। हम भी उस गुरु से दो-दो हाथ करके देखना चाहते हैं। जब ज़रूरत हो सन्देशवाहक को भेज देना। हम तैयार रहेंगे।" गुज्जर प्रधान ने वचन दिया।

कुछ ही दिनों के बाद आनन्दपुर को फिर से घेरा जाने लगा। अब मुग़ल और पहाड़ी राजाओं के साथ गुज्जर और रंधड़ भी शामिल हो गये।

गुरु जी के पास माझा से कुछ सिख विशेष तौर से जंग में शामिल होने

के लिए पहुँचे थे। उनका प्रधान महा सिंह बहुत जाँबाज योद्धा था। पंजाब की ओर से बहुत सारे नौजवान और सेवक आ रहे थे। नौजवान खालसा फ़ौज में इस प्रकार शामिल होने के लिए आ रहे थे, जैसे किसी बारात में बाराती बनने जा रहे हों।

राज अजमेर चन्द अपने पिता से भी अधिक कपटी था। उसने पहाड़ी राजाओं के साथ गुप्त मीटिंग कर विचार बनाया, "इन गुज्जर और रंधड़ों को परख लेना चाहिए।"

"मालूम तो है, ये बहुत अक्खड़ और लड़ाकू स्वभाव के होते हैं।" एक राजा ने कहा।

"इनसे कहा जाये, ये सिखों पर हमला कर दें। हम पीछे से इनकी सहायता करेंगे।" अजमेर चन्द ने अपनी कुटिल चाल बतायी।

"यह बढ़िया है। हमारे सिपाही पहले ही बहुत मारे जा चुके हैं।"

इस चाल से सभी सहमत थे।

पहाड़ी राजाओं द्वारा उकसाये जाने पर गुज्जर और रंधड़ सिखों पर हमला करने की तैयारी करने लगे।

सिख इस घड़ी की ताक में थे। भाई जीवन सिंह और अजीत सिंह के नेतृत्व में मुट्ठी-भर सिखों ने गुज्जरों और रंधड़ों को घेर लिया।

दोपहर तक घमासान युद्ध हुआ। रंधड़ भी सिखों पर टूट पड़े। गुज्जरों ने भी अपनी ताकत दिखाई। कोई भी घोड़ा नेज़ा या तलवार से ज़ख्मी होने पर पैर उठा हिनहिनाने लगता।

भाई दया सिंह, आलम सिंह, उदय सिंह सभी ने एक ओर से रंधड़ों को घेर लिया। दूसरी ओर जीवन सिंह और अजीत सिंह ने भी जम कर रंधड़ों और गुज्जरों का सामना किया। खालसा फ़ौज के जैकारे चारों ओर गूँज रहे थे।

अँधेरा घिरने लगा था। अन्त में रंधड़ और गुज्जर भाग खड़े हुए।

दूसरी ओर पहाड़ी राजाओं ने भाग खड़े हुए अन्य रंधड़ों और गुज्जरों से मिल कर सिखों पर हमला बोल दिया।

इस दिन भी पहाड़ियों को हार का सामना करना पड़ा। भीतरी रूप से उनके हौसले पस्त हो चुके थे। अधिकतर सिपाही मारे जा चुके थे। अपने खेमों में

पहुँचकर वे अत्यन्त चिन्तित थे। वे समझ चुके थे कि आमने-सामने की लड़ाई में सिखों से जीता नहीं जा सकता।

''अब कोई दूसरा ही ढंग सोचना पड़ेगा।'' अजमेर चन्द अभी भी हार मानने वाला नहीं था।

''हम सिखों से छल-कपट से ही जीत सकते हैं।'' एक राजा ने अपनी राय दी।

''परन्तु यह तो सरासर धोखा है।'' किसी ने कहा।

''जंग में सब कुछ जायज़ है। जीत हासिल करने के लिए छल-कपट भी करना पड़ता है।'' अजमेर चन्द बदले की भावना से उबल रहा था।

''आज लड़ाई के समय सिखों का एक सेवक हमारे ज़ख्मी सिपाहियों को पानी पिला रहा था।'' एक राजा ने नयी बात बतायी।

''वो तो मुसलमान ज़ख्मी सिपाहियों को भी पानी पिलाता है।''

''कैसे आदमी हैं ये सिख लोग? अपनी जान की परवाह ही नहीं करते। दुश्मन के ज़ख्मी सिपाहियों को भी पानी पिलाते हैं।'' पहाड़ी राजा अत्यन्त हैरान थे।

''छोड़ो ये सब बातें। आगे की सोचो, आनन्दपुर को फिर से घेर लेना चाहिए। रसद-राशन पानी सब रोक लेना चाहिए। भूख के कारण ये सिख खुद ही हथियार डाल देंगे।

''हाँ, ये ठीक रहेगा। लड़ना भी नहीं पड़ेगा और दुश्मन भी तिलमिल करके मर जायेगा।'' पहाड़ी राजा दरअसल सिखों से सीधे टकराने पर डरने लगे थे।

जंग की यह चाल सभी को पसन्द आयी।

आनन्दपुर को फिर से घेरने की तैयारियाँ होने लगीं।

भाई जीवन सिंह, गुरु जी को कल हुए युद्ध की बाबत बता रहा था। गुरु जी ने प्रशंसात्मक नज़रों से उसकी ओर देखा।

''आज पूरे जोश से हमला करना है। जंग के मैदान में हम स्वयं जायेंगे।'' जोश से गुरु जी ने कहा।

तभी एक सिपाही ने आकर सूचना दी, ''पहाड़ियों ने आनन्दपुर को घेर लिया है। हमारे सिंह पानी लेने गये थे। वे लौट आये। दरिया किनारे सेना तैनात थी।''

''किले के अन्दर कितना पानी है?'' गुरु जी ने पूछा।

''गुरु जी, पानी है या नहीं, इससे कोई फ़र्क नहीं पड़ता। आप चिन्ता मत कीजिए। सिंह लड़ेंगे।'' भाई जीवन सिंह का चेहरा पहले से सख्त हो गया।

"राशन-सामग्री–?" गुरु जी ने चिन्तित होकर पूछा।

"गुरु जी, आप यह चिन्ता छोड़िये। बस हुक्म कीजिए, करना क्या है। कहिए तो घेरा तोड़ कर पानी ले आयें?" जीवन सिंह ने दिलेरी से पूछा।

"नहीं, जल्दी न करो। इन्तज़ार करो। देखो तो सही, वे आखिर चाहते क्या हैं?"

आनन्दपुर का घेरा डाल कर बैठी पहाड़ी सेना खामोश है। खाना-पीना खुले आसमान के नीचे तैयार हो रहा है। मुग़ल सिपाहियों के चूल्हे पर अलग से खाना बनता है और पहाड़ी सेना का अलग। गुज्जर भी अपना खाना अलग ही बनाते हैं। पहरा दे रहे सिपाही के पाँव लगातार खड़ा रहने के कारण सूजने लगे हैं। अधिकतर सिपाहियों के सिरों में जुएँ चलने लगीं। शरीर में खुजली होने लगी।

चारों ओर से बदबू आने लगी। अधिकतर सिपाहियों को पेट की बीमारियों ने घेर लिया है। आनन्दपुर के आस-पास का वातावरण बदबूदार होने लगा। पहाड़ी गाँवों के निवासी भी इससे दुखी होने लगे थे। मुगल सिपाही गाँवों में जा घुसते। चावल, गुड़ जो भी मिलता, छीन कर ले जाते। पहाड़ी लड़कियों और स्त्रियों से छेड़छाड़ करते। भयभीत पहाड़िये चुपचाप बर्दाश्त कर लेते।

उधर राजा शाही खेमों में जाकर हर रात जश्न करते।

किले के भीतर घिरे बैठे सिंह बेचैन को रहे थे। पानी लगातार कम हो रहा था। राशन की कमी भी होने लगी थी। पानी सिर्फ़ सतलुज नदी से ही मिल सकता था। खीझा और दुःखी हुआ जीवन सिंह गुरु जी के पास आया।

"गुरु जी, आज्ञा दीजिए बस हमला कर दे?"

"अभी कुछ समय देख लेते हैं। हमला तो करना ही होगा।"

"दो दिन बाद पानी नहीं रहेगा। राशन भी नहीं रहेगा। सिपाही भूखे मरने लगेंगे। फिर लड़ा भी नहीं जायेगा।" जीवन सिंह ने सारी स्थिति समझायी।

"पाँच-पाँच सिंहों का जत्था पानी लेने जायेगा। तीन सिंह पहाड़ियों को लड़ाई में उलझायेंगे, इतने में दो सिंह पानी ले आयेंगे।" गुरु जी ने सुझाव भी दिया और आदेश भी।

"एक और आज्ञा दीजिए गुरु जी।" जीवन सिंह ने कहा।

"कहो, क्या कहना चाहते हो।"

"हमारे सिपाही दिन के समय जासूसी करके सह पता कर ले लेंगे कि पहाड़ियों और मुग़लों का राशन कहाँ है। रात के समय अचानक हमला करके लूट लेंगे।"

"तुम्हारे मन में जो आये, वो तुम करो भाई जीवन सिंह।" गुरु जी ने तुरन्त अपनी सहमति दे दी।

आनन्दपुर का घेरा डाले काफी दिन हो गये हैं। पहाड़ी राजाओं में भी बेचैनी बढ़ रही थी। जासूस, पहाड़ी सिपाहियों के बिगड़ते व्यवहार के बारे में राजाओं को सूचित कर रहे थे। राजा भी मखमली गद्दे छोड़ कर, यहाँ मैदान के खेमों में बेआराम थे। इतना लम्बा घेरा होने के बावजूद उसका खलसा फ़ौज पर कोई असर नहीं हो रहा था। वे हैरान थे, ये खालसे मालूम नहीं किस मिट्टी के बने हैं। विचार-विमर्श करते हैं। घेरा तोड़ कर, हमला करना ही पड़ेगा।

"यदि हम लोहगढ़ के किले के अन्दर दाखिल हो जायें तो सिख स्वयं ही भाग जायेंगे।" एक राजा ने सुझाव दिया।

लोहगढ़ किले का दरवाज़ा बहुत मज़बूत है। पहाड़ी राजाओं ने योजना बनायी। एक खूँखार हाथी को शराब पिलाकर, मस्त करके, उसके माथे पर लोहे का भारी तवा बाँध देंगे। सूँड के साथ तलवारें बाँध देंगे। ये हाथी किले के दरवाज़े से टक्कर मारेगा और दरवाज़ा टूट जायेगा। उसके पीछे-पीछे पहाड़ी फ़ौज होगी।

पहाड़ी राजा और सिपाही भी पूरे उत्साह में थे। वे सोचने लगे, आखिर इतने महीनों के पश्चात् कुछ तो होगा। मरेंगे या मारे जायेंगे।

"हर-हर महादेव—" के जैकारे लगाये जाते हैं। मस्त हुआ हाथी चिंघाड़ते हुए आगे बढ़ता है। पीछे-पीछे पहाड़ी फ़ौज है।

इतना शोरगुल सुनकर, गुरु जी किले की फसील (दीवार) के ऊपर देखते हैं। पास में जीवन सिंह, उदय सिंह, बचित्तर सिंह और दुनी चन्द खड़े थे।

गुरु जी को याद आया, दुनीचन्द बहुत बार गुरु जी के पास अपनी बहादुरी की डींगें मार चुका है। गुरु ने हँस कर कहा था, "वक्त आने पर दुनी चन्द, तुम्हारी बहादुरी भी देखेंगे।"

गुरु जी ने दुनी चन्द की ओर देखा। आज वह वक्त आ गया है।

"दुनी चन्द भाई!" गुरु जी ने पुकारा।

"आदेश कीजिए गुरु जी।" दुनी चन्द आगे आया।

"किले का छोटा दरवाज़ा खोल कर, हाथी को आगे आने से रोक दो।" गुरु जी ने आदेश दिया।

दुनी चन्द हाथ में नेज़ा लेकर, घोड़े पर सवार होकर, जोश से बाहर निकला। सामने मस्त हाथी और उसके पीछे आ रही फ़ौज को देख कर भाग निकला।

पहाड़ी सिपाहियों के जयघोष सुनाई देने लगे। गुरु जी ने अब भाई बचित्तर सिंह की ओर देखा।

गुरु जी को प्रणाम करके, बचित्तर सिंह ने अपना बर्छा सँभाला। घोड़े पर सवार होकर, तेज़ी से किले से निकलकर, पूरे वेग से आगे बढ़ कर नशे में पागल हाथी पर वार किया। बर्छा लोहे के भारी तवे को चीरते हुए, सीधा हाथी के माथे में जा घुसा। दर्द से चीखते हुए हाथी, पीछे मुड़ कर, अपनी ही फ़ौज को कुचलता हुआ भागने लगा।

भाई बचित्तर सिंह के पीछे आ रहे सिखों के जत्थे ने पीछे भागते पहाड़ियों पर धावा बोल दिया। घबराये पहाड़ी सिपाही इधर-उधर भागने लगे।

जसवाल का राजा केसरी चन्द, अपने सिपाहियों को हौसला देने के लिए स्वयं आगे आया, तभी भाई उदय सिंह अपने सिपाहियों सहित उस पर टूट पड़ा।

राजा केसरी चन्द घिर गया और ज़ख्मी हो कर घोड़े से गिर पड़ा। अब क्रोधित अजमेर चन्द और हंडूर का राजा आगे बढ़ें। आमने-सामने की मुठभेड़ में, ज़ख्मी होकर अपने खेमे में लौट गये।

मैदान में खड़ी खालसा फ़ौज के जैकारे गूँजने लगे।

राजा अजमेर चन्द कुचले हुए साँप की तरह रेंग रहा है। पहाड़ी राजा अब जंग आगे जारी रखने के लिए सहमत नहीं हैं।

आनन्दगढ़ और लोहगढ़ किले के आस-पास बिखरी लाशें सड़ने लगी हैं। पहाड़ी राजा अब एक मिनट भी यहाँ रुकना नहीं चाहते। पहले ही उनका बेहद नुकसान हो गया था।

अजमेर चन्द अभी भी अपनी ज़िद पर अड़ा हुआ है। यह उसके लिए भारी तौहीन वाली बात है। उसने तब सूबा सरहद को सहायता के लिए सन्देशा भेजा।

उसने गुरु जी के साथ एक और चाल चली।

राजाओं ने एकत्रित होकर, आटे की गाय बनाकर और एक पत्र लिखकर, किला केसगढ़ के फाटक के पास रख आये।

"गुरु जी, अगर आप कुछ दिनों के लिए आनन्दगढ़ छोड़ कर चले जायें तो हम शर्मिन्दगी से बच जायेंगे। प्रजा और राजाओं में हमारी इज्जत भी रह जायेगी। हम गाय की सौगन्ध खा कर कहते हैं, हम अपनी रियासतों में लौट जायेंगे। हम आपका कोई नुकसान नहीं होने देंगे।"

अजमेर चन्द के वज़ीर परमानन्द ने स्वयं आकर गुरु जी के सामने सौगन्ध खायी, ''अब वे नहीं लड़ेंगे।''

गुरु जी जानते हैं, ये पहाड़ी राजा दगाबाज हैं। झूठी सौगन्ध खाते रहते हैं। वे किला छोड़ने के लिए राज़ी नहीं हैं।

''पहाड़ियों की तरह तुम भी ज़िद न करो पुत्र। आनन्दपुर में अब लाशें ही लाशें हैं। अगर यहाँ से अधिक दूर तक नहीं जाना तो चलिए फिर कीरतपुर जाकर ठिकाना कर लेंगे। अब यहाँ पर राशन नहीं, पानी नहीं है।'' माता गुजरी ने पुत्र को समझाया।

''हमारे साथ धोखा ही होगा माता जी।'' गुरु जी को पहाड़ियों पर विश्वास नहीं है।

''पहाड़ी राजा बहुत कपटी हैं।'' गुरु जी ने ठीक फरमाया है। भाई जीवन सिंह गुरु जी के साथ सहमत हैं।

''आनन्दपुर में लाशों के ढेर लग गये हैं। इन्हें ठिकाने लगाने के लिए जंग को कुछ दिनों के लिए रोकना ही पड़ेगा। जंग रोकने के लिए गोबिन्द को आनन्दपुर छोड़ना ही पड़ेगा।'' मात गुजरी आनन्दपुर छोड़ने के लिए ज़ोर डालने लगेंगी।

''आप सभी की इच्छा है तो कुछ दिन आनन्दपुर से दूर रह कर देख लेते हैं।'' आखिर गुरु जी ने मज़बूर होकर आनन्दपुर खाली करने का फैसला ले लिया। आवश्यक सामान और सिख बहादुरों के एक तगड़े जत्थे के साथ कीरतपुर की ओर चल दिये।

उनका मन अत्यन्त उदास है। बार-बार पीछे मुड़ कर वे आनन्दपुर की ओर देख रहे हैं। पाँच कोस दूर आकर उन्होंने एक टीले* पर पड़ाव किया। गुरु जी गहरी सोच में डूबे हुए हैं। कहाँ जायेंगे? परिवार और बच्चों के भविष्य का क्या होगा? कौम का क्या बनेगा? धर्म प्रचार कैसे होगा? वे आत्म-सिमरन करने लगते हैं। परिवार और संगत को आदेश दिया, ''बिना किसी कारण मुझे परेशान न किया जाये।''

भाई जीवन सिंह, भाई बचित्तर सिंह, भाई उदय सिंह, साहिबज़ादा अजीत सिंह, भाई साहिब सिंह—और अनेक सिंह टीले पर मोर्चा बनाकर, जंगी अन्दाज़ से चारों ओर नज़र रखने लगते हैं।

भाई जीवन सिंह गुरु जी की मनोवस्था को समझ रहा है। वह बेचैन भी है। वह गुरु जी की प्रत्येक ज़रूरत का ध्यान रख रहा है।

---

* इस टीले का नाम आजकल निर्मोहगढ़ है। यहाँ गुरुद्वारा साहिब है।

इन दिनों गुरु जी किसी से भी बात नहीं करते।

पहाड़ी राजा इसी घड़ी की ताक में थे कि गुरु जी कब आनन्दपुर किला छोड़ कर कब जायेंगे।

उधर सरहद की ओर से याकूब खान और अली मर्दान के नेतृत्व में लगभग दो हज़ार सशस्त्र फ़ौज, आनन्दपुर को रवाना हो गयी। अब वह रोपड़ के नज़दीक पहुँचने वाली है।

पहाड़ी राजाओं के हौसले बुलन्द होने लगे। उन्हें गुरु जी के साथ खायी गयी गाय की सौगन्ध आदि सब भूल गया है।

जबकि गुरु जी ध्यानावस्था के कारण कुछ समय के लिए जंग आदि को भूल जाना चाहते हैं।

मगर पहाड़ी राजा अपनी फितरत से बाज़ नहीं आते। वे फिर से सिख फ़ौज का पीछा करते हुए उनके टीले को घेर लेते हैं।

अक्तूबर 1700 ई. का दिन। जंग फिर से मुँह खोले खड़ी है। गुरु जी के सिमरन में विघ्न न आये, इसीलिए जीवन सिंह ने नगा़ड़े पर चोट नहीं की थी, लेकिन वे पूरी तैयारी से अपने योद्धाओं के साथ मोर्चे पर डट गये।

सिंह संख्या में काफी कम थे। उनके लिए मरो या मारो जैसी ही स्थिति थी।

पहाड़ी राजाओं द्वारा ललकारने पर सिपाही आगे बढ़े। पहाड़ी सिपाही आगे बढ़े, मगर जीवन सिंह और उसके सिपाही सामने रास्ता रोके खड़े थे।

भाई बचित्तर सिंह, साहिबज़ादा अजीत सिंह, भाई उदय सिंह सभी ने अलग-अलग दिशाओं में मोर्चे सँभाल लिये थे।

टीले की सुरक्षा के लिए जीवन सिंह स्वयं डटा हुआ था। सिपाही आपस में भिड़ गये। तलवारें खड़क रही थीं।

भयानक शोर और चीख-पुकार सुन कर गुरु जी की ध्यानावस्था भंग हो गयी। उन्होंने तुरन्त खेमे से बाहर निकल कर देखा। हैरान थे—ये सब कैसे हो गया? तुरन्त अपने शस्त्र ले वे बाहर निकल आये।

सन्ध्या ढलने लगी थी। गुरु जी के योद्धा जंग के मैदान में डटे हुए थे। पहाड़ियों के पैर उखड़ने लगे। लड़ते-लड़ते वे पीछे हटने लगे। कई मैदान छोड़कर भागने लगे।

खालसा दल के जैकारे गूँजने लगे थे।

इतने में रात घिरने लगी। लड़ाई बन्द हो गयी। पहाड़ी राजाओं का फिर

से काफी जान-माल का नुकसान हुआ।

रात के समय अपने खेमों में पहाड़ी राजा अत्यन्त परेशान बैठे थे। वे एक बार भी खालसा फ़ौज पर विजय प्राप्त नहीं कर पाये थे। हर बार उन्हें मुँह की खानी पड़ी थी। सिख पता नहीं क्या बला है? मर जाते हैं, पीछे नहीं हटते, पीठ दिखाकर भी नहीं भागते। हमारे सिपाही तो उनका जैकारा सुनते ही हगने लगते हैं।

उन्हें सूचना मिली, सरहद के सूबेदार की फ़ौज, पहाड़ी राजाओं की मदद के लिए तेज़ी से आगे बढ़ रही है।

यह ख़बर सुनते ही खेमों का माहौल बदल गया। सभी जश्न मनाने लगे। मस्ती में वे आनन्दपुर के नज़दीक गाँवों को लूटने लगे। चारों ओर हाहाकार मच गया।

दिन चढ़ते ही मुग़ल सेना, पहाड़ी सेना से आ मिली। ऊँचे टीले पर खड़े हुए गुरु जी सोच रहे थे, सामने तुर्क सेना और पहाड़ी सेना हज़ारों की संख्या में हैं। दूसरी ओर खालसा फ़ौज सिर्फ सैकड़े की गिनती में थे। कैसे जीती जायेगी ये जंग। खालसा ने पीछे भागना नहीं सीखा। न ही किसी का दबाव मानना सीखा है।

इस बार मुग़ल सेना के पास तोप भी है। तोप देखकर अजमेर चन्द सोचने लगा, ''इस टीले को वे जब चाहे फ़ना कर सकते हैं।'' इस इरादे से वह तुर्क तोपची के पास गया और दूर टीले पर खड़े गुरु गोबिन्द सिंह की ओर इशारा कर कहने लगा, यदि उस बागी को तुम इस के गोले से उड़ा दो तो मैं सोने की मोहरों से लाद दूँगा।''

''यह तो हमारे बायें हाथ का खेल है।''

तोपची को अपने हुनर पर घमण्ड था,

''युद्ध शुरू होने दीजिए राजा जी, फिर देखना...।''

''युद्ध तो शुरू है...।'' अजमेर चन्द ने युद्ध का बिगुल बजाने का इशारा किया।

नरसिंहा बजने लगे। नौबत खड़कने लगी, 'या अली'—और 'हर हर महादेव' के नारे गूँजने लगे।

गुरु जी ने जीवन को नगाड़े पर चोट लगाने के लिए कहा। मुकाबला आरम्भ हो जाना चाहिए।

दूर-दूर से तीरन्दाज़ी होने लगी। तोपची ने पहला गोला गुरु जी की ओर निशाना लगा कर दाग़ दिया। गोला गुरु जी के निकट खड़े सेवक को जाकर लगा। सेवक वहीं शहीद हो गया।

गुरु जी ने तीर का निशाना तोपची की ओर लगाया। इससे पहले कि तोपची दूसरा गोला दाग़ पाता, एक तीर उसकी छाती के आर-पार निकल गया। बदले की भावना से तोपची का भाई आगे आया। गुरु जी के दूसरे तीर से वह भी मारा गया।

तुर्कों की तोप ठुस्स हो गयी।

दूसरे मोर्चे पर साहिबज़ादा अजीत सिंह, भाई जीवन सिंह, उदय सिंह, साहिब सिंह, बचित्तर सिंह, दया सिंह—सभी दुश्मन के साथ भिड़े हुए थे।

पहाड़ी फ़ौज नित्यप्रति की झड़प और लड़ाई से थक और ऊब चुकी है, परन्तु सरहद की सेना के याकूब खान और अली मर्दान खान अभी ताज़ादम है। वे खालसा फौज से पूरा मुकाबला कर रहे थे।

भाई बचित्तर सिंह और उदय सिंह लड़ते-लड़ते तुर्क सेना में अन्दर तक घुस गये। जीवन सिंह देख रहा है—ये जंगी दाँव ठीक नहीं है। दोनों सिंह घिर सकते हैं। उधर याकूब खान और अली मर्दान ने भी उन्हें देख लिया। वे चीते-सी शह से आगे बढ़े। जीवन सिंह भी बाज़ निगाह से उन्हें देख रहा है। अपनी बन्दूक उसने कन्धे से उतार ली।

घेरा तंग होता जा रहा था। जीवन सिंह अपनी बन्दूक ले आगे बढ़ने लगा। सिंह योद्धाओं को बचाना ही होगा। उसने अपनी बन्दूक का घोड़ा दबा दिया। धमाके से बारूद की गन्ध फैलने लगी। उधर याकूब खान की खोपड़ी फट गयी। अगले ही पल अली मर्दान की छाती से खून का फव्वारा फूटने लगा।

तुर्क सिपाही घबरा उठे।

टीले पर खड़े गुरु जी सब कुछ देख रहे थे। सोच भी रहे थे। दुश्मन बड़ी संख्या में थे। सिंहों के हौसले बुलन्द होने के बावजूद, इनके सामने कोई पेश जा नहीं सकती। कब तक सिंह लड़ पायेंगे। जंगी दाँव के अनुसार, इस समय खुद का बचाव करना अति आवश्यक था।

आनन्दपुर लौटा नहीं जा सकता। सामने सतलुज नहीं है। यहाँ पर घिर

जाने का भारी खतरा बना हुआ है। उन्होंने सोचा बन्दी बनने से बेहतर है, किसी तरकीब से यहाँ से निकलना ही चाहिए।

सतलुज नदी के दूसरे किनारे पर बसाली रियासत थी। वहाँ का राजा सलाही चन्द उनका श्रद्धालु था। उसने कभी पहाड़ी राजाओं का साथ नहीं दिया था। उसने गुरु जी से कई बार विनती की थी कि वे उसकी रियासत में अवश्य आयें। गुरु जी ने सोचा, इस समय उन्हें सलाही चन्द की रियासत में चले जाना चाहिए।

गुरु जी ने अपने योद्धाओं को आदेश दिया, "अँधेरा होने से पहले हमें बसाली राज में प्रवेश करने का यत्न करना चाहिए।"

भाई जीवन सिंह आगे आया, वह ज़ख्मी है, भले ज़ख्म अधिक गहरे नहीं हैं। उसने अत्यन्त हौसले से कहा, "गुरु जी, हम यहाँ तुर्कों और पहाड़ियों को उलझाये रखते हैं, इतने में आप यहाँ से सुरक्षित स्थान देखकर सतलुज पार चले जायें। बचित्तर सिंह, उदय सिंह आपके साथ जायेंगे।"

गुरु जी ने प्रशंसात्मक नज़रों से जीवन सिंह की ओर देखा। कुछ कहना चाहते थे, मगर कहते नहीं। मन में सोचते हैं, 'इस बहादुर सिंह का भारी ऋण है हम पर। इतनी निस्वार्थ सेवा किसी बिरले सिख के हिस्से में आती है।'

"गुरु जी, इतनी देर करना ठीक नहीं। दुश्मन टिड्डीदल-सा आगे बढ़ता आ रहा है। आप परिवार सहित बसाली चले जायें। हम जीवित रहे तो आप से मिलेंगे।"

भाई जीवन सिंह की योजनानुसार, गुरु जी, उनका परिवार और कुछ अन्य सिंह, पाँच प्यारे सभी सतलुज पार कर, बसाली रियासत की ओर चल दिये।

रात घिर आने से लड़ाई बन्द हो गयी। रात के अँधेरे में भाई जीवन सिंह, साहिबज़ादा अजीत सिंह और अन्य सिंह भी गुरु जी से आ मिले।

दिन निकलते ही, मुग़ल सेना, और पहाड़ी सेना में यह ख़बर फैल गयी, "सिखों का पीर भाग खड़ा हुआ। उसके सिंह मारे गये।"

पहाड़ी राजाओं ने इसे अपनी विजय समझा और फ़ौज को वापस कूच करने का आदेश दे दिया।

अपनी-अपनी रियासतों में पहाड़ी फ़ौज आनन्दपुर और उसके आस-पास के गाँवों में लूटमार करते हुए लौटने लगी।

पहाड़ी राजाओं ने इसे विजय मान जीत का जश्न मनाये और मुग़ल सेना के अनेक योद्धाओं को विदा किया।

रावी के किनारे का नगर बसाली।

गुरु गोबिन्द सिंह और उनके सिंह राजा सलाही चन्द के अतिथि थे।

गुप्तचरों ने यह सूचना राजा अजमेर चन्द तक पहुँचा दी।

"यह कैसे हुआ? वे जीते-जी यहाँ से कैसे निकल गये? हमें तो सूचना मिली थी कि वे सभी सिख मारे गये हैं?" अजमेर चन्द क्रोध में आकर दहाड़ा।

"हजूर, अभी भी वक्त है, गुरु के पास अभी कोई खास फ़ौज नहीं है। गिनती के सिपाही होंगे उसके पास। बसाली पर धावा बोल कर, गुरु को पकड़ लेते हैं।" एक योद्धा ने सुझाव दिया।

"उसका सेनापति जिन्दा है या मारा गया है?"

"कौन सेनापति हजूर।"

"क्या नाम है उसका...हाँ जैता...।"

"मालूम नहीं हजूर।"

"अगर वह जिन्दा है तो वह अकेले ही, अपनी सेना को गुरु के नज़दीक फटकने नहीं देगा।"

"देखते हैं, वह क्या करता है।" एक पहाड़ी योद्धा ने क्रोध से भर कर कहा।

"देखना क्या है—जैता को देखते ही, हमारे सिपाही चूहों की भाँति भागने लगते हैं। अब हम उनसे सीधे नहीं टकरायेंगे। बसाली पर निगाह रखो। जब भी गुरु बसाली से कुछ करे, उसे तभी घेर कर बन्दी बना लिया जाये। अब हम जीवित ही उसे शहंशाह के सुपुर्द करेंगे। वाह...वाह...।" राजा अजमेर चन्द अपनी योजना पर स्वयं ही इतराने लगा।

उसने तुरन्त कलमोट के रंधड़ों और गुज्जरों से सम्पर्क किया। रंधड़ तो पहले ही गुरु से बदला लेने की ताक में थे। पिछली जंग में गुरु के सिंहों ने उनका भारी नुकसान किया था।

अजमेर चन्द ने भेद लेने के लिए जासूस लगा दिये। उनकी योजना थी कि सिख गुरु जब बसाली से निकलेगा तो रंधड़ और गुज्जर उसे घेर कर क़त्ल कर देंगे या बन्दी बना कर राजा अजमेर चन्द के पास ले आयेंगे।

रंधड़ों को अधिक दिनों तक इन्तज़ार नहीं करना पड़ा। गुरु जी सलाही चन्द के पास कुछ दिन रहने के पश्चात् अब अपने क्षेत्र आनन्दपुर लौटना चाहते थे। जबकि सलाही चन्द उन्हें अभी (गुरु जी को) वापस भेजना नहीं चाहता था। वह बार-बार गुरु जी से अनुरोध करने लगा। "गुरु जी, आपने यहाँ की धरती और

पहाड़ों को पवित्र कर दिया है। आप अभी कुछ दिन यहीं रुक जायें। बाहर के हालात अभी ठीक नहीं हैं।'' राजा ने फिर से विनती की।

''राजा जी, आनन्दपुर उजड़ गया है। उसकी सुन्दरता तबाह हो गयी है। हमें जाना ही होगा। आनन्दपुर को नये सिरे से बसाना होगा। अभी आप हमें अपने स्नेह और श्रद्धा से रोकने का यत्न न करें। हमारा फर्ज़ हमें पुकार रहा है। हमें एक पल की भी देर नहीं करनी चाहिए। आनन्दपुर तो हमें जाना ही होगा।''

''माता जी, परिवार और साहिबज़ादा को अभी यहीं रहने दीजिए। कोई उनका बाल भी बाँका नहीं कर पायेगा। आप आनन्दपुर की खैर-ख़बर लेकर शीघ्रता से लौट आये।'' सलाही चन्द ने हाथ जोड़ कर प्रार्थना की।

''एक बार तो सभी को आनन्दपुर जाना ही होगा।'' गुरु जी ने कहा।

राजा सलाही चन्द ने अन्ततः गुरु जी को कीमती तोहफों के साथ भावभीने ढंग से विदा किया।

गुज्जर और रंधड़ इसी मौके की प्रतीक्षा में थे। वे सभी पहाड़ों और जंगलों में छिपे बैठे थे। उन्हें सूचना प्राप्त हुई, ''गुरु यहाँ से निकल गया है। साथ में बेहद कम संख्या में सिंह हैं।''

उन्होंने गुरु जी के काफिले को कलमोट नामक स्थान पर घेर लिया।

भाई बचित्तर सिंह, उदय सिंह और पाँच प्यारों ने मिल कर गुरु जी और उनके परिवार के इर्द-गिर्द सुरक्षा-घेरा बना लिया।

भाई जीवन सिंह, साहिबज़ादा अजीत सिंह, भाई साहिब सिंह ने अन्य सिंहों के साथ मिलकर रंधड़ों पर पलटवार कर दिया। जंगल के भयानक सन्नाटे में तलवारें खड़कने लगीं। रंधड़ चीख-पुकार मचाने लगे और सिंह जैकारे लगाने लगे। जंगल के आसमान में पक्षियों ने चीखना शुरू कर दिया था।

गुरु जी ने अपने तीर कमान से गुज्जरों और रंधड़ों को निशाना बनाया। साहिबज़ादा अजीत सिंह का जोश देखने लायक था। भाई जीवन सिंह ने कभी नेज़ा तो कभी तलवार से वार कर दिया था।

गुज्जर भाग खड़े हुए।

''कोई जिन्दा न वापस जाये।'' भाई बचित्तर सिंह ने ललकारा, ''पीछा करो उनका।''

गुरु जी ने ऐसा करने से रोका।

कुछ समय के बाद जब हो-हल्ला थमा तो गुरु जी ने आदेश दिया, "भाई साहिब सिंह कहाँ हैं?"

जीवन सिंह ने जब मारे गये रंघड़ों और गुज्जरों की लाशों को टटोला तो उनमें भाई साहिब सिंह भी पड़े थे। उनका एक हाथ अभी भी कृपाण पर कसा हुआ था।

"गुरु जी, भाई साहिब सिंह ने शहीदी प्राप्त की है।" जीवन सिंह ने भारी मन से गुरु जी को आकर बताया।

गुरु जी भी अत्यन्त दुःखी हो गये।

"यह झड़प हमें बहुत महँगी पड़ी जीवन सिंह। हमारा बहादुर सूरमा हम से जुदा हो गया। अकाल पुरख उसे अपने चरणों में स्थान दे।" उन्होंने हाथ जोड़ कर परमात्मा के सम्मुख प्रार्थना की।

भाई जीवन सिंह ने उन्हें इतना उदास पहले कभी नहीं देखा था।

अजमेर चन्द अपनी रियासत कल्हूर पहुँचकर भी चिन्तित था। बसाली की झड़प में भी उन्हें मात हुई थी। गुरु को न पकड़ा जा सका और न ही वह मारा जा सका। सिख आखिर कितने थे? ये मुट्ठीभर सिख किसी भी मुग़ल फ़ौज और उनकी फ़ौज के सम्मिलित हमले से भी काबू में नहीं आ रहे थे और यह सेनापति जीवन सिंह पता नहीं क्या शै है। उसकी बन्दूकें हैं या अग्नि-शस्त्र? तलवार चलाता है तो कोई सूरमा उसके सामने टिक नहीं पाता। ये सिख क्या कोई करामात जानते हैं? इनके साथ लम्बी लड़ाई कैसे जारी रह सकती है? इस जंग-युद्ध के कारण उनकी मान-मर्यादा सब मिट्टी में मिल गयी है। क्या सोचेंगे शहंशाह औरंग़जेब। मुट्ठीभर सिंह और बच्चा-सा आनन्दपुर—परन्तु इन पर कोई नियन्त्रण नहीं कर पाता। लगता है, गुरु के साथ दुश्मनी बनाये रखने में पहाड़ी राजाओं का नुकसान ही होगा। गुरु ने स्वयं हम पर कभी कोई हमला नहीं किया। पहाड़ों की सारी सुख-शान्ति ही नष्ट हो गयी है। कहाँ राग-रंग और शाही मजलिसें। अब जगह-जगह पर सड़ती लाशें और बदबू। यदि कुछ वर्ष अमन चैन से गुज़ारने हों तो सिखों के गुरु के साथ मित्रता करने में ही भलाई है।

ऐसे मानसिक तनाव में उसने सभी पहाड़ी राजाओं को फिर से सभा के लिए बुला भेजा।

अन्य पहाड़ी राजा अजमेर चन्द से भी अत्यन्त दु:खी थे, वे भी चिन्तित थे। सोच रहे थे, सन्धि करने के लिए किस मुँह से जायें।

"अब गुरु हम पर विश्वास नहीं करेगा।" एक राजा ने कहा।

"जो हो चुका, उसके लिए माफी माँग लेंगे और भविष्य में मिल कर रहने का वायदा भी करेंगे।" अजमेर चन्द स्वयं लगातार चलती जंग से तंग आ चुका था।

गुरु के साथ सन्धि करने के लिए सभी राजा अपनी सहमति प्रकट करते हैं।

राजा अजमेर चन्द और अन्य राजा विशेष तौर पर, गुरु के लिए कीमती तोहफे लेकर आये।

"हम आपके आनन्दपुर लौट कर आने पर आपका स्वागत करने के लिए आये हैं।" सभी राजाओं ने अत्यन्त विनम्रता से कहा।

गुरु जी को यकीन नहीं आ रहा। सोचते हैं, ये भी उनकी छल-कपट की कोई चाल ही होगी। गुरु जी ने इस बात का कोई जवाब नहीं दिया।

"गुरु जी, जो हुआ, भूल जायें। हम सभी आपसे वायदा करते हैं, अपनी ओर से कोई छेड़छाड़ नहीं करेंगे। आपके घोड़ों के लिए चारा भी देंगे और लंगर के लिए लकड़ियाँ भी मिलेंगी।"

उनकी बातें सुन कर गुरु जी ने मित्रतावश मुस्करा कर अजमेर चन्द के कन्धे पर हाथ रख दिया।

"हम उम्मीद करते हैं, आप ऐसा ही करेंगे।" गुरु जी ने मुस्करा कर कहा और सभी को लंगर खाने के लिए कहा।

ये मित्रता, ये दोस्ती आखिर कितने दिन तक चल पायी?

43

आनन्दपुर वासियों के चेहरों पर पुरानी रौनक लौटने लगी थी। वहाँ के लोगों को सुकून आना शुरू हुआ था।

18 वैशाख, विक्रमी संवत् 1757।

सुबह के दीवान की समाप्ति हुई। श्रद्धालु जा रहे थे। मामा कृपाल चन्द, गुरु जी और माता गुजरी अभी बैठे हुए थे। भाई जीवन सिंह बाहर नेज़ा लिए पहरे पर खड़ा था।

"मैं रोहतास* गाँव से आया हूँ गुरु जी।" सेवक ने हाथ जोड़ कर नम्रता से कहा।

"कैसे आये हो सिंह? क्या कहना है?" गुरु जी ने प्यार से पूछा।

जीवन सिंह तुरन्त अन्दर आकर खड़ा हो गया।

"गुरु जी मैं अपनी सुपुत्री साहिब देवी का नाता आपसे जोड़ने के लिए आया हूँ। आप इसे स्वीकार करें। वह बाहर पालकी में बैठी है।"

यह सुन कर वे तीनों चकित रह गये। ऐसा कैसे सम्भव है...।

"मैं अपना गृहस्थ जीवन पूर्ण कर चूका हूँ। लगातार लड़ाई-जंग के कारण मैं गृहस्थ-जीवन त्यागने का प्रण कर रहा हूँ।"

गुरु जी ने सहज भाव से कहा, "अब मैं धर्म और कौम की सेवा करना चाहता हूँ।"

"गुरु जी, मेरी सुपुत्री ने बचपन से आपको पति के रूप में स्वीकार किया है। मेरे गाँव में सभी इस बात को जानते हैं। यदि आपने इनकार कर दिया तो मेरी सुपुत्री सारी उम्र कैसे रह पायेगी।"

गुरु जी बात सुन कर खामोश हो गये। कुछ पल के बाद उन्होंने पूछा, "तुम्हारा क्या नाम है सिंहा।"

"मैं आपका सेवक भाई रामू हूँ, गुरु जी।"

"भाई रामू, हम तुम्हारी सुपुत्री को स्वीकार कर लेंगे। आपकी पुत्री खालसा की माता बनना चाहे, सारी खालसा फ़ौज को अपने पुत्रों समान समझे। अन्य कोई भावना मन में न लाये। यदि आपकी सुपुत्री को इस प्रकार का जीवन स्वीकार हो तो उसे बेशक यहाँ रहने दें। अपनी पुत्री से पूछ लीजिए...।"

भाई रामू कुछ देर के लिए बाहर चला गया। फिर उसने आकर कहा, "मेरी सुपुत्री का अहोभाग्य होगा यदि वह खालसा की माता बने।"

इस सम्बन्ध को स्वीकार कर साहिब देवी अमृत छक कर माता साहिब कौर बन गयी और खालसा पन्थ की माता भी।

आनन्दपुर में जीवन आम डगर पर आने लगा।

धार्मिक मर्यादा के अनुसार सारी लाशों का दाह-संस्कार किया गया। मुसलमानों को दफनाया गया।

---

* झेलम नदी के किनारे बसा एक गाँव।

आनन्दपुर में रौनक और चहल-पहल बढ़ने लगी। दीवान फिर से सजने लगे। लगातार किये गये अनेक हमलों, लड़ाइयों में खालसा फ़ौज में हर बार विजय प्राप्त करने के कारण दूर-दूर तक गोबिन्द सिंह की कीर्ति फैल गयी थी। अब श्रद्धालु अनेक स्थानों और सभी दिशाओं से दीवान में आने लगे थे।

अब फिर से खेल-अभ्यास होने लगे। कसरतें की जाने लगीं। युद्ध-अभ्यास भी साथ-साथ जारी था।

आनन्दपुर फिर से बस गया था।

समय गुज़रता जा रहा था। सर्दी घटने लगी थी। गर्मी का मौसम सिर उठाने लगा था।

हाड़ की एक दोपहर–

गुरु गोबिन्द सिंह एक ओर बैठे पहलवानी का अखाड़ा देख रहे थे। उन्होंने देखा कि एक ब्राह्मण रोते हुए उनकी ओर आ रहा है। जीवन सिंह को नवें गुरु के समय आये कश्मीरी पण्डित याद आ गये। वे भी इसी प्रकार आकर रोने लगे थे। फिर क्या-क्या नहीं घटा था। इन पण्डितों ने रोने-धोने की मक्कारी नहीं छोड़ी। सोचते हुए जीवन सिंह ने आगे बढ़ कर पण्डित को घेर लिया।

"क्या हो गया? माँ मर गयी है क्या?" जीवन सिंह ने व्यंग्य से पूछा।

"नहीं–नहीं।" पण्डित ने रोते हुए कहा।

"बाप मर गया क्या?"

"नहीं।" पण्डित का रोना अभी भी जारी था।

"फिर कौन मर गया, घरवाली...?"

"नहीं।"

"फिर क्यों बच्चों की तरह बिसूर रहा है?" जीवन सिंह ने गुस्से से पूछा।

"मेरी घरवाली के हाथ की अभी मेहन्दी भी नहीं उतरी, उसे एक पठान अगवा कर ले गया।" पण्डित दहाड़ें मारने लगा।

गुरु जी दूर से सब देख रहे थे। उन्होंने एक सेवक को भेजकर रोते हुए उस ब्राह्मण को अपने पास बुलाया।

भाई जीवन सिंह ने पास आकर व्यंग्य से बताया, "गुरु जी, इस ब्राह्मण की घरवाली को एक पठान अगवा कर ले गया है।"

"क्या नाम है तुम्हारा?" गुरु जी ने उससे पूछा।

"देवकी दास है गुरु जी।"

"कौन ले गया है तुम्हारी घरवाली को?"

"बस्सी कलां का पठान जबर जंग ले गया है गुरु जी।"

"तुमने रोका नहीं उसे?"

"वो बहुत तेज़ है जी। मैं कैसे उसे रोक सकता था जी। आपकी शरण में आया हूँ। आप मेरी घरवाली मुझे वापस लौटा दीजिए।" देवकी दास गुरु जी के पैरों की ओर झुका।

"अगर तुम अपनी घरवाली की रक्षा नहीं कर सकते थे तो शादी क्यों की?" गुरु जी ने रौब से पूछा।

ब्राह्मण नज़रें झुकाये फिर से रोने लगा।

गुरु जी ने भाई जीवन सिंह की ओर देखा। वह गुरु जी के प्रत्येक इशारे को भली-भाँति समझता है।

"अजीत सिंह को साथ ले जाओ और कुछ सिपाहियों को भी। पठान को सज़ा मिलनी चाहिए ताकि बाकी उम्र वह किसी परायी स्त्री की ओर बुरी नज़र से देख न पाये। अगर ऐसा करते हुए उसकी जान भी चली जाये तो प्रभु की लीला...।"

तुरन्त सिंह सूरमा का जत्था, ब्राह्मण देवकी दास को साथ ले बस्सी कलां के लिए रवाना हो गया।

सिंहों को देखते ही पठान जबर जंग की साँस रुक गयी। उसके अंगरक्षकों ने सिंहों को ललकारा। परन्तु सिंह सूरमाओं के सामने मुग़ल फ़ौज टिक नहीं पायी। छोटी-सी झड़प के पश्चात् पठान और अंगरक्षक मारे गये।

सिंहों ने देवकी दास की पत्नी की छानबीन की। एक अँधेरे कमरे में सिसकियों की मध्यम आवाज़ सुन सिंह वहाँ पर पहुँचे।

पठान ने उस स्त्री को बन्द कर, बाहर से ताला लगा दिया था। भाई जीवन सिंह ने जैकारा लगाते हुए तलवार के एक ही वार से कुंडी को काट डाला।

"अन्दर नहीं आना, मेरे कपड़े फटे हुए हैं।" भीतर से आह भरी धीमी आवाज़ सुनाई दी।

जीवन सिंह ने अपना कमरकस्सा खोल कर अन्दर फेंक दिया।

रात घिरने से पहले ही सिंहों का जत्था जैकारे लगाता वापस आनन्दपुर आ पहुँचा।

कुछ दिनों से माता जीतो जी की तबीयत ठीक नहीं चल रही। सारा शरीर टूटता

प्रतीत होता है। मुँह का स्वाद बिगड़ा हुआ है। सिर में हथौड़े बजने की-सी आवाज़ सुनाई देती है। वैद्य की दवा लगातार खाने से भी कोई अन्तर नहीं आ रहा।

गुरु जी ने आकर जीतो जी से उनका हाल-चाल पूछा। माता जी ने धीमी आवाज़ में जवाब दिया, ''अभी तो पुत्र कुछ फायदा नहीं लग रहा है।''

जाड़े के दिन हैं।

पोष महीने की एक शाम को गुरु जी, भाई जीवन सिंह और कुछ अन्य सिंह अभी शिकार से लौटे ही थे कि छोटे साहिबज़ादे जुझार सिंह ने आकर तेज़ी से सूचना दी, ''पिता जी, माता जी बहुत बीमार हैं।''

''क्या हुआ पुत्र? सुबह तो कुछ ठीक थीं।'' गुरु जी ने हैरानी से पूछा।

''पता नहीं पिता जी। दादी जी बहुत रो रही हैं।''

गुरु जी तेज़ी से अन्दर की ओर चल दिये।

माता जीतो जी बेसुध थीं।

माता गुजरी ने सुबकते हुए जीतो जी को झिंझोड़ा, ''गोबिन्द, आ गया है पुत्तर... ।''

माता जीतो जी ने पल भर के लिए पलकें खोलने का यत्न किया। अधमुँदी आँखों से ही उन्होंने जैसे अपने गुरु-पति से आखिरी विदा माँगी।

सिरहाने खड़ा वैद्य नब्ज़ की जाँच करते हुए चिन्तित है, नब्ज़ बहुत धीमी चल रही है। उसने गुरु जी की ओर देखा, मगर कुछ भी कहने का साहस न कर पाया। माता जी की साँस दीये की लौ की तरह बुझने वाली थी।

अचानक जीतो जी ने ज़ोर से हिचकी ली और उनकी गर्दन एक ओर लुढ़क गयी।

छोटे दोनों बालक सहम कर गुरु-पिता की टाँगों से लिपट गये।

बीबी प्रेमो ने ज़ोर से आह भरी।

जीवन सिंह घबराया-सा भीतर घुसा।

माता गुजरी जी ने बहते आँसुओं संग जीतो जी को चादर से ढक दिया।

जीवन सिंह भी सिर पकड़ कर वहीं बैठ गया और रोने लगा। गुरु जी ने सभी को शान्त रहने और वाणी पढ़ने को कहा। वे स्वयं भी पाठ करने लगे।

माता जीतो जी के दाह-संस्कार के कारण आनन्दपुर में मातम छा गया।

पहाड़ों पर आजकल कोई खास हलचल सुनाई नहीं दे रही है। गुरु जी अत्यन्त उदास हैं।

मन ही मन निर्णय लेते हैं कि उन्हें धर्म प्रचार के लिए दूर-पास की यात्रा करनी चाहिए ताकि मन से उदासी दूर हो सके। शायद इससे स्थिरता आ जाये।

एक दिन दीवान में समाप्ति के समय सभी की उपस्थिति में गुरु जी ने ऐलान किया, "वे अमृत प्रचार के लिए कुछ स्थानों की यात्रा पर जाना चाहते हैं। वे अपने साथ कोई भी शस्त्र इत्यादि नहीं लेकर जायेंगे। आत्म-रक्षा के लिए बस कुछ सशस्त्र सेवक अवश्य रहेंगे। उनके साथ जाने वाले अपनी तैयारी कर लें।"

विक्रमी संवत् 1759, हाड़ महीना।

धार्मिक प्रचार के इरादे से निकला गुरु जी का काफिला पहले लक्खी जंगल पहुँचा। वर्षा का मौसम था। गुरु जी ने भाई जीवन सिंह को सुरक्षित स्थान खोजने की ताकीद की। संगत में बैठे भाई डल्ला ने उठ कर अर्ज़ की, "गुरु जी हमारे गृह में चरण डाल उसे पवित्र कीजिए।"

गुरु जी चौधरी डल्ला की अर्ज़ स्वीकार कर वहाँ चल दिये। उसके घर में नित्य दीवान लगने लगा। संगत आने लगी। गुरु जी उन्हें आन से जीने, खालसा बनने और अमृत ग्रहण करने सम्बन्धी महत्त्वपूर्ण प्रवचन करने लगे। आस-पास के गाँवों से नित्यप्रति लोग आने लगे। सभी गुरु जी के प्रवचन सुन सिंह सजने के लिए आतुर होने लगे।

एक दिन सन्ध्या समय दीवान की समाप्ति के पश्चात् माता गुजरी जी अपने गुरुपुत्र तेजस्वी चेहरे को निहार रही हैं। सोच रही हैं, 'इतनी मुश्किलों का सामना करने के उपरान्त भी इसके चेहरे पर कोई शिकन नहीं। किसी से कोई शिकायत भी नहीं। अकाल पुरख के प्रत्येक फैसले को सिर झुका कर, आसानी से स्वीकार करता है। तभी तो इसका मन इतना शान्त रह पाता है।'

सभी जा चुके हैं। सेवक-सिपाही सभी आराम कर रहे हैं। जीवन सिंह अकेला बाहर पहरा दे रहा है।

"माता जी, आप उदास लग रही हैं।" गुरु जी ने पूछा।

"आनन्दपुर से आये हुए हमें काफी समय हो गया है।"

"आप क्या कहना चाहती हैं?" गुरु जी ने तुरन्त पूछा।

"तुम कहो तो आनन्दपुर वापिस चलें?"

"कहो तो कल ही चल दें यहाँ से। वैसे कुरुक्षेत्र में सूर्य ग्रहण का मेला लगने वाला है। वहाँ की घोड़ों की मण्डी से हम कुछ बढ़िया घोड़े भी खरीदना चाहते हैं। आप की आज्ञा हो तो कुरुक्षेत्र का मेला देखकर वापस आनन्दपुर चलें।"

माता जी क्या कहतीं...। उन्होंने पुत्र की बात में सहमति प्रकट कर दी, "ठीक है, कुरुक्षेत्र का मेला देखकर ही आनन्दपुर वापसी करेंगे।"

अगले ही दिन गुरु जी का काफिला कुरुक्षेत्र की ओर रवाना हो गया।

44

सूर्य ग्रहण के मेले में खालसा पन्थ की शान अलग से ही दिखाई दे रही है। गुरु गोबिन्द सिंह जी के खेमे पर केसरी निशान साहब झूल रहे हैं। भाई जीवन सिंह और अन्य कई सेवक तैयार-बर-तैयार बाहर पहरा दे रहे हैं। गुरु जी के निकट 'पाँच प्यारे' बैठे हैं। गुरु जी के दर्शन करने आये अनेक विद्वान 'शबद' के रहस्य और धर्म के बारे में 'गोष्ठी' कर रहे हैं।

मेले में सिखों के पीर के आने की बात सुन श्रद्धालु उनके दर्शन करने आने लगे हैं।

एक योगी मदननाथ भी गुरु जी के दर्शन करने आया है। गुरु जी से विचार-चर्चा कर, उसके मन की जिज्ञासा शान्त हुई, परन्तु गुरु जी और उसके सेवकों का रूप देख कर वह दुविधा में पड़ जाता है। अपनी दुविधा के निराकरण के लिए वह गुरु जी से पूछता है, "गुरु जी, आपकी यह माया समझ में नहीं आती। आप सन्त हृदय हैं। परमात्मा से जुड़े पुरुष हैं। परन्तु आपका बाहरी रूप एक योद्धा जैसा है। इसमें क्या भेद है? आप मुझ जैसे मुरीद की जिज्ञासा शान्त करें।"

योगी की बात सुन कर गुरु जी हँस दिये। कहने लगे, "योगी जी, हम सन्त भी हैं और सिपाही भी। योद्धा का ये भेष तुर्क सेना और पहाड़ी सेना के लिए है। दीन-दुखियों की रक्षा करना हम अपना परम कर्त्तव्य समझते हैं। आन से जीना ही हमारा उद्देश्य है। इस धरती पर जहाँ कहीं भी ज़ुल्म, अत्याचार और अन्याय-शोषण होगा, हम और हमारे सिंह सदा उस ज़ोर-जबरदस्ती और दमन का विरोध करेंगे। हाथ में तलवार होने के बावजूद हमारे भीतर प्रभु के नाम का जाप चलता रहता है। तुर्क और अन्यायी इसी भेष के कारण हम से भय खाते हैं।"

योगी को अब 'सन्त-सिपाही' वाली बात का भेद समझ में आ गया। उसने फिर गुरु जी के आगे शीश नवाया।

आनन्दपुर की ओर प्रस्थान करते हुए गुरु जी चाहते हैं कि रास्ते में आने

वाले गाँवों में खालसा पन्थ का प्रचार किया जाये। वे चाहते हैं कि अधिक से अधिक लोग खालसा पन्थ से जुड़ें ताकि अन्यायियों के खिलाफ आवाज़ उठाने की ताकत और हौसला उनमें पैदा हो सके। उन्होंने ऐसे गाँवों की जानकारी प्राप्त करने की ज़िम्मेदारी भाई जीवन सिंह और बचित्तर सिंह पर डाली।

अब वापसी की तैयारियाँ होने लगीं।

•

मेले में अनेक पहाड़ी राजा भी अपने अहलकारों के साथ आये हुए थे। सभी मिल कर विशेष तौर से गुरु जी से मिलने के लिए पहुँचे।

अजमेर चन्द का कपटी मन फिर से फ़न उठाने लगा। वह सोचता है, इस समय जीवन सिंह और बचित्तर सिंह जैसे सूरमाओं के अलावा सिख गुरु के साथ अधिक सिंह योद्धा और सेवक नहीं हैं। वह अन्य पहाड़ी राजाओं के साथ योजना बनाता है,

''यदि वापसी के समय इस गुरु को घेर लिया जाय...?''

''परन्तु हम सभी ने गुरु जी के साथ युद्ध न करने का वायदा किया है।'' सभी राजाओं का मत है।

''हमें युद्ध नहीं करना। असल में आजकल मुग़ल फ़ौज के सरदार सैयद बेग और आलिफ़ खान अपनी दस हज़ार फ़ौज लेकर रोपड़ के नज़दीक पड़ाव किये बैठे हैं। वे दिल्ली जा रहे हैं। गुरु भी इधर से ही गुज़रेगा। वे उस पर अचानक हमला करके उसे गिरफ्तार कर लेंगे या क़त्ल कर देंगे। सारा झंझट ही खत्म हो जायेगा।''

''ये सरासर धोखा है।'' पहाड़ी राजाओं ने कहा। वे नहीं चाहते थे कि पहली लड़ाइयों की भाँति इस बार फिर से नुकसान उठाया जाये।

''गुरु को काबू धोखे से ही किया जा सकता है।'' अजमेर चन्द अपने पिता की तरह ही जिद्दी है।

''मुग़ल सरदार युद्ध के लिए रजामन्द हो जायेंगे?'' एक राजा ने पूछा।

''रज़ामन्द तो सोने की मोहरें करेंगी। लालच के कारण, बाप पुत्र को क़त्ल कर सकता है। सिख मुग़लों के क्या लगते हैं?''

अजमेर चन्द ने तुरन्त अपना एक सन्देशवाहक रोपड़ की ओर भेजा और उसे आदेश दिया, ''लौटते पाँव सहमति लेकर हमें सूचना दो।''

गुरु जी अभी रास्ते में ही थे। अजमेर चन्द का सन्देशवाहक मुगलों से आ मिला।

मुग़ल सरदार गुरु जी पर हमला करने को सहमत हो जाते हैं। और साथ ही सन्देश भेजा, "मोहरें तुरन्त भिजवा दो।"

दूसरी ओर, गुरु गोबिन्द सिंह जी गाँव-गाँव में रुकते, ठहरते, अमृत-संचार करते आनन्दपुर की ओर लौट रहे हैं।

रोपड़ से 15 कोस दूर चमकौर जाट का गाँव है। यहीं पर सैयद बेग़ और आलिफ़ खान की फ़ौज पड़ाव डाले बैठी है।

गाँव के नज़दीक पहुँचने पर गुरु जी बताते हैं, "यहाँ का रूपचन्द सिख धर्म का श्रद्धालु है। अगर उसे हमारे बारे में इत्तलाह होती तो वह अवश्य हमारा स्वागत करने के लिए आता।"

रूपचन्द ने किले जैसी एक गढ़ी बना रखी है। जत्था अपनी मौज में आ रहा है। मुगल सिपाही अचानक उन्हें घेर लेते हैं।

सिंह तुरन्त गुरु जी और उनके परिवार को सुरक्षित घेरे में ले लेते हैं। साहिबज़ादा अजीत सिंह, बचित्तर सिंह, भाई जीवन सिंह मुग़लों से टक्कर लेने को तैयार हैं। मुग़ल फ़ौज के सामने सिंह योद्धा गिनती में ही हैं। यह देखकर भी जीवन सिंह हौसले से कहता है, "गुरु जी, काफी दिनों से मेरी तलवार को जंग लग गया था, आज वह उतारने का मौका आ गया है।"

गुरु जी तीर-कमान लेकर तैयार हैं।

तुर्क सिपाहियों को इस बात का अन्दाज़ा नहीं था कि अचानक आ पड़ी ऐसी स्थिति में भी सिख सिपाही मुकाबला करने के लिए तैयार हो सकते हैं। मुग़ल फ़ौज सोच रही है, बिना मुकाबला किये लौटने पर सैयद बेग के कहर का शिकार होना पड़ेगा। यह सोचकर मुगल फ़ौज ने मोर्चा सँभाल लिया।

गुरु जी द्वारा तीरों की बौछार से मुग़ल सिपाही बौखला उठे। जीवन सिंह धड़ाधड़ तलवार चला रहा था। बहुत सारे मुग़ल मारे गये। कुछेक भाग निकले।

सैयद बेग अपने सिपाहियों की ये हालत देख कर क्रोधित हो उठा। उसने हुक्म दिया, "आलिफ़ खान, सिपाहियों को सावधान करो। दिल्ली पहुँचने से पहले एक और युद्ध करना होगा। कौन है ये सिखों का गुरु...? हमारे सिपाहियों की ऐसी दुर्दशा...। वार करो...।" वह स्वयं फ़ौज का नेतृत्व करने के लिए आगे बढ़ा।

पल-भर में सारी मुग़ल फ़ौज ने गुरु जी के छोटे-से जत्थे को घेर लिया। मुग़ल सैयद सरदार सबसे आगे है।

जत्था रुक गया। गुरु जी शान्त चित्त खड़े हैं। साथ में परिवार, माता जी,

पत्नियाँ और छोटे बच्चे हैं। गुरु जी का तेजस्वी चेहरा देख सैयद बेग का हाथ वहीं थम गया। इतना नूर...? ऐसा चेहरा कभी जंग नहीं कर सकता। पहाड़ी राजाओं ने बिना मकसद उसे उकसाया। एक पैगम्बरी चेहरा कभी हमलावर नहीं हो सकता। गिनती के सिख और ये हौसला? अवश्य यह इस करामाती गुरु की शक्ति के कारण है। उसने अपने हथियार नीचे रख दिये। अपने सिपाहियों को भी इशारे से रोक, खुद आगे बढ़ा।

भाई जीवन का हाथ तलवार की मूठ पर और भी कस गया। गुरु जी ने इशारे से उसे धीरज रखने को कहा।

सैयद बेग ने आगे बढ़ कर गुरु जी को प्रणाम किया और कहा, "मेरे सिपाहियों की भूल को क्षमा करें। अब से हम पूरी फ़ौज समेत आपके साथ हैं।"

आलिफ़ खान ने सैयद बेग का ऐसा व्यवहार देखा तो सोचने लगा, 'अगर मैं लड़ने के लिए तैयार रहा तो उसे अब सैयद बेग की फ़ौज से लड़ना होगा। वैसे मेरी सिखों के पीर के साथ कोई दुश्मनी नहीं है। फिर मैं क्या चन्द सिखों के बदले अपनी फ़ौज का नाश करूँ।"

आलिफ खान ने ये सब देख कर जंग करने की बजाय चुपचाप दिल्ली लौटने का निश्चय किया।'

सैयद बेग गुरु जी का श्रद्धालु बन अपनी फ़ौज सहित उनके साथ आनन्दपुर आ गया।

पहाड़ी राज़ाओं की यह चाल भी नाकामयाब रही। सैयद बेग और उसके सिपाहियों के आनन्दपुर आने से सिंहों में जोश बढ़ गया। खालसा पन्थ फिर से 'चढ़दी कलां'* में है।

युद्ध अभ्यास के समय भाई जीवन ने गुरु जी से पूछा, "गुरु जी, आप ये रोज का झंझट खत्म क्यों नहीं कर देते?"

"तुम कहना क्या चाहते हो?"

"पहाड़िये आये दिन हमला करते हैं, चाल चलते हैं। अब हमारे साथ सैयद बेग भी है। हुक्म दें, सारे पहाड़ी राजाओं को बन्दी बना कर ले आये।"

"ऐसी न हमारी सोच है और न ही स्वभाव, भाई जीवन सिंह। हम खुद कभी हमला नहीं करते, अपने बचाव के लिए हमले को रोकते हैं। हमें जुल्म नहीं करना, उसे रोकना है।" गुरु जी ने समझाया।

---

* हमेशा सकारात्मक रहना और शिखर की ओर जाना।

"पहाड़ी फिर से कोई छल करेंगे।"

"अगर वे अपना धर्म नहीं छोड़ते तो हम क्यों छोड़ें। चिन्ता मत करो। सब प्रभु की लीला है, हम उसको टाल नहीं सकते। बस प्रभु का हर आदेश स्वीकार कर अपना कर्म करते जाओ।" गुरु जी ने जीवन सिंह को समझाया।

पहले की तरह फिर से दीवान सजने लगे। खालसा पन्थ की धूम दूर-दूर के गाँवों में पहुँचने लगी।

पहाड़ी राजाओं को मन ही मन अपनी चिन्ता सताने लगी। उन्हें इस बात की सूचना मिल रही थी कि आनन्दपुर में दिनोंदिन खालसा फ़ौज की संख्या में वृद्धि होती जा रही थी। यह सुन पहाड़ी राजाओं के दिल और भी दहलने लगे कि अब सैयद बेग भी उनके साथ है। गुरु जी के साथ बार-बार किये धोखों के बारे में सोच कर उनकी अपनी नींद खराब होने लगी। उन्हें हर पल यही भय सताता रहता कि, 'गुरु उनसे बदला अवश्य लेगा।'

"उस गुरु में ऐसा क्या है जो अब मुग़ल सरदार भी उसके अधीन रहने लगे हैं।" यह सोच-सोच कर भी पहाड़ी राजे परेशान थे। कई तो गुरु पर फिर धोखा से हमला करवा कर पछता रहे थे। मन ही मन अजमेर चन्द को कोस रहे थे।

"अब हमें शहंशाह औरंगज़ेब के पास जाना चाहिए। गुरु हम पर हमला करें, उससे पहले हमें उस पर हमला करना होगा।" कई पहाड़ी राजाओं ने फैसला किया।

कुछ पहाड़ी राजा औरंगज़ेब बादशाह से मिलने के लिए दक्षिण की ओर चल दिये।

पहाड़ी राजाओं की व्यथा सुन कर औरंगज़ेब पहले से अधिक बौखला उठा। उसके तेवर चढ़ गये।

"उस बाग़ी सिख की इतनी हिमाक़त? आज वो हमारे सिपहसालार को आँखें दिखा रहा है, कल को हमें दिखायेगा।" उसने तुरन्त दिल्ली के नाम एक पैगाम लिखवाया।

सैद खान, दीना बेग, रमज़ान खान, हैबत खान, नज़ाबत खान और अमीर खान—इन सभी सरदारों की कमान तले शाही फ़ौज को हुक्म दिया, "बागी गुरु को और उसके सेनापति को ज़िन्दा या मुर्दा शहंशाह के दरबार में पेश किया जाये।"

बादशाह का पैग़ाम मिलते ही मुग़ल फ़ौज ने तैयारी आरम्भ कर दी। शाही लश्कर, हाथी, घोड़े, ऊँट, पैदल—सभी सिपाही 'या अली' और 'अल्लाह-हू-अकबर' के नारे लगाते हुए चल दिये। ऊँट, घोड़े, हाथी और अनगिनत सिपाहियों के साथ शस्त्र और अन्य सामान भी अनन्त था।

रास्ते में तुर्क सिपाही मनमर्जी करते आ रहे थे। खाने-पीने का सामान लूटते-छीनते और आम लोगों में दहशत फैलाते हुए वे आनन्दपुर की ओर बढ़ रहे थे।

आनन्दपुर के निकट पहुँचने पर पहाड़ी फ़ौज भी इनमें सम्मिलित हो गयी।

उन सभी ने मिल कर आनन्दपुर को घेर लिया।

भाई जीवन सिंह तमतमाया हुआ गुरु जी के पास आया। बोला, "गुरु जी, मैंने आप से कहा था न, इन पहाड़ियों को सबक सिखाना चाहिए। देखा आपने, इन्होंने फिर से आनन्दपुर को घेर लिया है।"

"हम जानते हैं, ऐसा ही होगा भाई जीवन सिंह।" गुरु जी ने शान्त चित्त से कहा।

"क्या हम इन्हें आगे बढ़ते हुए देखते रहें?" जीवन सिंह के स्वर में मायूसी है।

"सैयद बेग को बुलाओ और अपने सिंह सूरमाओं को बुलाओ—एक ज़रूरी विमर्श करना है।"

जीवन सिंह तुरन्त लौट गया।

सभी गहरी चिन्ता में डूबे हुए हैं।

"मैं मुग़ल सरदारों के सभी जंगी दाँव-पेंचों को अच्छे से जानता हूँ। मैं आसानी से उन्हें आनन्दपुर नहीं आने दूँगा।" सैयद बेग ने गुरु जी से कहा।

"सैयद बेग, हमें इस बात की चिन्ता नहीं कि युद्ध होगा। हम ये सोच रहे हैं कि आखिर हम पर बार-बार हमला करके वे क्या दिखाना चाहते हैं?" गुरु जी के स्वर में चिन्ता झलक रही है।

"गुरु जी, आपको देख कर मैं जान चुका हूँ कि आप कभी भी हमलावर नहीं रहे। आप ने सिर्फ़ अपनी सुरक्षा खातिर शस्त्र उठाये हैं। आप बेफ़िक्र रहें। हमारे होते हुए आनन्दपुर को आँच भी नहीं आयेगी।" सैयद बेग ने गुरु जी को भरोसा दिलाया।

"युद्ध तो अब होगा ही। हम इसे टाल नहीं सकते। सैयद बेग, आनन्दपुर की हिफ़ाज़त अब तुम्हारे ज़िम्मे है।" गुरु जी ने कहा।

सभी मिल कर युद्ध की मोर्चाबन्दी की योजना बनाने लगे।

गुरु जी ने भाई जीवन सिंह, भाई बचित्तर सिंह, उदय सिंह, मान सिंह, कोठा सिंह और साहिबज़ादा अजीत सिंह को अलग-अलग दिशाओं और किले की कमान सौंप दी।

बुआ वीरो के सुपुत्र, मामा जी और छोटे साहिबज़ादे जुझार सिंह महल की हिफ़ाज़त करेंगे।

सारी तैयारी पूरी हो गयी है। गुरु जी ने स्वयं निरीक्षण किया। सैयद बेग की फ़ौज आज अपनी ही फ़ौज के विरुद्ध खड़ी है। भाई जीवन हर मोर्चा पर जाकर ज़रूरी हिदायतें दे रहा है।

खालसा फ़ौज और मुग़ल फ़ौज नगाड़े पर चोट पड़ने की प्रतीक्षा कर रही है।

उधर आनन्दपुर का घेरा डाले मुग़ल और पहाड़ी फ़ौज के सरदार हैरान हैं। आनन्दगढ़, लोहगढ़ और केशगढ़ के किलों में कोई हलचल नहीं हो रही है। इतनी खामोशी क्यों है? बाग़ी गुरु हमारी फ़ौज से डर कर चुपचाप कहीं खिसक तो नहीं गया? कुछ समझ में नहीं आ रहा। सिख इतने खामोश क्यों बैठे हैं?

दूसरी ओर सैयद बेग गुरु जी को बता रहा है, "वे हमला नहीं करेंगे। सिर्फ़ घेराव करेंगे। वे हमारे सिपाहियों का मनोबल गिराने के लिए यही चाल अपनायेंगे।"

"फिर हम अचानक हमला करेंगे और उनमें भगदड़ मचा देंगे। जैसे सौ गायों के झुण्ड पर एक शेर हमला कर दे।" गुरु जी के चेहरे पर जोश झलक रहा है।

"यही ठीक रहेगा।" सभी सहमत हैं।

संवत् विक्रमी 1759-60। फागुन की एक सुबह।

गुरु जी का संकेत मिलते ही भाई जीवन ने नगाड़े पर चोट की।

अलसायी मुगल और पहाड़ी फ़ौज हड़बड़ा गयी। आँधी समान सिंह अपने किलों से निकल आये और मुग़ल फ़ौज में जा घुसे।

अचानक बिजली गिरने के समान पहाड़ी और तुर्क सिपाही बौखला गये।

किसी के पास शस्त्र नहीं, कोई सुरक्षा ढाल नहीं। किसी को तीर मिले तो किसी को कमान।

तलवारों से तलवारें टकराने लगीं। ज़ख्मी हाथी चिंघाड़ने लगे। आगे-पीछे के सिपाहियों को कुचलने लगे।

लग रहा था, मानो प्रलय आ गयी हो। पगड़ियाँ, कुल्ले इधर-उधर गिरे-बिखरे नज़र आने लगे। घबराये हुए तुर्क और पहाड़िये आपस में ही उलझ रहे हैं। मुग़ल सरदार घोड़ों पर आगे बढ़ते हुए अपने सिपाहियों को उत्साह दे रहे हैं।

राजा हरी चन्द गुलेरिया ने अचानक सैयद बेग पर एक घातक वार करने का यत्न किया, उसने वार बचाकर राजा पर ही पलटवार कर दिया। राजा हरी चन्द वहीं गिर पड़ा। उसके सिपाही भयभीत हो पीछे हटने लगे। इतने में दीना बेग ने मौका ताड़ कर पीछे से सैयद बेग पर वार करना चाहा। तभी जीवन सिंह की नागणी बन्दूक से निकली गोली ने दीना बेग का काम तमाम कर दिया। दूसरी बाघणी बन्दूक ने हैबत अली खान को अपना शिकार बना लिया।

चारों ओर 'कृपाणें' (तलवारें) खड़क रही थीं। चारों ओर भयानक शोर सुनाई दे रहा था। पता नहीं लग रहा, कौन किसे मार-काट रहा है।

गुरु जी अपनी बाज़ नज़र से सभी ओर देख रहे हैं। आज़म खान और पैंदा खान, भाई बचित्तर सिंह और अजीत सिंह को घेरने की कोशिश में हैं। गुरु जी देख रहे थे, दोनों योद्धा मुग़लों के चंगुल में फँसने ही वाले थे। तभी गुरु जी ने अपने तीरों से आज़म खान और पैंदा खान की खोपड़ियों में छेद कर दिये।

इसी समय भाई जीवन सिंह ने नेज़ा अमीर खान की छाती में घुसा दिया।

मुग़ल फ़ौज के अधिकतर सरदार मारे जा चुके हैं। सिपाहियों के हौसले पस्त हो चुके हैं। फिर भी उनकी संख्या इतनी बड़ी है जो सिखों के लिए अभी भी भारी है।

सभी सिख योद्धाओं को एक-दूसरे के मुँह से गुरु जी का सन्देश मिलता है, ''लड़ते-लड़ते पीछे हटते जाओ।''

सिंह पीछे हटने लगे, मगर लड़ना नहीं छोड़ा। वे साथ-साथ जैकारे भी लगा रहे हैं।

इतने में सन्ध्या ढलने लगी। अँधेरा होने से पहले सभी अपने-अपने किलों में सुरक्षित जा पहुँचे।

गुरु जी भाई जीवन को साथ लेकर सिपाहियों का हालचाल देखने निकले। वे

सभी के पास जा रहे हैं। कोई ज़ख्मी है, किसी की बाजू कट गयी, किसी की टाँग, गुरु जी हैरान हैं, इनके साथी कैसे इन्हें यहाँ तक उठा कर लाये हैं। सिंहों के हौसले अभी भी बुलन्द हैं। जिसका कोई एक अंग भी काटा जा चुका है, वे भी लड़ने के लिए तैयार हैं। गुरु जी के साथ चल रहा वैद्य सभी की मामूली मल्हम-पट्टी भी करता जा रहा है।

एक सिख सिपाही गुरु जी के पास शिकायत करता है, ''गुरु जी, यह भाई घन्हैया, जंग में दुश्मनों को भी पानी पिलाता है।''

गुरु जी पहले भाई जीवन सिंह की ओर देखते हैं, फिर मुस्करा कर उस सिख का कन्धा थपथपाते हुए कहते हैं,

''सुबह दीवान में आना। भाई घन्हैया को भी बुला भेजेंगे। सुबह उससे पूछेंगे।''

सभी के लिए लंगर तैयार हो रहा है। गुरु जी को देख कर खालसा फ़ौज फिर से 'चढ़दी कलां' में महसूस कर रही है। सभी एक-दूसरे को अपनी वीरता के किस्से बयान कर रहे हैं–

''मैंने जब अपनी तलवार उठायी तो एक पहाड़िये का मूत्र ही निकल गया।''

पास में बैठे सिंह खिलखिलाकर हँस दिये।

दूसरे ने कहा, ''मुझे एक तुर्क कहने लगा, मुझे मत मारना भाई। मेरा अभी निकाह हुआ है। मैंने तो अभी अपनी बेग़म का मुँह भी नहीं देखा। ये मुझे ज़बरदस्ती जंग में खींच लाये हैं।''

''तुम्हें कहना चाहिए, बेग़म को यहीं रहने दो, तुम्हें तो ऊपर जन्नत में हूरें मिल जायेंगी।''

एक अन्य सिपाही ने कहा तो सुनकर बाकी सब हँस दिये।

गुरु जी, भाई जीवन सिंह और वैद्य सभी सिपाहियों की देखभाल भी कर रहे हैं और उन्हें हौसला भी दे रहे हैं। सभी को सावधान और तैयार-बर-तैयार रहने के लिए भी कह रहे हैं।

रात को लंगर खाकर सिंहों ने अकाल पुरख का शुक्रिया किया। सोने की तैयारी करने लगे।

आनन्दपुर से दो कोस पीछे हट कर, तुर्कों और पहाड़ियों का पड़ाव है। उनके खेमों में जगह-जगह पर आग जलती दिखाई दे रही है। शायद दोनों फ़ौज के सिपाही अपना अलग-अलग खाना बना रहे हैं। मुग़ल सरदारों और पहाड़ी राजाओं के खेमों में मशालें जल रही हैं।

जंग के मैदान में मृत सिपाहियों की लाशें बिखरी पड़ी हैं। मृत योद्धा धूल में अटे हुए हैं। कुत्ते और गीदड़ लाशों को सूँघते हुए नोंच रहे हैं।

रह-रह कर गीदड़ों के हौंकने और कुत्तों के भौंकने की आवाज़ें सुनाई दे रही हैं। इससे माहौल अत्यन्त अशान्त और भयानक लग रहा था।

आधी रात में नगाड़े पर पड़ती चोट सुन तुर्कों और पहाड़ियों की फ़ौज में हड़बड़ाहट फैल गयी।

सँभलने का मौका ही न मिला और सिंहों के जैकारे सुनाई देने लगे। सिपाही पहले ही अधमरे हो रहे थे। ये बलायें फिर से आ धमकी।

सिख भूखे भेड़ियों-से उन पर टूट पड़े। कौन लड़ता? सभी अपनी जान बचा कर भाग निकले। भागते सिपाहियों का सिंहों ने पीछा किया।

मुग़ल सरदारों को भी अपनी जान बचाने की पड़ गयी। घबराये सरदार 'पीछे हटो—पीछे हटो' कह कर भागने लगे।

फ़ौज पीछे हटने लगी।

दिन निकल आया। गुरु जी ने 'नितनेम' (पाठ) किया, फिर अपने सिपाहियों और सेवकों से मिलने निकले। यही समय है, मालूम नहीं, कब फिर से जंग का बिगुल बज उठे।

गुरु जी के साथ भाई जीवन और वैद्य के साथ साहिबज़ादा अजीत सिंह भी हैं। गुरु जी सभी का हालचाल पूछते जा रहे हैं और आशीर्वाद भी दे रहे हैं, "इस सिंह ने बहुत बहादुरी दिखाई। मुझे बहुत प्रसन्नता हुई। गुरु भला करेगा। अकाल पुरख सहायी होगा...।" सभी सिंहों से कुछ न कुछ बतियाते जा रहे हैं।

तभी शिकायत करने वाले सिंह ने गुरु जी से कहा, "गुरु जी, यही वह सेवक है जो तुर्कों को भी पानी पिलाता है।" उसने भाई घन्हैया की ओर इशारा कर के कहा।

"क्यों भाई सिंहां, क्या कह रहा है यह सेवक?" गुरु जी ने उससे मुस्करा कर पूछा और अपना हाथ उसके कन्धे पर रखा।

"गुरु जी, मैं तो जहाँ देखता हूँ, आपका ही रूप नज़र आता है। मैं किसी और को नहीं, हर रूप में सिर्फ़ आप को ही पानी पिलाता हूँ। मुझे उनमें न कोई तुर्क नज़र आता है और न ही सिख।" कह कर भाई घन्हैया ने हाथ जोड़ कर सिर झुका लिया।

उन्होंने अपने साथ चल रहे वैद्य से मल्हम-पट्टी की डिबिया माँग कर, भाई

घन्हैया के हाथ पर रखते हुए उससे कहा, "भाई सिंहां। अब जब ज़ख्मियों को पानी पिलाओ तो साथ ही उनके ज़ख्मों पर मल्हम भी लगा देना। सारे मनोरथ पूरे हो जायेंगे।"

गुरु जी की यह बात सुन कर सभी सिंह और भाई घन्हैया जी हक्के-बक्के रह गये। गुरु जी इतने में आगे बढ़ गये।

सरहन्द के सूबेदार वज़ीद खान को ख़बर मिली, "मुग़ल फ़ौज को इस बार भी मात खानी पड़ी। वे पीछे हट कर पड़ाव डाले बैठे हैं। आगे बढ़ कर हमला करने का साहस उनमें नहीं था।"

क्रोध में वज़ीद खान काँपने लगा। "इन सिखों ने हमारा जीना दुश्वार कर दिया है। ये चीज़ क्या हैं? अब हमें देखना ही पड़ेगा।"

उसने अपने सिपाहियों को आनन्दपुर कूच करने का आदेश दिया। अभी सिंहों ने ठीक तरह से आराम भी नहीं किया था कि आनन्दपुर की नगरी एक बार फिर मुग़ल फ़ौजों से घिर गयी।

सिंह अब ऐसी झड़पों के आदी हो गये थे। उनके हौसले अभी भी बुलन्द थे। पहाड़ी और मुग़ल फ़ौज का उन्हें कोई खौफ़ नहीं रह गया था। उनके लिए वे ऐसे थे जैसे दरवाज़ा खुला देख कर कोई कुत्ता, बिल्ली अन्दर घुस आये और एक बार ज़ोर से ललकारने-दुतकारने से भाग खड़े हों। ऐसा होता भी आया था। जैकारे लगाते सिंहों का जत्था छावनी डाले बैठे सेना की ओर जब भी लपके, वे सब कुछ छोड़ कर भाग निकले थे। कोई विरला ही उन सिंहों के सामने टिक पाता था।

गुरु जी का जंगी दाँव ही ऐसा था, कभी रात के अँधेरे में, कभी दिन में अचानक, कभी तड़के पहर सिंह तुर्कों पर ऐसे झपट पड़ते, जैसे अचानक आँधी झूलने लगी हो। तुर्क और पहाड़ी सेना एकदम भाग खड़ी होती है।

मुग़ल सिपाहियों को खाने-पीने का राशन भी ढंग से नहीं मिल रहा था। घेरा लम्बा होता जा रहा था। परन्तु मुग़ल फ़ौज के पास सिंहों की तरह की दिलेरी नहीं है। कितने ही पहाड़ी राजा और मुग़ल सरदार मारे जा चुके हैं। सिंह अचानक हमला कर नुकसान भी काफी कर जाते हैं। आस-पास पड़ी लाशों की कब्रें खोद-खोद कर तुर्क सिपाही थक और ऊब चुके थे। वे चाहते थे कि सिंहों की मार से पीछे हट कर कुछ आराम किया जाये।

तुर्क सेना के अन्दर बेचैनी बढ़ती जा रही है। इसकी सूचना गुरु जी को

मिल रही है। वे जीवन सिंह और सैयद बेग को अपने पास बुलाते हैं।

"ख़बर मिली है, वजीद खान के सिपाही एक मुट्ठी भी नहीं हैं। पहाड़ी फ़ौज भी और लड़ना नहीं चाहती। मौका है, क्यों न एक भारी करारी चोट मारी जाये ताकि वजीद खान की शाही सेना को बिखरा दिया जाये।" गुरु जी ने अपनी इच्छा प्रकट की।

"गुरु जी, हम भी यही सोच रहे हैं। सैयद बेग भी यही चाहता है कि इस मौके का फायदा उठाकर मुग़ल फ़ौज को खदेड़ देना चाहिए। आप कहें तो हम तैयारी करें।"

आसमान पर बादल छितरे हुए हैं। बीच-बीच में बिजली चमक रही है। कभी-कभी इतने ज़ोर से बादल गरजते हैं, लगता है फट जायेंगे। दोपहर में भी अँधेरा हो गया है। थोड़ी-थोड़ी बूँदाबाँदी हो रही है।

सिंह सूरमाओं ने अपने-अपने मोर्चे सँभाल लिये। अपने-अपने शस्त्र सँभाल लिए। सैयद बेग ने अपने सिपाहियों को हिदायतें दीं। भाई जीवन ने भी अपनी बन्दूकें परख लीं। साहिबज़ादा अजीत सिंह म्यान से तलवार निकाल कर उसकी धार की जाँच कर रहा है। गुरु जी भी अपने तीर-कमान को परख रहे हैं।

नगाड़े पर चोट पड़ते ही सिंह और सैयद बेग के सिपाही आँधी के वेग समान मुग़ल सिपाहियों पर टूट पड़े। चारों ओर से चीखें और चीत्कार सुनाई देने लगे। दूसरी ओर से जैकारों की गूँज सुनाई दे रही थी। तुर्क भाग कर अपनी जानें बचाने लगे।

भाई जीवन तलवार चलाते हुए वजीद खान को खोज रहा था। मालूम नहीं वह किस सुरक्षित घेरे में छिपा हुआ था। सिंहों की जैकारों की गूँज से पता लग रहा था कि मोर्चा फतेह होने ही वाला है। घने बादलों के कारण अँधेरा नज़र आने लगा। मुग़लों को यह अँधेरा अल्लाह की भेजी नेमत-सा प्रतीत हुआ।

लड़ाई बन्द हो गयी।

सिंह अपने किलों में लौट आये।

सूबेदार वजीद खान ने जान लिया, इन सिखों को जीतना 'खाला जी का घर' नहीं। वह अपने सन्देशवाहकों द्वारा पल-पल की ख़बर शहंशाह के पास भेज रहा था।

"ये काफ़िरों का पीर कोई मामूली आदमी नहीं। इसके पास अवश्य कोई

शक्ति है। वरना ऐसा कैसे सम्भव है कि एक ओर मुट्ठीभर सिख हों और दूसरी ओर लाखों की संख्या में सिपाही हों, फिर भी हम न उसे पकड़ पा रहे हैं और न ही हरा पा रहे हैं। हमारे अनगिनत सिपाही मारे जा रहे हैं। गोबिन्द नामक सिखों का यह पीर ऐसा है, जिसे देखते ही हमारे सिपाही भाग खड़े होते हैं। उसके एक सरदार को लोग 'जैता—जैता' बुलाते हैं, वह भी चीते के सामन झपट पड़ता है। फिर भी हमने जेहाद के नाम पर सिपाहियों को हौसला दे कर आनन्दपुर को घेर रखा है।"

ऐसी सूचनाएँ मिलने से औरंगज़ेब का पारा चढ़ जाता। वह कितने वर्षों से ऐसी बातें सुनता आ रहा था कि सिख उनके काबू नहीं आ रहे। इधर मराठों को वह काबू नहीं कर पा रहा था। राजपूतों ने भी उसकी नाक में दम कर रखा था। क्या सारा हिन्द ही बगावत पर उतारू हो गया था। चूहे भी शहंशाह को आँखें दिखाने लगे थे।

उसने अपने सबसे बहादुर और निडर खूँखार सैयद खान को आदेश दिया, "पंजाब की ओर कूच कर, सिखों के पीर और उसके सेनापति 'जैता' को सबक सिखाया जाये। जिन्दा या मुर्दा—दरबार में पेश किया जाये। हुक्म की तामील हो।"

45

आनन्दपुर में कुछ दिनों के लिए शान्ति छा गयी।

पहाड़ी सिपाही अपने-अपने घरों में लौटना चाहते थे। मुग़ल फ़ौज ने अभी तक अपना घेरा नहीं उठाया था। वे लोग सिंहों को जंगल से लकड़ियाँ काटने, लाने-ले जाने और घोड़ों के लिए घास-फूस ले जाने से भी रोकते थे। प्रति दिन शिकायतें गुरु जी के पास पहुँच रही थीं।

पहाड़ी राजाओं में अब गुरु जी को ललकारने की हिम्मत नहीं रही थी।

एक दिन सन्ध्या समय गुरु गोबिन्द सिंह अपने सूरमाओं के साथ घिरे बैठे थे और आपस में जंग में हुई झड़पों का लेखा-जोखा कर रहे थे। उनके पीछे कुँवर जुझार सिंह भी बैठा था। वह इतने युद्ध और ज़ख्मी सिपाहियों को देख चुका था, उसे अब जंग से भय नहीं लगता था।

गुरु जी अपने सिंहों को समझा रहे थे, "ये शान्ति बहुत भयानक है। ये तुर्क अवश्य किसी बड़े हमले की तैयारी कर रहे हैं। आप सभी को चौकन्ना रहना है। खालसा को हर समय तैयार-बर-तैयार रहना चाहिए। हम अपने बचाव

के लिए युद्ध कर रहे हैं; जबकि तुर्क और पहाड़ी सिपाही चन्द सिक्कों के लिए लड़ रहे हैं।"

"पिता जी, मुझे भी युद्ध के लिए जाना है।" जुझार सिंह ने कहा।

"अभी तुम्हारी उम्र नहीं है युद्ध में जाने की।" गुरु जी ने मोह से कहा।

"मैं बहुत अच्छी तलवार चला लेता हूँ, आप बाबा जी से पूछ लीजिए।" कह कर उसने भाई जीवन सिंह की ओर देखा।

गुरु जी ने भी भाई जीवन सिंह की ओर देखा।

"जी गुरु जी, हमारा छोटा कुँवर भी तलवार में माहिर हो रहा है।" जीवन सिंह ने प्रशंसात्मक नज़र से देखते हुए कहा।

"ठीक है पुत्र। समय आने पर तुम्हारी तलवार भी परख लेंगे।"

सिंहों को हर समय सावधान रहने की ताकीद कर, गुरु जी महल की ओर चल दिये।

गुरु जी को देखते हुए माता गुजरी जी ने निहोरे से कहा, "पुत्र जी, मैं तुम्हारा मुख देखने को भी तरस गयी हूँ। कब पीछे हटेंगे ये तुर्क फ़ौजी?"

"माता जी, वे बेईमान हैं। वायदा फ़रामोश हैं। उनका कोई दीन-ईमान नहीं है, न ही कोई उसूल है। रोज़ मात खाते हैं, फिर अगली सुबह आनन्दपुर का घेरा डाल लेते हैं।"

"इस प्रकार कब तक चलेगा पुत्र?" माता गुजरी चिन्तित हैं।

"क्या कह सकते हैं माता जी। गुरु घर ने कभी लड़ाई नहीं चाही। आप इतनी चिन्ता न करें। अकाल पुरख सहायी होगा। गुरु नानक मेहर करेंगे।"

"देखो न पुत्र। अभी इन छोटे-छोटे बच्चों ने क्या देखा है? अभी उनकी शिक्षा भी पूरी नहीं हुई। बस आये दिन रोना-धोना और चीख-पुकार सुनते रहते हैं।

"यही अकाल पुरख का आदेश है माता जी।"

तभी पास बीबी सुन्दरी और माता साहिब कौर भी आ खड़ी हुई। दोनों को गुरु जी के चेहरे पर थकावट नज़र आयी।

"आप भाई जीवन को सारी ज़िम्मेदारी सौंप कर कुछ दिन आराम करें।" साहिब कौर ने धीमे से कहा।

"अभी भी सब कुछ वही सँभाल रहा है। मैं ठीक हूँ। आप चिन्ता न करें। वहाँ जंग में मेरे साथ रहने से सभी को हौसला मिलता है। फतेह सिंह और ज़ोरावर सिंह कहाँ हैं?" गुरु जी मन में सोचते हैं, कितने ही दिन हो गये बच्चों

को अभी गोद में बिठाने का समय ही नहीं मिला। बच्चों को प्यार ही नहीं किया।

माता सुन्दरी जी भीतर से दोनों छोटे साहिबज़ादों को ले आयीं। पिता को देखते ही बच्चे उनसे आ लिपटे। गुरु जी ने बैठ कर दोनों को बाँहों में भर चूम लिया। सोचने लगे, 'मालूम नहीं अकाल पुरख की क्या रज़ा है। छोटी उम्र में इन्हें क्या-क्या देखना पड़ेगा।' पुत्रों को सीने से लगाये बहुत देर तक गुरु जी वैसे ही बैठे रहे।

उन्होंने अपने निकट खड़ी अपनी दोनों पत्नियों की ओर देखा। दोनों को गृहस्थी में समय न देने का मलाल भी मन में आया, मगर उस भाव को चेहरे पर ज़ाहिर न होने दिया। बस इतना ही, ''बच्चों को किसी बात के लिए तरसाना नहीं। ये पुत्र खालसे की अमानत हैं।''

गुरु पति के कठिन जीवन के बारे में सोचकर माता सुन्दरी जी की आँखें भर आयीं। गुरु जी ने देख लिया। मगर यह समय भावुक होने का नहीं है। उन्होंने कहा, ''जुझार भी अब जंग में जाना चाहता है।''

''वो तो अभी बहुत छोटे हैं।'' साहिब कौर ने कहा।

''इतना भी छोटा नहीं। तलवार बहुत बढ़िया चला लेता है।''

पास बैठे माता गुजरी जी ने तुरन्त कहा, ''ना पुत्र। अभी उसे जंग में न भेजना। अभी उसके खेलने के दिन हैं।''

''माता जी, आप चिन्ता न करें। अकाल पुरख को जो भाये, वही सत्य है।''

फिर साहिब कौर की ओर मुखातिब होकर कहा, ''इन छोटों को भी गुरु-पिता और दादा जी के बारे में समझाना। इनके मन भी बलवान होंगे।''

पलटते हुए उन्होंने अचानक पूछा, ''माता प्रेमो जी कहाँ हैं?''

''वे लंगर में हैं। सिंहों के लिए प्रसाद बनाने की देखभाल माता प्रेमो ही सँभालती हैं।'' सुन्दर कौर ने बताया।

''धन्य हैं माता प्रेमो। गुरु नानक उनका भला करेंगे।'' आशीर्वाद दे गुरु जी बाहर निकल आये।

एक सेवक काफी देर से गुरु जी का इन्तज़ार करते हुए भाई जीवन के पास खड़ा है। गुरु जी को देखते ही भाई जीवन आगे बढ़ा और उन्हें बताने लगा, ''गुरु जी! यह सेवक ख़बर लाया है कि दिल्ली से सैयद खान भारी फ़ौज लेकर आनन्दपुर की ओर बढ़ रहा है।''

''खालसे से कहो, वे तैयार रहें। अपने जासूसों से कहो, बाहर सीमा तक नज़र रखें। जैसे ही फ़ौज के नज़दीक पहुँचने की भनक मिले, तुरन्त हमें सूचित करें।''

भाई जीवन सिंह और सेवक सिर झुका कर तेज़ी से बाहर निकल गये।

सैयद खान बहुत तेज़ी से आनन्दपुर की ओर बढ़ रहा था। रास्ते में सढ़ौर के निकट पहुँचते ही उसे अपनी बहन नसीरा की याद आयी।

नसीरा पीर बुद्ध शाह की बीवी है। पीर बुद्ध शाह भंगाणी के युद्ध में गुरु गोबिन्द सिंह की दाहिनी बाजू बन कर लड़ चुका था। यह बात सैयद खान थोड़ा-थोड़ा जानता था।

वह सोच रहा था कि जंग में आदमी का क्या भरोसा? संयोग से इस ओर आया हूँ, बहन से मिल कर ही जाना चाहिए।

पीर बुद्ध शाह ने अपने साले की बड़ी आवभगत की।

"सुना है तुम गुरु गोबिन्द सिंह से लड़ने जा रहे हो?" बुद्ध शाह ने नम्रता से उससे पूछा।

"इसकी ख़बर तो सारे हिन्द को है।" सैयद खान ने अहंकार से कहा।

"उस दरवेश को जीतना इतना आसान नहीं है।"

"इस बार वो बागी काफ़िर मुझ से नहीं बचेगा।" सैयद खान ने फिर अपनी बड़ाई की।

"उस फ़कीर से तुम्हारा क्या विरोध है?"

"वो फ़कीर नहीं है। सिखों का बिगड़ा हुआ लुटेरा है। उसने मुग़ल फ़ौज के कितने सरदार क़त्ल कर दिये हैं। आप नहीं जानते।" सैयद खान के स्वर में क्रोध और घृणा है।

बुद्ध शाह अपने साले की बहादुरी को जानता है। यह भी उसे मालूम है कि सैयद खान के एक इशारे पर सिपाही मर मिटते हैं। परन्तु वह गुरुजी के फ़कीरी स्वभाव को भी जानता था।

"मुझे मालूम है सैयद खान, गुरु जी न तो बिगड़ा हुआ सिख है और न ही लुटेरा है। आज तक उसने किसी पर हमला नहीं किया। सभी ने उस पर हमला किया है। अब तुम भी तो दिल्ली से फ़ौज ले, उस पर हमला करने के लिए आये हो।"

"वो साधारण मनुष्य नहीं है भाईजान। वह बहुत करामाती है। उसे देखते ही दुश्मनों के हाथों से हथियार गिर जाते हैं। सुना है, सैयद बेग़ अपनी फ़ौज सहित गुरु जी की फ़ौज में शामिल हो गया। नसीरां की इच्छा है, सैयद खान तुम यहाँ से वापस दिल्ली चले जाओ।"

"वो हमारे लिए काफ़िर है। काफ़िरों में कोई करामात नहीं होती। उसने बादशाह को नाराज़ किया है। उसे इसकी भारी कीमत चुकानी ही पड़ेगी, आपाजान।

"तुम्हारी अपनी मर्ज़ी है भाईजान। मैं फिर से कहता हूँ, वो आम मनुष्य

नहीं है। उसके चार-पाँच सौ सिंह ही तुम्हारी फ़ौज पर भारी पड़ेंगे।''

''ये तो मैदान-ए-जंग में ही मालूम होगा आपाजान। इस बार उसका एक पठान-शेर से पाला पड़ा है।''

''ठीक है, सैयद खान, तुम शेर-पठान हो। वो एक फ़कीर सिपाही हैं। किसी पर वार करने की बजाय वो पहले दूसरे को वार करने का मौका देते हैं।'' कह कर बुद्ध शाह ने आँखें बन्द कर लीं, जैसे साक्षात् गुरु जी को देख रहा हो।

''यह तो वक्त आने पर देखेंगे पीर साहब, उसे वार करने का मौका मिलेगा कि नहीं।'' सैयद खान ने फिर घमण्ड से कहा।

''तुम्हारे लिए तो गुरु जी के अंगरक्षक जैता का सामना करना ही भारी पड़ेगा।''

''कौन है ये जैता?'' खान ने तिरस्कार से पूछा।

''जंग के मैदान में पता लग जायेगा। जो मुगल सिपाहियों और पहाड़ियों पर चीते-सा झपटता है, आँधी की तरह आता है और उसके जाने के बाद सिपाहियों के सिर धूल में अटे नज़र आते हैं।''

''आप मुझे डरा रहे हैं या सचमुच गुरु के उस सिपाही की प्रशंसा कर रहे हैं?'' सैयद खान ने व्यंग्य से पूछा।

''मैंने सिर्फ़ अर्ज़ किया है, उस फ़कीर के साथ युद्ध करना तुम्हें शोभा नहीं देता। आगे तुम्हारी मर्ज़ी है।''

''युद्ध तो होगा ही पीर जी। मैंने बादशाह से वायदा किया है। युद्ध का निर्णय क्या होगा, मैं पहले से जानता था। अब आप की बातें सुन कर सोचने लगा हूँ। अल्लाह सब जानता है। अच्छा, खुदा हाफ़िज।''

पीर बुद्ध शाह के साथ बातें करके और नसीरां के विश्वास को देखकर सैयद खान दुविधा में फँस गया। अब इतनी दूर आ गया है, युद्ध तो करना ही होगा। शहंशाह को क्या मुँह दिखाऊँगा। इस काफ़िर गुरु से दो-दो हाथ तो करने ही होंगे।

आखिर वह अपनी फ़ौज के साथ आनन्दपुर की ओर रवाना हो गया।

विक्रमी संवत् 1761। जेठ महीने की एक सुबह।

गुरु जी को सूचना मिली, शाही फ़ौज आनन्दपुर की ओर बढ़ रही है। गुरु जी ने तुरन्त भाई जीवन को बुला भेजा। उसे हुक्म दिया, ''शाही लश्कर पर टूट पड़ो। यही मौका है।''

भाई जीवन सिंह नगाड़े पर ज़ोर-ज़ोर से चोट करने लगा।

अब तो सिख योद्धा सोते भी थे तो उनका एक हाथ तलवार की मूठ पर कसा रहता था। अँगड़ाई लेते समय वे जैकारे लगाते थे।

अभी तो मुग़ल फ़ौज ने ढंग से पड़ाव भी नहीं किया था। मोर्चे भी नहीं बनाये थे। राशन-सामग्री पीछे था। सामान ऊँट-घोड़ों पर पीछे लदा आ रहा था। भूखे-प्यासे सिपाही मुश्किल रास्तों से चलते आ रहे थे। सिपाही थके हुए थे। पैर सूजे हुए।

सामने से सिंह जैकारे लगाते सरपट दौड़ते आ गये। कोई घोड़े पर, कोई पैदल ही। तीरों की बौछार होने लगी। बन्दूकों से गोलियाँ निकलने लगीं। मुग़ल फ़ौज के अभी पैर भी नहीं टिके थे कि पहले ही उखड़ गये। थके-हारे सिपाहियों से पीछे भी नहीं भागा जा रहा था। सामने होकर लड़ने की हिम्मत नहीं है।

सैयद खान गुस्से से उबलने लगा, ये मुसीबत कहाँ से आ पड़ी? कहीं सचमुच ही तो गुरु में करामात नहीं है? गिनती-भर के सिंह और मेरी इतनी बड़ी शाही फ़ौज। ये तो चूहों की भाँति भागने लगे। कौन है यह जैता? वही तो नहीं, जिसके द्वारा नेज़ा तानते ही सिपाही पीछे की ओर भागने लगते हैं। अगर काफ़िर सिपाही ऐसे हैं तो इनका गुरु कैसा होगा। एक बार मेरे सामने आ जाये तो भी दो-दो हाथ कर के देखूँ, कितना बहादुर है वो...।''

चारों ओर चीत्कार ही चीत्कार है। अपनी फ़ौज का ऐसा बुरा हाल देख कर वह बौखला गया।

तभी सैयद खान ने देखा, घोड़े पर एक तेजस्वी सिंह सामने आ खड़ा हुआ। हाथ में तलवार और कन्धे पर तीर-कमान लटका हुआ। सिर पर कलगी। उससे कुछ दूरी पर शस्त्रधारी सिंह भी खड़े हैं।

सैयद खान सोचने लगा; इतनी जुर्रत? मेरे चारों ओर इतनी फ़ौज का घेरा है। किसने यहाँ मेरे सामने आने की हिम्मत की?

तभी घुड़सवार ने ललकारा, ''मैं गोबिन्द सिंह...सिखों का गुरु...। इसलिए आया हूँ मैं तेरे सामने कि तेरे मन में जो रीझ (हसरत) है, उसे पूरी कर ले। तू हम पर वार करने आया है न तो पहला वार तू ही कर।''

सैयद खान का चेहरा पीला पड़ गया। शरीर की सारी ताकत जैसे चुक गयी हो। ये करामात है या गुरु के चेहरे का प्रभाव ही ऐसा है। उसके सामने हथियार उठता ही नहीं। वह घोड़े से उतरा। उसने हथियार एक ओर रखकर, अपना सिर गुरु जी के चरणों पर रख दिया और कहा,

''इस युद्ध के लिए मैं क्षमा माँगता हूँ। मुझे किसी चीज़ की दरकार नहीं, बस

अपने दरबार में सेवा करने का अवसर दीजिए।''

सैयद खान का आत्म-समर्पण देख कर, उसका सहायक मुग़ल रमज़ान खान तिलमिला उठा। उसने पूरे गुस्से से अपने सिपाहियों के साथ गुरु जी पर धावा बोल दिया। गुरु जी ने उसकी बहादुरी की खुले मन से प्रशंसा की, ''योद्धा ऐसा ही होना चाहिए।''

तभी उनके एक तीर ने रमज़ान खान को ज़ख्मी कर दिया। मुग़ल फ़ौज के हौसले पस्त हो गये। फिर भी उनकी गिनती अनगिनत है, अभी भी तूफानी समुद्र की लहरों की तरह सिपाही आनन्दपुर की ओर चले आ रहे हैं।

मुट्ठी-भर सिख थे। गुरु जी ने भाई जीवन को आदेश दिया, ''आनन्दपुर की हिफ़ाज़त होनी चाहिए। बच्चों और औरतों को सुरक्षा में ले लो। शहर खाली कर दो।''

भाई जीवन सिंह अपने सिपाही लेकर आनन्दपुर की ओर लौट पड़ा। देखते ही देखते आनन्दपुर में हाहाकार मच गया। शहर खाली होने लगा। को बैलगाड़ी पर, कोई घोड़ों पर, कोई सिर पर अपना सामान, बच्चे उठाये, आनन्दपुर से दूर जाने लगे।

मुग़ल फ़ौज इसे अपनी जीत समझने लगी। वह शहर में लूटपाट करते हुए सरहिन्द की ओर लौटने लगी।

शाही फ़ौज द्वारा लूटपाट किये जाने पर सिंहों ने खुद को रोके रखा। गुरु जी का सख्त आदेश है, कोई विरोध नहीं करेगा।

रात के समय मुग़ल फ़ौज ने रोपड़ के निकट पड़ाव किया। सिंह इस बात को जानते हैं। उन्होंने गुरु जी के पास विनती की, ''गुरु जी, आज्ञा दीजिए...इस समय तुर्क सिपाही सोने की तैयारी कर रहे होंगे। आनन्दपुर को लूटने का बदला लेकर लूटा हुआ सामान वापस ले आयें।''

गुरु जी आज्ञा दे देते हैं।

सोये पड़े सिपाही अचानक हुए हमले से बौखला गये। अँधेरे में न उन्हें अपने हथियार मिले और न ही दुश्मन पहचान में आ रहे हैं। सभी को अपनी जान की पड़ी है।

सिंहों ने सिपाहियों से अपना लूटा हुआ सामान वापस ले लिया।

रमज़ान खान अपनी फ़ौज का भारी नुकसान करवा कर, दिल्ली की ओर चल दिया। वह जान गया था कि गुरु के खालसे को जंग में हराना इतना आसान नहीं है।

सिंहो को राशन की कमी नहीं है। मुग़ल फ़ौज का राशन भी लूट लाये हैं।

किले के बार सिंह खुशियाँ मना रहे हैं। जीत की खुशी में, सुबह-शाम नगाड़ा बजता है। नगाड़े की गूँज से पहाड़ी राजा अभी भी काँपने लगते हैं।

मुगल फ़ौज की इस हार से, खालसा फ़ौज की धाक चारों ओर जम गयी।

ये सूचनाएँ दक्षिण में औरंगज़ेब तक पहुँच रही हैं। वह पहले से ही अत्यन्त दुःखी और खीझा हुआ है। आये दिन उसके बहादुर सेनापति मारे जा रहे हैं। सिपाहियों में बगावत फैलने लगी है। कितने महीनों से उन्हें तनख्वाहें नहीं मिल रहीं। सिपाही चोरी-छिपे, दाँव लगाकर भगोड़े होने लगे हैं। अफ़वाहों जैसी ये सच्ची ख़बरें भी उसकी तकलीफ बढ़ाने लगी हैं।

उस पर बुढ़ापा आने लगा है। वह ज़ख्मी साँप समान एक ही स्थान पर पड़ा विष घोलता रहता है। उसे महसूस होने लगा है कि मुग़ल सल्तनत की कब्र का समय नज़दीक आने लगा है।

पंजाब में मुग़ल फ़ौज के बार-बार हारने के कारण उसकी बाकी रही आस भी दम तोड़ने लगी है। अब वह पागलों के सामान भी व्यवहार करने लगा है। क्या पंजाब भी दक्षिण बनने जा रहा है? सारे हिन्द में ही मुग़लों के खिलाफ़ बगावत उठने लगी है। उसने अत्यन्त परेशान और दुःखी होकर सिखों के पीर को खत भेजा।

"दक्षिण में आकर मुझ से मिलो। रास्ते में आपकी हिफ़ाज़त होगी।" दूसरी ओर उसने दिल्ली, लाहौर, सरहिन्द, कश्मीर के सूबेदारों के नाम शाही फ़रमान जारी किये।

"पहाड़ी राजाओं के साथ मिलकर आनन्दपुर की ईंट से ईंट बजा दो। सिखों की बगावत को कुचल दो। उसके पीर और सेनापति जैता को बन्दी बना लो।"

एक सन्देशवाहक गुरु जी की ओर गया, अन्य सन्देशवाहक शाही फरमान लेकर सूबेदारों की ओर चल दिये।

46

मुग़ल फ़ौज को मात देकर गुरु जी अभी बेफ़िक्र नहीं हुए। खालसा दल में रोज़ाना नये सिंह भर्ती हो रहे हैं। गुरु जी के कवियों द्वारा वीररसी कविताओं और वार-गायन के द्वारा सिंहों में जोश भरा जाता है।

आनन्दपुर के कारखानों में तीर-कमान, तीर-तलवारें, नेज़े दिन-रात बन रहे हैं। भाई जीवन सिंह की ज़िम्मेदारियाँ और भी बढ़ गयी हैं। नये बने हथियारों की जाँच-परख करना, महल की हिफ़ाज़त का प्रबन्ध देखना, नये सिंहों को प्रशिक्षण देना, दुश्मनों की गतिविधियों की जानकारी प्राप्त करने के लिए अपने जासूस भेजते रहना। उसे गुरु जी के सम्पर्क में भी लगातार रहना पड़ता है। गुरु जी सारी सूचनाओं की जानकारी भाई जीवन से लेते हैं।

आनन्दपुर से युद्ध का साया दूर नहीं हुआ, मगर कुछ दिनों के लिए आनन्दपुर वासियों ने राहत महसूस की।

दूसरी ओर सूबेदार सरहिन्द वजीद खान की कमान अधीन, शाही फ़ौज एकत्रित होने लगी। शहंशाह का फरमान उन्हें मिल चुका है। इस बार बाग़ी सिखों को ज़बरदस्त मात देने की योजना बना ली गयी है।

पहाड़ी राजा अजमेर चन्द भी गुरु के साथ आखिरी लड़ाई लड़ने की ताक में है। अब की बार तख्त या तख्ता—सभी ने ठान लिया है। वह एक बार फिर से सभी पहाड़ी राजाओं को बरगला कर शाही लश्कर के साथ आ मिला है।

लाहौर का सूबेदार दिलावर खान, कश्मीर का सूबेदार जब्रर्दस्त खान, खुशहाल खान—सभी इस बार गुरु जी को पकड़ने या क़त्ल कर देने के इरादे से एकत्रित हुए हैं। पहाड़ी राजाओं के साथ रंधड़ और गुज्जर भी आ जुड़े हैं।

गुरु गोबिन्द सिंह ने भी माझा, मालवा और दोआबा के सिखों को इस धर्म युद्ध में शामिल होने के लिए सन्देश भेजे। अनेक श्रद्धालु घोड़े, शस्त्र और राशन सामग्री, जो भी जितना ला सकता था, अपने साथ लेकर लगातार आनन्दपुर की ओर आने लगे।

किसी घर से सगे भाई, कहीं से बाप-बेटा, कहीं से वृद्ध या अल्हड़ उम्र के जवान सभी इस धर्म युद्ध में गुरु के आह्वान पर आते ही जा रहे थे।

किसी स्त्री ने अपने पति को भेजा, किसी ने अपने भाई को—किसी-किसी

ने तो अपने जवान पुत्रों को गुरु जी के किसी काम आने के लिए ही प्यार से भेज दिया।

"ये जन्म तुम्हारे लेखे–"*

जैसी भावना से सिंह सिरों पर कफन बाँध घर से निकल पड़े थे। कइयों को वापस घर लौटने की उम्मीद भी नहीं थी, फिर भी मन में उत्साह था।

आनन्दपुरवासियों को ये नगरी छोड़कर जाने के लिए कह दिया गया।

कुछ ही दिनों में मुग़ल फ़ौज लाखों की संख्या में टिड्डीदल समान आनन्दपुर के चारों ओर डेरा लगाने लगी। गुरु जी ने अपने कवियों और अनेक परिवारजनों से कहा, "वे भी अब आनन्दपुर छोड़ कर कहीं और चले जायें। कवि कलम के सिपाही होते हैं। जंग किसी की विद्वत्ता को नहीं परखती। इस बार तुर्कों से लड़ाई आर-पार की होगी। अब कोई यहाँ वीररसी काव्य नहीं सुनेगा। अब यहाँ घोड़े हिनहिनायेंगे। नगाड़ों की गूँज सुनाई देगी, नरसिंहे बजेंगे। खालसे के जैकारे गूँजेंगे। ज़ख्मी सिपाहियों की आहें उभरेंगी। तलवारों की टकराहट बिजली पैदा करेगी। भाई जीवन सिंह की दहाड़ से बादल भी काँप उठेंगे, जब वह तुर्कों पर चीते-सा झपट पड़ेगा।"

अधिकतर लोग गुरु जी के आदेशानुसार आनन्दपुर से कहीं दूर चल दिये।

संवत् विक्रमी 1761। हाड़ महीने का एक तपता हुआ दिन।

शाही फ़ौज और पहाड़ी फ़ौजों ने फिर से आनन्दपुर को घेर लिया।

गुरु जी के आदेश पर भाई जीवन ने मोर्चाबन्दी कर ली। अलग-अलग मोर्चों और किलों के अन्दर जत्थे तैनात कर दिये गये। भाई नाहर सिंह और शेर सिंह पाँच सौ सिंहों के साथ किला लोहगढ़ में डट गये। भाई मोहकम सिंह के नेतृत्व में एक जत्था किला तारागढ़ की सुरक्षा के लिए तैनात हो गया। किला होलगढ़ में भाई आलम सिंह और उदय सिंह पाँच सौ सिंह लेकर तैयार थे। भाई जीवन सिंह और अजीत सिंह केशगढ़ से निगरानी करने लगे। स्वयं गुरु जी किला आनन्दपुर से समूची कमान सँभालेंगे। इस बार कुछ विशेष सिंहों को इसलिए तैनात किया गया जो सभी किलों के साथ राबता बनाये रखेंगे और पल-पल की ख़बर गुरु जी तक पहुँचायेंगे।

---

* गुरुबाणी

भाई जीवन के पुत्र सुखा सिंह, सेवा सिंह, मामा जी, साहिबज़ादा जुझार सिंह, बीबी वीरो के दो पुत्र, सभी महल की हिफ़ाज़त के लिए मोर्चें पर तैयार थे।

दोपहर ढलते-ढलते आनन्दपुर के बाहर मुग़ल फ़ौज की संख्या इतनी बढ़ गयी कि पैर रखने की जगह भी बाकी न रही। चारों ओर से आनन्दपुर को घेर लिया गया था। अचानक नरसिंहें गूँजे और मुग़ल फ़ौज ने आनन्दपुर पर धावा बोल दिया।

सिंह जत्थे ने आँधी के वेग से किलों से बाहर निकले। जैकारे छोड़ते, दुश्मनों पर वे टूट पड़े। घमासान लड़ाई हुई। सिंह अपने किलों में वापस लौट गये।

''इस प्रकार तो सिंहों के किलों पर कब्ज़ा नहीं किया जा सकता।'' मुग़ल सरदारों ने सोचा नुकसान काफी हुआ। बहुत से सिपाही मारे गये। ज़ख्मी हो गये। ज़ख्मी सिपाहियों को सँभालने वाला कोई नहीं। इससे बेहतर है, उन्हें मार दिया जाये। उनके हथियार दूसरों के काम आयेंगे। सिंहों को कैसे काबू किया जाये? इस बारे में आपसी-विचार विमर्श किया जा रहा है।

इन झड़पों में सिंहों ने सदा जीत हासिल की है। किलों के अन्दर से भी जैकारे सुनाई दे रहे हैं। अगर मुग़ल सरदारों ने इस जंग को 'जेहाद' का नाम दिया है तो गुरु जी ने भी इसे 'धर्मयुद्ध' कहा। अपने सिपाहियों के बीच से गुज़रते हुए गुरु जी सभी को उत्साहित करते हुए कह रहे हैं, ''खालसा जी! मत भूलना वे दंगाई और लुटेरे हैं। हमारे घर में आकर हमें मारने आये हैं। हमें अपने घरों, अपने धर्म और अपनी कौम की रक्षा करनी है, जिसके लिए हम ये जंग लड़ रहे हैं।''

तुर्कों का जान-माल का काफी नुकसान हो रहा है। परन्तु उनकी संख्या लाखों में है। एक तुर्क के मरने पर दो और तुर्क उसकी जगह पर आ खड़े होते हैं। एक बार गुस्से और रोष में आकर आज़म खान और दिलावर खान ने जोरदार हमला किया। शाही फ़ौज आनन्दपुर में प्रवेश करने ही वाली थी। साहिबज़ादा अजीत सिंह और भाई जीवन सिंह इसी मौके की ताक में थे। वे दोनों किला केशगढ़ से निकले, उन्होंने हज़ार सिंहों सहित धावा बोल दिया।

सिंहों के जैकारों से धरती-आसमान काँप उठे। मुग़ल सरदारों को तो ये आस नहीं थी कि किला केशगढ़ से हमारे ऊपर इस प्रकार का हमला भी हो सकता है।

सिंह बाढ़ की तेज़ी से आये और तुर्क फ़ौज को बहा कर ले गये। आज़िम

खान को जीवन सिंह की गोलियों ने ऐसा घायल किया कि वह घोड़े से गिर पड़ा।

अगले ही पल साहिबज़ादा अजीत सिंह की तलवार के वार ने दिलावर खान को काट डाला।

शाही फ़ौज पीछे की ओर भागने लगी।

उधर सूरज-छिपने वाला था। घबरायी तुर्क सेना ने आनन्दपुर से काफी परे जाकर पड़ाव डाला।

आज का युद्ध भी सिंहों के नाम रहा।

रात घिर आयी थी।

सभी योद्धा किला आनन्दगढ़ में गुरु जी की हजूरी में बैठे हैं। भाई जीवन सिंह गुरु जी को आज़िम खान और दिलावर खान से सम्बन्धित वार्ता सुना रहा है।

गुरु जी कहने लगे, ''वे लाखों की गिनती में हैं जीवन भाई। उनका एक सिपाही मारे जाने से कोई फ़र्क नहीं पड़ेगा। हमारे एक भी सिंह के मारे जाने का मतलब है, एक मोर्चे की हदबन्दी खत्म होना। हमें बहुत सोच-समझकर युद्ध में उतरना है। ये जंग बहुत लम्बी भी हो सकती है। यदि आकल पुरख ने चाहा तो तुरन्त फैसला भी हो सकता है। रसद-पानी जमा कर के रखो। अपना बचाव करते हुए दुश्मन पर वार करो।''

''गुरु जी, भाई घन्हैया तो घायल तुर्कों को भी पानी पिलाता है।'' एक अन्य सिंह ने खड़े हो कर कहा।

''हाँ, मुझे मालूम है। मैंने उसे यह सेवा करने को कहा है। अब तो उसे मल्हम-पट्टी भी दे रखी है। घायल सिपाही किसी धर्म या पक्ष का नहीं होता, चाहे वह तुर्क हो या खालसा। उसे मदद की आवश्यकता होती है। यह भावना हरेक खालसा में होनी चाहिए। खालसा इसी कारण दूसरों से अलग हैं।''

''गुरु जी आज्ञा दें, सामने आग जलती दिखाई दे रही है। तुर्क या पहाड़िये अपना खाना बना रहे हैं। एक चक्कर लगा आये, बता दें उन्हें सिंह अभी जाग रहे हैं।''

इस हालात में भी गुरु जी के होंठों पर मुस्कराहट फैल गयी।

उन्होंने सभी से कहा, ''पहले लंगर-पानी छक लो फिर सोचेंगे।''

''भूखे शेर शिकार पर जल्दी झपटते हैं गुरु जी।'' कह कर जीवन सिंह भी हँस दिया।

जीवन सिंह के कन्धे को थपथपाते हुए गुरु जी ने धीमे से कहा, ''इस समय आराम करो।''

अगले दिन फिर से तुर्क फ़ौज भेड़ों के झुण्ड समान जाग उठी थी। इस समय किला केशगढ़ से नगाड़े पर चोट सुनाई दी। जैकारे गूँजे और सिंहों ने खेतों में हगने आये तुर्कों पर धावा बोल दिया। वे लोग बदहवास-से, उसी हालत में अपने-अपने खेमों की ओर भाग निकले। मुग़ल सरदारों की भी हवा सरक गयी, ''सिंहों ने दिन भी अच्छे से निकलने नहीं दिया। अभी बादलों से गरजने लगे।''

फिर से घमासान लड़ाई आरम्भ हो गयी। पिछले दिन की तरह ही सिखों के जत्थे रुक-रुककर किलों से निकलते। शाही फ़ौज पर कहर बरपाते और वापस किलों में लौट जाते।

मुग़ल सरदारों की समझ में नहीं आ रहा था, इन सिंहों के हमलों को रोका कैसे जाये या इन पर आगे बढ़ कर हमला कैसे किया जाये। अजीब स्थिति पैदा हो गयी थी। जब भी वे कोई नया धावा बोलने की योजना बनाते, इतने में सिंहों का कोई न कोई जत्था भगदड़ मचाता हुआ आता और तुर्कों पर टूट पड़ता।

इस प्रकार फिर से दोपहर के बाद सन्ध्या घिर आयी। शाही फ़ौज आगे बढ़कर किलों पर धावा बोलने के मूड में नहीं है। सिंह सिपाही इतनी गिनती में नहीं कि वे एक ही बार में 'करो या मरो' की स्थिति में आ पायें।

गुरु जी की हिदायत अनुसार, सिंह हमला करने से पहले अपने बचाव का अधिक से अधिक ध्यान रखते हैं।

फिर से हरेक हमले में बार-बार झड़प होने पर सिंह मारे जा रहे हैं। उनकी संख्या भी अब घटने लगी है। गुरु जी को जंग की चिन्ता नहीं है। वे अपने योद्धाओं को बचाये रखना चाहते हैं।

शाही फ़ौज का घेरा दिनों-दिन तंग होता जा रहा है। मुग़ल फ़ौज को भारी जान-माल का नुकसान हुआ फिर भी उनके पास सिपाहियों की संख्या अभी भी अधिक है। अब वे सिंहों के किलों पर धावा बोलने की फ़िराक में हैं। आखिर कब तक सिंह अन्दर बैठे रहेंगे? बाहर आकर लड़ेंगे तो हमारे सिपाहियों के सामने सिंहों की बोटी-बोटी भी नहीं आयेगी।

यह दिन भी छिपने पर आ गया। तुर्क सेना बिल्ली की तरह शह लगाकर

आगे सरक रही है। रात के समय सिंह किलों में चले गये हैं। मुग़लों ने रात के अँधेरे में, केशगढ़ किले की घेराबन्दी और भी तंग कर दी। अन्दर भाई जीवन सिंह और कुँवर अजीत सिंह की कमान में सिंहों के जत्थे थे। गुरु जी आनन्दगढ़ किले में हैं। भाई जीवन सिंह ने जासूस सेवकों को नये हालात की जानकारी लेने के लिए भेजा।

गहरी रात है। बाहर तुर्क सेना थकी-हारी गहरी नींद में सो रही है। मुग़ल सरदार अपने खेमों में नशे में मदहोश पड़े हैं।

सिंह केशगढ़ किले में जाग रहे हैं।

नीचे कहीं दूर मृत सिपाही की लाश को नोंचते हुए दो कुत्ते आपस में लड़ रहे हैं। गीदड़ रो रहे हैं। ऊपर आसमान पर गहरे काले बादल छितरे से इधर-उधर फैले हुए हैं।

साहिबज़ादा अजीत सिंह और जीवन सिंह अचानक हमले की तैयारी में हैं। गुरु जी ने अनुमति दे दी है। सिंहों को तैयार कर लिया गया। गुरु जी का आदेश है, ''नगाड़े पर चोट लगा कर ही धावा बोलना। तुर्क ये न समझें, बिना सूचित किये धावा कर दिया है।''

रात के सन्नाटे में अचानक नगाड़ा बज उठा। गीदड़ और कुत्ते अपनी जगहों पर ही सहम गये। आसमान पर भटक रहे बादल भी पल-भर के लिए ठिठक जाते हैं।

सिंह किले से सावन की बौछार से बाहर निकलते हैं। फिर वही चीख-पुकार, वही खड़कती तलवारें–भूचाल और प्रलय-सा एहसास–तुर्कों के लिए आनन्दपुर की धरती डोलने लगी।

दिन चढ़े तुर्कों ने देखा–उनका भारी जान-माल का नुकसान हुआ है। तुर्क सिपाहियों की लाशें स्थान-स्थान पर बिखरी पड़ी हैं। किसी की गर्दन नहीं है, किसी की बाँह नहीं है। किसी का पेट फट गया। किसी की खोपड़ी फटी हुई थी। इतना भयानक दृश्य देखकर तुर्कों की रूह काँपने लगी।

''ये कैसी जंग है। सोये हुए सिपाहियों पर काफ़िर टूट पड़ते हैं। इतना नुकसान तो हमें दक्षिण में भी नहीं हुआ।''

शाही लश्कर अपना घेरा चौड़ा करते हुए फिर से पीछे हटने लगे। अब घेरे में आनन्दपुर के आस-पास के गाँव भी आ गये। आनन्दपुर के लिए किलों के अन्दर बैठे सिंहों के लिए रसद-पानी पहुँचने के रास्ते बन्द हो गये।

"यह तो कमाल हो गया।" सरहिन्द के सूबेदार ने खुश होकर कहा, "ये दाँव हमने पहले इस्तेमाल क्यों नहीं किया? इतने सिपाही मिट्टी के भाव मर गये।" उसने स्वयं को धिक्कारा।

सिंहों ने एक पहाड़ी नाले का वेग आनन्दपुर की ओर मोड़ कर अपने शहर के लिए पानी का प्रबन्ध किया हुआ था। राजा अजमेर चन्द ने कुटिल चाल चल कर इस पहाड़ी नाले का पानी रोक दिया।

शाही फ़ौज का घेरा जारी है। दिन में एक-आध बार शाही लश्कर के साथ झड़प हो जाती है। तुर्क लड़ने के मूड़ में नहीं हैं। सीधे मुकाबले में उन्हें हर बार मात खानी पड़ी।

"इन सिखों को इनके किले से बाहर नहीं निकलने देंगे।" मुग़ल फ़ौज अब ये रुख़ अपना रही है।

जमा की हुई राशन-सामग्री खत्म होने लगी। पानी में भी कमी आने लगी। बाहर से कोई भी सामान नहीं आ रहा है। गुरु जी फ़िक्रमन्द हैं। तुर्कों और पहाड़ियों संग लड़ा जा सकता है। मगर भूख से कैसे लड़ा जायेगा? घोड़ों और अन्य पशुओं के लिए चारा-भूसा कहाँ से आयेगा। भूखे-प्यासे कमज़ोर हो गये सिंह सूरमे मुट्ठी-मुट्ठी भर चबेना चबाने लगे हैं।

दिन गुज़रते जा रहे हैं।

हर दिन नयी-नयी मुसीबतें सामने आने लगीं।

मुग़ल घेरा उठा ले, इसलिए गुरु जी वक्त-बेवक्त सिंहों के दस्तों को भेज कर हमले करवाते हैं। बेपरवाह तुर्कों का भी काफी नुकसान हो रहा है। अब वे भी तंग होने लगे हैं। लड़ते नहीं, फिर भी मर रहे हैं। वे अपने सरदारों से कहने लगे, "हमला करो या वापस कूच करो।"

मुगल सरदार भी झुंझला गये हैं। वो तो कभी से घेराबन्दी छोड़ कर वापस चले गये होते, मगर शहंशाह का हुक्म है, "इस बार बागी गुरु को हर हाल में काबू करना है।"

बाहर लाखों की गिनती में तुर्क सिपाही और सिपाही सिंहों को घेरे बैठे हैं। मुट्ठी भर सिंह अन्दर बैठे हैं। इनके पास न खाना है न पानी।

भाई जीवन सिंह गुरु जी के पास गया, ''गुरु जी, आज्ञा दीजिए। सिंह भूख से मरें, इससे तो अच्छा है, हम मुगलों के अन्न भण्डार लूट ले आयें।''

गुरु जी भी इस बात से सहमत हैं। वे पिंजरे में बन्द शेर की तरह छटपटा रहे हैं।

घेराबन्दी की यह लड़ाई बहुत लम्बी होती जा रही है। तुर्कों का यह दाँव कारगर साबित हो रहा है।

जीवन सिंह कुछ सिंहों को लेकर रात के अँधेरे में निकला। कभी दुश्मन के अन्न भण्डार तक पहुँच जाते। कभी खाली हाथ लौटना पड़ता। एक बार उनके दो सिंह मारे भी गये।

''इस प्रकार कितने दिनों तक चल पायेगा।'' गुरु जी चिन्तित थे। सिंह ये हमले आम तौर पर तड़के पहर करते थे। तुर्क सिपाही उस समय गहरी नींद में होते थे। अधिकतर सिपाही नींद के कारण हवा में ही तलवारें मारते रह जाते थे।

ऐसे ही एक दिन भाई जीवन सिंह अपने जत्थे के साथ किले से निकला। देखा, गढ़वाल का राजा फतेह शाह अपने सिपाहियों सहित उसका रास्ता रोक कर खड़ा था। इस प्रकार मुठभेड़ होगी, जीवन सिंह ने तो सोचा नहीं था। उसने अपने सिंहों को चौकन्ना कर दिया।

''बहुत बर्दाश्त कर लिया तुम सिखों को। अब अपने भगवान् को याद कर लो।'' राजा फतेह शाह ने ललकारा।

जीवन सिंह राजा फतेह शाह को घूरने लगा। उसने आस-पास का जायज़ा लिया, कहीं पीछे सेना तो नहीं आ रही थी। तुर्क सिपाही अभी भी मैदान में सो रहे थे।

राजा फतेह शाह ने म्यान से तलवार खींचने की कोशिश की। भाई जीवन बाज़ की तरह झपटा, उसके साथ ही अन्य सिंह भी उस पर टूट पड़े। राजा फतेह शाह को तलवार खींचने का मौका ही नहीं मिला। भाई जीवन सिंह के एक ही वार से उसका काम तमाम हो गया। सिपाही डर कर भाग गये।

इसी प्रकार एक बार रात के हमले में राजा केसरी सिंह साहिबज़ादा अजीत सिंह और भाई जीवन सिंह के काबू में आ गया।

"मैं तुर्कों और दूसरे राजाओं का साथ छोड़ दूँगा। मेरी जान बख्श दीजिए।" केसरी सिंह गिड़गिड़ाने लगा।

"जान बख्श देने वाले गुरु जी हमारे साथ नहीं हैं और हम तुम्हें इतना समय देना नहीं चाहते। याद कर लो अपने पुरखों को—उनसे कहो, मैं भी तुम्हारे पास आ रहा हूँ।" साहिबज़ादा अजीत सिंह की तलवार, केसरी सिंह के पेट से घुसी और पार निकल गयी।

•

रात के समय और तड़के पहर के हमलों से बचने के लिए मुग़ल सरदार ने घेरे को और चौड़ा कर दिया। अपनी रसद और जंगी हथियारों का भण्डार और भी पीछे हिफ़ाजती स्थानों पर ले गये।

गुरु जी सोच रहे थे, सिखों के अचानक और बेवक्त हमलों से घबराकर मुगल फ़ौज अपना घेरा उठा लेगी।

उधर मुग़ल सरदार सोच रहे थे कि अगर वे घेरा उठा कर चल दें तो बहुत बेइज्जती होगी। अगर नहीं उठाते तो फ़ौज बगावत करने पर उतारू थी।

आनन्दपुर नगर और किलों में राशन-पानी क्या पहुँचेगा। तुर्क सेना के घेरे के कारण स्वच्छ हवा भी नहीं आ रही थी। लाखों की गिनती में सिपाही थे। सभी जंगल पानी के लिए जाते। हवा में बदबू फैलने लगी थी। साँस लेना भी दूभर होता जा रहा था।

सिंहों ने इकट्ठे होकर गुरु जी के आगे अर्ज़ की, "गुरु जी हवा से बातें करने वाले घोड़े तड़प-तड़प कर मरने लगे हैं। आपके प्रसादी हाथी की हालत हमसे देखी नहीं जाती। वो कितने करतब दिखाया करता था, अब निढाल पड़ा आँखों से पानी निकालता रहता है। हमारे देखते-देखते ही उसने प्राण त्याग दिये। जंग में लड़ते हुए शहीद हो जाने को हम खेल समझते हैं। मगर इस प्रकार मरना...। छः महीने हो गये हैं। न तुर्क घेरा उठाते हैं, न हमला करते हैं। आज सुबह ही हमारे दो-दो सिंह भूख से मारे गये। वे आखिरी साँस तक कलपते रहे...। दो-चार तुर्कों को मार कर मरते तो जीवन धर्म के काम आता। गुरु जी—कुछ सोचिए... हमें किसी रास्ते के लिए मार्गदर्शन दीजिए।"

"अकाल पुरख की मर्ज़ी है खालसा जी। हमें उसकी रज़ा में रहना है। घबराना नहीं। कई बार प्रकृति और परिस्थितियाँ भी जंग में मदद करती हैं। युद्ध क्षेत्र किसी फ़ौज का इतना इम्तहान नहीं लेता, जितना अनिशिचिन्तता में किसी स्थान पर रहना पड़ता है। जंग के अन्धे कानून में हथियार चलाना और

बात है, अनिशिचिन्तता और इन्तज़ार में अपना मानसिक सन्तुलन बनाये रखना, एकदम और बात है। धीरज रखो, गुरु भला करेंगे। तुम सब मेरे साथ हो। यही मेरे लिए खुशी की बात है।''

''नहीं गुरु जी। अब सब्र नहीं रखा जा रहा। भूखों से तलवार न चलायी जाती, न ही ढाल उठायी जाती है। अब आप हमें छुट्टी दीजिए।'' भूख से निढाल सिखों ने हाथ जोड़ कर कहा।

''खालसे का धर्म भी है और हमारा प्रण भी। हम साथ जियेंगे और साथ ही मरेंगे। हौसला रखिए। कुछ और दिन इन्तज़ार करो। अकाल पुरख सहायी देगा। अभी कुछ देर हमारे साथ रहो।'' गुरु जी ने दुःखी मन से समझाया। फिर कहा,

''महा सिंह, तुम तो कहते थे, मैं तुर्कों को मच्छर की तरह मसल दूँगा।''

''नहीं गुरु जी। अब हम से जंग नहीं लड़ी जायेगी। जंग के नाम से ही हमारे कलेजे में टीस पड़ने लगी है। जंग से ज़्यादा हम भूख से लड़ रहे हैं। हमें जाने दीजिए।'' महा सिंह और उसके साथियों ने ज़िद पकड़ ली।

गुरु जी एकदम उदास हो जाते हैं।

''ठीक है आपकी जैसी मर्ज़ी खालसा जी। तुम लोग अगर जाना ही चाहते हो तो हमें लिख कर दे जाओ, ''हम गोबिन्द के सिख नहीं, गोबिन्द हमारा गुरु नहीं।''

दुःखी और भूखे सिंहों के मुखिया महा सिंह ने यह वाक्य लिख कर दे दिया। गुरु जी ने सिंहों से ये 'बेदावा' ले लिया और भारी मन से मुँह मोड़ कर चले गये।

कुछ महीनों से पहाड़वासियों के लिए आ़फत बनी रही। इतने समय से बैठी मुग़ल फ़ौज ने पहाड़ी आबो-हवा दूषित कर दी थी। पहाड़ी चश्मे और नाले, मल-मूत्र से दुर्गन्ध देने लगे थे। पहाड़ी लोग जिस तरफ भी जाते वहाँ तुर्क सिपाही हगते-मूतते नज़र आते। पहाड़ी औरतों को उनके पास से घूँघट निकाल कर निकलना पड़ता था। उनका जीना दूभर हो गया था। वे इकट्ठे होकर अपनी रियासत के राजा के पास फरियाद ले कर गये।

''हम तो जीते जी मर गये हज़ूर। तुर्क आते हैं, हमारी भेड़-बकरियाँ छीन कर ले जाते हैं। हमारी गाय-भैंसों को काट देते हैं। इन्होंने हमारे खेत उजाड़ कर रख दिये हैं, दूषित कर दिये हैं। इस प्रकार हमारे अन्न देवता का अपमान होता है, हज़ूर। जो भी सब्जियाँ मिले उन्हें खोद कर ले जाते हैं। हमारे घरों में घुसकर स्त्रियों की बेइज़्ज़ती करते हैं। आप हमारी रक्षा करें, हज़ूर।''

एक और पहाड़ी ने शिकायत की, ''एक दिन हज़ूर, अगर सिख गुरु का पुत्र और उनका सिंह भाई मौके पर न पहुँचते तो मेरी दोनों बेटियाँ उनकी हवस का शिकार हो गयी होतीं।''

''सिख क्यों आये थे, वहाँ तुम्हारे पास?'' पहाड़ी राजा ने गुस्से से पूछा।

''राशन की खोज में आते रहते हैं। गेहूँ, चावल, गुड़-शक्कर जो भी मिलता है, रुपये देकर ले जाते हैं। उस दिन आये तो तुर्क सिपाही मेरी बेटियों से छेड़छाड़ कर रहे थे। सिखों ने उन्हें ललकारा और मौत के घाट उतार दिया। हज़ूर, तुर्क फ़ौजी हमारी इज्ज़त मिट्टी में मिला रहे हैं और सिख हमें बचाते हैं।''

पहाड़ी राजा क्या कहता। वह खुद भी दुःखी था। सब उस घड़ी को कोस रहे थे, जब उन्होंने औरंगज़ेब के पास मदद के लिए फरियाद की थी। यह मदद अब हमारे गले की हड्डी बन गयी है। न सिखों का गुरु टस से मस होता है और न ही तुर्क घेरा उठाते हैं। इतनी फ़ौज के खर्चों से राजाओं के खजाने खाली हो गये हैं। पहाड़ी राजाओं में हाहाकार मचा हुआ है।

ऊपर से जाड़े का मौसम आ गया। बारिश, आँधी, तूफान के कारण प्रत्येक ओर दलदल बनने लगी थी। रसद-पानी की कमी के कारण मुग़ल सरदार राजाओं को ही आँखें दिखाने लगे थे।

राजा अजमेर चन्द का ससुर मारा गया। वह सोचने लगा, क्या पाया मैंने गुरु जी से विरोध कमा कर? मुग़ल सिपाही, पहाड़ी औरतों की इज्ज़त खराब कर रहे हैं। नगरों के नगर उजड़ कर दूर जा बसे हैं। मुट्ठीभर सिंहों को इतनी भारी फ़ौज भी हरा नहीं पायी? वे किलों के अन्दर भूखे-प्यासे मर जायेंगे, मगर बाहर नहीं आयेंगे। यदि एक बार सिखों का गुरु, आनन्दपुर छोड़ कर चला जाये तो हम ज़िन्दगी-भर सिखों से जंग लड़ने से तौबा कर लेंगे। सभी पहाड़ी राजा इकट्ठे होकर मुग़ल सरदारों के पास गये।

''हम सब भी यही सोच रहे हैं। एक बार काफ़िर गुरु आनन्दपुर खाली कर दे तो हम वापस चले जायेंगे।'' मुग़ल सरदार भी बेहद ऊब चुके हैं और थक गये हैं।

''इस प्रकार घेरा उठा देने से, हम शहंशाह को क्या मुँह दिखायेंगे?'' वजीद खान ने पहाड़ी राजाओं से ही पूछा।

सभी ने मिलकर विचार किया, ''गुरु को एक पत्र लिखा जाये, अगर वे आनन्दपुर छोड़ कर चले जायें, अपना कीमती सामान भी ले जायें। हम न उनका पीछा करेंगे न हमला करेंगे। शाही फ़ौज और पहाड़ी फ़ौज वापस लौट जायेगी।''

इस बार ये सन्देश देने के लिए उन्होंने एक ब्राह्मण को अपना सन्देशवाहक बनाया। मुग़ल सरदारों और पहाड़ी राजाओं का सम्मिलित 'विनती-पत्र' जब गुरु जी को मिला तो भूखे-प्यासे सिंहों के चेहरों पर रौनक लौट आयी।

''यह एकदम छल है, कपट है। पहाड़ी राजा कपटी हैं। तुर्कों का भी कोई

दीन-ईमान नहीं है। हमें उन पर रत्ती-भर भी यकीन नहीं।'' गुरु गोबिन्द सिंह ने उस विनती-पत्र को मानने से इनकार कर दिया।

''गुरु जी, अगर अब तुर्क कहते हैं, आनन्दपुर खाली कर दीजिए। वे हमला नहीं करेंगे। इससे हमारी आन पर कोई आँच नहीं आयेगी। यहाँ भूखे-प्यासे, लाचारी और बेचारी से मर जाने से बेहतर है कि हम यहाँ से निकल जायें। अगर वे हम पर हमला करेंगे तो दोषी वही होंगे। हमें भी इस बात की मायूसी नहीं रहेगी कि हमने लड़ते हुए शहीदी प्राप्त की है न कि भूख से मर कर।''

गुरु जी दुविधा में पड़ गये। एक ओर सिखों की दयनीय स्थिति सामने थी, दूसरी ओर पहाड़ी राजाओं और तुर्कों के छल-कपट थे। एक बार नहीं अनेकों बार उन्होंने वायदे तोड़े थे। अभी भी तोड़ेंगे। गुरु जी जानते थे।

कुछ सिखों ने जाकर माता गुजरी जी से अर्ज़ की। अब माता जी भी अपने पुत्र पर आनन्दपुर छोड़ कर जाने पर ज़ोर डालने लगीं। ''पुत्र, हमारे सिख सेवक मर रहे हैं। आनन्दपुरवासियों को भी अन्न-पानी नहीं मिल रहा। तुर्क बाहर से कुछ आने नहीं दे रहे। यहाँ से निकल जाने में ही हमारी भलाई है। हालात ठीक हो जायेंगे तो हम फिर यहाँ आ जायेंगे।''

''गुरु जी, इस बार पहाड़ी राजाओं के इस वायदे को परख लिया जाये।'' पास खड़े जीवन सिंह ने सलाह दी।

''इतने दिनों से हम परख ही तो रहे हैं, जीवन भाई।'' गुरु जी अत्यन्त उदास थे।

''हम शहीद हुए सिंहों के जूते, पुराने पकड़े, फटे हुए तम्बू और बहुत सारा कूड़ा-कबाड़ पड़ा है। हम वो सारा सामान गड्डों पर लदवा कर भेज देते हैं। ऊपर से नयी चादरें डाल देंगे। तुर्क और पहाड़िये यही समझेंगे, गुरु जी का कीमती सामान जा रहा है। अगर उन्होंने कुछ न कहा और कोई हरकत न की तो हम समझ लेंगे, इस बार वे अपना वायदा निभायेंगे वरना उनकी नीयत के बारे में हम जानते ही हैं।''

''ये तो उनके साथ धोखा हुआ न जीवन भाई।'' गुरु जी ने असहमति से कहा।

''ये धोखा नहीं है गुरु जी, सिर्फ़ उनकी चाल को दूसरी चाल से समझने का दाँव है।''

गुरु जी ने स्वीकृति दे दी।

जीवन सिंह की योजनानुसार ही किया गया। अँधेरा होने पर मशालों की रोशनी में गड्डों का यह काफिला रवाना हो गया। जब ये गड्डे तुर्कों के पड़ाव

के नज़दीक पहुँचे। अपने वायदे भुलाकर वे सभी उन गड्डों पर टूट पड़े।

सचमुच मुग़ल और पहाड़ी राजा अपनी जल्दबाज़ी पर शर्मिन्दा हुए। हैरान भी हुए—उनके फ़रिश्तों को भी इल्म नहीं था कि काफ़िर गुरु इस प्रकार भी उनकी परीक्षा लेंगे। मगर अब क्या हो सकता था।

दक्खन में औरंगज़ेब बहुत परेशान था। पंजाब की सूचनाएँ उसके पास पहुँच रही थीं। दक्खन की बगावतों ने उसका जीना मुहाल कर रखा था। उसकी उम्र ढ़लने लगी। उसमें पहले वाला जोश भी बाकी नहीं रहा था। सारा हिन्द साबुन की भीगी टिकिया समान उसमें हाथों से निकलता जा रहा है। शाही खजाने खाली होने लगे थे। अपने लाखों सिपाही गवाँ कर भी उसे दक्खन में सफलता प्राप्त नहीं हुई थी। अब काफी समय से आनन्दपुर की ख़बरों ने उसे अत्यधिक परेशान कर दिया था।

शहंशाह ने अपने सिपाहसालारों को बुलाकर उनके सामने आनन्दपुर की स्थिति को बयान किया और कहा,

"मेरा एक खत लेकर गुरु जी के पास जाओ। मैं कुरान शरीफ़ की कसम खाकर लिखता हूँ, गुरु आनन्दपुर छोड़ं कर चले जायें। उनका कोई नुकसान नहीं किया जायेगा। वे हमें दक्खन में आकर मिलें। उनके रास्ते का सारा खर्च मेरे सूबेदार करेंगे। उनकी हिफ़ाजत भी करेंगे। यह खत तुरन्त गुरु जी के पास पहुँचा दो।"

कुछ ही दिनों पश्चात् औरंगज़ेब का एक काज़ी सन्देशवाहक, यह ख़त लेकर गुरु जी के पास पहुँचा।

गुरु जी को ख़त सौंप कर काज़ी ने बादशाह की इच्छा भी उन्हें बतायी,

"शहंशाह आपकी कद्र करते हैं। वे चाहते हैं, आप स्वयं दक्खन में उनसे जाकर मिलें। शहंशाह आपके साथ छल करने वाले मुग़ल सरदारों से सख्त नाराज़ हैं। उन्हें सज़ा अवश्य मिलेगी। शहंशाह की ओर से विननी है कि आप एक बार किला खाली करके चले जायें, आपको कोई नुकसान नहीं पहुँचायेगा। मैं आपको शहंशाह की ओर से यकीन दिलाता हूँ...पहाड़ी राजाओं की ओर से भी ज़िम्मेदारी लेता हूँ...। बादशाह के कहे अनुसार, कुछ दिनों के लिए यहाँ से चले जाइए। आपको कोई नुकसान नहीं पहुँचायेगा।"

काज़ी की बात सुन कर गुरु जी गहरी सोच में डूब गये। पिछले कुछ महीनों की घटनाएँ उनके सामने हैं। लगातार लड़ाई लड़ते और रात के अँधेरे में होती झड़पों में भी अनेक सिंह मारे जा चुके हैं। अब कुछ दिनों से तड़प-तड़प कर मर रहे हैं। कुछ उन्हें छोड़ कर चले गये। माता जी यहाँ से जाना चाहती हैं।

दूर खड़े सिंह गुरु जी के फैसले की प्रतीक्षा कर रहे हैं। भाई जीवन सिंह गुरु जी की दुविधा को समझ रहा है।

''गुरु जी, आप इस खत पर यकीन न करें। आपके मन में जो हो, बस वही हुक्म दीजिए।''

काज़ी ने भाई जीवन की ओर घूरती नज़रों से देखा।

''पिता गुरु जी, तुर्कों ने सदा विश्वासधात किया है। इस बार भी करेंगे।'' साहिबज़ादा अजीत सिंह भी किला छोड़ने के हक़ में नहीं है।

''गुरु जी, विश्वासघात हुआ तो हम लड़ते-लड़ते शहीदी प्राप्त करेंगे। हमें मरना मंजूर है।'' अधिकतर सिंह तुरन्त किला छोड़ना चाहते हैं।

सिंहों की स्थिति खराब होते देख कर गुरु जी सोचने लगे, किले में राशन-रसद खत्म हो गया है। सिंह भूख से व्याकुल होने लगे हैं। सिखों को अधकच्चा-अधपक्का खाना खाने के लिए मिल रहा है। सिंह वृक्षों के पत्ते और छाल खाकर गुज़ारा कर रहे हैं। किले के अन्दर सब कुछ खत्म होता जा रहा था। मुगलों को एक बार परख लेना चाहिए।

और गुरु जी इस बार आनन्दपुर छोड़ने का निश्चय कर लेते हैं।

''काज़ी साहब—यदि आपके शहंशाह, भरोसा दिलाते हैं तो खालसा फ़ौज और हम ये किला खाली कर देंगे।'' इतना कह कर गुरु जी ने गहरी साँस ली।

काज़ी चला गया।

गुरु जी की सहमति मिलने पर मुग़ल सरदारों ने युद्धबन्दी का ऐलान कर दिया।

गुरु जी ने सिंहो को अपने पास बुलाया।

''हमें अभी भी तुर्कों पर भरोसा नहीं है। फिर भी हम इस किल को छोड़ देंगे। यहाँ से हम माजरी गाँव* की ओर कूच करेंगे। अकाल पुरख ने चाहा तो आनन्दपुर फिर से आकर इसे बसायेंगे। अपनी आवश्यकतानुसार सामान बाँध लो। बचा हुआ रसद-पानी भी साथ में सँभाल लो।''

जीवन भाई की ओर मुखातिब हो उसे रात को किले से रवाना होने की ज़िम्मेदारी सौंप दी और उदास मन से अन्दर चले गये।

---

* अब इस गाँव का नाम 'चमकौर साहिब' है।

47

विक्रमी संवत् 1761, 5-6 पौष की आधी रात।

कड़कती ठण्ड। बादलों से घिरा आनन्दपुर का आसमान। तेज़ बहती हवा।

मुग़ल शहंशाह के वायदे पर और मुग़ल सरदारों की कसमों पर विश्वास करके, गुरु गोबिन्द सिंह अपने परिवार और बाकी बचे सिंहों को लेकर, पूरी तैयारी करके, आनन्दगढ़ किले से बाहर निकले।

आधी रात को जैकारों की गूँज सुनकर, वापसी की तैयारी के कारण थके हुए सोये तुर्क सिपाही बदहवास-से उठ खड़े हुए।

"ये सिंह फिर से आ गये।"

"अरे सो जाओ। वे लोग किला छोड़ कर जा रहे हैं।"

सिपाही फिर से सोने लगे।

आवश्यक सामान के साथ-साथ गुरु जी अपना रचा साहित्य, दरबारी कवियों की ओर से संस्कृत से अनुवाद करवाये ग्रन्थों इत्यादि को विशेष तौर से सँभाल कर खच्चरों और घोड़ों पर लदवा रहे हैं।

अँधेरी रात है। भाई जीवन सिंह, उदय सिंह, बचित्तर सिंह, भाई दया सिंह, धर्म सिंह, मोहकम सिंह, भाई हिम्मत सिंह, गुरु परिवार को सुरक्षा घेरे में लेकर ग़मगीन और उदास-से भूखे-प्यासे चले जा रहे थे। माता गुजरी, बीबी प्रेमो, उसके पोते, बीबी राज कौर, सुन्दर कौर, साहिब कौर—गुरु जी के साहिबज़ादे और अन्य सिखों का जत्था—आगे बढ़ता जा रहा है।

अचानक मालूम हुआ, अपना वायदा भूल कर, तुर्क सेना उनका पीछा कर रही है।

आगे सिरसा नदी है। बरसात के कारण उसमें बाढ़ आयी हुई है। बर्फ़ समान ठण्डा पानी है। पीछे दुश्मन की सेना है। सिंह कई दिनों से भूखे हैं, साथ में परिवार और बच्चे भी हैं।

अभी गुरु जी का जत्था कीरतपुर के पास शाही टीले के पास ही पहुँचा है। साहिबज़ादा अजीत सिंह, बचित्तर सिंह, और उदय सिंह ने फैसला किया—दुश्मन की फ़ौज को यहीं पर रोकना चाहिए। भाई जीवन गुरु जी को, गुरु परिवार और दूसरे परिवारों को सिरसा नदी पार करवाने के लिए आगे बढ़ रहे हैं।

तभी पीछे से तुर्क सेना आ पहुँची। दिन अभी निकला नहीं था। गुरु जी को लग रहा है अब फिर से शहीद होने का वक्त आ गया है। भाई जीवन सिंह को चिन्ता है कि गुरु जी का परिवार आराम से सिरसा नदी पार कर जाये। भाई उदय सिंह, बचित्तर सिंह, मोहकम सिंह और अन्य सिंह, तुर्क सेना के आमने-सामने हैं।

आमने-सामने की इस लड़ाई से कोहराम मच गया। सिंहों के लिए करो या मरो वाली स्थिति है। उनमें फिर से जोश उमड़ आया है। वे पागलों समान तुर्कों पर टूट पड़े। उनके पास अपनी जान गँवाने के अलावा कुछ और बचा भी नहीं है। सिख दुश्मन फ़ौज से घिरे हुए हैं। घायल हुए सिंह भी तुर्कों से मुकाबला करने में पीछे नहीं हैं।

ये लड़ाई काफी समय तक चलती रही।

जब भाई जीवन सिंह पीछा करते हुए तुर्कों का क़त्लेआम करते हुए, सिरसा नंगल गाँव के निकट आकर गुरु जी से मिला। गुरु जी ने उससे पूछा, "अन्य सिंह और अजीत सिंह नहीं आये? भाई उदय सिंह भी नज़र नहीं आया?"

"वे अभी तक पहुँचे नहीं?" हैरान हुआ भाई जीवन सिंह,

"अजीत सिंह तो अवश्य तुर्कों के घेरे में होगा।" इतना कह जीवन सिंह ने घोड़ा तुरन्त पीछे मोड़ लिया। लगाम मुँह में डाले, दोनों हाथों से तलवारें लहराते हुए, फिर उसी टीले की ओर प्रलय-सा टूट पड़ा।

सच में साहिबज़ादा अजीत सिंह और भाई बचित्तर सिंह दुश्मनों से घिरे हुए थे। घायल होकर भी वे जूझ रहे थे।

भाई जीवन सिंह ने दूर से ही जैकारा लगाया, "बोले...सो निहाल...।" तुर्कों में भगदड़ मच गयी। उन्होंने समझा, अब नये सिंह मोर्चे पर आ डटे हैं। जीवन सिंह ने ढाल बन कर तुर्कों को खदेड़ते हुए अजीत सिंह और बचित्तर सिंह को घेरे से बाहर निकाल लिया। तुर्क सिपाही पीछे रह गये।

भाई उदय सिंह की खोज की तो वह शहीद को चुके थे। सभी सिरसा नंगल में एकत्रित हुए। जुझार सिंह भी घायल है। बचे हुए सिख गुरु जी को नदी के पार लेजाने के लिए उतावले हैं। उन्हें शंका है, दुश्मन अभी भी पीछा करेंगे।

इतने में ही तुर्क फ़ौज 'या अली–' के नारे लगाते हुए आँधी-तूफान की गति से चली आ रही थी।

एकदम अफरा-तफरी-सी मच गयी। भाई जीवन सिंह ने गुरु जी से सिरसा पार करने के लिए अर्ज़ की। अभी भी अजीत सिंह, वह स्वयं और बाकी सिंह यहीं तुर्कों को रोकेंगे।

अचानक एक तीर उनके पैरों पर गिरा।

"गुरु जी, वक्त नहीं है। घोड़ों को नदी में उतार लीजिए।"

तुर्क सेना को तेज़ी से बढ़ते देख जिसका मुँह जिधर हुआ, उधर ही भाग निकला। सिरसा नदी का बर्फ़ जैसा पानी...।

खच्चर, घोड़े लदे सामान सहित नदी के बहाव में बह जाते हैं।

गुरु जी सिरसा नदी के पार खड़े हैं। कपड़े भीगे हुए। वे अपने पास खड़े हुए कुछ सिखों की ओर देखते हैं। भीगे कपड़ों में सिंह काँप रहे हैं। कुल तीस-पैंतीस सिंह पास होंगे। हैरान हैं—क्या यही खालसा फ़ौज बाकी रह गयी है? आनन्दपुर को छोड़ते समय तो पन्द्रह सौ सिंह साथ थे। सभी को क्या जंग की डायन ने खा लिया?

भाई जीवन कहीं नज़र नहीं आ रहा। न ही अजीत सिंह, फतेह सिंह और ज़ोरावर सिंह मेरे लाल नज़र आ रहे हैं। कहाँ गये सभी? मारे गये या सभी नदी में बह गये? जुझार सिंह की ओर उन्होंने देखा, वे घायल हैं। उनका ध्यान अपनी रचनाओं और साहित्यिक रचनाओं की ओर गया। वह अमूल्य खज़ाना भी पानी में बह गया था। ग़मगीन और बचे-खुचे सिंहों को देखकर उन्होंने आसमान की ओर देखा। एक गहरी साँस भरी उन्होंने कहा, "अकाल पुरख, तुम्हारी लीला तुम्हीं जानो।"

शून्य में देखते हुए उनकी नज़रों में रंज, क्रोध और गुस्सा शामिल है।

गुरु जी मन ही मन सोच रहे हैं,

'औरंगज़ेब तू बादशाह ज़रूर होगा, परन्तु तेरा किरदार शहंशाह वाला नहीं है। तुम पर विश्वास कर मैंने अपना आन्नदपुर छोड़ा लेकिन तू इतना नीच होगा, ये हमें मालूम नहीं था। याद रख, तेरे सपने कभी पूरे नहीं होंगे। खालसा कभी भी तेरे सामने सिर झुका कर तेरी 'जी हजूरी' नहीं करेगा। मेरा खालसा अन्याय के सामने कभी नहीं झुकेगा। तेरा तो न दीन है न ईमान। तू होगा शराय-शरीयत का पाबन्द, मगर तुझे परमात्मा की पहचान नहीं है। तुझे अपनी बादशाहत पर, अपनी फ़ौज पर और शाही खज़ानों पर अभिमान होगा, हमें तो सिर्फ़ अपने परमात्मा, अपने अकाल पुरख पर ही भरोसा है। वो भला अवश्य करेगा।'

गुरु जी को अपना परिवार माता जी, पत्नियाँ और बच्चे सभी याद आ रहे हैं।

"रोपड़ की ओर चलें।" गुरु जी ने बचे रहे सिखों से कहा।

भाई बचित्तर सिंह ज़ख्मी है। एक अन्य सिंह उसे सहारा देकर चल रहा है।

गुरु जी ने पीछे मुड़कर देखा। पीछे कोई भी सिख नज़र नहीं आता।

सभी बिछुड़ गये परिवारजनों और सिखों से फिर मिलने की प्रार्थना परमात्मा के आगे की और रोपड़ की ओर चल दिये।

भाई जीवन सिंह और साहिबज़ादा अजीत सिंह ने थोड़े-से घायल सिंहों के साथ तुर्क सिपाहियों को काफी देर तक रोके रखा। अचानक एक तीर जीवन सिंह के दायें कन्धे को चीरते हुए निकल गया। अभी ज़ख्म देखने या मल्हम-पट्टी करने का समय नहीं था। चारों ओर अफरा-तफरी फैली हुई थी। कभी वह अपना बचाव करता, कभी अजीत सिंह की ढाल बन जाता।

तुर्कों के साथ मुकाबला करते-करते, मौका देख दोनों सिरसा नदी पार कर गये। मगर यहाँ कोई नहीं था? वे हैरान हो गये। पार चले गये होंगे या कहीं आगे निकल गये होंगे। दोनों काफी दुविधा में पड़ गये। कहाँ गये होंगे गुरु जी? शायद चमकौर गाँव की ओर गये होंगे।

जीवन सिंह के कन्धे से लहू बह रहा था। साहिबज़ादा अजीत सिंह ने अपने कमरकसे का कपड़ा उसके ज़ख्म पर बाँध दिया। खून फिर भी बह रहा था। उसे इस बात की कोई परवाह नहीं। दर्द की कोई चिन्ता नहीं। फ़िक्र है तो इस बात की, गुरु जी कहाँ हैं? माता जी और छोटे साहिबज़ादे कहाँ गये? मेरे अपने बच्चे कहाँ हैं? मेरी माता...? सिरसा नदी के दूसरे किनारे पर छोटे साहिबज़ादे तो थे माता गुजरी जी के साथ—उनके साथ मेरे छोटे पुत्र गुरदयाल और गुलज़ार भी थे क्या? मालूम नहीं, सभी नदी पार कर गुरु जी के साथ ही गये या...।

इन चिन्ताओं में घिरे होने के कारण उनका मन ज़ोरे-ज़ोर से 'गुरु जी—गुरु जी' की पुकार लगाने को करता है।

आखिर दोनों आपसी सलाह के बाद रोपड़ की ओर चल दिये। रास्ते में पदचिह्नों को देखकर उसे लगता है, 'कोई जत्था यहाँ से गुज़रा है।'

अभी वे दोनों दो कोस तक ही गये थे कि देखा एक फ़कीर अपनी झोंपड़ी के बाहर धूनी जला कर बैठा है।

"फ़कीर से पूछते हैं, "इधर से सिख गुज़रे हैं क्या?" अजीत सिंह ने कहा।

दोनों ने जाकर फ़कीर को प्रणाम किया।

फ़कीर ने देखा, उनके कपड़े भीगे हुए थे। सूजे हुए पैरों से लहू भी रिस रहा था।

"आग सेंकना है?" फ़कीर ने पूछा।

"साँई जी, यहाँ से कोई जत्था निकला है?" जीवन सिंह ने पूछा।

''आराम करो पुत्र। तुम्हारे वस्त्र बहुत भीगे हुए हैं। ठण्ड काफी है। आग के पास बैठ जाओ।''

आग सेंकना अच्छा लगता है। वे उसके नज़दीक बैठ गये। उन्होंने अपना प्रश्न फिर से दोहराया।

''साँई जी, कोई जत्था यहाँ से गुजरा है क्या?''

''अभी-अभी सिखों का एक काफिला निकला है।''

''गुरु जी भी उनके साथ थे?''

''मुझे क्या मालूम...कौन लोग थे?''

''आनन्दपुर के गुरु...हमारे गुरु जी।''

''आनन्दपुर के गुरु?'' फ़कीर ने आश्चर्य से दोहराया।

''हाँ, साँई जी।''

''क्या हुआ मेरे पीर को?'' फ़कीर ने अधीर स्वर में पूछा।

''गुरु जी और सिख आनन्दपुर को छोड़ कर जा रहे हैं। मुग़ल सेना अभी भी पीछा कर रही है। हमें जल्दी से उनके पास पहुँचना है।''

''फिर तुम लोग देर न करो। वह काफिला रोपड़ की ओर ही गया है। कुछ देर पहले ही।''

यह सुनते दोनों तेज़ी से उठ खड़े हुए।

कुछ समय के पश्चात् गुरु जी को जैकारे की मद्धम-सी आवाज़ सुनाई दी। सिंहों ने घबराकर पीछे अँधेरे में आँखें गड़ा कर देखने का प्रयास किया। उन्हें दो सवार सरपट घोड़े पर आते दिखाई दिये।

''ये तो बाबा अजीत और भाई जैता लगते हैं।'' एक सिंह ने अनुमान लगाते हुए कहा।

गुरु जी के चेहरे पर रौनक आ गयी।

भाई बचित्तर सिंह ने गहरी घायलावस्था में भी जोश से जैकारा लगाया, ''बोले सो निहाल...।'' सिखों के छोटे-से जत्थे ने ज़ोरदार आवाज़ में कहा, ''सत सिरी अकाल...।''

भाई जीवन और बाबा अजीत गुरु जी से आकर मिले।

''माता जी और छोटे साहिबज़ादे?'' गुरु जी ने इतना ही पूछा।

''वे अपने रसोइये गंगू ब्राह्मण के साथ थे। फिर मालूम नहीं। हमने सोचा आपके साथ होंगे।'' अजीत सिंह ने बताया।

"मेरी माता जी...।"

"उनका भी पता नहीं...।"

भाई जीवन समझ गया, अपने परिवार, माता-पत्नी और बच्चों के बारे में पूछना व्यर्थ है। सुखा सिंह और सेवा सिंह गुरु जी के साथ सिरसा पार आये थे।

गुरु जी का परिवार और भाई जीवन का परिवार किसी गलत रास्ते चले गये हैं या फिर मारे गये हैं।

"इन दोनों के ज़ख्म साफ़ कर, इन पर मल्हम लगा दो। हमें यहाँ से चमकौरे गाँव की ओर कूच करना है।" गुरु जी ने एक सिंह को आदेश दिया।

"तुर्क, नदी पार नहीं आयेंगे पिता जी?" अजीत सिंह ने पूछा।

"यहाँ भी आ सकते हैं पुत्र उनका कोई दीन-ईमान नहीं है। हमें वे काफ़िर कहते हैं। वैसे भी शाही फ़ौज अब यह बात जान चुकी है कि हम अब गिनती भर-के ही बचे हैं। वे हमारा पीछा अवश्य करेंगे। हमें जल्दी से युद्ध क्षेत्र से दूर चले जाना चाहिए।"

"गुरु जी, आप आज्ञा दीजिए। मैं यहीं रुक जाता हूँ। खून बहुत बह रहा है।" भाई बचित्तर सिंह ने अत्यन्त दुःख और उदासी से अर्ज़ की।

"ऐसी हालत में हम तुम्हें यहाँ छोड़ कर कैसे जा सकते हैं। ये खालसे का धर्म नहीं है। जायेंगे तो साथ, रुकेंगे तो साथ।" गुरु जी ने फैसला सुनाया।

"नहीं गुरु जी, अब मैं आपको और संकट में डालना नहीं चाहता। मुझ से एक कदम भी चला नहीं जा रहा। आप मुझे यहीं रहने दीजिए नहीं तो तुर्क हम सभी को दबोच लेंगे।"

"यहाँ कोटला निहंग खान गुरुघर का श्रद्धालु है। हम वहीं चलते हैं।"

"गुरु जी, हम भाई बचित्तर सिंह को सँभालते हैं। आप चलिए–।"।

गुरु जी कुछ समय के पश्चात् निहंग खान के पास जा पहुँचे।

गुरु जी को अपने घर आया देख निहंग खान का चेहरा खिल गया, मगर अगले ही पल वह सोचने लगा, 'गुरु जी का पीछा करते हुए अभी शाही फ़ौज यहाँ आ पहुँचेगी। फ़ौज मेरे घर-परिवार को भी नेस्तनाबूद कर जायेगी। इन्हें यहाँ से भेज देना उचित होगा।' अगले ही पल वह सोचने लगा, 'मैं कितना नीच हूँ। एहसानफरामोश हूँ। गुरु जी को अभी सहारे की ज़रूरत है। उनके यहाँ आने से ये घर, ये ज़मीन पाक-पवित्र हो गयी। मौत ने एक दिन तो आना ही है। आगे या पीछे...। जो होगा देखा जयेगा।"

निहंग खान ने खुले मन से गुरु जी और सिंहों का सत्कार किया। भाई बचित्तर सिंह की मल्हम-पट्टी करने लगता है। भाई बचित्तर सिंह का चेहरा पीला

पड़ चुका है। खून बहुत बह चुका है।

"गुरु जी, आप यहाँ से तुरन्त रवाना हो जाइए। भाई जी की आप चिन्ता न कीजिए। इन्हें तन्दुरुस्त होने में अभी काफी दिन लगेंगे। मेरी बेटी मुमताज इनकी टहल-सेवा करेगी। इनके घाव भरने दीजिए।"

गुरु जी कुछ पल सोचने लगे। भाई जीवन को पास बुलाकर विमर्श करने लगे, "हमने माजरा गाँव की ओर जाने का विचार बनाया है। औरंगज़ेब ने ख़त में लिखा था, माजरे की ओर आ जाओ। यहाँ मुलाक़ात हो सकती है।"

ख़बर मिलती है, शाही फ़ौज पीछे ही आ रही है। निहंग खान ने अपने पुत्र आज्ञा खान को पास बुलाकर समझाया, "पुत्र, गुरु जी को माजरे के रास्ते की ओर ले जाओ। यह गाँव जंगल जैसा है। रास्ते में काफी नाले आयेंगे। यह गाँव मुग़ल फ़ौज की पकड़ में नहीं आयेगा।"

माजरा के रास्ते की ओर जाते हुए शक होता है, मानो तुर्क सिपाही निकट आ गये हैं। सारे सिख और गुरु जी तेज़ी से रोपड़ के निकट भट्ठे में चले गये।

आलम खान ने टोह ली। उसने आकर बताया, "शाही फ़ौज दूर-दूर तक नहीं है। किसी दुष्ट ने झूठी अफ़वाह फैलायी है।"

आलम खान सिंहों को माजरा गाँव की ओर जाने वाले रास्ते और आगे का रास्ता समझा कर गुरु जी से आज्ञा लेकर लौट आया।

गुरु जी ने अपनी गिनती के सिंहों पर गहरी निगाह डाली, "पाँच प्यारे, दो पुत्र, भाई जीवन सिंह और उसके दो पुत्रों के अलावा कुल तीस सिंह साथ में थे। अँगुलियों पर गिने जाने वाले सिंह। गुरु जी के चेहरे पर व्यंग्यभरी मुस्कराहट आ गयी, "अब गिनती के इन सिंहों के लिए भी तुर्क सेना हमारा पीछा क्यों कर रही है। क्या वह अभी भी इन चालीस सिंहों से भय खा रही है? वे लाखों की गिनती में हैं। हम क्या हैं? कभी-कभी तो हँसी आती है, इन तुर्क योद्धाओं पर। हम चालीस सिंह तुर्कों की चालीस लाख फ़ौज का भी मुकाबला करने में सक्षम हैं। ये सिर्फ़ चालीस सिंह नहीं, खालसा के चालीस मकसद, उद्देश्य और विचार हैं। मुग़ल विचारों से डरते हैं। एक भी खालसा के ज़िन्दा रहने का अर्थ है, हमारी विचारधारा का जीवित रहना। इसलिए तुर्क नहीं चाहते कि एक भी सिख जीवित रहे। तभी एक-एक सिख के सिर की कीमत लगाते हैं। सिख जीवित रहेंगे, खालसा जीवित रहेगा। तेरे ज़ुल्म, तेरे छल-फरेब का हिसाब लेने के लिए खालसा अवश्य जीवित रहेगा। तुझ जैसे बेईमान बादशाह का कोई किरदार नहीं, न कोई उसूल है। खालसे की कुर्बानी तेरी बादशाहत की जड़ें ही हिन्द से खोद डालेंगी।"

"गुरु जी सोचने का वक्त नहीं, आगे बढ़ने का समय है।" भाई जीवन ने गुरु जी को गहरी सोच में पड़े देख कहा।

अगले ही 40 सिखों का यह काफिला माजरा गाँव की ओर रवाना हो गया।

48

आनन्दपुर में घेरा डाले मुग़ल सरदारों के आदेश पर अब उनके सिपाहियों ने अपने खेमों को समेटना आरम्भ कर दिया है। कुछ मुग़ल सरदार ऊँचे टीलों पर बैठे आस-पास बिखरी अपने सिपाहियों और सिखों की लाशों की ओर देख रहे हैं।

"इन सिखों को समझ में नहीं आता?" एक सूबेदार खान ने आह भर कर कहा।

"क्या हुआ खान बहादुर, आज सुबह से बहुत जज्बाती नज़र आ रहे हो।" सूबेदार वजीद खान ने हैरानी से पूछा।

"मालूम नहीं, जंग में लड़ते हुए इन सिखों में कोई प्रेत आ घुसता है क्या?"

"आपको खामखाह उनकी बहादुरी की गलतफ़हमी हो रही है।"

"ऐसा नहीं है। एक दिन मैंने देखा, लड़ते-लड़ते एक सिख की बाजू कोहनी से कट गयी। बाजू लटक गयी। खून बहने लगा। सिंह ने जब देखा कि यह लटकती बाँह उसके लिए रुकावट बन रही है, उसने स्वयं ही एक भरपूर वार किया और बाजू दूर जा गिरी। अब वह आराम से तलवार चलाने लगा। तुम ही बताओ वजीद खान, इस प्रकार कोई सिपाही कैसे लड़ सकता है? ये जज्बा है उनमें।"

"इतना भावुक मत बनो। शाही फ़ौज अभी भी उस काफ़िर गुरु का पीछा कर रही है। देखेंगे, उसमें अभी भी कितना दम बाकी है।"

सन्ध्या समय। सिरसा नदी के किनारे अचानक हुए मुकाबले में एक सिंह जत्थे से बिछुड़ गया। पूछते-पूछते एक गाँव के निकट से गुज़रते हुए उसे ध्यान आया कि उसके दो साथी सिंह, इसी गाँव के थे। वे तो सिरसा किनारे पर ही शहीद हो गये। उनके घर सूचना देने के इरादे से उसने उनके घर के बारे में पूछा।

उसे घर का पता लग गया।

उस सिंह ने दरवाज़ा खटखटाया। एक स्त्री ने दरवाज़ा खोला। बाहर एक घायल सिंह खड़ा था।

''अन्दर आ जाओ भाई।'' उसने कहा।

सिंह थोड़ा दुविधा में है, इसका पति और भाई दोनों मारे गये हैं। जब उसे यह सच्चाई मालूम होगी, तब क्या बीतेगी इस पर?

''हमारे गुरु जी किस हाल में हैं वीर (भाई)?'' उसे पानी पिलाने के बाद स्त्री ने पूछा।

''गुरु जी के बारे में तो पूरी तरह से मालूम नहीं बहन। हम सभी सिरसा नदी के किनारे बिछुड़ गये थे। तुम्हारा पति और भाई दोनों मेरे साथ ही थे। वे तुर्कों संग लड़ते हुए शहीद हो गये।''

इतना कह कर सिंह ने नज़रें झुका लीं।

''मैंने तुमसे अपने पति और भाई के बारे में नहीं पूछा, मुझे यह बताओ, हमारे गुरु जी तो ठीक हैं न? वे तो ज़ख्मी नहीं हुए न? सही-सलामत यहाँ से निकल गये हैं न?'' स्त्री ने भयभीत नज़रों से पूछा।

''पता नहीं बहन।'' सिंह ने नज़रें झुकाये ही कहा।

गुरु जी का यह जत्था माजरा गाँव की ओर बढ़ गया। गुरु जी ने बात करने और जैकारे लगाने से रोक दिया था। रास्ते में एक सघन झाड़ी देख कर भाई जीवन सिंह ने यहाँ कुछ देर तक रुकने के लिए कहा। घायलावस्था, सूजे हुए पैरों के सुन्न हो जाने के कारण एक कदम बढ़ाना भी मुहाल हो गया।

गुरु जी ने सभी को ठहरने के लिए कहा।

गुरु जी वृक्ष के एक तने से टेक लगा कर बैठ गये। उनकी आँखें मुँदी हुई थीं। अपने सूजे हुए पैरों को सहलाते हुए जीवन सिंह ने गुरु जी के चेहरे की ओर देखते हुए पूछा, ''गुरु जी, ये सब क्यों हुआ?''

''भाई जैता, हम भी यही सोच रहे हैं? ऐसा होना नहीं चाहिए था। इसके ज़िम्मेदार हम नहीं हैं। पहाड़ियों और मुग़लों ने हमारे साथ हमेशा जंग की। ये सब क्यों हुआ, ये सिर्फ अकाल पुरख ही जानता है।'' गुरु जी भी अत्यन्त उदास और मायूस हैं।

''समझ में नहीं आता गुरु जी...मैं अपना नंगा पैर किसी कीड़े पर भी रखने से डरता हूँ। जंग में पता नहीं लगता...। पता नहीं आदमी इतना खून-खराबा कैसे कर लेता है?''

"लड़ाई में आदमी, आदमी नहीं रहता, वो जानवर बन जाता है। आत्म-रक्षा के समय आदमी थोड़ा जोश से काम लेता है, उस को उस समय घर-बाहर कुछ भी याद नहीं रहता।"

"मेरी हालत भी जंग में ऐसी ही होती है गुरु जी।"

"ऐसी हालत के बिना योद्धा नहीं बना जा सकता। योद्धा कभी अपनी जान की परवाह नहीं करते।"

जत्था फिर आगे बढ़ने लगा। माजरा गाँव के बाहर आमों के एक बाग़ में गुरु जी ने पड़ाव किया। छिपने के लिए यह स्थान सुरक्षित था। उन्होंने जीवन सिंह से कहा, "यहाँ हमारा एक श्रद्धालु रूपचन्द रहता है। उसके पास एक गढ़ी है। अपने दो सिंहों को साथ ले जाओ और जगह देखकर आओ कि क्या वह सुरक्षित स्थान है।"

भाई जीवन सिंह ने दो सिखों को साथ लेजाकर गाँव में चक्कर लगाया। एक ऊँचे टीले पर कच्ची गढ़ी देख कर किसी से पूछा, "इस गढ़ी का मालिक कौन है?"

ग्रामीण भाई जीवन सिंह की कद-काठी और ज़ख्मी हालत देखकर डर गया। उसने टालने के अन्दाज़ में कहा, "मुझे कुछ मालूम नहीं। मैं यहाँ अजनबी हूँ।"

जीवन सिंह समझ गया। उसने नम्रता से कहा, "घरबराओ न भाई। तुम्हें कुछ नहीं होगा। हम कुछ दिन यहाँ रुकेंगे, फिर चले जायेंगे।"

"ये गढ़ी गाँव के नम्बरदार चमकौरा की है।"

सिंह चमकौरा जाट के पास गये। जाकर उन्हें अपनी इच्छा बतायी।

सुनते ही चमकौरा ने इनकार कर दिया और बताया, "सूबेदार का आदेश है, कोई भी गुरु जी और सिखों को आसरा नहीं देगा। हुक्म अदूली (न मानने वाले) का सिर क़लम कर दिया जायेगा।"

"गुरु की सेवा के बदले में अगर सिर क़लम हो भी जाये, और क्या चाहिए?" भाई जीवन ने कहा।

"मुझे ऐसा उपदेश नहीं चाहिए। मैं गाँव का नम्बरदार हूँ। चौधरी हूँ। हुकूमत के साथ चलना और उसका आदेश मानना, मेरा धर्म है। मैं इतनी बड़ी सल्तनत को अपने विरुद्ध नहीं कर सकता। मेरा भी परिवार है। चलो, जाओ यहाँ से। आगे जंगल ही जंगल है। मुग़ल सिपाही उस ओर नहीं जायेंगे।"

"नम्बरदार जी, आपसे विनती है। गुरु जी संकट में हैं। थके हुए हैं। उन्हें

यहाँ ठहरने की सहमति दे दीजिए। शाही फ़ौज हमारा पीछा कर रही है। हम आपका यह उपकार कभी नहीं भूलेंगे।" भाई जीवन ने फिर नम्रता से कहा।

"मैं क्या करूँ। मैं इतनी बड़ी हुकूमत की नाराज़गी नहीं ले सकता। तुम्हारे गुरु तो दीन-दुनिया के मालिक हैं। करामात करके शाही फ़ौज को अन्धा क्यों नहीं कर देते? या खुद उड़ कर कहीं दूर क्यों नहीं चले जाते। यहाँ हमारी कच्ची गढ़ी का सहारा क्यों चाहते हैं?"

एक सिंह ने गुस्से में तलवार खींच ली। भाई जीवन ने उसे रोक दिया, "गुरु जी ने कहा है, किसी के साथ दुर्व्यवहार नहीं करना। कोई सहमति से यहाँ ठहरने, ठिकाना करने देगा, तभी हम यहाँ रुकेंगे।"

दुःखी होकर भाई जीवन सिंह और साथी सिंह लौट पड़े। एक सिंह अभी भी गुस्से से उबल रहा था, "मेरा जी चाह रहा था, मैं एक वार में ही उस रंधड़ का सिर उतार दूँ।"

इतने में एक गाँववासी उनके पास आया।

"गुरु के सिंह हो क्या?"

"हाँ, भाई।"

"यहाँ क्यों आये हो?"

"गढ़ी का पता करने आये थे। गुरु जी कुछ दिन आराम करना चाहते हैं।"

"कौन से गुरु?"

"हमारे गुरु–आनन्दपुर वाले गुरु गोबिन्द सिंह जी।" भाई जीवन ने उदासी से बताया।

"मेरा सौभाग्य–मैं गुरु जी के दर्शन कर पाऊँ। आप बेखौफ़ गढ़ी में जाइए।"

"गढ़ी के मालिक ने इनकार कर दिया है।"

"मेरा भाई थोड़ा डरपोक है। मुग़ल हाकिमों से बहुत डरता है।"

"अच्छा।"

"और गुरु जी ठहरे कहाँ हैं–आप मुझे यह बताइए?"

"आमों के बाग़ में पड़ाव किया है।"

"चलिए मैं आपके साथ ही चलता हूँ। मैं खुद उन्हें अपने साथ लेकर आऊँगा। मेरे गुरु जी अपने किले छोड़ कर, आनन्दपुर छोड़ कर, कच्ची-सी गढ़ी में आने के लिए पूछ रहे हैं। यह बड़ी निराशा की बात है, गुरु जी के सेवकों के लिए। आप, चलिए, मैं आपसे अर्ज़ करता हूँ, आप चल कर उस गढ़ी को पवित्र कीजिए।"

थोड़ी देर बाद सभी आमों के बाग़ को छोड़ कर गढ़ी की ओर चल दिये।

कच्ची गढ़ी। दरिया का किनारा। चारों ओर जंगल फैला हुआ। काँटे, झाड़ियाँ, कहीं रेतीले टीले। काफी दूरी पर एक गाँव। गाँव में कुल पचास-साठ घर। कच्चे रास्ते, साँप सी टेढ़ी-मेढ़ी पगडंडियाँ। यहाँ चारों ओर चोर-डाकुओं की भरमार। दिन-दहाड़े माल लूट कर ले जाना। पशु-डंगर चुरा कर ले जाना। अगर चोर डाकू न आये तो जंगली जानवरों का डर हर समय रहता। शाही फ़ौज का भी खौफ़ बना रहता। घर की बहू-बेटियों की इज्ज़त-आबरू का भी डर बना रहता। जीवन सिंह गाँव में घूम-फिर कर वहाँ के निवासियों से बातें कर, उस इलाके की स्थिति समझ रहा था।

"गढ़ी के दो दरवाज़े हैं जी। एक उत्तर की ओर, दूसरा पश्चिम की ओर है। मज़बूत दरवाज़े। टाहली के मोटे तख्तों से बने हुए। क्या मज़ाल, जो हाथी भी टक्कर मार कर तोड़ दे।"

वह गढ़ी के दक्षिण की ओर आमों के बाग़ में आ पहुँचे थे।

कच्ची गढ़ी में प्रवेश करते ही गुरु जी द्वारा इशारा करने पर भाई जीवन ने गढ़ी का पूरा निरीक्षण किया। युद्ध के लिए यह कितना कारगर साबित हो सकती है, इसकी पड़ताल की जा रही है। शाही फ़ौज आज नहीं तो कल तक यहाँ अवश्य आ धमकेगी।

गढ़ी की दीवारें काफी ऊँची और चौड़ी हैं। छत पर जाने के लिए एक ओर टेढ़ी-मेढ़ी सीढ़ियाँ हैं। जीवन सिंह ने छत पर जाकर देखा, वहाँ एक बुर्ज बना हुआ था। यहाँ से चारों ओर नज़र रखी जा सकती थी। वह नीचे उतर आया। गढ़ी के उत्तरी दिशा में घोड़ों की ताज़ा लीद पड़ी थी। क्या मालूम घोड़े कहाँ भेजे गये हैं या हमारे यहाँ आने का सुनकर किसी और जगह पर ले गये हों।

गुरु जी ने अपने सिंहों को पास बुलाया।

"हमारे पास अस्त्र-शस्त्र के साथ-साथ रसद-पानी की भी कमी है। हम प्रत्येक कार्यवाही सोच-समझकर और संयम से करेंगे। अब तो हमारे पास घोड़े भी नहीं हैं।"

"गुरु जी, जब तक हमारे बाजू हैं और तलवारें व नेज़े हैं, तब तक आपको या हमें कोई हाथ नहीं लगा सकता।"

"हमें तुम्हारी बहादुरी पर नाज़ है। फिर भी हम जितने हैं, उसी हिसाब से मोर्चों को तरतीब दें। चारों ओर पाँच-पाँच सिख तैनात हो जायें। हम गढ़ी के ऊपर रहेंगे। दोनों दरवाज़ों पर भी खालसा तैनात रहेंगे।"

"गुरु जी, आप अपने पास भी कुछ सिंह रखिए, जो नीचे लड़ते सिंहों के साथ तालमेल बनाये रखें। आपका प्रत्येक आदेश हम तक पहुँचायेंगे।" जीवन सिंह ने सलाह दी।

"ऐसा ही करो। अगर खाने के लिए कुछ है तो बना लो। फिर सारे सिंह आराम करें। मालूम नहीं कौन-सी घड़ी आने वाली है।" इतना कह कर गुरु जी ने छत पर जाकर स्वयं निरीक्षण किया। देखा, परिश्चम में सूरज डूबने की तैयारी कर रहा है।

दूसरी ओर, गढ़ी के मालिक को फ़ौजदार से डाँट मिल रही थी "तुमने उस काफ़िर पीर को गढ़ी में दाखिल क्यों होने दिया?"

"मैंने तो इनकार कर दिया था हजूर। मैंने कहा था कि मैं मुग़ल हुकूमत को क्या जवाब दूँगा, मगर सिंह तो प्रेत समान हैं। बस मरने-मारने पर तुले रहते हैं।"

"तुम चूड़ियाँ पहन लो। जब तुमने हुकूमत से जागीर ली है तो सिपाही क्यों नहीं रखते?"

"सिपाही है हजूर, परन्तु...।"

"तुम्हारे सिपाही हैं या हिजड़े हैं। तुम्हारा भाई गुरु जी की मदद करता है। हमें मालूम है, तुम हमारे पास आकर नौटंकी कर रहे हो। दोनों ओर से सच्चे बन रहे हो। कूटनीति कर रहे हो। पहले उस बाग़ी को हवेली दे दी। फिर खाने-पीने का सामान देकर आराम करने को कह दिया। और अब हमें बताने आये हो।"

"हजूर, आप कुछ सिपाही मेरे साथ भेज दीजिए। मैं अभी उस गुरु को गढ़ी से निकालता हूँ।"

"अब तू क्या निकालेगा उसे। हम खुद उसे निकाल बाहर करेंगे।" फ़ौजदार ने क्रोधित भाव से कहा। साथ ही अपने सिपाहियों को आदेश दिया। "जाओ, पहले इस नम्बरदार का सारा परिवार घेर कर यहाँ ले आओ। गाँव में जो भी सामने आये, उसे क़त्ल क़र दो।"

तभी सूबा सरहिन्द का हरकारा आ पहुँचा।

"हजूर सूबेदार का हुक्म आया है।"

"क्या हुक्म है?"

"उन्होंने पूछा है, मालूम हुआ है कि आनन्दपुर के सिखों का गुरु इस गाँव में ठहरा हुआ है।"

"आपने ठीक सुना है।"

"कितने सिंह हैं उनके साथ?"

"अभी पूरी जानकारी नहीं मिली। परन्तु सुना है, थोड़े ही हैं। सौ से कम ही होंगे।"

"तुम्हारे पास कितने सिपाही हैं?"

"पाँच सौ सिपाही हैं मेरे पास।"

"और लश्कर पीछे आ रहा है। उस गढ़ी को घेरा डाल लो। अभी हमला नहीं करना। दस हज़ार शाही फ़ौज आ रही है। इस बार सिखों का वो पीर बच कर नहीं जाना चाहिए। सूबेदार का हुक्म है।"

फ़ौजदार ने सरहिन्द के सूबेदार को इत्तलाह भेजी; "सिखों का गुरु इस समय गाँव के नम्बरदार की हवेली में छिपा हुआ है। गिनती के सिख उनके साथ हैं। हवेली को तुरन्त घेरा डाला जा रहा है। इलाके में ऐलान करवा दिया है कि गाँव का कोई भी निवासी गुरु और उसके सिखों की किसी प्रकार की मदद नहीं करेगा।"

हरकारा ने साथ में जोड़ा, "सूबा सरहिन्द ने यह भी कहा है कि इस बार शाही फ़ौज गुरु को पकड़ न पाये तो दण्ड भुगतने के लिए भी तैयार रहे।"

"हम कल ही हवेली का घेरा डालकर इसे तबाह कर देंगे। दण्ड नहीं, हम सूबेदार से इनाम हासिल करेंगे। इस बार हिन्द का पीर नहीं बचेगा। हम उस पैगम्बर के अनुयायी हैं, जिन्होंने अहूद और बक्कर की लड़ाइयाँ लड़ीं। जिन्होंने कर्बला के मैदान में भूखे-प्यासे रह कर युद्ध किया था। सूबा सरहिन्द से कह देना, वह फ़िक्र न करें। दिन निकलने दो, हम इस कच्ची गढ़ी की ईंट से ईंट बजा देंगे।"

हरकारा सूचना ले कर सरहिन्द की ओर चल दिया।

गाँव में चौकीदार ऐलान कर रहा था, "सारे गाँववासियों को इत्तलाह दी जाती है—गाँव में सिख ज़बरदस्ती आ घुसे हैं। कोई गाँववासी न इनकी कोई मदद करेगा और न ही इन्हें पनाह देगा। हुक्म-अदूली करने वाले को भारी जुर्माना और सज़ा दी जायेगी।"

देर रात तक इस प्रकार की घोषणा गाँव की गली-गली में की गयी।

चौकीदार की मद्धम आवाज़ कच्ची गढ़ी के अन्दर भी सुनाई दे रही थी।

49

गढ़ी में कुल चालीस सिख थे।

गुरु जी की सलाह से भाई जीवन सिंह युद्ध के दाँव-पेंच अनुसार गढ़ी के अन्दर मोर्चाबन्दी कर रहा था। साहिबज़ादा अजीत सिंह, भाई दया सिंह, भाई धर्म सिंह, भाई मोहकम सिंह, भाई हिम्मत सिंह और भाई साहिब सिंह अस्त्र-शस्त्र की जाँच-पड़ताल कर रहे थे। सीमित शस्त्रों के कारण गोला, बारूद, नेज़े, गोलियाँ, तीर इत्यादि सोच-समझकर ही इस्तेमाल किये जाने थे।

रात घिर आयी। दूर गाँव में चौकीदार की आवाज सुनाई दी थी, "जागते रहो... ।"

गढ़ी के अन्दर तो सभी सिंह जाग ही रहे थे।

गढ़ी के बाहर दूर अँधेरे में सिर्फ़ मशालें जलती नज़र आ रही थीं। रेतीले टीलों और सघन झाड़ियों की ओट में मुग़ल सेना का सिर्फ़ अन्दाज़ा ही लगाया जा सकता था। कुछ स्थानों पर आग जलती भी नज़र आ रही थी।

ऐसा लग रहा था—जैसे एक साथ कई चिताएँ जल रही हों।

गुरु गोबिन्द सिंह जी गढ़ी की छत पर खड़े, चारों ओर से मुँह खोले खड़ी 'अनहोनी' की ओर देख रहे थे। नीचे घायल अजीत सिंह और जुझार सिंह थके हुए सो रहे थे। धीरे से भाई जीवन सिंह उनके पीछे आकर खड़ा हुआ।

"गुरु जी, मैंने सारी मोर्चाबन्दी को फिर से बदल दिया है। मैंने चारों दिशाओं में आठ-आठ सिख तैनात कर दिये हैं। दो-दो सिंह दरवाज़ों पर रहेंगे। अजीत सिंह और जुझार सिंह आपके पास छत पर रहेंगे।"

"तुम कहाँ रहोगे भाई?"

"मैं तो आपकी ढाल बनूँगा। मेरे जीते-जी गुरु जी आप पर कोई आँच आये तो मेरी सेवा को धिक्कार है। मेरा जीवन ही निष्फल है।"

भाई जीवन सिंह की ओर स्नेह से देखते हुए उन्होंने चिन्तित स्वर में पूछा, "सुखा सिंह और सेवा सिंह के घाव अधिक गहरे तो नहीं हैं?"

"वे ठीक हैं। उन्हें मैंने पश्चिम दिशा की ओर तैनात किया है। संगत सिंह उत्तर की ओर एक अन्य सिंह के साथ है।"

"भाई जीवन, हम केवल चालीस सिंह हैं। बाहर तो लाखों की संख्या में शाही फ़ौज जमा हो रही है।"

"गुरु जी, आपकी ही शिक्षा है, जीयेंगे तो आन से, मरेंगे तो शान से।"

"भाई जीवन सिंह, माता जी, धर्मपत्नी और पुत्रों की कोई सूचना मिली क्या?"

"गुरु जी, आपके परिवार और बच्चों की कोई सूचना नहीं। कोतवाल अब्दुला और सैयद बेग जैसे योद्धाओं की कोई ख़बर नहीं मिली। ऐसे में मेरे परिवार की ख़बर आ भी जाये तो कोई मायने नहीं रखती।"

"जैसी उस प्रभु की मर्ज़ी। उसकी लीला को कौन रोक सकता है? जो होना है वो तो होकर ही रहेगा।"

"गुरु जी, बड़ी माता जी, छोटे साहिबज़ादे, दोनों माताएँ और इतने सिख सभी कहाँ गये होंगें? सिरसा नदी में बह गये होंगे या मारे गये होंगे? ये प्रश्न मुझे परेशान करते हैं। इतनी ठण्ड में, इतने अँधेरे में...। अगर जीवित भी होंगे, मालूम नहीं किस हाल में होंगे?"

गुरु जी ने गहरी साँस भर कर कहा, "उस मालिक को सब मालूम है जैता भाई। उसकी मर्ज़ी बग़ैर कोई पत्ता भी नहीं हिल सकता। मिलना-बिछड़ना सभी ऊपर वाले की मर्ज़ी से ही होता है भाई जैता।"

"गुरु जी...।" कह कर जीवन सिंह रुक गया।

"क्या कहना चाहते हो भाई जैता? मन में कोई भय है? तुर्क सेना की भारी लश्कर देख कर दिल दहल गया है?"

"नहीं गुरु जी। इनमें से कुछ भी नहीं है। मैं मौत से कभी नहीं डरा। मैं तो कुछ और ही पूछना चाह रहा था।" भाई जीवन सिंह को अभी भी पूछने में संकोच हो रहा है। पता नहीं साहब क्या कहेंगे। इसका क्या अर्थ लें...।

"क्या बात है जीवन सिंह?" गुरु जी ने जीवन सिंह को दुविधा में पड़े देख कर फिर से पूछा।

"बड़ी बात हैं और मैं आपका अदना-सा सेवक हूँ।"

"ऐसा न कहो। संकोच न करो। हमारे बीच गुरु और सेवक जैसा रिश्ता कब रहा। तुम तो हमारे पुत्र हो। पाँचवें साहिबज़ादे। निःसंकोच कहो, जो मन में है।"

"हम सभी ने मिल कर विचार किया है कि आप और दोनों साहिबज़ादे...।" जीवन सिंह अभी भी बात पूरी नहीं कर पाया।

"क्या हुआ?"

"गुरु जी, हम सभी चाहते हैं, आप अपने साहिबज़ादों को यहाँ से लेकर चले जायें।"

"भाग जायें। कायरों की भाँति...।" गुरु जी के चेहरे पर व्यंग्य के साथ रोष और दुःख भी है।

''कायरों की तरह नहीं गुरु जी। मगर आप यहाँ से चले जायें। आपकी, अजीत सिंह और जुझार सिंह की पन्थ को बहुत ज़रूरत है।''

''पंथ को तुम जैसे योद्धा की ज़रूरत नहीं है क्या? तुम्हारे पुत्र की, जो इतने सिख मारे गये हैं, क्या उनकी खालसा पन्थ को ज़रूरत नहीं थी? नहीं जीवन सिंह, अपने हाथों से बनाये इस खालसा को संकट के समय मैं कैसे छोड़ कर भाग सकता हूँ? तुमने ये क्या सोचा...मैं ऐसा करूँगा?''

''दुश्मन की फ़ौज लाखों में है गुरु जी—।''

''और मैं भाग जाऊँ...?'' गुरु जी के स्वर में कटाक्ष है, ''जीवन सिंह, शूरवीर योद्धा अपने सिपाहियों को, अपने साथियों को मौत के घेरे में छोड़ कर खुद कभी नहीं भागते। हम तो अपने खालसा के साथ ही जीयेंगे-मरेंगे। अकाल पुरख को वचन दिया है। अपनी 'भगऊती' (तलवार) से सदा दुष्टों का नाश करना है। कायरों समान मैदान से भागना नहीं है।''

''गुरु जी, हम आप से यही अर्ज़ करना चाहते हैं। आप यहाँ से निकल जाइए। खतरे से दूर जाकर फिर से सिखों को एकत्रित करें। हम अगर यहाँ मारे भी गये तो हम जैसे और सिंह सूरमा आप से आ मिलेंगे। खालसा पन्थ फिर से 'चढ़दी कलां' में आ जायेगा, परन्तु उसके लिए अति आवश्यक है कि आप जैसा गुरु सिंहों के पास हो, जो मार्गदर्शन प्रदान करे।''

''ऐसा नहीं हो सकता भाई जीवन, मैं अपने दोनों पुत्रों को अपने साथ ले कर भाग जाऊँ, ऐसी हरकत मैं नहीं कर पाऊँगा। मौत तो कहीं भी आ सकती है, फिर मौत से क्या डरना। मेरे सिख, मेरे सिपाही क्या कहेंगे, गुरु अपने पुत्रों के मोहवश अपने सिखों को मुसीबत के समय छोड़ कर चला गया।''

इतने में बाहर से 'अल्लाह-हू-अकबर' और 'या अली' के नारे इतने ज़ोर से सुनाई देने लगे, मानो आसमान ही फट जायेगा। गढ़ी के उत्तर की ओर से मशालें और नज़दीक आती नज़र आने लगीं।

''तुर्क फ़ौज आ गयी लगती है गुरु जी।'' जीवन सिंह ने चिन्तित स्वर में कहा।

''दुश्मन आँधी के वेग समान आ गया है। दिन निकलते ही ये सारी गढ़ी को चारों ओर से घेर लेंगे। फिर बाहर से पानी-अन्न कुछ भी नहीं आ पायेगा। हमारे पास कितनी रसद सामग्री है?''

''हमारे लिए काफी है गुरु जी। हमें भूखे-प्यासे रह कर भी लड़ने की आदत है गुरु जी।''

''हमारे पास तीर कितने हैं?''

"ज्यादा भण्डार तो नहीं हैं, परन्तु तुर्कों को रोकने के लिए काफी हैं।"

"बाकी अस्त्र-शस्त्र...?"

"सारे सिखों के पास उनके अस्त्र-शस्त्र हैं। बस तुर्क सेना लाखों में इकट्ठी हो रही है।" जीवन सिंह भी फ़िक्रमन्द है।

"भाई जीवन सिंह, बस जूझ कर मरने की घड़ी आ गयी है।" गुरु जी ने उसे दिलासा दिया।

"हम सभी तैयार हैं। आप नीचे जाकर कुछ देर आराम कर लीजिए।"

"आराम के लिए अभी वक्त नहीं आया भाई जीवन। आराम तभी होगा, जब हाथों में अस्त्र-शस्त्र की बजाय क़लम या माला होगी। अजीत और जुझार ठीक हैं?"

"वे सो रहे हैं गुरु जी। उनके ज़ख्म साफ कर मल्हम लगा दी थी। आप फ़िक्र न करें।"

"अब कैसी चिन्ता भाई जीवन। हम यहीं ठीक हैं। तुम भी जाकर, आँखें मूँद कर परमात्मा को याद कर लो। फिर पता नहीं, ये घड़ी कब नसीब हो या न हो।"

भाई जीवन सिंह उसी प्रकार गुरु जी के पास खड़ा रहा।

"जा भाई जैता, आराम कर ले कुछ देर। हम भी कुछ देर अपने अकाल पुरख से कुछ बातें कर लें।"

मायूस-सा जीवन सिंह नीचे आकर अपने पुत्रों और सिखों के पास आ बैठा।

पौष की ठण्डी रात रेंग-रेंग कर बीत रही थी।

विक्रमी संवत 1761। 8 पौष का दिन यानी 22 दिसम्बर, 1706 ई.।

दिन चढ़ आया है। सूरज काफी ऊँचा चढ़ आया है। वह आग के गोले समान दहक रहा है। गढ़ी के पार से 'या अली' के नारे सुनाई देने लगे।

गुरु जी अपने सभी सिंहों के मध्य में खड़े हैं। वे अरदास (प्रार्थना) कर रहे हैं, "परमात्मा, हम तेरे निमाने से सेवक हैं। तेरी रज़ा से ही धर्म और आन की रक्षा के लिए इस असन्तुलित युद्ध में हिस्सा ले रहे हैं। आप की कृपा से खालसा मौत से घबराता नहीं। हमें हर तरह के ज़ुल्म-ज़बर और अन्याय के विरुद्ध लड़ना है।"

बाहर से एक मद्धम आवाज़ सुनाई दी, "अगर सिखों का पीर अपने सिंहों सहित, अपने आप को सूबेदार के सामने पेश कर दे तो शहंशाह दिल्ली उनकी जान बख्श देंगे।"

गुरु जी के चेहरे पर व्यंग्यमयी मुस्कान आ गयी, "ये तुर्क समझते हैं, हम अपनी जान बचाने के लिए लड़ाइयाँ करते आये हैं," फिर उन्होंने अपने सिंहों की ओर देखा। बारी-बारी से अपने पुत्रों, जीवन सिंह के पुत्रों, पाँच प्यारे और अन्य सिखों की ओर देखा। सभी गुरु के इशारे की प्रतीक्षा कर रहे थे। गुरु जी ने कहा, "खालसा जी। अपने-अपने मोर्चों पर डट जाओ। आज का दिन महाप्रलय का दिन है तुर्कों के लिए। उन्हें गढ़ी की दीवारों के निकट फटकने नहीं देंगे। हम छत से चारों ओर निगाह रखेंगे। अजीत, जुझार और जीवन सिंह हमारे साथ रहेंगे।"

सभी सिंहों ने तुरन्त अपने-अपने मोर्चे सँभाल लिए। गुरु जी ने गढ़ी की छत पर जाकर चारों ओर निगाह मारी। काली जंगी पोशाक पहने तुर्क फ़ौज गिद्धों समान प्रतीत हो रही थी। उन्होंने गढ़ी को इस प्रकार घेर लिया जैसे किसी किसान ने अपने खेत के चारों ओर सघन बाड़ लगा दी हो।

इतना लश्कर? तौबा–तौबा। ये तुर्क खालसे से इतना भय क्यों खाते हैं? सिर्फ़ चालीस सिखों के लिए, लाखों की तादाद में फ़ौज ले आये।

गुरु जी देख रहे थे, घेरा धीरे-धीरे तंग होने लगा था। दुश्मन दीवारों की ओट लेकर आगे ही आगे सरक रहा था।

सारी शाही फ़ौज सूबेदार वजीद खान के नेतृत्व में थी। नाहर खान, हैबत खान, हिजर खान, ग़नी खान, मियाँ खान और जफ़र बेग जैसे बहादुर सेनापतियों का पूरा जमावड़ा था। गाँव के घरों की दीवारों की ओट लेकर तुर्क सिपाही गढ़ी की ओर बढ़ रहे थे। कोई भी ओट से बाहर नज़र आता, सिंह उसे तुरन्त तीरों से छलनी कर देते।

गुरु जी ने देखा, दक्षिण की ओर से तलवारों, नेज़ों और बन्दूकों से लैस 'या अली' के नारे लगाता वैरी दल आगे बढ़ रहा था। बहुत सारे तुर्कों ने गढ़ी में दाखिल होने के लिए सीढ़ियाँ उठा रखी थीं।

"जीवन सिंह। तुम नीचे जाओ। सिंहों से कहो, दक्षिण की ओर चौकसी रखें।" गुरु जी ने हिदायत की।

जीवन सिंह तेज़ी से नीचे जा पहुँचा।

गुरु जी ने प्रभु को स्मरण कर अपना पहला तीर छोड़ा–फ़ौजदार शेरजंग बहादुर अपने घोड़े से लुढ़क गया। इतनी दूर से निशाना लगा देखकर, अपने फ़ौजदार को गिरते देखकर, तुर्क सिपाही घबरा गये। नीचे गिरा फ़ौजदार तड़प रहा है। उनके आगे बढ़ते पैर वहीं ठिठक गये। इतने में ही तीरों की फिर से बौछार होने लगी। तुर्क सिपाही पीछे की ओर भागने लगे।

"व्यर्थ में तीर न चलाओ।" दुश्मन को पीछे हटते देख गुरु जी ने सिंहों को आदेश दिया।

कमबख्त पहाड़ी राजा तो कहते थे कि सिंह चालीस-पचास ही हैं। यहाँ तो ऐसा लग रहा है कि चार-पाँच सौ से भी ज्यादा सिंह हैं। भयभीत हुए एक तुर्क सिपाही ने पीछे भाग कर अपने फ़ौजदार नाहर खान से जाकर कहा।

"नम्बरदार चमकौरा ने भी बता दिया था, सौ से कम हैं।" एक और सिपाही ने भी भयभीत होकर कहा।

"तो क्या हुआ, अगर वे चार-पाँच सौ भी हुए तो? हम हज़ारों में नहीं, लाखों में हैं। तुम पीछे क्यों भाग रहे हो। जाओ—आगे बढ़े। अगर मारे भी गये तो आखिर कितने मर जायेंगे? हम जल्द ही इस कच्ची हवेली को तबाह कर देंगे। आगे बढ़ो—ये हमारा 'जेहाद' है। मर गये तो जन्नत में हूरों का साथ मिलेगा। कायरों की तरह मरोगे तो नरक में जाओगे।" नाहर खान ने उसे हौसला दिया।

"आगे कैसे बढ़ें?" डरे हुए सिपाही ने फिर पूछा।

"मुट्ठी-भर सिंहों से डर गये क्या?" नाहर खान ने गरज़ कर कहा।

"मुट्ठी-भर सिंह, वो हिन्द का पीर है। खुदाई है, करामात है...।"

"सब बकवास है। युद्ध कौशल है उन काफ़िरों के पास। वे ऊँचे स्थान पर बैठे हैं और हम निचले स्थान पर। वे धैर्यवान हैं और तुम सभी जल्दी बौखला जाते हो। डरपोक हो सभी।"

"ठीक है, आप धीरज रख कर आगे बढ़ें। हम आपके पीछे आयेंगे। पीठ दिखलाने पर आपकी तलवार होगी और हमारा सिर।" सिपाहियों ने शर्त रखी।

"तुम सभी कायर हो। बुज़दिल हो। घाघरे पहनकर अपने घरों में लौट जाओ। जंग खत्म होने पर, तुम्हारे साथ फिर हिसाब करूँगा।" नाहर खान ने डराया।

"हम मौत से नहीं डर रहे। हमें मालूम है, घरों में हमारी सूचना ही जायेगी। जायेगी भी या नहीं, ये खुदा ही जानता है। हमारी बेग़में सिर्फ़ प्रतीक्षा ही करती रहेंगी। हमारी लाशों को कौए, कुत्ते, गिद्ध और गीदड़ नोंच कर कब के खा चुके होंगे। उन्हें क्या मालूम आपकी चन्द मोहरें हमारे घर की खुशियाँ नहीं लौटा पायेंगी।"

"जंग के मैदान में बहादुर सिपाही ऐसी बातें नहीं करते। शूरवीरों, आगे बढ़ो।" नाहर खान ने उन्हें जोश दिलाया।

"हम आपके साथ हैं। आगे बढ़ो। आपको मुसीबत में छोड़ कर हम वापस नहीं लौटेंगे। ये हमारा वायदा है। आगे बढ़ो ताकि मालूम हो सके कि कौन घाघरा पहनता है।"

"ऐसी चुनौती...?" नाहर खान ने जोश में आकर 'या अली' का नारा लगाया और दीवारों की ओट लेकर गढ़ी की ओर आगे बढ़ने लगा।

गढ़ी की छत पर बुने बुर्ज से गुरु जी तुर्क सेना में मची अफरा-तफरी को गहरी नज़र से ताड़ रहे हैं।

नाहर खान ने तीरों की बौछार गढ़ी की ओर करनी चाही। उसका कोई तीर गढ़ी की दीवार से निकल जाता, कोई दीवार से जा टकराता। वह खीझने लगा। उसने जोश में आकर गुरु जी को ललकारा।

इसी पल गुरु जी का एक तीर नाहर खान की छाती को बेंध गया।

नाहर खान के गिरते ही तुर्क सेना में भगदड़ मच गयी।

सूरज धीरे-धीरे ढलने लगा। जाड़े की रात तेज़ी से अपने डैने फैला रही थी। नाहर सिंह के बाद कुछ पठानों ने धीरे से कच्ची हवेली पर धावा बोल दिया। इनका लीडर ज़फ़र बेग़ शेर की भाँति दहाड़ रहा था।

सिंह या तो खामोश रहते या एकदम से तीरों की बौछार कर तुर्कों में भगदड़ मचा देते थे। भाई जीवन सिंह का संकट के समय के लिए बचा कर रखा गया बारूद, उसकी दोनों बन्दूकों नागणी और बाघणी से अचानक आवाज़ से फूट पड़ती थी। दुश्मन सेना के सिपाही मरते जा रहे थे।

इसी शोरगुल में ग़नी खान गढ़ी के निकट पहुँचने में सफल हो गया। उसने सीढ़ी पर चढ़ कर दीवार से जैसे ही अपना सिर बाहर की ओर निकाला। गुरु जी, के एक ही वार से उसके सिर के दो टुकड़े हो गये।

ग़नी खान को मरते देख खिज़र खान तेज़ी से दीवार की ओट में छिप गया।

मुग़ल फ़ौज के सिपाही और घोड़े आगे बढ़ने से कतराने लगे। गढ़ी से निकलता तीर किसी घोड़े को लगता तो वह पूँछ उठाकर हिनहिनाने लगता और आगे-पीछे भागने लगता।

अँधेरा होने लगा। गढ़ी के नज़दीक मुग़ल फ़ौज का भारी जान-माल का नुकसान हुआ। सिपाही अपने मृत साथियों की लाशें वहीं छोड़ कर पीछे हटने लगे। सिपाहियों के लहू से जंग का मैदान, पोस्त के फूलों-सा लाल सुर्ख दिखाई देने लगा। इतनी लाशों को एकदम से दफनाना आसान नहीं था। माजरा गाँव

का मैदान कर्बला बन गया। घायल सिपाहियों की चीत्कार से माहौल भयानक लगने लगा।

''गढ़ी से पीछे हटना ही ठीक रहेगा।'' मुग़ल सेनापतियों ने आपस में सलाह- मशविरा किया।

अँधेरा होने पर जंग रुक गयी।

भाई जीवन सिंह छत पर बैठे गुरु जी के पास गया।

''गुरु जी, हमारे 15 सिख अकाल पुरख के पास पहुँच गये हैं।''

''बाकी सभी 'चढ़दी कलां' में हैं?'' गुरु जी ने पूछा।

''जी गुरु जी, घायल होने के बावजूद सभी के हौसले बुलन्द हैं।''

''तीर कितने बाकी हैं?'' जाड़े की इस रात में भी गुरु जी के माथे पर मसीने की बूँदें चमक रही हैं।

''तीर कम हैं, गुरु जी। थोड़ा संयम से इस्तेमाल करने पड़ेंगे।''

''समय आ गया है भाई जीवन। अब गढ़ी से बाहर निकल कर तलवारों और नेज़ों से दो-दो हाथ करके दिखाये जायें।'' गुरु जी ने आवेश में कहा, ''मौत का भय नहीं। मौत तो गढ़ी में छिप कर बैठे रहने से भी आ सकती है। मरना है तो शान से मरें। अपनी आन बना कर अपनी कौम, अपने धर्म और अपने मुल्क के लिए मरें।''

''आपके आशीर्वाद से हम तुर्कों को बता देंगे, सिंह सूरमा कैसे मरता है।'' जीवन सिंह के अन्दर भी कुर्बानी का जज्बा ठाठें मार रहा है।

''जाओ भाई देखो। कोई घायल है तो उसकी मल्हम-पट्टी कर दो। कोई भूखा-प्यासा है तो उसका प्रबन्ध करो।''

''गुरु जी, बाबा अजीत सिंह की बाँह में तीर लगा है।''

''जंग और ज़ख्म तो साथ-साथ रहते आये हैं। ज़ख्म ज्यादा गहरा नहीं है तो घबराने की ज़रूरत नहीं। योद्धाओं को अपने ज़ख्मों पर गर्व होता है।''

''आप भी नीचे चलें गुरु जी। सिंह लंगर-पानी का प्रबन्ध कर रहे हैं।''

''हम अभी कुछ समय तक यहीं बैठेंगे। तुम्हारे पुत्र ठीक हैं?''

''सुखा सिंह तो अकाल पुरख की गोद में जा बैठा है गुरु जी।''

''उसकी लीला...।'' गुरु जी ने आसमान की ओर हाथ उठाया, ''चलो हम भी नीचे चलते हैं तुम्हारे साथ। चल कर सिंहों का हौसला बढ़ायें। कल का दिन बहुत भारी आने वाला है।''

दोनों सीढ़ियाँ उतर कर, थके-हारे मगर 'चढ़दी कलां' में बैठे सिंहों के पास आ गये।

मुग़ल फ़ौजदार सकते में है। उनके अनेक बहादुर योद्धा मारे जा चुके हैं। नाहर खान, मरदूद खान, गुलशेर खान, ख्वाजा ख़िजर खान आदि। मुग़ल फ़ौज के लिए ये अत्यन्त शर्मनाक हालात है। वे मुट्ठी भर सिख, मुगल फ़ौज की गिनती अनगिनत हैं। सिपाहियों की लाशों के ढेर लग गये। सचमुच ही हिन्द के पीर के पास कोई करामात अवश्य है। जब-जब भी युद्ध हुआ, उस काफ़िर पीर का ही पलड़ा भारी रहा। हमारे सिपाहियों में सिंहों के साथ लड़ने का मनोबल ही बाकी नहीं रहा। सिंहों का जैकारा सुन कर मुग़ल फ़ौज पीछे भागने लगती है। मालूम नहीं, अभी भी हवेली में कितने सिंह बाकी हैं...।

सभी फ़ौजदार मिलकर कल के युद्ध की योजना बनाने लगे। उनसे थोड़ी दूरी पर कुछ सैनिक खाना बना रहे थे। मशालें जल रही थीं। कुछ स्थानों पर अलाव जला कर सिपाही जाड़ा दूर कर रहे थे।

"सिंहों की तरह रात को अचानक हवेली पर धावा न बोल दें।" एक फ़ौजदार ने सुझाव दिया।

तभी एक साथ दो फायर बड़े चूल्हों पर रखे भारी बर्तनों में आकर लगे। भारी बर्तन झटके से उलट गये। अधपके चावल बिखर कर सिपाहियों पर जा गिरे। अभी सिपाही और फ़ौजदार भौचक्के-से ही खड़े थे कि अचानक दो और फायर हो गये। मुग़ल सिपाहियों में अफरा-तफरी मच गयी।

मशालें पीछे की ओर सरकने लगीं।

गढ़ी की छत पर खड़े जीवन सिंह और सिंहों की आँखें चमक उठीं। सब कुछ गँवा कर भी खालसा 'चढ़दी कलां' में हैं। गुरु जी नीचे अजीत सिंह और जुझार सिंह के पास हैं।

"आज की रात हम इन तुर्कों को न खाने देंगे न ही सोने देंगे।" जीवन सिंह ने अपनी बन्दूकों में बारूद भरा।

काफी देर तक भाई जीवन सिंह, संगत सिंह, उसका पुत्र सेवा सिंह और पाँच प्यारे व अन्य सिंह छत पर बैठे रहे। वे जानते हैं, कल का दिन शायद आखिरी साबित होगा। वे आपस में बतिया भी रहे हैं। बीच-बीच में भाई जीवन ने कभी

तीर मार कर तुर्कों की मशालें बुझा दीं। कभी फायर करके उनमें दहशत फैला दी।

तुर्क सिपाहियों की चीखें आधी रात तक सुनाई देती रहीं।

दिन धीरे-धीरे निकलने लगा। सूरज में जैसे माजरा गाँव के जंग के मैदान को देखने का साहस नहीं है।

जितना लंगर बना था, सभी सिंहों ने मिल कर लंगर खाया। सिंह आने वाले कल और अनहोनी के लिए पूरी तरह से तैयार थे।

बाहर से 'या अली' और 'अल्लाह-हू' के नारे सुनाई देने लगे।

''लगता है, मुग़ल फ़ौज हमले के लिए एकदम तैयार है।'' एक सिंह ने कहा।

''गुरु जी, आज्ञा दीजिए। इन पर सभी एक साथ ही टूट पड़ें।'' भाई धर्म सिंह ने रोष में आकर कहा।

''नहीं भाई धर्म सिंह, इतनी जल्दी नहीं। ऐसा समय भी आयेगा। अभी दुश्मन को भ्रम में ही रखना होगा। देखें, वे क्या करते हैं। हमारी ओर से अभी कोई कार्यवाही नहीं की जायेगी।''

बाहर से नारे फिर सुनाई देने लगे।

''हमारे शस्त्र ऊपर ले आओ।'' गुरु जी ने जीवन से कहा।

''तीर बहुत कम हैं, गुरु जी, मैंने आपको बताया था।''

''कोई बात नहीं। तलवारें और नेज़े हैं न। इन सिंहों के साथ हम इन अनगिनत तुर्कों को रोक कर रखेंगे। परमात्मा हमारे साथ है।''

गढ़ी के अन्दर शहीद सिंहों के मृत शरीर पड़े हैं। अभी इन्हें ठिकाने पर लगाने का प्रबन्ध नहीं हो पाया। इन शहीद हुए सिंहों ने कल तक अपने तीरों, तलवारों से दुश्मनों के छक्के छुड़ा दिये। आज खुली आँखों से आसमान की ओर देख रहे थे। अब इन्हे न जाड़ा सता रहा था और न ही भूख सता रही थी।

''इन सभी सिंहों को एक स्थान पर रख कर ढक दो।'' गुरु जी ने आह भर कर कहा।

''इनका एक साथ दाहसंस्कार करेंगे।''

''जीवन सिंह, ऊपर जा कर देखो आखिर माजरा क्या है। तुर्क इतने चुप रहने वाले नहीं हैं।'' गुरु जी ने कुछ देर के बाद पूछा।

भाई जीवन सिंह छत से फौरन पलट आया।

“गुरु जी, दुश्मन चुपचाप साँप की तरह रेंगते हुए आगे बढ़ रहा है।” भाई जैता ने फ़िक्र से कहा।

“हम भी सोच रहे थे, इतना दिन निकल आया है, मुग़ल फ़ौज कोई हरकत क्यों नहीं कर रही। घबराना नहीं, प्रभु की लीला अनुसार ही चलना होगा। अपने अस्त्र-शस्त्र सँभाल लो।”

“गुरु जी, वे उत्तरी दिशा से आ रहे हैं। सीढ़ियाँ उठा कर रख दी हैं।”

“अजीत सिंह कहाँ है?”

“मैं आपके पीछे खड़ा हूँ पिता जी।”

“अब मेरे सामने आने का समय है, पुत्र।”

अजीत सिंह पिता-गुरु के सामने आ गया।

गुरु जी ने अपने लाडले पुत्र की ओर देखा। 17-18 वर्ष का खूबसूरत नौजवान, बाँहों पर ज़ख्मों के निशान। चेहरे पर मूँछें फूट आयी थीं। इतना सुन्दर चेहरा। खालसा कौम का वारिस।

“समय की नज़ाकत है, पुत्र तुम मेरे पीछे नहीं, आगे आओ।” गुरु जी ने गर्व से कहा।

“हुक्म कीजिए पिता जी।”

“पाँच सिंह बाहर निकलो और दुश्मन का मुँह घुमा दो।” कहते हुए गुरु जी का चेहरा सख्त हो गया।

“गुरु जी, आप हमें हुक्म दीजिए।” भाई दया सिंह ने कहा।

“नहीं भाई दया सिंह। ये पुत्र कौम की अमानत हैं। मेरे लिए प्रत्येक सिंह बेशकीमती है। दरवाज़ा खोल दो।” गुरु जी ने आदेश दिया।

चार सिंहों ने दरवाज़ा खोल दिया।

दरवाज़ा खोलते ही अजीत सिंह और अन्य चारों सिंहों ने जैकारा लगाया और दुश्मन फ़ौज से जा भिड़े।

गुरु जी और भाई जीवन सिंह तेज़ी से गढ़ी पर जा चढ़े। साहिबज़ादा अजीत सिंह के जत्थे ने अपनी शूरवीरता से दुश्मन फ़ौज में भगदड़ मचा दी।

छत से तीरों की बौछार होने लगी। बीच-बीच में जीवन सिंह भी अपनी बन्दूकों से गोलियों की बरखा कर देता। तुर्कों ने सोचा नहीं था कि लड़ाई इस प्रकार हाथों-हाथ भी हो सकती है।

घबराकर तुर्क सेना पीछे हटने लगी।

मुग़ल फ़ौजदार हैरान थे। तुर्क सेना से घिरे अजीत सिंह और अन्य चारों सिंह कहीं भी नज़र नहीं आ रहे थे।

गुरु जी ने देखा। तुर्क सेना में इस समय स्थिरता आ गयी थी। कोई सिंह वापस नहीं लौटा था। 'तेरी—लीला प्रभु' कह गुरु जी आँखें मूँद कर बन्दगी करने लगे।

तुर्कों को अचरज होने लगा, "क्या सिंहों के पास गोली-सिक्का खत्म हो गया है?" अन्दाज़ा लगाते हुए एक फ़ौजदार ने पूछा।

"नहीं, ये सिंहों की कोई जंगी चाल मालूम होती है। हम जब नज़दीक जायेंगे, वे हमला कर हम पर टूट पड़ेंगे।"

"अभी भी देखो न, वे सिर्फ़ पाँच थे और हमारे सैकड़ों सिपाही मारे गये।"

"ठीक है हम भी पीछे रुक कर इन्तज़ार करेंगे। देखते हैं, सिंहों का ये पीर अब क्या चाल चलेगा।"

दोनों पक्ष एक-दूसरे को मात देने के लिए तैयारी कर रहे थे।

दोपहर ढलने लगी। तुर्क फ़ौज की ओर से कोई हरकत नहीं हो रही थी। गुरु जी और बाकी बचे सिंह तुर्कों के अगले दाँव की प्रतीक्षा कर रहे थे। अब उनके पास अधिक सिंह नहीं थे।

मुग़ल फ़ौजदार डर रहे थे में पता नहीं गढ़ी में कितने सिंह बाकी थे। उन्हें समझ नहीं आ रहा था, सिंह क्यों चुप हैं? क्या एकदम हवेली के पास आने की हिम्मत नहीं हो रही थी? सिपाही बाग़ी हो रहे हैं। यदि फ़ौजदार आगे बढ़ कर हमला करने का आदेश देते तो सिपाहियों का कहना था, "आप लोग आगे चलो—वे पीछे चलेंगे।"

फ़ौजदार खीझ कर चीख रहे थे। सिपाहियों में भी शोरगुल लगा हुआ था। तुर्क सिपाही डरने लगे थे, जैसे ही वे हवेली के लिए कूच करेंगे, अन्दर से मौत के प्रेत निकलेंगे और उन्हें निगल जायेंगे।

भाई जीवन सिंह मुग़ल फ़ौज का जायज़ा लेने लिए छत पर गुरु जी के पास चला गया। जुझार सिंह पिता गुरु के दाहिनी ओर बैठा है। गोबिन्द सिंह जी पितृ निगाह से पुत्र की ओर देख रहे थे। अजीत सिंह अन्य सिंहों के साथ अकाल पुरख के पास पहुँच गया। फतेह सिंह और ज़ोरावर सिंह मालूम नहीं कहाँ हैं? हैं

भी या नहीं। अभी तक उनकी कोई खबर नहीं मिली। सिर्फ़ यही चिराग़ पास है। आखिरी चिराग़...। अकाल पुरख की कृपा से पता नहीं अभी किस-किस को शहीद होना पड़ेगा। ये जुझार सिंह सिर्फ़ 14-15 बरस का है। अभी इस के चेहरे से बालपन नहीं गया। कितना मासूम चेहरा है इसका। जाड़े के दिनों में सूरज पश्चिम की ओर धीरे-धीरे उतरने लगा।

"गुरु जी...।" भाई जीवन सिंह ने उन्हें पुकारा।

गुरु जी ने पीछे मुड़ कर देखा।

"उधर देखिए गुरु जी, तुर्क फिर से धीरे-धीरे आगे की ओर सरक रहे हैं। आप आज्ञा दीजिए, मैं कुछ सिंहों के साथ जाकर इनके मुँह पीछे मोड़ दूँ।"

"नहीं भाई जैता। अभी तुम्हारी बहुत ज़रूरत है। इस बार जुझार सिंह जायेगा। इसके साथ जाने वाले सिंहों को तैयार करो।"

"गुरु जी, जुझार सिंह, अभी बच्चा है। शस्त्र अत्यन्त भारी हैं। किसी और को भेज देते हैं।"

"मैं तलवार उठा भी सकता हूँ और चला भी सकता हूँ।" जोश में जुझार सिंह ने पिता गुरु के पास पड़ी तलवार उठा ली और हवा में लहराने लगा।

गुरु जी के चेहरे पर उदास मुस्कराहट फैल गयी।

"गुरु जी, सेवा सिंह के साथ अन्य चार सिंह जायेंगे। मैं फाटक खोलता हूँ।"

"जुझार के साथ जाने वाले सिंहों के साथ सेवा सिंह भी होगा। देखते हैं ये रणबाँकुरे तुर्क सिपाहियों की खोपड़ियाँ कैसे उड़ाते हैं। जाओ, जाकर सिंहों को तैयार करो।"

कुछ पलों के बाद 'अकाल सहाय' का जैकारा लगाते हुए जुझार सिंह, सेवा सिंह और अन्य सिंह हवेली से बाहर निकले और तुर्क सिपाहियों पर टूट पड़े।

गढ़ी की छत से गुरु जी और भाई जीवन सिंह ये झड़प देख रहे थे। हज़ारों की सेना में ये पाँच योद्धा जिस ओर का रुख करते, वहीं अन्दर तक घुस जाते। काफी देर तक सिंहों के जैकारे और ललकारें सुनाई देते रहते।

अँधेरा होने लगा। काले लिबास वाली तुर्क सेना काफी पीछे हटने लगी। सूरज कब का अस्त हो गया था।

अचानक 'या अली' और 'अल्लाह-हू-अकबर' के जैकारों से पसरता अँधेरा चौंक गया।

गुरु जी एकटक तुर्क सेना के काले समुद्र को निहार रहे हैं। वे लहरों समान

ऊपर-नीचे हो रहे थे। इस समुद्र में उनके दो हीरे, जीवन सिंह के लाल और प्यारे सिंह समा गये थे। उन्होंने गहरी साँस भरते हुए कहा, "तेरी लीला अपरम्पार।" पीछे खड़े जीवन सिंह ने उनके कन्धे पर हाथ रखा।

तुर्क सेना ने पीछे हटते हुए पड़ाव किया। मशालें जलने लगीं। दिन-भर का शोरगुल और चीत्कार शान्त होने लगी। गुरु जी और जीवन सिंह अभी भी तुर्क सेना की ओर टकटकी लगाये खड़े थे।

"चलो भाई, नीचे चलें।" गुरु जी नीचे गढ़ी के आँगन में एक ओर उदास बैठे सिंह के पास आ खड़े हुए। कुल सात सिंह बाकी रह गये थे।

आज की रात बाकी है। दिन चढ़ते ही ये लीला समाप्त हो जायेगी।

गुरु जी सोच रहे थे।

आसमान सघन काले बादलों से भर गया था। कहीं-कहीं कोई तारा चमकता दिखाई दे रहा था। गुरु जी सहित सभी खामोश और गम्भीर थे।

भाई जीवन सिंह बेहद उदासी से गुरु जी की ओर देख रहा था। कहाँ गयी आनन्दपुर की रौनक। शिकार के लिए जाना। कन्धे पर बाज़, नीचे नीला घोड़ा, सिर पर कलगी, पीछे सिंह सेवक और नगाड़े की चोट। पहाड़ काँपने लगते। बड़ी माता जी, दोनों छोटी माताएँ, छोटे साहिबज़ादे—मेरे माता-पिता, माता जी, मेरे पुत्र सभी कहाँ चले गये—सारे ही? सारा परिवार बिखर गया। मालूम नहीं वे जीवित भी हैं या नहीं। गुरु जी ने किसी का कुछ बिगाड़ा नहीं। किसी को कोई नुकसान नहीं पहुँचाया। किसी राजा की ज़मीन पर कब्ज़ा नहीं किया। ये सब क्यों हुआ? महल, रौनक, खेल, शिकार—क्या आनन्दपुर में पहले जैसी रौनक लौटेगी? गुरु जी अकेले हैं, बाहर हज़ारों में तुर्क सेना है। अच्छा हो, अगर गुरु जी यहाँ से निकल जायें। आज की रात फैसले की रात है। दिन निकलते ही सब खत्म हो जायेगा। जीवन सिंह बहुत भावुक हो रहा है।

"गुरु जी।" उसने भावुक स्वर में पुकारा।

"क्या कहना चाहते हो भाई जीवन?" गुरु जी ने स्नेह से पूछा।

भाई जीवन सिंह का गला भर्रा गया। आवाज़ नहीं निकल रही। आँखें बह रही हैं।

"जैता भाई, सूरमा को इतना दिलगीर नहीं होना चाहिए।" गुरु जी ने बरजा। "गुरु जी, दोनों साहिबज़ादे शहीद हो गये, बड़ी माता जी और दोनों छोटे साहिबज़ादों का कुछ पता नहीं। माताएँ, सिंह सेवक। आपको अभी सभी को खोजना है। गुरु जी, आप यहाँ से निकल जायें।" भाई जीवन सिंह भर्राये गले से फिर रोने लगा।

गुरु जी सोच रहे थे, मैं तो समझता था, भाई जैता बहुत पत्थर दिल योद्धा है। योद्धाओं का दिल इतना भावुक नहीं होना चाहिए। मगर जैता का कोमल हृदय उन्होंने आज ही देखा है।

"ऐसा नहीं होगा भाई जीवन। हम ऐसा नहीं कर पायेंगे। कितने थे हम, हज़ारों में। और आज गिनती के सिंह बैठे हैं। इतने सिंह शहीद को गये और मैं यहाँ से निकल जाऊँ। भाग जाऊँ अपनी जान बचाकर। गोबिन्द सिंह अपने सिंहों की तरह, अपने पुत्रों की तरह, रणभूमि में शहीद हो जायेगा।"

"नहीं गुरु जी।" अब भाई दया सिंह ने कहा, "आपको यहाँ से निकलना ही होगा। आपके साथ फिर से सैकड़ों-हज़ारों, सिख आ जुड़ेंगे। खालसा फिर से 'चढ़दी कलां' में आ जायेगा।"

"गुरु जी, सुबह होते ही दुश्मन फिर से हमला करेगा। अगर हमला न भी हुआ तो भी घेरा पड़ा रहेगा तो इस गढ़ी में फिर भूख-प्यास से सिंह मर जायेंगे। आप यहाँ से चले जाइए। आप का जीवित रहना खालसा पन्थ के लिए, धर्म के लिए अति आवश्यक है। गुरु जी।" जीवन सिंह गुरु जी के आगे चिरौरी करने लगा।

"हम हवेली छोड़ कर नहीं जायेंगे भाई जैता। अपने सिंहों से अधिक कीमती नहीं है हमारा जीवन। हम भी युद्ध में अपने प्राण देंगे। इसके अलावा और कोई रास्ता नहीं है।" कह कर गुरु जी थोड़ी दूरी पर टहलने लगे।

सिंह फ़िक्रमन्द हैं। भाई जीवन सिंह दुःखी है। अचानक उसे कुछ सूझ गया। उसने भाई दया सिंह और भाई धर्म सिंह से जाकर कहा, "गुरु जी ने पाँच प्यारों की रीत चलायी है। पाँच प्यारों को गुरु जी ने वरदान दिया है।"

"हाँ, दिया है।" भाई दया सिंह ने स्वीकृति में सिर हिलाया।

"तो पाँच प्यारे होने के नाते आप पन्थ को, गुरु जी को हुक्म दें कि वे रात के अँधेरे में इस गढ़ी को छोड़कर यहाँ से निकल जायें और खालसा पन्थ की भलााई के लिए कार्य करें। आप का ये आदेश गुरु जी को मानना ही पड़ेगा।" भाई जीवन सिंह ने उन्हें अपनी योजना समझायी।

सभी ने भाई जीवन सिंह की योजना को स्वीकार कर लिया। सभी मिलकर गहरी सोच में डूबे टहल रहे गुरु जी के पास जा खड़े हुए।

"गुरु जी, आपका ही उपदेश है, जहाँ भी पाँच प्यारे एकत्रित होंगे, वे मनुष्यता की भलाई के लिए जो भी निर्णय लेंगे, उसे स्वीकार किया ही जायेगा।" जीवन सिंह ने गम्भीरता से कहा।

"हाँ, खालसा पन्थ की यही रवायत है।" गुरु जी ने कहा।

''यही खालसा पन्थ आपको आदेश देता है कि आप ये हवेली छोड़ कर तुरन्त निकल जायें। हम दुश्मन से खुद दो-दो हाथ कर लेंगे।''

गुरु जी ने निरुत्तर होकर बारी-बारी से पाँचों सिंहों की ओर देखा।

''ये संगत का निर्णय है। ये सिख पन्थ का निर्णय है। ये रवायत हम पर, संकट की इस घड़ी, इस प्रकार लागू होगी, ये हमने कभी नहीं सोचा था।''

''आपने कहा था गुरु जी, आज से गुरु खालसा है, खालसा ही गुरु है।'' भाई जीवन सिंह ने याद दिलाया।

गुरु जी खामोश खड़े रहे।

''पन्थ का यही आदेश है?'' गुरु जी ने पूछा।

''जी गुरु जी।''

''हमें पन्थ का आदेश स्वीकार है। परन्तु रणभूमि में पीठ दिखाने वाले की पन्थ में कोई जगह नहीं है। हम हवेली से जायेंगे तो दुश्मन को ललकार कर जायेंगे।''

''आप के साथ भाई धर्म सिंह, भाई दया सिंह और भाई मान सिंह भी जायेंगे। हम बाकी सिंह जितनी देर तक हो सका, इस हवेली में ही डटे रहेंगे। तुर्कों को रोक कर रखेंगे। हम आपको यकीन दिलाते हैं, रणभूमि में पीठ नहीं दिखायेंगे। बहादुरों की तरह जूझेंगे, लड़ेंगे और दुश्मनों का नाश करते-करते यहीं पर प्राण भी दे देंगे।''

''खालसा का यही धर्म है।'' गुरु जी ने कहा।

गुरु जी की वहाँ से निकलने की तैयारी होने लगी। गुरु जी के साथ उनके तीरों का भी प्रबन्ध किया जाने लगा। गोली-बारूद तो कब का खत्म हो चुका था।

आधी रात का समय था। दूर-दूर तक मौत जैसा सन्नाटा पसरा हुआ था। गढ़ी से थोड़ा परे हट कर मुग़ल फ़ौज के थके-हारे घायल सिपाही आराम कर रहे थे। कहीं-कही मशालें आखिरी साँस ले रही थीं। भौंक-भौंक कर, थक कर कुत्ते भी सो चुके थे।

कच्ची गढ़ी में कुछ सिंह जाग रहे थे।

''भाई जीवन सिंह, अगर मुझे पन्थ का ओदश स्वीकार है तो मेरी इच्छा भी पूरी होनी चाहिए।'' गुरु जी का चेहरा कठोर है।

''हुक्म कीजिए गुरु जी, यह तन-मन आपका है।''

''हमें भेष बदल कर जाना होगा। हम मुसलमान सिपाही के भेष में

निकलेंगे। ये कलगी, हीरे की माला, ये पोशाक सब बदलना होगा। युद्ध नीति यही कहती है।''

''आप पहेलियाँ न बुझाये गुरु जी। समय नहीं है। आपको तुरन्त रवाना होना चाहिए।''

जीवन सिंह ने चिन्तित स्वर में कहा।

''जाओ, जाकर मृत तुर्क सिपाहियों की वर्दी उतार लाओ।''

एक सिंह फौरन बाहर निकल गया।

''हम ये पोशाक, ये कलगी भाई जीवन सिंह को पहना रहे हैं। अब से भाई जीवन सिंह ही इस गढ़ी में मुख्य अधिकारी होगा। तुर्कों को भ्रम में रखना। अकाल पुरख ने चाहा तो दिन चढ़ते तक हम काफी दूर निकल जायेंगे।''

भाई जीवन सिंह ने हाथ जोड़े, ''गुरु जी, मैं इस योग्य नहीं कि आपकी ये पोशाक, ये कलगी पहन सकूँ। मैं तो आपके चरणों की धूल हूँ।''

''तुम क्या हो, भाई जीवन, ये हम जानते हैं। बाद में सिख कौम भी जान जायेगी। अब बहुत कुछ कहने का समय नहीं है।''

गुरु जी के आदेश पर भाई जीवन सिंह ने गुरु जी की पोशाक पहन ली। उसने गुरु जी के समान 'दस्तार' (साफा) सजायी और उस पर कलगी सजायी। जीवन सिंह की आँखें भर आयीं। अभी कुछ ही पलों में गुरु जी यहाँ से चले जायेंगे। फिर पता नहीं कब दर्शन होंगे।

गुरु जी ने गढ़ी से निकलते समय हाथों से ताली बजायी और दया सिंह, धर्म सिंह और मान सिंह को एक तारे की ओर इशारा करते हुए ख़बरदार करते हुए कहा, ''यदि हम बिछुड़ गये तो, रास्ता भटक गये तो इसी तारे को देखते हुए चलते आना। प्रभु ने चाहा तो दिन निकलते ही मिल जायेंगे।''

फिर गुरु जी अँधेरे का लाभ उठा कर गढ़ी से निकल गये।

तुर्क सेना चारों ओर मुर्दों समान पड़ी थी। मृत सिपाही कई बार रास्ते की रुकावट बन जाते। दो सिंह गुरु जी के आस-पास और एक पीछे था।

एक ऊँचे टीले पर खड़े होकर, गुरु गोबिन्द सिंह ने स्थिर रात में ताली बजा कर ऊँचे स्वर में ललकारते हुए कहा, ''हिन्द का पीर जा रहा है—अगर पकड़ना चाहो तो पकड़ लो। हिन्द पीर के दिल में बसता है।''

बायीं ओर से भाई दया सिंह ने ज़ोर से कहा, ''पकड़ो, पकड़ो...।''

तुर्क फ़ौज के कुछ सिपाही चौंक कर उठे और बौखला कर आवाज़ की

ओर भागे। तभी दूसरी ओर से मान सिंह की आवाज़ आयी, ''पकड़ो—पकड़ो।''

मुग़ल सिपाही बदहवास होकर इधर-उधर भागने लगे। वे आपस में ही भिड़ने लगे। अफरा-तफरी के माहौल में एकाध मशाल भी बुझ गयी।

पकड़ो—पकड़ो—की आवाज़ें धीरे-धीरे दूर होती गयीं।

घने अँधेरे में गढ़ी की छत पर खड़े भाई जीवन सिंह और अन्य सिंह सब सुन रहे थे। नज़र कुछ भी नहीं आता सिर्फ़ तलवारों की खनखनाहट, चीख और पुकार सुनाई देती रही। उन्हें विश्वास को गया कि गुरु जी सही सलामत निकल गये होंगे।

कुछ समय के बाद सूरज निकल आया।

मुग़ल फ़ौजदार ने देखा, चारों ओर लाशों के ढेर लगे हुए हैं। इनमें एक भी सिख नहीं था। मुग़ल सिपाही क्या आपस में ही लड़ते-मरते रहे? उन्हें सिंहों पर बेहद गुस्सा आया है। उनका खून क्रोध में उबलने लगा।

''हवेली पर हमला करो। इतने शर्मसार हम इससे पहले कभी नहीं हुए। सिंह हर बार हमें धोखा देते रहे हैं।''

'या अली, अल्लाह-हू-अकबर' के जैकारे गूँजने लगे।

''सब मटियामेट कर दो।''

''कोई भी काफ़िर बच कर नहीं जाना चाहिए।''

''बादशाह की ओर से भारी इनाम मिलेगा।''

गढ़ी की दीवारें खामोश हैं।

तुर्क और भी खीजने लगे।

गुस्से से तुर्क सिपाहियों का टिड्डी-दल गढ़ी की ओर बढ़ने लगा।

50

गढ़ी के भीतर खामोशी है। सुबह का सूरज ठण्डा-ठण्डा महसूस हुआ। भाई जीवन सिंह और अन्य बचे सिंह मुग़लों की अगली हरकत की प्रतीक्षा में थे।

''गुरु जी तो अब तक बहुत दूर निकल गये होंगे?'' भाई जीवन सिंह ने पूछा।

“गुरु जी की कृपा होगी, वे तुर्कों के हाथ नहीं आयेंगे।” एक सिंह ने हाथ जोड़ कर प्रार्थना की।

बाहर से तुर्क सिपाहियों के नारे सुनाई दे रहे थे।

“तुर्क नज़दीक आ रहे हैं।”

“लगता तो यही है।”

“मेरी बन्दूकें भरी हुई हैं न।”

“बारूद भी नहीं है, सिक्का भी नहीं।”

“कमान सँभालो।”

“तीर नहीं हैं।”

“मेरे पास कुछ हैं। जाते समय गुरु जी कुछ दे गये थे। तलवारें सँभाल लो। नेज़े पकड़ लो। कमरकस बाँध लो।

‘या अली—अल्लाह-हू-अकबर’ के नारे और भी पास से सुनाई देने लगे।

“दुश्मन पास आ गया भाइयों...।” भाई जीवन सिंह ने कहा।

“आने दो। हम तैयार हैं।” सिंह अपने अस्त्र-शस्त्र लेकर तैयार खड़े थे।

“मैं ऊपर जा कर देखता हूँ। गढ़ी की दीवारों की ओट में तैनात हो जाओ। जो भी सिर नज़र आये उसे उड़ा दो। गुरु जी ने कहा है...सवा लाख से एक लड़ाऊँ...।”

“आज इस बात को हमें प्रत्यक्ष करके दिखाना है।”

भाई जीवन सिंह ने गढ़ी की छत पर जाकर नीचे का जायज़ा लिया। दूर-दूर तक तुर्क सेना के सिर नज़र आ रहे थे।

चढ़ते सूरज में भाई जीवन सिंह के सिर पर गुरु जी की कलगी चमक रही थी। तुर्कों को लगा कि सिखों का गुरु खड़ा है।

“कौन कम्बख्त कह रहा था, सिखों का गुरु भाग गया है?” एक फ़ौजदार गढ़ी के चबूतरे पर खड़े भाई जीवन सिंह की ओर देखकर पूछ बैठा।

“रात के अँधेरे में तो यही सुना था, ‘हिन्द का पीर जा रहा है, पकड़ लो’।”

“क्या मालूम, यह भी गुरु की कोई चाल हो।” कह कर फ़ौजदार ने अपना तीरकमान सँभाल लिया और निशाना साधने लगा।

“ऐसे नहीं। अब इसे ज़िन्दा ही पकड़ेंगे।” पहले फ़ौजदार ने उसे रोका।

“आगे बढ़ो सिपाहियों।” फ़ौजदारों ने सम्मिलित दहाड़ती अवाज़ में कहा। हज़ारों सिपाही अपने अस्त्र-शस्त्र से लैस हवेली की ओर बढ़ने लगे।

गढ़ी का फाटक तोड़ने के लिए सिपाहियों ने दरख्तों की भारी तने उठाये हुए हैं।

तुर्क सिपाही कहीं तीरन्दाज़ी कर रहे हैं, कहीं गोलियाँ बरसा रहे हैं। हैरानी की बात है, अन्दर से कोई भी जवाब नहीं आ रहा।

"आगे बढ़ो—दरवाज़ा तोड़ डालो।" फ़ौजदारों ने आदेश दिया।

"या अली...।"

आसमान पर गिद्धों के झुण्ड मँडराने लगे।

गढ़ी की छत पर, बुर्जी की ओट में खड़ा जीवन सिंह मुँह में गुरु जी के शबद दुहरा रहा है,

"सवा लाख से एक लड़ाऊँ,
तभै गोबिन्द सिंह नाम कहाऊँ।"

"मैं जीते जी तुर्कों को गढ़ी के नज़दीक फटकने नहीं दूँगा गुरु जी।" जोश से भाई जीवन सिंह की मुट्ठियाँ कस गयीं, "मुझे यकीन है, आप बहुत दूर निकल गये होंगे। हमें माफ़ करना, हम साहिबज़ादों की देह नहीं ला सके। गढ़ी के बाहर लाशों के ढेर लगे हैं। लाशें सड़ रही हैं। चारों ओर बदबू फैलने लगी है। आज का यह दिन हमारे लिए आखिरी दिन है। तुर्क आगे बढ़ रहे हैं। उन्होंने गढ़ी की दीवार के साथ सीढ़ियों को जोड़ दिया है। अब आखिरी जंग होगी। एक ओर तीन सिंह, दूसरी ओर हज़ारों की तादाद में शाही लश्कर है। है न कमाल की मिसाल। ऐसी मिसाल न कभी देखी, न सुनी। गुरु जी, आपका खालसा आपके सिंहों में इन हज़ारों को भी रोक कर रखने की शक्ति है। आपकी कृपा से हम इन तुर्कों का आखिरी साँस तक मुकाबला करेंगे। आप बस यहाँ से दूर निकल कर मालवा के जंगलों में चले जायें। वहाँ फिर से सिंहों को इकट्ठा करें—फिर इन तुर्कों के साथ एक दिन हिसाब-किताब पूरा किया जायेगा।"

"गुरु जी तुर्क आ गये हैं। देखो एक-दो के सिर छत पर से नज़र आ रहे हैं। आपके सिंहों ने उन्हें बकरियों की तरह झटका दिया है। एक तीर हमारे सिंह को भी आ लगा है। आप हमें हिम्मत दीजिए—हम सभी इन से जूझते हुए अपने प्राण दे दें। हम कभी इन तुर्कों के हाथ नहीं आयेंगे।"

भाई जीवन सिंह मन ही मन गुरु जी के साथ बतिया रहा था। अचानक उसने ज़ोर से जैकारा लगाया, "बोले सो निहाल...।"

नीचे बचे दोनों सिंहों ने जवाब दिया।, "सति सिरी अकाल–।" तुर्क

सिपाही इस ज़ोरदार जैकारे की आवाज़ सुन कर चौंक गये। 'पता नहीं अभी कितने सिंह अन्दर बाकी हैं।'

गढ़ी की दीवारों पर चढ़ आये तुर्क सिपाहियों पर जीवन सिंह तेजी से टूट पड़ा।

दूसरी ओर तुर्क सिपाही उछलते-फलाँगते गढ़ी की छत पर चढ़ आये। इस धमाचौकड़ी से गढ़ी की दीवारें भी हिलने लगीं।

तीनों सिंहों को मुग़ल सेना ने घेर लिया। ऐसा लगा, जैसे भालुओं के झुण्ड में शेर घिर गये हों।

तीनों सिंह घिर जाने के बावजूद डट कर मुकाबला करने लगे।

तलवारें खड़खड़ाने लगीं।

धीरे-धीरे 'अकाल सहाय' के जैकारे धीमे पड़ने लगे।

'या अली' और 'अल्लाह-हू-अकबर' के नारे और ऊँचे होते गये। तीनों सिंह के शरीर तलवारों और नेज़ों से छलनी हो चुके थे। भाई जीवन सिंह का शरीर भी छलनी हो चुका था।

'या अली' के नारे लगाते हुए मुग़ल सिपाहियों ने गढ़ी का फाटक खोल दिया। मुग़ल फ़ौजदार जोश और उत्साह से भरे भीतर आ गये।

उन्हें लगा, सिखों के गुरु को उन्होंने मार डाला और वह उनके पैरों में पड़ा है। वे एक-दूसरे को मुबारकबाद देने लगे।

"ज़िन्दा काबू नहीं आया, काफ़िरों का पीर—मुर्दा हमारे सामने पड़ा है। बादशाह से भारी इनाम मिलेगा।" एक फ़ौजदार बहुत अकड़ रहा है।

"इस बाग़ी का सिर क़लम करके, हिफाज़त से सँभाल लो। पहले ये शीश जायेगा सरहिन्द के सूबेदार के पास। फिर इसे दिल्ली दरबार में लेकर जायेंगे।"

भाई जीवन सिंह का दायाँ हाथ अभी भी कृपाण के दस्ते पर है। शरीर के कई अंगों से खून बह रहा है। खुली आँखें एकटक आसमान की ओर देख रही हैं।

"इस बाग़ी का सिर क़लम कर दो।" एक फ़ौजदार दहाड़ा।

कुछ सिपाही झिझकते हुए आगे बढ़े। तभी जीवन सिंह का दायाँ हाथ ऊपर उठा और उसने एक झटके से नज़दीक खड़े तुर्क सिपाहियों को खदेड़ दिया। भाई जीवन सिंह की खुली आँखें तुर्क फौजियों को घूरती प्रतीत हुईं। उसका सिर एक ओर लटक गया। तुर्क सिपाही साँस रोके खड़े रहे। उनमें मृत सिंहों के पास भी जाने की हिम्मत नहीं है।

दूसरे फ़ौजदार ने दहाड़ कर कहा, "आगे बढ़कर इनके सिर उतार लो।"

फ़ौजदारों के आदेश से सिपाहियों ने भाई जीवन का शीश धड़ से अलग कर दिया। शाही लश्कर ने ज़ोरदार आवाज़ में 'या अली' का नारा लगाया। दस्तार में सजी कलगी वाला शीश तुर्क फ़ौजदारों ने सँभाल लिया। गढ़ी की दीवारें चुपचाप इस ज़ुल्म को देख रही थीं।

आज से तीस वर्ष पहले एक सीस चाँदनी चौक से आनन्दपुर आ रहा था। आज एक और सीस दस्तार और कलगी सजा तुर्कों के पास था। वे फ़ौजदार इस भ्रम में थे कि उन्होंने सिखों के पीर को मार गिराया है। चमकौरे के गाँव की कच्ची गढ़ी से यही शीश दिल्ली के शाही दरबार में पेश करने के लिए सूबा सरहिन्द के पास ले जाया जा रहा है। सैकड़ों, हज़ारों सिपाहियों की धूल आसमान की ओर चढ़ रही थी। फ़ौजदार खुशी में मदहोश हैं।

मुग़ल सल्तनत के शहर सरहिन्द में सूरज डूबने लगा है। शाही लश्कर के शोरगुल से लोग डरे-सहमें लग रहे थे।

एक शूरवीर योद्धा का अन्त हो गया।

एक युग का अन्त हो गया।

एक इतिहास का अन्त हो गया।

खालसा पन्थ के एक नायक का अन्त हो गया।

सभी फ़ौजदार घमण्ड और अहंकार से डूबे सरहिन्द की ओर बढ़ रहे थे।

"अब काफ़िरों को हमारे साथ जंग करने के लिए सौ बार सोचना पड़ेगा। इनके बच्चे हमें देखते ही माओं की आगोश में छिप जाया करेंगे।" एक फ़ौजदार ने अकड़ कर कहा।

मगर ये क्या? एक गाँव के पास से गुज़रते हुए फ़ौजदारों ने क्या देखा—।

तुर्क सिपाहियों की अथाह भीड़ से बेख़बर छोटे-छोटे बच्चे तीर-कमान चलाना खेल रहे हैं। कुछ 'गत्तका' खेल रहे हैं। कुछ कुश्ती लड़ रहे हैं। कुछ बच्चों ने इन पर तीर भी चलाये।

जाड़े की इस सन्ध्या में भी फ़ौजदार को पसीना आने लगा।

सिपाहियों के पैरों की धूल आसमान की ओर उड़ती जा रही थी।

उत्तर-कथा

गुरु गोबिन्द सिंह के गढ़ी छोड़ने के बाद की घटनाओं का ब्यौरा यहाँ पर प्रासंगिक नहीं। ये जीवन-वार्ता कथा भाई जैता पर आधारित है। उसके जीवन काल की सभी घटनाओं के साथ उसके जीवन के अन्त के साथ यह कथा यहीं पर समाप्त हो जाती है। फिर भी पाठकों की दिलचस्पी, श्रद्धा और जिज्ञासा को ध्यान में रखते हुए गढ़ी से गुरु जी के निकलने के बाद की घटनाओं का संक्षिप्त विवरण देना, मैंने उचित समझा।

भाई जीवन का शीश देखकर सरहिन्द के सूबेदार वजीद खान ने जब पड़ताल की तो उसे मालूम हुआ कि ये शीश गुरु गोबिन्द सिंह का नहीं है। उसने तुरन्त फ़ौजी टुकड़ियों को गुरु जी को खोजने के लिए चारों ओर भेज दिया।

गढ़ी से निकल कर गुरु जी ने माछीवाड़ा के जंगल में पनाह ली। वहीं उन्हें गनी खाँ और नबी खाँ जैसे सेवक मिले। उन्होंने गुरु जी को 'उच्च का पीर' बना कर अपने इलाके से सुरक्षित निकाल दिया। यहीं पर गुरु जी को मालूम हुआ कि उनके दोनों छोटे साहिबज़ादों-ज़ोरावर सिंह और फतेह सिंह को उनकी नन्ही मासूम उम्र में ही सूबा सरहिन्द ने दीवार में ज़िन्दा ही चिनवा दिया था। माता गुजरी ने इस गम के कारण अपने प्राण त्याग दिये थे। उनकी पत्नियों माता सुन्दरी जी और माता साहिब कौर को एक सेवक मान सिंह दिल्ली अपने साथ ले गया था।

गुरु जी जगह-जगह-पड़ाव करते हुए राय किला पहुँचे। वहाँ से दीना गाँव की ओर चल दिये। ये गाँव आजकल ज़िला मोगा में स्थित है। जैसे-जैसे सिखों के पास ख़बर पहुँचने लगी, वैसे-वैसे वे आकर गुरु जी से मिलने लगे, उनसे जुड़ने लगे। काँगड़ा गाँव के श्रद्धालु उन्हें अपने साथ लिवा ले गये। इसी पड़ाव के दौरान गुरु जी ने औरंगज़ेब को 'जफ़रनामा' के रूप में ख़त लिखा।

उनके मन में रंज था, रोष और दुःख भी था। ख़त में उन्होंने बादशाह को 'मक्कार भेड़िया' तक कहा और लिखा, ''अगर तुम मक्कार भेड़िये हो तो मेरे

पास भी 'सिंह' हैं। तुम्हें शर्म आनी चाहिए, एक ओर चालीस सिंह और दूसरी ओर लाखों की फ़ौज। सिंहों ने तुम्हारे योद्धाओं को चुन-चुन कर मारा।'' उन्होंने ये खत भाई दया सिंह और भाई धर्म सिंह के हाथों से बादशाह के पास भेजा। ये दोनों सिंह उन्हें माछीवाड़ा के जंगल में आकर मिले थे।

सरहिन्द की फ़ौज अभी भी गुरु जी को खोज रही थी। गुरु जी के साथ सिंह लगातार जुड़ने लगे थे।

खिदराण की ढाब (अब इसका नाम मुक्तसर है) के निकट मुग़लों के साथ फिर सिंहों का युद्ध हुआ। यहाँ पर आनन्दपुर का किला छोड़ कर, गुरु जी से अपना नाता तोड़ कर गये सिंह 'माई भागो' के नेतृत्व में गुरु जी से आ मिले। घमासान युद्ध हुआ। मुग़ल सेना फिर से भारी जान-माल का नुकसान करवा कर लौट आयी। यहाँ गुरु जी ने भाई महा सिंह और उसके साथियों को माफ़ कर दिया। और जंग में शहीदी प्राप्त करने के कारण गुरु जी ने उन्हें 'चालीस मुक्तों' का नाम दिया।

खिदराण की ढ़ाब की जंग जीत कर गुरु जी मालवे के गाँवों से गुज़रते हुए 'तलवंडी साबो' नामक गाँव में पहुँचे। यहाँ पर गुरु जी काफी समय तक रहे।

यहाँ सुबह-शाम दीवान सजने लगा। जो दरबारी कवि आनन्दपुर के युद्ध के समय बाहर भेज दिये गये थे, वे भी यहाँ लौट आये। दिल्ली से दोनों माताएँ भी यहाँ आ पहुँचीं।

तलवंडी साबो (अब दमदमा साहिब) में गुरु जी ने 'आदि ग्रन्थ' लिखवाया, जिसमें उन्होंने अपने पिता गुरु तेग बहादुर साहिब के श्लोकों को 'आदि ग्रन्थ' में शामिल किया। इस ग्रन्थ की कई प्रतियाँ तैयार करवायीं।

एक शाम भरे दीवान में दोनों माताओं ने गुरु जी से अपने 'चारों लाल' के बारे में पूछताछ की, जिसके जवाब में गुरु जी ने कहा,

''इन पुत्रन् के शीश पर, वार दीये पुत चार
चार मुए तो क्या हुआ, जीवित कई हज़ार।''

यहाँ पर गुरु जी ने अनेक रचनाओं की रचना की। इसी समय भाई दया सिंह और भाई धर्म सिंह 'जफ़रनामा' का जवाब लेकर आ गये।

औरंगजेब ने गुरु जी के साथ हुई ज्यादती के लिए अफ़सोस प्रकट किया। मासूम बच्चों की हत्या के लिए माफ़ी माँगी। उनसे बातचीत करने के लिए उन्हें अपने पास दक्षिण में बुलाया। (जफ़रनामा के औरंगज़ेब तक पहुँचने और उसका उत्तर गुरु जी तक पहुँचने में लगभग दस महीने का समय लग गया था।)

20 अक्तूबर, 1706 ई. को गुरु जी औरंगज़ेब से मिलने अपने कुछ खास सिंहों के साथ तलवंडी साबो से दक्षिण की ओर रवाना हुए।

गुरु जी अभी रास्ते में ही थे, उन्हें औरंगज़ेब की मृत्यु की सूचना मिली। गुरु जी वापस दिल्ली आ गये फिर वे बहादुर शाह के पास आगरा चले गये।

बहादुर शाह और गुरु गोबिन्द सिंह काफी समय तक एक साथ रहे।

दोनों एक-दूसरे के विचारों की कद्र करते थे। इस समय बहादुर शाह के भाई ने दक्षिण में बगावत कर दी। बहादुर शाह ने गुरु जी को साथ लेकर राजपूताने से गुज़रते हुए दक्षिण की ओर कूच किया।

ऐतिहासिक सूत्रों के अनुसार, बहादुर शाह और गुरु गोबिन्द सिंह दोनों ने 1708 ई. को नर्मदा पार की थी।

इसके बाद इतिहासकार लाला दौलत राय के अनुसार, बहादुर शाह ने गुरु जी को बड़ी मुग़ल फ़ौज का कमांडर बना कर मराठों के साथ युद्ध करने के लिए भेजना चाहा। गुरु जी ने इस बात को मानने से इनकार कर दिया।

19 जुलाई, 1708 ई. को गुरु जी बहादुर शाह से अलग होकर दक्षिण में नांदेड़ की ओर चल दिये। यहाँ गुरु जी की मुलाकात एक वैरागी से हुई। ये वैरागी कौन था? इस बारे में कोई भरोसे योग्य लिखित रचना प्राप्त नहीं है। कोई उसे लक्ष्मण दास लिखता है, कोई माधोदास। किसी का मानना है कि ये व्यक्ति बहादुर शाह की फ़ौज में सिखों की एक टुकड़ी का मुखिया था। किसी का मानना है कि बचपन में इसने एक गर्भवती हिरनी का शिकार किया था, जिसका पश्चात्ताप करने के लिए यह वैरागी बन गया था।

मुग़ल फ़ौज के सिपाही और फ़ौजदार सिखों की सैन्य टुकड़ी को गुरु जी के व्यक्ति (बन्दे) कह कर पुकारते थे।

नांदेड़ में गुरु जी कुछ समय तक रहे। यहाँ पर दो पठानों ने धोखे से उन पर घातक आक्रमण कर के गुरु जी को सख्त घायल कर दिया। इस घटना की ख़बर जब बहादुर शाह के पास पहुँची तो उसने अपने शाही वैद्य को गुरु जी की मल्हम-पट्टी के लिए भेजा।

ये ख़बर सिखों की सैन्य टुकड़ी के पास भी पहुँची। वे सभी गुरु जी का हालचाल पूछने आये। बन्दा सिंह इस टुकड़ी का मुखिया था।

यहीं पर गुरु जी ने गुरुगद्दी की रवायत को हमेशा के लिए समाप्त कर 'आदि ग्रन्थ' को 'गुरु ग्रन्थ साहिब' का दर्जा दिया।

गुरु जी ने बन्दा सिंह को खालसा पन्थ का नेतृत्व करने का आशीर्वाद दिया।

गुरु जी ने अपनी घायलावस्था में संगत से कहा, "अब से सिख संगत

और खालसा पन्थ के गुरु 'गुरु ग्रन्थ साहिब' ही हैं। खालसा हैं गुरु और गुरु हैं खालसा। खालसा की माता, माता साहिब कौर हैं। सभी सिंहों को आपसी प्यार और सौहार्द से रहते हुए सिख पन्थ को ऊँचाइयों की ओर ले जाना है। सदा 'सरबत के भले' के लिए प्रार्थना करनी है।''

सिख संगत को आखिरी उपदेश दे गुरु गोबिन्द सिंह जी 7 अक्तूबर, 1708 ई. को महानिर्वाण को प्राप्त हो गये।

□□